BERNHARD WUCHERER

Die Pestspur

DER SCHWARZE TOD Staufen im Jahre 1634. Die Pest wütet im Allgäu, in der Bevölkerung herrscht Angst. Der 17-jährige Lodewig und sein kleiner Bruder Diederich, Söhne des Kastellans Ulrich Dreyling von Wagrain, belauschen bei einem verbotenen Ausflug auf den alten Friedhof ein folgenschweres Gespräch zwischen dem Totengräber und einem Unbekannten. Unfreiwillig werden sie dabei zu Mitwissern eines schrecklichen Geheimnisses. Als ein Geräusch die Jungen verrät, können sie gerade noch entkommen. Der Totengräber hat jedoch einen Namen gehört und die Geschwister werden von nun an unbarmherzig verfolgt. Obwohl anstatt ihrer zunächst die Söhne des Blaufärbers umkommen, schweben die beiden in ständiger Lebensgefahr. Ungeachtet dessen verliebt sich Lodewig in Sarah Bomberg, die Tochter des einzigen Juden im Dorf. Auch ihre Familie wird mit dem Tod bedroht, denn der Schuhmacher hat es auf deren schmuckes Haus abgesehen. Und dann scheint auch noch die Pest ihre Opfer zu fordern …

Bernhard Wucherer war 25 Jahre lang Leiter seiner Werbe-, Marketing- und Eventagentur in Oberstaufen im Allgäu, wo der Grafikdesigner unzählige Werbetexte und Presseartikel verfasste. Sein Rüstzeug für das Schreiben von Krimis hat er sich unter anderem als Gerichtsschöffe erworben. Der Autor lebte über 15 Jahre in Belgien, von wo aus es ihn später nach Spanien zog. Zuvor war er zur Recherche für seine historischen Romane in mehreren Ländern auf alten Herrschaftssitzen als Burgmanager, Museumskurator und Eventveranstalter unterwegs. Neben zwei Kultur- und Reiseführern sowie sechs historischen Romanen erschienen im Gmeiner-Verlag zwei Krimis um den kauzigen ostbelgischen Kommissar Le Maire.

BERNHARD WUCHERER

Die Pestspur

Historischer Roman

GMEINER

Immer informiert

NEWSLETTER

Spannung pur – mit unserem Newsletter informieren wir Sie regelmäßig über Wissenswertes aus unserer Bücherwelt.

Gefällt mir!

Facebook: @Gmeiner.Verlag
Instagram: @gmeinerverlag
Twitter: @GmeinerVerlag

MIX
Papier | Fördert gute Waldnutzung
FSC® C083411
FSC www.fsc.org

Besuchen Sie uns im Internet:
www.gmeiner-verlag.de

Im Ehnried 5, 88605 Meßkirch
Telefon 07575/2095-0
info@gmeiner-verlag.de

1. Auflage 2023

Lektorat: Claudia Senghaas, Kirchardt
Herstellung: Julia Franze
Umschlaggestaltung: U.O.R.G. Lutz Eberle, Stuttgart
unter Verwendung der Bilder: https://commons.wikimedia.org/wiki/File:S%C3%A9bastien_Bonnecroy_-_Vanitas.jpg;
https://commons.wikimedia.org/wiki/File:Paul_Fürst,_Der_Doctor_Schnabel_von_Rom_(Holländer_version).png
Druck: CPI books GmbH, Leck
Printed in Germany
ISBN 978-3-8392-0472-6

Für meine Mutter,
die nur den Anfang kannte

Der Markt Staufen

1 **Staufenberg**
Hier beginnt im ersten Roman »Die Pestspur« der Vorspann zur Geschichte, worauf sich eine Mordserie entwickelt, die nun seinen Fortgang findet …

2 **„Galgenbihl“**
Richtstätte zu Füßen des Staufenberges. Dort wurde der Medicus gehängt. Hier weiden auch die Schafe des Bechtelerbauern und des Wanderschäfers.

3 **Obergölchenwanger Grat** (Der heutige Hochgrat, sehr verzerrt dargestellt)
Hauptberg der Nagelfluhkette. Nach rechts guter Blick in die Schweizer Berge.

4 **Wirtshaus „Zur Krone“**
Stammtaverne des Totengräbers und des „Paters“, früher auch des Medicus (†).

5 **Anwesen der jüdischen Familie Bomberg**
Im ständigen Focus des „Paters“. Hier spielen sich schreckliche Dinge ab.

6 **Seelesgraben**
Lebensader des Dorfes. Der Bach fließt nach rechts durch den Unterflecken.

7 **Marktplatz** (hier viel zu klein dargestellt)
Dreh- und Angelpunkt des Dorfes. Von hier aus werden Gerüchte gestreut.

8 **Wirtshaus „Zum Löwen“**
Liegt auf dem Weg zum Pestfriedhof. War Sitz der Staufner Handwerkszünfte.

9 **Färberhaus und Pestareal** (beides nicht sichtbar)
Zum Haus von Hannß und Gunda Opser ca. 70 Schritte am „Löwen“ vorbei. Zum Pestfriedhof und zur Pestkapelle geht es 2 Meilen nach Weißach hinunter, wo sich einer der Arbeitsplätze von Fabio, dem Hilfstotengräber, befindet.

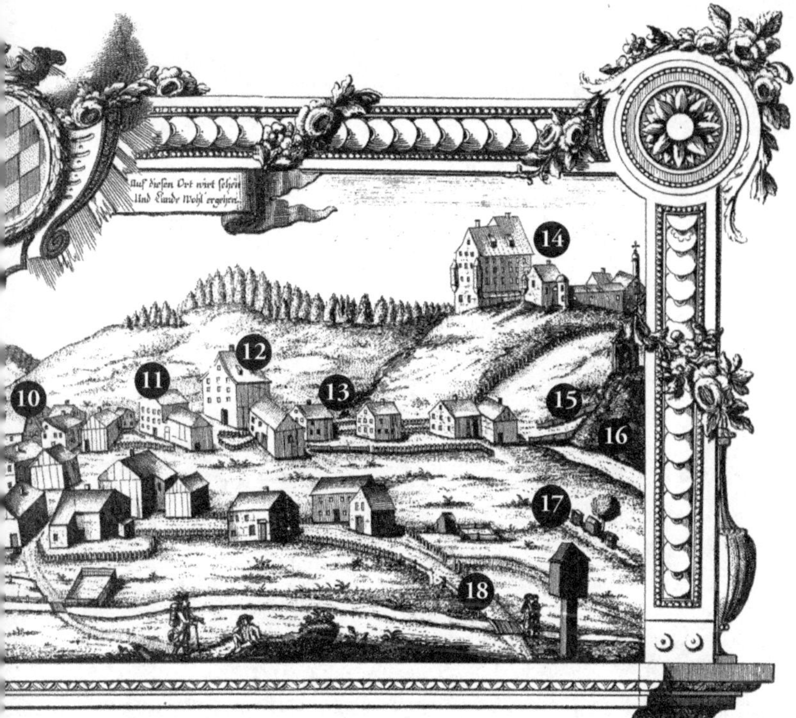

im 17. Jahrhundert

10 Propsteigebäude
Wohnung und Arbeitszimmer des Propstes Johannes Glatt.

11 Wirtshaus „Zur Alten Sonne“
Spielt keine große Rolle. Hier wohnt nur „Josen Bueb“, Fabios fieser Gegner.

12 Alter Marstall
Nach teilweiser Verwaisung der Residenz vorübergehend gräfliche Kanzlei.

13 Entenpfuhl (nicht sichtbar)
Liegt direkt unterhalb des Schlosses, hinter dem Marstallgebäude. Hier fand bereits ein Mord statt. Gerät aber immer wieder ins Zentrum des Geschehens.

14 Schloss Staufen
Links außen (östlich) das große Herrschaftsgebäude. Rechts außen (westlich) das kleine Vogteigebäude, die Wohnung und der Arbeitsplatz des „Kastellans“.

15 Schlossbuckel
Einziger offizieller Weg zum Schloss, von wo aus es auf den Kapfberg geht.

16 Fuß des Kapfberges
Forst- und Jagdrevierbeginn des Reichsgrafen Hugo zu Königsegg-Rothenfels.

17 Alte Schießstätte
Liegt zu Füßen des Kapfberges. Errichtet durch Georg Freiherr von Königsegg.

18 Verbindungsweg zur „Salzstraße“ (auch „Alte Reichsstraße“).
Dieser Weg führt zum Stall des Bauern Moosmann. Die römische Militär- und Handelsstraße geht von Hall in Tirol aus an Staufen vorbei an den Bodensee, nach Bregenz, aber auch ins Oberschwäbische, nach Ravensburg und Schussenried hinüber.

Schloß
1
2
3
4

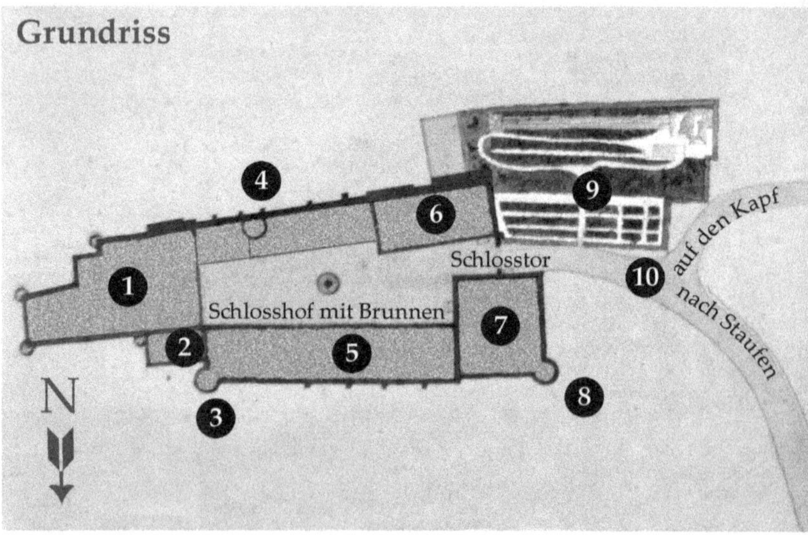
Grundriss
1
2
3
4
5
6
7
8
9
10
Schlosstor
Schlosshof mit Brunnen
auf den Kapf
nach Staufen
N

1 **Herrschaftsgebäude (Palas)**
Im EG mehrere Repräsentationsräume. Darüber der „Rittersaal". Im 3. und 4. Geschoß Wohnung der gräflichen Familie.

2 **Gästehaus mit Schlosskapelle**
Im 2. Geschoß Verbindung zur Kapelle, der Gottesmutter Maria - Hausheilige der gräflichen Familie - geweiht.

3 **Nordturm (Dürnitz)**
Wachturm mit Blick auf das Dorf hinunter und zum Staufenberg hinüber. Die Wachstube im EG, kann vom Gästehaus aus mit beheizt werden.

4 **Südturm**
Wachturm mit Blick nach Weißach, in die Berge und nach Vorarlberg. Im obersten Stock befindet sich die Verwahrzelle des Schlosses.

5 **Stallungen und Wirtschaftsgebäude**
Mehrere Kutschen- und Schlittenstellplätze mit Pferdestall (Marstall). Drei Nutzviehställe mit Reparaturwerkstatt und Schmiedewerkstatt.

6 **Lagerhaus**
Im Keller das Weinlager. Darüber liegt die Speisekammer. Im 2. Geschoß ein Heulager, unter dem Dach das Strohlager.

7 **Vogteigebäude**
Wohnung des „Kastellans".

8 **Nordwesttürmchen**
In beiden Stockwerken gibt es Verbindungstüren zum Vogteigebäude. Darunter liegt die gut bestückte Waffen- und Rüstkammer.

9 **Gemüse- und Kräutergarten**
Nach außen – besonders nach Süden hin – ungenügend gesichert. Dies ist das Reich der „Kastellanin".

10 **Schlossstraße**
Einziger Weg vom Dorf zum Schloss. Von da aus weiter auf den Kapfberg. Der steile „Schlossbuckel" ist gerade im Winter schwer zu befahren.

1634

… bis zum Frühjahr des nächsten Jahres

›Erst haben die Schweden gehauset, dann die Kaiserlichen gewüthet, gefolget von allerley lüstern Mordbuben unnd Raubgesindel. Mann kann keynem mehr trauen, sogar Ärzte, Räthe unnd Beampte stehlen, betrügen unnd morden. Hört denn das nimmermehr auf.‹

Aus einer alten Chronik des Jahres 1634, Chronist unbekannt.

Kapitel 1

»Du Schweinepriester hast mich doch nicht auf einen Humpen Bier eingeladen, weil ich so ein netter Kerl bin«, lachte der *vergantete* Medicus und stieß mit dem großzügigen Spender an. Wie alle Staufner wusste auch Heinrich Schwartz, dass der Ortsvorsteher Ruland Berging geizig und nicht der Typ war, etwas ohne Hintergedanken zu tun. Aber dies war dem Arzt egal; Hauptsache, er hatte etwas zu saufen und, noch wichtiger, es kostete ihn keinen Heller.

»Natürlich nicht, mein Freund«, bestätigte der bärtige Geselle, der ihm im Wirtshaus ›Zur Krone‹ an einem kleinen Tisch gegenübersaß, an den sich ehrbare Männer nur setzen würden, wenn sie durch die Folter desjenigen, für den dieses Tischlein reserviert war, dazu gezwungen würden. Dass der Ortsvorsteher Ruland Berging ausgerechnet den *Henkerstisch* ausgewählt hatte, war – wie alles, was er tat – kein Zufall. Abgesehen davon, dass die beiden am Stammtisch ohnehin nicht gelitten waren, hatte dieser kleine herunterklappbare Tisch den Vorteil, dass er allseits gemieden wurde, weswegen er – so voll das beliebte Wirtshaus auch sein mochte – immer frei war. Zudem konnte man sich dort ungestört unterhalten.

Ruland Bergings Blicke suchten die des Arztes zu durchdringen, was durch den wässrigen Schleier in dessen Augen nur schwerlich gelang.

»Wir beide haben schließlich etwas zu feiern. Du deine bevorstehende Ernennung zum Dorfmedicus und ich …«, bevor er weitersprach, grinste er vielsagend, »meine baldige Absetzung als Ortsvorsteher!«

»Was feiern wir? Meine Ernennung?« Der Medicus lachte hämisch und schüttelte ungläubig den Kopf. »Und deine Absetzung? … Ich verstehe nicht«, wunderte er sich. »Was gibt's denn da zu feiern, wenn man rausgeschmissen wird? Du hast das Amt des Ortsvorstehers doch erst seit ein paar Wochen inne. Und was mich angeht, so mag ich zwar ein ortsbekannter Säufer sein, bin aber immer noch ein Doctori Medizinale, auch wenn ich momentan nicht offiziell bestallt bin und nichts in Aussicht ist.« Als er dies sagte, senkte er verschämt den Blick. Offensichtlich schien es ihm doch etwas unangenehm zu sein. Aber er fasste sich schnell wieder und blaffte sein Gegenüber an: »Von was für einer Ernennung sprichst du also?«

»Ich erkläre dir alles später«, blockte der unbeliebte Ortsvorsteher ab und hob seinen Becher zum Anstoßen. »Allseitige Gesundheit!«, rief er, obwohl er es nicht so meinte. Da dies der Medicus nicht wissen konnte, nuschelte er ebenfalls ein »Xundheit« und leerte den Becher in einem Zug.

Nach einer Pause sagte Ruland Berging trocken: »Ich habe große Pläne mit dir. Es gibt bald viel zu verdienen.«

»Wie viel?«, wollte Heinrich Schwartz, dessen Augen bei diesen Zauberworten sofort zu glänzen begannen, wissen.

»Gemach, gemach«, bremste der Ortsvorsteher den neugierig gewordenen Medicus und begann, sein Netz auszuwerfen. »So wie ich die Sache sehe, haben wir beide unrühmliche Vergangenheiten. Stimmt's?«

»Was geht dich meine Vergangenheit an? Immerhin bin ich ein ordentlicher Arzt, der sicherlich bald wieder offiziell bestallt werden wird, und kein Ortsvorsteher, den man hinausschmeißt«, lästerte der versoffene Medicus hämisch.

»Ja, du bist Arzt. Aber ordentlich? Na ja! Jedenfalls hast du keine Arbeit. Mach hier also keinen auf fein«, rügte der Ortsvorsteher sein Gegenüber und fuhr fort: »Deswegen weiß ich noch nicht, ob ich dir auch vertrauen kann. Bevor ich dies tun werde, muss ich mehr von dir erfahren.«

»Machst du Witze? Du willst mehr von mir erfahren, bevor du mir vertraust? Und ich? Was weiß denn ich von dir? Kann ich dir überhaupt vertrauen?«, konterte der arbeitslose Arzt und leerte in seinem Zorn den nächsten Becher in einem Zug.

Es folgte ein Moment des Schweigens. Die frostige Stimmung nutzte Ruland Berging, um zu überlegen, wie er den Medicus dazu bringen konnte, ihm blind zu vertrauen und ihn als Komplizen zu gewinnen. Deswegen schlug er eine andere Taktik ein als geplant. »Du hast recht, Heinrich. Da wir beide zu wenig voneinander wissen und ich – wie gesagt – Großes mit dir plane, schlage ich vor, dass wir uns gegenseitig in aller Offenheit unser bisheriges Leben erzählen.«

»Aber nur in Kurzform!«, schlug der Medicus, der lieber soff als redete, vor.

»Gut! Wer fängt an? Sollen wir toppeln?«

»Quatsch. Ich habe heute keine Lust auf ein Würfelspiel. Wenn meine Stimmbänder nicht so trocken wären, würde ich dir aus freien Stücken von mir erzählen«, beendete der schräge Vogel den Disput.

Er konnte es nicht erwarten, von Ruland Berging mehr darüber zu erfahren, wie er an Geld kommen konnte.

»Matheiß! Bringst du uns noch zwei Humpen?«, rief der Ortsvorsteher so laut durch die beiden Gaststuben zum Wirt in den Schankraum, dass sich ihm alle Köpfe entgegenreckten. »Ich warte!«, drängte er den Medicus, nachdem die Schankmagd das Bier gebracht und sie ihren Stimmbändern hinreichend Flüssigkeit zugeführt hatten.

»Also gut«, sagte der dreiundvierzigjährige Arzt und wischte sich mit dem Handrücken den Schaum vom Mund, bevor er zu erzählen begann.

Obwohl er ein paar schwarze Flecken in seiner biografischen Landkarte weggelassen hatte, war es für den Ortsvorsteher hochinteressant gewesen. Genau so habe ich mir das vorgestellt. Dich krieg' ich, dachte er und hob abermals den Becher zum Anstoßen.

Auch sein Gegenüber nahm wieder einen großen Schluck, rülpste und sagte: »Jetzt bist du dran!«

Da Ruland Berging über die Offenheit des Arztes erstaunt war, wollte er sich jetzt auch nicht lumpen lassen und begann ebenfalls zu erzählen: »An meine Kindheit kann ich mich nur noch schwach erinnern. Eines dieser armen Bergdörfer … und meine Mutter ständig mit einem anderen Balg auf dem Arm.« Er verdrehte die Augen. »Ich weiß noch, wie sie mich entgeistert angesehen hat, als ich so ein kleines Bündel auf den Boden geworfen habe. Danach hat sie mich nicht mehr zu Hause behalten wollen. Wie ich die Sache noch im Kopf habe, waren Vater und Mutter mit meiner Erziehung überfordert.« Er lachte trocken und gehässig auf.

»Ich muss so um die sechs Jahre alt gewesen sein, als mein Vater immer wieder gesagt hat, ein Esser weniger würde meinen Geschwistern helfen zu überleben. Jedenfalls haben sie mich irgendwann zu den Franziskanern nach Lenzfried gebracht und …«

»Zu den Pfaffen?«, fiel ihm der Medicus ins Wort.

»Nicht zu den Pfaffen, du gottloser Säufer. Zu den Patres des 1210 durch Franz von Assisi gegründeten Bettelordens – das ist ein Unterschied!«, belehrte Berging den Medicus und erzählte unbeirrt weiter: »Die Franziskaner sind in dieser Allgäuer Gemeinde auch heute noch eine richtige Bastion. Nachdem meine Eltern mich dorthin gebracht hatten, war dem Feigling von einem gottverdammten Vater nichts anderes eingefallen, als mich wie ein Stück Vieh direkt neben der Klosterpforte anzubinden. Von da an habe ich ihn und meine Mutter nie mehr gesehen.« Als er dies erzählte, stieg Wut in ihm hoch, und seine Hände verkrampften sich zu Fäusten. »Irgendwann ist ein Pater gekommen, hat mich losgebunden, mich mit hineingenommen und mir etwas zu essen gegeben.«

»Und dann?«, wollte sein interessierter Zuhörer wissen.

»Dann haben sie mich nach den Regeln des heiligen Franziskus aufgezogen.«

»Was nichts genützt hat«, lästerte der Medicus.

»Aber ich habe Lesen und Schreiben gelernt. Sie haben mich sogar zum Bibliothekar ausgebildet.« Ruland Bering musste lachen. »Es ist ihnen aber nicht gelungen, einen dieser schleimigen Glaubensbrüder aus mir zu machen.«

»Wenn du kein Franziskanerpater werden wolltest, haben sie dich dann nicht rausgeworfen?«

»Irgendwann schon: Als ich zum Mann herangereift war, wollte auch der Leiter des Klosters nichts mehr mit mir zu tun haben.« Ruland Berging versuchte, die sanfte Stimme des Guardians nachzuäffen: »Mein Sohn, du hast dich trotz deines Lebens hinter Klostermauern nicht wunschgemäß entwickelt. Wir haben kläglich versagt.«

»War das alles?«, fragte der Medicus.

»Natürlich nicht. Er hat mir zu Ehren sogar mehrere Messen lesen lassen, bevor er mich weggeschickt hat. Wenigstens haben mich ein paar dieser sauberen Brüder nach Ravensburg gefahren, wo ich aufgrund guter Beziehungen des Klosterleiters zum dortigen Oberamtmann Arbeit in der gräflichen Kanzlei bekommen habe.« Aus Sicherheitsgründen verschwieg er, dass es nicht Ravensburg, sondern das Oberamt im nahe gelegenen Immenstadt war.

Als der Ortsvorsteher eine Pause machte, um zu trinken, fragte der Medicus, wie es weitergegangen war.

»Na ja, ich habe meine Arbeit gemacht und zwischendurch …«, Berging räusperte sich, »etwas Geld dazuverdient. Dass dies dem Oberamtmann über kurz oder lang nicht gefallen hat, war klar.«

»Was? Du hast geklaut und dich dabei erwischen lassen?«, mutmaßte der Medicus.

»Ja!«, antwortete Ruland Berging, der über den Arzt auch so einiges erfahren hatte, ehrlich. »Aber das beste Geschäft habe ich mit dem Fälschen von Urkunden und anderen Schriftstücken gemacht«, gab der ehemalige Bibliothekar zu. »Ich war verdammt geschickt, und es war nur Zufall, dass sie mir auf die Schliche gekommen sind. So habe ich nicht nur meine dortige Arbeit verloren, sondern wäre auch um ein Haar in den Kerker gewandert. Natürlich haben sie mich nicht erwischt. Als ich gemerkt habe, dass man mich ertappt hat, habe ich sofort reagiert.«

»Nun sag schon: Was ist passiert?«

»Ganz einfach: Ich habe die nächstbeste Gelegenheit genutzt, ein Pferd geklaut und bin dann bei Nacht und Nebel durch ein unbewachtes Tor abgehauen. Da ich keine Zeit hatte, meine Flucht vorzubereiten, war es vonnöten, mich schnell für eine Richtung zu entscheiden. Und weil man mich im oberen Teil des Allgäus aufgrund meiner Arbeit gekannt hat, bin ich eben nach Westen geritten und in Staufen gelandet.« Noch während er dies sagte, merkte er, dass er versehentlich die Wahrheit über seine Flucht aus Immenstadt erzählte, weswegen er sich schnell korrigierte, um vom soeben Gesagten abzulenken: »Der Weg aus dem oberschwäbischen Ravensburg hierher war ganz schön beschwerlich.«

Wäre nicht genau in diesem Moment die Schankmagd an den Tisch gekommen, wäre dem Medicus Bergings Lüge, dass er von Norden nach Staufen gekommen sein müsste, weil die oberschwäbische Türmestadt Ravensburg nun einmal dort liegt, vielleicht sogar aufgefallen.

»Was ist?«, zischte er die Schankmagd an, nachdem diese an ihrem Tisch stehen geblieben war. Dass sie nur höflich wartete, weil sie dem Gast nicht ins Wort fallen wollte, wurde ihr nicht gedankt. »Was willst du?«, herrschte der Medicus sie noch einmal an, rechnete aber nicht damit, dass sich die dralle Bedienung mit Widerworten zu wehren wusste. Sie baute sich vor ihm auf, stützte die Arme in die breiten Hüften und sagte mit festem Ton.

»Ein falsches Wort und ihr fliegt sofort raus! – Ist das klar?«

»Schon gut. Beruhige dich und sag uns, was du von uns willst«, mischte sich Ruland Berging, der jetzt keinen Streit gebrauchen konnte, ein. Aber erst, nachdem er der Magd ein paar Heller in die Hand gedrückt hatte, war die derbe Dorfschönheit beschwichtigt und antwortete ordentlich: »Da gleich der Nachtwächter seine letzte Runde macht, soll ich euch vom Wirt ausrichten, jetzt wäre noch Gelegenheit, ein letztes Bier zu bestellen!«

»Na klar!«, rief der inzwischen angeheiterte Medicus erfreut. »Bring uns noch zwei Krüge!« Er wandte sich wieder seinem Gegenüber zu: »Und du erzählst weiter!«

Da Ruland Berging keinesfalls unangenehm auffallen und bis zur Runde des Nachtwächters seine unrühmliche Lebensgeschichte beendet haben wollte, legte er gleich los: »Nachdem ich den Rest der ersten Nacht in Staufen in einem Heustadel verbracht hatte, bin ich frühmorgens zum Dorfschmied, um gegen Bezahlung mein auffälliges Pferd unterzustellen.«

»Zu Baptist Vögel?«

Der Ortsvorsteher nickte.

»Ja! Dass er so heißt und dass er mit Vorsicht zu genießen ist, habe ich damals noch nicht gewusst. Als es ver…«

»Und der Schimmel? … soll dein Pferd sein? Dass ich nicht lache«, fiel ihm der Medicus ins Wort.

»Soll ich nun weitererzählen oder nicht?«, knurrte der Pferdedieb zurück.

Heinrich Schwartz schloss die Augen, senkte den Kopf und deutete ihm mit einer Handbewegung an, er möge fortfahren.

»Gut!«, sagte der Ortsvorsteher und erzählte weiter: »Nachdem das Pferd versorgt war, habe ich mich an einem Brunnentrog gewaschen und in aller Heimlichkeit das Dorf inspiziert. Ich habe mich versteckt, mir einen Bart wachsen lassen und mir einen neuen Namen zugelegt.«

»Das … das heißt …« Dem Medicus fiel der Unterkiefer herunter.

»Ja! Erst seit diesem Tag nenne ich mich Ruland Berging. Meinen alten Namen habe ich für alle Zeiten verdrängt – der geht niemanden mehr etwas an. Ich habe mir dann einen sicheren Unterschlupf gesucht und mich so lange nicht sehen lassen, bis mein Bart einigermaßen gewachsen war. Erst dann bin ich ab und zu unter die Leute gegangen und habe festgestellt, dass mich tatsächlich niemand kennt. Dies hat mich irgendwann ermutigt, beim Ortsvorsteher Heimbhofer nach Arbeit zu fragen. Arbeit habe er zwar keine, vielleicht ergebe sich zu einem späteren Zeitpunkt etwas, dafür könne er mir eine billige Unterkunft anbieten, hat mir der alte Mann in Aussicht gestellt. Und so bin ich in eine direkt über seiner Amtsstube gelegene Kammer eingezogen. Seither habe ich viel über Staufen und seine Bewohner erfahren.«

»In deiner Schlafkammer? – Wie das denn?«, wunderte sich der Medicus leicht lallend, weil das dunkle Bier jetzt seine volle Wirkung zu entfalten begann.

Umso schneller kam die Antwort: »Im Fußboden meiner Kammer waren so breite Ritzen, dass ich alles mitbekommen habe, was in der Amtsstube des Ortsvorstehers vor sich gegangen ist. So habe ich beispielsweise ein Gespräch belauscht, bei dem er sich mit diesem Schlossverwalter …« Ruland Berging winkte abschätzig in Richtung des herrschaftlichen Sitzes, der aus seiner Sicht viel zu mächtig über dem Dorf thronte. »Wie heißt er doch wieder? Na egal! … Jedenfalls haben sie sich über den Leichenbestatter unterhalten und …«

»Der Verwalter des Grafen ist ein Adliger und schreibt sich Ulrich Dreyling von Wagrain. Aber alle nennen ihn nur den *Kastellan*«, unterbrach der Medicus, um sein Gegenüber aufzuklären.

»Gut!«, tat Berging die Information mit einer dementsprechenden Handbewegung ab und erzählte weiter: »Jedenfalls hat dieser Kastellan gesagt, dass es der alte Leising wohl nicht mehr lange machen wird und sie sich nach einem Nachfolger umsehen müssen.

Als er dies hörte, ballte der Medicus eine Faust und hieb damit auf die Tischplatte.

»Ich weiß, dass der Leichenbestatter krank ist. Aber der verreckt lieber, als mir einen halben Gulden zu gönnen!«, wollte er loslegen, wurde aber unterbrochen.

»Wer weiß, vielleicht lebt er ja schon morgen nicht mehr«, orakelte

Berging mit einem vielversprechenden Unterton in der Stimme. Verschwörerisch sah er in Richtung Schankraum und beugte sich über die Tischplatte. »Eines Tages habe ich durch die Ritzen gesehen, wie Heimbhofer mindestens hundert Gulden auf dem Tisch ausgebreitet hat.«

»Und?«, konnte es der Medicus nicht erwarten.

»Nichts ›und‹! Wie es dann mit mir weitergegangen ist, weißt du ja.«

Der Medicus lachte.

»Sie haben den Bock zum Gärtner gemacht.«

Ruland Berging gab dem Medicus einen leichten Klaps auf den Hinterkopf.

»Du Narr. Ich erbitte mir etwas mehr Respekt. Immerhin bin ich in Heimbhofers Fußstapfen getreten und Ortsvorsteher geworden!«

»Aber erst nachdem sie deinen Vorgänger tot im Seelesgraben gefunden haben! Sein plötzlicher Tod war schon merkwürdig, oder was meinst du?«, hinterfragte der Medicus, der ahnte, dass Ruland Berging etwas mit dessen Tod zu tun gehabt haben könnte.

Aber der Ortsvorsteher wechselte das Thema: »Das tut jetzt nichts mehr zur Sache. Der Kastellan wird mich dieses Amtes wieder entheben. Ich weiß das!« Ruland Berging verzog das Gesicht zu einer Fratze, die sogar den Medicus erschaudern ließ, und sprach in beschwörendem Tonfall weiter: »Wenn er dies wirklich tut, werde ich mich grausam dafür rächen – obwohl es Vorteile für uns haben könnte.« Er milderte seinen beängstigenden Tonfall ab und wandte sich wieder direkt dem Medicus zu: »Und dazu brauche ich dich!«

»Was habe ich mit dem Kastellan und deiner saudummen Rache zu schaffen, hä? Sag mir lieber, was mit Heimbhofers Geld geschehen ist und was du Großes mit mir vorhast!«

Bevor der Ortsvorsteher antworten konnte, hörten sie im Schankraum den altbekannten Singsang des Nachtwächters: »Hört ihr Leut' und lasst euch sagen, die Kirchturmuhr hat zehn geschlagen!«

»Verdammte Scheiße. Ist es wirklich schon so spät?«, fluchte Ruland Berging. »Jetzt bin ich nicht mehr dazu gekommen, dir zu sagen, wie wir gemeinsam an viel Geld kommen können.«

Um den verärgert dreinschauenden Arzt bei Laune zu halten, kramte er seinen Geldbeutel hervor und fischte vier halbe Gulden heraus. »Eine kleine Anzahlung. Ich melde mich wieder bei dir. Und noch etwas: Zu niemandem ein Wort. Hörst du! Am besten ist es, wenn wir uns nach außen hin nicht besonders gut kennen. Hast du mich verstanden?«

Obwohl jetzt die Zeit gekommen war, Fragen zu stellen, nickte der Medicus nur und ließ grinsend das Geld in seiner Jacke verschwinden.

»Feierabend!«, rief der Nachtwächter in die Hinterstube. »Das gilt auch für euch zwei Galgenvögel ... oder soll ich euch bei der Obrigkeit melden?«

Kapitel 2

Der Staufner Schlossverwalter Ulrich Dreyling von Wagrain, von allen nur Kastellan genannt, war von einer Reise zurückgekehrt. Er musste sich wieder um das Schloss Staufen und die Liegenschaften seines Herrn, des Reichsgrafen Hugo zu Königsegg-Rothenfels, kümmern. Obwohl er ein hoher Beamter war, wurde der Kastellan von seinen Staufnern nicht nur respektiert, sondern war überdies auch noch sehr beliebt. Dies gefiel auch Johannes Glatt, seines Zeichens Propst des hiesigen Kollegialstiftes und Pfarrer von St. Petrus und Paulus, der mit dem Verwalter eng befreundet war und dessen beide jüngeren Söhne Lodewig und Diederich er jetzt noch unterrichtete, nachdem er jetzt noch aus dem ältesten Sohn Eginhard einen Studiosus der Medizin und der Heilkräuterkunde geformt hatte. Auch mit dem verstorbenen Ortsvorsteher hatte Ulrich Dreyling von Wagrain ein inniges Verhältnis verbunden. Aber der neue Ortsvorsteher! Er seufzte. Mit dem gab es nichts als Ärger.

Der viel beschäftigte Schlossverwalter konnte nur einen einzigen Tag hier sein. Da das letzte Drittel des Jahres angebrochen war, musste er jetzt öfter in die Residenzstadt Immenstadt, um entweder beim Grafen Rechenschaft abzulegen oder mit dessen rechter Hand, Oberamtmann Conrad Speen, die Richtigkeit der dürftigen Steuerzahlungen zu prüfen.

Außerdem kreisten ihre Gespräche auch ständig um die Frage, wie den drängenden kriegsbedingten Problemen am besten beizukommen sei.

Wenn der Kastellan in dieser Jahreszeit nicht in Immenstadt weilte, war er in den Wäldern rund um Staufen zu finden. Die alljährlich im Herbst durchgeführte Bestandsaufnahme des gräflichen Forstes sollte dazu beitragen, die Menge des während des Winters gestohlenen Holzes im nächsten Frühjahr genauer feststellen zu können. Obwohl Ulrich Dreyling von Wagrain wusste, dass die Staufner Untertanen des Grafen nicht so dumm waren, das Holz ausgerechnet im Winter zu klauen und dies bereits jetzt schon an sicheren Plätzen versteckt haben dürften, musste er sich auch dieser Aufgabe widmen. Mit dem Wildbestand verhielt es sich ähnlich. In beiden Punkten hielt er stillschweigend zu den frierenden und hungernden Staufnern und bog sowohl die Holzlisten als auch die in Tabellen erfassten Wildtierzahlen so hin, dass aus Immenstädter Sicht alles seine Ordnung hatte. Wenn er allerdings feststellte, dass einer seiner Staufner übertrieb, knöpfte er sich diesen – und sei die Not noch so groß – persönlich vor, würde ihn aber niemals der Gerichtsbarkeit ausliefern. Denn er kannte die harten Strafen für Waldfrevel und Wilderei. Stattdessen ließ er ihn zum Wohle der Allgemeinheit *fronen*.

Nachdem er sich – kaum in Staufen eingetroffen – schon wieder Beschwerden über Ruland Berging hatte anhören müssen, reichte es ihm. Er selbst hatte zwar noch nicht allzu viel und vor allen Dingen auch nicht direkt vom schändlichen Treiben des neuen Ortsvorstehers mitbekommen, da dieser es stets verstanden hatte, seine kleinen Gaunereien geschickt vor ihm zu verbergen. Aber was der Kastellan jetzt von mehreren ehrbaren Staufnern hörte, genügte, um sich seinen eigenen Reim auf Ruland Bergings Verständnis von dessen Amt zu machen.

Als er auch noch vom Steinmetz Florian Egger erfuhr, dass der Ortsvorsteher die großen, fein gehauenen Granitblöcke, die in der alten Schranne lagerten, für ein paar Gulden hatte verkaufen wollen, war der Kastellan mehr als ärgerlich geworden. Er konnte es kaum glauben, dass Berging die wertvollen Steine, die dem Grafen gehörten und die für den Bau einer Marienkapelle vorgesehen waren, einem fahrenden Händler einfach so zum Kauf angeboten hatte. Aber der Steinmetz war absolut glaubwürdig. Schon sein Urgroßvater diente den Grafen Hugo XII. und Ulrich VIII. von Montfort, Vorgängern des amtierenden Regenten. Florians Großvater war sogar extra von seinem zwischen Staufen und dem Alpsee liegenden Wohnort nach Staufen gezogen, um die ständig anfallenden Renovierungsarbeiten am Schloss Staufen besser überwachen zu können. Seit vier Generationen waren die Steinmetze aus Wiedemannsdorf jetzt schon für den guten baulichen Zustand der Schlösser in Immenstadt und Staufen, sowie der öffentlichen Gebäude im gesamten Herrschaftsgebiet, zuständig und hatten ihre Arbeit stets zur Zufriedenheit ihrer Herren verrichtet – also gab es nicht die geringsten Zweifel an der Glaubwürdigkeit eines Vertreters dieses ehrbaren Handwerkergeschlechtes, das zudem auch noch zünftig war. Da ihm nun das Maß übervoll erschien, bestellte der Kastellan den Ortsvorsteher Ruland Berging offiziell zu sich aufs Schloss, um ihn zur Rede zu stellen und ihn seines Amtes zu entheben.

Der durchtriebene Mann, der genau wusste, was auf ihn zukommen würde, betrat das Schloss mit einem süffisanten Grinsen, das sich bis zu seinen kantigen Wangenknochen hochschob. Dadurch sah er noch widerlicher aus, als dies zuvor schon der Fall gewesen war.

Warte nur, das saudumme Grinsen wird dir noch vergehen, dachte sich der Kastellan, als er seinen ›Gast‹ formal, aber kühl, begrüßte.

Ulrich Dreyling von Wagrain empfing den Geladenen nicht im Rittersaal. In diesen Raum hätte er den Schandfleck des Ortes niemals gebeten. Hier hatten schon viele hochrangige Gäste und sogar gekrönte Häupter gespeist. Einer von ihnen, König Maximilian I. von Habsburg, der 1507 hier logiert hatte und im Folgejahr zum Kaiser gekrönt worden war, hatte damals königlich getafelt. Glänzende Ferkelschwarten mit Trauben vom Bodensee und die besten Weine waren aufgetischt worden, während er sich an Musikanten, Possenreißern und maurischen Moriskentänzern, die in Salem gastiert und die man extra von dort hatte kommen lassen, ergötzte.

Die sieben Südfenster des Saals gaben den Blick auf das faszinierende Panorama der Nagelfluhkette mit dem imposanten *Obergölchenwanger Grat* und dem *Rindalpner Kopf* frei. An der Wand zwischen den sieben Fenstern hingen Eisenschilde mit den Wappen der Hohenstaufer, der Schellenberger, der Buchhorner, der Kirchberger, der Montforter und der Königsegger – allesamt ehemalige und heutige Herren des rothenfelsischen Gebietes, zu dem auch die Herrschaft Staufen gehörte. Da der Saal nicht mehr allzu oft genutzt wurde, war er, bis auf die Einbauschränke, unmöbliert. Nur wenn Gesellschaften gegeben wurden, stand in der Mitte ein großer Tisch, an dem bis zu 120 Gäste Platz finden konnten.

Das Gespräch wird eh nicht lange dauern, hoffte der Kastellan, während er den Ortsvorsteher mit einer Handbewegung ins ›Gelbschwarze Streifenzimmer‹ führte. Dieser Raum erinnerte an die Ritter von Schellenberg, die 1311 erstmals in Zusammenhang mit der Burg Staufen urkundlich erwähnt wurden. Ihnen zu Ehren hatte man die Wände streifengleich in den Farben der gleißenden Sonne und des nachtschwarzen Himmels bemalt.

Der Kastellan war sachlich und ungewohnt kühl. Er hatte seine Frau gebeten, keinen Wein aufzutischen, wie sie es ansonsten unaufgefordert tat, wenn Besuch ins Schloss kam. Er wollte die unangenehme Sache hinter sich bringen und den undurchsichtigen Galgenvogel so schnell wie möglich wieder loswerden. Obwohl der Kastellan in der Vergangenheit schon mit dem ehemaligen Immenstädter Bibliothekar zu tun gehabt hatte, erkannte er ihn wegen dessen Bart nicht. Er konnte ja nicht ahnen, dass vor ihm ein amtlich gesuchter Dieb und Urkundenfälscher, geschweige denn ein Mörder saß, dessen Gefährlichkeit und Skrupellosigkeit sich erst noch so richtig zeigen sollte.

Dennoch eröffnete er das Gespräch mit den Worten: »Immer wenn ich Euch sehe, habe ich das Gefühl, Euch vor Eurer Zeit in Staufen irgendwo schon einmal gesehen zu haben.«

Obwohl ihn der Kastellan unverhohlen abschätzig musterte, antwortete der Ortsvorsteher mit einer Selbstverständlichkeit, als wäre er tatsächlich schon einmal in der oberschwäbischen Türmestadt gewesen.

»Wie Ihr seit meiner Bestallung wisst, war ich zuvor in Diensten der freien Reichsstadt Ravensburg, und es könnte gut sein, dass Ihr mich früher schon einmal gesehen habt. Vielleicht treffen wir uns irgendwann einmal dort.«

»Das könnte gut möglich sein. Denn so, wie die Dinge liegen, werdet Ihr Euch eine andere Arbeit suchen müssen. Eure Dienste als Ortsvorsteher werden hier nicht mehr benötigt«, nutzte der Kastellan das Stichwort, um dem ungeliebten Gast gleich zu zeigen, weswegen er ihn hierher zitiert hatte. »Wie Ihr sicherlich wisst, gehen fast täglich Beschwerden über Euch ein und …«

Ruland Berging rieb sich fast andächtig die Hände und fiel dem Kastellan schleimig ins Wort: »Edler Herr …«

»Schweigt! Ihr sagt erst etwas, wenn ich es Euch zugestehe«, unterbrach jetzt der Kastellan den angefangenen Satz und sprach gleich weiter: »Ich kann zwar nicht allen Euch zur Last gelegten Schandtaten nachgehen, weiß aber, dass Ihr Euch in der kurzen Zeit, seit Ihr unser Ortsvorsteher seid, gleich in mehreren Punkten strafbar gemacht habt.« Der Kastellan lehnte sich zurück, verschränkte die Arme und wartete auf die Reaktion des Ortsvorstehers.

Ruland Berging überlegte kurz und schien sich zum Protest entschieden zu haben, was er auch gleich zeigen wollte. Darauf hatte der Kastellan nur gewartet. Er ließ den beleidigt dreinschauenden Gesellen erst gar nicht zu Wort kommen und bremste ihn mit einer Handbewegung aus, bevor er wieder das Wort ergriff: »Davon, dass Euer Vorgänger im Amte viel Geld verwahrt hat, wisst Ihr sicher nichts?«, fragte der Kastellan, bevor er Ruland Berging mitteilte, dass es sich dabei um das Geld handelte, das Ulrich Heimbhofer mühsam zusammengesammelt hatte, um den dringend notwendigen Wegebau von Staufen zur *Salzstraße*, der ›weltenverbindenden Handelsstraße‹, anpacken zu können. Der Kastellan schlug mit der flachen Hand so fest auf die Tischplatte, dass es ihn fast vom Stuhl riss. »Und die armen Leute hier können bei Gott nichts entbehren!« Da Ulrich Dreyling von Wagrain merkte, dass sein spontaner Wutausbruch gewirkt hatte, ließ er ihn etwas nachwirken, bevor er mit ruhiger Stimme weitersprach. »Und jetzt scheint das Geld verschwunden zu sein«, bedauerte er und suchte den Augenkontakt mit Ruland Berging. »Schade, dass Euer Vorgänger plötzlich verstorben ist und uns nicht mehr sagen kann, wo das Geld ist.«

Aber die erhoffte Reaktion blieb aus. Berging zuckte nicht einmal mit den Wimpern. Im Gegenteil: Seine Augen hatten sich so kraftvoll an die des Kastellans gesaugt, dass es nicht er, sondern der ansonsten stets standhafte Adlige war, der zuerst den Blick abwandte.

Obwohl der unerwartete Tod des alten Ortsvorstehers allgemeine Bestürzung ausgelöst hatte und nicht nur dem Kastellan merkwürdig vorgekommen war, konnte er dessen Nachfolger beim besten Willen nicht damit in Verbindung bringen. Es gab nicht den geringsten Hinweis darauf, dass Ruland Berging etwas damit zu tun gehabt hatte – augenscheinlich schien es ein bedauernswerter Unfall gewesen zu sein. Ob es sich mit dem verschwundenen Geld ebenso verhielt? Diesbezüglich wollte der Kastellan nachhaken. Zuvor aber würde er ihm – ebenfalls ohne konkrete Beweise dafür zu haben – noch etliche Gaunereien und Ungereimtheiten so um die Ohren hauen, als könnte er all seine Anschuldigungen belegen. Der Kastellan hatte einfach keine Zeit gehabt, um langwierig zu ermitteln und mühsam Beweise zu sammeln. Außerdem wollte er den Ortsvorsteher jetzt sofort absetzen und am liebsten auch noch heute loswerden.

Da der Kastellan einer von zwölf Beisitzern beim Landgericht Immenstadt war, wo das Gericht turnusgemäß viermal im Jahr zusammentrat, und er in dieser Eigenschaft schon bei mehreren Verhören und bei einigen Gerichtsverhandlungen dabei gewesen war, kannte er sich mit Verhören aus und verstand es geschickt zu taktieren. Er wusste genau, wie er das Gespräch lenken musste, um den zwar widerlichen, aber offensichtlich gewieften Ortsvorsteher an die Wand zu drücken, damit dieser, doch noch unruhig geworden, freiwillig aus dem Amt scheiden würde.

Nachdem Ruland Berging die Vorwürfe gehört und seine erfundenen Versionen zu den Anschuldigungen vorgebracht hatte, blieb der Kastellan lange Zeit nachdenklich, bevor er ihm in harschem Ton und knappen Worten vorschlug, noch heute von seinem Amt zurückzutreten, wenn er nicht mit Schimpf und Schande aus dem Dorf gejagt werden wollte.

»Ihr wisst, dass ich Euch ohne Umschweife im Südturm einsperren und so lange darben lassen kann, bis in Immenstadt entschieden wird, wie es mit Euch weitergeht?«

Berging schluckte zwar, versuchte aber trotz dieser Drohung weiter, sich wortreich zu verteidigen. Doch der Kastellan nutzte die Gunst des Augenblicks und ließ ihn nicht ausreden. Stattdessen zog er selbst alle Register der Verhörtaktik. Aha, jetzt wird er richtig unruhig, dachte er sich bald und legte nach, indem er dem inzwischen in Schweiß Gebadeten seine letzte Anschuldigung, die bei Gericht sogar durch einen Zeugen untermauert werden könnte, vor den Latz knallte: »Und was war mit den Granitsteinen in der alten Schranne?«, fragte er.

Obwohl der Ortsvorsteher wusste, dass es dafür Zeugen geben musste, versuchte er wieder, sich wort- und gestenreich herauszuwinden.

Der Kastellan sah ihm dabei nur argwöhnisch zu und wartete, bis der offensichtlich begnadete Komödiant den Vorhang zog, bevor er selbst zum Finale furioso ansetzte: »Noch ein Wort und mir platzt der Kragen! Ist das klar?«

Der Ortsvorsteher nickte eingeschüchtert und wischte sich, während er unruhig auf seinem Stuhl hin und her rutschte, den Schweiß aus dem Gesicht. »Entweder, Ihr tretet aus freien Stücken von Eurem Amt zurück oder ich schicke Euch in die Acht!«

Das saß. Diese Drohung musste der Ortsvorsteher erst verdauen. Er wusste zwar, dass es nicht in der Befugnis des Kastellans lag, eine Ächtung allein auszusprechen, da hierzu ein ›Achturteil‹ von einem ordentlichen Gericht gefällt werden musste. Er wusste aber auch, dass Dreyling von Wagrain in jenem Gremium saß, das diese Urteile verhängte und dass dessen Wort zudem Gewicht hatte. Vor allen Dingen aber war ihm klar, was es hieß, geächtet zu sein. Er wäre von heute auf morgen vogelfrei – jeder könnte ihn jagen, wenn das Achturteil nicht in eine gnädigere Landesverweisung umgewandelt würde, was auch noch Strafe genug wäre. Alle, die über ihn Bescheid wussten, könnten ihn mit Steinen bewerfen, mit Füßen treten und vertreiben, ohne dass er sich dagegen wehren dürfte. Sollte er dabei ›versehentlich‹ zu Tode kommen, würde dies nur diejenigen interessieren, die seine Schuhe und seine Gewandung brauchen konnten. So weit durfte er es nicht kommen lassen. Eine diesbezügliche Verhandlung würde in der Residenzstadt geführt werden, fuhr es ihm durch den Kopf. Und dort kennt man mich nur allzu gut, insbesondere, wenn ich keinen Bart mehr trage. Wegen der Gefahr der Übertragung von Läusen hatten Angeklagte vor Gericht kahl geschoren und glatt rasiert zu erscheinen, oder sie wurden von einem der Henkersknechte geschoren – und der würde sicherlich nicht sanft mit ihm umgehen. Was sollte er also tun? Ihm blieb keine andere Wahl, als das auszuführen, was er ohnehin längst geplant hatte: Er würde das Angebot seines Gegenübers annehmen und von seinem Amt als Ortsvorsteher zurücktreten, aber nicht ohne einen Vorteil herauszuschinden. Um noch an ein ›Wegegeld‹ zu kommen, jammerte er dem Kastellan vor, er müsse doch von irgendwas leben. Er bräuchte eine Arbeit, wenn er sich selbst ernähren solle. Und woher sollte er diese bekommen? Ich habe doch nur Bibliothekar gelernt, und eine Amtsstube, geschweige denn ein Scriptorium wird mich sicher nicht aufnehmen. Zu groß ist die Gefahr, dass ich erkannt werde, dachte er, während er laut stöhnte. »Arbeit gibt es am ehesten in einer der Handelsstädte; vielleicht wieder in Ravensburg, dort kenne ich mich aus«, log er. »Oder in Lindau? Vielleicht auch im österreichischen Bregenz, oder in Dornbirn. Aber um dorthin zu gelangen, muss ich reisen, und das kostet Geld … viel Geld!«

»Ich weiß nicht, was am Reisen so teuer sein soll? Ihr nennt doch ein Pferd Euer eigen«, schnarrte der Kastellan listig zurück. Aber der Ortsvorsteher winkte ab.

»Das Ross hat mir nicht gehört. Ich habe es mir nur ausgeliehen und es bereits wieder zurückgegeben«, kam prompt die verlogene Antwort.

Da der Kastellan nicht wusste, dass Ruland Berging den Schimmel zum Moosmannbauern gebracht hatte, um ihn auf dessen außerhalb des Dorfes gelegenen Hof zu verstecken, glaubte er ihm zwar, blieb aber, was einen ›Reisekostenzuschuss‹ anbelangte, stur.

Während der Ortsvorsteher dem Kastellan weiter vorjaulte, was er doch für ein beklagenswerter Tropf sei, dem Unrecht widerfahren war, der sich dennoch dem Willen des Kastellans und der Allgemeinheit beugen würde, sofern er die finanziellen Mittel für eine Reise hätte, hörten sie leise vom Dorf her die Glocke der St.-Martins-Kapelle klingen.

Als kurz darauf auch noch das Armesünderglöckchen vom Nordwesttürmchen des Schlosses in den Raum drang, ahnte Ulrich Dreyling von Wagrain, wem das traurige Gebimmel galt. Es verkündete den Tod des altgedienten Leichenbestatters Jodok Leising.

»Auch das noch!«, entfuhr es ihm, während er sich bekreuzigte. Dabei kam ihm der von Ruland Berging insgeheim herbeigesehnte Gedanke gerade recht. Der Kastellan sah den Ortsvorsteher lange an, bevor er sprach: »Was wäre, wenn Ihr den vakanten Posten des Leichenbestatters übernehmen würdet? Immerhin bekämet Ihr für die Beerdigung jeder Leiche einen halben Gulden von den Hinterbliebenen … und Ihr könntet zumindest vorübergehend im Amtshaus wohnen bleiben.«

Da der Kastellan für einen Moment sein Gesicht in den Händen vergrub, merkte er nicht, dass Ruland Berging zufrieden grinste, nachdem er dies gehört hatte. Meine Rechnung geht auf – ich muss nicht weichen, sondern werde stattdessen Totengräber. Jetzt kann ich endlich das Geschäft ankurbeln, freute sich der raffinierte Hund still in sich hinein. Der Kastellan deutete Ruland Bergings Verhalten als ernsthaftes Nachdenken, er gestand ihm Bedenkzeit zu und machte sich seine eigenen Gedanken über die Zukunft. Immerhin wären damit mehrere Fliegen mit einer Klappe geschlagen: Einerseits hätte ich Ruland Berging in aller Stille seines Amtes enthoben und die Ruhe im Dorf wäre wenigstens diesbezüglich gesichert. Er hätte sozusagen lediglich seinen Arbeitsplatz gewechselt und müsste mir für diesen menschlichen Akt sogar dankbar sein. Somit könnte er als Ortsvorsteher keinen Schaden mehr anrichten. Andererseits hätten die Staufner wieder einen Leichenbestatter, dachte der Kastellan, obwohl er nicht ganz sicher war, ob dies tatsächlich eine gute Lösung sein würde.

»Und? Wie habt Ihr Euch entschieden?«, fragte er plötzlich.

Aber der Ortsvorsteher machte es spannend. Erst nach einem Weilchen taktischen Überlegens antwortete er knapp: »Also gut, mein Herr! In Gottes Namen.«

»Beschwört nicht unseren Herrgott herbei! … Ihr nicht! Hört Ihr? … Ihr nicht!«, ermahnte ihn der gottesfürchtige Schlossverwalter mit einem strengen Fingerzeig. Da er aber froh war, die Sache so schnell erledigt zu haben, ließ er seiner aufsteigenden Erregung keinen freien Lauf und blieb gelassen. »Abgemacht!«, sagte er. »Ich werde noch heute ein Papier verfassen, in dem geschrieben steht, dass Ihr mit sofortiger Wirkung aus freien Stücken von Eurem Amt als Ortsvorsteher zurücktretet und dass Ihr keinerlei Forderungen irgendjemandem gegenüber anmeldet. Außerdem werde ich mit Propst Glatt über Eure neue Arbeit als Leichenbestatter sprechen. Ich gehe davon aus, dass es ihm recht sein wird.« Der Kastellan sah den soeben abgesetzten Ortsvorsteher streng an, bevor er noch anmerkte: »Denn von Eurer dunklen Seite weiß er ja nur das Wenige, was er hier und da vom Volk gehört hat. Ein weiterer Vorteil für Euch ist es, dass ich kommissarisch das Amt des Ortsvorstehers übernehmen werde und meine Familie keine Amtswohnung benötigt. Zudem kann ich Euch vor der ansonsten drohenden Ächtung schützen. Ideale Voraussetzungen für Euch, ein gottgefälliges Leben zu beginnen. Eine Voraussetzung für unsere Abmachung allerdings ist, dass Ihr das Geld, das für den Wegebau vorgesehen war, sofort auf den Heller genau zurückzahlt. Ist das klar?«

Um jetzt nichts mehr durcheinanderzubringen, nickte der neue Leichenbestatter unterwürfig, dachte dabei aber: Leck mich. Das Geld hole ich mir schneller wieder, als du denkst … Und du bist auch noch dran.

Der Kastellan nahm sich vor, die Sache der Form halber mit der rechten Hand des Grafen, Oberamtmann Conrad Speen, abzusprechen. Hauptsache, dass möglichst schnell wieder Ruhe ins Dorf einkehrte. Das Amt des Ortsvorstehers und die damit verbundene Mehrarbeit würde er selbst übernehmen – zumindest so lange, bis sich ein geeigneter Kandidat fand. Er war sicher, dass ihn der Propst tatkräftig unterstützen konnte. Er musste es nur noch seiner solchen Vereinbarungen kritisch gegenüberstehenden Frau Konstanze beibringen.

Nachdem tags darauf der neu ernannte Leichenbestatter das gestohlene Geld – bis auf das, was mittlerweile unter die Matratzen der Staufner Wirtsleute und in die Hände auswärtiger *Hübschlerinnen* gewandert war – zurückgegeben hatte und das Papier unterzeichnet war, stand die Abmachung. Es bedurfte keiner gesonderten Versammlung, ja nicht einmal des sonst üblichen Handschlages, vor dem es Ulrich Dreyling von Wagrain gegraust hätte.

Die neue Ämterverteilung hatte sich schnell im Dorf herumgesprochen, und die Menschen waren zufrieden. Am meisten aber freute es die Staufner, dass das Geld für den Wegebau wieder da war. Obwohl der Kastellan bei der Argumentation zur wundersamen Auffindung des Geldes alle Heiligen hatte bemühen müssen, um den entlassenen Ortsvorsteher zu schützen und gut dastehen zu lassen, wollte niemand mehr etwas mit diesem zu tun haben. Die Leute spöttelten: »Er ist besser Totengräber auf dem Kirchhof als der Totengräber des ganzen Dorfes. Wer weiß, was aus Staufen geworden wäre, wenn er in seinem Amt als Ortsvorsteher verblieben wäre.«

Kapitel 3

»Gott zum Grusse, Melchior!«, rief der Bäcker schon von weitem. »Hast du …« Da er merkte, dass Melchior nicht reagierte, bremste er seinen aufkommenden Redefluss.

Der 16-jährige Sohn des Leinwebers Mathias Henne konnte ihn nicht hören, denn aus dem Hausinneren drangen rhythmisch das hölzerne Klacken des Webstuhles und das Surren eines Spinnrades. Während der Vater mit flinken Händen das Schiffchen hin und her sausen ließ, mühte sich Melchiors Mutter Rosa gerade, eine Wollfaser mit dem Anfangsfaden zu verbinden und die Trete gleichmäßig zu drücken, um das Rad in Schwung zu halten. Wie immer wollte sie damit einen schönen starken Faden spinnen. Und, wie immer, wollte ihr dies auch heute nicht gelingen, wie es ihr überdies nie mehr gelingen würde. Aber es war die einzige Arbeit, zu der die brave Frau überhaupt noch in der Lage war. Schon vor langer Zeit war es ihr unmöglich geworden, mit Kardätsche und Kardbrettchen die lästigen Knötchen aus der verfilzten Schafwolle zu entfernen. Mittlerweile bereitete ihr sogar das einfache Kämmen der Wolle Schmerzen. Daran, dass sie einmal am Webstuhl schneller als ihr Mann gewesen war, konnte sie sich kaum noch erinnern. Es würde auch nichts nützen, denn seit ein paar Jahren konnte sie nicht einmal mehr alle Arbeitsgänge, die am Spinnrad zur Herstellung von Wollfäden nötig waren, ohne die Hilfe ihrer Männer ausführen, geschweige denn den Webstuhl bedienen.

Als der alte Bäcker sich dem Anwesen der Hennes näherte, war Melchior gerade dabei, etliche Leinenstoffe, die er gestern auf dem Markt nicht hatte verkaufen können, auszuschütteln und für den Transport zum Färberhaus zusammenzulegen. Den kleinen, dicken Mann mit der fleckigen weißen Schürze bemerkte er erst, als ihm dieser auf die Schulter klopfte.

Melchior drehte sich um und lachte. »Ich grüße Euch, Herr Föhr! Was veranlasst einen Bäcker schon zu vormittäglicher Stunde zu einem Spaziergang?« Melchior blickte zum Himmel. »Und dies auch noch bei düsterem Wetter.«

Aber Conrad Föhr schien nicht der Sinn nach einem Späßchen zu stehen, und die Wetterlage war ihm egal. Wegen des Lärms zog er den jungen Leinweber etwas vom Haus weg und stellte sich auf die Zehenspitzen.

»Ich suche mein Weib! Hast du es irgendwo gesehen?«, trötete er Melchior feucht ins Ohr.

Der junge Weber merkte zwar, dass mit dem ansonsten keinem Scherz abgeneigten Bäcker etwas nicht stimmte, konnte ihm aber nicht helfen und nur den Kopf schütteln, während er sein Werkzeug in die andere Hand nahm, um diskret sein Ohr abwischen zu können.

»Vielleicht wissen meine Eltern, wo Eure Frau ist«, sagte er und legte dem verzweifelt wirkenden Mann beruhigend die Hand auf die Schulter, während er ihn zum Haus geleitete. »Es passt gut, dass Ihr uns besucht. Mutter kann sowieso gerade eine Pause brauchen«, versuchte Melchior den unglücklich wirkenden Bäcker aufzumuntern, obwohl er wusste, dass sie mit ihrer Arbeit gerade erst begonnen hatte. Melchior drückte ihn sanft auf das *Kogebänkle* und lächelte ermutigend. »Wartet hier!«

Einen Moment später herrschte im Inneren des Hauses Stille. Das Schiffchen hatte aufgehört zu surren, und das Spinnrad schnurrte ebenfalls nicht mehr. Gleichzeitig hörten die aus der Tür stiebenden Flusen auf, im bescheidenen Licht der Ölfunzeln herumzutanzen. Man konnte nur noch das müde Schlurfen von Füßen hören.

Melchiors Eltern traten vors Haus und rieben sich die Augen, die sich aufgrund des trüben Wetters nicht erst an die Helligkeit gewöhnen mussten. Freundlich begrüßten sie den Nachbarn und setzten sich zu ihm auf die grün gestrichene Holzbank. Kaum saßen die beiden, kam der Leinweber zur Sache: »Melchior hat uns gesagt, dass du deine Barbara suchst. Wir haben sie heute noch nicht gesehen«, bekundete er, was seine Frau durch heftiges Nicken zu bestätigen versuchte.

Bevor der Bäcker etwas sagen konnte, kam Melchior mit einem Krug honiggesüßten Wassers heraus.

»Hier! Das wird Euch sicherlich gut tun«, sagte er, hielt seinem Vater und dem Bäcker die Becher hin, bevor er seiner Mutter sanft ihr spezielles Trinkgefäß in die verkrüppelten Hände drückte. Bevor er sich selbst auf einen Melkschemel setzte, schenkte er allen ein und brach die Stille: »Nun erzählt, was ist mit Eurer Frau?«

Drei Augenpaare schauten den pausbäckigen Nachbarn ermunternd an. Dennoch schien er irgendwie nicht in der Lage zu sein, etwas zu sagen. Er zögerte, nippte am Becher, schüttelte sich krampfhaft und begann zu weinen.

»Na, na, na. So schlimm wird's schon nicht sein«, tröstete ihn die Weberin und bemühte sich, ein Tuch aus ihrer Schürze zu ziehen, was aber nur mit Hilfe ihres Sohnes gelang. Melchior drückte den Lappen, der offensichtlich schon so einiges mitgemacht hatte, dem Bäcker in die Hand. Er schnäuzte hinein und fuhr sich damit übers Gesicht, bevor er ihn zurückgab. Als wollte er seine Stimme ölen, trank er den Becher in einem Zug aus. Dann berichtete er mit zittriger Stimme, seine Frau sei schon seit gestern spurlos verschwunden und er habe sie die ganze Nacht über erfolglos gesucht.

»Nichts! Als wenn sie der Erdboden verschluckt hätte.«

»Das gibt's doch nicht! Barbara kann doch nicht so einfach verschwunden sein«, versuchte der alte Leinweber seinen Nachbarn zu beruhigen.

»Wo und wann habt Ihr sie denn zuletzt gesehen?«, wollte Melchior wissen.

»Gestern!«, kam die knappe, für Melchior allerdings zu unpräzise Antwort.

»Nun lasst Euch nicht alles aus der Nase ziehen. Wir wollen Euch doch nur helfen«, entfuhr es dem Webersohn fast eine Spur zu laut. Da er dies selbst gemerkt hatte, klopfte er dem Bäcker entschuldigend auf den Oberschenkel, dass es staubte. »Verzeiht mir, wenn ich weiterfrage. Wann hat Eure Frau das Haus verlassen und wohin ist sie gegangen?«

»Na ja: Wie jeden Mittwoch ist sie vormittags zum Wochenmarkt und wollte danach zum Medicus, um lindernden Kräutersud und eine Salbe abzuholen. Ihr wisst ja: Die Gicht und …«

»Ja, ja, die Gicht«, fiel ihm die Weberin ins Wort und hob gleichzeitig beschwörend ihre zu Klumpen verformten Hände in die Höhe, vergaß dabei allerdings, dass sie den Becher noch in Händen hielt.

Melchior konnte das Trinkgefäß, das vom Töpfer Cornelius Brugger extra für ihre Finger angepasst worden war, gerade noch auffangen, bevor dieses zu Boden fiel. Erleichtert schnaufte er aus.

»Glück gehabt.«

Der Bäcker fuhr fort: »Sie hat weder gekocht noch war sie zum Mittagsmahl zurück. Das ist aber nicht alles. Seit einiger Zeit klagt sie über starke Magenschmerzen. Deswegen wollte sie zum Medicus gehen … obwohl seine Mittelchen bisher versagt haben.«

»Aber warum hast du sie dann nicht schon gestern gesucht?«, wollte Mathias Henne wissen.

»Hab' ich doch!«, kam entrüstet die Antwort. »Als Erstes bin ich zum Medicus …«

»Und?«, konnte es Melchiors Vater nicht erwarten.

Der Bäcker schaute unsicher um sich, bevor er weitererzählte: »Nachdem mir der Medicus gesagt hat, meine Holde sei überhaupt nicht bei ihm gewesen, habe ich das ganze Dorf abgesucht. Da Barbara immerhin über sechzig ist, habe ich gedacht, dass sie nicht weit sein kann. Außerdem *hatscht* sie und kann deswegen sowieso nicht weit laufen.«

»Und Ihr habt wirklich alles abgesucht? Habt Ihr dabei von irgendwoher Hilfe bekommen?«, hakte Melchior schon wieder nach.

Da der Bäcker nicht mit so vielen Fragen gerechnet hatte, war er verunsichert und schnaufte tief durch.

»Nein! ... Das heißt: Ja! Selbstverständlich habe ich alles nach ihr abgesucht, allerdings nur innerhalb des Dorfes. In die Wälder bin ich nicht gegangen. Ich bin schließlich auch nicht mehr der Jüngste. Und um Hilfe habe ich niemanden gebeten, weil ich nicht gleich die Pferde scheu machen wollte. Kinder, die mir dabei hätten helfen können, haben wir ja auch keine mehr.« Nachdem er dies gesagt hatte, senkte er traurig den Kopf.

Melchior überlegte ein Weilchen, bevor er erzählte, er habe beim gestrigen Markt nicht nur Frau Föhr, sondern auch einen Planwagen mit Gauklern und Possenreißern gesehen.

»Du glaubst doch nicht, dass die alte Weiber entführen«, musste jetzt selbst der Bäcker lachen, bevor er den Kopf schüttelte. »Die hätten eine Freude an meinem Drachen.«

»Aber es ist bekannt, dass immer wieder Menschen verschwunden sind, wenn kurz zuvor Vaganten in der Stadt oder in einem Dorf waren«, wollte Melchior, der selbst gemerkt hatte, dass er in seinem Eifer Unsinn geschwatzt hatte, sich herausreden, provozierte dadurch allerdings nur ein verständnisloses ›Blödsinn‹ vom Bäcker.

»Er hat nicht ganz unrecht«, wurde Melchior von seinem Vater in Schutz genommen. »Wir müssen alles in Betracht ziehen.«

»Ja! Wo soll sie denn sonst sein?«, mischte sich jetzt auch noch die Mutter ein.

»Lass es gut sein, Rosa. So kommen wir nicht weiter«. Der Leinweber lächelte seine Frau sanft an und drückte ihr den Becher, den ihr Melchior kurz zuvor wieder aus den Händen genommen hatte, zwischen die Finger.

Die tapfere Frau lächelte dankbar zurück. Sie wusste, dass sie von ihren Männern niemals im Stich gelassen und bis zu ihrem Lebensende ein beschütztes Zuhause haben würde. Und dass sie sich künftig niemals allein vom Haus entfernen würde, schwor sie sich jetzt insgeheim. Nachdem die drei noch ein Weilchen gemutmaßt und beratschlagt hatten, klopfte sich Melchior so fest mit beiden Händen auf die Oberschenkel, dass die anderen erschraken.

»Ich weiß, was wir tun! Wir stellen sofort ein paar Suchtrupps zusammen und durchkämmen nicht nur das ganze Dorf, sondern auch die Wiesen und Wälder rund um Staufen.«

Kapitel 4

Zur selben Zeit nahm Lodewig, zweitgeborener und siebzehnjähriger Sohn des Kastellans, zum ersten Mal seinen sechsjährigen Bruder Diederich zu einem seiner alten Lieblingsplätze mit. Da Lodewig bald Geburtstag haben würde und damit offiziell als Erwachsener galt, wollte er sich endgültig von allen Kindereien, so auch von der ›Staufenburg‹, einer selbst zusammengezimmerten Bretterhütte auf dem Staufenberg, verabschieden. Hätte er auch nur im Entferntesten geahnt, wie plötzlich das Erwachsensein kommen, wie gnadenlos es sein bisher unbekümmertes Leben erfassen und auf welch brutale Art er am Ende dieses trüben Septembertages gezwungen sein würde, die Welt mit anderen Augen zu sehen, hätte er sich wohl kaum ohne das Wissen seiner Mutter aus dem Schloss geschlichen und zudem auch noch Verantwortung für seinen jüngeren Bruder Diederich übernommen. Dem kleinen Lausbub war ein ebenso fröhliches Naturell wie seinen beiden älteren Brüdern in die Wiege gelegt worden. Aber er war – im Gegensatz zu ihnen – zurückhaltend, ja, man könnte sagen schüchtern, fast ängstlich. Der jüngste Sohn des Kastellans wusste, dass er von allen geliebt wurde und fühlte sich im Kreise seiner Familie am wohlsten. Lodewig war sein großes Vorbild. Er würde alles dafür tun, so zu werden wie sein großer Bruder. Allerdings war er bei weitem nicht so pfiffig wie Lodewig. Er war, weiß Gott, nicht dumm, tat sich aber doch etwas schwerer beim Lernen und beim Begreifen von Zusammenhängen. Seine Eltern sagten immer, dass sie ihn auch noch hinbekommen würden. Für sie war das sanftmütige und ehrliche Wesen ihres Jüngsten wichtiger als eine höhere Intelligenz. So war es kein Wunder, dass Diederich sich in all seinem Tun und Handeln auf seine Eltern und seine Brüder stützte. Vertrauensvoll folgte er dem Älteren auf den Staufenberg, einen teilweise bewaldeten Bergkegel, der sich als idealer Abenteuerplatz für die größeren Buben des Dorfes eignete.

Da Lodewig meist mit viel Arbeit eingedeckt wurde, konnte er sich nur davonschleichen, wenn sein Vater in seiner Eigenschaft als Schlossverwalter wieder einmal zum Rapport in der gräflichen Residenzstadt Immenstadt weilte. Bei solchen Gelegenheiten hatte sich der Heranwachsende oft mit seinem Freund Melchior auf dem Staufenberg getroffen, um ›Ritter‹ zu spielen. Im Dorf selbst trafen sie sich fast nie, da Lodewig zu Recht befürchtete, er könnte von etlichen älteren Staufnern gesehen werden, die dann nichts Besseres zu tun haben würden, als ihn bei seinem Vater anzuschwärzen, nur um vor diesem gut dazustehen. Auch heute wollte er Melchior wie gewohnt auf dem Staufenberg treffen, allerdings zum letzten Mal.

Lodewig wusste, dass der Ritt nach Immenstadt hin und zurück nicht unter drei oder vier Stunden bewältigt werden konnte und sein Vater mit Oberamtmann Conrad Speen viel zu besprechen hatte. Dennoch würde der Kastellan darauf achten, rechtzeitig vor Einbruch der Dunkelheit zurück zu sein, um nicht Gefahr zu laufen, von irgendwelchen Strauchdieben oder gar von Mordgesindel überfallen und ausgeraubt zu werden.

Aber darüber machte sich Lodewig keine Gedanken, er hatte jetzt anderes im Kopf, denn schon bald würde er in der Wahrnehmung seiner Mitmenschen als Mann gelten! Dass er damit auch ins heiratsfähige Alter kam, interessierte ihn trotz seiner derzeitigen Verliebtheit noch nicht ernsthaft. Ihn interessierten viel mehr die Privilegien, die der Eintritt ins Erwachsenenalter mit sich bringen würde.

»Weißt du Diederich«, begann er während des Fußmarsches zu erklären, »an meinem achtzehnten Geburtstag bekomme ich ein ›Glockenrapier‹, das ist ein fast zwei Fuß langer Degen. Er hat einen fein ziselierten Schutzkorb, in den Vater sogar unser Familienwappen eingravieren lassen möchte! Dazu werde ich auch noch eine ›Misericordia‹ erhalten. Vater sagt, dass dies der schönste italienische Dolch ist, den es gibt.«

Lodewig konnte es kaum erwarten, diese Waffen zu bekommen und endlich bei seinem Vater in die Kampfschule gehen zu dürfen. Der Bursche wertete dies als so etwas Ähnliches wie die frühmittelalterliche ›Schwertleite‹ oder den hochmittelalterlichen ›Ritterschlag‹, mit dem einst einundzwanzigjährige Burschen in den Ritterstand erhoben wurden. Das Schönste an der ganzen Sache aber war, dass er seine Waffen schon bald tragen durfte. Deswegen kreisten Lodewigs Überlegungen ständig um dieses Thema, wobei er sorgsam darauf achtete, bei seinen Gedanken genügend Freiraum für ein Mädchen zu lassen, das noch gar nichts von seiner Schwärmerei für sie wusste.

»Sarah …«, seufzte er leise, während sie endlich das Ziel erreichten.

Nach einem steilen Anstieg standen sie ein Stückchen südöstlich unterhalb des Staufenberggipfels auf den Mauerresten einer ›Arx‹. Auf der Plattform des ehemals römischen Wachturms hatte Lodewig zusammen mit seinem besten Freund Melchior Henne und ein paar anderen Freunden vor vielen Jahren die kleine Holzhütte errichtet, die ihnen nicht nur zum Spielen, sondern bei plötzlich einsetzendem Regen als Unterstand gedient hatte. Da sich Lodewig mittlerweile zu alt für Ritterspiele fühlte, hatte er die Hütte heute seinem kleinen Bruder zeigen und ihm ›offiziell‹ übergeben wollen.

»Und die schenkst du mir jetzt?«, fragte Diederich, dem die Begeisterung aus den großen Augen leuchtete, ungläubig.

»Ja! Pass auf, wenn du etwas älter bist, kannst du mit deinen Freunden hier Ritter spielen, und du bist der Burgherr.«

Großmütig überließ er ihm die ›Burg‹, sozusagen in Form eines vererblichen Adelsgutes, während er gleichzeitig über die kindliche Freude seines Bruders schmunzelte. Dieser hatte jetzt nur noch Augen für die Hütte, richtete sich häuslich ein und sammelte Tannenzapfen für den Kugelhagel auf die Feinde, während Lodewig zunehmend ungeduldig auf seinen Freund Melchior wartete. Dies sollte ihr endgültiger Abschied von der Kindheit werden. Lodewig lächelte, so feierlich war das nun auch wieder nicht, schließlich waren sie beide eigentlich schon längst aus den Kinderschuhen herausgewachsen.

»Wo bleibt Melchior nur?«, fragte er Diederich, als wüsste der Kleine eine Antwort darauf.

In der Vergangenheit hatte es die Freunde oft hierher gezogen, obwohl ihnen dies beide Väter aufgrund der unruhigen Zeiten immer wieder verboten hatten. Aber es war einfach zu schön hier oben, um immer nur auf die gut gemeinten Worte der Erwachsenen zu hören – immerhin gehörten sie jetzt selbst bald zu ihnen.

»Lass uns noch das Stückchen bis zum Gipfel hochsteigen. Dort siehst du rüber bis zu den Burgen Rothenfels und Hugofels«, lockte Lodewig seinen Bruder, der nur widerwillig folgte, weil er ›seine Burg‹ nicht mehr verlassen wollte. »Diese Burgen hat der Freiherr Georg von Königsegg bewohnt, bevor er ins Stadtschloss nach Immenstadt gezogen ist.«

Aber so richtig konnte er das Interesse des Kleinen nicht wecken, noch dazu weil sie oben wegen der vielen Wolken und der nebelgeschwängerten Luft kaum etwas sehen konnten. Also stiegen sie wieder zur Plattform hinunter, wo Lodewig weiter auf Melchior warten wollte. Er ärgerte sich über die Nebelschwaden, weswegen die ansonsten wunderbare Sicht übers Weißachtal zum schweizerischen Säntis hinüber getrübt wurde. Wenigstens war der Blick nach rechts zum näher gelegenen Kapfberg, den man nur als Kapf bezeichnete, mit dem Stießberg, auf dem das Schloss Staufen stand, einigermaßen klar. Der Heranwachsende war heute nur deshalb hierhergekommen, weil sein Vater in Immenstadt zu tun hatte und ihn nicht beim Arbeit-Schwänzen erwischen konnte. Normalerweise hatte sich Lodewig immer gutes Wetter für seine Ausflüge auf den Staufenberg ausgesucht und im Gegensatz zu heute stets Freude daran gehabt.

»Schade, dass es keine Ritter mehr gibt«, meinte Diederich, als sein Bruder erzählte, dass ihr Schloss früher eine echte Ritterburg gewesen war, und fügte enttäuscht hinzu, es wäre schön, wenn das Schloss seinem Papa gehören würde.

Lodewig strich dem kleinen Racker liebevoll durchs Haar. Er wusste, dass es ihm und seinen Brüdern – auch wenn ihnen das Schloss nicht gehörte – ausnehmend gut ging. Sie hatten sogar eine separate Bubenkammer, die, im Gegensatz zu all ihren Freunden, deren gesamtes Familienleben sich in einem einzigen Raum abspielte, so richtig viel Platz bot, insbesondere seit Eginhard, der mit zwanzig Jahren älteste der drei Brüder, nach Bregenz gezogen war, um dort die scholastische Medizin und die Naturheilkunde, wie sie die Mönche des direkt am Bodensee liegenden Klosters Mehrerau praktizierten, zu studieren. Da ihm seine Mutter immer wieder eingebläut hatte, mit Diederich möglichst viel zu sprechen und ihm alles genau zu erklären, weil er stärker als andere Kinder seines Alters gefördert werden müsse, griff Lodewig das Stichwort ›Ritterburg‹ auf.

»Vater sagt, dass unser Schloss 1043 zum ersten Mal erwähnt wurde«, erklärte er, obwohl er merkte, dass Diederich lieber einem Schmetterling hinterherrannte, anstatt ihm die gebührende Aufmerksamkeit zu schenken. »Komm her und pass gefälligst auf!«, zischte Lodewig den Jüngeren an, erreichte damit aber nur, dass es in Diederichs Gesicht verräterisch zuckte. Erst als er sich beruhigt hatte, unternahm der Ältere noch einen Versuch: »Mama sagt, dass unsere Vorfahren in den Ritterstand erhoben worden sind und wir uns mit der Vergangenheit unserer Familie auskennen müssen, wenn wir es später zu etwas bringen möchten. Obwohl wir stolz auf unsere Familie sein können und blaublütig sind, ist dies allein nicht genug, um von unserem Herrn ein verantwortungsvolles Amt zu bekommen. Wir müssen uns immer wieder aufs Neue bewähren.«

»Aber unser Blut ist doch nur hellblau, sagt Papa immer.«

Lodewig musste schmunzeln.

»Auch wenn wir ›nur‹ dem niederen Adel angehören, so sind wir doch Adlige«, sagte Lodewig, bevor er mit seinem Geschichtsunterricht über das Schloss Staufen fortfuhr.

Den Ausführungen über die Vorbesitzer des Schlosses folgte Diederich nur mit halbem Ohr, ja er unterbrach seinen Bruder sogar, als es ihm zu viel wurde. »Woher weißt du so viel über unser Schloss?«

»Woher wohl? Natürlich von unserem Vater! Er hat Einblick in alle Urkunden und Aufzeichnungen, die im gräflichen Archiv in Immenstadt verwahrt werden. Auch in unserer Bibliothek liegen wertvolle Dokumente, du glaubst gar nicht, wie stolz Vater darauf ist. Außerdem habe ich viel von meinem Lehrer erfahren.«

»Von Propst Glatt?«

»Ja, Diederich!«

Mittlerweile war es später Nachmittag geworden, und Lodewig drängte zum Aufbruch.

»Es könnte sein, dass es heute noch regnen wird. Und vor dem Vater sollten wir auf jeden Fall zu Hause sein. Melchior kommt jetzt sowieso nicht mehr.«

Von der Mutter dürfte Lodewig und Diederich heute keine Gefahr drohen, da sie ihren allwöchentlichen Waschtag hatte. Wie immer würde sie auf den sicheren Schutz der Schlossmauern und zudem auf die Wachsamkeit der diensthabenden Torwache vertrauen. Nie würde sie darauf kommen, dass Lodewig den zerbröckelten Teil der Südmauer dazu nutzen würde, um auf diesem Weg von Zeit zu Zeit auszubüchsen … und dies sogar mit Diederich im Schlepptau. So ging sie auch heute unbekümmert ihrer Arbeit nach, ohne sich Gedanken über ihre Sprösslinge zu machen. Außerdem war schließlich auch noch eine Hausmagd da, die sich um Diederich kümmern konnte. Da aber die eine dachte, Diederich sei bei der anderen, hatten weder die Magd noch die Herrin bemerkt, dass er sich mit Lodewig durch das kleine eisengeschmiedete Türchen, das zum Schlossgarten führte, davongeschlichen hatte. Danach hatten die Knaben den Weg entlang der südlichen Gartenmauer genommen, von wo aus sie sich über einen schmalen und gefährlich rutschigen Pfad den gesamten Schlosskomplex entlanggehangelt hatten. »Wenn du nicht aufpasst, stürzt du dort hinunter!«, hatte Lodewig den Kleinen gewarnt und ihn langsam vor sich hergeschoben.

Zurück wollte Lodewig einen anderen Weg gehen. Zuvor mussten die beiden Burschen noch durch Wald und Wiesen den Staufenberg hinunter, dann über eine ehemalige Viehweide, bevor sie ein ganzes Stück weiter an den Ortsrand gelangen würden. Dabei mussten sie an einem Gräberfeld vorbei, das man wohl vor vielen Jahrhunderten in sicherer Entfernung zum Ort am Fuße des Staufenberges angelegt hatte. Niemand wusste, wer einst in diesen Gräbern bestattet worden war. Der Ortspfarrer vermutete, dass es wohl Aussätzige gewesen sein mussten, die, wie er immer zu sagen pflegte, ›als strafender Wille Gottes‹ Lepra oder Cholera gehabt hatten und vom Siechenhaus nahe Genhofen hierher gebracht und dann in die Gruben gelegt worden waren. Daher nannte man diesen Ort der ewigen Ruhe kurzerhand ›Leprosenfriedhof‹.

»Wahrscheinlich Staufner, die in Heimaterde beigesetzt werden wollten«, hatte der Mann Gottes immer wieder betont, wenn er danach gefragt worden war. Obwohl es sich um einen geweihten Ort handelte, kümmerte sich nicht einmal der Ortspfarrer darum. Kein Wunder, dass dieser Platz mehr und mehr verkam und manchmal sogar das Vieh der nahe gelegenen *Galtalpe* darauf weidete.

Diederich konnte nicht so schnell laufen wie sein drahtiger Bruder. Bergauf war es für den Jüngeren zwar anstrengender, aber irgendwie leichter gewesen, mit dem Älteren Schritt zu halten. Da Lodewig auf Höhe des aufgelassenen Leprosenfriedhofes auf seinen Bruder warten musste, dachte er an den alten Grabstein, dessen Schrift er schon vor Jahren mehrmals begonnen hatte zu entziffern, was er aber wegen seines damals noch bescheidenen Lateins nie geschafft hatte. Da seine Kenntnisse dank seines strengen Privatlehrers Jahr für Jahr besser geworden waren, konnte er es jetzt – wenn er schon einmal hier war – ja noch einmal versuchen.

Der Ort wirkte düster und durch den Nebel noch bedrückender als sonst. Er ließ Lodewig erschauern. Weil dieser abseits gelegene Gottesacker von den Lebenden gemieden wurde, war auch er immer nur hier vorbeigekommen, wenn er mit Melchior und den anderen, die seiner ›Ritterschaft‹ angehört hatten, auf den Staufenberg gegangen war. So war es kein Wunder, dass er den gesuchten Grabstein zwischen den vielen morschen Holzkreuzen nicht gleich fand. Alles war von Farn und Gestrüpp überwuchert. Dazu kam noch, dass Lodewig darauf achten musste, wo er hintrat. Da die sterblichen Überreste der Bestatteten mittlerweile verrottet waren, war das Gräberfeld von Bodenmulden übersät. Und als sich auch noch ein schlieriger Nebel darüber gelegt hatte, konnte Lodewig fast nichts sehen.

»Heilige Maria und Josef!«, fluchte er, nachdem er gestolpert und mit dem Gesicht mitten in einem Brennesselnest gelandet war. »Aua! – Verdammt nochmal!«, schrie er, als sich auch noch juckender Schmerz meldete.

Nachdem Lodewig sich aufgerappelt, sich vom Gestrüpp befreit und sein Gesicht abgeputzt hatte, wollte er wissen, worüber er gestolpert war. Er drehte sich um und sah hinter einem Grabstein Füße aus der Nebelsuppe hervorlugen.

Schockiert registrierte er fast gleichzeitig die verwaschene Schrift auf dem Grabstein davor: ›et verbum caro factum est‹. Wie gelähmt sog Lodewig diese Worte in sich hinein, während sich sein Blick schon wieder dort verankert hatte, wo er hoffte, das nicht mehr zu sehen, was er soeben entdeckt hatte. Als er die Füße doch wieder sah, huschte sein Blick verängstigt zum Grabstein zurück. Obwohl er vor sich die menschlichen Füße sah, hatte er nichts Besseres zu tun, als sich über den vor Jahrzehnten gemeißelten Text auf einem Grabstein Gedanken zu machen. Aber er fürchtete sich davor zu entdecken, was der zu den Füßen gehörende Körper offenbaren würde.

»Und das Wort ward Fleisch!«, schoss es aus ihm heraus. Er stand vor jenem Grabstein, den er gesucht hatte. Jetzt hatte der Grabstein ihn gefunden, und er hatte die Schrift entziffert. Dies war im Bruchteil eines Augenaufschlages der Fall gewesen, als er die lateinische Inschrift gelesen hatte. Wie war das möglich? »Et caro factum est – und das Wort ward Fleisch«, murmelte er zweimal beschwörend hintereinander. »Fleisch!«, schoss es ihm durch den Kopf und lenkte seinen Blick wieder zu den Füßen.

Obwohl er wie erstarrt war, gelang es dem jungen Mann recht schnell, die Fassung wiederzubekommen. Vorsichtig trat er näher und schob langsam seinen Kopf durch die Nebelschwaden. Als er klar sah, glaubte er, an seinem eigenen Atem zu ersticken. Direkt vor ihm lag eine Frau, die offensichtlich tot war und zudem übel zugerichtet aussah. Zumindest deuteten die Ratten und die ekligen Nacktschnecken, die sich über das Gesicht und die unbedeckten Gliedmaßen des bedauernswerten Geschöpfes hergemacht hatten, darauf, dass hier nichts mehr zu retten war. Und dass es sich dabei um eine Frau handelte, konnte Lodewig an deren Gewandung feststellen. Wieder stand er wie angewurzelt da. Er hatte zwar schon einige Leichen gesehen. Aber die hatten schön gefaltete Hände und allesamt ausgesehen, als würden sie schlafen – aber so etwas? Der eben noch ungezwungene Bursche war schlagartig zum jungen Mann gereift. Zumindest hatte er ungewollt einen großen Schritt in diese Richtung getan.

Jetzt endlich hörte er Diederich nach ihm rufen. Nichts wie weg, dachte er und rannte seinem Bruder entgegen. Dadurch wollte er vermeiden, dass der Kleine die Tote sah. Lodewig war klug genug, um zu wissen, dass er die Sache sofort melden musste. Aber wie sollte er erklären, was er und sein Bruder am alten Leprosenfriedhof zu suchen hatten?

»Mist! ... Diederich!«, schrie Lodewig so laut er konnte, als er seinen Bruder aus den Niedergewächsen des Waldrandes stolpern sah. Der Kleine war heilfroh, ihn gefunden zu haben.

Als sie endlich am Dorf angekommen waren, sah Lodewig jemanden von der Kirche her kommen und in Richtung des Bechtelerhofes einbiegen. Hastig gebot er Diederich, sich nicht von der Stelle zu rühren, bis er wieder zurück sei.

»Ich gehe nur schnell zu den Leuten rüber.« Dabei zeigte er auf die – wie er jetzt ausmachen konnte – zwei Männer und rannte rufend hinter ihnen her. »Melchior! Was machst du denn hier?«, fragte Lodewig etwas verwirrt, nachdem sich die beiden umgedreht hatten.

Melchior dachte, sein Freund wolle sich darüber beklagen, weil er nicht zum verabredeten Zeitpunkt auf den Staufenberg gekommen war.

»Es tut mir leid, dass ich nicht da war, aber wir suchen Frau Föhr, die Bäckersfrau«, entschuldigte er sich und berichtete auf die Schnelle, was vorgefallen war und dass sie einer der Suchtrupps seien, die er zusammengestellt hatte.

Lodewig warf einen Blick zu Diederich und überlegte, ob er mit ihm nach Hause gehen oder Melchior zum Leprosenfriedhof begleiten sollte. Da er Angst vor Ärger hatte, zog er es vor, seinen Freund beiseite zu nehmen und ihm zu erzählen, was er soeben entdeckt hatte.

»Tu so, als hättet ihr sie gefunden. Lass mich aus dem Spiel. Ich danke dir … und ich verlasse mich auf dich, mein Freund«, schloss er seinen Bericht ab.

Melchior war entsetzt über das soeben Gehörte, nickte dennoch verständnis- und vertrauensvoll und sagte zu dem anderen in gespielter Gelassenheit: »Lass uns dort weitersuchen. Wir gehen in diese Richtung!« Dabei zeigte er zum Leprosenfriedhof.

Lodewig wollte nichts anderes, als möglichst schnell nach Hause kommen. Er eilte zu Diederich zurück, der ihm einen Hornkäfer zeigte. Dieser klammerte sich an einen Zweig, den das Kind fasziniert immer heftiger bewegte, aber er konnte ihn nicht wegschleudern. Doch dafür hatte Lodewig jetzt keinen Sinn, auch wenn er froh war, dass der Bruder nichts von dem Grauen mitbekommen hatte. Sie mussten jetzt durch das Dorf und dann den Schlossbuckel hoch, bevor sie sich – auf welchem Weg auch immer – in den Schlosshof schleichen konnten, um ihre Abwesenheit vor den Eltern zu verheimlichen.

Lodewig, in Gedanken an die tote Frau vertieft, war wie ein aufgezogenes Uhrwerk weitergelaufen und schon fast an der Staufner Pfarrkirche St. Petrus und Paulus vorbei, als er sich nach Diederich umdrehte. Wo ist dieser Schlingel schon wieder?, dachte er und rief nach seinem Bruder, während er fluchend zurücklief. Aber Diederich war nirgends zu sehen. Zuletzt fand er ihn wie angewurzelt an der Mauer des Kirchhofs stehen.

»Was ist denn, warum kommst du nicht?«, fragte er ihn ungeduldig.

»Lodewig, da gibt es Geister«, seine Stimme zitterte. »Da«, er deutete zum Friedhof, »ich hab' es ganz deutlich gehört, da lachen welche – wie Geister, echte Geister! Da spukt es … ehrlich.«

Am liebsten hätte Lodewig ihn gepackt und weitergezogen.

»Das gibt es nicht, Bruder, das bildest du dir nur ein!«

Was war Diederich doch für ein Hasenherz. Lodewig zögerte, lauschte, nichts war zu hören.

»Aber da waren Stimmen, ganz deutlich, und die haben ganz grässlich gelacht.«

Wie konnte er seinen Bruder nur von dieser Ängstlichkeit kurieren? Nachschauen, konfrontieren, da half alles nichts.

»Also gut, wir sehen schnell nach«, knurrte er.

Lodewig erinnerte sich an das alte Mauerloch, durch das man auf den Gottesacker schlüpfen konnte. Früher war dies noch möglich gewesen. Seit aber der ehemalige Leichenbestatter selbst in einem der Gräber lag und hier ein anderer das Sagen hatte, war das Betreten des Kirchhofes für Kinder strikt verboten worden. Dennoch zog er seinen Bruder kurz entschlossen dorthin.

»Von mir aus, ich zeig' dir, dass da nichts und niemand ist, damit du ein für alle Mal mit der Narretei aufhörst!« Er schlüpfte mit ihm durch das Mauerloch, dann hielten sie still und lauschten. Lodewig wollte schon zufrieden sagen: »Na, glaubst du mir jetzt?«, da hörte er tatsächlich Stimmen. Oder täuschte er sich? Doch, zweifellos hörte er die Stimme eines Mannes, der auf jemanden einzureden schien. Er konnte zwar nur ein Flüstern vernehmen, wusste jetzt aber, dass sich auf dem Kirchhof außer ihm und Diederich mindestens zwei andere Leute aufhalten mussten. Bei Lodewig läuteten die Alarmglocken. Die Brüder duckten sich hinter einen Grabstein. Eine dunkel gewandete Person kam auf sie zu. Was für ein Tag, seufzte Lodewig innerlich, während er still verharrte und hoffte, die Angst einflößende Gestalt möge nicht in ihre Richtung gehen. Sie hatten Glück; der Mann blieb in einiger Entfernung stehen und schien, den Geräuschen nach zu urteilen, an seiner Gewandung herumzunesteln.

Was tut der nur?, fragte sich Lodewig, der seine Antwort bekam, als es anfing zu plätschern. Wenn er seinen Bruder schützen wollte, durften sie sich jetzt nicht bewegen. Erst als der Mann sein Geschäft erledigt und erfolglos versucht hatte, auch den letzten Tropfen herauszuschütteln, beruhigte sich Lodewig etwas. Da die Gefahr, entdeckt zu werden, aber bei Weitem nicht vorüber war, mussten sie noch so lange still halten, bis die Gestalt dorthin zurückging, von wo sie gekommen war. Er legte seinem Bruder den Arm um die Schultern, da dieser heftig zitterte.

»Na, können Gespenster pieseln?«, versuchte er zu spaßen, obwohl ihm eigentlich nicht danach war. Was hecken die da bloß aus, fragte er sich, während er beruhigend über Diederichs Kopf streichelte. Als der Kleine etwas sagen wollte, drückte ihm Lodewig sanft den Mund zu und beschwor ihn: »Du musst jetzt ganz still sein. Ich schleiche mich kurz hinüber, bin aber gleich wieder hier. Hörst du, Diederich?«

Sein Bruder nickte folgsam, aber wohl war ihm dabei ganz und gar nicht.

Schnell schlich Lodewig in die Richtung, aus der die Stimmen gekommen waren und wohin die unheimlich wirkende Gestalt wieder zurückgegangen war. Er huschte von Grab zu Grab und nutzte jeden Baum als Deckung, so lange, bis er dem Getuschel ganz nahe gekommen war und schemenhaft zwei Schatten sah. Als er nur wenige Schritte von ihnen entfernt war, suchte er Schutz und fand diesen hinter einem Erdhaufen. Während er verschnaufte, lugte er vorsichtig hervor und sah, dass der eine gestikulierend auf den anderen einredete.

Den kenne ich doch, wäre es Lodewig fast herausgerutscht. Er hatte den neuen Totengräber ausgemacht. Dumm war nur, dass er die andere Person nicht erkennen konnte, weil diese mit dem Rücken zu ihm an einem Baum lehnte.

Die Staufner suchten die Gräber ihrer Verstorbenen nur selten auf, weil hier nach wie vor viel Aberglauben aus keltischen und alemannischen Zeiten vorherrschte und immer wieder unheimliche Geschichten über rastlose Geister von Toten die Runde unter den gutgläubigen Menschen machten. Sie trauten sich nur am hellen Tag auf den Gottesacker, um ihre Toten zu besuchen. Außerdem war der um die Pfarrkirche herum angelegte Friedhof, den man deswegen auch als Kirchhof bezeichnete, im Gegensatz zu früheren Zeiten kein Ort mehr, an dem man sich zu einem gemütlichen Schwätzchen traf. Umso merkwürdiger kam Lodewig dieses geheimnisvoll wirkende Treffen vor, weswegen er das Gefühl hatte, dass der Teufel selbst die Glut seiner Neugier schürte. Wenn sich der Totengräber um diese Uhrzeit mit einem Fremden auf dem Kirchhof trifft, um etwas zu besprechen, verheißt dies nichts Gutes, überlegte Lodewig, dessen Neugierde jetzt so gewaltig geweckt war, dass er über die einbrechende Dunkelheit hinwegsah und nicht mehr an den Nachhauseweg dachte.

Wenigstens vergaß er seinen Bruder nicht. Um zu verhindern, dass der Kleine die beiden Männer auf sich aufmerksam machen konnte, schlich sich Lodewig zu ihm zurück.

»Schhh! … Leise!«, beschwor er ihn, bevor er ihm erklärte, sie müssten jetzt ganz still sein, weil dort drüben zwei Männer seien, zu denen sie jetzt gemeinsam hinüberschleichen würden.

»Ich muss unbedingt wissen, über was die reden«, flüsterte Lodewig Diederich ins Ohr und nahm ihn an die Hand. Nachdem die beiden ihre Position hinter dem Erdhaufen eingenommen hatten, strich er Diederich wieder übers Haar und deutete ihm nochmals, still zu sein. Aber es half nichts. Möglicherweise lag es an der langsam hereinbrechenden Dunkelheit, dass Diederich – der noch nie ohne elterliche Begleitung und wenn, dann nur bei Tage auf dem Kirchhof gewesen war – schon bald zu schniefen anfing.

»Schhh!«, forderte ihn sein älterer Bruder wieder auf, still zu sein. Er wollte hören, worüber sich die beiden finsteren Gestalten unterhielten. Obwohl er wusste, dass die Mutter und vielleicht auch schon der Vater auf sie warteten und sie längst zu Hause sein müssten, wollte sich der Größere nicht von seinem Vorhaben abbringen lassen.

Er drückte den verängstigten Diederich fest an sich und sah im fahlen Schein des untergehenden Tages, wie der Totengräber Geld aus einem Beutel kramte, um es dem anderen in die Hände zu zählen. Ob es *Heller*, *Kreuzer* oder gar *Gulden* waren, konnte er weder sehen noch am Geklimper hören. Die zweite Person konnte er immer noch nicht erkennen. Aber ihm fiel auf, dass dessen Stimme genauso wenig vertrauensvoll klang wie die des Totengräbers, zudem war sie kratzig und hörte sich irgendwie lallend an.

»Das ist zu wenig! Wir haben mehr ausgemacht«, schien er sich zu beschweren.

»Halt dein Maul! Den Rest bekommst du, wenn du sie hierher gebracht hast. Erst dann gilt dein Teil unserer Abmachung als erfüllt!«, blaffte ihn der Totengräber an.

Der andere knurrte zwar, ließ aber das Geld schnell in einem Lederbeutel verschwinden.

Da Diederich leise zu flennen begonnen hatte, musste sich Lodewig wohl oder übel um ihn kümmern.

»Ausgerechnet jetzt«, schimpfte er, erreichte damit aber nur, dass der Kleine noch lauter schluchzte und er nicht mitbekam, worüber die beiden Männer jetzt sprachen.

»Gut, dass ich das Grab schon ausgehoben habe«, lobte sich der Totengräber selbst. Er klopfte dem anderen auf die Schulter und schmeichelte ihm: »Deine ›Arznei‹ hat gut gewirkt und somit war unser Versuch erfolgreich.«

Nachdem es Lodewig mühsam gelungen war, den Kleinen zu beruhigen, bemühte er sich wieder, etwas vom Gespräch zu erhaschen. Pech für ihn, dass die beiden inzwischen das Thema gewechselt hatten.

Wieder blickte sich der Totengräber unruhig um.

»Hier hast du noch etwas Geld, damit du dir deinen Arbeitsplatz vertrauenswürdiger einrichten kannst. Räum dort erst mal ordentlich auf und lass die leeren Schnapsflaschen verschwinden. Und dann spute dich, endlich die benötigten Kräuter herbeizuschaffen.«

»Ist ja schon gut. Die hole ich beim ›Kräutermann‹ in Hopfen«, versuchte der andere den Totengräber zu beruhigen.

Da Lodewig verhindern musste, dass sein Bruder hörbar den Rotz hochzog, putzte er ihm hastig die Nase, verpasste dabei aber den letzten Satz.

»Schhh!« Um doch noch etwas hören zu können, legte er Diederich wieder eine Hand auf den Mund.

»Wenn danach noch Geld übrig ist, kannst du dir ja einen Schnaps gönnen. Aber bedenke, dass die Zeit reif ist, und wir es jetzt unverzüglich anpacken müssen!«, beschwor der Totengräber den anderen, der auch diese Münzen eilends in seinem Geldbeutel verschwinden ließ, während er sich bemühte, dem Totengräber weiter zuzuhören. »Du spielst deine Rolle als Wolf im Schafspelz recht überzeugend. Jedenfalls vertrauen dir diese Tölpel so langsam wieder«, fuhr der Totengräber fort, um abschließend zu beteuern, dass er selbst umgehend damit beginnen würde, ›das Gerücht‹ in die Welt zu setzen.

Obwohl Lodewig aufgrund seiner Unerfahrenheit in den verwerflichen Dingen des Lebens nicht annähernd verstehen konnte, worum es überhaupt ging, und er sich dementsprechend auch keinen Reim darauf machen konnte, um welches Gerücht es sich handeln könnte, fand er die Szenerie unheimlich spannend. Wie aufregend die ganze Sache wirklich war und noch werden würde, hätte er vielleicht ermessen können, wenn er alles gehört hätte, was der Totengräber zu dem Unbekannten gesagt hatte.

Wofür hat der andere Geld erhalten, überlegte Lodewig. Während er aufmerksam wartete, was jetzt noch kommen würde, hatte er nicht wahrgenommen, dass die Dunkelheit gänzlich über sie hereingebrochen war. Erst als Diederich die Angsttränen beim besten Willen nicht mehr zurückhalten konnte und laut zu schluchzen begann, wurde der Ältere aus seiner starren Spannung gerissen. Verdammter Mist. Wir müssen hier weg, schoss es ihm durch den Kopf.

Aber es war zu spät. Der Kleine hatte so laut geschluchzt, dass dies an die Ohren des Totengräbers gelangt war.

»Hast du das auch gehört?«, fragte er seinen Komplizen und drehte sich in Richtung der Knaben. »Hat da nicht ein Balg geheult?«

Als Lodewig dies hörte, fiel ihm schier das Herz in die Hose. Er packte seinen Bruder fest am Arm und schrie laut: »Los, Diederich! – Lauf!«

Zu Tode erschrocken nahmen die beiden ihre Beine in die Hand und rannten, was das Zeug hielt.

Trotz der Dunkelheit bekam der Totengräber schnell mit, dass es sich um zwei Knaben handelte, und er bemerkte auch, dass einer größer war als der andere. »Heinrich«, schrie er. »Hast du das auch gesehen? Los! Hinterher! Schneid ihnen den Weg ab!«, schrie er den verwirrten Arzt an und wies ihm die Richtung, während er selbst losrannte, um die Verfolgung aufzunehmen.

Da der Medicus aber schon zu viel Schnaps intus hatte, um überhaupt geradeaus laufen zu können, ließ er das Unterfangen gleich sein. Dies war ein Riesenglück für die beiden Flüchtenden. Sie schlugen mehrere Haken um Bäume, Grabsteine und Kreuze, übersahen in der Dunkelheit aber die frische Grube, die der Totengräber für den ›Versuch‹ ausgehoben hatte, und stürzten hinein.

War dies das Ende der beiden jungen Mitwisser? Es schien so! Insbesondere, da der Sturz Geräusche verursacht und beim Hineinfallen sogar Lodewig laut aufgeschrien hatte. Aber der Totengräber konnte den Weg der pfeilschnellen Knaben aufgrund der vielen Haken, die sie geschlagen hatten, nicht mehr nachvollziehen und ließ sich – auch durch das Rauschen der Blätter verunsichert – in eine andere Richtung lenken. Zu allem Übel irritierte ihn auch noch eine Eule mit ihrem monotonen Geschrei.

Lodewig rappelte sich schnell wieder auf und hielt Diederich sofort den Mund zu. Er beschwor ihn, keinen Laut mehr von sich zu geben. Der Jüngere nickte hastig und riss sich tatsächlich bewundernswert zusammen. Da es mittlerweile stockdunkel geworden war, musste der Totengräber seine Suche nach ein paar Minuten aufgeben.

»Himmelherrgottsakramentkreuzkruzifix noch mal. – Gottverdammte Scheiße!«, fluchte er in bester Manier derer, die der Kirche den Rücken gekehrt hatten, vor sich hin, während er eiligen Schrittes den Medicus suchte.

In der Hoffnung, die beiden doch noch zu finden, sah sich der Totengräber in den nächsten Minuten mit zusammengekniffenen Augen um und machte sogar noch eine Runde. Dabei kam er der Grube gefährlich nahe, drehte aber aufgrund eines Geräusches kurz davor ab. Jetzt war es ein Dachs, der seine Aufmerksamkeit auf sich gezogen und ihn dadurch abgelenkt hatte. Dass die Buben in der eben erst frisch ausgehobenen Grube kauerten, ahnte er nicht.

Erst nach einer ganzen Weile trauten sich die verängstigten Söhne des Kastellans, aus dem dreckigen Loch herauszuklettern. Lodewig machte zuerst für den Kleinen eine Spitzbubenleiter. Zuvor aber hatte er ihm beschwörend ins Ohr getuschelt: »Sei um Himmels willen so leise, dass dich keiner hört. Und beweg dich so lange nicht von der Stelle, bis ich bei dir bin!«

Danach kletterte er selbst behände aus dem Grab … und trat prompt auf die Schaufel, mit der diese Grube ausgehoben worden war, was natürlich wieder Geräusche verursachte. So ging die Jagd von vorne los. Die beiden rannten abermals davon und der Totengräber hinterher, während sich der Medicus wieder nicht aus seiner schnapsseligen Ruhe bringen ließ. Sie schafften es gerade noch bis zur Kirchhofmauer. Der Große zog den Kleinen vor sich und schob ihn zuerst durch die Maueröffnung.

»Nun mach schon, Diederich! Beeil dich!«

Als er selbst hindurchschlüpfen wollte und dies auch schon fast geschafft hatte, spürte er, dass sein rechter Fuß festgehalten wurde. Der Drang zu fliehen ließ ihn aber derart zappeln, dass der Totengräber am Ende nur Lodewigs Schuh in der Hand hielt. Für ihn war das Loch zu klein, und er musste – alle Schreckensgestalten der Hölle heraufbeschwörend – endgültig aufgeben.

Die Buben rannten so lange in Richtung Schloss, bis Diederich die Puste ausging. Sie waren dort angekommen, wo die schmalen ebenen Lehmwege des Dorfes zu Ende waren und die breite mit Kies belegte Zufahrt zum Schloss begann, dort bogen sie nach links ab und versteckten sich hinter dem ehemaligen Marstall, einem der größten Gebäude des Ortes.

»Geht's wieder?«, fragte Lodewig den Bruder nach einer Verschnaufpause. Aber Diederich vermochte nichts zu sagen, sondern nur zu nicken, während er leise vor sich hin schluchzte.

»Wir sind von oben bis unten schmutzig, überall zerkratzt, und ich habe nur noch einen Schuh. So ein Mist! – Außerdem sind wir viel zu spät dran, und Vater ist bestimmt schon zu Hause. Wie erklären wir das alles nur unserer Mutter?«, sorgte sich Lodewig.

»Mama«, schluchzte hingegen der Kleine. »Ich möchte zu meiner Mama.«

»Schon gut. Wir sind gleich im Schloss.« Lodewig verließ aller Mut, und er hatte jetzt plötzlich eine Heidenangst vor dem, was ihn dort erwarten würde.

Da hörten die beiden den Hufschlag eines galoppierenden Pferdes, was sie vorsichtig hinter der Hausecke hervorlugen ließ.

»Wer kann das sein? Etwa der grässliche Totengräber? Vater hat gesagt, dass man ihn vor längerer Zeit mit einem Schimmel gesehen hat«, erinnerte sich Lodewig mit Entsetzen. Den beiden rutschte jetzt endgültig das Herz in die Hose, was dazu führte, dass Diederich einnässte. Lodewig wollte seinen Bruder packen und ihn wieder hinter die Hausecke ziehen.

Aber Diederich wehrte sich und rief: »Papa, Papa!« Er hatte den Hengst seines Vaters – das einzige rabenschwarze Pferd im gesamten rothenfelsischen Gebiet – erkannt, riss sich los und rannte wild winkend auf die Straße. Die Brüder hatten Glück. Es war tatsächlich ihr Vater, der an ihnen vorbeigeritten war und seinen Rappen abrupt zum Stehen brachte, nachdem er die Stimme seines jüngsten Sohnes gehört hatte.

Er staunte nicht schlecht, seine beiden Söhne um diese Uhrzeit an dieser Stelle und in dieser Verfassung zu sehen. Zunächst aber hatte der Schlossverwalter Ulrich Dreyling von Wagrain keine Zeit, sich mit ihnen zu befassen. Er hatte Mühe, sein Pferd zu beruhigen. Als Diederich schreiend auf ihn zugerannt war, hatte es sich erschrocken aufgebäumt. Aber der erfahrene Reiter brachte es schnell wieder zur Raison. Tänzelnd und schnaubend nahm es das Getätschel seines Herrn an und hatte sich bald ganz beruhigt – nicht zuletzt auch, weil es die Söhne des Kastellans kannte.

»Was tut ihr denn um diese Uhrzeit hier?«, fragte er und wollte ein strenges Gesicht aufsetzen, was ihm aber nicht gelang. Als er bemerkte, dass Diederich sich zusammenriss, um nicht loszuheulen, schaute er besorgt von seinem Ross herunter. Aber es nützte nichts: Der Kleine konnte nicht mehr an sich halten und schluchzte heftig. Es war einfach zu viel für ihn, und so brach jetzt alles auf einmal aus ihm heraus.

»Komm, Diederich, steig auf«, bot der Vater mit sanfter Stimme an, während er ihm eine Hand herunterreichte und ihn vor sich auf den Sattel hob. Als er merkte, dass Diederich eingenässt hatte, wusste er, dass irgendetwas Schlimmes vorgefallen sein musste.

»Auf geht's, Lodewig! Schwing dich hinter mich!«, gebot er seinem Ältesten mit einem leicht verschärften Tonfall.

»Danke Papa!«, kam es kleinlaut zurück.

»Seit wann nennst du mich Papa?«, wunderte sich der Kastellan, der jetzt ganz sicher war, dass die beiden etwas auf dem Kerbholz haben mussten.

Während sie gemächlich den steilen Schlossbuckel hochritten, berichtete Lodewig aufgeregt, was sie auf dem Kirchhof erlebt und dass sie den Totengräber im Gespräch mit einem Unbekannten belauscht hatten. Von der toten Frau auf dem alten Leprosenfriedhof wollte er allerdings noch nicht erzählen.

»Heilige Maria und Josef!«, entfuhr es dem Kastellan, der den Totengräber vor nicht allzu langer Zeit in dieses Amt gehievt hatte.

Kapitel 5

Während sich die Söhne des Kastellans längst in Sicherheit befanden und soeben mit ihrem Vater durch das Schlosstor ritten, musste der Medicus vom Totengräber einen Anschiss über sich ergehen lassen, der sich gewaschen hatte.

»Hast du dich wieder beruhigt?«, beendete Heinrich Schwartz die Schimpfkanonade seines Kumpanen, als ihm diese leid geworden war.

»Ja! Aber es stimmt doch, mit dir kann man nichts anfangen.«

»Schon gut … und jetzt?« Der Totengräber hieb mit einem Fuß so fest in den Erdhaufen, dass sein Schuh tief im Dreck versank. Dennoch schien ihm dies gut getan zu haben – jedenfalls hatte er sich beruhigt.

»Dass sie mich erkannt haben, steht außer Frage, aber dies ist nicht so schlimm – immerhin gehört ein Leichenbestatter auf den Friedhof. Das ist doch normal, oder?«

Der Medicus nickte, äußerte aber nichts dazu und ließ den Totengräber weiterreden: »Wenigstens dürften sie dich nicht erkannt haben; du hast fast nichts gesagt und deinen Kopf gesenkt gehabt«, analysierte Ruland Berging die Lage.

Heinrich Schwartz runzelte die Stirn. »Das Problem ist nur, dass die beiden Burschen uns belauscht haben. Die Frage ist, was sie alles hören konnten.«

Der Totengräber nickte nachdenklich und betrachtete sich Lodewigs Schuhwerk. »Wir haben den Schuh des Größeren«, sagte er und hielt ihn wie eine Trophäe triumphierend in die Höhe. »Damit kriegen wir sie.«

»Außerdem haben wir nicht nur den Schuh, sondern vom anderen sogar den Namen«, ergänzte der Medicus.

»Du hast den Namen, den der Größere dem Kleineren zugerufen hat, auch gehört?«, wunderte sich der Totengräber. »Ich habe gedacht, du hättest von der ganzen Aktion kaum etwas mitbekommen.«

Arschloch, dachte sich der Medicus. »Natürlich habe ich den Namen gehört: Diedrich! Der Große hat ja laut genug geschrien«.

»Nein, Diderik!«, verbesserte der Totengräber, der den Namen im Eifer des Gefechtes so verstanden hatte und sicher war, dass der Medicus aufgrund seines Alkoholpegels falsch lag. »Diderik! Der Knabe heißt Diderik! ... oder Didrik ... Didrik mit einem k hinten«, betonte er nochmals, relativierte das vermeintlich Gehörte allerdings am Schluss doch wieder.

Als der Medicus etwas sagen wollte, fiel ihm der Totengräber sofort ins Wort: »Diedrich oder Diderik, Diederich oder Didrik ... Wo liegt da der Unterschied? Hört sich vielleicht etwas anders an, ist aber dasselbe!«

»Ich meine zwar, Diedrich gehört zu haben, bin mir aber jetzt nicht mehr ganz sicher. Vielleicht habe ich doch Diederich gehört«, stellte jetzt auch der Medicus seine erste Aussage in Frage und bestätigte dadurch die Meinung des Totengräbers. Somit war für die beiden die Sache geklärt.

»Wer könnte das sein?«, überlegte der Totengräber laut. »Kennst du einen Burschen mit diesem Namen? Sicher gibt es in Staufen nicht viele, die so heißen.« Der Totengräber ballte die Fäuste. »Wir kriegen euch!«

Währenddessen schien der Medicus tief in den Windungen seines abgesoffenen Gehirns gekramt zu haben, denn plötzlich entfuhr es ihm: »Hat nicht der Blaufärber zwei Söhne, von denen einer so heißt?«, fragte er und gab sich gleich selbst die Antwort: »Den habe ich schon einmal behandelt, als er noch im Wickelkissen gelegen ist.«

»Natürlich! Die Söhne des Blaufärbers! Die habe ich zusammen mit ihrem Vater schon öfter auf dem Markt gesehen«, fiel es jetzt auch dem Totengräber siedend heiß ein, während er schon überlegte, wie sie die beiden Mitwisser mundtot machen könnten.

Dass einer der drei Söhne des Kastellans fast namensgleich getauft worden war und sie den Namen zudem falsch verstanden und ausgesprochen hatten, ahnten die beiden nicht.

»Wer weiß, was die alles mitgehört haben. Es wird wohl das Beste sein, wenn wir kein Risiko eingehen und die Knaben zum Schweigen bringen. Sicherlich handelt es sich nicht nur um diesen Diderik oder wie auch immer, sondern auch um seinen älteren Bruder, den anderen Sohn des Blaufärbers«, kombinierte der Totengräber.

»Bist du wirklich sicher, dass auch der größere der beiden Knaben ein Sohn des Blaufärbers ist?«, fragte der Medicus.

»Natürlich kann ich da noch nicht sicher sein und es nur annehmen. Aber warum sollte er es nicht sein?«

»Wahrscheinlich hast du recht. Was du mir über deren Körpergrößen gesagt hast, dürfte der jüngere dieser Knaben schätzungsweise so um die sieben Jahre alt sein. In diesem Alter wird er sich nach Einbruch der Dunkelheit wohl kaum ohne seinen älteren Bruder in den Gassen des Dorfes und schon gar nicht auf dem Kirchhof herumtreiben«, kombinierte der Medicus bemerkenswert klaren Kopfes. Es schien gerade so, als hätte er einen Hahn umgelegt, um den Alkohol ablaufen zu lassen.

»Wir werden es schon noch herausbekommen«, murmelte der Totengräber in sich hinein, während er beschloss, die unausweichliche Drecksarbeit dem Medicus aufzubürden. Obwohl er selbst skrupellos genug war, Kindsmorde zu begehen, würde er ein solches Risiko nur eingehen, wenn es unbedingt notwendig sein sollte. Immerhin hatte er schon den alten Ortsvorsteher und den ehemaligen Leichenbestatter umgebracht, um möglichst schnell an deren Ämter zu gelangen. Und der Medicus hatte zu Versuchszwecken lediglich die Frau des Bäckers vergiftet. »Zwei zu eins«, sagte er und lachte.

»Was?«

»Ach nichts.«

Auch wenn bisher niemand Verdacht schöpfte, war Vorsicht geboten. Um mit dem Medicus zusammen an das Geld der Staufner zu kommen, war es vonnöten, seinen ohnehin schon angekratzten Nimbus nicht noch mehr durch den Dreck ziehen zu lassen.

»Komm, wir gehen ins Wirtshaus! Auf den Schrecken hin habe ich Durst bekommen. Außerdem wird es kühl hier draußen«, sagte der Medicus, der, vorsichtig nach allen Seiten blickend, den Kirchhof verließ.

»Geh allein, es ist besser wenn wir nicht so oft zusammen gesehen werden. Du hast ja jetzt Geld, um dir ein paar Humpen leisten zu können.«

Kapitel 6

»Miese Stimmung, Herr«, hatte der Stallknecht Ignaz dem Kastellan mit Blick auf seine Herrin zugeflüstert, nachdem er Diederich vom Pferd heruntergeholfen hatte. »Oha!«, hatte er noch knapp bemerkt, nachdem er voll ins Nasse gegriffen hatte.

Nachdem auch Lodewig und der Kastellan abgestiegen waren, hatte Ignaz die Zügel übernommen und das Pferd in den Stall geführt, um es abzusatteln. Wie immer, wenn Vaters Rappe mit Stroh abgerieben, gefüttert und getränkt werden musste, wollten die Brüder helfen. Obwohl gerade Lodewigs Hilfsbereitschaft heute besonders groß zu sein schien, würde daraus wohl nichts werden.

»Ich wasche den Sattel gleich noch ab. Morgen ist er wieder trocken, dann fette ich ihn ein, und er ist wie neu«, hatte der Knecht den zerknirscht dreinschauenden Diederich beruhigt, bevor er die jetzt ausnahmsweise nicht strenge, sondern irgendwie hilflos klingende Stimme seiner Herrin hörte. Während Lodewig besonders anhänglich war und am liebsten im Stall geschlafen hätte, rannte Diederich sofort nach draußen.

»Ulrich! Endlich! ... Die Kinder sind verschwunden!«, rief sie und eilte ihrem Mann entgegen.

Noch bevor er etwas sagen konnte, hatte sie weinend ihren Kopf an seiner breiten Brust vergraben. Als der Kastellan die Sache aufklären wollte, zupfte Diederich an Mutters Schürze.

»Mama! ... Mama!«, schluchzte er.

Um zu realisieren, dass ihr Jüngster da war, benötigte Konstanze einen endlos scheinenden Moment.

»Diederich, mein kleiner Liebling«, entfuhr es ihr glücklich, bevor sie ihn hochhob, küsste und an ihr Herz drückte. Aber ihre Stimmung änderte sich sofort wieder, als ihr Lodewig in den Sinn kam. »Wo ist Lodewig?«, fragte sie knapp. Ihre Gefühle schwankten zwischen Glück und Zorn.

Dabei lächelte ihr Mann sie sanft an.

»Bleib gelassen, Konstanze. Er ist auch hier. Alles ist in Ordnung. Den Buben fehlt nichts.«

Anstatt sich über die Aussage ihres Mannes zu freuen, fragte sie ungläubig: »Wo? ... Wo ist er?« Sie konnte ihn nirgends entdecken.

»Nun sei ein Mann und komm schon her!«, rief der Vater in gütigem Ton Richtung Stall, aus dem Lodewig ganz vorsichtig hervorlugte.

»Geh endlich! Sie wird dir schon nicht den Kopf abreißen«, ermunterte auch Ignaz seinen jungen Herrn und schob ihn aus dem Stall hinaus.

Erst als Konstanze auch ihren mittleren Sohn sah, konnte sie ihr Glück fassen und schickte dem sternenlosen Nachthimmel ein inniges »Dem Herrgott sei gedankt«, entgegen, wechselte aber sofort wieder den Tonfall. »Was ist geschehen?«, wollte sie wissen.

Mit einer beruhigenden Geste entgegnete ihr der Vater: »Jetzt nicht, Liebste. Ich erkläre dir alles später.«

Die strenge Mutter ließ nur aus dem Grund locker, weil Lodewig inzwischen bei ihnen war und sie auch ihn an sich drücken wollte. Die drei wurden so fest geherzt, wie es schon lange nicht mehr der Fall gewesen war. Es war sonst nicht die Art der nach außen hin kühl wirkenden Frau, ihre Männer mit Küssen und Streicheleinheiten zu überschütten. Dass sie ihren Mann und ihre Kinder liebte, bekundete sie tagtäglich dadurch, dass sie alles dafür tat, um sie bestens zu versorgen – und dies musste schließlich genügen. Aber jetzt war sie einfach glücklich darüber, alle wieder gesund um sich zu haben.

Schon seit dem späten Nachmittag, als ihr das Fehlen ihrer beiden Söhne aufgefallen war, hatte sie sich große Sorgen gemacht und weder ein noch aus gewusst. Dass ihr Mann auch nicht da war, hatte die ansonsten starke und besonnene Frau zunehmend hilflos werden lassen. Als es dann auch noch düster geworden war, hatte sie ein Sakrileg begangen und gleichzeitig beide Schlosswachen damit beauftragt, die Buben im Dorf unten zu suchen. Dass sie damit riskiert hatte, das Schloss einige Stunden unbewacht zu lassen, hatte sie billigend in Kauf genommen.

»Aber nicht im Wirtshaus suchen!«, hatte sie Rudolph nachgerufen.

Da ihnen bis zum Einsetzen der Dunkelheit nicht viel Zeit geblieben war und sie sich um den Schutz des Schlosses gesorgt hatten, waren die Wachen zum Entsetzen ihrer Herrin schneller als gedacht und noch dazu erfolglos zurückgekehrt.

Sie selbst hatte indessen jeden Raum und jeden Winkel innerhalb des Schlosses abgesucht und dabei herumgeschrien wie eine Furie. Und für das Außengelände der großen Schlossanlage hatte sie Ignaz, der lieber als Ersatztorwache fungiert hätte, eingeteilt. Ihre Magd hatte sie die Gärten und die Wiesen in der Umgebung des Schlosses absuchen lassen. Dabei war Rosalinde zwar der schlechte Zustand der Südmauer aufgefallen, aber darüber hatte sie geschwiegen. Nachdem es dunkel geworden war, wäre die besorgte Mutter aus Angst und Sorge um ihre Buben fast wahnsinnig geworden. Dennoch fasste sie sich jetzt schnell wieder und befahl mit gewohnt energischem Ton: »Ab zur Waschschüssel und dann auf eure Lagerstätten … und zu essen gibt es heute nichts mehr!«

Lodewig betete im Stillen, dass dies die ganze Strafe bleiben würde. Da er aber nur noch einen Schuh besaß und wusste, dass es nur eine Frage der Zeit war, bis die Mutter dies bemerken würde, war seine diesbezügliche Hoffnung nicht allzu groß.

»Wenn Mama erfahren würde, was ihr alles erlebt habt, hätte sie heute Nacht schlimme Träume«, meinte der Vater Lodewig gegenüber und war froh, dass seine Söhne erst am nächsten Tag die heutigen Geschehnisse erzählen mussten.

Die besorgte, aber überglückliche Mutter schaute diese Nacht besonders oft in die Bubenkammer und deckte Lodewig – der sonst wie ein Murmeltier schlief, heute aber einen besonders unruhigen Schlaf hatte – immer wieder zu. Diederich hingegen war so erschöpft, dass ihn nicht einmal der im Wind klappernde Fensterladen aufzuwecken vermochte.

Konstanze stellte ihrem Mann zum abendlichen Mahl einen Krug seines Lieblingsweines hin und holte ihm sogar seine Pfeife. Es dauerte, bis sie sich von dem Schrecken erholt hatten und sich in ihre Schlafkammer zurückzogen.

Im meistgenutzten Raum des Vogteigebäudes traf sich die Familie nicht nur zum Essen, sondern auch zum gemütlichen Beisammensein und zum Reden. Einerseits, weil die Küche der einzig beheizbare Raum, andererseits, weil es hier richtig gemütlich war. Zwei große Fenster ließen so viel Licht herein, dass das Zimmer ungewöhnlich hell wirkte. An den Wänden waren Regale angebracht, und in der Ecke hing ein Kruzifix, hinter dem – je nach Jahreszeit – Blumen, *Palmbuschen* oder, wie jetzt, Silberdisteln steckten. Dem Herd gegenüber stand ein großer Tisch, unter dem sogar ein Teppich lag. Wenn man etwas zusammenrückte, hatten daran bis zu zwanzig Personen Platz.

Als Konstanze ihre Söhne weckte, war der Tisch für die Morgensuppe bereits gedeckt. Obwohl kein Feiertag war, hatte sie heute das gute Geschirr, das ihr ›die Gnädige‹, Gräfin Maria Renata zu Hohenzollern-Sigmaringen, die Gemahlin des Regenten, wegen einiger kleiner Beschädigungen überlassen hatte, aus dem Schrank geholt. Da sie ohnehin nicht mehr hätte schlafen können, hatte sie schon in aller Herrgottsfrühe frisches Brot gebacken. Dabei war sogar das letzte Mehl aufgebraucht worden. Dies war der ansonsten auf eine gute Vorratshaltung bedachten Hausfrau heute ausnahmsweise egal gewesen. Am bevorstehenden Markttag würde sie wieder Getreide, womöglich sogar fertig gemahlenes Mehl und andere Lebensmittel bekommen, um ihre Vorräte auffüllen zu können. Sollte es ganz eng werden, würde ihr kurzfristig Bäcker Föhr aushelfen müssen.

Durch den guten Duft angelockt, musste die Mutter nicht zweimal zu Tisch bitten. Wie immer fassten sich die Familienmitglieder erst an den Händen und sprachen ein kurzes Gebet, bevor sie die Brotbrocken in die mit Wasser verdünnte Milch tunkten.

»Lieber Herr im Himmel, wir danken dir, dass du unsere Kinder wieder gesund zurückgebracht hast«, fügte die Mutter dem Schluss des Gebetes hinzu.

»Ich bin nicht der liebe Herr im Himmel«, schmunzelte der Kastellan und fing sich dafür einen missbilligenden Blick seiner gottesfürchtigen Frau ein.

Nach der Morgensuppe, zu der es heute ausnahmsweise auch Honig und Schmalz gegeben hatte, konnte es Konstanze nicht mehr erwarten, weswegen sie sich unumwunden an ihren mittleren Sohn wandte: »So, Lodewig, nun erzähl uns in aller Ruhe die gestrigen Begebenheiten. Aber sag uns auch alles offen und ehrlich.«

Nachdem der junge Mann genickt und sich den Mund abgewischt hatte, sprudelte es nur so aus ihm heraus. Er war froh, alles loswerden zu können, ohne dass ihn eine allzu große Strafe erwarten dürfte. Dies gab ihm den Mut, nun doch von seinem Leichenfund zu erzählen.

Die Mutter hörte zuerst nur aufmerksam, dann zunehmend entsetzt zu, bevor sie Lodewig unterbrach und die Hausmagd zu sich rief. Sie wollte nicht, dass ihr Jüngster die Sache mit der toten Frau und das, was er gestern auf dem Kirchhof erlebt hatte, heute schon wieder hören musste.

»Rosalinde, sei so lieb und nimm Diederich ein Weilchen mit zu dir.«

»Gut so!«, gab ihr der Vater recht und bat Lodewig, weiter zu erzählen.

Obwohl beiden Elternteilen das Entsetzen vom ersten Satz an in die Gesichter geschrieben stand und sie tausend Fragen hatten, unterbrachen sie ihn nicht und ließen ihn ausführlich berichten. Dabei überraschte der pfiffige junge Mann seine Eltern mit einer äußerst präzisen Schilderung der gestrigen Begebenheiten. Lodewig verstand es, die Ereignisse lückenlos, haarklein und verständlich wiederzugeben. Als er an der Stelle, als sie vor dem Totengräber zum zweiten Mal hatten fliehen müssen, angekommen war, machte er es ungewollt noch spannender.

»Darf ich zum Abort? – Ich muss mal«, sagte er und rannte, ohne auf eine Genehmigung zu warten, aus der Küche.

»Kein Wunder! Mir ist die Sache auch schon auf den Magen geschlagen«, kommentierte dies seine Mutter, ging in die Speisekammer und kam mit der Weinbrandgalone zurück.

»Jetzt schon? Am frühen Morgen?«, lästerte ihr Mann, der aufgrund des Gehörten ebenfalls einen kräftigen Bodenseeschnaps vertragen konnte.

»Gesundheit!«, sagte Konstanze und stieß mit ihrem Mann an.

»Der bedauernswerten Frau vom Leprosenfriedhof hilft dies auch nicht mehr«, war sein zynischer Kommentar.

Seine Frau entgegnete ihm nichts. Sie wusste, dies war normalerweise nicht seine Art und jetzt lediglich ein Überspielen dessen, was sie soeben erfahren hatten. Stattdessen hörte sie ihm aufmerksam zu, als er sagte, dass Melchior Henne sicherlich den Ortsvorsteher informieren wollte, vermutlich aber noch nicht wusste, dass er, der Kastellan, jetzt als Ortsvorsteher fungierte.

»Wenn auch nur kommissarisch!«, bemerkte er noch, bevor Lodewig zurückkam. Jetzt bemerkte seine Mutter, dass ihr Sohn barfuß war.

»Na warte«, flüsterte sie.

»Entschuldigt bitte. Aber …«

»Schon gut«, fiel ihm die Mutter ins Wort und blaffte ihn an: »Was soll das, Lodewig? Warum hast du keine Schuhe an? Es ist um diese Jahreszeit schon zu kühl, um noch mit bloßen Füßen zu gehen.«

Stotternd berichtete Lodewig jetzt den Rest seines Abenteuers, das mit dem Leichenfund begonnen und mit der Flucht vor dem Leichenbestatter geendet hatte.

»Dann hat also der Totengräber deinen rechten Schuh?«, wollte die Mutter bestätigt wissen.

»Ja«, kam es einsilbig aus Lodewig heraus. Da er wusste, dass Schuhe viel Geld kosteten, war er jetzt ganz kleinlaut und senkte reumütig den Kopf.

»Ach, das ist doch nicht so schlimm«, bremste der Vater seine Frau.

Konstanze hatte sofort verstanden, was er damit bezwecken wollte und spielte mit: »Du hast recht, Ulrich. Bei nächster Gelegenheit gebe ich beim Lederer einen neuen Schuh in Auftrag. Lodewig, du musst mir nur den einzelnen Schuh mitgeben, damit ich ein Muster für ihn habe«, schickte Konstanze ihren Sohn aus dem Raum und schenkte sich und ihrem Mann nochmals einen Branntwein ein. Dabei sah sie ihm lange und sorgenvoll in die Augen. Ulrich Dreyling von Wagrain nickte. »Wir wissen beide, was das bedeuten könnte«, sagte er, verharmloste seine Aussage aber, indem er anfügte, die Tote vom alten Leprosenfriedhof und die Sache auf dem Kirchhof seien ›zweierlei Paar Schuhe‹.

»Deine läppischen Wortspielereien in Ehren, aber bitte nicht jetzt!«, schimpfte sie. »Tatsache ist, dass unsere Söhne in Lebensgefahr schweben.«

»Nun übertreib nicht! Dass ein Totengräber tagsüber auf dem Gottesacker anzutreffen ist, dürfte nichts Ungewöhnliches sein. Das ist sein Arbeitsplatz! Es war ja gerade erst dunkel geworden, als er sich mit jemandem unterhalten hat. Und dass eine andere erwachsene Person dabei war, ist auch nichts Außergewöhnliches. Jedenfalls ist dies nicht verboten, oder?«

»Aber er hat unsere Söhne über den ganzen Kirchhof gejagt, nicht wahr?«, konterte seine Frau und betonte dabei ganz besonders das ›nicht wahr?‹.

»Lodewig hat doch gesagt, dass es zu diesem Zeitpunkt schon dunkel war. Es ist Aufgabe des Totengräbers, auf dem Kirchhof für Ordnung zu sorgen, und dazu gehört auch, dass er Unbefugte rausschmeißt. Mit Einsetzen der Dunkelheit hat dort niemand mehr etwas verloren, schon gar keine Kinder«, beendete der Vater diesen Teil des Disputs und stopfte seine Pfeife.

Nachdem er daraufhin Konstanze ein Weilchen die wildesten Theorien hatte aufstellen lassen und es ihm irgendwann zu abenteuerlich geworden war, unterbrach er sie: »Wichtig zu wissen wäre, worüber der Totengräber mit dem ominösen Unbekannten gesprochen hat.«

Als ihr Mann mit einem zufrieden wirkenden Gesichtsausdruck die Pfeife anzündete und genüsslich daran zog, platzte Konstanze, die im Laufe des Gespräches ihre alte Form wiedergefunden hatte, der Kragen:

»Sag mal, spinnst du jetzt ganz? Unsere Söhne befinden sich in Lebensgefahr, und du tust so, als ob nichts geschehen wäre!«

Da Ulrich längst akzeptiert hatte, dass seine über alles geliebte Frau laut herumbrüllen konnte, wenn ihr etwas gegen den Strich ging, sagte er jetzt überhaupt nichts mehr. Zu Hause führt sie das Regiment, lächelte er bei sich und nuckelte an seiner Pfeife. Dass er zwar ein allseits respektierter Mann, aber vielleicht etwas zu vorsichtig war, passte manchmal nicht zu seiner Frau, die bei jeder Kleinigkeit aus der Haut fahren konnte. Da er wusste, dass dies der einzige Punkt war, in dem sie sich gewaltig unterschieden, vielleicht sogar nicht zusammenpassten, nahm er sich bei solchen Gelegenheiten meist zurück. Viel wichtiger war ihm, dass sie eine allseits respektierte – wenn auch nicht unbedingt beliebte – Frau und eine gute Mutter war, die ihren Haushalt bestens im Griff hatte. Wenn er von ihr auch noch etwas mehr körperliche Zuneigung bekommen würde, könnte er sogar ihre Wutausbrüche besser ertragen. Wie lange es her war, dass er ihr hatte beischlafen dürfen, wusste er schon längst nicht mehr. Bei diesem Gedanken musste er seufzen.

Da die kluge Frau im Gegenzug auch seinen einzigen Schwachpunkt kannte und wusste, dass sie ihm jetzt zusetzen konnte, wie sie wollte, damit aber nichts erreichen würde, setzte sie – wie so oft bei derartigen Situationen – auf weibliche Diplomatie. Sie legte ihre Hand auf seine Wange und schaute ihn so an, wie er es sich öfter wünschen würde. »Du hast recht Ulrich: Wir müssen die Kinder fragen, was genau sie gehört haben.« Kaum hatte sie dies gesagt, stand sie auf, ging zur Tür und rief nach den beiden. »Wir wärmen aber nicht die Sache als solche auf. Wir fragen sie nur danach, was sie gehört haben«, sagte sie noch schnell in befehlendem Ton.

»Gut«, bestätigte Ulrich ihre gewünschte Vorgehensweise, musste aber feststellen, dass dies nicht alles war.

»Und du schimpfst sie noch einmal richtig und verbietest ihnen, das Schloss je wieder ohne Erlaubnis zu verlassen«, ergänzte sie ihre Wunschliste noch schnell, bevor ihre Kinder zurückkamen.

»Meinst du nicht, dass die – nach dem, was sie gestern erlebt haben – ohnehin genug haben?«, kam eine der typisch laschen Bemerkungen ihres Mannes, auf die sie eine Antwort parat gehabt hätte, wenn die Buben nicht genau in diesem Moment die Tür aufgestoßen hätten.

»Setzt euch!«, gebot die Mutter streng und stellte ihnen einen Becher Apfelmost hin.

»Und nun erzählt uns, was genau ihr auf dem Kirchhof gehört habt.«

Konstanze sah ihre Kinder fragend an. Als ihre Augen auf Diederich trafen, sagte der Kleine: »Ich habe überhaupt nichts gehört.«

»Aber du warst doch dabei. Also musst du etwas gehört haben«, sagte der Vater mit sanfter Stimme.

Diederich überlegte.

»Ich hab' sie erst für Geister gehalten«, gab er kleinlaut zu.

Die Eltern sahen sich an.

»Hast du denn einen dieser Männer schon einmal auf dem Markt gesehen?«, fragte die Mutter.

Diederich schüttelte den Kopf und wollte wieder zum Spielen gehen.

Die Mutter lächelte verständnisvoll und strich ihm übers Haar.

»Geh nur, mein Schatz.«

»Das war ja wohl klar«, rügte der Kastellan seine Frau.

»Das weiß ich selber!«, pfurrte sie zurück und wandte sich an Lodewig, der sich über den rüden Umgang seiner Eltern miteinander wunderte.

»Entschuldige, mein Sohn, aber die Sorge um euch hat uns total durcheinander gebracht«, bat der Kastellan um Verständnis und reichte demonstrativ seiner Frau eine Hand.

Lodewig nickte steif. Ihm wäre lieber, wenn die Mutter endlich sagen würde, was sie von ihm wollte. Immerhin stand das erwartete Donnerwetter noch aus. Aber stattdessen wurde ihm nur die gleiche Frage gestellt wie kurz zuvor Diederich.

Erleichtert antwortete Lodewig darauf. »Wie ich euch schon gesagt habe, war nur der Totengräber zu erkennen. Von dem anderen Mann haben wir absolut nichts gesehen. Wäre Diederich nicht dabei gewesen, hätte ich vielleicht meine Position verändert, um ihn sehen zu können. So aber wäre dies viel zu gefährlich gewesen.«

»Hast du wenigstens verstanden, was er gesagt hat?«, drängte die Mutter.

Lodewig schüttelte den Kopf. »Nein! Er hat ja fast nichts gesagt.«

»Würdest du denn seine Stimme wiedererkennen?«, wollte der Vater wissen.

Lodewig zuckte mit den Schultern. »Ich weiß nicht. Er hat zwar eine kratzige Stimme gehabt, aber wie gesagt: Er hat nicht viel gesprochen.«

»Und der Totengräber?«

»Den habe ich zwar gut gehört, aber wegen Diederich leider nicht alles verstanden.«

»Herrgott noch mal! Nun lass dir doch nicht alles aus der Nase ziehen«, drängte ihn die Mutter, endlich zu erzählen, was genau er nun gehört hatte.

»Also: Der Totengräber hat dem anderen Geld gegeben. Der aber hat gemault, dass es zu wenig sei.« Dass der Totengräber versprochen hatte, es dem anderen zu geben, wenn der seinen Teil ihrer Abmachung erfüllt haben würde, hatte Lodewig vergessen.

»Weißt du, um wie viel Geld es gegangen ist?«

»Nein! Ich habe nur noch so etwas gehört wie ›Der Wolf im Schafspelz‹ … und dass ›die Zeit reif ist‹.«

»War das alles?«, fragten Vater und Mutter gleichzeitig und mussten trotz des heiklen Themas darüber lachen.

Lodewig überlegte zwar noch ein Weilchen, nickte dann aber mit dem Kopf. »Mehr habe ich leider nicht gehört. Ach ja, der Totengräber hat noch gesagt, dass der andere die Schnapsflaschen verschwinden lassen soll.«

»Schnapsflaschen verschwinden lassen? Ist der andere womöglich ein Händler?«, überlegte die Mutter.

»Vielleicht brennen sie schwarz? Der eine macht den Schnaps, und der andere verkauft ihn«, kombinierte der Kastellan und beendete die Fragestunde mit den Worten: »Na ja. Jetzt haben wir wenigstens eine Spur.«

»Hiergeblieben!«, rief die Mutter, nachdem Vater und Sohn Anstalten machten, aufzustehen.

»Was ist denn jetzt noch?«, knurrte der Kastellan. »Die Arbeit macht sich nicht von selbst.«

Unbeeindruckt davon stellte sie ihm eine Frage: »Wolltest du Lodewig nicht noch etwas sagen?«

Als er wieder saß, nahm er sich wie befohlen Lodewig vor: »Hör gut zu, mein Sohn. Du weißt, dass ihr etwas getan habt, was ihr nicht hättet tun dürfen.«

Jetzt kommt's doch noch, dachte sich Lodewig, während er stumm nickte.

»Aber letztendlich seid ihr gesund nach Hause gekommen und nur das zählt.«

»Wir lieben euch und wir möchten euch nicht verlieren«, fügte die Mutter mit einem weichen Gesichtsausdruck hinzu.

Jetzt war es der Kastellan, der seine Frau böse anschaute, bevor er zu Lodewig sagte: »Du versprichst uns jetzt in die Hand, dass ihr nie mehr ohne Erlaubnis das Schloss verlassen werdet.«

Nachdem Lodewig wieder genickt hatte, sagte der Vater, dass er den beiden keine Strafe auferlegen würde, sie aber in der Schlosskapelle beten und bei der Gottesmutter Maria ihren Schwur, das Schloss nie mehr ohne Erlaubnis zu verlassen, wiederholen müssen. Bei der Gelegenheit wollte die Mutter heute noch eine Kerze anzünden und einen Herbststrauß auf den kleinen Altar stellen.

Als sich Lodewig von seinem Stuhl erheben wollte, drückte ihn der Vater zurück.

»Noch etwas, mein Sohn: Du wirst bald achtzehn Jahre alt und giltst somit nach unseren Gesetzen als Erwachsener. Handle jetzt schon danach und achte nicht nur auf dich, sondern übernimm darüber hinaus noch mehr Verantwortung für deinen kleinen Bruder. Ich denke, dass du klug genug bist, selbst zu erkennen, dass ab jetzt euer beider Leben gefährdet ist, zumindest so lange, bis ich die Sache aufgeklärt habe.«

»Ja, Vater«, entgegnete Lodewig folgsam und fragte ihn: »Was gibt es überhaupt zu klären und was willst du tun, um hinter das Geheimnis des Totengräbers und seines ominösen Gesprächspartners zu kommen?«

»Das weiß ich – offen gestanden – auch noch nicht«, entgegnete der Vater grübelnd.

»Ach, noch etwas.«

»Ja, Vater?«

»Die ganze Sache bleibt vorläufig unter uns.«

»Ja, Vater!«

Kapitel 7

»Hast du schon gehört? Die große Pestilenz blüht neu auf und droht jetzt sogar nach Staufen zu kommen!«

Die Menschen erzählten diese Neuigkeit schneller weiter, als ein Wiesel zu rennen vermochte. So war es nicht verwunderlich, dass das Gerücht bald die Runde durch das ganze Dorf machte. Woher diese Neuigkeit gekommen war, wusste allerdings niemand. Dennoch erzählte sie einer dem anderen. Diskussionen entfachten sich, und die Angst, selbst von der wütenden Seuche gepackt zu werden, begann umzugehen, obwohl in Staufen noch nie jemand direkte Erfahrungen mit der Pest gemacht hatte. Die Bevölkerung Staufens wusste nicht, ob überhaupt und, wenn ja, wann hier die Pest jemals grassiert hatte. Dieses Wissensdefizit führte umso schneller zu immer heftiger werdenden Spekulationen. Heute war Mittwoch, also Markttag. Eine bessere Gelegenheit, ein Gerücht schnell und großflächig zu streuen, gab es nicht.

Dass Markttag war, kümmerte den Kastellan ausnahmsweise einmal nicht. Er musste dringend nach Stiefenhofen, um mit dem dortigen Pfarrer Marcus Besler zu sprechen. Da der Priester ursprünglich aus Immenstadt gekommen war, kannte er ihn von früher. Er mochte den Pfarrer, den er für einen hinterlistigen Arschkriecher hielt, nicht besonders. Erst vor fünf Jahren hatte Besler die Pfarre Stiefenhofen übernommen. Warum er aus der aufstrebenden Residenz Immenstadt fortgegangen war, wusste Ulrich Dreyling von Wagrain nicht. Obwohl er nie nachgefragt hatte, wäre es interessant zu wissen, ob der Pfarrer in dieses Nest am nordwestlichen Rand des rothenfelsischen Herrschaftsgebietes deswegen strafversetzt worden war, weil er sich den Messdienern unsittlich genähert und schlimme Dinge von ihnen verlangt haben soll. Aber es interessierte ihn eigentlich nicht wirklich. Er hatte einen Auftrag zu erfüllen und war nur aus diesem Grund auf dem Weg nach Stiefenhofen, das gerade noch zum Herrschaftsgebiet seines Herrn gehörte und dessen nordwestlicher Zipfel die Grenze war. Ein eingelassenes Rautenwappen im dortigen Kirchturm sollte eigentlich die erst vor vier Jahren neu vermessene Grenze zwischen den Ländereien der Königsegger und deren Nachbarn markieren. Seit drei Monaten aber gab es weder den Kirchturm noch die Kirche selbst mehr. Im *Brachmonat* waren schwedische Soldaten durch Stiefenhofen gezogen und hatten dort großen Schaden angerichtet. Genau zu der Stunde, als die Mittagsglocken geläutet hatten, waren die Kirche und neun Häuser in Brand gesetzt worden. Die Schweden hatten ganze Arbeit geleistet, denn schon um drei Uhr nachmittags hatte alles in Schutt und Asche gelegen. Dies war auch der Grund, warum Oberamtmann Speen den Kastellan gebeten hatte, mit Pfarrer Besler zu besprechen, was von Seiten des Oberamtes zu tun sei, um den Stiefenhofner Untertanen zu helfen.

»Staufen liegt näher an Stiefenhofen als Immenstadt«, hatte Speen als Argument ins Feld geführt, um den treuen Ulrich Dreyling von Wagrain dorthin entsenden zu können.

Obwohl es eigentlich nicht die Aufgabe des Kastellans war, erfüllte er den Wunsch des Oberamtsmannes gerne. So hatte er nach langer Zeit wieder einmal die Gelegenheit, an der Harbatshofer Steige etwas zu erledigen, was er schon lange vor sich herschob. Außerdem hatte er im unweit von Stiefenhofen gelegenen Harbatshofen Bekannte, die eine Taverne betrieben. Eine willkommene Gelegenheit also, dort einen Besuch abzustatten. Sicherheitshalber hatte er Konstanze darauf vorbereitet, dass er – wenn die Zeit für die Rückreise am gleichen Tag zu knapp werden sollte – in Harbatshofen übernachten werde. Obwohl dies Konstanze ganz und gar nicht gefallen mochte, hatte sie die Entscheidung ihres Mannes akzeptiert.

Der Kastellan wusste, dass er die Strecke nicht an einem Tag bewältigen konnte. Er wollte beim Hinweg zwar den flachen und schmalen Pfad über Oberthalhofen nehmen, beim Rückweg aber die breitere Straße über Stiefenhofen benutzen. Da die dorthin führende Harbatshofer Steige so steil war wie der gefürchtete Hahnschenkel, würde es selbst das stärkste Ross nicht schaffen, mit zwei Reitern den Anstieg hochzukommen. Also müsste er zumindest diesen Teil des Rückweges zu Fuß gehen und seinen Rappen an der kurzen Leine führen. Außerdem musste er seiner Frau erst noch beichten, dass er Lodewig mitnehmen wollte. Sie würde zwar maulen, müsste dies aber verstehen, weil es sich hierbei um eine Art innerbetrieblicher Weiterbildung für ihren Sohn handelte. Da hausintern längst entschieden war, dass Lodewig sein Nachfolger im Amte werden sollte, konnte es nicht schaden, wenn sich der junge Mann so nach und nach auch in die Belange außerhalb des Schlosses einarbeitete. Je mehr Lodewig über die Arbeit eines Schlossverwalters wusste, umso größer war die Möglichkeit, dass ihn der Graf tatsächlich als Nachfolger bestallen würde. Da es sich um kein Amt handelte, das automatisch vom Vater auf den Sohn vererbt wurde, musste Lodewig dem Grafen erst noch beweisen, dass er als würdiger Nachfolger in Frage kam. Insbesondere auch deshalb, weil es sich um einen bei der Immenstädter Aristokratie äußerst begehrten Posten handelte, der schneller vergeben sein konnte, als es dem Kastellan lieb war. Umso mehr war es seine Aufgabe, Lodewig jetzt schon mit allen anfallenden Aufgaben vertraut zu machen.

So ritten sie nun mit dem Segen der Mutter in Richtung Norden aus Staufen hinaus. Auf ihrem Weg nach Stiefenhofen mussten sie zuerst an der ›Weißenbachmühle‹, die nichts mit der zu Staufen gehörenden Ortschaft Weißach und dem Bach gleichen Namens zu tun hatte, vorbei, bevor sie durch das unterhalb und kurz vor Stiefenhofen liegende Oberthalhofen kamen. Als es so weit war und sie auf die Wassermühle zuritten, winkte ihnen die alte Weißenbachmüllerin schon von weitem.

»Gott zum Gruße, gute Frau!«, rief ihr der Kastellan freundlich zu und stieg mit seinem Sohn ab, um eine kleine Pause einzulegen.

Da es vorne zu eng und auf dem hinteren Teil von Vaters Sattel nicht gerade gemütlich war, schmerzte Lodewigs Hintern etwas. Dies hätte der junge Mann zwar nie zugegeben, doch er freute sich über eine Rast, die er gerne dazu nutzte, sich mit der Funktion eines Wasserrades zu befassen und dem Weißenbachmüller bei der Arbeit zuzusehen. Da hier nicht jeden Tag rechtschaffene Reisende vorbeikamen, freute sich die alte Frau, der man an den Furchen im Gesicht ansah, dass sie ihr Leben lang hart gearbeitet hatte, auf ein Schwätzchen mit dem noblen Herrn aus Staufen.

Sie setzten sich auf die etwas abseits des Hauses unter einem Schatten spendenden Baum stehende Bank und unterhielten sich. Während der hohe Gast einen Becher Apfelmost trank, erfuhr er, dass die alte Weißenbachmüllerin vor kurzem im nahen Stiefenhofen Rauchwolken hatte aufsteigen sehen.

»Schwein gehabt! Die Schweden haben unser verstecktes Tal wohl nicht gefunden«, meinte sie verschmitzt und lachte sich ins Fäustchen.

Sie erzählte auch noch, dass ansonsten alles in Ordnung war und lediglich das Brot und die Milch künftig noch knapper werden würden, da die Frau ihres ältesten Enkels schon wieder guter Hoffnung sei. »Das halbe Dutzend wird dann voll! – Aber Hauptsache, die Bälger sind alle gesund«, verkündete die Alte stolz, während sie beim Lachen ihre wenigen gelben Zähne zeigte.

In der Zeit, als sich der Kastellan und die Weißenbachmüllerin unterhielten, hatte sich in Staufen ein geschäftiges Markttreiben entwickelt. Außer am St. Mang-Tag, an dem die Staufner seit 1453 alljährlich zum großen Jahrmarkt rüsteten, organisierten sie im unteren Flecken einmal wöchentlich den zwar wesentlich kleineren, aber dennoch beachtlichen ›*Fierantenmarkt*‹, ein gemütlicher Wochenmarkt, an dem sich die einheimischen Erzeuger, aber auch etliche Kaufleute und Warenproduzenten von auswärts einfanden, um Produkte für den täglichen Bedarf und auch allerlei unnützes Zeug anzubieten. Kaufen und verkaufen, lautete das Motto … und natürlich feilschen, wo es ging. Da selbst auf dem kleinen Wochenmarkt in Staufen erhebliche Warenwerte zusammenkamen und es das eine oder andere Mal auch schon zu Raufereien und Diebstählen gekommen war, bestand an diesem Tag ein besonders hohes Sicherheitsbedürfnis.

Um den Marktfrieden auch in wirtschaftlich harten Zeiten zu

gewährleisten, entsandte Oberamtmann Speen im Auftrag des Grafen jeden Mittwoch zwei Soldaten der Immenstädter Stadtgarde nach Staufen. Deren schmucke Uniformen wurden nicht nur von den Kindern, sondern auch von den Erwachsenen bestaunt. Da das öffentliche Tragen von Waffen dem Volk verboten war und der Kastellan nicht in Staufen weilte, waren die beiden Soldaten heute die einzigen Bewaffneten. Sie trugen nicht nur die beim Militär üblichen Dolche und Säbel, sondern zusätzlich lange Trabantenhelmbarten, die man im Volksmund nur als Hellebarden kannte.

Wie etliche andere Handwerker hatte auch der Kesselflicker seinen Stand aufgebaut. Der an jeglicher Metallverarbeitung interessierte Mann kannte sich gut mit der Herstellung von Waffen aus und tauschte sein Wissen gelegentlich mit den jeweiligen Dorfschmieden aus. Da der hiesige Hufschmied Baptist Vögel nicht da war und er gerade Zeit hatte, erzählte er einem interessierten Jungen, dass die Hellebarden seit der Einführung der Feuerwaffen zwar nicht mehr zeitgemäß seien, von den rothenfelsischen Wachsoldaten aber heute noch benutzt würden.

»Diese Waffe …«, berichtete er mit wissender Miene und einem listigen Blitzen in den Augen, die nur danach trachteten, weitere Zuhörer auszumachen, »verfügt über einen Schaft, der mit Messingnägeln und schmalen Eisenbändern an der langen Holztülle angebracht ist. In der Schaftachse liegt eine lange, einfach verzierte Stoßspitze mit rautenförmigem Querschnitt. Siehst du?«, fragte er, während er auf die Langwaffe zeigte und mit seiner Hand schwingende Bewegungen vollführte. »Das vorne sitzende Beil und der hinten sitzende Haken sind besonders schön ziseliert, und an der achtkantigen Tülle sind Wollfransen in den Farben unseres Landesherrn befestigt.«

»Aber warum tragen die Soldaten anstatt neuer Gewehre diese unhandlichen alten Dinger?«, unterbrach ihn der neugierige Knabe, zu dem sich zur Freude des Kesselflickers ein paar weitere Zuhörer gesellt hatten.

»Tja, was mag wohl der Grund dafür sein, dass diese schöne, aber alte Waffe – immerhin ist sie fast ein Vierteljahrtausend alt – noch heute öffentlich präsentiert wird? Was meint ihr …«, fragte er, während er jedem einzelnen Zuhörer in die Augen sah, »könnte der Grund hierfür sein?« Dem Kesselflicker schien es sichtlich Spaß zu machen, sein Wissen einem interessierten Publikum weiterzugeben.

»Weiß ich nicht«, gab einer der Herumstehenden achselzuckend zu.

»Aber ich weiß es!«, antwortete der Handwerker mit den schrundigen Händen und fuhr mit seinen Ausführungen fort, während er nach Westen zeigte: »Der Grund liegt darin, dass 1610 in der Schweiz ein großes Erdbeben stattgefunden hat, dessen Auswirkungen bis zum Bregenzer Wald und sogar bei uns im Allgäu bemerkt worden sind. Die Folge dieses Erdbebens war, dass es in der Schweiz zu etlichen Erdrutschen gekommen ist, wovon einer sogar für eine riesige Flutwelle im Vierwaldstätter See gesorgt hat.«

»Aber was hat dies mit der zu tun?«, unterbrach ihn der Junge, der sich unter einer Flutwelle nichts vorstellen konnte und besser danach gefragt hätte, als auf die Hellebarde zu zeigen.

»Das kann ich dir sagen: Durch die Flutwelle hat die Erde unter den Füßen vibriert, das hat man bis nach Immenstadt gespürt, und da man dort noch nichts von einem Erdbeben gewusst hat, hat man angenommen, dass es sich um ein riesiges Reiterheer handelt, das auf die Residenzstadt zustürmt. Deswegen hat Benedikt von Huldenfeld, ein junger Offizier, der den beurlaubten Hauptmann der Stadtwache vertreten hat, die vier großen Alarmtrommeln schlagen lassen. Er hat sofort alle verfügbaren Männer antreten und mit eben dieser Waffe, der Hellebarde, ausrüsten lassen.« Der Kesselflicker zeigte wieder auf diese und wartete auf eine Reaktion seiner Zuhörer.

»Und? Was ist dann passiert?«, wurde er von einem jungen Mann mit auffälligem Wuschelkopf gefragt, während dieser unauffällig am Stand des Obsthändlers einen Apfel klaute.

»Als sich die Soldaten mit Hellebarden bewaffnet – auf der Mauer rund um die Stadt postiert und vergeblich auf das vermeintliche Reiterheer gewartet haben, hat sich auch die Immenstädter Bevölkerung zur Verteidigung gerüstet. Die Frauen haben vorsorglich am Steigbach alle erdenklichen Gefäße mit Löschwasser gefüllt, während die Männer ihre Behausungen notdürftig dicht gemacht haben, nachdem sie den Soldaten geholfen hatten, die Stadttore zu verriegeln. Die Aristokraten haben sich mit ihrem angehäuften Vermögen in ihren brandfesten Steinhäusern verkrochen. Und der ärmere Teil der Stadtbevölkerung hat eben schauen müssen, wo er bleibt. Ihre Kinder sind in die Behausungen gebracht und die Tiere in die Stallungen getrieben worden. Sie alle hat eines vereint ...« Da er es spannend machen wollte, schaute er wieder fragend in die Runde. »Sie haben Angst gehabt, weil sie mit großem Unheil durch ein fremdes Reiterheer gerechnet haben.«

»Das aber nicht gekommen ist«, wusste ein Greis, der die Sache noch selbst miterlebt hatte.

»Stimmt!«, bekräftigte der Kesselflicker die Aussage des alten Mannes, zu dem jetzt alle schauten. »Als die Immenstädter zwei Stunden lang kein Grollen mehr gehört haben, sind berittene Kundschafter in alle Himmelsrichtungen entsandt worden. Erst als die mutigen Reiter unbeschadet zurückgekommen sind und allesamt berichtet haben, dass im Norden bis Martinszell, in südöstlicher Richtung bis Fischen und im Westen bis zu uns nach Staufen heraus keine Spur eines Reiterheeres festzustellen war, hat man in Immenstadt den Alarmzustand aufgelöst. Obwohl die ganze Aktion überflüssig gewesen war, hat der junge Offizier vom Grafen als Dank für seine Umsichtigkeit eine versilberte und teilweise sogar goldbeschlagene Trabantenhelmbarte überreicht bekommen. Außerdem ist er zum Hauptmann befördert worden. Und zur Erinnerung daran, dass die Soldaten ihre Waffen nicht zum Einsatz bringen mussten, tragen sie heute noch die Hellebarde zur Schau ... als eine spezielle Immenstädter Sache sozusagen.«

»Pah! ... Die Städtler waren schon immer Angeber!«, lästerte einer, der vor noch nicht allzu langer Zeit in Immenstadt am Pranger gestanden und von den dortigen Bewohnern übel beschimpft und sogar mit faulem Gemüse beworfen worden war.

Nachdem der Kesselflicker seine lehrreichen Ausführungen beendet hatte, bekam er den ihm gebührenden Applaus von den Umstehenden und – was ihm viel wichtiger war – auch noch einen Neukunden dazu.

Früher gab es in Staufen einen Marktzoll, der aber schon lange nicht mehr erhoben wurde, weil er beim besten Willen nicht mehr bezahlt werden konnte. Der Markttag war von alters her der Wochentag, an dem sich die Leute zum Ratschen trafen, fröhlich waren und lachten. Bevor der Krieg begonnen hatte und die Pest vor einigen Jahren in die umliegenden Teile des Allgäus gekommen war, waren an diesem Tag auch allerlei Vaganten – Gaukler, Komödianten, Musikanten und Possenreißer – dabei gewesen, um für ein paar Heller das Volk zu erfreuen. Diese Spaßvögel waren von Markt zu Markt gezogen, um so ihren bescheidenen Lebensunterhalt zu verdienen. Leider hatten sie sich zwischenzeitlich rar gemacht. Nun gab es nicht mal mehr einen schönen *Aufzug* oder wenigstens ein Kindertheater. Früher war der Markt gleichzeitig auch Familientag gewesen, ein Tag, an dem alles auf den Beinen war, was hatte laufen können. Da die Unterhaltung aber in den Hintergrund gerückt war und jetzt der persönliche Bedarf im Vordergrund stand, war dies alles verloren gegangen. Jetzt wurde die Szenerie in erster Linie von Marktständen mit lebensnotwendigen Waren sowie von den Frauen des Dorfes und aus der Umgebung geprägt. Bis vor ein paar Jahren waren hier noch Fieranten fast aller Gewerke und Berufsbereiche dabei gewesen: Leinweber, Weißgerber und Rotgerber, Flaschner, Hafner, Drechsler, Seiler, Säckler, Schmiede, Lodner, Bortenmacher, Sattler, Lederer, Gürtler, Küfer, Nadler, Knopfmacher, Strumpfwirker, Seifensieder, Tabakhändler und Lebzelter, deren Leckereien ganz besonders die Kinder liebten. Ja sogar ein Glasmacher aus Bodenmais, einem schmucken Dorf im entfernten Bayerischen Wald, aus dem der Blaufärber Hannß Opser gerne Eisenvitriol zum Färben seiner Stoffe beziehen würde, wenn der Weg dorthin nicht so weit wäre, hatte sich einmal nach Staufen verirrt. Nun kamen nicht einmal mehr die Pferdehändler aus Lindenberg. Zu schlecht liefen die Geschäfte, um oftmals weite und gefährliche Wege bis nach Staufen auf sich zu nehmen. Luxusgüter wie hochwertige Stoffe, Schmuck und orientalische Gewürze waren gegen viel Geld nur auf den großen Jahrmärkten in den Städten zu bekommen. In Staufen hingegen wurden in erster Linie saisonale Waren des täglichen Bedarfs angeboten.

Die Leute wussten, dass der einzige Köhler der Gegend im Vergleich zu seinen weit entfernt arbeitenden Kollegen nur eine begrenzte Menge Holz zu Kohle verarbeiten konnte, weil ihm nur zwei Meiler zur Verfügung standen und der Verkohlungsprozess ziemlich genau eine Woche dauerte. Deshalb war seine heiß begehrte Holzkohle beim Wochenmarkt immer schnell vergriffen. Da ihm von oben her auferlegt worden war, seine Ware auch in der Stiefenhofener Gegend anzubieten, stand für die Staufner wöchentlich nur der Ertrag eines Meilers zur Verfügung. Je nach Geldbeutel füllten sie auch den Sommer über so nach und nach ihre Holzkohlenvorräte auf, wobei jeder Haushalt pro Woche jeweils nur einen halben *Kretten* voll erwerben durfte, wenn er denn auch bezahlt werden konnte. Da nach wie vor Holz das Hauptheizmaterial war, wurde die Kohle nur dafür verwendet, über Nacht die Glut zu halten, damit am nächsten Morgen wieder neu angefacht werden konnte. Und weil die Furcht vor einer Feuersbrunst so groß war wie die Angst vor der Pest, musste den ganzen Winter über Nacht für Nacht ein Familienmitglied die so genannte ›Glutwache‹ halten. Da jetzt bald wieder die kalte Jahreszeit ins Haus stand, war die Ware vom schwer beladenen Karren des Köhlers aus Trabers seit Wochen heiß begehrt.

Aber auch die anderen Marktleute stießen auf reges Interesse bei den Staufnern. Neben Gefäßen aus Zinn gab es allerlei nützliche Gerätschaften für den Haushalt und die Arbeit. Ein Händler verkaufte fertig genähte Gewänder – teilweise mit aufgenähten Bordüren, die allerdings unbezahlbar waren –, während ein anderer grobe Rupfenstoffe und dunkelbraunen Fries zur Selbstverarbeitung feilbot. Aus diesem lose gewebten Stoff konnten sich die einfachen Leute ihre Kleider selbst herstellen. Heimische Leinenstoffe boten Melchior Henne und manchmal auch seine Mutter an, während der Vater für Nachschub zu sorgen hatte. Rohwolle zum Spinnen und Weben gab es bei Bechtelers Weib aus der eigenen Schafzucht ihres Mannes. Geschickte Frauenhände machten daraus oftmals so schöne Tücher, dass sie diese mit großem Erfolg weiterverkaufen und sich bescheidene Einkünfte sichern konnten. Manchmal waren auch der Messerschleifer und der Schuhflicker hier. In der Hauptsache aber wurden das wertvolle Salz, mehr oder weniger wirksame Gesundheitstinkturen, Heilkräuter, Schmalz, Gemüse, Obst und gepökeltes Fleisch angeboten. Da der Staufner Bäcker Föhr keinen Gesellen hatte und seine Backstube allein betreiben musste, war es ihm nicht möglich, so viel Brot zu backen, dass er es auch noch beim Wochenmarkt verkaufen konnte. Also wurden Brot und Mehl von einer größeren auswärtigen Bäckerei angeboten. Dafür stammten die Hühner und Eier ausschließlich von hier, denn Judith Bomberg war es gelungen, innerhalb kurzer Zeit eine profitable Hühnerzucht aufzubauen und sich als einzige Händlerin dieses Bereichs durchzusetzen. Allerdings hatte sich die Jüdin dadurch auch den Neid etlicher Staufner zugezogen, der von den ständigen Hetzreden des örtlichen Schuhmachers zusätzlich genährt wurde.

Zur Freude der Kinder flatterten einem Gänsezüchter zwei seiner Viecher davon. Offensichtlich war er beim Öffnen des Käfigs unvorsichtig gewesen. Die sensiblen Tiere spürten wohl, was ihnen bevorstand, und wollten sich das blütenweiße Gefieder nicht mit roten Flecken verderben lassen. Solche Szenen gehörten bei einem bunten Markttreiben ebenso dazu wie ein extravaganteres Angebot, zu dem zweifellos Fisch gehörte. Manchmal bot ein Winzer neben Wein vom Bodensee auch gepökelte Felchen an. Frischer Fisch hätte den weiten Weg vom See hierher nicht unbeschadet überstanden. Außerdem war frischer Fisch viel zu teuer. Der Weinhändler kam nicht nur zum Markt, um Wein und Fisch zu verkaufen, sondern auch, um bei einem anderen Händler Pökelsalz einzutauschen, das er dann mit Gewinn an die Bodenseefischer weiterverkaufte. Somit war der Weinbauer gleichzeitig ein Wiederverkäufer des *Salzfaktors*, der sich für seine privaten Nebengeschäfte den weiten Weg vom Allgäu bis an den Bodensee sparen konnte.

»Wenn der Wein nicht läuft, verkaufe ich eben Fisch. Und wenn ich keinen Fisch habe, verdiene ich am Salz … irgendwas geht immer«, pflegte das Schlitzohr stets zu sagen, wenn es auf sein nicht gerade zusammenpassendes Angebot angesprochen wurde.

Immer wenn der geschäftige Weinbauer aus Eriskirch in Staufen war, hoffte er darauf, dass im Schloss eine Gesellschaft gegeben und die Frau des Kastellans dafür einkaufen würde. Aber heute würde er wohl wieder Pech haben, da der Graf abwesend war. Ohnehin wurden in dieser unruhigen Zeit keine Feste gefeiert, jedenfalls nicht in Staufen.

Konstanze war heute nur zum Markt gekommen, um Getreide oder Mehl zu besorgen und ihre persönlichen Lagerbestände aufzufüllen, nicht aber, um Spezereien zu erwerben. Außerdem sollte sie ihrem Mann ein so dickes Hanfseil mitbringen, wie es das Musterstückchen vorsah, das er ihr mitgegeben hatte. Wie immer hatte sie Diederich dabei, für den der Markt stets eine willkommene Abwechslung und ein Abenteuer war. In ihrem Kretten befand sich Lodewigs linker Schuh, den sie dem Lederer als Muster mitzugeben gedachte.

Sie freute sich, dass der Schuhflicker heute da war; so konnte sie ihn fragen, ob er ein Pendant zum rechten Schuh ihres Sohnes anfertigen könne. Um den Preis möglichst niedrig zu halten, sollte er sich damit bis zum Einbruch des Winters Zeit lassen können. In Gottes Namen musste sich Lodewig so lange mit seinem alten, eigentlich zu kleinen Schuhwerk, das für Diederich noch zu groß war und deswegen auf dem Dachboden aufbewahrt wurde, bescheiden.

Wie immer hatten auch einige Männer den Weg zum Markt gefunden. So sah man den Blaufärber mit seinem Sohn Didrik *Waid* einkaufen, den er zum Färben von Stoffen benötigte.

Auch der Totengräber schlich herum und tuschelte wie immer mit dem ›Bunten Jakob‹, wie der reisende Händler landauf landab genannt wurde, weil er mit allem schacherte, was es nur gab. Sein Wagen sah so kunterbunt aus wie ein *Bläzlisbutz*. Er kaufte die unmöglichsten Dinge ein, wenn er sich nur irgendwie erhoffen konnte, diese gewinnbringend an einem anderen Ort verscherbeln zu können. So kam es auch vor, dass er konkrete Bestellungen entgegennahm und dann versuchte, die speziellen Wünsche seiner Kunden zu befriedigen. Da er schlau wie ein Fuchs und mit allen Wassern gewaschen war, nahm er es bei der Auswahl und der Besorgung seiner Handelsgüter nicht immer so genau und schaffte es dadurch meistens, dem Begehr seiner Kunden nachzukommen, auch wenn die Sache nicht immer astrein war.

Auch der Kronenwirt Matheiß war heute in den Unterflecken gekommen, um einige Waren für sein Lokal einzukaufen. Als er zufällig beim Bunten Jakob vorbeikam, sah er, wie der Händler Geld aus den Händen des Totengräbers entgegennahm.

Was hat denn der Fiesling einzukaufen?, fragte sich Matheiß, der nicht wissen konnte, dass es sich um das Tauschgeld für ein paar Rosenkränze handelte, die der Totengräber seinen ›Kunden‹ abgenommen hatte, bevor sie für alle Zeiten im Erdreich des Kirchhofes verschwanden.

»Guten Morgen, verehrte Schlossherrin!«, grüßte der Schenk die Kastellanin, die er seit der Kindheit kannte. Diederich begrüßte er mit einer ehrerbietigen Handbewegung, in die er auch seinen Umhang mit einbezog: »Gott zum Gruße, edler Ritter!«

Stolz umklammerte der Junge den Griff seines Holzschwertes, das ihm Lodewig schon vor längerer Zeit geschnitzt hatte. Dass mittlerweile die Spitze abgebrochen war, kündete nur von vielen Kämpfen und kratzte nicht im Geringsten an der Ehre des tapferen Rittersmannes.

Konstanze winkte lachend ab. »Von wegen Schlossherrin. Der Schlossverwalter ist nicht der Schlossbesitzer und dessen Weib nicht einmal eine Kastellanin.«

Matheiß nickte und zog Konstanze etwas beiseite. »Weißt du schon das Neueste?«, fragte er und erzählte, nachdem Konstanze den Kopf geschüttelt hatte, dass Melchior Henne die alte Föhrin tot aufgefunden habe.

»Ja, das ist traurig«, antwortete Konstanze. »Ich habe auch schon davon gehört.«

»Sie muss schrecklich ausgesehen haben. Die Krähen haben sie übel zugerichtet«, wusste Matheiß zu berichten.

»An was ist sie denn gestorben?«, wollte Konstanze wissen, verkrampfte sich bei dieser Frage allerdings so, dass es Matheiß auffiel.

»Ist dir nicht gut?«, fragte er zurück, anstatt zu antworten.

»Nein, nein! Alles in Ordnung. Es geht mir nur nahe«, beschied sie ihn.

»Ah!« Der Schankwirt nickte verständnisvoll.

»An was ist sie denn nun verstorben?«, hakte Konstanze nach.

»Sie hat wohl allerlei Beschwerden gehabt. Der Medicus soll gesagt haben, dass ihr Herz versagt hat, weil sie sich immer zu viel zumutet.«

Jetzt wurde die Kastellanin erst richtig neugierig. Sie wusste zwar das, was Lodewig ihr erzählt hatte und hatte tags darauf auch gehört, dass es sich bei der Toten vom Leprosenfriedhof um Barbara Föhr, die Frau des Bäckers, handelte, verstand aber nicht, was Matheiß gemeint haben könnte.

»Wie darf ich das verstehen?«

»Na ja: Melchior Henne hat sie am alten Leprosenfriedhof gefunden. Man weiß zwar nicht, was sie dort zu tun gehabt hat, aber der Weg bis dorthin war ihr wohl zu anstrengend gewesen.«

»Wer sagt das?«

Matheiß räusperte sich, bevor er antwortete: »So wie ich gehört habe, der Medicus. Man hat sie zu ihm gebracht, um festzustellen, ob sie eines natürlichen Todes gestorben ist.«

»Und? Ist sie das?«

Obwohl sich Matheiß darüber wunderte, nickte er, ohne nachzufragen, warum sie der Tod einer alten Frau so interessierte, da es doch viel Wichtigeres gab. »Du hast wohl noch nicht das Allerneueste gehört?«, tastete er sich vorsichtig ans Thema heran.

»Was soll ich nicht gehört haben?«, kam es interessiert zurück.

Matheiß beugte sich so nahe zu ihr, dass sie seinen schlechten Atem riechen konnte. »Na ja: Dass die alte Weißenbachmüllerin an der Seuche erkrankt und sogar daran gestorben sei«, antwortete er jetzt etwas lauter, weil Konstanze zurückgewichen war.

»An welcher Seuche?«

»An welcher wohl?« Der mitteilsame Wirt blickte sich verschwörerisch um und faltete die Hände, bevor er mit seinem Wissen herausrückte: »Es soll die große Pestilenz gewesen sein!«

Konstanze hielt sich eine Hand vor den Mund und schüttelte den Kopf, wodurch sie zeigte, dass sie die schreckliche Nachricht nicht glauben konnte.

»Doch, doch! Es scheint schon zu stimmen, aber es soll jetzt ein

Mittel dagegen geben«, versuchte Matheiß, die schlimme Sache etwas abzumildern.

»Was für ein Mittel?«, fragte Konstanze, die sich vorsichtshalber dreimal bekreuzigt hatte.

»Ich habe es nur gehört, weiß aber nichts Genaues. Irgendwelche Kräuter. Vielleicht erfahre ich mehr, wenn ich später mein Wirtshaus öffne.«

»Lass es mich bitte sofort wissen, wenn du mehr darüber gehört hast, damit ich es meinem Mann erzählen kann.«

Wenn Konstanze gewusst hätte, was sich die Leute über die Pest heute noch alles erzählten, wäre sie wohl heulend ins Schloss zurückgerannt. Aber der Herrgott meinte es gut mit ihr. Er ließ es zwar zu, dass sich das Gerücht verbreitete, lenkte es aber stets dort von Marktstand zu Marktstand, an denen Konstanze nichts zu tun hatte oder schon gewesen war.

Die Menschen waren verunsichert. Der Tod der Bäckerin war bei weitem nicht so interessant wie die Sache mit der Pest, weswegen sie sich nur noch über dieses Thema unterhielten. Einige von ihnen hatten zwar schon am Vorabend davon gehört, wussten aber nach einer unruhigen Nacht nicht, wem sie was glauben sollten.

Dennoch tratschten sie das gestern Gehörte eifrig weiter. So war es nicht verwunderlich, dass sich die Hiobsbotschaft schlagartig verbreitete. Immerhin war ja Markttag! Meist wurde noch etwas dazu gedichtet, was zur Folge hatte, dass das Gerücht schnell für bare Münze genommen wurde und die bisherige Unsicherheit alsbald in sichtbare Angst umschlug.

»Ja, ja, es stimmt schon!«, behauptete die alte Berghoferin energisch. »Der Schorsch hat mir berichtet, von einer Base des jungen Weißenbachmüllers gehört zu haben, dass die ganze Familie dahingerafft worden sei. Wahrscheinlich ist der junge Weißenbachmüller inzwischen ebenfalls der Pest erlegen.«

Dass Schorsch ein ortsbekannter Schwätzer war, tat jetzt nichts zur

Sache und wurde ignoriert. Kurz darauf konnte man einen Marktstand weiter erfahren, dass die ganze Familie des Weißenbachmüllers der Pest erlegen sei.

»… und dann hat der Wind die Seuche nach Stiefenhofen getragen«, wusste Meiers Julchen, die für die Verbreitung ihres Wissens zwar eine wichtigtuerische Miene aufgesetzt, dabei aber nicht gemerkt hatte, dass sie dadurch noch dümmer aussah, als dies ohnehin schon der Fall war.

»Und? Gibt es dort auch schon jemanden zu beklagen?«, wurde sie gefragt.

»Na klar!«, flüsterte sie. »Dort soll es sogar schon mehrere Tote geben. Die Kinder hat es zuerst getroffen.«

»Dann ist es nur noch eine Frage der Zeit, bis sich der Wind dreht und die Pest zu uns nach Staufen kommt«, steuerte ein anderer seine Meinung zur allgemeinen Verunsicherung bei.

So änderte sich das anfangs ruhige Markttreiben, das durch dieses Gerücht heute nicht so harmonisch in Schwung gekommen war wie sonst, alsbald in ein wildes Durcheinander. Intuitiv begannen diejenigen Frauen, die bezahlen konnten, Hamsterkäufe zu tätigen. Gerade an den Lebensmittelständen schob die eine die andere rüde weg, um als Erste bedient zu werden. Und diejenigen, die klamm waren, nahmen sich, was sie begehrten, ohne zu bezahlen. Bald spielten sich noch wüstere Szenen ab. Am Eierstand von Judith Bomberg bekamen sich zwei Frauen derart in die Haare, dass der ganze Marktstand umkippte und die Eier, die nicht zu Bruch gingen, herumkullerten. Jedes ganze Ei fand sofort eine neue Besitzerin. Es wurden sogar zerschlagene Eier vom Boden gekratzt oder gleich aufgeleckt. Da die sensible Judith sofort spürte, dass größeres Unheil in der Luft lag, rief sie laut nach ihrer Tochter Sarah, die ihr helfen sollte, den kleinen Verkaufsstand zusammenzupacken.

Das Kräuterweiblein aus Hopfen hatte heute besonders großes Glück. Da es schon in der ersten Marktstunde fast den gesamten Bestand losgeworden war, hatte es sich bereits kurz nach Mittag auf den Rückweg nach Hause gemacht, gerade noch rechtzeitig, bevor der Ärger losging. Ihr Stand war heute sofort von den Frauen des Dorfes, die das Gerücht gehört hatten und Kräuter zur Abwehr der drohenden Krankheit kaufen wollten, umlagert worden. Es war ihnen wichtig, bestens gerüstet zu sein, wenn der *Schnitter* tatsächlich nach Staufen kommen und an ihre Tür klopfen sollte. Der Kräuterhof, den ihr einziger Sohn Tilman, den alle nur als ›Til, den Kräutermann‹ bezeichneten, betrieb, war weithin für hervorragende Qualität bekannt. Da kurz nach der Geburt ihrer Mutter der Pfarrhof ihres Geburtsortes Eglofs abgebrannt war und damit auch die Matrikelbücher vernichtet worden waren, wusste die Kräuterfrau nicht genau, wie alt sie eigentlich war. Til schätzte, dass seine Mutter den Siebziger weit hinter sich haben musste. Dieses Alter hatte er errechnet, nachdem sie ihm erzählt hatte, dass seine Großmutter im Tumult der deutschlandweiten Bauernkriege fast als Hexe verbrannt worden wäre, aber mit ihrem Kind hatte entkommen können … und diese Kriege hatten 1525 ihren Höhepunkt erreicht. Seine Mutter sei damals noch ein Wickelkind gewesen. Auch wenn es nicht sicher belegbar war, so hatte sie dennoch ein ungewöhnlich hohes Alter erreicht, das man ihr auch unschwer ansah, obwohl sie – bis auf ein Rückenleiden – vor Gesundheit strotzte.

»Mein Alter verdanke ich meinen selbst gebrauten Kräutersuden und den von Til gemischten Essenzen«, pflegte die geschäftstüchtige Frau ihren Kunden stets zu erzählen. Und dass sie heute noch mutterseelenallein mit ihrem Eselsgespann den steilen Weg über den Hahnschenkel nach Staufen bewältigte und selbst an ihrem Marktstand anzutreffen war, dokumentierte eindrucksvoll ihre Rüstigkeit, was sich als äußerst verkaufsfördernd herausstellte. Obwohl sie auch Männer zu ihren Kunden zählte, hatten gerade die Frauen ständig Fragen an sie. Da sie einerseits zwar die beste Marktschreierin landauf landab war, andererseits aber gewisse Dinge äußerst diskret behandelte, vertrauten ihr alle Frauen, die mit ihr zu tun hatten. Dies galt insbesondere, wenn es um Empfängnisverhütung ging. Die Kräuterfrau stellte eine geheime Rezeptur her, durch deren Einnahme es mit ein bisschen Glück gelang, übermäßigen Kindersegen abzuwenden. Obwohl sie von den Staufnerinnen immer wieder über die Inhaltsstoffe ausgefragt worden war, hatten sie ihr bisher nur einige Teile der segensreichen Rezeptur, die sie aus Hopfen, Rotklee und anderen Bestandteilen zusammenmischte, entlocken können. Darüber hinaus wussten sie nur vage von einer wundersamen Wurzel, die ein Königsegger von einer Reise aus dem fernen Amerika mitgebracht haben soll. Über geheimnisvolle und verschlungene Wege war diese Wurzelknolle angeblich zur adligen Verwandtschaft nach Aulendorf, und von dort aus nach Immenstadt und über Umwege zur Kräuterfrau gelangt. Dass es sich dabei um die wilde Yamswurzel und Sojabohnen handelte, wussten die neugierigen Staufnerinnen nicht. Und wenn, hätten sie mit diesen fremdartigen Ingredienzien nichts anzufangen gewusst. Sie hörten von der Kräuterfrau nur immer wieder die geheimnisvoll klingende Geschichte, wie diese wertvolle Wurzel und die merkwürdig aussehenden Bohnen zu ihr gelangt waren.

»Tretet näher!«, hatte sie grinsend gerufen, als ein paar Frauen an ihrem Stand auftauchten. Sie kannte den sich immer wiederholenden Ablauf: Damit keine Männer zuhören konnten, musste sie ihre Geschichte leise erzählen, was ihr natürlich insofern entgegenkam, weil es die Sache noch mysteriöser machte, als sie sowieso schon gewesen war. Die Frauen hatten sich wie immer so dicht um sie geschart, dass kein Durchkommen mehr möglich war. Hätte sich ein Mann neugierig gezeigt, hätte sich die Frauentraube noch mehr verdichtet oder er wäre mit Lästereien vertrieben worden.

So hatte sie ihre Geschichte auch heute wieder erzählt – aufgrund der aufkommenden Unruhe allerdings in abgespeckter Version: »Es war an einem stürmischen Septembertag des Jahres 1622, als ein großes Schiff namens Atocha im großen Wasser jenseits unserer Welt unterwegs war und an den Florida Keys zerschellt ist«, hatte sie begonnen und keine Pause wie üblich für Rückfragen eingelegt, die sie ihnen heute nicht gestattete. »Auf diesem Schoner waren auch zwei Königsegger einer entfernten Linie des Hauses Rothenfels. Einer der hohen Herren soll mit dem Schiff untergegangen sein, während sich der andere gerettet hat«, hatte sie die Geschichte, wie die Wurzel zu ihr gelangt war, lückenlos bis zum Schluss erzählt. Dass der angeblich Gerettete seither nie mehr gesehen worden war, hatte die Erzählung umso interessanter gemacht und viele Spekulationen zugelassen. Wozu sollten sich die Frauen ernsthafte Gedanken über eine Sache in einem fernen Land machen, in dem man eine merkwürdige Sprache benutzte? Sie wussten nicht einmal, was es mit der ›entfernten Linie‹ der Königsegger auf sich hatte oder was ein ›Schoner‹ war. Florida Kies? … ein fürwahr steinig klingender Name für eine Gegend, die am großen Wasser eines fernen Landes lag.

»Wahrscheinlich handelt es sich dabei um ein sumpfiges Waldgebiet«, hatte irgendwann einmal eine der Frauen vermutet. Wie recht sie damit gehabt hatte, war ihr nicht bewusst gewesen.

Die Frauen des Dorfes wussten, dass sie sich blind auf die Hilfe der Kräuterfrau verlassen konnten. Allerdings war Tils Mutter auf deren absolute Verschwiegenheit angewiesen. Denn sollten die Männer mitbekommen, dass ihre Frauen verhüteten, würden sie womöglich als Hexen angeklagt werden und allesamt auf dem Scheiterhaufen landen.

»Vor ungefähr zweihundert Jahren soll eine unserer Vorfahrinnen in Lindau wegen ihrer Kräuterkenntnisse als Hexe verbrannt worden sein. Aber ihr Wissen wurde durch deren Tochter dennoch still und heimlich von Generation zu Generation weitergereicht«, hatte sie ihrem Sohn Til erzählt, der stolz darauf war, dass ihm dieses kostbare Wissen zuteil geworden war.

Mit einem Mann konnte kein solches Verschwiegenheitsbündnis eingegangen werden, wie es die Frauen mit seiner Mutter eingegangen waren. Da war es trotz Tils beeindruckender Kenntnisse schon gut, dass sie noch lebte und die Fäden spann.

Nur weil sie gemeinsam unschlagbar waren, hatte es ihnen gelingen können, im von Staufen sieben Meilen entfernten Hopfen ein kleines Imperium aufzubauen. Til kam mit seinen Pflanzungen gar nicht so schnell nach, wie es aufgrund der vielen Nachfragen nötig gewesen wäre. Die Ärzte, Apotheker, Bader und sogar die *Engelmacherinnen* kamen scharenweise von weit her, um seine Produkte zu kaufen oder um seinen Rat zu suchen. Selbst einen wegen seiner Kenntnisse um die Heilkunde hochgeachteten Mönch aus Bregenz durfte er zu seinen Kunden zählen. Sogar Professoren der berühmten Universitäten Konstanz, Freiburg und Tübingen nahmen die weiten Wege auf sich, um mit dem Kräutermann aus Hopfen Erfahrungen und Wissen auszutauschen.

Der Totengräber lief mit verkniffenen Augen über den Markt. Allerdings hatte er, nachdem er sein Tauschgeschäft mit dem Bunten Jakob zufriedenstellend erledigt hatte, kein Interesse daran, etwas einzukaufen. Vielmehr wollte er sich vergewissern, ob das durch ihn gestreute Gerücht Wirkung zeigte. Ja, er war es, der das ›stille Sterben‹, wie die Pest auch bezeichnet wurde, klammheimlich ins Gespräch gebracht hatte, ohne dass jemand bemerkt hatte, dass es von ihm gekommen war. Aber warum? Jedenfalls war er mit dem Ergebnis seiner undurchsichtigen Arbeit zufrieden. Wenn sein Vorhaben gelingen sollte, musste er sich nur immer wieder unter dem Siegel der Verschwiegenheit Leni, der Frau des Mesners, anvertrauen. Sie war das größte Klatschmaul des Ortes. Zufrieden beäugte er das Markttreiben und freute sich über das durch ihn entstandene Chaos. Als er beim Lederer, der aus dem Oberallgäuer Bergdorf Kierwang hierhergekommen war, vorbeischlenderte, sah er, wie die Frau des Kastellans gerade einen Schuh aus ihrem Korb herausnahm und dem Schuhflicker über die Theke reichte. Da der Totengräber aus dem Augenwinkel heraus ganz kurz nur einen und nicht zwei Schuhe sah, wurde er neugierig. Einen Moment glaubte er, dass ihm das Schuhwerk irgendwie bekannt vorkam. Da er aber dummerweise nicht hörte, was Konstanze zum Schuhflicker sagte, trat er näher an dessen Stand. Der hatte gerade seine Hand ausgestreckt, um das gute Stück in Empfang zu nehmen, als Konstanze den Atem des Totengräbers in ihrem Genick spürte. Geistesgegenwärtig warf sie das Lederteil dem Schuhflicker – der gar nicht verstand, worum es ging und dementsprechend dumm aus der Wäsche schaute – entgegen und drehte sich gleichzeitig zum Totengräber um.

»Habt Ihr mich erschreckt«, schnaufte sie und überlegte, wie sie den Mann, von dem sie vermutete, dass er ihren Söhnen etwas antun möchte, vom Stand des Schuhflickers weglotsen könnte.

»Ich komme gleich wieder«, sagte sie mit zitternder Stimme in Richtung Schuhflicker, während sie sich beim Totengräber einhakte und ihn vom Stand wegzog.

»Hört, ich habe eine wichtige Information für Euch«, fuhr sie in einer Tonart fort, die an der Wertigkeit ihrer Aussage keinen Zweifel ließ. Allerdings wusste sie noch gar nicht, was sie dem Totengräber eigentlich erzählen sollte.

Von all dem bekam ihr Sohn Diederich, der gerade in sicherer Entfernung mit Baltus Vögel, dem geistig zurückgebliebenen Sohn des Dorfschmieds, spielte, nichts mit. Obwohl Konstanze wusste, dass der zehnjährige Baltus als bösartig galt und bei geringstem Anlass durchdrehte, konnte sie jetzt kein Auge auf ihren Sohn haben. Und dies, obwohl bekannt war, dass der Narr mit Vorliebe wehrlose Tiere quälte, ihnen mit den Fingern die Augen eindrückte, deren Beinchen ausriss oder zerquetschte. Er war sogar nicht einmal davor zurückgeschreckt, einem Kälbchen zwei lebende Ratten ins Maul zu stecken. Was die Nager in den Gedärmen des hilflosen Tieres angerichtet hatten, muss schrecklich gewesen sein. Trotzdem ließ sie Diederich bei ihm. Sie wollte nicht, dass der Totengräber ihren Sohn erkannte und mit den Geschehnissen auf dem Gottesacker in Verbindung brachte – zumindest jetzt noch nicht. Wenn er den Schuh erkennt, ist alles vorbei, sinnierte sie, nachdem sie den Totengräber schon ein paar Schritte vom Stand des Schuhflickers weggelotst hatte.

Währenddessen suchte der Blaufärber im Getümmel der nebenan liegenden Budengasse seinen Sohn.

»Didrik, komm, wir gehen nach Hause! … Didrik! Jetzt komm endlich!«, rief er ungeduldig.

Als der Totengräber diesen Namen hörte, wurde er schlagartig hellwach und sah sich nach allen Richtungen um. Er löste seinen Arm aus Konstanzes Umklammerung.

»Jetzt nicht, hohe Frau«, hüstelte er hastig. »Ein andermal vielleicht«, fügte er noch an, während er schon davoneilte.

Konstanze konnte ihr Glück nicht fassen.

»Der Kelch ist an uns vorübergegangen«, murmelte sie, während sie sich mit einem Blick nach oben bei der Gottesmutter bedankte und – nachdem sie sich vergewissert hatte, dass der Totengräber tatsächlich weg war – erleichtert zu ihrem Sohn ging. Allerdings war es nicht leicht, ihn von Baltus loszueisen. Der Widerling hatte Diederich fest am Arm gepackt und wollte ihn nicht loslassen. »Hau ab!«, blaffte er dessen Mutter an.

Da Konstanze um den Geisteszustand des Burschen wusste, versuchte sie es mit Sanftmut. Während sie behutsam damit beschäftigt war, Baltus' Hände vom inzwischen weinenden Diederich zu lösen, redete sie beschwichtigend auf beide Buben ein.

»Du brauchst nicht zu weinen, Diederich – wir gehen jetzt nach Hause. Und du Baltus, lässt ihn los. Ihr könnt ein andermal wieder miteinander spielen.«

Aber es half nichts, Baltus ließ nicht los und drohte, außer Rand und Band zu geraten. So blieb ihr nichts anderes übrig, als ihren Sohn mit sanfter Gewalt zu befreien. Baltus schlug um sich, kratzte und versuchte sogar, sie zu beißen.

»Ich mach' dich tot! … Ich mach' dich tot!«, schrie er so lange, bis jemand seinen Vater, der gerade mit dem Kesselflicker verhandelte, auf die Situation aufmerksam machte. Aber anstatt sich für seinen missratenen Sohn zu entschuldigen, spuckte Baptist Vögel vor der Kastellanin auf den Boden. »Ihr reichen *Vasallen* des Grafen meint wohl, Ihr könnt Euch alles erlauben, nur weil mein Sohn anders ist als Eure verdammte Brut.«

Für diese öffentliche Beleidigung könnte sie den Schmied an den Pranger bringen – sie müsste es nur ihrem Mann erzählen, sowie dieser von Stiefenhofen zurück sein würde. Da sie aber Mitleid mit den primitiven Vögels hatte, zog sie es vor, den unliebsamen Vorfall für sich zu behalten. Allerdings wusste sie jetzt, dass sie in Zukunft noch vorsichtiger sein musste. Während sie zum Stand des Schuhflickers zurückgingen, dachte sie an den Totengräber. Ihr war nicht verborgen geblieben, dass er ein auffälliges Interesse gezeigt hatte, als er den Namen Didrik hörte. Diederich oder Didrik? – Das hört sich fast gleich an und kann schnell verwechselt werden, bastelte sie sich in ihrer Sorge fahrig zusammen. Jetzt erst wurde ihr so richtig bewusst, dass und warum ihre Söhne in höchster Lebensgefahr schwebten.

Den verwirrten Schuhflicker bat sie – ohne in der Aufregung nach dem Preis zu fragen –, den zweiten Schuh möglichst identisch nach dem Muster anzufertigen. »Aber bitte, niemandem etwas davon erzählen. Mein Mann darf das nicht wissen«, flunkerte sie weiter und wollte sich abwenden.

Aber der Händler winkte ab. »Ich fertige eigentlich keine neuen Schuhe, ich flicke sie nur ... aber wartet, edle Frau!« In aller Ruhe zwirbelte er seinen beachtenswerten Schnauzbart, dann nahm er eine rot eingefärbte Ledertasche vom Haken, um sie der Kastellanin zu zeigen. »Seht Ihr, ich nähe Taschen aller Art; diese hier ist zum Umhängen. Die hält was aus!« Dabei streichelte er fast zärtlich übers dicke Hirschleder. »Und seht Ihr diese?« Er nahm eine kleine kompakte Ledertasche vom Verkaufstresen. »Dies hier ist eine Gürteltasche mit dem dazu gehörenden Gürtel.«

Die Kastellanin ärgerte sich. In diesen Gürtel würde sie zweimal hineinpassen. Sie wandte sich zum Gehen, bevor ihr der Lederer auch noch eine Lederweste zeigen konnte. Er wollte ihr noch sagen, dass er sich um den Schuh kümmern würde und wollte ihr unaufgefordert sogar einen ungefähren Preis nachrufen. Aber Konstanze hatte bereits ihren Sohn am Arm gepackt und trat – ohne das benötigte Mehl und das Seil für ihren Mann eingekauft zu haben – unverrichteter Dinge den Heimweg an.

Da er im allgemeinen Trubel zunächst niemanden sah, lief der Totengräber hastig durch die Budengassen. Erst als er vom Markt aus in Richtung Osten die Straße hinaufblickte, sah er auf Höhe des Sattlerhauses den Blaufärber mit seinem Sohn. Aber schon einen Augenaufschlag später waren die beiden zwischen dem gräflichen Kaufhaus und der ›Krone‹ verschwunden.

»Aha, die gehen nach Hause«, vermutete Ruland Berging und folgte ihnen mit großen Schritten zwischen Kirchenportal und der Getreideschranne in Richtung ›Löwen‹, danach den Abhang hinunter zum Färberhaus. Dabei achtete er sorgsam darauf, keinen allzu hastigen Eindruck zu erwecken, falls er von irgendjemandem gesehen würde.

Zu Hause angekommen führte der Weg des Blaufärbers zum linksseitigen Eingang, der von außen her direkt in einen Kellerraum führte. Dort wollte er die seit drei Tagen in nach Urin und Pottasche stinkenden Waid eingelegten Stoffe aus den großen Bottichen herausnehmen, um sie mit Hilfe seiner Frau im obersten Stock des steilgiebeligen Hauses zum Trocknen aufzuhängen. Dazu waren direkt unterhalb der nordseitigen Dachrinnen lange Stangen angebracht worden. Dies war der ideale Platz, um zu verhindern, dass sich die dunkelblaue Farbe während des Trocknens durch zu starke Sonneneinwirkung ungleichmäßig entwickelte. Wenn der Stoff nicht gleichmäßig oxidierte, würde er ihn billiger abgeben müssen.

»Nun komm schon, Gunda! Wir haben nicht den ganzen Tag Zeit«, rief Hannß Opser ungeduldig die Hauswand hoch und erreichte damit, dass seine Frau den Kopf aus dem Küchenfenster streckte.

»Kommst du?«

»Ja!«

Es dauerte eine Weile, bis sie die steilen Stufen heruntergestiegen und bei ihrem Mann war.

»Na endlich«, knurrte der Blaufärber und zeigte zum Bottich. »Wir müssen die beiden Plachen auswringen und nach oben bringen.«

»Oh je«, stöhnte die Blaufärberin, die wusste, was jetzt auf sie zukommen würde.

Es war eine Heidenarbeit, die durch die Nässe schwer gewordenen und grausam stinkenden Stoffe aus dem Bottich zu hieven, auszuwringen und in den Trockenraum hochzuschleppen.

Als sich Gunda Opser den Schweiß von der Stirn wischte und nach unten schaute, sah sie, dass sich ihr Sohn vor dem Haus langweilte. »Didrik. Spiel doch etwas!«, rief sie ihm zu und winkte mit einem gequälten Lächeln zu ihm hinunter.

»Aber bleib beim Haus!«, ergänzte der Vater, während er begann, die schweren Stoffplachen über die Stangen zu wuchten.

Didriks großer Bruder Otward schien nicht da zu sein. Und allein wusste der Knabe nichts mit sich anzufangen. Missmutig schlenderte er am Haus entlang zur rechtsseitigen Rampe, die in die Tenne führte. Vielleicht würde er dort wenigstens seine Katze Munzi finden. Didrik rief immer wieder nach dem Tier, aber das zeigte sich nicht. Dabei entging ihm, dass er beobachtet wurde.

Vorsichtig schlich sich der Totengräber im Schutze von Bäumen und Sträuchern näher an den Kleinen heran, um sich ein Bild des vermeintlichen Zeugen seines Gesprächs mit dem Medicus machen zu können. Eigentlich war es nicht geplant, den Knaben gleich zu beseitigen. Aber die Gelegenheit hierzu scheint unverhofft gut zu sein, überlegte er, während er seinem Opfer immer näher kam. Je länger der Totengräber Didrik beobachtete, umso sicherer wurde er, dass es sich um einen der beiden Knaben handelte, die ihn und den Medicus belauscht hatten. Also überlegte er, wie er es am besten anpacken könnte.

Ich muss ihn vom Haus weglocken, beschloss er. Allerdings wusste er noch nicht, wie er das Interesse des Buben auf sich lenken sollte, ohne dass es dessen Eltern mitbekämen. Dass es noch heller Tag war, schmälerte das Risiko, erwischt zu werden, nicht gerade. Der Totengräber überlegte lange, ob er das Wagnis, Didrik jetzt gleich umzubringen, eingehen sollte. Eigentlich hatte er diese Drecksarbeit dem Medicus überlassen wollen. »Aber so eine Gelegenheit kommt nicht mehr«, murmelte er leise in seinen ungepflegten Bart hinein. Er bräuchte

Didrik nur einige hundert Fuß Richtung Schloss an den kleinen Entenpfuhl zu locken, um ihn dort ertränken zu können. Dies würde dann aussehen wie ein Unfall. Aber dort sind Häuser, und möglicherweise sieht man vom Schloss aus direkt auf den Teich, verwarf er diesen Gedanken wieder. Es ist besser, ihn vom Ort weg Richtung Weißach zu locken. Wenn ich es schaffe, ihn ein Stück den Berg hinunterzubringen, kann ich mich in aller Ruhe mit ihm befassen, tüftelte er weiter an der Umsetzung seines perfiden Planes. Er wusste, dass dort kein einziges Haus stand. Und die nächsten Anwesen waren weit weg. Da fiel ihm die Felsenhöhle ein, die, einer alten Legende zufolge, früher der Ausgang des Geheimganges der alten Burg Staufen gewesen sein soll. Diese Höhle kannte heute kaum noch jemand. Er selbst hatte während seiner Immenstädter Zeit davon erfahren und dort sogar einen Lageplan gesehen, was ihm jetzt zugute kommen sollte. Ein hämisches Grinsen ließ sein Gesicht zu einer Fratze werden. Ich glaube, dass ich die Höhle finden werde. Sie wäre bestimmt ein idealer Platz, um diesen Didrik zu beseitigen.

Als der Meuchler den Knaben wieder nach seiner Katze rufen hörte, blickte er zu dessen Eltern hoch und stellte fest, dass sie immer noch damit beschäftigt waren, frisch gefärbte Tücher zum Trocknen aufzuhängen. Er sah nur deren Hände, die sich mit den schweren Stoffteilen abplagten. Wenn ich ihre Gesichter nicht sehen kann, können sie mich auch nicht erkennen, hoffte er und rannte entschlossen über ein Stück offenes Gelände bis zu einem schützenden Baum vor. Dort verharrte er ein Weilchen, um abzuwarten, ob sich etwas rühren würde. Aber es blieb still.

»Jetzt oder nie!«, entfuhr es dem Totengräber, während er sich aufgeregt den Bart zauste und aus seiner Deckung kam. »Was soll's. Jetzt hat es sich nun mal so ergeben«, murmelte er abschätzig, während er sich dem Jungen zu nähern versuchte.

Da von dessen Eltern momentan keine große Gefahr drohte, gelang ihm dies auch. Aber er musste handeln, bevor diese nach getaner Arbeit herunterkämen. Er schlich sich so nahe an Didrik heran, bis er dem möglichen Blickfeld der Eltern gänzlich entschwunden war und dem Knaben die letzten Schritte aufrecht entgegengehen konnte.

Didrik erschrak zwar etwas, als er den wüst aussehenden Mann sah, dachte sich aber in der schützenden Nähe seines Elternhauses nichts dabei, als dieser lächelnd auf ihn zukam. Außerdem kannte er ihn vom Sehen her. Da der Totengräber befürchtete, der Knabe – sofern es sich um denjenigen handelte, der ihn und den Medicus belauscht hatte – könnte ihn wiedererkennen, verstellte er seine Stimme: »Na, Kleiner, wie heißt du denn?«

Da das unbekümmerte Kind nichts Böses ahnte, kam die prompte Antwort: »Didrik!«

»Und was tust du hier, Didrik?«, fragte der Totengräber weiter.

»Ich suche meine Katze Munzi!«

»Wie sieht sie denn aus?«

»Gstrimutzelt!«, antwortete Didrik knapp. »Hast du sie gesehen?«

»Ich glaube, ja.«

Nachdem Didrik seine grauweiß gestreifte Katze noch genauer beschrieben hatte, behauptete der Totengräber ganz genau zu wissen, wo das Tier war und fügte theatralisch hinzu, dass es verletzt sei und dringend Hilfe brauche. Didrik erschrak und schaute den Überbringer dieser schlechten Nachricht furchtsam an. Die Augen des Totengräbers hingegen verengten sich zu Schlitzen. »Soll ich dich zu ihr führen?«

Aus Sorge um seine geliebte Katze ließ sich der Kleine dies nicht zweimal sagen. Er überlegte jetzt nicht lange und dachte nicht mehr an die Mahnung seines Vaters.

»Aber wir müssen uns beeilen!«, beschwor der Totengräber den Jungen, um ihn davon abzulenken, sich zu besinnen.

Ruland Berging war innerlich aufgewühlt und hatte Angst davor, dass die Sache schiefgehen könnte, weswegen er Didrik mit den sanftesten Tönen und den größten Lügen dazu verleitete, mit ihm zu gehen. »Du möchtest deiner Munzi doch helfen. Oder?«

Kapitel 8

Währenddessen war es auf dem Markt immer turbulenter geworden. Aus Angst vor der Pest und dem damit verbundenen Willen, ihre Familien zu schützen und möglichst viele Nahrungsmittel zu hamstern, hatten sich die Frauen gegenseitig zu solchen Furien hochgepeitscht, dass sich die meisten der wenigen Männer an Plätze zurückgezogen hatten, von wo aus sie das Treiben aus sicherer Entfernung beobachten konnten. Anstatt sich einzumischen und zu versuchen, die Situation zu entschärfen, hatten es die Feiglinge ihren Frauen überlassen, Vorräte zu beschaffen – wie und auf welche Art und Weise dies geschah, war ihnen offensichtlich egal.

Den Lärm hörte man jetzt sogar bis zum Schloss hoch. Konstanze hatte Diederich gleich nach ihrer Rückkehr in Rosalindes Obhut gegeben und stand jetzt einige Schritte vom Tor entfernt an der nordwestlichen Ecke vor dem Schloss, von wo aus sie zwar nicht direkt auf den Markt, aber auf ihr geliebtes Staufen hinunterschauen konnte.

»Habt Ihr Sorgen, Herrin?«, fragte der Wachhabende, der schon ein ganzes Weilchen darauf wartete, das Tor wieder schließen zu dürfen.

Konstanze drehte sich um und seufzte: »Ach Rudolph, ich glaube, dass schlimme Dinge auf uns zukommen.« Da sie merkte, dass der Wachmann nichts damit anfangen konnte, erzählte sie ihm, was auf dem Markt gerade los war. Rudolph nahm seinen Helm ab und kratzte sich nachdenklich am Kopf.

»Hast du Flöhe?«, fragte Konstanze entsetzt. »Dann müssen wir etwas dagegen unternehmen.«

»Nein, nein, Herrin!«, beeilte sich der Wachhabende abzuwinken. Er wusste ganz genau, was auf ihn zukommen würde, wenn sich Flöhe, Läuse oder anderes Ungeziefer bei ihm eingenistet hätten; seine Herrin höchstpersönlich würde ihm den Kopf kahl scheren, ihn so lange mit

Essig abreiben, bis er knallrot würde und ihm danach auch noch einen Umschlag aus einem brennenden Gemisch gelöschten Kalks und verschiedener Kräuter anlegen. Aber das würde noch nicht alles sein; der Kastellan selbst würde darüber wachen, dass er sich die Schambehaarung abrasierte und ihm über seinem besten Stück die gleiche, an dieser Stelle aber noch schmerzhaftere Behandlung angedeihen lassen. Auch wenn hier im Schloss verhältnismäßig großer Wert auf Hygiene gelegt wurde, konnte Rudolph gerne auf diese mehr als unangenehme Prozedur verzichten, weswegen er sofort vom Thema ablenkte. »Und was geschieht jetzt weiter?«, fragte er die Kastellanin.

»Wenn ich das wüsste. Ich wünschte, dass mein Mann hier wäre. Er ist der Einzige, der Ruhe in die Menschenmenge bringen kann«, sagte sie nachdenklich.

Ignaz nickte zustimmend.

»Hast du wirklich keine Flöhe?«

Jetzt schüttelte der Wachmann energisch den Kopf und beeilte sich zu sagen, dass er wieder an seine Arbeit müsse. Hastig schloss er das Tor und eilte dienstbeflissen zur Wehrgangtreppe. »Puh! – Noch mal gut gegangen«, entfuhr es ihm.

Konstanze, die schon auf dem Weg zum Vogteigebäude war, drehte sich um. »Was hast du gesagt?«

»Nichts, Herrin! Nichts!«

Da niemand in der Lage war, dem unschönen Treiben Einhalt zu gebieten, nahm das Unheil unaufhaltsam seinen Lauf. Es war jetzt schon so weit, dass sich die gottesfürchtigen Frauen nicht einmal voreinander schämten, als sie die Marktstande abzuräumen begannen. Jede nahm sich, was sie in die Finger bekommen konnte. Das hatte es in Staufen noch nie gegeben: Eine offene Plünderung … und dies auch noch durch Frauen. Eigentlich friedliebende Menschen beschimpften und schlugen sich, spuckten sich an und waren bereit, sich gegenseitig die Augen auszukratzen. Bisher ehrliche Leute stahlen, was das Zeug hielt. Wohl dem auswärtigen Händler, der seinen Marktwagen rechtzeitig in Sicherheit rollen konnte. Wohl aber auch den Einheimischen, die vernünftig gewesen waren und den Ort des Geschehens bereits verlassen hatten.

Der Einzige, der das Treiben auf dem Marktplatz nicht mitbekam, war Heinrich Schwartz. Der heruntergekommene Arzt schlief seinen Rausch vom Vorabend aus. Erst als vom Unterflecken sehr laute und ungewohnte Geräusche bis zu ihm ins Zimmer drangen, wachte er mit entsetzlichen Kopfschmerzen auf. Er dachte sich nichts dabei und nahm, um seinen Brummschädel zu besänftigen, erst einmal eine Messerspitze Salz zu sich. Tausende von Hornissen schienen sich in seinem Schädel eingenistet zu haben. Dennoch: Hätte er gewusst, was die Ursache für den Lärm auf dem Marktplatz war, hätte er wohl mehr Interesse daran gezeigt.

Ich muss meinen Behandlungsraum putzen und endlich sorgsam mit Heilpflanzen bestücken, damit Ruland keinen Grund mehr hat, mich anzumaulen. Jetzt muss die Sache anlaufen, grübelte er, während er seinen Kopf in eine Schüssel mit abgestandenem Wasser tauchte. Dass sich darauf ein Fettfilm abgesetzt hatte und darin ein paar Bröckchen herumschwammen, schien ihn nicht zu stören.

Otto Dobler, ein Schützling des Kastellans, war einer der wenigen Männer, die nicht feige abgehauen waren und unversehens mitten ins Geschehen gedrängt wurden. Die beiden kannten sich seit ihrer Jugendzeit, die sie teilweise gemeinsam in Immenstadt verbracht hatten. Da Otto in Ellhofen – einer anderen Ecke des Allgäus – aufgewachsen war, kannte er Land und Leute im ganzen Umfeld recht gut. Er war beileibe nicht dumm und besaß darüber hinaus ein gesundes Maß an Bauernschläue, die ihm schon oft weitergeholfen hatte. In der Nähe von Immenstadt war er zunächst Stallbursche gewesen, hatte sich danach aber beim Bechtelerbauern in Staufen zum ersten Knecht hochgearbeitet. Dort auf dem schmucken Hof war der klein gewachsene, hagere Mann mit dem verschmitzten Dauergrinsen, so etwas wie ein Faktotum. Ein Sonderling – gewiss, aber offen, ehrlich und überaus fleißig. Er wurde nicht nur auf dem Bauernhof, sondern auch im Dorf von allen geschätzt. Otto konnte sogar ein bisschen lesen, nur mit dem Schreiben haperte es. Der Kastellan hatte ihm eingebläut, dass ›Knecht‹ ein rechtschaffener Beruf war, auf den er ruhig stolz sein könne. Das hatte das Selbstvertrauen des kauzigen Bauernknechtes gewaltig wachsen lassen.

Nachdem Otto immer wieder hin- und hergeschubst worden war und das wüste Treiben auf dem Markt beim besten Willen nicht mehr mit ansehen konnte, stieg er mutig auf einen Schlachtbock, auf dem kurz zuvor noch Hühnern die Krägen abgeschlagen worden waren, bevor sie die Besitzer gewechselt hatten.

»Seid ihr alle verrückt geworden? … Beruhigt euch!«, rief er mit aller Kraft in die Menschenmenge hinein und fuchtelte mit seinen Händen herum wie ein Marktschreier. »Ihr braven Frauen. Nehmt doch endlich Vernunft an!«, rief er immer wieder.

Aber es nützte nichts, die Situation war längst eskaliert. So war es kein Wunder, dass Otto unversehens vom Schlachtbock heruntergezogen wurde und sich einen schmerzhaften Schlag mit einer gusseisernen Pfanne einfing, der ihn für ein paar Minuten besinnungslos werden ließ.

Den beiden Immenstädter Wachsoldaten erging es ähnlich; auch sie versuchten immer wieder, die Menge zu beruhigen. »Im Namen des Grafen: Hört endlich auf damit!«

Im allgemeinen Handgemenge gelang es ihnen trotz ihrer Uniformen nur für eine kleine Weile, ihre Autorität durchzusetzen. Dennoch versuchten sie immer wieder, die streitende Menschenmenge auseinander zu bringen, indem sie sich mitten in den wild um sich hauenden und schreienden Pulk warfen, um die Gemüter zu besänftigen. Da ihnen dabei ihre Kopfbedeckungen heruntergeschlagen wurden, waren sie in dem Getümmel nicht mehr auf Anhieb als Soldaten der Königsegger Garde zu erkennen. Somit bekamen sie anstatt des gebührenden Respektes nur noch Knuffe und Rempler, sie wurden hin- und hergeschoben und fingen sich sogar auch noch etliche schmerzhafte Schläge und Kratzer ein. Immer wieder wurden sie mehr oder weniger versehentlich zu Boden gezogen, wo sie ebenfalls Hiebe erhielten oder ihnen sogar

Haare ausgerissen wurden. Nur wenn sie als Soldaten erkannt wurden, besannen sich die kopflosen Menschen und ließen von ihnen ab. Aber es nützte nichts: Sie waren mitten in dem Gewühl und wurden, so oft sie auch aufstanden, um kraft ihres Amtes im Dienste des Grafen für Ruhe zu sorgen, immer wieder zu Boden gedrückt.

In dem wüsten Gerangel bemerkte lange Zeit niemand, dass einer der Wachsoldaten nicht mehr aufgestanden war. Erst als die Menschen dies so nach und nach erkannten, begann sich die Szenerie zu beruhigen. Schnell bildete sich ein Kreis um den auf der Erde liegenden Gardisten. Die bisherige Aggression wich zunehmender Betroffenheit, die von den Umstehenden zunächst durch einmütiges Schweigen demonstriert wurde.

»Ist der etwa tot?«, wollte ein heftig schnaufendes Weib, deren Brüste im Eifer des Gefechts entblößt worden waren, wissen.

»Das siehst du doch!«, antwortete ein Händler, der nicht mehr wusste, wo er zuerst hinschauen sollte.

»Um Gottes willen!«, entfuhr es einem anderen Mann, der krampfhaft seine letzte Gans umklammert hielt. Er hatte noch nicht gemerkt, dass diese ebenfalls schon längst ein Opfer des Getümmels geworden und erdrückt worden war – zumindest ließ dies ihr hängender Kopf erahnen.

»Wer hat das getan?«

»Ich nicht!«

Bei diesem wiederkehrenden Frage-Antwort-Spiel war nicht die Gans, sondern der Wachmann gemeint.

Otto hatte von alledem nichts mitbekommen. Gerade erst war er wieder aufgewacht. Er hielt sich den schmerzenden Kopf und prüfte mit der Zunge, ob noch alle Zähne an ihrem Platz waren. Als er den Wachsoldaten mit einer Mistgabel zwischen den Rippen vor sich liegen sah, erschrak er zwar im ersten Moment, blieb aber besonnen und untersuchte den Mann, bevor er vorwurfsvoll in die Runde schaute und aufstand. Alle Blicke hingen nun an ihm, der die Situation bewundernswert meisterte.

»Holt den Medicus!«, empfahl ein ramponiert aussehendes Mädchen.

»Der braucht keinen Arzt mehr«, winkte Otto ab. »Dieser könnte höchstens den Tod feststellen.«

Obwohl dies bereits klar gewesen war, kapierten die Menschen erst jetzt so richtig, was sie getan hatten. Frauen und Männer falteten gleichermaßen die Hände und beteten mehr für ihr eigenes Seelenheil als für das des toten Mannes.

»Ob der Tod des Gardisten absichtlich herbeigeführt worden ist, ob es ein Unfall oder gar ein kaltblütiger Mord war, kann ich nicht sagen«, beschied Otto den Umherstehenden, die jetzt aufgeregt darüber zu diskutieren begannen.

»Was sollen wir jetzt tun, Dobler?«, fragte der angesehene Ziegenzüchter Hermann Schädler und bat die Leute, etwas zurückzutreten.

»Au weia. Das gibt Ärger«, murmelte Leni, die Frau des Mesners scheinheilig und schlug das Kreuz. Aber war nicht sie es, die das Gerücht über die Pest vom Totengräber übernommen und, mit ein paar deftigen Zutaten gewürzt, verbreitet hatte? Dadurch hatte sie sich zumindest mitschuldig gemacht und war für den Tod des Soldaten mitverantwortlich. Aber dies wusste ja keiner.

Da niemand etwas mit dem Tod des Wachsoldaten zu tun haben wollte, leerte sich der Marktplatz schlagartig. Wie auf Kommando waren alle Frauen verschwunden. Nur noch Otto, ein paar andere Männer und der Kamerad des Toten bekamen das unangenehm knirschende Geräusch mit, als die Mistgabel aus dem Brustkorb herausgezogen wurde. Als einer der Männer das viele Blut sah, wandte er sich ab, um sich zu übergeben.

Otto und der Ziegenzüchter waren die Einzigen, die einen klaren Kopf behalten hatten und sich um den Toten kümmerten.

»Ist das sein Pferd?«, fragte Otto den Kameraden des vor ihnen liegenden Gardisten, der heulend daneben kniete und nur zitternd zu nicken vermochte.

»He, du da!«, rief Hermann Schädler einem jungen Burschen zu, der von einer soeben gestohlenen Möhre abbiss.

Da hier in Staufen noch nie jemand etwas von ihm gewollt hatte, blickte sich der Gemüsedieb verdutzt um und zeigte fragend auf sich selbst.

»Wer? … Ich?«, bekam Hermann Schädler von dem jungen Mann zurück.

»Ja, du! … Wer bist du eigentlich?«, mischte sich Otto ein.

»Ich heiße Fabio. Aber wen interessiert das?«, antwortete der wuschelhaarige Dieb, der so um die achtzehn Jahre alt sein mochte, frech.

»Uns!«, blaffte Otto und winkte den Burschen zu sich. »Also, Fabio! Komm her und hilf uns, den Toten über sein Pferd zu legen und festzuzurren.«

»Aber der braucht doch sein Ross nicht mehr. Kann er nicht auf andere Weise zum Friedhof gebracht werden?«

Otto sah dem offensichtlich total verwahrlosten Burschen scharf in die Augen.

Fabio biss in aller Ruhe in seine Möhre, bevor er zu antworten geruhte: »Ist schon gut. Ich meine ja nur.« Der offensichtlich pfiffige Möhrendieb hatte selbst gemerkt, dass nicht gut ankam, was er gerade von sich gegeben hatte. Während er auf Otto, Hermann Schädler und den Toten zuging, fielen ihm etliche Möhren und Äpfel aus den prall gefüllten Taschen. Er hätte über jedes verlorene Stück seines soeben erbeuteten Schatzes heulen können, war aber froh, dass es von niemandem bemerkt worden war, weil alle Blicke auf den Toten gerichtet waren.

Fabio war ein uriger Geselle, der für Geld fast alles tat, wenn es nur nicht in Arbeit ausartete. Allerdings kannte er seine Grenzen. Er hätte niemandem wehtun oder unnötigen Schaden zufügen können. Hier und da ein geklautes Stück Fleisch, vielleicht ein paar Eier und die tägliche Ration Gemüse oder Früchte waren in seinen Augen kein großer Schaden – immerhin riskierte er dafür, aufzufliegen und er wusste, dass man ihm womöglich die Hand abhacken würde, sollte man ihn in flagranti erwischen. Aber was soll ich machen, wenn mein Magen knurrend sein

Recht fordert? Ich kann doch nichts dafür, dachte sich Fabio, sooft er seine Hand nach einer verbotenen Frucht ausstreckte.

»Hätte mir der Herrgott nicht diesen verdammten Ranzen gegeben, hätte ich weniger Probleme«, pflegte er sich die Sache stets gutzureden, während er dabei darauf klopfte, wo die feineren Leute einen Bauch hatten.

Er stahl nur, was er selbst zum Leben benötigte und handelte nicht damit. Er tauschte höchstens einmal ein paar geklaute Äpfel gegen etwas anderes Essbares ein. Und dies auch nur, wenn er zufällig über Äpfel im Überfluss verfügte, was meist nichts anderes hieß, als dass er zwei dieser vitaminspendenden Früchte in seinen Taschen und eine zwischen den Zähnen hatte. Allerdings hatte er es im Laufe der Zeit zu einem wahren Meister der Beschaffungskunst gebracht. Seine schmutzigen Hände waren flinker als die hin und her sausenden Schiffchen von Hennes' Webstühlen.

Eigentlich konnte Fabio nichts für sein verkorkstes Leben. Der Mann, der vorgab, sein Vater zu sein, war ein arbeitsloser Säufer, dessen langjährige Gefährtin, die er aber nie geehelicht hatte, im Lindauer Dirnenhaus arbeitete. Aufgrund dieser nicht vorhandenen, zumindest aber verworrenen Stammbaumgrundlage wusste Fabio nicht, woher er gekommen war und wo er ursprünglich hingehört hatte. Im Moment gehörte er wohl hierher, hierher nach Staufen. Überhaupt fühlte er sich grundsätzlich dort wohl, wo er sich gerade aufhielt. Er schätzte, dass er ungefähr acht oder neun Jahre alt gewesen war, als er sich sein vorgezogenes Erbe in Form eines goldenen Ringes stahl, den seine angebliche Mutter vielleicht für einen ihrer Liebesdienste erhalten oder aber einem ihrer vielen Beischläfer gestohlen hatte. Er hatte das Schmuckstück einem ihm bis dahin unbekannten Händler verkauft, den man in Lindau nur den Bunten Jakob genannt hatte. Mit dem mageren Erlös für das wertvolle Geschmeide in der Tasche war Fabio noch am selben Tag in die Welt hinausgezogen. Und das war gut gewesen. Hätte er nämlich gewusst, dass dieser verdammte Händler den Ring schon kurz darauf ausgerechnet demjenigen zum Kauf anbot, dem das Schmuckstück ursprünglich gehört hatte, wäre er wohl möglichst weit geflohen. So aber hatte er sein Glück zunächst nur im nicht allzuweit von Lindau gelegenen Hopfenstädtchen Tettnang gesucht, bevor es ihn nach Aulendorf und Ravensburg, später nach Wangen und Isny verschlagen hatte. Dass er sich in Lindau nicht mehr sehen lassen konnte, wusste Fabio bis heute nicht. So war er stets guten Mutes gewesen, wenn er weitergezogen war. Kurioserweise war es immer das gleiche Spiel gewesen: Entweder er hatte gehungert und somit seine Ruhe gehabt, oder er hatte, wenn er satt gewesen war, über kurz oder lang wieder abhauen müssen. Da Fabio das Hungern zwar von Kindesbeinen an gewohnt war, es aber nicht einsah, darben zu müssen, während sich die sowieso schon feisten Bürger ihre Wänste vollschlugen, hatte er sich eben nicht nur die Haare, sondern auch lange Finger wachsen lassen.

Otto kramte in seinen Taschen und zog ein Tuch heraus, das er vorsichtig aufwickelte.

»Hier hast du zwei Heller. Und jetzt hilf uns, den toten Wachsoldaten auf das Pferd zu hieven und dort so fest auf den Sattel zu binden, dass er von seinem Kameraden nach Immenstadt geführt werden kann!«

»Ach so«, murmelte Fabio, der gedacht hatte, dass der Tote auf dem hiesigen Friedhof bestattet werden sollte.

Nachdem es Otto mit Fabios und Hermann Schädlers Hilfe gelungen war, den schlaffen Körper quer über den Sattel zu legen und dort festzuzurren, überlegte er, was noch zu tun sei. Mit einem »Ah ja« wandte er sich an den Kameraden des Toten: »Nehmt auch die Mistgabel mit, damit Euer Stadtmedicus und die Untersuchungskommission, die zweifellos eingesetzt werden wird, die Umstände des Todes bestimmen können. Kann ich sonst noch etwas für Euch tun? Soll Euch jemand begleiten?«, fragte Otto den Wachsoldaten betont höflich.

»Um Gottes willen! Lasst mich mit diesen Wilden hier ja zufrieden! Da reise ich lieber allein und werde von Spitzbuben überfallen oder von Wölfen gefressen!«

Der verstörte Soldat war froh, aus dem Ort preschen zu können, bevor die aus seiner Sicht wahnsinnigen Weiber hier wieder auftauchten. Und Otto war froh, dass er den Leichnam sofort dem Kameraden des Toten mitgeben konnte, damit er nicht für dessen Aufbahrung in der St. Martins-Kapelle sorgen musste.

»Der Kastellan ist sowieso nicht da«, sagte er zu seinen beiden Helfern. »Und wenn die Untersuchungskommission Fragen hat, kann ich zwar den Zeugen machen, die Vorarbeit und die Koordination aber muss Ulrich übernehmen.«

Nachdem sich die Menschen zu Hause verbarrikadiert hatten, waren sie endlich wieder zur Besinnung gekommen und begannen sich jetzt zu schämen. Die meisten von ihnen hatten die gehamsterten Waren noch auf dem Weg zu ihren Behausungen fallen lassen oder an Ort und Stelle zurückgebracht, sofern der betreffende Händler noch da gewesen war. Danach aber hatten sie geschaut, so schnell wie möglich nach Hause zu kommen, um die Türen hinter sich verschließen zu können. Aber dort war der Ärger meist weitergegangen, weil die Männer ihre Frauen mit Vorwürfen überhäuften.

»Wohin soll das führen? Was ist nur aus uns geworden?«, fragten sich die irritierten Dörfler mit einem ängstlichen Blick in die Zukunft.

Sie hatten eine Himmelsangst davor, dass sie wegen des toten Wachsoldaten Probleme mit dem Grafen, der ihnen sicherlich den gefürchteten Landrichter Zwick an ihre ungewaschenen Hälse schicken würde, bekommen würden. Und sie hatten eine noch größere Angst vor der drohenden Pest, die – wie mittlerweile alle zu wissen glaubten – von der Weißenbachmühle nach Staufen zu kommen drohte.

»Vielleicht hat man uns nicht die Wahrheit gesagt, und die Bäckersfrau ist das erste Opfer der Seuche geworden.«

»Hoffentlich verschont uns die Pest!«, seufzten schon die Ersten, die nicht wissen konnten, dass Frau Föhr das erste Opfer einer Mordserie geworden war, die jetzt auf sie zukommen würde.

Nachdem auf dem Marktplatz alles vorüber und keine einzige Einheimische mehr zu sehen war, schlichen sich einige auswärtige Händler an ihre Standplätze zurück, um ihre teilweise weit verstreuten Sachen zusammenzuklauben. Da auch sie den ansonsten friedlichen Ort heute schleunigst verlassen wollten, beeilten sie sich damit. Einige von ihnen mussten diese Nacht wohl oder übel in Staufen logieren und trafen sich wie gewohnt in der ›Krone‹. Da es mittlerweile später Nachmittag geworden war, fanden sich auch einige neugierige Einheimische, die ihren Stammtisch sonst in der ›Alten Sonne‹ hatten, ebenfalls dort ein. Die Sonnenwirtin war ein arg neugieriges Weib und hatte ihren Stammgästen Geld für ein paar Humpen Bier mitgegeben. Im Gegenzug würde sie schon morgen früh an ihrem eigenen Stammtisch brühwarm erfahren, was es alles an Neuigkeiten gab. Im Trubel der aktuellen Ereignisse auf dem Markt rückte das Hauptthema ›Pest‹ kurzzeitig in den Hintergrund, obwohl sie der eigentliche Auslöser für den Tumult gewesen war und die Spione der Sonnenwirtin mehr darüber erfahren wollten.

Aber der Wirtshausdiskurs brachte diesbezüglich nicht viel Neues. Obwohl es genügend andere Gesprächsthemen gab, war es noch recht ruhig. Die schlimmen Ereignisse des Tages würden aber noch genügend Gesprächsstoff bieten.

Die Einheimischen hatten eine Heidenangst davor, dass die Exekutive des Grafen tatsächlich so zurückschlagen könnte, wie sie es vermuteten. Sie wussten, dass er sich die gewaltsame Tötung eines seiner Soldaten nicht gefallen lassen konnte und er eine Untersuchungskommission bilden würde, damit der Tod des Gardisten aufgeklärt und gesühnt werden konnte.

»War es ein unglücklicher Unfall oder Totschlag? Oder war es gar eiskalter Mord?«

Es wurde heiß darüber spekuliert, welche Sanktionen für die einzelnen Straftaten drohen könnten. Je länger die Diskussion dauerte, umso sicherer waren sich die Männer, dass es kein Unfall gewesen war. Sie hatten zwar nicht den allergeringsten Anhaltspunkt für ein Verbrechen, diskutierten aber nur noch auf dieser Ebene. Dabei fanden sie es ganz besonders spannend, dass es ausnahmsweise einmal um die Frauen des Dorfes ging.

»Da man diejenige, die dem Wachsoldaten die Mistgabel in die Brust gestoßen hat, sicherlich nur schwer oder überhaupt nicht ermitteln kann, wird es wohl eine Kollektivstrafe geben«, mutmaßten einige der Männer, die sich sorgten, dass es auch ihre eigenen Frauen treffen könnte.

»Und wenn es keine von den Weibern war?«, wollte Hemmo Grob, dessen Frau ihn schon vor Jahren wegen seiner nicht zu ertragenden Geschwätzigkeit und seiner gefährlichen Neigung zu Gewaltanwendung verlassen hatte, Spannung in die Unterhaltung bringen.

»Es waren zwar fast nur Weiber auf dem Markt, aber keine von denen könnte einen Menschen umbringen«, nahm ein anderer, dessen Frau ebenfalls am Tumult beteiligt war, die Dorfbewohnerinnen in Schutz.

»Wenn man herausbringen könnte, wem die Mistgabel gehört, dann ...«, war der halbfertige Beitrag eines schmächtigen Jungbauern, der sich noch nicht so richtig traute, am Biertisch das Maul aufzureißen.

»Ach, die sehen doch alle gleich aus«, verwarf ein alter Handwerker, der Sensen, Dreschflegel und auch Mistgabeln herstellte, das zuvor Gesagte.

Egal welcher Berufsgruppe die Zecher angehörten und welcher Meinung sie waren, sie alle hatten eines gemeinsam: Sie verband die Angst vor einer Strafe, die sich womöglich in höheren Abgaben äußern könnte.

»Das wäre eine Katastrophe!«

»Und was ist, wenn einer von uns, stellvertretend für alle, den *Blutzoll* zahlen muss?«

»Um Gottes willen! Es darf nicht sein, dass wir ein *Bauernopfer* bringen müssen!«

So überlegten die Männer, was zu tun war, und kamen zu dem Entschluss, dass sie denjenigen, der den Wachsoldaten getötet hatte, selbst finden müssten. Die allgemeine Meinung, dass es trotz der vielen Frauen, die sich am Tumult beteiligt hatten, nur ein Mann gewesen sein konnte, hatte sich nach längerer Debatte durchgesetzt.

»Scheiße! Otto hat die Mistgabel dem Kameraden des Toten mitgegeben«, fluchte Hemmo Grob und schlug dabei mit der Faust auf den Tisch.

»So können wir nicht mehr feststellen, wem sie gehört … hat«, bedauerte ein anderer und erntete dafür allseitiges Kopfnicken.

»Aber wir können vielleicht herausbekommen, wem eine fehlt«, mischte sich jetzt der Wirt ein.

Die Männer waren auf ihre Klugheit stolz und genehmigten sich daraufhin noch ein paar Krüge Bier. Und je mehr sie tranken, umso mutiger wurden sie.

»Was ist mit der Pest?«, stellte der ansonsten redegewandte Raimund Plattlinger knapp zur Diskussion.

»Pah! – Was kann die uns schon anhaben?«, lästerte Hemmo Grob arrogant. Der siebengescheite Schuhmacher war dafür bekannt, seine Weisheiten allen aufzuschwatzen, ob man sie hören wollte oder nicht. Er hatte es sich – ohne dass er irgendeine Befugnis hierzu hatte – zur persönlichen Aufgabe gemacht, unter dem Lumpengesindel aufzuräumen und für Ordnung zu sorgen. Er sah es als seine von Gott gewollte Mission an, alle anzuprangern, die in seinen Augen Unrecht taten. So nützte er jede sich bietende Gelegenheit, um lauthals gegen alles zu wettern, was ihm nicht passte. Auch jetzt war er in der Stimmung, zu ›predigen‹ und legte so richtig los: »Die Geschichte hat uns gelehrt, dass die große Pestilenz nur dort ausbricht, wo es Juden gibt. Wenn die Seuche jetzt von der Weißenbachmühle nach Staufen kommen sollte, hat dies seine Gründe, und ich weiß, was ich dann zu tun habe!«, erklärte er laut, während er aufstand, sich mit einer Hand auf die Tischplatte stützte und mit der anderen Hand herumfuchtelte. Der böswillige Schwätzer fuhr mit seiner Hetztirade so lange fort, bis alle Zecher in das gleiche Horn bliesen und auf die Juden schimpften, obwohl sich die in Staufen ansässige jüdische Familie des Jakob Bomberg allseitiger Beliebtheit erfreute und für deren Hilfsbereitschaft bekannt war.

Davon, dass die Pest in der Umgebung Staufens – zumindest in der unweit davon gelegenen Weißenbachmühle – ausgebrochen war, waren sowieso längst alle überzeugt.

»Aber kommt sie auch zu uns in den Flecken?«, fragte einer.

»Das wird sich wohl kaum verhindern lassen!«, antwortete ein anderer.

Jeder gab seine Weisheiten zum Besten. Selbst der schmächtige Jungbauer riss jetzt das Maul auf. Der Alkohol tat seine Wirkung und ließ den Fantasien einiger Wichtigtuer freien Lauf.

Als der Medicus ins Wirtshaus kam, setzte er sich wie gewohnt an den Henkerstisch im Hinterzimmer. Von hier aus hatte er einen guten Überblick und bekam alles mit ohne selbst angesprochen zu werden. So erfuhr auch er jetzt von den heutigen Begebenheiten auf dem Markt. Ich hätte dem Bunten Jakob zwar ein paar Kräutermischungen und Salben bringen sollen, bin jetzt aber doch froh, dass ich da nicht hingegangen bin, freute er sich. Aber Ruland hat mit dem Streuen des Gerüchtes wohl gute Arbeit geleistet. Wo ist er überhaupt? Wahrscheinlich treibt er sich immer noch auf dem Kirchhof herum, sinnierte er, während er hochzufrieden Becher um Becher leerte.

Kapitel 9

Inzwischen war es Ruland Berging tatsächlich gelungen, Didrik, den jüngeren Sohn des Blaufärbers, bis zur Höhle hinunter zu locken. Der Kleine hatte kein einziges Mal gejammert und auch nicht nachgefragt, wie weit es noch bis zu seiner Katze sei. Aus Sorge um seine geliebte Munzi war er einfach nur still mitgegangen. Da das Felsloch mit Farn überwuchert und fast zugewachsen war, hatte der Totengräber Mühe, den Eingang zu finden.

»Hier!«, rief Didrik, der besser daran getan hätte davonzulaufen, anstatt dem Totengräber den Höhleneingang zu zeigen, freudestrahlend.

»Verdammte Scheiße!«, fluchte der skrupellose Entführer, nachdem er das dunkle Loch gesehen und festgestellt hatte, dass er – im Gegensatz zu seiner sonstigen Gepflogenheit – heute nur das Feuereisen, aber keine Kerze eingesteckt hatte.

Dennoch schob er den Buben vor sich her ins Dunkel.

Während der Totengräber weiter maulte, war Didriks freudige Erwartung in ängstliches Wimmern umgeschlagen. In dem feuchten Steingebilde war es so dunkel, dass sich seine Augen erst daran gewöhnen mussten. Dazu kamen noch die ständigen Tropfgeräusche, die dem Kind Angst einjagten.

»Komm zu mir«, bat Didrik seinen Entführer, nachdem er so laut aufgeschrien hatte, dass es von den Wänden widerhallte, weil ihn etwas Haariges an den nackten Füßen gestreift hatte. Als ihn ein zweites Mal etwas berührte und er nicht sehen konnte, dass es ein aufgeschreckter Dachs war, glaubte er, seine Katze wäre hier.

»Munzi!« Erfreut wollte er sein geliebtes Haustier zu sich rufen: »Munzi ... Pssswww ... Munzi ... Komm zu mir! ... Psssww.«

So nach und nach gewöhnten sich auch Didriks Augen an die Dunkelheit. Als aber von seiner Katze weit und breit nichts zu sehen war, begann er zu schluchzen.

Der Totengräber wollte ihn beruhigen, um den Namen des zweiten Knaben, der auf dem Kirchhof dabei gewesen war, aus ihm herauszubringen. Aber dies gelang ihm nicht. Der Kleine heulte weiter. Sichtlich verärgert bedrohte der Totengräber das eingeschüchterte Kind. Er schrie es an und schüttelte es. Aber der Kleine wurde nur umso verstörter und konnte jetzt gar nicht mehr sprechen. Er weinte und schluchzte nur noch. So versuchte es der Peiniger zur Abwechslung mit der sanften Tour. Und diese hinterfotzige Taktik funktionierte tatsächlich: Didrik war zwar um Haltung bemüht, konnte sich aber beim besten Willen keinen Reim auf die Vorgänge um ihn herum machen. Er wusste einfach nicht, was der große Mann von ihm wollte.

»Aber ich suche doch nur meine Munzi«, jammerte er.

»Ich scheiße auf deine Katze«, entfuhr es dem Totengräber, der sich sofort wieder eines säuselnden Tones besann: »Nun sag mir, ob du auf dem Kirchhof gewesen bist.«

Da Didrik von seiner Mutter schon öfter mit auf den Kirchhof genommen worden war, um nach dem Grab der Großeltern zu sehen, konnte er die Frage mit einem eindeutigen Kopfnicken bejahen. Der

Totengräber hatte schließlich nicht danach gefragt, ob dies in den letzten Tagen gewesen war.

»Und? ... Wer war der andere? War das dein Bruder?«, fragte der Totengräber leise, während er dem Knaben fast sanft über den Kopf strich. Instinktiv nickte Didrik, weil er hoffte, damit dieses bedrohliche Gegenüber, wenn nicht los zu werden, so doch zu besänftigen, obwohl er gar nichts verstand. Jetzt wollte es der Totengräber genau wissen und stellte ihm die nächste Frage: »Und wie heißt dein Bruder?«

»Otward«, schluchzte Didrik einsilbig und sah in der Hoffnung, endlich gehen zu können, flehentlich zum Totengräber hoch.

Aber der traurige Blick des Knaben löste in seinem Peiniger keine mitleidige Regung aus. Er hatte keinerlei Gefühle für Didrik, der für ihn nur ein lästiger Mitwisser zu sein schien. Immerhin hatte der Junge soeben bestätigt, dass er einen größeren Bruder namens Otward hatte. Und er hatte bestätigt, dass sie gemeinsam auf dem Kirchhof gewesen waren.

»Aha: Otward! ... Und?«, schnarrte er Didrik an. »Hat dein Bruder einen Schuh verloren?«

Nachdem das Kind mit den Fragen des Totengräbers nichts anzufangen wusste und nur noch nach Hause wollte, nickte er einfach stumm. Dadurch hoffte er, die Sache zu beenden. Er konnte nicht wissen, dass ihm dies auch gelingen würde ... allerdings anders als gedacht.

Ruland Berging genügte, was er gehört hatte. Er war sich absolut sicher, den richtigen Knaben entführt zu haben.

Nur noch das Tropfen von Wasser und ein leichtes Echo waren zu hören, als der Totengräber die kühle Höhle verließ, um sich allein auf den Rückweg nach Staufen zu begeben. Als er von weitem das Färberhaus sah, änderte er seine Richtung, um einen großen Bogen darum zu machen. So bekam er nicht mit, dass Didriks Eltern und dessen Bruder bereits damit begonnen hatten, nach ihrem jüngsten Familienmitglied zu suchen.

Die sich breit machende Dunkelheit schickte sich an, das orangene Gemälde der Sonne am Firmament zu verwischen, als die Blaufärbers anfingen, an die Türen der nächstgelegenen Häuser zu klopfen, um nachzufragen, ob der Bub gesehen worden war. Nichts! Die Menschen hatten jetzt genug mit sich selbst zu tun, gaben zwar allesamt freundliche Antworten, waren aber froh, die Haustüren schnell wieder schließen zu können, um mit dem Ausräuchern der Stuben zu beginnen oder damit fortzufahren. Sie brannten ›Pestbuschen‹ an, um die Luft in den Räumen zu reinigen. Sie glaubten, wenn der Rauch bestimmter Kräuter und der Wacholderbeere in die Ritzen der Holzwände drang, würde er der Pest den Weg ins Innere ihrer Häuser versperren. Sicherheitshalber dichteten sie zusätzlich auch noch die letzten Ritzen ab.

Es war bereits dunkel, als der Totengräber völlig verschwitzt im Ort ankam und kurz zögerte. Zu gerne hätte er sich noch umgezogen, aber wenn er den Medicus noch zu Hause antreffen wollte, eh dieser in die ›Krone‹ bechern ging, musste er sich sputen. Aber er hatte Pech. Der Durst des Arztes war schneller gewesen als der Sonnenuntergang.

»Wo warst du denn so lange?«, fragte der Medicus unwirsch, der jetzt schon wieder einen an der Kante hatte, und räumte einen Stuhl für den Besucher frei.

Die Augen des Totengräbers funkelten. »Ich habe dir die Hälfte der Arbeit abgenommen!«, lautete die patzige Antwort.

»Was soll das heißen?«, fragte der Medicus und schob dem Totengräber seinen Schnaps hin.

Ruland Berging wunderte sich zwar über die Großzügigkeit des Arztes, konnte jetzt aber einen Schnaps gut gebrauchen. Bevor er antwortete, kippte er das brennende Zeug in einem Zug hinunter. »Na, was wohl! Der kleinere der beiden Knaben kann nichts mehr ausplaudern. Außerdem kenne ich den Namen des größeren. Jetzt bist du dran«, grollte der Totengräber bestimmend und verhehlte nicht, was er vom Medicus erwartete.

»Was ist geschehen …«, der Medicus schluckte, »und wie hast du es gemacht?«

»Frag nicht! Es ist besser, wenn du das nicht weißt.« Sie schwiegen beide, dann fuhr der Totengräber fort: »Das Gerücht hat die Leute hier derart verunsichert, dass sie in Bälde nur allzu gerne in deinen Behandlungsraum kommen werden. Insbesondere, da ich gestreut habe, dass ein Kraut gegen die Pest gewachsen ist … Apropos: Hast du die Kräuter besorgt?«

Der Medicus senkte den Kopf, als er gestand, dass er den halben Tag verschlafen und nicht an die Kräuter gedacht hatte. Als er merkte, dass der Totengräber sauer zu werden drohte, fiel ihm als Ausrede gerade noch ein, dass er ja kein Pferd gehabt habe.

»Also gut, dann machen wir es anders: Ich erledige auch das mit dem zweiten Mitwisser, dessen Namen ich jetzt ja kenne. Dann kann ich wenigstens sicher sein, dass es klappt. Dafür nimmst du morgen meinen Gaul und reitest nach Hopfen zu diesem verrückten Kräutermischer, wo du alles für die erste und die zweite Stufe unseres Planes besorgst. Hast du das verstanden?«

Der Medicus nickte nur. »Und noch etwas: Reite in aller Herrgottsfrühe los, damit dich niemand mit meinem Schimmel sieht. Wir dürfen – außer, dass wir uns manchmal ›zufällig‹ im Wirtshaus treffen – nicht miteinander in Verbindung gebracht werden! Hast du das begriffen?«

Der Medicus brach am nächsten Morgen tatsächlich beim ersten Hahnenschrei auf, um nach Hopfen zu reiten. Zuvor aber musste er aus Staufen hinaus bis zum Hof des Moosmannbauern laufen, wo das Pferd des Totengräbers versteckt war. Als er den Schimmel gesattelt und bestiegen hatte, fiel ihm ein, dass er etwas vergessen hatte. So ritt er – anstatt gleich in Richtung der außerhalb des Dorfes liegenden Salzstraße – noch einmal ins Dorf zurück. Auf dem Weg kam ihm winkend der verzweifelte Blaufärber entgegen, der hastig die Zügel packte um das Pferd anzuhalten. »Habt Ihr meinen Sohn Didrik gesehen?«

»Nein, den kenne ich überhaupt nicht! Und jetzt lasst die Leine los. Ich muss weiter«, lautete die knappe Antwort des Arztes, der es vermied, dem besorgten Familienvater in die Augen zu sehen. Um nicht weiter mit Hannß Opser sprechen zu müssen, gab er dem Gaul des Totengräbers die Sporen, obwohl der Blaufärber die Zügel immer noch umklammert hielt. Den armen Mann schleuderte es zur Seite und auf den Boden, wo er ein Weilchen liegenblieb und in seiner angestauten Sorge, in die sich jetzt auch noch Wut mischte, heulend mit den Fäusten auf den Boden trommelte.

Die Frau des Blaufärbers und Otward, der ältere ihrer beiden Söhne, hatten die ganze Nacht über mit Laternen die Gegend abgesucht – zuerst um das Färberhaus herum, dann in größerem Radius. Dabei waren sie sogar in Richtung Weißach gegangen und in die Nähe der Höhle gekommen, waren aber kurz vorher umgekehrt, da sie nicht glaubten, dass der kleine Bub so weit gegangen sein konnte. Immerhin hatten sie gleich, nachdem die Leintücher aufgehängt waren, gemerkt, dass der Junge verschwunden war und sich unverzüglich auf die Suche nach ihm begeben. Weit hatte er nicht sein können. Die ganze Nacht hatten sie fortwährend den Namen ihres Jüngsten gerufen: »Didrik! Didrik! ... Wo bist du? ... Melde dich doch!« Aber der Knabe hatte nicht geantwortet.

Während seine Frau und sein Sohn jetzt die Gegend absuchten, klopfte der Vater an fast jedem Haus des Marktfleckens an und fragte nach seinem Sohn. Aber niemand wusste etwas über den Verbleib des Kindes.

»Was willst du denn in aller Herrgottsfrühe?«, wurde er immer wieder gefragt, bevor man ihm die Tür vor der Nase zuschlug.

Da die Menschen erst seit gestern Kunde davon hatten, die Pest würde in der Umgebung Staufens grassieren, und sich seither hektisch darum kümmerten, sich der gefürchteten Seuche zu widersetzen, falls diese ihre Behausung heimsuchen sollte, konnte die Zeit, um Helfer für die Suche zu rekrutieren, nicht ungünstiger sein. So bemühte sich der Blaufärber vergeblich, einen Suchtrupp zusammenzustellen.

Melchior Henne wäre der Einzige gewesen, der selbstlos geholfen hätte. Aber der Leineweber befand sich zu der Zeit, als der Blaufärber an die Tür seines Elternhauses klopfte, auf dem Weg nach Tettnang, um Ware auszuliefern. Bei dieser Gelegenheit wollte der geschäftstüchtige Junghandwerker dafür sorgen, dass er nicht unbeladen nach Hause fahren würde. Wie immer wollte er im Auftrag der Simmerberger Brauerei

Tettnanger Hopfen einkaufen und beim ihm bestens bekannten Braumeister Franz gegen ein angemessenes ›Frachtgeld‹ abliefern.

So war der verzweifelte Blaufärber bei seiner Suche ganz auf sich gestellt. Niemand fand sich bereit, sein Haus zu verlassen, um sich womöglich der Gefahr auszusetzen, von der Sense des unheimlichen Mähmannes erfasst zu werden. Aus dieser Angst heraus wurden sogar familiäre Bande in Frage gestellt, noch bevor sich der Odem der Pest seinen tödlichen Weg durch Staufen bahnte. Dies musste Hannß Opser jetzt am eigenen Leib spüren. Denn nicht einmal seine eigenen Verwandten standen zu ihm und halfen mit, den vermissten Didrik zu suchen. Jeder hatte eine andere Ausrede, selbst sein Bruder: »Es tut mir leid, Hannß. Aber wir haben jetzt Wichtigeres zu tun. Wir müssen unsere Hütte abdichten. Du weißt ja …«

»Ich weiß, Tobias, die Pest. Dennoch kannst du mich jetzt nicht im Stich lassen und musst mir helfen, Didrik zu suchen, du bist doch sein *Döttle*«, appellierte der Blaufärber an seinen jüngeren Bruder und versuchte dabei, dessen Hand zu nehmen. Aber Tobias zog sie zurück und schaute Hannß um Verständnis bittend an.

Als seine Frau Agath merkte, dass ihr Mann zögerte und sich womöglich doch noch breit schlagen ließ, drückte sie ihn rüde beiseite und trat an seiner statt unter den Türrahmen. »Auch wenn dein Sohn das Patenkind meines Mannes ist, haben wir jetzt anderes zu tun«, maulte die Schwägerin des Blaufärbers und knallte die Tür zu.

Vor Wut kochend und über die Maßen enttäuscht, zog Hannß Opser ab und versuchte sein Glück woanders. Aber er erhielt durchwegs Absagen.

Eigentlich wollte er schon gar nicht mehr an die Tür der jüdischen Familie des Jakob Bomberg klopfen.

»Warum sollten mir gerade Andersgläubige helfen, die zudem nicht einmal von hier sind?«, dachte er laut, hämmerte aber doch an die Tür, die sich gleich darauf öffnete.

Unter dem Türrahmen stand die Hausherrin und machte einen etwas verdutzten Eindruck. »Guten Morgen, Herr Opser! Schon so früh unterwegs?«, empfing ihn Judith, die vermutete, dass sein ungewöhnlich früher Besuch etwas mit den Ereignissen auf dem Markt zu tun haben könnte. Da sie sah, dass der Besucher völlig erschöpft war, bat sie ihn mit einem freundlichen Lächeln herein. »Setzt Euch. Ich habe gerade die Ziege gemolken«, sagte sie mit leiser Stimme und stellte ihm einen Becher mit der noch warmen Milch hin.

Nachdem der Blaufärber einen Schluck genommen hatte, wischte er sich mit dem Handrücken den Mund ab und begann zu erzählen und sein Anliegen vorzutragen.

Jakob Bomberg hatte gerade sein Morgengebet beendet, den *Tallith* abgelegt und die *Teffilin* verstaut. Während er seine Hände nach einem vorgegebenen Ritus reinigte, bekam er den letzten Teil des Gespräches mit und mischte sich nun ein: »Wie Ihr wisst, sind wir gläubige Juden und haben nach einer langen Odyssee endlich eine neue Heimat gefunden. Hier in Staufen müssen wir zwar ganz besonders hart arbeiten, um uns ernähren zu können …«, Jakob faltete die Hände und drehte die Augen nach oben, als wenn er das, was er noch sagen wollte, bestätigt haben mochte, »aber hier sind wir glücklich und bestrebt, dass dies so bleibt.«

Der Blaufärber wusste schon, worauf Jakob abzielte und wollte gerade aufstehen um zu gehen, als ihn Judith mit sanfter Hand auf die Bank zurückdrückte.

»Deshalb«, fuhr Jakob fort, »seid mir nicht böse, wenn ich Euch eine Absage erteilen muss. Aber ich bitte um Verständnis dafür, dass wir uns geschworen haben, uns nicht in fremder Leute Angelegenheiten einzumischen. Egal, worum es geht! Sicher findet Ihr andere für einen Suchtrupp.«

Da strich ihm seine Frau über die Hand und sagte mit warmherziger Stimme: »Aber Jakob, wir haben doch auch Kinder. Außerdem sagt der *Talmud*, dass wir zum Wohlgefallen unseres Herrn ganz einfach helfen müssen. Überdies ist Herr Opser kein Fremder.«

Jakob knurrte etwas, drehte an seiner Locke und überlegte kurz, bevor er antwortete: »Ja, meine Liebe, du hast ja recht.« Zum Blaufärber gewandt sagte er: »Entschuldigt, ich war selbstsüchtig und habe nur an mich und meine Familie gedacht. Der Herr möge mir verzeihen. Selbstverständlich helfen wir Euch bei der Suche nach Eurem Sohn.«

Hannß Opser konnte es nicht fassen: Im ganzen Dorf hatte er niemanden gefunden, der ihn in seiner großen Not unterstützte – nicht einmal die eigenen Verwandten.

Judith deutete ihrem Mann mit einer unauffälligen Kopfbewegung, er solle sich für die Suche fertigmachen.

»Wartet«, sagte sie noch, bevor sie sich selbst die wetterfeste Gewandung überstreifte. Judith rief schnell ihre beiden Töchter herbei, um ihnen ein paar Anweisungen zu geben: »Sarah«, beschwor sie ihre älteste Tochter mit ernster Stimme und dazu passendem Blick, »du achtest auf Lea.«

Sarah nickte fast beleidigt und entgegnete: »Du weißt, dass du dich auf mich verlassen kannst.«

Judith Bomberg wusste, dass sie ihrer großen Tochter vertrauen konnte. Die Sechzehnjährige war besonnen und zuverlässig. Zudem war sie ein hübsches Mädchen mit langen schwarzen Haaren und großen rehbraunen Augen. Ihre Eltern hatten sie oft ermahnt: »Vergiss nie, dass wir Juden sind. Dräng dich niemals in den Vordergrund. Du musst vorsichtiger sein als die anderen Mädchen deines Alters.«

Sarah wusste um ihre jüdische Herkunft, was eine ernste Seite in ihr herausgebildet und heranreifen lassen hatte und weswegen sie sich gerne zurückzog, um zu lesen. Mittlerweile wusste sie viel über die schönen Künste. Wie gerne würde sie sich über Philosophie und Literatur unterhalten, wenn sie jemanden fände, der ihr ernsthaft zuhören würde und mit dem sie vielleicht sogar ihr Interesse teilen könnte. Aber außer ihr konnte in Staufen kein Mädchen ihres Alters richtig lesen. Und welcher Bursche ihres einfachen Standes hatte je eine Schreibfeder in der Hand gehalten? Sie war noch keine zwölf Jahre alt gewesen, als sie von ihrem Vater Bücher verschiedener Rennaissanceliteraten geschenkt bekommen hatte. Die Mutter hatte ihn dafür getadelt, sie sah es lieber, wenn ihre Tochter sich in hauswirtschaftlichen Fertigkeiten übte oder ihr bei der Hühnerzucht und auf dem Markt zur Hand ging. Dies tat Sarah auch, aber in jeder freien Minute steckte sie ihre hübsche Nase in ein Buch, momentan war es die Sonette des französischen Dichters Clement Marot. In diesem Alter! Aber ihr Vater war eben ein Buchdrucker, mit dem sie – im Gegensatz zur Mutter – die Begeisterung für das gedruckte Wort teilte.

»Ich schlage vor, dass wir zuallererst zum Kastellan hochgehen, um ihm Bescheid zu sagen. Vielleicht kann er uns für die Suche ein paar Leute aus Immenstadt besorgen«, schlug Jakob vor, während er gerade so in die Luft hineinschnupperte, als hätte er eine Fährte aufgenommen. »Man kann den Winter schon riechen«, sagte er leise zu Judith.

»Nach dem, was gestern passiert ist, ist das mit den Leuten aus Immenstadt kein so guter Gedanke«, wischte der Blaufärber Jakobs Vorschlag vom Tisch.

»Was meint Ihr damit?«

»Ja wisst Ihr denn nicht, dass in dem Getümmel auf dem Markt ein Wachsoldat des Grafen zu Tode gekommen ist?«

Da Jakob überhaupt nicht auf dem Markt gewesen war und Judith ihre Sachen umgehend zusammengepackt hatte, noch bevor der Ärger so richtig losgegangen war, hatten sie zwar den allgemeinen Tumult, vom Tod des Immenstädters jedoch nichts mitbekommen.

»Das ist zwar schrecklich! Aber wir gehen trotzdem zum Kastellan«, bestimmte Jakob, der diesen sehr schätzte, und umgekehrt wusste, dass dieser ihm gewogen war.

Vor dem Schlosstor angekommen, baten sie Siegbert, der gerade den Wachdienst übernommen hatte, ihnen Einlass zu gewähren, damit sie mit dem Kastellan sprechen konnten.

»Der Herr ist nicht da!«

»Können wir dann Eure Herrin sprechen, damit sie ihm etwas ausrichtet?«

Da Siegbert die drei kannte, versperrte er ihnen den Weg durch das Tor nicht. Er wusste, dass von den Juden keine Gefahr für das Schloss oder die Familie seines Herrn drohte und der Blaufärber ein braver Mann war.

Sie trafen Konstanze gerade an, als sie aus dem Schlossbrunnen einen Eimer Wasser hochzog. Nachdem sie ihr alles erzählt hatten, zitierte die Kastellanin Rudolph herbei. Der kam sofort, schaute aber grimmig drein, weil er gerade wachfrei hatte. Damit seine Herrin nicht doch noch auf dumme Gedanken kam, drehte er schnell um und rannte zu seinem Lager zurück, um eine Kappe zu holen, die er sich ganz über den Kopf zog, bevor er ihr gegenüber trat.

Da Konstanze ahnte, warum Rudolph sein Haupt vor ihr verbarg, musste sie schmunzeln, bevor sie in ernstem Ton sagte: »Rudolph, es tut mir leid, dass ich deine Pause unterbrechen muss. Aber es geht um Leben und Tod. Ich muss sofort weg. Achte bitte auf Diederich und lass ihn ja nicht aus den Augen, bis ich zurück bin. Mein Mann und Lodewig müssten eigentlich heute Nachmittag wieder hier sein. Sag ihnen, dass ich im Dorf unten bin und bei Dunkelheit wieder zurückkomme.« Mit einem »Gott befohlen«, wandte sie sich ab und eilte mit den anderen zum Schlosstor, an dem Siegbert bereit stand, um es wieder öffnen zu können.

Kapitel 10

Wenige Schritte vom Marktplatz entfernt stand ein schmuckes Häuschen. Direkt davor befand sich Conrad Föhrs Bäckerei, und gleich dahinter lag der Seelesgraben – ein still vor sich hin gurgelnder Bach, den die Staufner gerne als ihre Lebensader bezeichneten.

Hier lebten Jakob und Judith Bomberg mit ihren Töchtern Sarah und Lea. Jakob entstammte einer alten Antwerper Buchdruckerfamilie. Er war ein knorriger Mann. Einer seiner Vorfahren hatte 1517 die erste Rabbinerbibel gedruckt, die nicht nur den hebräischen Text, sondern auch den *Targum* enthielt. Jakob war ursprünglich Schriftgießer gewesen, hatte die ›Schwarze Kunst‹ aber aufgeben müssen, als die zunehmenden Anfeindungen die Familie zwangen, Antwerpen zu verlassen. So hatte er sich zunächst als Tagelöhner verdingt und war später ein Händler geworden, der mit allem schacherte, was Gewinn versprach. Ihnen war immer wieder anheim gestellt worden, zum katholischen Glauben überzutreten. Da die Bombergs aber tiefgläubige Juden waren, hatten sie dies trotz der zweifellosen Vorteile nie ernsthaft in Betracht gezogen, obwohl manchmal der Gedanke aufgekommen war, die beiden Töchter Sarah und Lea zum katholischen Glauben konvertieren zu lassen, damit wenigstens sie Aussicht auf ein sorgenfreieres Leben haben würden. Nach einer jahrelangen Odyssee durch flandrisches Gebiet bis zur Kaiserstadt Aachen und in andere schöne Städte des Rheinlandes, wo sie gerne geblieben wären, hatte es die jüdische Familie nach Süddeutschland und letztendlich ins Allgäu verschlagen, wo sie nun seit vielen Jahren lebte. Hier hatten die Bombergs eine neue Heimat gefunden und in Staufen hatten sie sich eingelebt. Wie sie an ihr schmuckes Anwesen gekommen waren, wusste allerdings niemand so ganz genau, da der ehemalige Besitzer noch am Tag des Verkaufs an die Bombergs von Staufen weggegangen war. Der örtliche Schuhmacher Hemmo Grob hatte es trotz großer Bemühungen nicht geschafft, mit dem damaligen Besitzer des zwangsversteigerten Anwesens einig zu werden. Das ärgerte ihn über die Maßen. Was ihn aber erst so richtig wütend machte, war die Tatsache, dass jetzt dahergelaufene Juden in dem Haus lebten, in dem er selbst mit seiner Frau hatte wohnen wollen, bevor sie ihn verlassen hatte. So war es nicht verwunderlich, dass seither die Scheelsucht, die schwarze Seite des Neids, sein ganzes Denken und Handeln bestimmte, wenn er an die Juden dachte. Dieses rätselhafte Gefühl, das – einem unersättlichen Parasiten gleich – Böses zu schaffen vermochte, wenn es einen Wirt fand, in dem es sich wie die Pest einnisten konnte, hatte ihn längst zu einem vor sich hin köchelnden Vulkan, der jederzeit auszubrechen drohte, werden lassen.

In Staufen wussten alle, dass die Bombergs einer Religion angehörten, von der sie selbst kaum etwas verstanden –, aber dies störte außer Hemmo Grob fast niemanden. Im Gegenteil: Die jüdische Familie war sogar allseits beliebt und geschätzt. Die beiden Töchter hatten ganz normalen Umgang mit den anderen Kindern des Dorfes. Die Bombergs hatten gelernt, ihrem Gott Jahwe in aller Stille zu dienen, indem sie nur innerhalb ihres eigenen Hauses offenkundig seinen Gesetzen folgten. Sie setzten alles daran, niemanden zu provozieren. Dementsprechend verhielten sie sich außerhalb ihres Hauses. Sie respektierten die Glaubensrichtungen der Dorfbewohner, die fast allesamt katholisch und kaum lutherisch, schon gar nicht hussitisch, waren. So verlief das Miteinander recht harmonisch.

Die Bombergs hielten sich zwar eine Ziege als Milchlieferanten, da aber nach jüdischem Glauben die Milch nicht zusammen mit Fleisch genossen werden durfte, galt es für die Mitglieder der jüdischen Familie, entsprechende Regeln einzuhalten. Außerdem verlangte ihr Glaube, dass die Speisen *koscher* sein mussten. Darum ernährten sie sich niemals von Schweinefleisch, sondern in erster Linie von Hühnern, die sie selbst in großer Zahl hielten. Judith hatte aus der Not eine Tugend gemacht und züchtete das Federvieh, das sie zusammen mit den Eiern jeden Mittwoch auf dem Wochenmarkt verkaufte. Da Judith bei der Hühnerzucht eine glückliche Hand hatte, war es nicht verwunderlich, dass die Bombergs mehr Federvieh im Stall hatten als alle anderen Dorfbewohner. Und dies weckte nicht nur bei Hemmo Grob Begehrlichkeiten.

»Nein Lea, Schweinefleisch dürfen wir nicht essen.«

Ihre Tochter bestürmte sie wieder einmal mit Fragen.

»Warum denn nicht, Mama?«

»Weil dies in unserer Religion verboten ist«, antwortete Judith.

Da Lea überlegen musste und nicht gleich danach fragte, warum dies verboten war, erklärte Judith ihrer Tochter lieber, was nicht verboten war: »Wir dürfen alle Tiere mit Flossen und Schuppen, die im Wasser leben, verspeisen, aber die gibt es hier nur in der Weißach.«

Bevor Judith weiter erzählen konnte, hatte Lea schon wieder eine Frage auf den Lippen: »Ist die Weißach größer als unser Seelesgraben?«

Die Mutter musste lachen und sagte: »Ja! Und länger.

Da der Bach dem Grafen gehört, darf hier ohne Genehmigung nicht gefischt werden. Das Angelverbot gilt auch für den Entenpfuhl und für alle anderen Gewässer der Grafschaft«, erklärte Judith ihrer Tochter und schmunzelte. »Lediglich unsere Dorfjugend lässt sich das Schwarzfischen nicht verbieten ... weil die Verlockung zu groß ist. Der beste Schwarzfischer des Dorfes ist der erst fünfzehnjährige Jockel Mühlegg«, flüsterte sie Lea geheimnisvoll ins Ohr. »Du kennst doch den Jockel, oder?«

Lea nickte und sah ihre Mutter interessiert an.

»Also, Lea, hör zu: Den Entenpfuhl kann man vom Schloss viel zu gut einsehen, deshalb gehen die Buben des Dorfes lieber an die Weißach, dort können sie sich im Ufergebüsch verstecken, falls Häscher des Grafen auftauchen sollten. Erwischen lassen dürfen sie sich beim Schwarzfischen allerdings nicht. Deshalb stehen immer ein paar der Lausbuben Schmiere und ahmen bei Gefahr den Ruf des Eichelhähers nach. Da man in der Residenz längst gemerkt hat, dass der Fischreichtum der Weißach wundersam dahinschwindet, hat der Graf entlang des Baches Schilder aufstellen lassen, worauf zur Abschreckung abgehackte Hände gemalt worden sind.«

Lea war entsetzt und hielt sich die Hand vor den Mund. Bevor sie fragen konnte, von wem ihre Mutter das alles wusste, erzählte diese weiter, dass der Graf zum Oberamtmann gesagt habe *»Wenn eß nit hülfet, richts kain Schadt an«*, als er die Schilder in Auftrag gab.

Lea war nachdenklich geworden. Plötzlich schüttelte sie den Kopf und sagte: »Ich möchte keinen Fisch mehr essen, wenn mir deswegen die Hand abgehackt wird.«

Ängstlich drückte sie sich an ihre Mutter, die ihren Arm um sie legte. »Keine Sorge, mein Schatz. Du stiehlst ja keine Fische. Die Fische, die wir manchmal essen, habe ich immer auf dem Markt gekauft. Und die Buben, die in der Weißach schwarz fischen, können gut auf sich selbst achten – jedenfalls ist noch keiner von ihnen erwischt worden.«

»Aber die müssten doch eigentlich bestraft werden«, sinnierte Lea und drückte sich noch enger an ihre Mutter, die dies bestätigte.

»Ja! Im Prinzip hast du recht, Lea. Aber die Buben stehlen die Fische nicht des Spaßes wegen. Da uns allen der Steuereintreiber des Grafen so viel wegnimmt, dass kaum noch etwas zum Überleben übrig bleibt, sind die meisten Menschen dazu gezwungen, sich etwas einfallen zu lassen. Deswegen sind diejenigen, die vom Grafen Fische stehlen, in meinen Augen keine wirklichen Diebe … recht ist es trotzdem nicht«, fügte Judith noch schnell an.

Lea nickte zustimmend.

»Aber es gibt ja auch noch anderes, was wir essen dürfen«, lenkte Judith vom Thema Schwarzfischen ab. »Beispielsweise das Fleisch von Tieren, die gespaltene Klauen haben, Paarhufer sind und wiederkäuen«, sagte sie und erhob mahnend den Zeigefinger. »Fehlt allerdings eines der Merkmale, ist uns auch deren Genuss verboten. Da aber das meiste Geflügel als rein gilt, dürfen wir Hühner bedenkenlos verspeisen, ohne unseren Glauben zu verletzen. So, Lea, nun muss ich aber wieder etwas tun«, sagte sie und ging an den Herd, um das gerupfte Huhn aus eigener Zucht zu braten.

Judith hatte an ihrem kleinen Stand auf dem Markt immer viel Zulauf. Damit ihre Hühner keiner Unruhe ausgesetzt waren, blieben sie – bis auf ein paar lebende und ein paar fix und fertig gerupfte ›Musterexemplare‹ – so lange im gewohnten Gehege, bis sich ein Käufer dafür interessierte. Erst wenn der Preis ausgehandelt war und das Geschäft galt, lief Tochter Sarah zum Stall und holte die benötigte Anzahl. Dies konnte an einem guten Markttag zehnmal oder öfter sein. Sarah lief lieber immer wieder zum Stall zurück, um die Ware zu holen, als der Mutter zuzusehen, wie sie die geliebten Hühner am Kragen packte und einen Kopf kürzer machte. Judith entschuldigte sich jedes Mal bei Jahwe, dem Gott Israels. Sie wusste aber, dass gerade ihre auswärtigen Kunden ungern gackerndes und wild um sich schlagendes Federvieh mit nach Hause nehmen wollten.

Kapitel 11

Das Pferd des Totengräbers war ausgeruht und der Medicus nüchtern. So hatte er nicht lange gebraucht, um nach Genhofen zu gelangen. Dort war er schon auf die quer verlaufende Reichs- oder Salzstraße, die er nur ein kurzes Stück über die Länge des gefürchteten *Hahnenschenkels* hatte reiten müssen, gestoßen und nach Hopfen abgebogen. Er war froh, diesen gefährlichen Weg hinter sich zu haben.

»Ha! Gut, dass noch Herbst ist«, lachte er auf und sah beruhigt zum Himmel.

Er kannte diese Strecke bis zum Bodensee hinunter. Daher wusste er auch um deren Vor- und Nachteile, wie die Tatsache, dass der hohe Steig am Hahnschenkel gerade im Winter von den Reisenden noch mehr gefürchtet war als in den anderen Jahreszeiten. Da die Fuhrwerke hier große Mühe hatten, weiterzukommen und die großen Räder oftmals in Schnee oder Morast steckenblieben, wurde der steile Anstieg auch ›Rosseschinder‹ genannt. Hier fand sich immer wieder Diebsgesindel aus dem Bodenseeraum oder aus dem Oberschwäbischen ein, das Reisende überfiel und hängengebliebene Fuhrwerke ausraubte. Da änderte auch das Warnschild zu beiden Seiten des Anstieges nichts, das einen Galgenstrick mit Henkersknoten zeigte. Da es die einzige Verbindungsstraße war, die von Hall in Tirol aus über Oy und das Obere Joch nach Immenstadt und von dort über das Konstanzertal nach Simmerberg und Lindau an den Bodensee führte, war ihnen hier meist reiche Beute sicher. Der steile Hahnschenkel musste direkt von Genhofen aus angegangen und überwunden werden, bevor es Richtung Bodensee den Berg hinunter nach Simmerberg ging. Von dort aus gab es zwei Möglichkeiten, weiterzukommen: den inoffiziellen, mautfreien und dementsprechend ungeschützten Weg, der von Simmerberg nach Scheidegg führte, und die offizielle Geleitstraße. Sie führte über Weiler nach Scheidegg. Dort mussten alle Güter Richtung Bodensee von den Fuhrwerken auf *Saumtiere* umgeladen werden. Der Grund dafür war der hinter Scheidegg liegende ›Ruggsteig‹, ein ebenso steiler Teil des Weges wie der Hahnschenkel. Auf dieser Strecke wurde auch das Salz transportiert. Das ›weiße Gold‹ war ein wertvolles Handelsgut, das laut ›Rodordnung‹ nur in liegenden Fässern transportiert werden und nicht länger als zwei Tage am Stück unterwegs sein durfte, weshalb an der ganzen Strecke entlang Salzstädel errichtet worden waren. Eine etappenweise Frachtsprengel-Aufteilung sorgte dafür, dass nur jeweils einheimische Fuhrleute auf dem ihnen zugewiesenen Streckenabschnitt Salz transportieren durften. Die Salzhändler waren dem sogenannten Stapelzwang verpflichtet. Das hieß, dass sie Salz nur in den hierfür vorgesehenen Ortschaften zwischenlagern durften. Das hinter dem Hahnschenkel liegende Simmerberg war so ein Ort. Obwohl es sich um ein kleines Nest mit nur sieben Häusern handelte, war es zurzeit der einzige Salzhandelsumschlagplatz zwischen Immenstadt und Lindau, also ein gefährdeter und gefährlicher Platz. Wenn die Salzfuhrwerke in Simmerberg ankamen und die kostbare Ladung unbeschadet geblieben war, warf der Fuhrmeister seinen Hut in die Luft und rief erleichtert: »Gottlob, wir sind am Ziel!« Erst dann überstellte er die Ware dem Salzfaktor, um sich gleich darauf in der dortigen Taverne den fürwahr süffigen ›Rödertrunk‹, ein erfrischendes, bernsteinfarbenes Bier, schmecken zu lassen.

Als der Medicus Hopfen entgegen ritt, gelobte er, es den Fuhrleuten gleichzutun und auf dem Rückweg die kleine Kapelle zu Füßen des steilen Anstieges zu besuchen. Der gottlose Arzt hatte zwar nicht vor zu beten, würde aber, wie schon viele andere Reisende vor ihm, ein kleines Dankesopfer in der Kapelle lassen. Nichts schien ihm gerade verlockender zu sein, als auf dem Kutschbock eines Salzfuhrwerks zu sitzen. Denn die Salzstraßenordnung Karls IV. aus dem Jahre 1360 besagte, dass die Fuhrleute verpflichtet waren, sich vor der Weiterfahrt zwei Tage in der Simmerberger Taverne zu erholen.

Kurz darauf sah er links vor sich den Einödhof des Kräuterweibleins und ihres Sohnes Tilman, den alle nur Til nannten oder, fast ehrfurchtsvoll, als ›Kräutermann‹ bezeichneten.

Der Medicus staunte nicht schlecht, als er seine Augen von der etwas höher gelegenen Straße über die großflächig angelegten Kräuterkulturen streifen ließ. Die botanischen Anlagen waren um ein Zentrum herum angelegt. Ein kutschbreiter Weg trennte das Bauernhaus von den schier endlos scheinenden Beeten.

Vom Ross heruntergestiegen, lenkte ihn sein Weg zuerst ins Haus. Schon im Flur roch es nach allerlei Kräutern, deren einzelne Gerüche er nicht herauszufiltern vermochte. Ganze Büschel mitsamt den Wurzeln hingen zum Trocknen an Stangen, die längs des Flures an der Decke befestigt waren. An einer Seite lehnten Gestelle, die zu breit geratenen Leitern ähnlich sahen, an der Wand. Auf den Sprossen trockneten Blätter. Der Medicus nahm eines der Blätter und schnupperte daran.

»Scheiße!«, fluchte er und fuhr sich hastig übers Gesicht. In der Dunkelheit des Hausflurs hatte er nicht bemerkt, dass er sich ein Brennnesselblatt unter die Nase gerieben hatte, in dem noch etwas Leben war. »Brennnesseln – schlecht für mich, aber gut für die Nieren«, nahm er die Sache locker und sinnierte, ob er davon etwas erwerben und mitnehmen sollte, um daraus für sich eine Tinktur zu machen. Da er aber selbst keine Probleme beim Wasserlassen hatte und nicht beabsichtigte, jemandem bei der Erkrankung der Harnwege zu helfen, verwarf er diesen Gedanken wieder. Für einen Moment hatte es so ausgesehen, als hätte sich der Medicus von der Faszination, die von diesem schlichten Hausflur ausging, gefangen nehmen lassen und seine eigentliche Mission vergessen. Irgendwo ganz tief in seinem Innersten schien doch noch das Herz eines Arztes zu schlagen, der Menschenleben rettete, anstatt es ihnen – wie beabsichtigt – zu nehmen.

Vorsichtig arbeitete er sich zum Raum am Ende des Eingangsbereiches vor. Von dort drang ein spärliches Licht in den fensterlosen Flur. Außerdem hörte er Geräusche. Es war die Küche, in der sich der herbale Geruch verschiedener Kräuter mit dem süßen Duft von Bienenwachs vermischte und in die anderen Räume drang. Zusammen mit dieser kräftigen Duftmischung wirkte die fast unheimliche

Atmosphäre des Ganzen auf den Medicus ein. Obwohl nur wenige Lichtstreifen durch ein kleines Schiebefensterchen fielen, war es hier ungewöhnlich hell.

Als sich die Augen des Arztes vom Dunkel des Hausflurs an die Helle dieses Raumes gewöhnt hatten, sah er eine Frau am Herd stehen, die – wie er zu erkennen glaubte – mit einem langen Holzlöffel in einem großen Kupfertopf rührte. Da rund um das Gefäß herum Flammen aus dem Herd emporzüngelten, musste die alte Frau höllisch aufpassen, sich nicht zu verbrennen. Die Szenerie wirkte gespenstisch – zumal das Licht vor ihr durch die krausen Haare leuchtete und dadurch ihren Kopf wie von einem Heiligenschein bekränzt wirken ließ.

»Keine Angst, Fremder, ich beschwöre nicht die Kreaturen der Finsternis herauf«, krächzte sie, ohne sich dabei umzudrehen.

Obwohl Kerzen derzeit kaum zu bekommen waren, brannten sie hier fast verschwenderisch.

»Ja, wir können es uns leisten, das Licht des Tages durch Kerzen und nicht durch die Flammen der Hölle zu ersetzen«, fuhr sie fort und rüttelte so fest am Topf, dass Funken nach oben stoben. »Wir halten auf unserem Hof einige Bienenvölker«, ergänzte sie noch, bevor sie sich langsam umdrehte und den Medicus mit zusammengekniffenen Augenlidern prüfte. »Seid Ihr nicht der Sohn vom alten Schwartz? ... Und seid Ihr bei den ehrbaren Staufnern nicht in Ungnade gefallen?«, fragte sie den verdutzten Arzt unumwunden, ohne auf dessen Gefühle Rücksicht zu nehmen. Als sich der Medicus empört verteidigen wollte, fuhr ihm die Alte gleich wieder dazwischen: »Bleibt gelassen und sagt mir lieber, was Euch hierher führt und weswegen Ihr hier ungebeten eingetreten seid. Was ist Euer Begehr?«

Der Medicus war zwar noch nie hier gewesen, kannte die betagte Frau aber vom Hörensagen und vom Markt in Staufen. Obwohl er wusste, dass sie als weise galt, kam er ohne eine Begrüßung oder ein Wort der Entschuldigung zur Sache: »Ist Euer Sohn, der Kräutermann, hier?«

»Wer suchet, der findet. Aber seid gewarnt: Wenn sich's begibt, dass zwei Ziegen einander begegnen auf einem schmalen Steg, der über ein Wasser geht, wie halten sie sich? Sie können nicht wieder hinter sich gehen, so mögen sie auch nicht nebeneinander hingehen, der Steg ist zu eng. Sollten sie denn einander stoßen, so möchten sie beide ins Wasser fallen und ertrinken. Wie tun sie es denn?«

Während die alte Frau auf die Antwort des verblüfften Besuchers wartete, schob sich eine kleine Wolke vor die Sonne und verdunkelte für einen Moment den unheimlich wirkenden Raum. Da dies dem Medicus irgendwie nicht gefallen mochte und er schnellstens wieder nach draußen wollte, rang er um eine passende Antwort. Das einfach wirkende Hutzelweib lachte krächzend auf. Es war ihr gelungen, dem siebengescheiten Herrn Studierten zu zeigen, worin die wahren Werte des Lebens lagen. Deswegen lieferte sie ihm – nachdem sie ihn hinreichend ausgelacht hatte – die Antwort frei Haus mit: »Die Natur hat ihnen gegeben, dass sich eine der beiden Ziegen niederlegt und lässt die andere über sich hingehen; also bleiben sie beide unbeschädigt. So sollte ein Mensch gegen den andern auch tun und auf ihm lassen mit Füßen gehen, ehe er mit einem andern sich zanken, hadern und kriegen sollte!«

Aber der Medicus war scheinbar doch nicht so dumm, wie er aussah. Nachdem er aufmerksam zugehört und die Häme der Alten über sich hatte ergehen lassen, fragte er nur: »Ihr seid eine Protestantin und verehrt offensichtlich die Worte Martin Luthers in besonderem Maße?«

»Nun geht!«, sagte die offensichtlich belesene Frau unwirsch, nachdem sie hatte feststellen müssen, dass sie durchschaut worden war. Sie zeigte zur Tür und wandte sich grußlos wieder ihrer Arbeit zu.

Im Freien mussten sich die Augen des Arztes wieder an das Tageslicht gewöhnen. Er rieb sie sich und blickte dann suchend in Richtung der Gartenanlagen. Als würde dies helfen, zog er seine Augen zu Schlitzen zusammen. Ein ganzes Weilchen durchstreifte er den Teil des Gartens, der mit etlichen Niedergewächsen bepflanzt war. Die Begeisterung über die vielen Heilpflanzen ließ den Akademiker, der durch sein Studium und von seinem Vater einiges darüber gelernt hatte, einen Moment den verdammungswürdigen Grund seines Besuches vergessen. Als er ein Stück weitergegangen war und gedankenverloren an einer Goldrute schnupperte, stolperte er fast über einen auf dem Boden knienden jungen Mann, der gerade damit beschäftigt war, ein auf Rupfen liegendes Büschel Kräuter mit einem Flachholz zu dreschen, was natürlich viel Staub aufwirbelte. Der Medicus musste zwar niesen, blieb aber höflich.

»Entschuldigung! – Wo ist der Kräutermann?«, fragte er den Burschen. Aber er bekam als Antwort nur ein unverständliches Stammeln zu hören. Davon irritiert, verabschiedete er sich schnell wieder und ging weiter.

Plötzlich blieb er wie angewurzelt stehen. Vor ihm schien ein efeuumranktes Tor ins Nichts zu führen. Erst als er näher trat, sah er darüber ein Schild, dessen verschnörkelte Aufschrift er nur teilweise lesen konnte, obwohl es sich nur um ein einziges Wort handelte. Neugierig befreite er es vom rankenden Wildwuchs, der seinen Inhalt nur ungern freizugeben schien.

»Labrys«, las er staunend. »Ein Labyrinth? … Hier?«

Er konnte es kaum glauben, dass ausgerechnet hier in dieser Einöde ein von Menschenhand angelegter Kultplatz sein sollte. Wer durch dieses Tor ging, begab sich auf den Weg der Selbsterkenntnis, der das Innerste eines Menschen umzukrempeln vermochte. Irgendetwas zog ihn magisch an. Er würde jetzt gerne dort hineingehen und zur Ruhe kommen, alles abwerfen, was ihn bedrückte, und loslassen. Wie gerne würde er sein verpfuschtes Leben hinter sich lassen und neu anfangen. Er müsste nur durch das Tor gehen und die Mitte suchen, dort verweilen und sich so lange sortieren, bis die Erleuchtung über ihn kommen würde. Wenn er wieder herauskäme, hätte er Klarheit bekommen und Kraft gewonnen, sein Leben neu gestalten zu können.

»Faszinierend!«, entfuhr es ihm.

Die Neugierde ließ ihn zwar fast in diesen mystischen Ort eintreten, die Vernunft aber riet ihm davon ab. Immerhin befand er sich auf einem fremden Grundstück.

Da hörte er eine sanfte Stimme hinter sich: »Ihr habt gut getan, nicht in das Heiligste einzutreten. Dies ist nur denjenigen gestattet, die reinen Herzens sind und deshalb auch wieder ohne Hilfe herausfinden.«

Als der Medicus sich umdrehte, sah er einen verschmitzt dreinschauenden Typen, der durch seine merkwürdig anmutende Gewandung ein Orientale sein konnte. Dieser Eindruck wurde dadurch verstärkt, dass er auf seinem braunen Lockenkopf ein bunt gehäkeltes Mützchen trug. Über einer pludrigen Leinenhose schlabberte ein langes Leinenhemd. An einem Gürtel aus Hanf baumelten zu beiden Seiten mehrere Ledersäckchen. Es war Til, der Kräutermann, der jetzt direkt vor dem Medicus stand und ihn aus blitzenden Augen heraus musterte, bevor er mit ruhiger Stimme sagte: »Solltet Ihr reinen Herzens sein, könnt Ihr getrost dort hineingehen.« Der Kräutermann streckte eine Hand aus und wies dem Medicus den Weg, bevor er weitersprach: »Aber bedenkt zuvor, dass im Irrgarten der, der unreinen Herzens ist, umherirrt, und im Labyrinth der Pilger wandelt. Während der eine dem Glück auf der Spur zu sein glaubt, sucht der andere das Heil der Natur. Ihr allein entscheidet, ob Ihr einen Irrgarten oder ein Labyrinth betretet!«

»Lasst es gut sein«, antwortete der Medicus kopfschüttelnd. »Ich bin nicht zu Euch gekommen, um Euer Heiligtum zu betreten.«

Mit so einer Antwort hatte Til gerechnet. Der Kräutermann war zwar ein einfacher Bauer, verstand sich aber nicht nur auf hausgemachte Philosophie, sondern exzellent auf den Umgang mit Heilpflanzen der verschiedensten Art. Außerdem beherrschte er den richtigen Umgang mit Licht, Luft, Wasser, Wärme, Boden und Klima. Obwohl er nicht studiert hatte und niemals in einem Kloster oder gar auf einer Universität unterrichtet worden war, wusste er auch einiges über die Gestirne, eine adäquate Zusammenstellung der Lebensmittel sowie über die Rhythmisierung des Alltags durch den Wechsel von Bewegung und Ruhe. Dass dem Körper der Wechsel von Tagen, an denen mehr oder weniger Flüssigkeit zu sich genommen wurde, gut tat, hatte ihm einst ein Medicus, der sich auf Naturheilkunde verstand, bei einem seiner Besuche nähergebracht.

»Wisst Ihr«, sagte er und forderte die Aufmerksamkeit des Arztes ein, »mittlerweile verfüge ich über ein ordentliches Wissen in Bezug auf natürliche Heilmethoden und könnte den vielen Scharlatanen und Kurpfuschern als reisender Heilkundiger ordentlich Konkurrenz machen. Aber viel lieber kümmere ich mich um meinen bescheidenen Kräutergarten und berate diejenigen, die reinen Herzens zu mir kommen.«

Da der Medicus das mit dem ›reinen Herzen‹ nicht mehr hören konnte, verdrehte er die Augen, was ihn aber nicht davor bewahrte, dem Kräutermann weiter zuhören zu müssen. So erfuhr er, dass ihm dessen Wissen von seiner Mutter vermittelt worden war. Heute war sie zwar alt, kam gebückt daher und war froh, dass alle ›Kräuterweiblein‹ zu ihr sagten und sie nicht als Hexe verschrien war, sie hatte aber immer noch den Schalk im Nacken, was der Medicus bereits zu spüren bekommen hatte. Dass Til das umfangreiche Wissen seiner Mutter mitbekommen hatte, lag daran, dass ihr keine Tochter vergönnt und er ihr einziger Sohn war. Da die Kräuterkunde seit Generationen nur von Frau zu Frau weitergegeben wurde, hätte sie lieber eine Tochter geschult, anstatt einen – in solchen Dingen meist untalentierten – Mann einzuweisen. Damals hatte sie noch gedacht, dass sich Männer nicht für die Kräuterkunde eignen würden. Aber sie hatte sich in ihrem Sohn getäuscht. Til war der einzige männliche Kräuterkundige im großen Umkreis geworden, der auch *daß alte Wißen um die Hexerey* beherrschte.

Nachdem Til dem Medicus einen längeren Vortrag gehalten hatte, zupfte er ihn am Ärmel und machte mit dem Kopf eine einladende Bewegung. »Folgt mir!«, sagte er in knappem Befehlston.

Während der Kräutermann wortlos voranging, erschloss sich dem Medicus die ganze Schönheit dieser gewaltigen Gartenanlage. Er war derart fasziniert, dass er für eine kurze Zeit seine Mission und sogar den Alkohol vergaß. Er war zwar ein heruntergekommener Säufer, aber er war auch ein Medicus, der mehr Jahre auf der Universität verbracht hatte als die meisten seiner Kommilitonen. Und etwas davon schien jetzt in den Vordergrund gerückt zu sein. Er schloss die Augen und sog den strengen Herbalgeruch tief in sich hinein. Als sie über einen Steg gingen, der über einen kleinen Bewässerungsteich führte, blieb Til stehen und breitete beide Hände aus – gerade so, als wolle er sein Reich umarmen. Er schloss die Augen und atmete den vertrauten Duft ein, bevor er sagte: »Ich habe meinen bescheidenen Garten streng nach der *›capitulare de villis et curtis imperialibus‹* angelegt. In meinen Pflanzen liegen die Geheimnisse des Kräutergartens Karls des Großen, der dereinst im fernen Aachen zum ersten Kaiser gekrönt worden ist!«

Der Medicus schmunzelte, bevor er die Augenbrauen hob und sagte: »Ich kenne des Kaisers ›Verordnung über die Krongüter und Reichshöfe‹ und die darin enthaltene Pflanzenliste.« Diese Antwort erstaunte den Kräutermann dermaßen, dass er jetzt wissen wollte, mit wem er es zu tun hatte. »Wer seid Ihr?«, fragte er knapp, aber höflich.

»Ich bin ein Medicus, der den Eid des Hippokrates geschworen hat! – Aber … warum mutmaßtet Ihr vorhin, dass ich nicht reinen Herzens bin?«

»Kommt zur Sache! Was wollt Ihr?«, konterte der Kräuterexperte, der den Medicus richtig einschätzte.

Da erinnerte sich Heinrich Schwartz an die Worte Martin Luthers, die er vorhin von der alten Frau gehört hatte und riss sich zusammen, um höflich zu bleiben. Er ließ sich nicht provozieren und gab freundlich zur Antwort: »Ich brauche Pflanzen für meine Patienten.«

»Was für Pflanzen?«

»Ich benötige vielerlei Gewächse, weil ich im Auftrag des Staufner Propstes gerade einen Behandlungsraum einrichte, um in Staufen Kranken und Verletzten zu helfen. Ich bin derzeit noch der einzige Medicus des Dorfes. Außerdem ist die große Pestilenz von der Weißenbachmühle aus auf dem Weg nach Staufen.«

»Dass dagegen kein Kraut gewachsen ist, wisst Ihr aber?«, antwortete Til, ohne eine vom Medicus erwartete Reaktion zu zeigen. Da der Kräutermann wusste, dass man Heinrich Schwartz das Staufner Spital nie wieder anvertrauen würde und dieser mit einem Behandlungsraum Vorlieb nehmen musste, ging er mit keinem Wort darauf ein.

Obwohl der Besucher dem Kräutermann nicht gerade sympathisch war und er ihm auch nicht so recht traute, sah Til keine Veranlassung, ihm die gewünschten Pflanzen vorzuenthalten – zumal es sich nicht nur um einen studierten Medicus, sondern auch noch um den Sohn des ihm bekannten, leider verstorbenen, Doctors Heinrich Schwartz handelte, der im Gegensatz zu seinem Sohn einen hervorragenden Ruf genossen hatte. Außerdem spielte der Medicus zur Unterstreichung seiner Wünsche unübersehbar mit seinem offensichtlich prall gefüllten Geldbeutel.

Til rief den jungen Mann, über den der Medicus kurz zuvor fast gestolpert wäre, zu sich. Dieser hörte sogleich mit dem Dreschen auf und eilte herbei. Der Kräutermann legte einen Arm um den Burschen und sagte zum Medicus: »Das ist Robert. Er kommt aus Obergünzburg und kann nicht sprechen. Die Schweden haben im Januar letzten Jahres sein Elternhaus abgefackelt und seine Familie bestialisch umgebracht. Wenn ich sein Gestammel richtig gedeutet habe, hat man seinen Vater mit einem Strick rücklings an eine Stadelwand gebunden und ihm dann Häkchen in die Augenlider getrieben, dass nicht die allergeringste Vorwärtsbewegung des Kopfes oder das Schließen der Augenlider möglich war, ohne Wahnsinnsschmerzen zu verursachen. So hat Roberts Vater mit ansehen müssen, wie seine Frau von sieben Schweden brutal geschändet worden ist, bevor man sie massakriert hat. Roberts zwölfjährige Schwester hat den Schweden wohl aufgrund ihrer Jugend noch besser gefallen. Sie ist von diesen Drecksäcken immer wieder vergewaltigt worden, bevor sie ein gnädiger Tod erlöst hat. Danach haben sie die tote Mutter mit einem ihrer lebenden Söhne Bauch an Bauch zusammengeschnürt und in den Bach geschmissen. Mit seiner kleinen Schwester und dem anderen Bruder haben sie es dann ebenso gemacht. Robert war der Einzige, der überlebt hat.« Während er dies sagte, strich Til dem Burschen sanft über den Kopf. »Als die Schweden tags darauf gehört haben, wie der verwirrte Knabe immer wieder gerufen hat: ›Huhn zu verkaufen! Huhn zu verkaufen!‹, haben sie ihm kurzerhand die Zunge herausgeschnitten und das einzige Huhn, das es in Obergünzburg überhaupt noch gegeben hat, mitgenommen. Sie wollten Robert vermutlich verschleppen, um ihn als Kriegsknecht einzuspannen. Letztendlich haben sie ihn aber in der Nähe von Memmingen wie ein Stück Dreck liegen lassen. Eine Marketenderin der kaiserlichen Truppen hat ihn gefunden und sich seiner erbarmt. Sie hat ihn vor sich aufs Pferd gesetzt und auf ihrem Weg an den Bodensee bis nach Genhofen mitgenommen. Dort hat sie ihn an die Kapellenwand gelehnt, weil sie ihrem sowieso schon erschöpften Klepper den steilen Hahnschenkel hoch nicht zwei Personen zumuten wollte. Sie hat wohl gedacht, dass sich an diesem viel besuchten Ort schnell jemand finden würde, der sich Roberts annehmen würde.« Til schien zu überlegen, bevor er weitersprach: »Jedenfalls hat ein mir seit vielen Jahren bekannter *Blattner*, der mit einer Fuhre Rüstungen gen Meersburg unterwegs war, den armen Teufel zu mir gebracht, damit ich ihn mit Hilfe meiner Mutter und meiner Kräuter heile.« Während Til vom Schicksal des Buben berichtete und bedauerte, dass ausgerechnet Lutheraner zu solchen Grausamkeiten fähig waren, versuchte er so ganz nebenbei, seine Produkte anzupreisen: »Dank verschiedener Kräutersude und Salben, insbesondere aber der entzündungshemmenden Schafgarbe, haben wir Robert tatsächlich helfen können.«

»Wie habt Ihr das gemacht?«, fragte der Medicus aus echtem Interesse heraus und lockte dadurch den Kräutermann, der sich jetzt ganz in seinem Element befand, aus der Reserve.

»Ich habe dafür eine von meiner Mutter entwickelte Tinktur, die aus Schafgarbenkraut, ein paar anderer Ingredienzien und Obstbranntwein besteht, benutzt.«

»Kann ich diese Tinktur erwerben?«, unterbrach der Medicus.

»Selbstverständlich! Dieses heilsame Mittelchen habe ich immer vorrätig.«

»Würdet Ihr mir genau verraten, wie Eure werte Frau Mutter die Tinktur herstellt?«, schleimte der Medicus und rückte dabei seine Gesichtszüge so zurecht, dass er vertrauenswürdiger aussah.

»Nun, dies soll kein Geheimnis sein. Das zuvor genannte Mischverhältnis lagern wir ungefähr zehn Tage lang bei normaler Raumtemperatur in einer abgedunkelten Kammer, wobei einer von uns das Gemisch täglich mehrmals schüttelt, um es zu extrahieren, dann filtern wir es ab und bewahren es in einer dunklen Flasche kühl auf.«

»Also könnte ich mir für meine Patienten, die eine erste Wundbehandlung benötigen, ebenfalls so ein Gemisch zusammenstellen und davon einen Vorrat anlegen?«, überlegte der Medicus laut, obwohl er nichts Konkretes vom Mischverhältnis erfahren hatte und ihn innerlich jetzt schon der dazu benötigte Schnaps reute.

»Ohne Probleme! Ihr müsst nur darauf achten, dass Ihr die Schafgarbe nicht irgendwo sammelt«, fuhr der geschäftstüchtige Kräutermann fort.

»Ich weiß, wo sie wächst«, verkündete der Medicus stolz.

Da begann Til zu grinsen. »Ja, ja, schon klar. Im Sinswanger Moos! Stimmt's?«

»Ihr seid fürwahr ein Experte«, bemerkte der Medicus anerkennend, um endgültig festzustellen, dass dieser kleine Mann einer der ganz Großen seines Fachs und unschlagbar war.

Allerdings presste dieser grinsend hervor: »Die könnt Ihr aber nicht nehmen!«

»Warum denn nicht?«, wunderte sich der Medicus, der die von ihm benötigten Schafgarben immer im Sinswanger Moos gestochen hatte.

»Weil dort nur die Sumpfschafgarbe wächst. Sie ist nicht bekömmlich und zeigt keinerlei arzneiliche Wirkung. Nehmt lieber ein paar Büschel meiner Schafgarben mit. Robert wird uns helfen, die gewünschten Pflanzen mit der Mistelsichel abzuschneiden und die benötigten Wurzen zu stechen. So kommen wir schneller voran.«

»Armer Junge.« Der Medicus wollte Robert gerade die Wange tätscheln, als seine Hand von Til gepackt wurde.

»Spart Euch Euer scheinheiliges Mitleid für diejenigen, denen Ähnliches widerfahren wird, auf!«

Nachdem sie Schafgarbe, Melisse, Minze, Kamille und vielerlei andere Heilpflanzen herausgesucht, abgeschnitten oder ausgegraben hatten, bat der Medicus noch um Blätter und Samen des Hyoscyamus niger. Um anzugeben, benutzte er durchwegs lateinische Bezeichnungen, obwohl dies im Allgemeinen nicht üblich war, weswegen er stets die Übersetzung folgen ließ.

»Aber dies ist ein hochgiftiges Gewächs … und gerade der Samen hat einen hohen Alkaloid-Gehalt!«, mahnte der Kräutermann, der schon auf dem Weg zu dem Beet war, in dem er dieses Kraut angepflanzt hatte.

»Wenn wir schon dabei sind, gebt mir auch noch Blätter – oder noch besser Wurzeln der Mandragora officinarum, ein Säckchen mit Nadeln der Taxus baccata sowie Blätter und Knollen der Cyclamen mit!« Da der Medicus parallel dazu bemerkte: »So, das wär's dann! Wie viel muss ich bezahlen?« tat der Kräutermann, wie ihm geheißen.

»Ach ja, ich brauche auch noch reichlich Acontium napellus!«, wollte Schwartz ganz am Schluss hinzufügen, verbiss es sich aber, als er in das misstrauische Gesicht des Kräutermanns sah, obwohl dies die wichtigste Pflanze für Stufe zwei des gemeinsamen Planes mit dem Totengräber war. Da dem Medicus auffiel, dass der des Fachlateins mächtige Kräutermann stutzig geworden war, weil er so viele giftige Gewächse benötigte, bemerkte er schnell, dass in jeder Droge Gesundheit liege und alles nur eine Frage von Anwendung und Dosis sei.

Obwohl sich Til trotz dieser Aussage Gedanken darüber machte, was der Arzt mit diesen gefährlichen Pflanzen wohl im Schilde führen würde, ging er mit Robert und dem Medicus zielstrebig zu den Beeten, in denen diese todbringenden Pflanzen wuchsen.

»Sonst noch was?«

»Nein, das wäre jetzt wirklich alles! Haben wir außer Melisse, Kamille und Minze auch all die anderen heilbringenden Kräutlein?«, fragte der Medicus scheinheilig, um wenigstens etwas von den giftigen Gewächsen, die er soeben erstanden hatte, abzulenken.

»Nein! Die müssen erst noch geschnitten werden. Was genau und wie viel benötigt Ihr?«

Während Robert die einzelnen Sträucher, Blätter und Knollen in handliche Jutesäckchen verpackte, schrieb der Medicus deren Namen in Latein auf und legte die Zettelchen sorgsam in die betreffenden Säckchen. Seine Hände zitterten dabei, da er schon lange einen Riesendurst hatte und jetzt am liebsten in der Simmerberger Taverne sitzen würde. »Wertvollen Schnaps für eine Tinktur vergeuden?«, murmelte er kopfschüttelnd und lenkte seine Gedanken schon auf die Umsetzung des Planes, den sie in zwei Teile – eine in die Irre leitende und Spuren verwischende, sowie eine Gewinn bringende und absolut tödliche Stufe – eingeteilt hatten. Die Sache muss auf Anhieb klappen. Ich darf nichts vergessen und schon gar kein Kraut verwechseln.

Während der Medicus mit dem geschäftstüchtigen Mann abrechnete, grinste er hochzufrieden darüber, fast alles bekommen zu haben, was er und der Totengräber benötigen würden, um dessen mörderischen Plan umsetzen zu können. Da er sich jetzt unverzüglich auf den Heimweg machen wollte, feilschte er auch nicht lange. »Ruland hat mir genügend

Geld mitgegeben … und wenn ich die Dosis für Stufe zwei erhöhen muss, kann ich immer noch selbst den Schierling schneiden – ich weiß ja, wo dieses giftige Gewächs zu finden ist«, flüsterte er Robert zu, als der Kräutermann nicht neben ihm stand.

Während Robert vorsichtig die kleinen Verpackungseinheiten in einen großen Rupfensack gab, den er quer hinter dem Sattel auf das Pferd des Arztes band, verabschiedete sich dieser von seinem Lieferanten, der froh war, den Fremden jetzt wieder los zu sein. Normalerweise unterhielt er sich gerne mit seinen Kunden und tauschte Erfahrungen mit ihnen aus. Da ihm dieser Arzt aber trotz seines Interesses an entzündungshemmenden Wundkräutern nicht ganz geheuer war, bat er ihn auch nicht auf einen Becher erfrischenden Kräutertrunk in seine Gartenlaube.

Der Medicus hatte jetzt richtig Durst und gab dem Pferd des Totengräbers die Sporen, um möglichst schnell ins Wirtshaus nach Simmerberg zu kommen, obwohl dies einen Umweg bedeutete. Da die Taverne zum Simmerberger Brauhaus gehörte, war das Bier hier besonders süffig und nicht so dünn wie das des gräflichen Brauhauses in Immenstadt, das in der ›Krone‹ ausgeschenkt wurde. Der Medicus wusste, dass es in Simmerberg nicht nur Bier gab, sondern wegen der Nähe zum Bodensee auch wechselnde Sorten Seewein im Angebot waren. Da er noch Geld übrig hatte und jetzt schon in Gedanken an den kommenden Reichtum schwelgte, beschloss er, es sich heute so richtig gutgehen zu lassen und sich auch noch eine deftige Brotzeit zu gönnen.

Kapitel 12

Konstanze Dreyling von Wagrain war mit Jakob und Judith Bomberg am Haus des Blaufärbers zusammengekommen. Sie besprachen mit seiner Frau und deren Sohn Otward, wie sie bei der weiteren Suche nach Didrik vorgehen wollten. Nach kurzer unsinniger Diskussion nahm

Konstanze das Zepter in die Hand. »Wir bilden jetzt kleine Grüppchen und verteilen uns! Ist dies in Ordnung?«

Die anderen nickten stumm. Konstanzes entschlossener Blick hätte sowieso keinen Widerspruch geduldet.

»Also«, sagte sie zu den Bombergs. »Ihr zwei begebt euch in Richtung Weißach und sucht dort alles ab. – Auf geht's!«

Wortlos zogen die beiden von dannen.

»Wartet!«, rief sie ihnen nach und hob dabei einen Arm. »Wir treffen uns kurz vor Einbruch der Dunkelheit wieder hier. Und wenn jemand Didrik gefunden hat, meldet er es den anderen durch lautes Rufen. Klar?«

Jetzt nickten alle. Und Jakob bemerkte leise Judith gegenüber: »Was für eine starke Frau.«

»Ja!«, bekräftigte Judith mit Stolz auf ihre Geschlechtsgenossin.

»Gut! – Und ihr geht zum Staufenberg«, gebot Konstanze den Eltern des verschwundenen Kindes in ruhigem Ton. Dann drehte sie sich zu Otward um. »Wir beide suchen unterhalb des Schlosses bis hin zum Kapfwald alles ab.«

Auch der Blaufärber drehte sich noch einmal um.

»Vielleicht ist Didrik ja nur in ein Loch gefallen und kann sich mit eigener Kraft nicht mehr befreien? Sucht alles ganz genau ab«, flehte er die Helfer an.

»Wir werden ihn finden«, tröstete Konstanze die verzweifelten Eltern, bevor sie Otward auf den Rücken klopfte und zum Gehen drängte.

Nachdem sie in die ihnen zugeteilten Ecken der Umgebung aufgebrochen waren, hatte alle ein beklemmendes Gefühl beschlichen.

»Hoffentlich habe ich nicht zu viel versprochen«, murmelte Konstanze.

Als der Tag fast zur Neige ging, waren die Bombergs nahe an die Höhle herangekommen. Sie hatten alle Wiesen und Wälder bis dorthin genau untersucht und dabei quasi jeden Stein umgedreht. Aber jetzt wurde es dunkel, und sie mussten die Suche aufgeben. Als sie sich mit den anderen wieder am Färberhaus trafen und auch diese versicherten, keinen Stein auf dem anderen gelassen zu haben, mussten sie sich eingestehen, dass die heutige Suche erfolglos verlaufen war.

»Wir machen weiter!«, beschwor der völlig erschöpfte Blaufärber, der schon die letzte Nacht ohne Schlaf hatte auskommen müssen, seine Getreuen.

»Das macht keinen Sinn«, konterte Konstanze eine Spur zu unwirsch, schlug aber sofort einen sanfteren Ton an. »Es wird gleich dunkel, Herr Opser. Für heute müssen wir aufgeben … ob wir wollen oder nicht.«

Erst als sie versprach, dass sie sich morgen in aller Herrgottsfrühe wieder treffen würden, und die Bombergs zustimmend nickten, beruhigte sich der besorgte und todmüde Vater etwas.

Als Konstanze im Schlosshof eintraf, sah sie, wie Lodewig seinem Vater beim Abreiben des Pferdes half. Sie rannte auf die beiden zu und umarmte zuerst ihren Sohn, dann ihren Mann herzlich. »Schön, dass ihr wieder da seid.« Sie begrüßte ihre Lieben so innig wie vor wenigen Tagen, als sie ihre beiden Buben vermisst hatte und wie es zuvor nur selten der Fall gewesen war.

»Wird das jetzt zur Gewohnheit?«, fragte Ulrich erstaunt. Er freute sich zwar, seine geliebte Frau zu sehen, wunderte sich aber über deren ungewohnt überschwängliche Herzlichkeit. »Wir waren doch nur in Harbatshofen und in Stiefenhofen. Du tust gerade so, als hätten wir eine jahrelange Reise um die Erde hinter uns«, scherzte er.

»Und in Oberthalhofen«, ergänzte Lodewig den kurzen Reiseverlauf der beiden.

Konstanze glaubte ihren Ohren nicht zu trauen. »Wo seid ihr gewesen? Doch nicht etwa in der Weißenbachmühle?«, fragte sie und hielt sich erschrocken eine Hand vor den Mund.

Da den beiden die heftige Reaktion der Mutter nicht entgangen war, sahen sie sich ratlos an.

»Doch! Wir waren bei der Weißenbachmühle … Warum?«, fragte Ulrich schulterzuckend.

Obwohl jetzt ihre Gedanken Purzelbäume schlugen, riss sich Konstanze zusammen. Da sie noch nicht sagen wollte, was sie über die Pest gehört hatte, schüttelte sie nur den Kopf. »Ach nichts.«

»Was soll das heißen – ›nichts‹!«

»Wirklich Ulrich – ›nichts‹!«, fauchte sie und strich fahrig eine Strähne aus dem Gesicht, änderte aber ihren Tonfall: »Ich liebe euch!«, murmelte sie kaum verständlich, bevor sie ihr übliches ernstes Gesicht aufsetzte. Sie wandte sich ab und ging zu Siegbert. »Wo ist Diederich?«

»Keine besonderen Vorkommnisse, Herrin! Er war den ganzen Tag bei mir und ist jetzt bei Rosalinde in der Küche«, meldete die Schlosswache, die sich jetzt zu Recht auf einen dicken Ranken Brot mit etwas Speck und – was noch wichtiger war – einen Krug Wein zur Belohnung freuen durfte. Während er dies sagte, wollte er seiner Herrin Diederichs Holzpferdchen in die Hand drücken. »Das hat er bei mir vergessen.«

Aber Konstanze wehrte ab. »Das kannst du ihm morgen selbst zurückgeben.«

Über diese Reaktion wunderte sich Siegbert zwar, dachte sich aber nichts dabei. Sorglos ging er zu Rudolph, um ihn vom Wachdienst abzulösen. Der freute sich riesig, als er hörte, dass Siegbert den flüssigen Teil seiner Belohnung mit ihm teilen würde, sobald sie wieder einen gemeinsamen freien Tag hatten.

Normalerweise gab es diesen freien Tag einmal in der Woche, wenn die Wachablösung aus Immenstadt kam. Die beiden versuchten stets, gleichzeitig von den Immenstädter Kameraden abgelöst zu werden, damit sie gemeinsam etwas unternehmen konnten. Dann putzten sie sich wie Pfaue heraus und gingen ins Dorf hinunter, um sich unauffällig nach heiratswilligen Maiden umzusehen. Kurioserweise sperrten die Väter ihre Töchter immer gerade dann weg, wenn die beiden auftauchten. Deswegen war ihr Suchen nach der großen Liebe bisher erfolglos verlaufen, obwohl sie gar keine schlechten Partien waren. Immerhin bezogen sie einen festen Sold und konnten dadurch eine Familie ernähren. So blieb ihnen bei ihren Exkursen nach Staufen hinunter meist nichts anderes übrig, als einen Teil ihres Einkommens beim Kronenwirt oder bei der Sonnenwirtin zu lassen und weiter auf die große

Liebe zu hoffen. Aber Siegbert und Rudolph beklagten sich nicht. Sie bekamen ausreichend Speis und Trank und durften sogar an familiären Feierlichkeiten teilhaben.

Während Konstanze zum Vogteigebäude ging, erinnerte sie sich an das, was sie auf dem Markt über die Ausbreitung der Pest von der Weißenbachmühle aus gehört hatte … und an das Küsschen, das sie ihren Männern soeben gegeben hatte. Sorgenvoll betrachtete sie ihre Hände. Ich habe auch Lodewig gestreichelt, fuhr es ihr entsetzt durch den Kopf. Sie drehte sich um und ging zum Schlossbrunnen zurück, um sich die Hände zu waschen.

Während Ignaz im Auftrag seiner Herrin einen Kübel Wasser aus dem Brunnen hochzog und in einen kleinen Blechzuber laufen ließ, holte Konstanze Essig, den sie ins Wasser goss. Zuerst ließ sie etwas davon über ihre Hände laufen, bevor sie immer und immer wieder ihre Hände mit Sand, dem sie etwas Kalk beigemischt hatte, aneinander rieb. Danach wusch sie mit frischem Wasser mehrmals ihr Gesicht. Erst als sie sicher war, dass ihre Hände sauber waren, traute sie sich wieder, die Türklinke und andere Dinge anzufassen.

»Mama, Mama!«, rief Diederich erfreut und sprang auf seine Mutter zu.

Obwohl sich ihr Innerstes aufbäumte, wehrte sie ihren Jüngsten mit einer schroff wirkenden Handbewegung ab. »Bleib, wo du bist, mein Liebling. Ich bin erkältet und möchte dich nicht anstecken«, log sie. Sie wollte erst mit ihrem Mann und mit Lodewig sprechen, bevor sie den Kleinen berührte. Aber es fiel ihr schwer; wie gerne würde sie ihn gerade jetzt, nachdem sie von der erfolglosen Suche nach dem verschwundenen Blaufärbersohn zurückgekommen war, umarmen und an ihr Herz drücken. Als sie die enttäuschte Reaktion ihres Sohnes sah, warf sie ihm ein Luftküsschen zu und stimmte ihn wieder fröhlich, indem sie ihm sagte, dass er heute baden dürfe. »Du bist ja dreckig wie ein Schweinchen … Ab in den Zuber!«

Konstanze war froh, dass niemand ihr merkwürdiges Verhalten mitbekommen hatte und Diederich wieder zufrieden war. Sie rief ihre Hausmagd Rosalinde herbei.

Wenn diese aufgeregt war, Angst hatte oder Druck verspürte, konnte es sein, dass sie stotterte. Manchmal war dies sogar so schlimm, dass sie kaum noch verstanden werden konnte und sich erst wieder beruhigen musste, bevor sie in der Lage war, weiterzusprechen. An anderen Tagen stotterte sie trotz großer Aufregung nur ein bisschen, ein anderes Mal ohne erkennbaren Grund. Aber dies tat der guten Beziehung zwischen ihr und den anderen Schlossbewohnern keinen Abbruch – sie verstanden Rosalinde, egal, wie stark sie stotterte. Die brave Magd wurde wegen ihres Fleißes und ihrer Loyalität den Dreylings von Wagrain gegenüber sehr geschätzt und gehörte ebenfalls fast zur Familie.

»Hast du heißes Wasser auf dem Herd stehen?«, fragte Konstanze offensichtlich eine Spur zu schroff.

»Ja, Herrin, d… d… der große Topf u… u… und die beiden Kupfernen. A… a… aber ich h… h… habe sie erst vorhin drauf gestellt. Das Wasser ist b… b… bestimmt noch nicht heiß.«

»Gut! Dann schütt es in den Badezuber«, befahl Konstanze streng, »und setz frisches Wasser auf. Danach wäschst du Diederich … und lass dir dabei Zeit. Ich bereite heute das abendliche Mahl allein zu.«

»Verdammt!«, fluchte Rosalinde still in sich hinein. Sie hatte Rückenschmerzen und erst vorhin zwei Kübel Wasser aus dem Schlossbrunnen geholt. Jetzt musste sie schon wieder los.

»Ist etwas?«, fragte ihre Herrin, die zwar nichts verstanden, dafür aber Rosalindes Knurren vernommen hatte.

»N… n… nein Herrin!«, antwortete die brave Magd eingeschüchtert und machte einen Knicks, bevor sie sich einen der kleineren Töpfe griff, um das darin enthaltene lauwarme Wasser zum hölzernen Badezuber, der in einer separaten kleinen Kammer stand, zu bringen.

Konstanze wusste, dass es Diederich – wenn er erst einmal im warmen Wasser saß – mit dem Waschen nicht eilig hatte. Wie immer würde es ein harter Kampf werden, bis der Kleine freiwillig aus dem Zuber stieg. So hatte Konstanze genügend Zeit, das Abendmahl zu bereiten ... und sich zu überlegen, was sie ihrem Mann sagen sollte.

Als endlich alle am Tisch saßen, wollte der Kastellan wie immer die Hand des zu seiner Linken sitzenden Sohnes und die Hand seiner rechts neben ihm sitzenden Frau nehmen. Aber Konstanze zog ihre Hand zurück und sagte in Befehlston: »Fasst euch nicht an! Wir beten heute, ohne uns zu berühren.«

Verwundert zogen nun alle ihre Hände zurück und warteten darauf, dass die Mutter die Sache aufklären würde. Aber sie schloss die Augen und sagte nur: »Lasst uns beten.« Nachdem das gemeinsame Gebet gesprochen war, fügte die Mutter leise hinzu: »Lieber Herrgott, bring den kleinen Sohn des Blaufärbers zurück und lass alles gut werden.«

Es blieb so lange still am Tisch, bis der Kastellan verwundert fragte, was denn in Staufen geschehen sei, während er mit Lodewig unterwegs gewesen war.

»Du wirst es nicht glauben«, sagte Konstanze und blickte dabei ihrem Mann tief in die Augen. »Aber die Sache mit Didrik erzähle ich euch später«.

Auch wenn ihre Männer nichts verstanden hatten, wussten sie, dass ihr etwas schwer im Magen lag.

Nach einem Moment absoluter Ruhe, konnte es der Kastellan nicht mehr ertragen. »Und?«, drängte er seine Frau, endlich zu sagen, was los sei.

Nur zögerlich begann Konstanze zu erzählen, was sich auf dem Markt zugetragen hatte.

»Um Gottes willen!«, entfuhr es dem Kastellan. »Und ich war nicht da. Ich muss morgen in aller Früh mit Otto sprechen und danach mit ihm in die Residenz nach Immenstadt, um zu retten, was noch zu retten ist.«

Ulrich Dreyling von Wagrain wusste, dass Oberamtmann Conrad Speen zwar ein überaus korrekter und gerechter Amtsleiter war, bei Ungehorsam der Untertanen aber auf Geheiß des Grafen rigoros durchgreifen musste. Und hier handelte es sich womöglich sogar um den Mord an einem Soldaten der gräflichen Garde. Trotz des Ungeheuerlichen, das der Kastellan soeben erfahren hatte, musste er jetzt schmunzeln.

»Was gibt es da zu lachen?«, knurrte es ihm entgegen.

»Jetzt wird mir alles klar. Ich weiß jetzt, warum wir uns die Hände nicht reichen durften.« Er verkniff sich ein weiteres Schmunzeln.

Konstanze sah ihrem Mann tief in die Augen. In ihrem Blick lagen so viele Fragen, die ihr Mann nun beantworten sollte. »Aber du kannst jetzt auch nichts mehr ändern«, flüsterte sie und senkte den Kopf.

»Du meinst, dass wir uns …«, dabei zeigte er fuchtelnd zwischen ihm und Lodewig hin und her, »in der Weißenbachmühle die Pest geholt und von Oberthalhofen aus hierher nach Staufen geschleppt haben. Du glaubst allen Ernstes, dass wir uns dort angesteckt haben?«

Konstanze nickte still. Ihre Gesichtszüge verzerrten sich, die Lippen begannen zu zittern und die ersten Tränen liefen herunter. Wenn die Sache nicht so ernst gewesen wäre, hätte der Kastellan jetzt laut lachen müssen. Da er seine Frau aber schonen wollte, tat er dies nicht und drückte sie stattdessen fest an sich. Im Moment war es ihr einerlei, ob auch sie sich infizieren würde – die Umarmung ihres Mannes tat ihr einfach zu gut. Sanft packte Ulrich seine Frau an den Oberarmen und sah ihr tief in die Augen, bevor er den Kopf schüttelte und sagte: »Nein, mein Schatz, wir tragen die Pest nicht in uns.«

Konstanzes Pupillen wurden weit. Was hatte sie soeben gehört? »K… k… keine Pest?«, stotterte sie. »Aber …«

Ihr Mann schüttelte lächelnd den Kopf und berichtete, dass in Stiefenhofen, in Harbatshofen und in Oberthalhofen alles in Ordnung sei und es dort keine Pestausbrüche gäbe. »… und während Lodewig dem jungen Müller über die Schulter geschaut hat, habe ich mich mit der alten Weißenbachmüllerin unterhalten. Alle sind gesund, auch die Bälger. Und ihre Schwiegertochter befindet sich in freudiger Erwartung«, beendete er seine Erzählung.

»Das … das heißt …«

»Ja, mein Schatz! Das heißt, dass sich von der Weißenbachmühle aus die Pestilenz unmöglich ausgeweitet haben kann, weil es dort keine Pest gibt … Verstehst du das: Dort gibt es keine Pest und von dort ist zu keinem Zeitpunkt eine Gefahr ausgegangen. Die Weißenbachmüllerin hat mir erzählt, dort hätten sich nicht einmal die Schweden oder kaiserliche Truppen blicken lassen. Und woher hätte die Pest sonst kommen können?«

Konstanze fiel ein riesiger Stein vom Herzen. Schluchzend umarmte sie ihren Mann.

Sie tat jetzt, was sie sofort nach ihrem Kommen gerne getan hätte: Sie drückte Diederich so fest an ihr Herz, dass der sich beschwerte: »Aua, Mama. Du tust mir weh.«

Während sie nach dem Essen noch weiter diskutierten, zündete sich Ulrich eine Pfeife an. Nach einer Weile fragte er seine Frau, ob während seiner Abwesenheit sonst noch etwas vorgefallen sei.

Konstanzes Miene verfinsterte sich wieder. Sie bat Lodewig, mit seinem Bruder nach draußen zu gehen, um bei Siegbert Diederichs Holzpferdchen zu holen.

Als die beiden den Raum verlassen hatten, ging Konstanze noch einmal auf die heutige Suche nach Didrik ein.

»Und was ist morgen? Hilfst du uns bei der Suche?«, fragte sie ihren Mann.

Ulrich musste nicht lange überlegen, bevor er die Antwort gab: »Es tut mir leid, aber das Allgemeinwohl geht jetzt vor. In meiner Eigenschaft als kommissarischer Ortsvorsteher ist es meine Aufgabe, Schaden von der gesamten Dorfgemeinschaft abzuwenden, weswegen ich unverzüglich nach Immenstadt muss. Nimm statt meiner Lodewig mit auf die Suche. Wenn er in deiner unmittelbaren Nähe bleibt und du sorgsam auf ihn aufpasst, kann ihm nichts geschehen. Außerdem ist er alt genug, um auf sich selbst zu achten. Mehr können wir für die Familie des Blaufärbers momentan leider nicht tun.« Es herrschte Ruhe – zu lange Ruhe für Ulrich, der spürte, dass noch etwas nicht stimmte. »Ist sonst noch was?«, fragte der besorgte Familienvater, der bemerkt hatte, dass seine Frau unruhig an einem Küchentuch herumnestelte.

»Ja! Dies war leider noch nicht alles«, bestätigte sie die Vermutung ihres Mannes und berichtete von der merkwürdigen Sache mit dem Totengräber.

»Und Ruland Berging hat gestutzt, als der Blaufärber seinen Sohn

Didrik gerufen hat?«, wollte er das soeben Gehörte bestätigt wissen – gerade so, als wenn er es nicht verstanden hätte.

»Ja! Hörst du mir denn nicht zu?«, wurde er gerügt.

»Ist der Totengräber dem Blaufärber und seinem Sohn denn nachgegangen?«, wollte Ulrich noch wissen.

»Ich weiß nicht. Jedenfalls habe ich das nicht gesehen. Ich habe auf nichts mehr geachtet und war froh, als ich mich mit Diederich auf dem Nachhauseweg befunden habe.«

Der Kastellan rieb sich nachdenklich den Bart und strich dann seiner Frau übers Haar.

»Das kann ich gut verstehen. Nun haben wir zwar deine Vermutung, aber keine Beweise. Also müssen wir zunächst einmal davon ausgehen, dass er nichts mit Didriks Verschwinden zu tun hat.«

»Du wirst die Sache doch nicht auf sich beruhen lassen?«, drängte Konstanze ihren Mann.

»Sei bitte etwas leiser. Die Buben kommen zurück«, bremste der Kastellan seine Frau, die gerade dabei war, in der ihm bestens bekannten Manier aufzubrausen.

Um der ganzen Sache etwas Spannung zu nehmen, unterhielten sie sich noch so lange mit ihren Söhnen, bis Konstanze aufstand, um Diederich zu seiner Lagerstatt zu bringen.

Nachdem auch Lodewig in seine Schlafkammer gegangen und Konstanze wieder zurück war, stellte sie ihrem Mann – wie immer, wenn sie ganz besonders froh war, ihn in ihrer Nähe zu haben – einen Becher des besten Weines hin. Beide schwiegen eine ganze Zeit lang – er nuckelte an seiner Pfeife, und sie betrachtete ihre vom Waschen geröteten Handflächen.

Bevor er etwas sagen konnte, ließ Konstanze ihre Hände unter der Schürze verschwinden und sagte: »Du weißt, was das bedeuten könnte?«

»Du denkst an ein Komplott.« Ulrich schaute seine Frau fragend an.

»Ja! Überleg doch mal.«

»Du meinst, dass nicht nur der Totengräber, sondern auch der Unbekannte vom Kirchhof etwas mit Didriks Verschwinden zu tun haben könnte?«

Konstanze nickte unsicher.

»Vielleicht haben sie ihn gemeinsam entführt oder gar umgebracht, weil sie ihn mit unserem Diederich verwechselt haben.«

Ulrich erhob sich, um einen lästigen Strohhalm aus dem Sitzkissen zu ziehen, bemerkte aber nichts dazu.

»Ich darf gar nicht daran denken«, murmelte die besorgte Mutter, der jetzt aus Angst um ihre eigenen Kinder schon wieder ein paar Tränen herunterliefen, leise. Offensichtlich war ihr erst jetzt die ganze Tragweite der Geschehnisse bewusst geworden.

Ihr Mann nahm sie zärtlich in seine starken Arme und tröstete sie: »Alles wird gut! Wir passen auf Diederich jetzt noch besser auf, als dies bisher schon der Fall war ... und Lodewig ist alt genug, um auf sich selbst achten zu können. Außerdem werde ich ihn diesbezüglich noch ins Gebet nehmen und ein wachsames Auge auf ihn haben«, versprach er, fügte allerdings mahnend hinzu, dass noch nichts offenkundig, geschweige denn bewiesen sei. Er wusste, wozu seine geliebte Frau in der Lage sein konnte, wenn sie sich und die Ihren bedroht sah. Während er mit einer Hand den Pfeifenkopf ausklopfte, drückte er mit der anderen Konstanze an sich. »Und morgen findet ihr Didrik. – Bestimmt.«

So hofften beide, den Sohn des Blaufärbers doch noch gesund aufzufinden, auch wenn die Zeit zunehmend gegen sie arbeiten würde. Eine eventuelle Verletzung, die Dunkelheit, die Kälte, der Durst, der Hunger ... und die wilden Tiere könnten ihm zugesetzt haben und immer noch zusetzen. Dass im Weißachtal erst vor ein paar Tagen eine offensichtlich aggressive Bärin mit ihren Jungen gesichtet worden war, verschwieg der Kastellan lieber. Stattdessen überlegte er, wie er es anstellen konnte, mit Otto nach Immenstadt zu gelangen. »Er hat kein eigenes Pferd«, überlegte er leise und machte sich schon Sorgen darüber, wie das morgige Gespräch in Immenstadt ablaufen würde.

»Wo bleibt der Arsch nur? Müsste er nicht längst hier sein?«, maulte der Totengräber, der seit Stunden in der ›Krone‹ auf den Medicus wartete, leise vor sich hin. Er war ungeduldig geworden und wollte eigentlich gehen. Aber dann bekam er mit, was am Nebentisch gesprochen wurde. So wie es aussah, kam ihnen gleich zu Beginn ihres verwerflichen Vorhabens – ohne dass sie selbst etwas dazu beigetragen hatten – der Zufall zu Hilfe. Und dies wollte der Totengräber ausnützen. Er hörte, dass die Frau des Huberbauern mit qualvollen Schmerzen im Bett lag.

»Wie man sagt, hat sie wohl auch Hautrötungen und deswegen Angst, dass es die Pest sein könnte. Darum wollte ihr Mann heute den Medicus holen. Aber der war nicht da«, erzählte ein kleiner Mann, der seine mangelnde Körpergröße offensichtlich durch ein großes Mundwerk auszugleichen suchte.

»Der wird wohl wieder unter irgendeinem Tisch liegen«, mutmaßte ein anderer Zecher mit vielsagendem Grinsen.

»Wenn die Pest tatsächlich nach Staufen kommt, wäre es gut, wenn er nüchtern wäre«, sorgte sich einer, dem der Medicus schon einmal geholfen hatte, indem er ihm einen Holzsplitter aus dem Handballen gezogen und ihn fachgerecht verbunden hatte.

»Noch ist nicht klar, ob die Pest in unserem Dorf ist«, erwiderte ein anderer, bevor er den Becher zum Anstoßen hob und ein derart lautes »Allseitige Gesundheit« in die Runde rief, als würde dies gegen die bösartige Seuche helfen.

Obwohl Markttag gewesen war, wunderte sich der Totengräber darüber, dass sein Gerücht auch bei den Männern so schnell die Runde gemacht hatte. Die neue Information bestätigte ihm, dass die Zeit reif zum Handeln war. Umso mehr ärgerte es ihn jetzt, dass er nicht wusste, ob der Medicus vom Kräutermann in Hopfen alle benötigten Pflanzen bekommen hatte.

Wo bleibt das Arschloch nur? Sicher ist der alte Säufer die paar Meilen weiter bis zur Simmerberger Bräustatt hinuntergeritten, um sich die Kante zu geben, mutmaßte Ruland Berging, der seinen versoffenen Kumpan nur allzu gut kannte.

Kapitel 13

Die Suche nach dem Sohn des Blaufärbers war nun schon bis in den späten Nachmittag hinein gegangen. Die Helfer hatten sich wie besprochen bei Sonnenaufgang getroffen, sich wie tags zuvor paarweise aufgeteilt und dort zu suchen begonnen, wo sie am Vortag aufgehört hatten. Dass sie auch dem Weg bis dorthin erneut ihre Aufmerksamkeit geschenkt hatten, war für sie selbstverständlich gewesen. Um Didrik zu finden, war ihnen keine Mühe zu groß. Außer dass heute Lodewig dabei war, hatte sich nichts geändert. Wie schon den ganzen Tag über schallten auch jetzt noch aus allen Himmelsrichtungen die verzweifelten Rufe: »Didrik! Didrik! – Melde dich! – Sag doch etwas!«

Aber der Knabe antwortete nicht.

Obwohl Lodewig nicht von der Seite seiner Mutter weichen durfte, nahm er seine Aufgabe ernst und sah mit Feuereifer in dem ihnen zugewiesenen Suchabschnitt aufmerksam hinter jedem Baum und in jeder Bodenvertiefung, bei jedem Felsbrocken und unter jeglichem Gestrüpp nach: ohne Ergebnis! Für den Entenpfuhl nahmen sie sich ganz besonders viel Zeit. Das stehende Gewässer unterhalb des Schlosses war von jeher ein zwar verbotener, aber beliebter Spielplatz für die Kleineren gewesen, so könnte auch Didrik vorgestern hier gespielt haben ... und ertrunken sein. Deswegen stapfte Lodewig bereits seit über einer Stunde kreuz und quer durch den Tümpel und stach jetzt auch noch mit einem soeben abgebrochenen Haselnussstecken im Schlick herum. Währenddessen suchten seine Mutter und Otward das schilfbewachsene Ufer und den östlichen Hang zum Schloss hoch ab.

»Um Gottes willen! ... Was ist denn das?«, fragte sie erschrocken ihren Sohn, als er ermattet aus dem Teich stieg.

Erst als Lodewig nähergekommen war und an sich herunterschaute, merkten die beiden, dass sich wohl über ein Dutzend Blutegel an den Beinen des jungen Mannes festgesaugt hatte.

»Halb so wild«, sagte er beruhigend, drehte gekonnt einen nach dem anderen ab und warf sie allesamt wieder ins Wasser zurück. Lodewig blickte sich um und sah unweit von sich ein paar Ringelblumen. »Ich bin gleich wieder hier«, beruhigte er die Mutter und rannte los. Nachdem er ein paar der blutstillenden und wundheilenden Blumen gepflückt hatte, zerrieb er deren Köpfe zwischen seinen Händen und spuckte mehrmals darauf, bevor er das Gemisch über die Stellen, an denen sich die Blutsauger gütlich getan hatten, rieb. »So, wir können gehen«, sagte er, als wäre nichts gewesen.

Die Mutter staunte nicht schlecht. »Du kennst dich aber gut damit aus«, lobte sie ihn.

»Ja, glaubst du vielleicht, dass ich als Kind nicht auch hier gespielt habe?«, lachte Lodewig verschmitzt, während er sich aufmachte, weiter nach Didrik zu suchen.

»So, so!«, antwortete seine Mutter schmunzelnd, ihre Miene verfinsterte sich aber schnell wieder. »Dass hier leicht jemand umkommen könnte, kann ich mir gut vorstellen«, orakelte sie, machte sich aber nicht die geringsten Sorgen um Lodewigs Beine. Die erfahrene Frau wusste, dass Blutegel beim Menschen nicht so schnell Schaden anzurichten vermochten, im Gegenteil sogar nützliche Tiere sein konnten.

»Auf geht's: Suchen wir weiter!«, drängte Lodewig.

Auch die Bombergs hatten sich bei ihrer Suche nach Didrik ein ganzes Stück vom Färberhaus entfernt und waren den Berg hinunter fast bis nach Weißach gekommen. Es war kühl geworden und Judith müde, als sie von Jakob herbeigerufen wurde.

»Sieh mal, Judith, hier rechts ist schon wieder das Gras abgeknickt! Es sieht aus wie eine Spur. Hier muss vor Kurzem jemand entlanggegangen sein.« Obwohl Judith kraft- und lustlos geworden war und es ihr eigentlich reichte, folgte sie mit ihrem Mann der ersten Hoffnungsspur des Tages.

»Hier!«, sagte er aufgeregt und deutete wieder auf zertrampeltes Gras.

Während Judith kaum noch laufen konnte, hatte Jakob eine Art Jagdfieber gepackt. Wenn es diese geknickten Halme nicht gegeben hätte, wären sie bei ihrer Suche nach Didrik nicht so weit gekommen. Aber

Jakob spürte, dass er dem Gesuchten ganz nah war. Wer sonst hätte in dieser einsamen Gegend Spuren hinterlassen sollen, wenn nicht Didrik? Aber es war nicht leicht, der Spur nachzugehen. Immerhin waren sie dem zertrampelten Gras einen steilen und buckeligen Hang hinunter mitten in die Wildnis gefolgt. Außerdem war die Spur immer wieder unterbrochen und musste jedes Mal neu gesucht werden. »Merkwürdig«, bemerkte Jakob, bestand aber darauf, weiterzugehen.

»Sicher nur eine Tierfährte«, entgegnete Judith in der leisen Hoffnung, ihren Mann zum Aufgeben bewegen zu können. Ihr war es inzwischen doch etwas mulmig zumute geworden.

»Nur noch ein Stückchen«, beruhigte Jakob seine Frau. »Siehst du da vorne den Waldrand? Während du dich dort ausruhst, gehe ich ein Stückchen in den Wald hinein und rufe nach Didrik. Wenn wir ihn dann immer noch nicht gefunden haben, drehen wir um.«

»Ich kann nicht mehr. Das bringt doch nichts, Jakob. Die Spuren stammen bestimmt von einem Tier. Lass uns endlich nach Hause gehen, es wird schon dunkel«, versuchte sie es noch einmal.

»Sieh doch!«, rief Jakob und zeigte auf ein dunkles Steingebilde.

»Sieht aus wie eine Höhle«, wunderte sich Judith. »Aber ich glaube nicht, dass Didrik bis hierher gekommen ist.«

»Warum denn nicht?«, wollte Jakob wissen.

»Na ja: Ich kann mir nicht vorstellen, dass sich der Bub so weit von zu Hause weggetraut und es überhaupt bis hierher geschafft hat«, sagte sie schnaufend.

»Da magst du recht haben, Judith. Aber nachschauen können wir ja.« Um mehr sehen zu können, bückte sich Jakob und sagte enttäuscht: »Sieht doch nicht so aus wie eine Höhle. Ich sehe nur einen schmalen Schlitz. Und da kommt niemand durch.«

Dass Judith mit ihrer Einschätzung richtig lag und sie tatsächlich vor einer großen Höhle standen, deren Eingang von oben her fast gänzlich zugewachsen war, konnten sie nicht wissen. Gerade als Jakob den dichten Bewuchs hob, rannte eine Rotte Wildschweine mit etlichen Frischlingen aus der Höhle. Das Schwarzwild war durch die Geräusche der Bombergs aufgeschreckt worden und wollte flüchten. Dabei rannte der mächtige Keiler so nahe an den beiden vorbei, dass er mit einem seiner

Hauer Judiths Bein streifte und es verletzte. Schreiend rannte die zarte Jüdin zur Wiese zurück. Nachdem Jakob sie erreicht hatte, ließen sie sich ermattet ins Gras sinken.

»Jetzt weißt du, von wem die Spuren sind. Bist du jetzt zufrieden?«, schimpfte sie.

Aber ihr Mann ging nicht darauf ein. Nachdem er Judiths Verletzung gesehen hatte, war von seinem Jagdeifer nichts mehr übrig geblieben, und er entschied mit sanfter Stimme: »Wir gehen sofort nach Hause, um dich ordentlich zu verbinden.« Er zerriss sein Hemd und wickelte es vorsichtig um die Verletzung. »Halb so schlimm«, tröstete er seine Frau und blickte zum Himmel. »Es wird schon dunkel, und Didrik wird sich wohl nicht bei den Wildschweinen aufgehalten haben«, lächelte er bitter.

Konstanze, Lodewig und Otward waren gerade am Haus der Blaufärber eingetroffen, als die Bombergs schnaufend den letzten Teil des Buckels hoch kamen. Die stummen Blicke der drei sprachen Bände. Nachdem Jakob berichtet hatte, was geschehen war, bat er um Verständnis, dass sie jetzt nach Hause wollten, um Judiths Bein zu versorgen.

Konstanze lächelte verständnisvoll. »Habt Ihr alles? Ich meine Verbandsmaterial und so …«

Jakob nickte dankbar.

»Dann wünsche ich Euch eine gute Genesung. Sollte etwas sein … Ihr wisst ja, wo Ihr mich findet«, bot die Kastellanin an und bekam dafür von Judith ein dankbares Lächeln.

Otward wollte sich zunächst nur per Handschlag bei den beiden bedanken, konnte es in seinem Schmerz aber nicht lassen, die Bombergs herzlich in die Arme zu nehmen. »Wenn Ihr einmal Hilfe benötigt …«, schluchzte er.

Das jüdische Ehepaar drehte sich beim Gehen noch einmal wehmütig um und winkte zurück. Ihm war klar, dass ein Wunder geschehen musste, wenn Didrik jetzt noch lebend gefunden werden sollte.

Konstanze wollte zwar ebenfalls schnellstens nach Hause, konnte Otward in dieser Stunde der Not aber nicht allein lassen. Sie glaubte nicht mehr daran, dass die Blaufärber mit ihrem verlorenen Sohn zurückkommen würden. Die lebenserfahrene Frau war realistisch genug, um zu wissen, dass der kleine Didrik jetzt kaum noch eine Überlebensmöglichkeit haben würde ... wenn er denn überhaupt noch lebte. Sie nahm seine Hände in die ihren und sah ihn mit mütterlichem Blick an. »Du musst deinen Eltern schonend beibringen, dass es kaum Hoffnung gibt, Didrik jetzt noch lebend zu finden. Wir haben jeden Winkel im großen Umkreis abgesucht. Wo sollen wir jetzt noch suchen? Es ist schon dunkel, und bis morgen kann dein kleiner Bruder nicht überleben, wenn er nichts zu trinken bekommt! So schlimm es für euch und uns alle ist ...« Konstanze schnaufte tief durch. »Wir müssen die Suche aufgeben.«

Der Sechzehnjährige legte seinen Kopf in Konstanzes Halsbeuge und begann lauthals zu weinen. »Warum? Was haben wir getan, dass Gott gerade uns so straft?«

Während sie so da saßen, Otward schluchzte und Konstanze seinen Kopf hielt, schälten sich zwei Silhouetten aus der einbrechenden Nacht. Na endlich, dachte Konstanze, als sie Hannß und Gunda Opser auf sich zukommen sah. Wie vermutet, waren sie nur zu zweit ... aber offensichtlich immer noch voller Hoffnung.

»Ist Didrik nicht hier?«, wisperte die verhärmte Frau, die – als sie Otward in den Armen der Kastellanin sah – sofort wusste, dass ihr Jüngster nicht dabei war. Otwards Schluchzen bestätigte dies zudem auf eine grausame Art – insbesondere, als er beim Anblick seiner Eltern haltlos zu weinen begann.

»Sind die Juden noch nicht da?«, fragte die Frau des Blaufärbers mit hoffnungsvollem Blick in alle Richtungen.

Konstanze nahm sanft Otwards Kopf von ihrer Schulter und stand auf. Langsam ging sie einen Schritt auf die Blaufärber zu und sagte: »Die Bombergs sind gerade nach Hause gegangen, weil Judith bei der Höhle in Weißach durch einen wild gewordenen Keiler verletzt worden ist. Bedauerlicherweise war auch ihnen kein Erfolg beschieden.«

»An diese Höhle habe ich auch schon gedacht. Wenn aber die Bombergs dort schon nach Didrik gesucht haben, hat es keinen Sinn, dies nochmals zu tun«, antwortete der Blaufärber, der nicht wissen konnte, dass die Bombergs nur vor der Höhle, nicht aber darin gewesen waren.

Als seine Frau dies hörte, brach ihr überlasteter Kreislauf endgültig zusammen, und sie sackte völlig entkräftet zu Boden. Ihr Mann hob sie sanft auf und trug sie ins Haus.

»Das ist gut so«, bemerkte Konstanze Otward gegenüber, dessen Hände sie mit den ihren wieder fest umschlossen hielt. »So schläft sie jetzt wenigstens etwas.« Nach einer Weile der Ruhe gab sie dem jungen Mann den Rat, erst morgen mit seinen Eltern zu sprechen. »Sei stark! Gott segne dich … Gott segne euch alle.«

Kapitel 14

Als Konstanze heimkam zog sie den *Kotzen* aus, wusch sich die Hände und schlüpfte in ihre warmen Filzschuhe. Den fragenden Blick ihres Mannes beantwortete sie nur mit einem leichten Kopfschütteln und zusammengekniffenen Lippen, worauf der Kastellan seinem jüngsten Sohn zart übers Haupt strich und ihm mit dem Daumen unmerklich ein Kreuzchen auf die Stirn zeichnete.

»Ich bin auch noch nicht lange da«, sagte Ulrich.

»Wieso warst du so lange weg, mein Lieber?«, wollte Konstanze es etwas genauer wissen.

»Da Otto kein Pferd hat, haben wir unseren ›Raben‹ vor den Karren gespannt, um nach Immenstadt zu gelangen. Die Fahrt hat dreimal so lange gedauert wie hoch zu Ross«, antwortete der Kastellan in Gedanken daran leicht säuerlich.

Er würde seiner Frau morgen erzählen, dass der Oberamtmann nicht da gewesen war und erst noch eine Kommission zusammengestellt werden musste, bevor Otto seine Aussage machen konnte. Außerdem sollte erst der Graf in seinem Konstanzer Domizil über die Geschehnisse auf dem Staufner Markt informiert werden. Der Kastellan würde vom Oberamtmann eine Depesche erhalten, in der stünde, wann er mit Otto nach Immenstadt kommen sollte. Bis dahin wären die Staufner vor Repressalien sicher.

Kapitel 15

Das Siechenhaus nahe Genhofen war ursprünglich als *leprosi in campo* direkt neben der Salzstraße, unweit des gefürchteten Hahnschenkels, errichtet worden.

Da Siechenhäuser aus Angst vor Ansteckung immer vor den Toren von Städten und weit außerhalb von Orten errichtet wurden, waren sie meist ohne jegliche wirtschaftliche Versorgung von außen und mussten sich selbst erhalten. So waren sie über Jahrhunderte hinweg auf die Milde vorbeikommender Reisender angewiesen. Dies hatte sich erst geändert, als sich die Einstellung der gesunden Menschen zu den ›von Gott Gestraften‹, wie man die Aussätzigen bezeichnete, geändert hatte und Leprosenstiftungen bei den Reichen und Adligen um ihres Seelenheils willen in Mode gekommen waren.

Seit Schwester Bonifatia ihre Stelle angetreten hatte, wurden auch Menschen mit anderen Erkrankungen oder Gebrechen als der Lepra und der Cholera versorgt. Da bei der beliebten Nonne der karitative Gedanke im Vordergrund stand, wurden vorbeikommende Bettler verköstigt und bei Notwendigkeit sogar medizinisch betreut. Dies hatte zur Folge, dass sich im Genhofener Siechenhaus seit geraumer Zeit vermehrt Gesindel aller Art einschlich, um für ein paar Tage ein Dach über dem Kopf zu haben und wenigstens einen Ranken Brot oder eine Suppe zu bekommen. Da sich diese Schmarotzer beim Vortäuschen von Krankheiten meist sehr geschickt anstellten, merkten die Schwester und ihre Helfer, die allesamt unentgeltlich arbeiteten und meist über wenig medizinische Vorkenntnisse verfügten, den Betrug entweder zu spät oder überhaupt nicht.

»Ehrwürdige Schwester! … Wacht auf!« Immer wieder hämmerte es an die Tür der Spitalleiterin.

Es dauerte nicht lange, bis Musama, ihre getreueste Helferin, Erfolg hatte und Schwester Bonifatia schlaftrunken antwortete: »Trete ein, Musa, und erkläre mir, was das Spektakel soll.«

Noch etwas müde wollte die Spitalleiterin wissen, weshalb sie um mitternächtliche Zeit geweckt worden war.

»Eine Mann! Vorr die Türre. Er … hat verletzt. Und …«

»Schon gut. Beruhige dich, Musa! Ich komme ja schon«, antwortete Bonifatia, die Musama von dem Tag an, als sie deren Leben gerettet hatte, so nannte, weil ihr deren voller Name allzusehr an ›Muselman‹ erinnerte. Und dies gefiel der katholischen Schwester nicht, weil sie Musama vor allzu eifrigen Verfechtern des christlichen Glaubens schützen wollte und überdies in ihre Gemeinschaft katholischer Barmherzigkeit zu integrieren versuchte. Wenn Musa die hiesige Sprache etwas besser konnte und sich die Gelegenheit hierzu ergab, würde sie nach den Vorgaben des Heiligen Bruders Johannes getauft werden.

Schwester Bonifatia stülpte sich schnell ihr schwarzes Habit über und trug ihrer dunkelhäutigen Helferin, die sie einst aus den Klauen eines geldgierigen Hurenwirtes gerettet hatte, auf, ihr den, wie sie es verstanden hatte, verletzten Mann zu zeigen, der scheinbar vor der Spitaltür lag. Zuvor aber schlug sie hastig ein Kreuz in Richtung ihres persönlichen kleinen Hausaltares, an dem eine furchtbar rußende und stark tropfende Talgkerze brannte.

Niemand wusste, wie man den schwerverletzten Fremden einschätzen musste, der zu mitternächtlicher Stunde heimlich vor die Spitaltür gelegt worden war. Erst als sie das unverkennbare Geschrei eines Frächters, der seine Pferde in gewohnt derber Fuhrmannsmanier den steilen Stich nach Buflings hoch zu treiben schien, hörten, wussten sie, dass ihn einer der Kutscher, die es vorzogen, den gefährlichen Hahnschenkel nur nachts zu überqueren, hierhergebracht haben musste.

Schwester Bonifatia wusste um die Gefährlichkeit dieses Teils der Salzstraße.

»Untertags rauben uns die wüsten Gesellen aus, abends saufen sie und nachts schnarchen sie so laut, dass sie nichts mehr hören«, hatte einer dieser Fuhrleute der Schwester erklärt und darauf geschworen, dass seine Art, besonders gefährliche Wegstücke nur nachts zu passieren, die sicherste sei. Eines Tages steckte sein Kopf auf dem höchsten Punkt des ›Rosseschinders‹, wie der Hahnschenkel auch genannt wurde, auf einer verrosteten Hellebarde. Er war mit seiner Reisetaktik wohl doch nicht so gut gefahren, wie er gedacht hatte. Aber Bonifatia konnte jetzt nicht lange Gedanken nachhängen.

»Da der Mann schwer verletzt ist, wollte der unbekannte Kutscher augenscheinlich nicht mehr als nötig mit ihm zu tun haben. Aber er war wenigstens so barmherzig, den Verletzten hierher zu bringen, damit wir ihm helfen können«, flüsterte die Schwester, bevor sie Musa, den anderen beiden Helferinnen und Heini, einem im Geiste verwirrten jungen Burschen, der hier ebenfalls Aufnahme und Arbeit gefunden hatte, sagte, was zu tun sei: »Tragt ihn in den Behandlungsraum ... Schnell!«

»Aber ...«, entfuhr es einer der Helferinnen, die ebenso dumm dreinschaute wie die anderen beiden.

Außer Heini, der sich nichts dabei dachte, den Verletzten ins Haus zu tragen, hatten alle Angst davor, den Fremden anzupacken. Sie wussten nicht einmal, ob es sich bei dem Mann um einen Gottesfürchtigen oder um einen Haderlumpen handelte oder ob er möglicherweise sogar ein Strauchdieb oder – noch schlimmer – ein Mordbube war. Erst nachdem Schwester Bonifatia ein Machtwort gesprochen hatte, packten sie ihn und trugen ihn in den Behandlungsraum. Dabei ließen sie äußerste Vorsicht walten. Nicht nur, weil sie befürchteten, dass es eine Finte sein und der Fremde sie plötzlich packen könnte, sie hatten auch Bedenken, den fast nackten Mann anschauen zu müssen und dabei einen Teil ihrer Keuschheit zu verlieren. Aber ihnen blieb nichts anderes übrig, als notgedrungen ihre Arbeit zu tun und später der Muttergottes ein Kerzchen zu entzünden. Sie würde ihnen dann schon ihre unfreiwillige Unkeuschheit verzeihen.

»Nun macht schon!«, bellte die Schwester, die wusste, dass keine Zeit vergeudet werden durfte. Mit diesen Worten eilte sie voran. Hastig breitete sie ein linnenes Tuch über den Behandlungstisch, der eher einer Totenbahre glich als einem Tisch, auf dem Leben gerettet wurden.

Vorsichtig legten die mildtätigen Helferinnen des Siechenhauses den Mann darauf und warteten auf weitere Instruktionen, die kurz darauf durch den Raum schallten: »Musa! Du holst das Besteck ... Und ihr bringt heißes Wasser, Leinen und was wir sonst noch brauchen ... Beeilt euch!«

Bevor sie damit begannen, ihn gänzlich zu entkleiden, schlugen sie das Kreuz und sprachen ein kurzes Gebet zur eigenen inneren Erbauung und für den Verletzten.

»Seid vorsichtig! Durch das getrocknete Blut klebt der Stoff am Körper«, warnte die Schwester, merkte aber schnell, dass sie selber ran musste. »Seht ihr, so macht man das!« Entschlossen packte sie einen der blutverkrusteten Stofffetzen und zog ihn mit einem Ruck von der Wunde, was den bisher Besinnungslosen mehrmals laut aufschreien ließ. »Und jetzt seid ihr dran«, gebot sie mit ruhiger Stimme.

Nach dieser für alle Beteiligten schmerzhaften Prozedur gingen sie daran, den Körper mit essiggetränkten Lappen zu reinigen, indem sie damit die Wunden abtupften. Da auch dieser Vorgang äußerst unangenehm war, wachte der Patient endgültig auf. Die Schmerzen mussten so schlimm sein, dass er immer wieder aufschrie, wenn der Lappen mit dem aus Malzsud und reinem destilliertem Alkohol hergestellten Reinigungs- und Desinfektionsmittel eine der Wunden berührte. Aber Schwester Bonifatia wusste, was sie tat. Da sie aufgrund ihres Einsatzes nach etlichen Scharmützeln im großen Glaubenskrieg viel von der Behandlung Verletzter verstand, war sie von ihrem Orden hierher geschickt worden, um den Siechen zu helfen. Sie war die Einzige in ihrem Kloster, die den Mut aufgebracht hatte, ihr Leben außerhalb der einigermaßen sicheren Klostermauern den von der Gesellschaft Ausgestoßenen zu widmen oder es ihnen sogar zu opfern. Alle anderen Ordensschwestern hatten sich aus Angst vor Ansteckung davor gedrückt.

»Und jetzt salbt und verbindet ihn!«, trug sie ihren Helferinnen auf. »Irgendwann müsst ihr es ja lernen«, sagte sie noch, während sie ihnen bei der Arbeit zusah und sich den Schwerverletzten betrachtete. Ihr war aufgefallen, dass es sich nicht nur um Messerstiche in der linken Schulter, am rechten Arm und in der Seite handelte, vielmehr musste der arme Kerl auch noch brutal verprügelt worden sein. Der ganze Körper – insbesondere das Gesicht – war mit teils aufgebrochenen Schwellungen übersät, die den Farben des Regenbogens in nichts nachstanden. Und er hatte viel Blut verloren. Um die Identität ihres Patienten herauszubekommen, suchte sie nach Anhaltspunkten. Aber sie fand nichts. Er hatte nicht einmal Schuhe an.

»Die Stiefel wurden ihm sicher gestohlen. Man hat ihn ausgeraubt«, war sich Schwester Bonifatia sicher. »Heute können wir nichts mehr für ihn tun. Jetzt liegt alles in Gottes Hand«, sagte sie in fast resigniert klingendem Tonfall und schickte ihre Helferinnen in deren Kammern zurück. Bevor sie sich selbst wieder zur Ruhe legte, rief sie Heini herbei und trug ihm auf, die Nacht über am Lager ihres Patienten zu wachen und ihr sofort mitzuteilen wenn etwas wäre. Dabei strich sie ihm sanft über den Kopf. Sie wusste, dass ihr dies Heini danken würde und seinen Posten keinen Moment verlassen oder gar einnicken würde. Schwester Bonifatia fand in dieser Nacht lange keinen Schlaf. Sie hoffte, anderntags mehr über den Fremden herauszubekommen.

Kapitel 16

Langsam und quietschend öffnete sich in Staufen eine Haustür nach der anderen.

»Ist schon wieder Markt? … Wie doch die Zeit vergeht!«, stellte eine betagte Frau fest, als sie wegen der altbekannten Geräusche, die der Wochenmarkt mit sich zu bringen pflegte, die Tür einen Spalt breit aufgedrückt hatte und vorsichtig auf die Straße lugte. Die wärmende Morgensonne tat ihr so gut, dass sie sich davon sogar ein paar Schritte ins Freie locken ließ. Wie die meisten Staufner war sie eine Woche lang nicht aus dem Haus gegangen.

»Ihr könnt getrost herauskommen«, rief ihr die nicht minder alte, aber wesentlich neugierigere Nachbarin zu, die an diesem Tag ihre erste Dorfrunde seit der Verbreitung des Gerüchtes gewagt und bereits hinter sich hatte.

»Und die Pest?«

»So wie es aussieht, ist sie an Staufen vorbeigeschrammt.«

»Und ihr ist niemand erlegen?«, fragte die Alte fast etwas enttäuscht und runzelte die Stirn.

»Nein! Der Seiler hat mir vorhin erzählt, dass seit Barbara Föhr niemand mehr gestorben ist!« Die beiden bekreuzigten sich. »Ach, ja!«, kam es ihr noch in den Sinn. »Der Sohn der Blaufärber ist verschwunden.«

»Welcher?«

»Ich glaube, der jüngere … Didrik!«

»Wirklich? … Und die Soldaten des Grafen?«, wollte die eine jetzt alles wissen.

»Keiner da … Hab' ich selber gesehen«, verkündete die andere stolz.

»Na dann.« Die alte Frau traute dem Frieden zwar nicht, hatschte dennoch freudig erregt ins Haus zurück, um ihren Gehstock und den Kretten, den sie zum Einkaufen benötigen würde, zu holen.

So wie sie drängten jetzt nach und nach die Frauen, die vor einer Woche für einen folgenschweren Tumult gesorgt hatten, auf die Straßen und Gassen. Sie wollten wissen, ob nach ihrem schändlichen Verhalten am letzten Markttag etwas auf sie zukommen könnte. Etliche hatten ihre Männer vorgeschickt, um sich umzusehen. Erst als sie von ihnen gehört hatten, dass die Pest tatsächlich an Staufen vorübergezogen sei und keine Soldaten hier waren, die sie hätten verhaften können, trauten auch sie sich schlechten Gewissens aus dem Haus.

Da der Totengräber weder ein Problem mit den Soldaten noch mit der Pest hatte, war es ihm ein Bedürfnis, den Markt zu nützen, um die Lage zu peilen. Genau genommen hatte er zwar ein Problem mit der Seuche, allerdings nur indirekt: Weil er nichts mehr vom Medicus gehört hatte, war er fast verrückt geworden. Seit sich dieser sein Pferd ausgeliehen hatte, um nach Hopfen zu reiten, hatte es kein Lebenszeichen mehr von ihm gegeben.

Die Zeit ist überreif. Wir müssen jetzt endlich handeln, wenn das Gerücht nicht verpuffen soll, überlegte er immer wieder und beendete seine lauten Gedanken zumeist mit einem gotteslästerlichen Fluch. Zutrauen hatte er in den Medicus noch nie so richtig gehabt. Außerdem: Wer verlässt sich schon auf einen notorischen Säufer? Vielleicht hätte ich mich mit diesem Nichtskönner überhaupt nicht einlassen sollen? So langsam keimte im Totengräber ein Verdacht, dass sich der miese Hund mit seinem Pferd davongemacht und es verkauft hat. Aber so oft er diesen Gedanken hatte, verwarf er ihn auch wieder. Warum sollte er dies tun, wo hier doch größere Einnahmen auf ihn warten, und wo könnte er mit meinem Pferd hin sein?, fragte er sich, während er seine Schritte zum Marktplatz hinunterlenkte. Dort hoffte er auf Neuigkeiten, die ihn weiterbringen würden.

Aber dort bot sich ihm ein trauriges Bild: Außer ein paar einheimischen Warenanbietern, die sich trotz des Pestgerüchtes auf die Straße getraut hatten, um ein paar Kreuzer zu verdienen, war nicht viel los. Nur wenige auswärtige Händler hatten ihre Verkaufswagen in Position gebracht, durchwegs Kaufleute, die am vergangenen Mittwoch nicht hier in Staufen gewesen waren und somit von den Geschehnissen der letzten Woche auch nichts wissen konnten. Und die Einheimischen wussten mittlerweile allesamt, dass die Föhrin nicht an der Pest gestorben sein konnte, weil sich die Seuche in Staufen noch nicht hatte blicken lassen.

»Die Bäckerin ist eines natürlichen Todes gestorben«, erzählte man sich so ganz nebenbei. Aber dies war nur die sprichwörtliche Ruhe vor dem Sturm, denn kaum hatte das dürftige Markttreiben begonnen, ging schon wieder die Mär über eine doch noch drohende Pest um. Zu allen Problemen kam noch die Angst hinzu, dass die auswärtigen Händler das Gerücht über die rothenfelsischen Grenzen hinaustragen würden, sodass sich bald überhaupt niemand mehr nach Staufen trauen und der sowieso recht magere Handel gleich wieder zum Erliegen kommen würde.

Auch der Kastellan war vom Schloss in den Flecken hinuntergeritten, um den Wochenmarkt zu besuchen. Da er um die Sicherheit seiner Söhne besorgt war, hatten diese heute zum ersten Mal nicht mitgedurft. Diederich verstand das vom Vater ausgesprochene Marktverbot überhaupt nicht und schmollte. Lodewig war stinksauer, weil man ihn wie ein Kind behandelte, obwohl er sich zu Recht als junger Erwachsener fühlte. Trotzdem mussten sie heute bei ihrer Mutter im Schloss bleiben. Um Diederich nicht zu beunruhigen, vermied sie es, auf den eigentlichen Grund dieser Vorsichtsmaßnahme einzugehen. Sie war der Meinung, dass es besser für den Seelenfrieden ihres jüngsten Sprosses war, wenn er schnell vergessen würde, was er auf dem Kirchhof erlebt hatte. Es gelang ihr, Diederich wenigstens etwas abzulenken, indem sie dessen Lieblingsspeise – Erbsen mit Speck – zubereitete und ihm zum Nachtisch gesüßten Rhabarber versprach. Außerdem war sie der Meinung, dass es auch für Lodewig besser sei, etwas Abstand von der Sache zu gewinnen. Aus diesem Grund hatte ihn der Vater heute mit besonders viel Arbeit eingedeckt.

Der Kastellan suchte den Marktwagen des Schuhflickers, fand ihn aber nicht. »Wisst Ihr, ob der Lederer noch kommt?«, fragte er mehrere Händler, bekam aber nur Achselzucken oder ein knappes »Nein« zur Antwort.

Da es dieser – wie alle fahrenden Händler, die letzte Woche hier gewesen waren – vorzog, Staufen eine Zeit lang zu meiden, konnte der Kastellan Lodewigs Schuh eben nicht abholen.

»Habt Ihr schon gehört, edler Herr? Der jüngste Sohn des Blaufärbers ist verschwunden und soll aller Wahrscheinlichkeit nach tot sein«, tuschelte man ihm das zu, was bereits der ganze Ort zu wissen schien.

»Man hat ihn zwar nicht gefunden. Doch weiß niemand, ob er tot ist«, rückte der Kastellan die Sache zurecht. Dabei merkte er, dass vielen Menschen jetzt erst so richtig bewusst wurde, welch großes Leid sie der Familie Opser angetan hatten, als sie ihr die dringend notwendige Hilfe bei der Suche nach Didrik verweigert hatten.

»Gott, was sind wir für erbärmliche Feiglinge. Strafe uns dafür … aber nicht mit der Pest!«, hörte man einen verrückten alten Mann rufen, an dessen Tür Hannß Opser bei seiner verzweifelten Suche nach Didrik ebenfalls vergeblich geklopft hatte. Zur Selbstbestrafung tat er das, was er vor vielen Jahren über *Flagellanten* gehört hatte: Er bestrafte sich selbst, indem er sich in aller Öffentlichkeit geißelte – allerdings mit einem Strick und nicht mit einer dornenbesetzten Peitsche, wie sie von den Mitgliedern der christlichen Laienbewegung des 13. und 14. Jahrhunderts bei deren ›Pestumzügen‹ benutzt worden war.

Dass sich der Kastellan überhaupt mit etlichen Staufnern unterhalten konnte, lag daran, dass das Pestgerücht bereits eine Woche alt war und sich immer noch nicht bestätigt hatte. So erfuhr Ulrich Dreyling von Wagrain jetzt, was ihm seine Frau bereits nach dem letzten Markttag erzählt hatte, in reinster Form. Die Leute glaubten allen Ernstes, dass im nördlichen und östlichen Teil des Westallgäus die Pest wüten würde. Sie meinten jetzt sogar zu wissen, dass es nicht nur in der Weißenbachmühle die ersten Opfer gegeben habe, sondern dass die Pest mittlerweile auch schon in Genhofen und in Buflings um sich greifen würde.

»Dort gibt es bereits zwei Tote!«, wusste die Mesnerin mit absoluter Sicherheit, obwohl sie eine Woche lang keinen Schritt aus dem Haus getan hatte.

»Warum verlasst Ihr dann jetzt Eure sichere Behausung, wenn doch die Pest in Staufen ist?«, frotzelte der Kastellan sie, der die saudummen Sprüche nicht mehr hören konnte.

»Noch ist sie nicht hier. Und für den Moment ist sie an uns vorüber gezogen«, keifte die Frau, die sich ertappt fühlte, und bekreuzigte sich. »Wir müssen rasch unsere Vorräte auffüllen, falls sie zurückkommt.«

Über so viel Dummheit musste der Kastellan den Kopf schütteln.

»Wenn sie in Genhofen und in Buflings war, kann sie nur über Kalzhofen nach Thalkirchdorf weitergezogen sein … Aber auch von dort aus hat sie nicht weit nach Staufen und kann jederzeit zurückkehren«, jammerte eine Frau, die von auswärts nach Staufen gekommen war und hastig ihre Einkäufe beendete.

»Ja!«, bestätigte ein Mann aus Wengen, einem kleinen Einöddorf, das nur wenige Meilen von Staufen entfernt in Richtung Thalkirchdorf lag und nickte vielsagend. »Ein Fuhrwerker hat mir erzählt, dass es in der Siechenkapelle einen Pesttoten gegeben hat. Sein Körper soll voller Beulen gewesen sein.«

Dass der Mann aus Wengen schon immer als ehrsüchtig, verlogen und besonders geschwätzig galt, interessierte jetzt niemanden – diejenigen, die das, was er dem Kastellan erzählt hatte, mitgehört hatten, glaubten ihm einfach. Nur der glaubte kein Wort von dem, was er in der vergangenen halben Stunde alles zu hören bekommen hatte. Was mir Konstanze vom letzten Markt berichtet hat, ist ja noch harmlos, grübelte er, nachdem er mindestens zehn verschiedene Versionen gehört und gebetsmühlenartig zu dementieren versucht hatte.

»Es ist eine Frage der Zeit, bis die Pest nach Staufen kommt ... wenn sie nicht schon unter uns ist und nach Beute Ausschau hält«, raunten die Leute und begannen, gegenseitige Berührungen zu vermeiden.

Jetzt bekam er so richtig mit, wie ernst die Sache von den Staufnern genommen wurde und dass sich die meisten Menschen in panischer Angst vor der Pest in den Häusern eingeschlossen gehabt hatten und dies jetzt wohl wieder tun werden.

»Ich darf nicht zulassen, dass sich die Staufner von ihrem eigenen Geschwätz zermürben lassen. Die Konsequenzen wären schrecklich ... Immerhin bin ich der Ortsvorsteher«, lächelte er und pfiff mehrmals durch die Finger, während er sich an einer gut einsehbaren Stelle postierte. »Meine Staufner! Kommt her. Ich habe euch etwas mitzuteilen«, rief er und winkte die Marktbesucher mit den Armen zu sich.

Innerhalb kürzester Zeit war er von Menschen umringt. Dabei fiel ihm auf, dass die meisten davon Auswärtige waren. Offensichtlich hatten sich doch noch nicht allzu viele Einheimische aus ihren Behausungen getraut ... oder gleich wieder dahin verzogen, als die neuen Gerüchte zu wirken begonnen hatten.

»Hört zu: Heute vor einer Woche war ich in Oberthalhofen und habe mich mit der alten Weißenbachmüllerin unterhalten. Sie war kerngesund!«

»Das kann jeder sagen«, tuschelte der Schwätzer aus Wengen seinem zufällig neben ihm stehenden Nachbarn, der lieber dem Kastellan zuhörte, ins Ohr.

»Die ganze Familie ist gesund. In Oberthalhofen ist kein einziges Pestopfer zu beklagen. Und ich war auch in Stiefenhofen.« Der interimistische Ortsvorsteher sah ins Rund, bevor er weiter sprach: »Nichts!«

Die Leute begannen zu tuscheln.

»Ich war sogar bis in Harbatshofen. Dort gab es ebenfalls keinen einzigen Pesttoten.«

»Und in Stiefenhofen?«, fragte Hemmo Grob, der das zuvor Gesagte nicht gehört hatte und spuckte demonstrativ auf den Boden.

Aber der Kastellan ignorierte dessen unmögliches Benehmen und ging nicht darauf ein.

»Hört zu: Ich meine es doch nur gut mit euch. Wie gesagt: auch in Stiefenhofen gibt es keine Pest und …«

»Aber im Siechenhaus! Wir haben es doch vorhin gehört«, schrie einer erregt dazwischen.

»Dort bin ich nur vorbeigeritten«, musste Ulrich Dreyling von Wagrain wahrheitsgemäß einräumen.

»Na also: Da haben wir es schon!«, heizte derjenige, der diesen Unsinn verzapft hatte, die Stimmung an und löste dadurch eine wilde Debatte aus.

Während der Kastellan weiter versuchte, die Menge davon zu überzeugen, dass es schlicht und ergreifend keine Pest gab, lachte sich einer zufrieden ins Fäustchen.

»Da kann ich mich jetzt getrost vornehm zurückhalten. Die machen das schon selber.«

Nachdem der Kastellan festgestellt hatte, dass er selbst in seiner Eigenschaft als amtierender Ortsvorsteher gegen so viel Dummheit und Sturheit nichts ausrichten konnte, wandte er sich wütend ab, um sein Pferd zu holen. Er wollte nur noch ins Schloss zurück. Dabei kam er so dicht an Ruland Berging vorbei, dass er ihn versehentlich anrempelte.

»Entschu …«, kam es so schnell aus ihm heraus, wie er sein Wort der Entschuldigung auch schon wieder bremste und hinunterschluckte.

»Ich grüße Euch, edler Herr«, sagte der Totengräber mit einem süffisanten Lächeln auf den Lippen und zog seinen Hut. »Wie es aussieht, kommt bald eine Menge Arbeit auf mich zu.«

Der Kastellan war in einer derart schlechten Stimmung, dass er sich zusammenreißen musste, um den Scheißkerl nicht am Kragen zu packen. Hätte er gewusst, woher das Pestgerücht ursprünglich stammte, hätte er dies womöglich auch getan. So aber gelang es ihm, gute Miene zum bösen Spiel zu machen und einigermaßen glaubwürdig zurückzugrüßen.

»Ich darf nicht den Eindruck erwecken, als wenn ich etwas über sein Treffen mit dem Unbekannten auf dem Kirchhof wissen würde und etwas über einen eventuellen Zusammenhang mit dem verschwundenen Sohn des Blaufärbers ahne«, murmelte er und bemühte sich sogar, einen Anflug von Lächeln in sein versteinertes Gesicht zu zaubern, was den Totengräber dazu veranlasste, ein Gespräch zu beginnen.

Jetzt kam dem Kastellan das Wort von vorhin ganz über die Lippen, allerdings in einem anderen Zusammenhang: »Entschuldigt … Ich muss gehen. Die Geschäfte rufen.«

»Gehabt Euch wohl«, rief ihm der Totengräber nach und hörte nicht mehr, wie der Kastellan leise sagte: »Verdammt. Wenn ich dir nur etwas beweisen könnte.«

Kapitel 17

Schwester Bonifatia und ihre Helferinnen hatten den Fremden über eine Woche hinweg zwar gut gepflegt, mussten seine ständig nässenden und verklebten Wunden aber immer noch mehrmals am Tag reinigen, salben und verbinden und zudem nachts an seinem Lager wachen, um ihm die Stirn abzutupfen. Dies machte zwar viel Arbeit, hatte aber den Vorteil, dass die barmherzige Schwester während der ständig aufkommenden Hitzewallungen ihres Patienten ein bisschen mehr über ihn erfuhr.

»Ich bin ein Me… Bitte! Schlagt mich nicht weiter. Nehmt meinen Geldbeutel und das Pferd … Der Totengräber! Aber lasst mir die Heilpflanzen. Bitte!«

Er hatte weiter unzusammenhängendes Zeug gefaselt: »Die Kräuter. Alle glauben, dass sie hel… Gift! … Die Pest …«

Manchmal hatte er im Wahn so laut geschrien, dass er dabei in Schweiß gebadet aufgewacht war: »Die Kinder. Nein! Nein! … Alle sterben! … Geld, viel Geld«, waren seine letzten Worte, bevor er auch in dieser Nacht wieder in heilsamen Schlaf gesunken war. Da die aufopferungsbereite Krankenschwester die ganzen Tage und Nächte zu sehr mit ihm beschäftigt und deswegen selbst völlig übermüdet und entkräftet war, hatte sie zwischendurch zwar kurz daran gedacht, dummerweise aber wieder vergessen, das wirre Geschwafel zu notieren, um es in einer ruhigen Minute zusammensetzen zu können. So war es kein Wunder, dass davon kaum etwas hängengeblieben war.

»Das ist neben dem Mann gelegen«, bemerkte Heini eines Tages beiläufig, als er seiner Pflegemutter einen über und über mit Blut verschmierten Rupfensack in die Hände drückte.

»Woher hast du diesen Sack? Und warum hast du ihn mir nicht gleich gegeben?«, fragte die Schwester leicht erzürnt. »Und putz dir die Nase!«, herrschte sie ihn an.

»Bis du gekommen bist, habe ich doch auf den Mann aufgepasst«, verteidigte sich der Bursche und schnappte dabei mit seinem vorgeschobenen Unterkiefer wie ein Fisch.

»Also Heini!«, schrie die an viel gewöhnte Ordensfrau auf und drückte ihrem Schützling ein Schneuztuch in die Hand. »Du bist ein Ferkel! Ich habe gesagt, dass du dir die Nase putzen sollst, und nicht …«

Als die Schwester den Sack öffnete und den Inhalt sah, wurde ihr schlagartig klar, dass es sich bei ihrem Patienten um einen Bader, vielleicht sogar um einen Medicus oder gar um einen Apotheker handeln musste.

Ja! Er hat etwas über Heilpflanzen, Kräuter, Gift und die Pest geschwafelt, fiel es ihr wieder ein. »Jedenfalls ist er ein ehrbarer und unbescholtener Mann«, murmelte sie und stellte zufrieden fest, dass sie mit ihrer Meinung recht gehabt hatte: Ihr Patient ist überfallen, brutal zusammengeschlagen und ausgeraubt worden. Darum hatte er keine Schuhe, kein Geld, nichts, sinnierte sie, während sie das Behältnis inspizierte. Sie fand darin allerlei ganze Pflanzen, Blätter, Stängel und Wurzeln, die sich teilweise noch geordnet in einzelnen kleinen Säckchen befanden, ansonsten wahllos im großen Sack zu liegen schienen. Sie alle waren nicht mehr frisch, sondern recht labbrig, teilweise sogar fast getrocknet, was darauf schließen ließ, dass sie schon vor einer Woche oder länger, aber noch nicht vor allzu langer Zeit, geerntet worden waren.

»Ich habe dich schon einmal gefragt: Woher hast du diesen Sack?«

Heini fühlte sich eingeschüchtert und zeigte wortlos zur Laube neben der Haustür.

Schwester Bonifatia überlegte: Die Nächte sind jetzt schon sehr kühl und feucht. Wenn er eine Woche in der Laube gelegen hat, könnte es hinkommen, dass die Kräuter an dem Tag geschnitten worden sind, an dem ihn der Fuhrmann zu uns gebracht hat. Das würde heißen, dass mein Patient beim Kräutermann in Hopfen war und den wahrscheinlich noch vollen Sack von dort aus über den Hahnschenkel in unsere Richtung transportieren wollte. »Aber wohin? Ich glaube nicht, dass er ein Staufner ist. Wollte er nach Immenstadt?«, fragte sie Heini, der natürlich keine Antwort geben konnte. Bei dem Gedanken, dass es vielleicht sogar der Leibarzt des Grafen sein könnte, erstarrte die in einfachen Verhältnissen aufgewachsene Schwester vor Ehrfurcht.

Während sie so überlegte, begann sie, den Inhalt des Rupfens genauer zu inspizieren.

Da sich zwischen den Pflanzen auch Zettelchen befanden, auf denen Schafgarbe, Kamille, Malve, Minze, Hagebutte oder andere Bezeichnungen heimischer Heilpflanzen zu lesen waren, wurde ihr nicht nur der Hergang der ruchlosen Tat, sondern auch der Ort des

Geschehens klarer: Ihr Patient – der ihr trotz seines Schweigens und der Tatsache, dass er irgend etwas Unheimliches an sich hatte, in all den Tagen der Pflege ans Herz gewachsen war – musste in Hopfen gewesen und auf dem Rückweg das Opfer übler Gestalten geworden sein. Sie hatten ihm alles abgenommen, was sie für verwertbar gehalten hatten. Lediglich mit dem Pflanzensack hatten sie wohl nichts anzufangen gewusst. So hatten sie den armen Mann geschunden und aller Habseligkeiten beraubt. Nur den Rupfen mit dem wertlos erscheinenden Gestrüpp hatten sie ihm gelassen, und der Fuhrwerker, der den Verletzten aufgelesen hatte, hatte den Sack mitgenommen, um ihn dem Verletzten beim Transport unter den Kopf zu legen. Der große Blutfleck und die offensichtliche Delle in der Mitte des Sackes konnten dies bestätigen.

Bonifatia hob den Kopf zum Himmel und sagte dankbar: »Gott segne dich, unbekannter Kutscher!«

Mittlerweile war der Patient so weit genesen, dass er zwar noch starke Schmerzen an etlichen Teilen seines geschundenen Körpers verspürte, aber entlassen werden konnte. Dennoch ließ ihn die besorgte Schwester nur ungern gehen. Obwohl sie sich nicht ein einziges Mal mit ihm hatte unterhalten können, hatten sich ihm gegenüber Gefühle aufgebaut, die sie eigentlich nicht haben durfte.

Nur Gott allein weiß, warum er nicht reden möchte … oder kann. Vielleicht hat er ihm keine Stimme gegeben, damit wir uns nicht näher kommen können. Womöglich ist er ein Mann Gottes und hat ein Schweigegelübde abgelegt?

Letztendlich war die Schwester zu dem Schluss gekommen, dass ihr Patient ein heilkundiger Mönch eines Schweigeordens sein musste – zumindest könnten dessen Verhalten, sein beständiges Schweigen und der Sack mit den Heilkräutern darauf hinweisen. Dies war ein Grund mehr gewesen, ihn nicht zum Sprechen zu drängen. Dass ihr Patient diese Schweigetaktik gewählt hatte, um sich nicht zu verraten und dadurch womöglich das Interesse des rettenden Engels an ihm zu verstärken, konnte die grundehrliche Krankenschwester, der solche Dinge fremd waren, nicht ahnen.

Der Medicus wartete jetzt schon über eine Stunde auf dem Bänkchen vor dem Siechenhaus darauf, dass ihn ein vorbeikommendes Fuhrwerk mitnehmen und vielleicht sogar bis nach Staufen kutschieren würde. Während er so dasaß und vor sich hindöste, glaubte er seinen Augen nicht zu trauen. Das kann nicht sein, dachte er, sah er doch den Schimmel des Totengräbers mitsamt Sattel und komplettem Zaumzeug auf der Wiese jenseits des kleinen Baches friedlich grasen. Als der Medicus aufstehen wollte, um zu dem Pferd zu gehen, knallte er auf den Boden.

»Um Gottes willen, was macht Ihr denn?«, rügte ihn Schwester Bonifatia, nachdem sie ihm entgegengeeilt war, um ihm aufzuhelfen. »Gut, dass Ihr auf Euren Sack gefallen seid. Dies hätte schlimm ausgehen können«, schimpfte sie und hob auch das reisefertig verschnürte Kräuterbehältnis auf.

Als der Medicus wieder auf dem Bänkchen saß und den ersten Schmerz verdaut hatte, zeigte er aufgeregt zur Wiese: »Schwester! … Seht doch: Mein Pferd!«

»Wo?« Da der großgewachsenen Frau nicht sofort aufgefallen war, dass ihr Patient doch sprechen konnte, folgte ihr Blick seinem Zeigefinger. Ihre Augen suchten die sumpfige Wiese entlang des sich gemächlich windenden Bächleins ab, konnten aber außer ein paar Fischreihern nichts entdecken.

Da das Pferd zwischenzeitlich ein Stück nach vorne gelaufen war, um direkt hinter der Siechenkapelle zu grasen, glaubte der Medicus, eine Wahnvorstellung gehabt zu haben, weswegen er enttäuscht und kraftlos in sich zusammensackte.

»Ihr seid immer noch nicht ganz genesen«, tröstete ihn Schwester Bonifatia, die vermutete, dass die Wunden am Kopf ihres Patienten nicht nur äußerlich waren. Allerdings hatte sie mittlerweile wahrgenommen, dass er gesprochen hatte. Also konnte sie sich jetzt mit ihm unterhalten.

Ihr Herz begann, wie wild zu schlagen. »Ein Wunder«, murmelte sie irritiert, schalt sich aber sofort für diesen närrischen Gedanken. Lange überlegte sie, wie sie ihn ansprechen, was sie ihm sagen sollte. Sie hatte so viele Fragen an ihn. Sie kannte ihn und kannte ihn doch nicht. Jetzt endlich, quasi in allerletzter Sekunde, würde sie ihn doch noch kennenlernen dürfen. Und er würde ihr sagen, wer er war. Vielleicht würde er ihr sogar noch viel mehr mitteilen? Dinge, die er sich bisher nicht zu sagen getraut hatte und die ihrer beider Leben durcheinander bringen würden. Bei diesen unkeuschen Gedanken errötete sie. Mehrmals versuchte sie, das Gespräch zu eröffnen, scheiterte aber immer an ihrem eigenen Unvermögen – oder war es gar Feigheit? Letztendlich hatte sie zu lange überlegt; denn gerade als sie ihn fragen wollte, ob er ein Mann Gottes und ein Heilkundiger sei, durchbrach das knarzende Geräusch von Eisenrädern auf dem steinigen Belag der Straße die traute Zweisamkeit.

»Na endlich!«, schoss es aus ihrem Patienten heraus.

Die Schwester fasste sich an ihre Wangen und spürte die Hitze, die davon ausging. Verschämt räusperte sie sich und stand auf, um nachzusehen.

»Mein Gott, warum strafst du mich so? ... Muss das ausgerechnet jetzt sein«, sagte sie mit einem verständnislosen Blick nach oben, während sie dem Ochsengespann, das sie von Buflings herunterrumpeln sah, entgegen lief. Als es näher gekommen war, stellte sie erleichtert fest, dass sie den Kutscher kannte. Dennoch würde sie ihn jetzt gerne zum Teufel jagen.

Es war der so genannte ›Lindauer Bot'‹, der wöchentlich einmal die Strecke Immenstadt-Lindau bediente und gewissermaßen als Frächter für größere Warengebinde fungierte. Der kauzige Kutscher nahm gegen ein kleines Entgelt auch Briefe mit und ließ – wenn er ausnahmsweise gut aufgelegt war und die Bezahlung stimmte – auch mal jemanden neben sich auf dem Kutschbock Platz nehmen.

Als das urzeitlich anmutende Gefährt am Siechenhaus angekommen war, stand die Schwester schon am Wegesrand und bat den Boten, ihren Patienten mitzunehmen.

»Wohin?«, fragte der Kutscher unwirsch.

»Das müsst Ihr ihn schon selbst fragen«, antwortete sie resigniert, hoffte dabei aber insgeheim doch noch zu erfahren, wer ihr Patient war und wo er ihn abgesetzt hatte, wenn der Fuhrwerker bei seiner nächsten Fahrt hier vorbeikommen würde.

»Aber ich habe keine Zeit für Umwege! Ich muss noch vor Einbruch der Dunkelheit in Wasserburg sein, wo eine *Lädine* auf meine Ware wartet. Meine Ochsen gehen es gemütlicher an, als dies Pferde zu tun pflegen«, bellte der Bote unwirsch zurück.

»Wartet einen Moment«, bat ihn die Schwester und eilte zum Haus.

Als sie zurück war und dem Kutscher ein Stück Speck und einen halben Laib Brot in die Hand drückte, hatte er plötzlich Zeit. »Also gut: Ich nehm ihn mit. – Aber man möge sich beeilen!«, knirschte er.

Nachdem die Schwester dem Medicus auf den Bock geholfen, ihm das Kreuz auf die Stirn gezeichnet und ihm wieder den Rupfensack in die Hand gedrückt hatte, schaute sie ihn mit einem flehentlichen Blick an, bekam aber anstatt der erhofften Antwort nur ein kühles »Habt Dank für alles. Lebt wohl« zu hören.

Der alles andere als feinfühlige Kutscher ließ ihn seine unangemessene Verabschiedung nicht mehr überdenken und gab stattdessen still vor sich hin grummelnd seinen Ochsen die Zügel.

Schwester Bonifatia beschlich ein ungutes Gefühl, als sie ihrem Patienten fast traurig nachwinkte. Erst als er in der Ferne verschwunden war, senkte sie demütig ihr Haupt und dachte: Es gibt wunderbare Momente im Leben, bei denen man nicht nur den Blick allein genießt …

Da es ihr untersagt war, Gefühle für das andere Geschlecht zu zeigen, würde sie heute noch in die kleine Siechenkapelle gehen und mit einer angemessenen Kerzenspende Abbitte leisten.

Kapitel 18

Der Medicus war längst wieder in Staufen und dachte nur ungern an seine Zeit im Siechenhaus und die Schmerzen, die er hatte. Und an Schwester Bonifatia dachte er schon gar nicht mehr. Dazu war er viel zu sehr mit sich selbst beschäftigt. Er tat alles dafür, um sich restlich von seinen Verletzungen zu erholen, was ihm auch gelang. Außer dem Blaufärber hatte ihn vor gut zwei Wochen niemand aus dem Ort reiten sehen. So hatten die Menschen im Dorf auch nicht mitbekommen, dass er beim Kräutermann in Hopfen gewesen, geschweige denn, dass er auf dem Rückweg überfallen und danach im Siechenhaus gepflegt worden war. Dementsprechend bekam er auch keine Krankenbesuche; aber die hätte der allseits unbeliebte Arzt auch nicht bekommen, wenn die Leute gewusst hätten, was ihm widerfahren war. Sie wären ihm allenfalls mit Neugier und Häme begegnet, und die genügte ihm von seinem einzigen Besucher, auf den er momentan nur allzu gerne verzichten würde. Von Ruland Berging musste er sich jetzt ständig Vorwürfe anhören. Dem waren die erlittenen Schmerzen des Arztes ziemlich egal, er trauerte in erster Linie seinem Pferd nach und beklagte sich fortwährend darüber, dass sie ihren gemeinsam ausgeheckten Plan immer noch nicht umgesetzt hatten. Die Schuld hierfür gab er allein dem Medicus, den er jetzt auch noch auf eigene Kosten mit Schnaps versorgen musste, ohne momentan einen Nutzen für sich zu haben. Da der Totengräber aber wusste, dass er – ob es ihm passte oder nicht – warten musste, bis der Medicus wieder arbeiten und die benötigten Kräutermischungen zusammenstellen konnte, übte er sich mit mehr oder weniger Erfolg in Geduld. Dabei half ihm die Feststellung des Arztes, dass die verbliebenen Pflanzen ausreichten, ihren Plan nach wie vor in die Tat umsetzen zu können. So machte Ruland Berging gute Miene zum bösen Spiel. Hauptsache, sein Kumpan war bald wieder arbeitsfähig. Ob ihm der Schnaps dabei helfen würde, bezweifelte der Totengräber allerdings.

Als der Medicus eines Tages nach draußen wollte, um zu sehen, was das Wetter machte, war er noch so geschwächt, dass ihn sein Kumpan stützen musste. Genau in diesem Moment kutschierten der Kastellan und Otto vorbei. Hätte Ruland Berging nicht gewusst, dass es in Staufen nur noch ein einziges Pferd gab, seit er seines durch die Schuld des dämlichen Arztes verloren hatte, hätte er die beiden Gestalten auf dem Kutschbock wohl kaum erkannt. Um sich vor dem Regen zu schützen, hatten sich die beiden die Kapuzen ihrer Umhänge weit in die Gesichter gezogen und über Schultern und Knie ölgetränkte Tücher gelegt. Die Männer machten den gleichen betrübten Eindruck wie der stolze Hengst des Kastellans, der sich in seiner Rolle als einfaches Zugpferd sichtlich unwohl fühlte.

»Ja, Otto, nun ist es so weit und du musst vor dem Ausschuss aussagen«, eröffnete der Kastellan das Gespräch.

»Ich habe nichts zu verbergen! Außerdem habe ich vom Tod des Wachsoldaten nichts mitbekommen«, knurrte der Bauersknecht, dem es gar nicht gefallen mochte, bei diesem Sauwetter nach Immenstadt kutschieren und vor den Ausschuss treten zu müssen. »Aber, was sein muss, muss eben sein«, ergänzte er und war sicher, als folgsamer Untertan des Grafen zu Königsegg nur seine Pflicht getan zu haben. Er hatte stets ein gottgefälliges Leben geführt und sich nie etwas zuschulden kommen lassen.

»Ein guter Mensch ist die sicherste Wehr«, gab ihm sein Freund Ulrich schmunzelnd zur Antwort, während er das Gefährt am Bechtelerhof vorbei in Richtung Immenstadt lenkte.

Im Färberhaus indes war längst tiefe Trauer eingekehrt. Gunda Opser wälzte sich unruhig auf ihrem Lager und weinte sich immer noch die Augen aus, während sich der Blaufärber wie wild in die Arbeit gestürzt hatte. Auf Konstanzes Anraten hin hatte Otward mit seinen Eltern gesprochen und ihnen dadurch den letzten Hoffnungsschimmer auf ein Wiedersehen mit Didrik genommen. Dabei hatte sich der gutmütige, aber einfach gestrickte, junge Mann nicht gerade geschickt angestellt und vergeblich um die passenden Worte gerungen. Was er gesagt hatte, hatte die Eltern wie der Blitz getroffen, obwohl sie sich selbst schon mit dem Gedanken befasst, ihn allerdings immer wieder verdrängt hatten. Dem Vater war es nicht gelungen, sich zu beherrschen; nachdem ihn Otward mit der vermuteten Wahrheit konfrontiert hatte, war ihm die Hand ausgerutscht. Er hatte seinem Sohn mit der flachen Hand ins Gesicht geschlagen, ihn allerdings sofort schluchzend an sich gedrückt. Seither trauerten der Blaufärber und seine Frau Gunda gemeinsam mit Otward um ihr jüngstes Familienmitglied und mussten lernen, darüber zu sprechen, wenn sie ihr Leid verarbeiten wollten. Dass sich auch Otward in Lebensgefahr befand, konnten sie nicht im Entferntesten ahnen.

»Was sind das für Zeiten? Erst die unglaubliche Nachricht, dass die Pest schon wieder um sich greifen soll, nachdem sie erst vor ein paar Jahren in Immenstadt und in Thalkirchdorf aufgehört hat, die Toten einzusammeln wie das Eichhörnchen die Nüsse. Dann auch noch die schrecklichen Geschehnisse auf dem Marktplatz«, sagte Hannß Opser zu seiner Frau Gunda. Damit vom Verschwinden ihres eigenen Sohnes abzulenken, gelang ihm allerdings nicht. »Das Leben muss dennoch weitergehen«, beschwor sie ihr Mann, der alles tat, um seine verzweifelte Frau auf andere Gedanken zu bringen: »Komm, Gunda«, sagte er und legte ihr aufmunternd einen Arm auf die Schulter. »Auch wir müssen der drohenden Seuche entgegentreten. Hilf mir bitte, unser Haus pestsicher zu machen. Während ich die Ritzen zwischen den Balken der Außenwände zustopfe, könntest du zusammen mit Otward die Räume von oben bis unten mit Essigwasser reinigen und danach sämtliche Kammern ausräuchern.« Auch wenn es nicht gegen die Pest helfen sollte, so ist sie wenigstens beschäftigt und etwas abgelenkt, dachte er sich.

»Wenn du jetzt nicht unverzüglich an deine Arbeit gehst, lernst du mich richtig kennen!«, schrie der Totengräber so laut, dass man es draußen hätte hören können, wenn jemand zufällig am Haus vorbeigegangen wäre. Er hatte den Medicus so lange bekniet, bis dieser murrend zusagte, damit zu beginnen, die Pflanzen, Wurzeln, Knollen, Blätter und Beeren für die benötigten Mischungen zu sortieren und zu wirksamen Drogen zu verarbeiten. Dem Arzt steckte der Überfall immer noch in den Gliedern. Erst als ihm der Totengräber eine Gallone Schnaps versprach, rappelte er sich auf und machte sich an die Arbeit. Allerdings stellte er fest, dass er tatsächlich noch etwas schwach auf den Beinen war. Aus Furcht vor den Flüchen des Totengräbers bemühte er sich dennoch, seinen Auftrag vereinbarungsgemäß anzugehen.

Um sicherzugehen, dass der Medicus vorankommen würde, hatte sich der Totengräber vorgenommen, in unregelmäßigen Abständen überraschend im Behandlungsraum des Arztes aufzutauchen. Wie schon bei seinem ersten Besuch wollte er auch heute nicht gesehen werden und war deshalb äußerst vorsichtig. Da sich der Arbeitsplatz des Arztes schon lange nicht mehr im Spital, sondern im Propsteigebäude befand, wollte der Totengräber nicht Gefahr laufen, Propst Glatt zu begegnen.

»Und … wie sieht's aus?«, fragte er den Medicus, nachdem er die schwere Tür leise hinter sich geschlossen hatte, und rieb sich im Hinblick auf den zu erwartenden Profit gierig die Hände.

»Anstatt saudumme Fragen zu stellen, kannst du mir helfen und den Inhalt des Sackes auf den Tisch schütten, damit ich die Blätter zum Trocknen ausbreiten kann.«

Da die Pflanzen zwischenzeitlich ausgetrocknet waren, hatte sich dieser Teil der Arbeit bereits von selbst erledigt. Als der Totengräber den Sack ausschüttelte, staubte es so, dass sich die beiden Nase und Mund zuhalten mussten. Aus dem vertrockneten Kräuterhaufen schien jegliches Leben gewichen zu sein. Das ehedem saftige Grün war einer fahlen Blässe gewichen, aus der nur die roten Hagebutten – feurigen Augen von Kreaturen der Unterwelt gleich – bedrohlich wirkend hervorstachen.

»Ich wollte die Kräuter sowieso trocknen. Kräutersud ist leichter herzustellen und zu verabreichen als Pillen. Damit kommt der Pöbel besser klar«, bemerkte der Medicus, der sofort mit dem Sortieren des Durcheinanders begann.

»Gut! Dann haben wir wenigstens diese Zeit gewonnen«, stellte der

Totengräber zufrieden fest. »Ich gehe jetzt durchs Dorf, um die Glut des Pestgerüchtes weiter zu schüren.«

»Tu das, Hereusis«, lachte der Medicus.

»Was? – Wie nennst du mich?«, wollte der einen Moment lang verdutzt drein schauende Totengräber wissen.

»Na ja: Du hast doch den Gedanken für unsere kleine Mordsschweinerei gehabt. Also bist du für mich Hereusis, die böse griechische Göttin der Erfindungskunst«, klärte der Medicus den Totengräber über sein Späßchen auf.

Allerdings rechnete er nicht mit einer passenden Antwort seines Partners, der spontan sagte: »Ich kenne zwar keine Hereusis, du aber bist Dioskurides, der berühmte griechische Medicus und Kräuterkundige. Nun aber genug gescherzt. Geh endlich an die Arbeit! Wir sehen uns später in der ›Krone‹«, rief der Totengräber noch, bevor er das Propsteigebäude verließ.

Der ansonsten stinkfaule Medicus ging tatsächlich frisch ans Werk, er war gut gelaunt, die Schmerzen hielten sich in Grenzen, und die Hoffnung auf Profit verlieh ihm Flügel.

Zuerst legte er diejenigen Gewächse auf die Seite, die sich noch wohl verpackt in den kleinen Jutesäckchen befanden, in die er zur Kennzeichnung Zettelchen gesteckt hatte. Danach begann die eigentliche Arbeit, die er so eifrig und laut kommentierte, als wenn er seinem ehemaligen Professor etwas beweisen müsste.

»Dreckige Saubande!«, fluchte er laut in Richtung derjenigen, die ihn überfallen und diese Unordnung im Rupfensack hinterlassen hatten. Dass er froh sein musste, überlebt zu haben, und dass der Sack mit dem größten Teil des Inhaltes überhaupt noch da war, empfand er in diesem Moment nicht als dankenswert. Da er aufgrund ihres trockenen und teilweise schon zerbröselten Zustandes nicht gleich alle Gewächse auf Anhieb erkennen konnte, sortierte er erst diejenigen aus, bei denen er kein Problem mit der Zuordnung hatte: Kamille, Minze, Hagebutte … Diese Heilpflanzen hatte er nur gekauft, um den Kräutermann von den erstandenen Giftpflanzen abzulenken und das Kaufergebnis etwas auszugleichen. Wenn er sie nun schon einmal hier hatte, konnte er diese völlig harmlosen Gewächse ja mitverwenden und mit ihrer Hilfe den zumeist bitteren Geschmack der Schmerz verursachenden und Tod bringenden Pflanzen etwas mindern.

Die entzündungshemmende Schafgarbe lege ich gleich beiseite. Die kann ich jetzt wirklich nicht gebrauchen. Schließlich möchte ich niemandem ernsthaft helfen.

Als er Blätter und Knollen des Alpenveilchens aus dem Durcheinander gefischt hatte und die giftigen Seidelbastbeeren identifizieren konnte, begann er zufrieden vor sich hin zu lächeln.

Ein knappes Drittel meiner Mischung muss aus Alpenveilchen bestehen, damit es zu Schwindelanfällen, Krämpfen und Kreislaufstörungen kommt. Damit seine Patienten auch noch Erbrechen und Durchfall bekommen würden, benötigte er die Seidelbastbeeren. Sie würden wenigstens einige typische Anzeichen der Pest vortäuschen, wenn es schon nicht möglich war, Pestbeulen zu erzeugen. Das ist gut, so werden sie geschwächt und noch klappriger, als sie sowieso schon sind, dachte er. »Ein paar Holundertriebe, damit auch sicher ist, dass meine Opfer kotzen. Hierfür hätte es auch die Zwiebel der Hyazinthe getan«, murmelte der Medicus vor sich hin, um sich selbst dafür zu loben, dass er so ein guter Pflanzenkenner war. Ah, das muss der Eisenhut sein! Den brauche ich dann bei der zweiten Stufe. Zufrieden sog er den eigenwilligen Geruch in seine Lunge.

Der Arzt benötigte den halben Nachmittag, um die getrockneten Früchte Gottes zu sortieren, bevor er damit beginnen konnte, sie einzeln mit dem doppelschneidigen Wiegemesser zu zerkleinern. Sorgsam machte er einzelne Häufchen, vor die er zur Kennzeichnung wieder Zettelchen legte. Die Knollen des Alpenveilchens hackte er ebenfalls ganz klein und vermischte sie direkt mit den Blättern dieser Pflanze. Nun nahm er sich ein Häufchen nach dem anderen vor, schüttete es vorsichtig in den großen Messingmörser und bearbeitete den Inhalt mit dem *Pistill* so lange, bis nur noch ein feiner Staub übrigblieb.

Als je ein Häufchen fein geriebene Blätter des Alpenveilchens und dessen Knollen, Seidelbastbeeren, alle Bestandteile des Schellenbaumes,

Holundertriebe, Minzblätter, Kamillenblüten und zerhackte Hagebuttenknospen vor ihm lagen, begann er, diese sorgsam mit dem Porzellanmesslöffel zu portionieren und mit den anderen Zutaten zu vermischen. Meine Opfer sind zwar ungebildet, aber der Teufel ist neugierig. Sicher ist sicher, stellte er in Gedanken fest, während er aus einem dünnen und feinfaserigen Leinentuch zahlreiche quadratische Stücke herausriss, auf die er je einen gut gehäuften Messlöffel seiner Mixtur gab. Die gefüllten Stofffetzen band er zu kleinen Säckchen zusammen. So würden seine Patienten die fertigen Portionen nur noch in einen Krug mit heißem Wasser tunken, und ungefähr eine Viertelstunde ziehen lassen müssen und ausdrücken, bevor sie den trinkfertigen Sud in Becher schütten konnten. Jedes Säckchen würde für ungefähr vier Becher reichen. Danach konnten sie diese auch noch auf die juckenden Hautstellen tupfen. Das würde zwar gegen gar nichts helfen, die Sache aber noch medizinischer erscheinen lassen.

»Du wirst zufrieden sein«, rief er beschwörend in Richtung Tür und meinte damit den Totengräber, dem er siegessicher auch noch eine geballte Faust hinterher schickte.

Als der Medicus sein Tagewerk betrachtete, überlegte er, ob er noch ein Stündchen anhängen sollte. Da aber mit zunehmender Dunkelheit der Durst zunächst nach seinem Recht gerufen und später laut danach geschrien hatte, ließ er dies sein.

»Ich schätze, dass ich mit dem Füllen der Säckchen spätestens übermorgen fertig sein werde. Warum also soll ich nicht jetzt schon ins Wirtshaus gehen?«, überlegte er laut und rechnete aus, dass er mit dem zur Verfügung stehenden Material ungefähr fünfzig bis siebzig, vielleicht sogar mehr Sudsäckchen würde fertigen können und dann immer noch genügend Material für Stufe zwei übrig haben würde. Die nächste Phase des vom Totengräber ausgeheckten Plans würde dann der letzte Schritt seiner Opfer zum sicheren Tod sein. Hierzu musste er lediglich noch zwei giftige Drogen dazugeben: alle Bestandteile des Eisenhutes und den Samen des Gefleckten Schierlings – eine absolut tödlich wirkende Mischung, die auch ohne Hinzugabe von Tollkirschenbeeren, Bilsenkraut und Fliegenpilzen ihre Wirkung tun würde. Um sein Ziel zu erreichen, konnte er sogar auf die übel riechenden Bestandteile der Alraune, die ihn am ehesten verraten würde, falls ihm jemand auf die Schliche kommen sollte, verzichten. Beim Kräutermann hätte er dieses exotische und tödlich wirkende Gewächs sowieso nicht bekommen.

Ziel des ersten Schrittes war es, die zu ihm kommenden Menschen glauben zu machen, dass sie die Pest im ersten Stadium hätten, ohne dass er selbst diese ungeheuerliche Prognose aussprechen würde.

»Diese Erleuchtung müssen sie selbst haben. Dass sich die Pest nicht die Zeit nimmt, langwierig in einzelnen Stadien zum Ausbruch zu kommen und wie lange es zwischen Ansteckung und Ausbruch der Krankheit dauert, wissen diese Tölpel sowieso nicht«, flüsterte der Medicus beschwörend, während er trotz seiner durch das lange Stehen zurückgekehrten Schmerzen gut gelaunt Richtung ›Krone‹ humpelte. Dabei überlegte er noch einmal, ob er alles richtig gemacht hatte. Er musste aufpassen, dass er beim ersten Teil des Planes nicht zu viel von den giftigen Substanzen erwischte. Die Menschen sollten lediglich erkranken und Anzeichen der ansteckenden Seuche bekommen, damit sie in Angst und Schrecken versetzt werden. Da er die bei der Pest üblichen Drüsenschwellungen nicht nachahmen konnte, würden seine Opfer wenigstens ein paar andere der typischen Infizierungsmerkmale bekommen müssen.

»Gestorben wird erst auf Stufe zwei meiner Todesleiter. Und bezahlt wird zweimal«, freute er sich mit einem diabolischen Grinsen auf den blutleeren Lippen, während er es abergläubisch vermied, die zweite Stufe, die ins Wirtshaus führte, zu betreten.

Im Gegensatz zur Allgemeinheit wusste der Medicus ziemlich genau, wie sich die echte Pest nach einem Biss des Rattenflohs bemerkbar machte: Zuerst juckt es die Betroffenen, als wenn sie die *Krätze* hätten. Bei beiden Krankheiten kratzen sie sich den ganzen Körper wund. Dass sich diese Stellen meistens entzünden, hängt nicht nur mit diesen

Krankheiten, sondern auch mit mangelnder Hygiene zusammen, durch die sich Krätze gerne hervorrufen lässt. Längstens ein paar Tage später entstehen an den juckenden Stellen entzündete, oft geschwollene, blauschwärzliche Flecken, die bei ungenauer Betrachtung in der Wahrnehmung von Laien Pestbeulen ähneln. Bei der echten Pest schwellen oft erst weitere zwei bis drei Tage später die diesen Stellen am nächsten liegenden Lymphknoten an, dann folgen nach etwa einer Woche Kopfschmerzen, Fieber und Benommenheit. Bis dahin ähnelt die Krankheit einer der winterlichen Erkältungen, die dazu führt, dass die Kranken schwach und bettlägerig werden. Oftmals geht es auch schneller und die unvermeidlichen Hautblutungen, die mit Verdauungsstörungen einhergehen, treten bereits vorher auf. Große innere Schmerzen und Halluzinationen sind die Folgen. Währenddessen schwellen die Lymphknoten zu hühnereigroßen Beulen an, die manchmal von selbst aufbrechen und eine ekelig stinkende, eitrige Flüssigkeit entlassen. Nur dadurch besteht die Möglichkeit, dass eines von drei Opfern die Beulenpest überleben kann. Es sei denn, die Beulenpest verwandelt sich in die noch tückischere Lungenpest, die so gut wie niemand überlebt, freute sich der Medicus diabolisch über sein Wissen.

Da er nicht alle Menschen umbringen konnte und die Sache glaubhaft wirken musste, würde er sein teuflisches Spiel nur plausibel mit der Beulenpest treiben können, nicht aber mit der Lungenpest. Davon hatte der Medicus ebenso Kenntnis, wie er wusste, wie es sich verhielt, wenn sich bei Erkrankten die Beulenpest in die Lungenpest verwandelte. Dabei gelangt Lymphflüssigkeit in die Lunge eines Infizierten und dadurch wird das Gewebe des Atemorgans – einhergehend mit Bluthusten und Lähmungserscheinungen – rasend schnell zerstört. Unvermeidliche Folge ist der Tod durch Ersticken. Ist die Lungenpest erst einmal akut, wird sie durch Tröpfcheninfektion übertragen – genau wie bei einer für die kalte Jahreszeit üblichen Infektionskrankheit. Sie zerstört den Körper mit schrecklicher Effizienz – von der Infektion bis zum Tod vergehen meist nur zwei Tage, in manchen Fällen sogar nur ein paar Stunden.

»Deswegen eignet sich die Lungenpest nicht für unseren Plan«, lachte er laut, bevor er die Tür zum Schankraum aufriss.

Kapitel 19

Trotz des Schmuddelwetters waren Otto und der Kastellan eher in Immenstadt angekommen als geplant. Sie hatten die Gelegenheit genutzt, das Pferd zum Beschlagen in den gräflichen Marstall neben dem Brauhaus zu bringen, bevor sie dem hakennasigen Amtsdiener Matthes Funk ihre Ankunft gemeldet hatten.

Jetzt warteten sie schon seit fast einer Stunde in einem kleinen Zimmer des Schlosses auf Ottos Vernehmung vor dem Ausschuss.

Der ansonsten wortkarge Bauersknecht wurde auffallend redselig: »Was soll ich denen überhaupt erzählen? Ich habe mich an dem Markttumult doch gar nicht beteiligt! Vom Tod des Wachsoldaten habe ich sowieso nichts mitbekommen, da man mich niedergeschlagen hat. Und als ich aufgewacht bin, wollte ich nur schlichten, damit der Streit aufhört, habe dann aber den toten Wachsoldaten mit der Mistgabel in seinem Bauch gesehen! … Du hilfst mir doch Ulrich?«, brach es ohne Punkt und Komma aus ihm heraus.

»Bleib gelassen. Ich bin an deiner Seite«, entgegnete ihm sein hochrangiger Freund und legte ihm beruhigend eine Hand auf die Schulter.

Während sie durch die anderen Räume des Erdgeschosses schlenderten, hallten die Wände von ihren Schritten wider. »Früher hat hier ein reges Treiben geherrscht. Aber seit die Beamten des Grafen entweder entlassen oder nach Staufen abkommandiert worden sind, ist hier Totentanz«, stellte der Kastellan leise fest, bevor er den offensichtlich schlecht gelaunten Amtsdiener, der sie zur Vernehmung abholen wollte, fragte, warum er sie bei diesem mistigen Wetter hierher, in den ältesten Teil des Schlosses, geführt hatte und sie nicht gleich im Amtshaus warten ließ.

»Was weiß ich. Ich befolge nur Befehle. Auf geht's!«, schnarrte es den beiden unwirsch entgegen, während der hakennasige Speichellecker des Oberamtmannes zum Ausgang zeigte.

Aus dem unfreundlichen Verhalten des Amtsdieners schloss der Kastellan, dass dies nichts Gutes verhieß. Der unbescholtene Ehrenmann kam sich in diesem Moment selbst vor wie ein Missetäter, der zu seiner eigenen Gerichtsverhandlung geführt wurde. Er würde seine Meinung und sein banges Gefühl aber für sich behalten, um den sowieso schon ängstlichen Otto nicht noch mehr zu beunruhigen.

Da ihr Führer nicht unnötig nass werden wollte, eilte er den beiden schnellen Schrittes in Richtung des Schollentores voraus.

Auf der anderen Seite des Platzes angekommen, schüttelten sie erst ihre nassen Gewänder aus und entledigten sich der Umhänge, bevor sie das schmucke Steinhaus betraten, das unter den vielen Holzhäusern hervorstach. Sie gingen so lange eine knarzende Treppe hoch, bis sie der Amtsdiener in nach wie vor unfreundlichem Ton anwies, auf einer Bank Platz zu nehmen, bis man sie aufrufen würde.

»Wahrscheinlich ist er so stinkig, weil er mit seinen krummen Beinen zweimal durch den Regen laufen musste, um uns ins Schloss zu bringen und wieder abzuholen«, tuschelte der Kastellan Otto ins Ohr.

Aber der war zu angespannt, um sich jetzt noch aufheitern zu lassen. Es ging ihm durch Mark und Bein, als der Zeremonienmeister die schwere Flügeltür öffnete, heraustrat und mit seinem Marschallstab zweimal so laut auf den Boden klopfte, dass wohl sämtliche Mäuse im Zwischenboden Gehörschäden davontragen mussten.

»Der Zeuge und sein Begleiter mögen eintreten!«, rief er gut vernehmbar in Richtung der beiden, um gleich darauf mit kräftiger Stimme ins Saalinnere zu schnarren: »Der Zeuge Otto Dobler, Bauersknecht in Staufen!« Er wies Otto mit einer Handbewegung an, in den Raum zu treten, bevor er mit wichtiger Miene fortfuhr: »Ulrich Dreyling von Wagrain, Verwalter des Schlosses Staufen, Beisitzer des hiesigen Achtgerichtes, Berater unseres gnädigen Herrn, Hugo Graf zu Kö…«

»Schon gut, tretet ebenfalls ein, Wagrain!«, unterbrach Oberamtmann Conrad Speen den Zeremonienmeister, dem dies sichtlich zu missfallen schien.

Es war so lange mucksmäuschenstill, bis der Zeremonienmeister Otto und seinem Begleiter mit einer schwungvollen Handbewegung deutete, sich vor die beiden in der Mitte des Raumes stehenden Stühle zu stellen. Während der Kastellan eine lockere Haltung einnahm und dem hohen Gericht zulächelte, stand Otto wie angewurzelt da und knetete mit beiden Händen seine altmodische Filzkappe so fest, dass das darin aufgesogene Regenwasser auf den Boden tropfte, was ein unverhofftes Schmunzeln in die Gesichter einiger Ausschussmitglieder zauberte, das wiederum zur Folge hatte, dass Otto beschämt seinen Kopf senkte, obwohl er dies als gutes Vorzeichen für das, was jetzt kommen sollte, werten konnte.

Wie erwartet hatte der Oberamtmann in Vertretung des Grafen den Vorsitz inne. Zur Seite standen ihm sechs stimmberechtigte Ausschussmitglieder: Die Stadt Immenstadt wurde durch Stadtamtmann Hans Zwick vertreten. Da dieser auch – den Grafen nicht mit einbezogen – der oberste Richter des rothenfelsischen Gebietes war, leitete er ansonsten meist nur Gerichtsverhandlungen. Sollte diese Anhörung in einer Gerichtsverhandlung münden, würde er dieser vorstehen.

Nachdem Speen und Zwick vorgestellt waren, verlas der Zeremonienmeister die Namen der restlichen Ausschussmitglieder: »Für die umliegenden Adelshäuser sind Johann Joachim Herr von Laubenberg zu Rauhenzell, Franz Apronian Freiherr Pappus von Tratzberg und der ehrenwerte Hans von Werdenstein angereist.« Dass der Werdensteiner ein betagter Mann war, der es sich trotz seines hohen Alters nicht hatte nehmen lassen, an der heutigen Anhörung dabei zu sein, war zwar von Oberamtmann Speen mit einer Schmeichelei besonders gewürdigt worden, ließ aber den einen oder anderen unbemerkt in sich hinein schmunzeln.

»Tattrig ist er geworden«, tuschelte der Rauhenzeller dem Tratzberger ins Ohr.

»Der Immenstädter Zunftrat geruht, sich dieses Mal durch die Kramerzunft vertreten zu lassen und hat erstmals Clement Carle entsandt«, verkündete der Zeremonienmeister theatralisch.

Der fleißige Kaufmann war in jeder Hinsicht das Gegenteil des Werdensteiners und sorgte dadurch für den nötigen Ausgleich. Er war vor nicht allzu langer Zeit aus dem Savoyischen Aostatal zugewandert und hatte es gut verstanden, sich rasch in gehobene Positionen zu bringen.

»Für die Kaufleute spricht wie gewohnt der Tuchhändler Hans Miller«, verkündete der Zeremonienmeister knapp, weil er wusste, dass der ehrbare Kaufmann – Nachfahre eines alten Immenstädter Geschlechtes – nicht weiters vorgestellt werden musste.

Otto hörte aufmerksam zu und sah dabei unruhig von einem zum andern. »Wie entscheiden sie wohl?«, fragte er Ulrich leise.

Er wurde erst etwas ruhiger, als der Zeremonienmeister den Staufner Propst Johannes Glatt vorstellte und dieser ihn mit einer fast unmerklichen Kopfbewegung und einem wohlwollenden Lächeln auf den Lippen grüßte. Der Kirchenmann hatte sowieso in Immenstadt zu tun gehabt und war deshalb zur Vorbesprechung schon gestern hierher gekommen. Da er Otto und den Kastellan nicht hatte beunruhigen wollen, hatte er ihnen nicht gesagt, dass er ebenfalls bei der Anhörung dabei sein würde. Außerdem würde das Wort des Staufner Pfarrherrn heute nicht gewichtet werden. Er würde das Gremium lediglich beraten dürfen.

Man hörte nur das Knarzen des Dielenbodens und das Quietschen der Polsterfedern, als sich der Kastellan und Otto auf Geheiß des Oberamtmannes auf ihre Stühle setzten. Acht Augenpaare ruhten gespannt auf den beiden, als der Ausschussvorsitzende fragte, ob der Zeuge zur Aussage bereit sei. Als Otto mit dem Kopf nickte, klopfte der Vorsitzende mit einem Holzhammer auf den Tisch. »Die Befragung kann beginnen!«

Kapitel 20

Als der Totengräber mit wehendem Mantel, den Schlapphut tief ins Gesicht gezogen, auf die Tür zu Heinrich Schwartz' Behandlungsraum zusteuerte und sie, ohne anzuklopfen, aufriss, arbeitete der Giftmischer schon den dritten Tag an seinen todbringenden Kräutermixturen.

»Verdammtes Sauwetter! Bist du vorangekommen?«, fragte er den Medicus, ohne hereingebeten worden zu sein und ohne zu grüßen.

»*Quod erat demonstrandum!* Sieh selbst!«

Fast andächtig betrachtete der Totengräber die sorgsam aneinandergereihten Sudsäckchen, die einzelnen Häufchen noch nicht verarbeiteter Kräuter und die fein säuberlich aufeinander gelegten Leinenstückchen, die nur noch darauf zu warten schienen, ebenfalls gefüllt und verschnürt zu werden. Wie ein Gardeoffizier seine Truppe schritt er den Tisch ab. Dabei hatte er die Hände auf dem Rücken verschränkt und nickte anerkennend. »Gut! … Sehr gut!«

Als der Medicus den aktuellen Stand der Dinge erläutert hatte, klopfte ihm der Totengräber fast freundschaftlich auf die Schulter. »Dann können wir ja endlich anfangen«, freute er sich und klatschte in die Hände. »Ich habe das Gerücht über die drohende Pest noch mal so richtig genährt und dein ›Wundermittel‹ unter vorgehaltener Hand erwähnen lassen. Ich brauchte es nur wieder der Mesnerin zu erzählen und ihr die Schweigepflicht aufzuerlegen. Jetzt …«

»… weiß es das ganze Dorf«, vervollständigte der Medicus das Gehörte und demonstrierte schon wieder, dass es Dümmere gab als ihn.

»Ja, da haut's dich um … hä!« Die Augen des Totengräbers forderten ein Lob und begannen gefährlich zu funkeln, als stattdessen vom Medicus eine hämisch gemeinte Bemerkung kam: »Saustark!«

Aber der Totengräber wollte sich seine Freude nicht nehmen lassen und konterte triumphierend: »Ich habe noch eine gute Kunde.« Er wartete allerdings vergebens darauf, dass ihn sein Kumpan fragen würde, was es denn Neues gäbe.

»Willst du nicht wissen, um was es geht?«, knurrte der Totengräber schließlich.

Der Medicus tat so, als wäre er gelangweilt und müsste gähnen. »Nun spuck es schon aus.«

Jetzt war es der Totengräber, der so tat, als habe er alle Zeit der Welt. Er holte ein Zinnfläschchen hervor, öffnete den Verschluss und hielt es dem Medicus hin. Als dieser den geistreichen Inhalt roch, stieg dessen Aufmerksamkeit, was ihn sofort freundlicher werden ließ. »Erzähl mir bitte, was es Neues gibt?«, säuselte er und nahm einen Schluck.

»Schon besser«, grinste der Totengräber, der das Prinzip ›Mit Speck fängt man Mäuse‹ meisterlich beherrschte. Nachdem er den letzten verbliebenen Schluck genommen und das Fläschchen wieder in seiner Tasche hatte verschwinden lassen, verkündete er strahlend: »Stell dir vor. Sie wollen noch heute die kranke Huberbäuerin zu dir bringen, damit du sie behandelst.«

»Liegt die alte Vettel nicht schon seit etlichen Tagen auf ihrem Lager?«, glaubte der Medicus zu wissen, schaute dabei aber skeptisch drein.

»Eben, das passt doch gut und macht unseren Start nur umso glaubwürdiger.«

Kaum ausgesprochen, pochte es an die Tür.

»Ja, der Huberbauer! Was kann ich für Euch tun?«, fragte der Arzt mit scheinheiliger Miene und dem säuselnden Tonfall von vorhin.

»Gott zum Gruße, werter Medicus«, entgegnete der Bauer mit einer unterwürfigen Verneigung. Als er dabei seinen Hut zog, stoben Heuflusen durch die Luft.

»Mein Weib ist krank und bedarf dringend Eurer Hilfe.«

»Oh! Was fehlt ihr denn?«, fragte der geschäftig tuende Arzt naserümpfend.

»Ich weiß es nicht. Sie hat Magenkrämpfe, Schüttelfrost und Fieber … und einen merkwürdigen Ausschlag«, entgegnete der verhärmte Mann, während er einzutreten gedachte.

»Halt!«, rief ihm der Medicus – der nicht wollte, dass der Totengräber bei ihm gesehen wurde – energisch entgegen, und hielt ihm eine geöffnete Handfläche vor die Brust. »Ich bin gerade dabei, meinen Behandlungsraum zu reinigen, damit sich die Pest nicht einnisten kann«, log er spontan.

»Ihr meint … Ihr meint, dass es die Pest sein könnte?«, entgegnete der Huberbauer mit zittriger Stimme, während er sich bekreuzigte.

»Das habe ich nicht gesagt, ich habe lediglich von meinem Behandlungsraum gesprochen. Beruhigt Euch also! Was Eurer Frau fehlt, kann ich erst sagen, wenn ich sie untersucht habe. Dass die Pest wieder den Weg in unsere unmittelbare Umgebung gefunden hat, steht – wie man allgemein hört – wohl außer Zweifel«, lenkte der Medicus die Gedanken des besorgten Mannes in die gewünschte Richtung. »Ich komme gleich morgen früh zu Euch und werde mein Bestes tun, damit Eure Frau wieder gesund wird. Heute kann ich mich nicht mehr um sie kümmern. Die Reinigung meines Arbeitsplatzes zur Sicherheit der Patienten hat absoluten Vorrang und duldet keinen Aufschub. Der beim Ausräuchern entstehende Geruch könnte der angeschlagenen Gesundheit Eurer Frau zusätzlich schaden, wenn Ihr sie jetzt zu mir bringen würdet«, log der Medicus weiter, während er eine ranzige Salbe aus zerlassenem Schweinefett und geriebenen Arnikablüten aus dem Schrank kramte. »Hier!«, rief er in selbstbewusstem Befehlston und hielt dem nicht ganz arm wirkenden Mann ein kleines Behältnis vor die Nase. »Streicht diese Salbe auf die wunden Stellen und deckt sie danach mit zuvor ausgekochten, noch gut warmen und feuchten Tüchern ab. Wenn Ihr keine sauberen Tücher habt, nehmt einfach ein paar Blätter des Hypericum perforatum und legt sie auf die betroffenen Stellen.«

»Hä?«, was so viel hieß wie »Was habt Ihr gesagt?«, fragte der Bauer verdutzt.

»Entschuldigt, ich war aus Sorge um Eure Frau in Gedanken und vergaß, dass Ihr des Lateins nicht mächtig seid«, entgegnete der scheinheilige Medicus.

Immer wenn er besonders kompetent wirken wollte, schmiss Heinrich Schwartz mit geschwollenem Latein um sich. Dass es in der Botanik erst teilweise lateinische Bezeichnungen gab und diese auch unter seinesgleichen noch nahezu unbekannt waren, kümmerte ihn nicht. Hauptsache, er stand als glaubwürdiger Experte da, dem nichts mehr am Herzen lag als das Wohlergehen seiner Patienten.

»Ich habe die Blätter des Johanniskrautes gemeint«, gab er sich jetzt wieder trivial und erklärte in schulmeisterlichem Ton: »Dieses Hartheugewächs hat von allen Heilpflanzen die stärkste Beziehung zum Licht, was seine Heilkraft verstärkt. Es ist zwar schon seit Ende Juni verblüht, steht aber überall noch an den Wegesrändern. Ihr benötigt nur die punktiert durchscheinenden Blätter als Wundauflage. Wenn die Salbe zu Ende ist, legt sie einfach direkt auf die Wunden und die juckenden Stellen.«

Der Medicus rieb sich das Kinn und tat so, als würde er nachdenken. »Nun müssen wir noch etwas gegen die Hitze unternehmen«, sagte er und holte eines der vorbereiteten Kräutersudsäckchen. Es war eines der harmlosen Säckchen, die für diejenigen gedacht waren, die über Geld verfügten, weswegen er sie nicht sofort sterben lassen würde. Eine gute

Gelegenheit für den zweiten Versuch, dachte er, drückte dem Bauern das Sudsäckchen behutsam in die eine Hand und umschloss dann beide. Dieser theatralische Akt wirkte: Der Bauer betrachtete das Leinensäckchen so andächtig, als hielte er eine Reliquie der Hildegard von Bingen in Händen.

»Wenn Ihr die Kräuter in diesem Säckchen aufbrüht und Euer Weib den Sud möglichst heiß trinkt, können wir vielleicht die Hitze etwas senken.«

Aber der Bauer antwortete nicht. Still betrachtete er das merkwürdige Säckchen, von dem er noch nie zuvor eines gesehen hatte. Offensichtlich wusste er nichts mit dem, was der Arzt ihm erklärte, anzufangen.

»Ach so!«, sagte der Medicus verständnisvoll. »Ihr wisst nicht, wie Ihr damit umgehen sollt.«

Der Bauer nickte für die Frage des Arztes dankbar mit dem Kopf.

»Nun: Ihr müsst nur Wasser zum Kochen bringen und dann den Topf vom Herd nehmen. Dieses Wasser schüttet Ihr dann in eine Kanne, in die Ihr zuvor das Säckchen gegeben habt.«

»In wie viel Wasser?«

»Ungefähr ein bis zwei Quart! ... Und noch etwas: Das Säckchen muss geschlossen bleiben! Ihr dürft es nicht öffnen! Hört Ihr? – Niemals!«

Der Bauer nickte folgsam, hatte aber noch eine Frage: »Und wie lange muss das Säckchen im heißen Wasser verbleiben?«, wollte er es noch ganz genau wissen.

»Eine gute Frage, Herr Huber«, lobte der Medicus den einfachen Landmann. »Genau das Viertel einer Stunde. Und danach müsst ihr es vorsichtig fest ausdrücken.«

Der Bauer nickte kurz, senkte wieder sein Haupt und druckste ein Weilchen herum, bevor er gestand, dass er den Medicus nicht bezahlen könne.

Oh! Er hat doch kein Geld, dachte sich der hinterfotzige Arzt, bevor er in ausgewählt gönnerhaftem Ton sagte: »Grämt Euch nicht! Ich behandle Eure Frau trotzdem – dies gebietet allein schon die Nächstenliebe.« Nachdem der Medicus genügend geschleimt hatte, schickte er den Huberbauer fort: »Und jetzt geht! Ich muss hier weitermachen.«

Der dankbare Landmann ließ sich auf die Knie fallen und küsste beide Hände des Arztes. Als er sich endlich verabschiedet hatte und weg war, trat der Totengräber aus dem Dunkel seines Versteckes hervor und klatschte anerkennend in die Hände. »Dass du so schlagfertig sein kannst und derart durchtrieben bist, habe ich nicht gewusst.»Dabei lachte er schrill. »Wenn du das Saufen lassen würdest, könnte man viel mit dir anfangen«, fügte er noch süffisant hinzu.

»Ja, ja, schon gut. Kehr lieber vor deiner eigenen Tür! Ich bin jedenfalls auf dem Laufenden. Und du? Bist du auch auf dem aktuellen Stand der Dinge? Hast du genügend Särge vorgefertigt und schon ein paar Gruben ausgehoben?«

»Das lass nur meine Sorge sein«, bellte der Totengräber zurück. Die Särge würde er berechnen, die Toten aber ohne teures Holz in die Gruben werfen. Er war zwar an dem, was der Arzt für seine vermeintliche Hilfe von seinen künftigen Patienten einnehmen würde, beteiligt, wusste aber schon jetzt, wie er zusätzlichen Profit machen konnte, ohne seinen Komplizen daran teilhaben zu lassen.

»Jetzt sollte ich mich aber sputen. Ich muss noch die fertigen Säckchen verstauen und die Giftpflanzen für Stufe zwei unseres Plans im Schrank verstecken. Außerdem ist mir das Linnen ausgegangen und die Wasserschüssel ist auch leer«, entschärfte der Medicus die aufkommende Aggression, die er aber sofort wieder anschürte, indem er dem Totengräber einen stinkenden Lumpen in die Hand drückte. »Und du putzt den Behandlungsraum! Hier ist alles voller Pflanzenstaub. Ich räume inzwischen die Reste vom Tisch, damit es wieder ordentlich aussieht, falls sie die alte Huberin doch noch bringen sollten.«

»Ganz schön selbstbewusst geworden«, grummelte der Totengräber, der das Angeschnarrtwerden unwidersprochen in Kauf nahm, weil er sich jetzt ganz sicher war, dass ihr Plan klappen würde.

Kapitel 21

Es war kalt, und Konstanze fröstelte. Während sie an einem der Fenster des Wappensaales stand und dem Treiben draußen zusah, gab es im Schloss Staufen kaum einen Fensterladen, der nicht in das Lied des Windes eingestimmt hätte. Das stürmische Rauschen und Pfeifen vermischte sich mit dem hölzern und blechern klingenden Klappern an allen Ecken und Enden der Schlossanlage. Der Regen prasselte fast quer gegen die Scheiben, und der ansonsten mächtig wirkende Obergölchenwangergrat war in für diese vormittägliche Stunde beängstigende Dunkelheit gehüllt. Normalerweise liebte Konstanze den Blick zur Bergkette bei jedem Wetter. Aber jetzt war sie nicht in Stimmung. Ihre Gedanken waren bei ihrem Mann. Sie hoffte, dass die Anhörung gut vorüberging und deren Ausgang keine weiteren Probleme für den Freund ihres Mannes oder womöglich für ganz Staufen mit sich bringen würde.

»… aber Ulrich wird die Sache schon regeln, und Otto hat ja schließlich nichts Böses getan«, beschwor sie laut, um den Rest ihrer trüben Gedanken zu vertreiben.

Da schepperte es plötzlich, als würde das ganze Schloss zusammenbrechen. Konstanze zuckte erschrocken zusammen. Sie lief zur Tür, um der Ursache dieses mörderischen Lärms auf den Grund zu gehen. Die Kastellanin dachte einen Moment lang, dass irgendwo im Schloss der Blitz eingeschlagen hatte. Was sie sah, oder besser gesagt, was sie hörte, war zwar aufregend, aber alles andere als beängstigend. Lodewig hatte für sich und Diederich Landsknechttrommeln gebastelt. Hierfür hatten zwei kleine Holzzuber, in denen die Mutter normalerweise Tücher trocken stampfte, herhalten müssen. Umgedreht ergaben die Zuberböden eine hervorragende Resonanzfläche. Durch jeweils zwei der Löcher, durch die sonst das Wasser herausgedrückt wurde, hatte Lodewig Stricke geflochten, damit die Zuber umgehängt werden konnten und marschiertauglich waren. Als Trommelstecken mussten Kochlöffel herhalten. Damit auch ja jeder hörte, dass das schlosseigene Trommlercorps im Anmarsch war, hatte Lodewig zur Freude seines kleinen Bruders auf den Böden im Inneren der umgedrehten Zuber auch noch Drähte befestigt, an die er alles gehängt hatte, was dazu dienlich war, ohrenbetäubend zu scheppern.

Nachdem die Mutter einige Male erfolglos versucht hatte, ihre Kinder dazu zu bewegen, endlich mit dem höllischen Lärm aufzuhören, schrie sie aus voller Brust: »Ruhe im Saal!«

Wie ein geübter Tambourmajor hob Lodewig die rechte Hand und deutete somit Diederich, sofort mit dem Trommeln aufzuhören.

»Kompanie stillgestanden! – Die Stecken hoch!«, rief er noch, bevor er sich mit einem mehr oder weniger gelungenen militärischen Gruß an seine Mutter wandte.

Konstanze spielte mit und entgegnete in streng klingendem Ton: »Kompanie der gräflichen Stadtwache. Trommeln ab und Essen fassen!«

›Essen fassen‹ war das Zauberwort für Diederich, um von seinem momentanen Tun abzulassen. Und Lodewig war froh, mit der Kinderei aufhören zu können. Der Kleine ergriff eine Hand der vor sich hin hüstelnden Mutter, um sie ins Vogteigebäude und dort in die Küche zu ziehen. Da sie den zappeligen Knaben zur Räson bringen und ihre Ruhe haben wollte, beschloss sie, den Tisch jetzt schon zu decken, obwohl der Vater noch lange nicht zu Hause sein würde. Es gab eine typische Allgäuer Brotsuppe, die alle ihre Männer liebten. So war es nicht verwunderlich, dass es der Mutter nur schwer gelang, für den Vater eine ordentliche Portion auf die Seite zu bringen. Da sie seit dem Verschwinden des kleinen Didrik in ständiger Angst um das Leben ihrer eigenen Söhne war, unterliefen ihr derzeit Fehler, die sie zuvor niemals gemacht hätte. Sie wunderte sich selbst darüber, sich in der Menge der Zutaten derart vertan zu haben, dass die Suppe nicht für vier Personen reichte. So verzichtete sie zu Gunsten ihrer Männer selbst darauf und gab sich mit einem dünn bestrichenen Schmalzbrot zufrieden. Nach dem Abräumen setzte sie sich aufatmend in einen Sessel.

Kapitel 22

»De nihilo nihil!«, rief der gut gelaunte Kastellan über den Immenstädter Marktplatz, als er mit Otto das Amtshaus verließ.

»Was meinst du?«, fragte Otto, der kein Latein konnte.

»Ach, entschuldige bitte: ›Aus Nichts wird nichts!‹ Sie haben gleich zu Beginn der Anhörung gemerkt, dass du mit der Sache nichts zu tun gehabt hast und haben uns unerwartet schnell aus der Befragung entlassen. Bist du nicht erleichtert?«

»Natürlich! Mir ist ein *Nagelfluhfelsen* vom Herzen gefallen! Es ist nur bedauerlich, dass sie bis zur Klärung oder der Niederlegung dieses Falles ein Marktverbot ausgesprochen haben.«

»Ja, das ist fürwahr ein Schicksalsschlag für unsere Staufner, für die ganze Bevölkerung. Wir können das jetzt aber nicht ändern. Lass uns also die trüben Gedanken für eine kurze Weile beiseite schieben.« Der Kastellan sah zum Himmel hoch und stellte fest, dass er sich langsam aufzuhellen begann. »Wir sind früher dran als gedacht und könnten im neu gegründeten gräflichen Brauhaus ein, zwei Becher Bier probieren … Was meinst du, Otto?«

»Aber nur, wenn du beim Nachhauseweg die Kandare hältst«, ergänzte der Knecht scherzhaft, während beide Arm in Arm den Weg in Richtung Wirtshaus einschlugen.

Als sie den Gastraum betraten, wurden sie vom Wirt freudig begrüßt und sogleich von ein paar Männern an den Stammtisch gewunken. »Traut Euch nur her. Wir tun Euch nichts … wir sind hier nicht bei den ›*Wilden Mändle*‹ in Oberstdorf. Wir sind nur harmlose Städtler«, meinte ein bärtiger Geselle, der sich über jeden Seitenhieb freute, den er in Richtung Oberstdorf geben konnte.

Da der Kastellan und Otto in Immenstadt bekannt und allseits beliebt waren, entspann sich schnell eine angeregte Unterhaltung. So war es kein Wunder, dass es nicht bei ein, zwei Bierchen blieb. Es war einfach zu gemütlich. Die illustre Stammtischrunde, zu der sich im Laufe des späteren Nachmittags immer mehr Männer gesellten, erzählte sich die verschiedensten Geschichten und Neuigkeiten aus Immenstadt und vom Rest der Welt. Die Pest war ebenso Thema wie der Krieg, die katholischen Kaiserlichen und die protestantischen Schweden. Aber mehr noch interessierten die Zecher Neuigkeiten aus Staufen und dem Westallgäu. So musste Otto berichten, was es mit der Sache auf dem Markt und dem Tod des Wachsoldaten auf sich gehabt hatte.

»Man hat ja so einiges darüber gehört …«

Otto wusste, dass er erzählen konnte, was er wollte; es würde sowieso verdreht oder aufgebauscht die Runde im Städtle machen. Deshalb zog er es vor, nicht allzu viel von den Ereignissen beim Staufner Markt zu berichten und war froh, dass seine Zuhörer selbst vom Thema abkamen.

»Und was machen unsere Herren Beamten in Staufen?«, fragte einer aus der Runde.

»Ja, wie geht es den faulen Sesselfurzern?«, hakte ein anderer nach und erntete für die scharfsinnige Verfeinerung der Frage helles Gelächter.

Ulrich Dreyling von Wagrain, der ja selbst ein gräflicher Beamter war, ließ sich nicht provozieren und antwortete sachlich: »Die normalerweise in Immenstadt beschäftigten Beamten des Grafen benehmen sich in Staufen unauffällig und lassen sich kaum auf der Straße sehen.« Danach berichtete er der Runde alles, was sonst noch im westlichen Zipfel des Allgäus los war. Erst als ihm nichts mehr einfiel, meinte er: »Nun seid ihr aber dran! Was gibt es im Städtle Neues?«

Da ging knarrend die Tür auf. Sepp, der Obermeister der hiesigen Schmiedeinnung, trat ein und schaute mit verkniffenen Augen durch den Raum. Als er sich an das Halbdunkel der Gaststube gewöhnt hatte, rief er: »Ah, da seid Ihr ja! Ich habe Euch schon gesucht, Dreyling von Wagrain.«

»Habt Ihr mein Pferd etwa schon beschlagen?«

»Ja, edler Herr! Ich habe es gleich vor den Wagen gespannt und mitgebracht … und vor dem Wirtshaus angebunden. Ist das recht so? Oder ist es zu gefährlich?«

»Ja! Aber lasst den ›edlen Herrn‹ weg.«

Noch bevor er sich bedanken und nach dem Preis fragen konnte, brachen die Stammtischbrüder in schallendes Gelächter aus.

Der Kastellan und Otto konnten sich keinen Reim auf die spontane Reaktion der Männer auf die Aussage des Schmieds machen, obwohl sie merkten, dass offensichtlich sie der Grund für die plötzliche Heiterkeit waren. So warteten sie ab, bis sich ihre Mitzecher wieder gefangen hatten.

»Seid Ihr verrückt geworden? Was ist denn in Euch gefahren?«, fragte der sichtlich verwirrte Kastellan und bekam in grölendem Chor zur Antwort: »Wollt ihr heim nach Staufen laufen, müsst ihr hier nur noch einen saufen!«

Dem Schmied war es offensichtlich peinlich, wie mit seiner noblen Kundschaft umgesprungen wurde. Schnell versuchte er die Sache aufzuklären, wusste aber nicht so recht, wie er es anpacken sollte: »Irgendjemand aus der gräflichen Familie trägt eine Brille …«

»Na und?«, fragte der Kastellan irritiert.

»… und in Venedig wurden gegen 1280 die ersten Brillengestelle hergestellt!«

»Und weiter?«, drängte Otto, der ungeduldig und langsam auch sauer wurde, weil er nicht verstand, wovon der Schmied sprach und was er überhaupt ausdrücken wollte.

Da Sepp in jungen Jahren als Rüstbeschlager in der Lombardei gearbeitet hatte, kannte er sich nicht nur hervorragend mit Waffen und Pferden aus, sondern verfügte auch über eine beachtliche Kenntnis der italienischen Lebensweise und der dortigen Kultur. Das wussten auch die Stammtischbrüder, die ihm immer wieder gerne zuhörten, wenn er aus dieser Zeit berichtete. Sepp dürfte hier der einzige Nichtaristokrat gewesen sein, der so weit von Immenstadt fortgekommen war und sogar einigermaßen Fremdländisch sprach. Deshalb war er allseits hoch angesehen und wurde von den nicht nur Deutsch, sondern auch Französisch sprechenden Herrschaften bei Bedarf sogar als Übersetzer angeworben.

»Habt Geduld. Ich komme schon noch zum Grund des allgemeinen Gelächters, möchte aber zunächst auf die Vorgeschichte eingehen. Ist das in Euer aller Sinn?«

Allgemeines Kopfnicken.

»Wirt, bring noch eine Runde, bevor unser Sepp anfängt!«, rief der ansonsten eher spröde Münzpräger, der gleich nebenan die gräfliche Münzwerkstatt betreute, obwohl dort nicht geprägt wurde.

»Du kannst leicht einen ausgeben, du machst ja das Geld selber«, scherzte einer der Männer, bevor der Schmied mit seiner Erzählung begann: »Vor einiger Zeit war ein reicher venezianischer Kaufmann, der mit Brillen handelte, in Immenstadt. Er hat sein Ross zu mir zum Beschlagen gebracht und mir dabei erzählt, dass die Geschäfte miserabel laufen würden. Früher hätten Brillenträger, da es vorrangig Gelehrte und Geistliche waren, ein hohes Ansehen genossen, heute aber sehe man darin ein körperliches Gebrechen, weshalb das Tragen von Brillen gewaltig an Ansehen verloren habe.«

»Das ist ja sehr interessant. Aber warum erzählst du uns das?«, fragte Otto, dem das kräftige Bier so langsam zu Kopf stieg.

»Psst!«, ermahnte ihn sein Freund Ulrich sanft und blickte wieder neugierig den Schmied an. »Erzählt weiter.«

»Gerne! … Da die Geschäfte mit den hässlichen Augengläsern schlecht gelaufen sind, ist der venezianische Kaufmann weit gereist, um sein Gelumpe loszuwerden. Deshalb war er auch in Immenstadt, um seine Ware im Schloss anzubieten. Da er aber kein Mitglied der gräflichen Familie vorgefunden hat, weil diese schon damals in Konstanz war, ist er hierher in dieses Gasthaus gekommen und hat sich aus lauter Wut volllaufen lassen.«

»Ich verstehe immer noch nicht, um was es eigentlich geht«, warf Otto, der jetzt schon etwas lallte, ein.

»Na ja, er hat sein Pferd hier vor dem gräflichen Brauhaus angebunden. – Genau so, wie ich es mit Eurem Schwarzen gemacht habe.«

Wieder brachen die Stammgäste in schallendes Gelächter aus.

»Kommt zur Sache, Schmied!«, fuhr der Kastellan, der jetzt auch so langsam ungeduldig wurde, unwirsch dazwischen.

»Also gut! Was soll ich sagen: Als der Brillenhändler das Gasthaus verlassen hat und auf sein Pferd steigen wollte, war es weg … von einem Unbekannten gestohlen.«

Keiner sagte jetzt etwas, aber alle sahen gespannt zum Kastellan, um dessen Reaktion abzuwarten. Einen Moment war es so still, dass man nur das Prasseln des Regens hören konnte.

»Geschieht das hier öfter?«

»Dass es regnet?«, fragte ein nicht gerade mit Klugheit gesegneter Stammtischhocker aus dem nahen Weiler Stein.

»Nein! Dass Pferde geklaut werden.«

»Nicht, dass ich wüsste«, antwortete der Wirt hinter seinem Tresen hervor. Die Stammtischbrüder schüttelten dazu einmütig den Kopf.

Der Wirt wies währenddessen seinen Schankburschen an, zwischendurch immer wieder nach draußen zu sehen, ob mit dem Pferd und dem Fuhrwerk seines hohen Gastes alles in Ordnung war.

»Zur gleichen Zeit ist ein Immenstädter verschwunden, der des mehrfachen Betruges und des Diebstahls angeklagt werden sollte«, machte der alte Pankraz Meisburger, ein ehemaliger Holzrücker, den Versuch, eine Verbindung zu konstruieren.

»Das war kein richtiger Städtler, sondern nur ein Zugereister«, korrigierte Anton Huber, dessen Stammplatz durch seine ständige Präsenz im neuen Gasthaus schon so abgewetzt war, dass er sich gewiss keinen Spreißel mehr in seinen Allerwertesten ziehen konnte.

»Ja, ja. Du hast ja recht. Aber um das geht es jetzt überhaupt nicht. Trink dein Bier und halt's Maul«, wurde er angepfurrt.

»Immerhin könnte es der zugereiste Immenstädter gewesen sein, der das Pferd geklaut hat. Lass Anton also in Ruhe«, wurde der Zecher, der schon seinen ganzen Verstand versoffen hatte und auf dessen Äußerungen niemand mehr hörte, in Schutz genommen.

Bevor der Kastellan einhaken konnte, kam eine andere Mutmaßung auf den Tisch: »Vielleicht war der Dieb aber auch nur ein Experte, der erkannt hat, dass es sich um ein spanisches Pferd handelt?«

»Was! Ein Andalusier?«, staunte der Kastellan, der wusste, dass es sich dabei um eine ganz besonders edle Pferderasse handelte.

»Ja!«, bestätigte der Schmied und kam sogleich ins Schwärmen. »Es sind Pferde von schlankem und schönem Wuchs. Sehr widerstandsfähige Tiere, die sich ganz besonders durch Schnelligkeit auszeichnen. Sie eignen sich für alle Arten der Reitkunst und zur Zucht … nur nicht als Arbeitstier. Da das gestohlene Pferd laut seinem ehemaligen Besitzer ein Hengst war, war es besonders wertvoll. In deutschen Landen gibt es Andalusier aber noch nicht lange – nicht einmal der Graf hat so ein edles Tier. Solche Pferde leisten sich nur besonders hochgestellte Persönlichkeiten … oder eben reiche Kaufleute aus Venedig.«

»Das habt Ihr wirklich sehr gut erklärt, Schmied. Wisst Ihr auch noch, welche Farbe das edle Tier gehabt hat?« fragte der Kastellan abschließend.

»Na klar! Es war ein Schimmel.«

Kapitel 23

Einige Tage waren vergangen. Der Medicus lief unruhig in seinem Behandlungsraum auf und ab. Da er sich auf Geheiß des Totengräbers, oder besser gesagt: auf dessen wüste Beschimpfungen hin, immer noch zusammenriss, hatte er schon seit zwei Tagen keine Schnapsgallone mehr angerührt und fühlte sich dementsprechend mies. Er war unkonzentriert, und seine Hände zitterten. Außerdem bekam er in regelmäßigen Abständen Schweißausbrüche, die von einem Schwindelgefühl begleitet wurden. Die Gedanken schwirrten ihm so durch den Kopf, dass er befürchtete, an diesem trotz der Sauferei immer noch einigermaßen intakten Körperteil ernsthafte Probleme zu bekommen.

Warum ist der Huberbauer mit seinem Weib nicht zu mir gekommen?, quälte er sich selbst. Oder habe ich ihm etwa zugesagt, dass ich sein krankes Weib aufsuche? Er wusste nicht mehr, was ausgemacht worden war, und er wusste nicht, wie es der Frau ging. Wahrscheinlich war sie gestorben. Aber er hatte kein Aveglöckchen läuten gehört. Was, in Gottes Namen, ist geschehen?, fragte sich der desorientierte Arzt, der vergessen hatte, dass er die Bäuerin hatte besuchen wollen und nicht umgekehrt.

Außerdem hatte er damit gerechnet, dass aufgrund des Gerüchtes die Menschen in Scharen zu ihm kommen würden, um eine Arznei gegen die Pest zu erhalten. Aber niemand kam. Er wäre vorbereitet gewesen. Nun wusste er nicht, was los war. Noch mehr wunderte er sich darüber, dass er vom Totengräber schon seit Tagen nichts mehr gehört hatte. Auch wenn ihm der düstere Geselle zuweilen auf die Nerven ging, vermisste er ihn jetzt doch.

Es war still im Behandlungsraum, was die Einsamkeit des Arztes noch verstärkte. Er wollte jetzt endlich wissen, was Stand der Dinge war und machte sich auf den Weg zum Huberhof. Damit es so aussah, als würde er sich ernsthaft um den Gesundheitszustand der alten Huberin Sorgen machen, packte er in seine Tasche schnell noch ein paar Arzneien und Instrumente.

Wenigstens hat sich das trübe Wetter verzogen, dachte er, als er das Propsteigebäude verließ und dort hochsah, von wo eigentlich bald die Strafe für sein schändliches Tun kommen müsste. Aber die Sonnenstrahlen wirkten stimmungsaufhellend und vertrieben die trüben Gedanken des Arztes, als er in Richtung Marktplatz hinunterging. Das Anwesen des Bauern lag zwar außerhalb des Ortsrandes, war aber dennoch schnell zu erreichen. Da der Hof ganz allein stand, konnte ihn der Medicus schon von weitem sehen. Als er näher kam, bemerkte er, dass sich auf dem Gelände mehrere Dutzend Menschen versammelt hatten. Als die Leute ihn erkannten, begannen sie erst aufgeregt zu schwatzen und auf ihn zu zeigen, dann zu jubeln und in die Hände zu klatschen. Der Arzt hatte Mühe, sich seinen Weg durch die Menschenmenge zu bahnen. Ein nicht aufhören wollendes Schulterklopfen begleitete ihn.

Ich habe doch nichts getrunken?, überlegte er irritiert.

Als er es endlich bis zur Haustür geschafft hatte, blickte er noch einmal zurück, um sich zu vergewissern, dass er nicht träumte.

»Was ist denn in Euch gefahren?«, fragte er vorsichtig und bekam noch mehr Beifall.

Schon beim Eintreten in den düsteren Hausflur kam ihm freudestrahlend der Bauer entgegen.

»Danke, Medicus! Sie ist gesund. – Das haben wir nur Euch zu verdanken. Ihr habt die Pest vertrieben!«, sprudelte es aus dem überglücklichen Mann heraus.

»Was ist geschehen?«, fragte der verdutzte Arzt mit einem gequälten Lächeln auf den Lippen, mit dem er seine Unsicherheit zu verbergen suchte.

»Ihr habt mein geliebtes Weib mit Eurem heilenden Sud gerettet! Kommt und seht selbst.«

Buckelnd ging der Bauer voran. Als sie am oberen Ende der Treppe in die Schlafkammer kamen, traute der Medicus seinen Augen nicht: Die tot geglaubte Bäuerin saß aufrecht auf ihrem Krankenlager und lächelte ihn an. Sie streckte ihm eine Hand entgegen, um sich bei ihm zu bedanken.

Der Medicus war verwirrt, setzte sich dann aber auf die Kante der Lagerstatt und ließ sich von der Bäuerin und von ihrem Mann alles berichten. So erfuhr er, dass es ihr – nachdem ihr Mann den Kräutersud bereitet und ihr zum Trinken gereicht hatte – zunächst viel schlechter ging und sie sich ständig hatte übergeben müssen.

»Wir alle haben geglaubt, dass sie nun sterben würde und haben sogar nach dem Pfarrer geschickt, der allerdings nicht gekommen ist. Die erste Hälfte der Nacht war sehr schlimm, aber in der zweiten hat sie dann einen ruhigen Schlaf gefunden und ist davon erst vorgestern Morgen erwacht«, sagte der Bauer. Er sah den Arzt dankbar an und fügte hinzu: »… als wenn nichts gewesen wäre.«

»Und was ist mit den vielen Menschen da draußen?«, fragte der Arzt und zog, während er auf die Antwort wartete, die linke Augenbraue hoch.

»Die Leute wissen, dass Ihr mein Weib von der Pest geheilt habt.«

»So ein Unsinn, ich habe doch überhaupt nicht nach ihr gesehen. Ich weiß zwar nicht genau, was ihr gefehlt hat, aber es kann unmöglich die Pest gewesen sein! … Ich werde sie jetzt gründlich untersuchen.«

Nachdem dies geschehen war und er selbst festgestellt hatte, dass sie zwar noch geschwächt, aber weitestgehend gesund war, verabschiedete sich der Medicus. Als Lohn bekam er einen tönernen Schmalhalskrug mit ziseliertem Zinndeckel, gefüllt mit selbstgebranntem Obstschnaps, von dem er sogleich kostete. Und weil das köstliche Nass so gut schmeckte, nahm er hastig noch einen kräftigen Schluck aus dem Krug.

Da er selbst gemerkt hatte, dass dies etwas peinlich war, lobte er das Präsent aus Verlegenheit heraus: »Das schöne Gefäß ist bestimmt mehr wert als der Inhalt!« Aber der Schnaps ist mir lieber, schmunzelte er zufrieden in sich hinein.

»Mehr kann ich Euch nicht bezahlen«, flüsterte der Huberbauer, der sich deswegen vor dem Medicus schämte.

»Das weiß ich«, sagte er und tätschelte das Gefäß. »Macht Euch darüber keine Gedanken: Dies hier ist mehr als genug. Ich habe Euch doch gesagt, dass ich Eurer Frau gerne zu Diensten bin. Ich helfe stets dort, wo die Not am größten ist«, schleimte der Arzt, während er sich den Enghalskrug unter den Arm klemmte und nach unten ging. Als er auf der Außentreppe stand, spürte er, dass mehrere Dutzend Augenpaare auf ihm ruhten. »Die Huberin hat keine Pest gehabt. Es war nur eine ordinäre Darmentzündung, die ich geheilt habe. Und jetzt geht nach Hause!«, rief er den Leuten zu.

Während er zurück ging, sinnierte er darüber, wie sich doch der Zufall im rechten Moment eingemischt hatte. Die Menschen hier glauben jetzt, dass ich die große Pestilenz heilen kann, obwohl ich selbst dies kein einziges Mal behauptet, sondern sogar vehement bestritten habe, freute er sich. Die Gutgläubigen werden sich von ihrer Meinung nicht mehr abbringen lassen und mich bei den geringsten Anzeichen irgendeiner Krankheit – und sei es nur ein leichtes Unwohlsein – konsultieren. Es läuft gut. Wenn ich das dem Totengräber erzähle … Aber wo ist das Arschloch eigentlich?, fragte er sich im Stillen.

Kapitel 24

IM ENTENPFUHL DÜMPELTE schon seit ein paar Tagen eine Leiche im Ufergeäst. Durch den Aufenthalt im Wasser war der Verwesungsprozess schon weit fortgeschritten. Der Mund war geöffnet – gerade so, als wenn er noch etwas mitteilen wollte und der letzte Buchstabe steckengeblieben wäre. Die unbedeckten Teile des Körpers waren über und über von Blutegeln übersät. Die offene Mundhöhle schien es den Frischwasser liebenden Gürtelwürmern ganz besonders angetan zu haben. Der Regen hatte sie nach oben gelockt, wo sie sofort ihr Opfer ausgemacht und ihre Saugschlünde gierig auf jede freie Hautfläche zu pressen begonnen hatten. Die Brut der Fliegen hatte ihr Übriges getan. Aufgrund des Unwetters war die Leiche hin- und hergebeutelt worden, bevor sie sich irgendwann im Ufergeäst verfangen hatte. Da jetzt wieder die Sonne strahlte, schienen es die Wunden mit dem Aufbrechen nicht erwarten zu können. Der Körper hatte bereits damit begonnen, sich mit Stickstoff aufzublähen, was die Wasserleiche bis zur Unkenntlichkeit entstellte.

Zum Weiher unterhalb des Schlosses führte nur ein schmaler Trampelpfad, der von der Schlossstraße abzweigte und – abgesehen von Jockel Mühlegg und den anderen Schwarzfischern – kaum benutzt wurde. Im Teich gab es etliche kleine Fischarten, weswegen der idyllisch gelegene Weiher für die Schwarzfischer interessant war. Wegen des Regenwetters war hier allerdings in den letzten Tagen kein einziger Mensch vorbeigekommen.

Schon vor vielen Jahren hatte Eginhard von Mutters Garten aus einen Weg zum Mauerloch gefunden und war – an der ganzen Südseite des Schlosses vorbei – steil bergab direkt zum Wasser geschlichen.

Da Lodewig mit seinem älteren Bruder schon öfter dagewesen war, kannte auch er den Schleichweg. Seit Eginhard in Bregenz weilte, war Lodewig öfter allein an diesen Ort gekommen, um an vergangene gemeinsame Zeiten zu denken. Nur Diederich war noch nie am Entenpfuhl gewesen. Seit dem Erlebnis auf dem Kirchhof hatte Lodewig Angst, seinen kleinen Bruder mit aus dem Schloss zu schleusen. Er war heute noch dankbar, dass es keine nennenswerte Strafe gegeben hatte, als er mit Diederich auf den Staufenberg gegangen war, um versonnen von seiner Kindheit Abschied zu nehmen.

Vom Schloss aus hatte man – wenn im Herbst die Blätter gefallen waren – einen guten Blick die einhundertsechzig Fuß hinunter zum Entenpfuhl. Da Blätter, Schlingpflanzen und Geäst einen Großteil des Toten bedeckten, konnte er aber von dort aus nicht als solches erkannt werden.

Im Schloss ging alles seinen gewohnten Gang: Der Kastellan hatte seiner Frau längst vom Ausgang der Anhörung berichtet und widmete sich seit seiner Rückkehr aus Immenstadt ganz den Gebäuden. Er begann damit, die Sturmschäden, die sich, Gott sei Dank, in Grenzen gehalten hatten, zu reparieren. Später würde er mit Ignaz und Lodewig aufs Dach steigen, um die geborstenen Ziegel auszuwechseln.

»Wenigstens ist das Vogteigebäude unversehrt geblieben«, sagte er zu seiner Frau, die ihre Hausarbeit verrichtete, während Diederich im Schlosshof umhertollte.

Rosalinde hatte ausnahmsweise ein paar Tage frei, um – wie sie ihre Herrin glauben machte – ihrer Schwester beizustehen, die in diesen Tagen mit dem siebten Kind niederkommen sollte. Schon seit Wochen verhielt sich die Magd auffällig und war augenscheinlich mit den Vorbereitungen für die große Reise in ihr Vorarlberger Heimatdorf Hittisau beschäftigt gewesen. In der ganzen Aufregung, nach etlichen Jahren zum ersten Mal aus Staufen hinaus und wieder in ihren Geburtsort zu kommen, hatte sie vergessen, dass sie Ignaz von der Herrin ausrichten sollte, er müsse schleunigst das Loch in der Gartenmauer und das kaputte Schloss im eisernen Türchen zum Wurzgarten reparieren. Obwohl man Ignaz nicht gerade als einfühlsam bezeichnen konnte, war ihm aufgefallen, dass mit der Magd etwas nicht stimmte. Er kam aber nicht dahinter, weshalb sie so neben sich selbst stand.

»Irgendetwas plagt sie«, grübelte er laut. Ich glaube nicht, dass sie nur ihre Schwester besucht. Vielmehr denke ich, dass sie Probleme hat und meine Hilfe benötigt, analysierte er die Situation.

Siegbert hielt Wache, und Rudolph lümmelte auf seinem Lager, um sich von der Nachtwache – bei der er die meiste Zeit im Stehen geschlafen hatte – zu erholen.

Es war ein angenehm ruhiger Tag, dem die Sonne zusätzlich ein freundliches Gepräge verlieh.

»Ulrich! … Das Mahl ist fertig!«, rief Konstanze über den Schlosshof.

Die Kinder kamen zuerst angerannt. Nachdem sie die Mutter zum Händewaschen geschickt hatte, ließen sie sich heute so richtig schön Zeit für das Mittagsmahl und genossen die familiäre Harmonie.

»Ich muss der Heiligen Mutter Gottes eine frische Kerze hinstellen.«

»Warum denn schon wieder, Konstanze?«

»Nur so. Weil es uns so gut geht. Bald kommt Eginhard wieder. Ich freu' mich schon darauf.«

»Toll!«, pflichtete Diederich bei.

»Ja, Weihnachten werden wir heuer ganz besonders festlich feiern«, versprach der Vater, der sich nach dem Essen gemütlich zurücklehnte und sich noch einen Kautabak gönnte, was sonst nur an Sonn- und Feiertagen vorkam.

»Aber ich darf das *Fatschenkind* vom Dachboden holen und aufstellen?«, forderte Lodewig spaßeshalber sein Recht ein.

»Natürlich! Das war immer schon Aufgabe des stärksten Mannes im Haus«, bestätigte der Vater mit einem Augenzwinkern, während er auf Diederichs Reaktion wartete. Aber der Kleine schmollte nicht. Dennoch wurde ihm die Unterhaltung der Eltern bald zu langweilig, und er ging nach draußen. Lodewig folgte ihm, um seiner Arbeit im Hof nachzugehen.

»Aber nicht das Schloss verlassen!«, mahnte die Mutter mit ernster Stimme.

»Sei nicht immer so streng«, schalt sie der Vater mit einem sanften Lächeln auf den Lippen.

»Du weißt, dass unsere Kinder außerhalb des Schlosses in Lebensgefahr schweben«, bekam der Vater schnippisch zur Antwort.

»Das ist nicht auszuschließen«, räumte er ein.

»Wir wissen nach wie vor nicht, was mit Didrik, dem kleinen Sohn der Blaufärber, geschehen ist. Man hat ihn bis heute nicht gefunden«, gab die Mutter zu bedenken.

»Trotzdem: Vielleicht war es ja tatsächlich nur ein bedauerlicher Unfall, und er ist in irgendeine Grube gefallen, die ihr trotz akribischer Suche nach dem Buben nicht gefunden habt. Mit an Sicherheit grenzender Wahrscheinlichkeit war es so ... Außerdem: Wolltest du nicht den schönen Tag genießen, anstatt dich schon wieder mit diesem leidigen Thema herumzuschlagen?«, wollte Ulrich Dreyling von Wagrain seine Frau gleichsam beruhigen und vom Thema abbringen, bevor schon wieder eine endlose Diskussion daraus werden würde. Aber es gelang ihm nicht, weswegen er sagte: »Ich weiß selbst, dass ich mir den Totengräber noch einmal vornehmen müsste … aber mit welcher Begründung? Das letzte Gespräch mit ihm hat nichts ergeben. Außerdem verrichtet er seine Arbeit ordentlich und fällt nicht unangenehm auf.«

Seit der Sache auf dem Markt und dem einen Mal, als er ihn äußerst vorsichtig über Umwege auf die Sache angesprochen und wovon er seiner Frau nichts erzählt hatte, war ihm Ruland Berging nicht mehr begegnet. Also wollte er die Sache zwar im Auge behalten, aber im Moment auf sich beruhen lassen. Und Konstanzes Hirngespinste nahm er nicht allzu ernst. Er war froh, dass im Moment alles ruhig war. Sogar das Pestgerücht schien wieder etwas eingeschlafen zu sein. Und da sollte er jetzt den dörflichen Frieden stören? Ausgerechnet jetzt?

»Und was ist, wenn es doch eine Verwechslung war und Didrik anstelle unseres Kindes umgebracht worden ist, weil der Totengräber und der ominöse Unbekannte geglaubt haben, dass die Söhne des Blaufärbers ihr Gespräch auf dem Kirchhof mitgehört haben?«

»Konstanze! Ich bitte dich. Der Totengräber ist zwar ein undurchsichtiger Halunke. Aber muss er deshalb gleich ein Kindermörder sein? Es gibt keinerlei Anhaltspunkt für eine derartige ruchlose Tat durch ihn, geschweige denn einen Beweis. Ja, nicht einmal eine Leiche. Und außerdem könnte es doch sein, dass sich unsere Söhne verhört und die Dinge durcheinandergebracht haben. Allzu viel haben sie sowieso nicht verstanden – oder?«

»Aber seltsam ist die Sache mit Didriks Verschwinden schon, oder?« Wie schon einmal bei einem Gespräch wollte sie ihren Mann provozieren, indem sie das ›oder‹ betonte. Aber es nützte nichts. Er ließ sich nicht aus der Ruhe bringen. Ulrich wollte einfach seinen Frieden und sich nicht ständig Gedanken über nicht vorhandene Tote machen.

»Ja«, sagte er, »ich möchte die Sache auch nicht beschönigen. Wenn ich nur den geringsten Beweis oder wenigstens ein paar konkretere Anhaltspunkte hätte, würde ich vom Oberamtmann sofort eine Prüfungskommission einberufen lassen. Du weißt, wie ich zur Gerechtigkeit stehe.«

Da die kluge Frau merkte, dass sie heute wieder nicht weiter kommen würde, packte sie die Sache anders an: »Was ist eigentlich mit Lodewigs Schuhen? Wenn die nächste Zeit kein Markt stattfindet, kommt auch der Schuhflicker nicht ins Dorf.«

»Immer mit der Ruhe. Irgendwann wird das Marktverbot wieder aufgehoben, dann bekommst du den Musterschuh zurück und obendrein einen neuen für Lodewig. Es ist ja nicht wie bei armen Leuten. Er hat ja noch ein Paar«, scherzte der Kastellan, dem das Gespräch nach wie vor nicht so recht behagen mochte.

Aber Konstanze ließ aus Sorge um ihre Söhne nicht locker. »Sollten sich meine Befürchtungen als richtig erweisen, ist dann Otward, der ältere Sohn des Blaufärbers, nicht auch in Gefahr?«

»Jetzt hör aber auf! Nicht schon wieder diese Theorie. Du verrennst dich da in etwas.«

»Vielleicht führt der Totengräber ja wirklich eine Schurkerei im Schilde?«

Der Kastellan schnaufte tief durch und sagte in festem Ton: »Also gut, ich werde ein Auge darauf halten und ihn gegebenenfalls stellen! Bist du jetzt endlich zufrieden?«

»Ach, Liebster, ich meine es doch nur gut«, signalisierte Konstanze, das Gespräch friedlich beenden zu wollen, und gab ihm einen zarten Kuss auf die Stirn. »Machen wir uns wieder an die Arbeit.«

Da sich Lodewig sowieso nicht auf die ihm zugewiesene Arbeit konzentrieren konnte, weil er gestern zufällig Sarah begegnet war, meldete er sich bei seinem Vater mit einer Ausrede ab. Das hübsche Mädchen ging ihm zwar schon länger nicht mehr aus dem Kopf, gestern aber hatte sie ihm denselben total verdreht – und dies, obwohl sie überhaupt nichts getan hatte. Sie hatte nur gelächelt, sonst nichts. Und dieses Lächeln sah Lodewig immer noch vor sich. Er hatte das Gefühl, als würden die Lippen, von denen dieses zauberhafte Lächeln ausgegangen war, auf seine Lippen passen. Um es zu konservieren, wollte er jetzt allein sein und im Geiste die zarten Konturen ihres Gesichtes nachzeichnen. Er wollte ungestört an dieses liebliche Geschöpf denken und sich ausmalen, wie es wohl wäre, wenn sie zusammen sein würden. Lodewig wusste sehr wohl, dass dies ein kühner Gedanke war. Aber er ließ ihn ebenso wenig los wie dieses unbeschreibliche Lächeln. Da Sarahs Mieder eng geschnürt gewesen war und ihre Brüste nach oben gedrückt hatte, hatte sich in seinen Kopf sogar der Hauch eines unkeuschen Gedankens geschlichen.

Wie immer, wenn er Probleme hatte, aber auch, wenn er nachdenken musste, verkroch er sich in der Scheune. Dort oben im Heu hatte er seine Ruhe, bekam aber mit, wenn irgendetwas sein sollte und er benötigt wurde. So erwartungsvoll, als würde Sarah auf ihn warten, stieg er die Leiter hoch und zog sie nach oben, damit ihn niemand stören konnte. Heute wollte er absolut ungestört sein. Er legte sich auf den Rücken, steckte sich einen Strohhalm in den Mund und verschränkte die Arme hinter dem Kopf, während er ein Bein über das andere schlug. Lodewig lauschte noch einen Moment, bevor er zu träumen begann. Die strahlenden Augen des Mädchens faszinierten ihn ebenso wie ihr seidenes langes Haar … und ihre makellose Figur. So sehr er auch versuchte, Sarahs Bild vor sich zu sehen, zerbrach es immer wieder wie teures Spiegelglas. Dennoch drängten die unkeuschen Gedanken sich unaufhaltsam in den Vordergrund.

»Sarah!«, stöhnte er, während er sich unter Zuhilfenahme seiner Hände im Geiste mit ihr vereinigte. Lodewig schämte sich vor sich selbst. Aber er war nun einmal kein Kind mehr und zu einem schneidigen jungen Mann herangereift, der Bedürfnisse hatte, die er bisher immer selbst befriedigen musste.

Er wollte sie endlich treffen. Am liebsten würde er sie sofort besuchen. Aber wie? Da er mitbekommen hatte, dass in der nächsten Zeit kein Markt stattfinden würde, hatte er auch kaum Möglichkeiten, offiziell aus dem Schloss herauszukommen. Und allein sollte er die Anlage ja nicht verlassen. Obwohl er alt genug war, um selbst entscheiden zu können, wann er ins Dorf hinunterging, respektierte er Mutters Wunsch. Aber nicht nur sie machte sich Gedanken um ihn; auch Lodewig machte sich seit geraumer Zeit Sorgen um seine Mutter. Ihr ständiges Hüsteln, das Zittern und die vielen Schweißausbrüche waren auch ihm nicht verborgen geblieben. So überlegte er hin und her, was er tun sollte. Da es schon nach Mittag war, konnte die Zeit zu knapp werden, um sich für ein Stündchen davonzuschleichen, ohne dass es seine Mutter merken würde. Außerdem wusste er nicht so recht, wie er sich Sarah nähern sollte, ohne Gefahr zu laufen, sich zu blamieren.

Was ist, wenn ich ihr nicht in die Augen schauen kann? Vielleicht lehnt sie mich ab?, befürchtete er und merkte, wie seine Handflächen zu schwitzen begannen. Aber warum sollte sie dies tun? Gestern hat sie mich doch auch angelächelt, rückte er sich die Sache in Gedanken zurecht und erinnerte sich schon wieder an seine Mutter. Also fasste er den schmerzlichen Entschluss, es zu lassen. Aber ihm würde schon noch etwas einfallen, um seine Angebetete schnellstmöglich wiedersehen zu können.

Kapitel 25

Wieder waren ein paar Tage vergangen, und der Totengräber hatte sich immer noch nicht beim Medicus gemeldet. Er blieb verschwunden. Seit sie auf dem Kirchhof ihren schändlichen Plan ausgeheckt hatten, war sein Komplize normalerweise täglich aufgetaucht, um ihn anzutreiben und ihm das Saufen zu verbieten oder einfach nur, um ihn zusammenzustauchen – ob dies nötig gewesen war oder nicht. Eigentlich mochten sich die beiden Halunken nicht besonders. Trauen konnten sie sich gegenseitig ohnehin nicht. Es war nur eine Zweckgemeinschaft im Dienste der Profit versprechenden Sache, die sie zusammenhielt. Obwohl sich die beiden bei Notwendigkeit gegenseitig das Messer in den Rücken stechen würden, machte sich der Medicus mittlerweile ernsthafte Sorgen um seinen ständig nörgelnden Kumpan. Weniger, weil er Angst hatte, dass ihm etwas zugestoßen sein könnte, sondern vielmehr, weil jetzt die Menschen vermehrt damit begannen, ihn zu konsultieren. Das Gerücht, das der Totengräber mittels der Mesnerin hatte ausstreuen lassen, brachte jetzt die Früchte ihrer Verwünschung in greifbare Nähe. Und die wundersame Heilung der Huberbäuerin trug das Ihrige dazu bei. Außerdem geisterte in den Köpfen jetzt unauslöschbar herum, dass es nicht nur in der Weißenbachmühle, sondern auch in Staufen selbst erste Pestopfer gegeben hatte und – das glaubten jetzt alle ganz sicher – dass nicht nur die alte Weißenbachmüllerin daran gestorben war. Kein Wunder also, dass nun in Staufen damit begonnen wurde, Ross und Reiter zu nennen, was nichts anderes hieß, dass jetzt konkrete Namen vermeintlicher Pestopfer gehandelt wurden. Schließlich mochten alle etwas zum allgemeinen Wissensstand beitragen. Wie aus der Sicht einiger Bewohner des Unterfleckens der alte Kesselflicker ›todsicher‹ verstorben war, weil man ihn schon seit etlichen Tagen nicht mehr gesehen hatte, beharrten die im oberen Teil des Dorfes lebenden Leute darauf, dass es ›irgendjemanden im Schloss, wahrscheinlich die Frau des Kastellans‹ – erwischt haben musste, weil … ja, warum eigentlich? Vielleicht hatte sie jemand husten gehört, oder ihr blasses Gesicht gesehen!

Nun war es so weit, und das Geschäft lief endlich an: Die Menschen kamen jetzt zunehmend zum Medicus. Sie hatten Angst davor, von der Pest gepackt zu werden oder den tödlichen Keim gar schon in sich zu tragen. Den ersten eingebildeten Kranken hatte er bereits eines der sorgsam vorbereiteten Kräutersudsäckchen samt Gebrauchsanleitung mitgegeben. Er bemühte sich, alles so aussehen zu lassen, als würde er sich eifrig und selbstlos um die hilflosen Menschen kümmern. Die Patienten, die zum ersten Mal zu ihm kamen, verließen den Behandlungsraum zwar durchweg verunsichert, aber irgendwie zufrieden. Immerhin bekamen sie billige oder – wenn es gar nicht anders ging – sogar kostenlose Medizin und obendrein gute Ratschläge. Da Heinrich Schwartz den Teufel tun würde, sich in die Verbreitung des Gerüchtes einzumischen und sich dadurch der Gefahr einer Urheberschaft des plötzlichen Ausbruchs der Pest auszusetzen, wussten sie auch nach dem Besuch beim Medicus nicht, ob sie nun von der Pest befallen waren oder nicht. Wären die Menschen gebildeter gewesen und hätten mehr über diese Seuche gewusst, wäre ihnen klar gewesen, dass es trotz der Gerüchte und des zunehmend gesundheitlich schlechten Zustandes einiger der Ihrigen keinen Anlass zur Sorge gab. So aber sprach sich herum, dass es so war und dass es der Medicus gut mit ihnen meinte. Also taten es ihnen andere gleich und konsultierten den fürsorglich erscheinenden Arzt ebenfalls.

Zwischenzeitlich hatte man den Kesselflicker am Fenster stehen und sogar freundlich herauswinken gesehen: Klar, er konnte nur vom Medicus geheilt worden sein! Dass der alte Mann lediglich aufgrund des Verzehrs von allzu viel Grünkohl an unangenehmen Blähungen gelitten hatte, wussten die Leute nicht. Es war ihm nur deshalb nicht möglich, aus dem Haus zu gehen, weil er über keine zweite *Bruche* und auch über kein zweites Beinkleid zum Wechseln verfügte. Aufgrund seines selbst auferlegten Hausarrestes war er einer der wenigen, die von der vermeintlichen Pest überhaupt nichts mitbekommen hatten. Aber dies alles wurde aus Angst vor Ansteckung von niemandem hinterfragt.

»Man hat ihn gesehen, und er ist gesund. Also hat ihn der Medicus von der Pest geheilt.« So brachten es die Staufner auf den Punkt und glaubten auch daran. Dementsprechend begannen die einfachen Bauern und Handwerker zunehmend hysterisch zu reagieren und gaben sich bei Heinrich Schwartz alsbald die Türklinke in die Hand.

Während immer wieder neue Patienten in Scharen zu ihm kamen, bereitete sich der skrupellose Arzt schon auf den zweiten Besuch seiner ersten Patienten vor. Er wusste, dass sie durch den Genuss des ersten Kräutersudes bereits etwas angeschlagen waren und es nicht lange dauern würde, bis sie davon Kreislaufstörungen, Schwindelanfälle und Krämpfe bekämen. Damit er die zweite Stufe des raffinierten Plans umsetzen könnte, bräuchte er jetzt eigentlich den Totengräber.

»Kreuzkruzifix! … Wo ist dieses faule Schwein nur?«, fluchte er. »Soll ich auch noch die Gräber ausheben?«

Da der Medicus keine Lust hatte, sich allein im Wirtshaus blicken und von allen Seiten anquatschen zu lassen, suchte er verzweifelt nach seiner Notration Schnaps, die er vor Tagen hinter dem Schrank versteckt hatte. Aber er konnte suchen, so lange er mochte, er fand das lederne Behältnis, das ihm vor längerer Zeit ein aus dem katalanischen La Pobla de Montornès stammender Söldner verkauft hatte, nicht. Der

Katalane hatte gemerkt, was mit dem Medicus los war und ihm deswegen viel Geld für das starke Gesöff abgenommen – und jetzt war der Lederbeutel mit dem modernen Drehverschluss verschwunden. Aber auch der restliche Obstschnaps des Huberbauern, den er separat versteckt gehabt hatte, war nicht mehr da. Der Medicus wusste nicht, was ihn mehr reuen würde, fände er es nicht mehr: das praktische südländische Reisebehältnis, der schöne Enghalskrug des Huberbauern … oder deren wertvolle Inhalte.

»Du räudiger Sohn einer Hure!«, schrie er und ballte die Faust, als er erkannte, dass ihm der Totengräber beide Gesöffe entwendet hatte, um seine Trunksucht zu bremsen. Wie ist dieser missgünstige Fiesling nur hinter meine Verstecke gekommen?

Der Arzt griff zittrig in seine Tasche, um seinen Geldbeutel herauszufischen und nachzusehen, ob er sich doch noch für einen Besuch in der ›Krone‹ entscheiden konnte. Aber so oft er den Geldbeutel drehte und wendete, er fand nicht einmal einen Kreuzer darin. Und das bisschen Geld, das er bisher mit seinen Patienten verdient hatte, traute er sich nun doch nicht zu versaufen. Dazu hatte er viel zu viel Angst vor dem Totengräber. Als sich der Medicus damit abgefunden hatte, vorläufig abstinent bleiben zu müssen, entschloss er sich, die Zeit zu nutzen und Stufe zwei des Plans ohne den Totengräber vorzubereiten. Zittrig räumte er wieder seinen Behandlungstisch frei und holte die bereits vorbereiteten Kräutermischungen aus dem Schrank hervor. Als die fertig zerkleinerten und fein zerstampften Blätter, Stängel, Knollen und Wurzeln übersichtlich angeordnet auf dem Tisch lagen, grinste er zufrieden, daran denkend, dass jeder Patient zwar etwas anders, aber in seinem Sinne, reagieren würde. Aber eines werden sie gemeinsam haben: Allen wird es sehr schlecht gehen, dachte er hämisch grinsend und griff noch einmal in den Schrank, um ein linnenes Tuch hervorzuholen, dessen vier Enden zu einem Knoten zusammengeknüpft waren. Als er das Bündel geöffnet hatte, gab es einen wertvollen Schatz frei. In fast andächtiger Stille murmelte er: »Meine Lieblinge.«

Vor ihm lagen Stengel des Eisenhutes, deren wichtigster Wirkstoff das Aconitin war – ein tödliches Gift. In ausreichender Menge eingenommen, würde es zuerst schmerzhafte Krämpfe und eine starke

Unterkühlung verursachen, die zu Herz- und Atemlähmung führen würden. Er genoss es, das Kraut mit dem Wiegemesser zu zerhacken. Zunächst wollte er nicht das ganze Material verarbeiten, besann sich aber auf eine Aussage von Hippokrates, die er wissentlich falsch verstanden haben wollte. Der berühmteste Arzt des Altertums sollte gesagt haben: ›Die Dosis macht's!‹ So verarbeitete der Medicus seinen ganzen Vorrat an Eisenhut.

»Sicher ist sicher! Ich habe ja immer noch den Gefleckten Schierling, dessen Wirkstoff Coniin eine ähnliche Wirkung zeigt, falls mir der Eisenhut ausgehen sollte«, murmelte er, während er die frisch verarbeitete Giftpflanze den bereits vorbereiteten Kräuterhäufchen beimischte. Alles zusammen war eine tödliche Mixtur für seine ohnehin schon geschwächten Patienten, auf deren vielseitige Wirkung er gespannt war. »Wenn das Gift bei jedem anders wirkt, macht dies die Sache nicht nur spannender, sondern auch glaubwürdiger. So werden die Menschen nicht merken, dass sie von meinem Sud krank geworden sind und denken, dass es nur der Würgegriff der Pest sein kann, mit dem sie ab jetzt zu kämpfen haben.«

Der erste Patient, der den Medicus innerhalb der letzten Tage bereits zum zweiten Mal konsultierte, war der Rotgerber Karlheinz Frej.

Mit einem »Gott zum Gruße, mein werter Herr Frej. Tretet ein«, begrüßte der Medicus seinen ersten Patienten, der jetzt als Erster die zweite Stufe testen sollte. Der Gruß des zufrieden wirkenden Arztes fiel so überschwänglich aus, als wäre Frej der erste Kunde bei der Eröffnung eines herrschaftlichen Kaufhauses in der freien Reichsstadt Lindau. Doch diese aufgesetzte Freundlichkeit hatte Methode. Denn dieses Mal lief die Sache etwas anders als beim ersten Besuch des Rotgerbers im Behandlungsraum des durchtriebenen Arztes.

Da sich der Handwerker vor Schmerzen krümmte und ihm der kalte Schweiß aus allen Poren schoss, half der Arzt dem armen Mann auf die Behandlungsliege – ein grob zusammengenageltes Holzgestell, in das ringsum eine Rinne eingeschnitzt war. Wäre das Gestell nicht so niedrig gewesen, hätte man meinen können, dass es die Arbeitsfläche einer Küche oder eines Schlachters war. Dem Rotgerber war das egal, er war froh, endlich liegen zu dürfen.

Obwohl der Arzt sah, dass sein Patient quälende Schmerzen erdulden musste, behandelte er ihn nicht sofort, sondern erklärte ihm scheinheilig, wie die Behandlung ablaufen würde. »Selbstverständlich nehme ich auch für die zweite Behandlung kein Geld an. Aber ich habe nicht gewusst, dass es so schlimm ist und die Patienten gleich scharenweise zu mir kommen. Offensichtlich hat es sich herumgesprochen, dass ich aus karitativen Gründen heraus helfe, der um sich greifenden Krankheit entgegenzutreten und nur von denjenigen Geld annehme, die es entbehren können.« Als er dies sagte, hatte er wie immer bewusst auf die Benennung des Krankheitsbildes als ›Seuche‹ oder ›Pest‹ verzichtet. Egal, was auch kommen mag: Mir wird man niemals nachsagen können, etwas damit zu tun gehabt zu haben, freute er sich über seine Raffinesse und wandte sich mit wichtigtuerischer Miene seinem Patienten zu.

Obwohl den Rotgerber im Moment herzlich wenig interessierte, was der Arzt erzählte, nickte er. Er wollte nur, dass mit der Behandlung begonnen wurde.

Aber der Medicus war mit seinem mehr als sinnlosen Geschwafel noch lange nicht fertig. Immerhin musste seine Botschaft von diesem Patienten weitergetragen werden, und dies auf schnellstem Wege … noch bevor er starb.

»Ich habe Dutzende Kranke behandelt«, fuhr er also fort und versicherte sich dabei, ob sein Patient alles verstand, »dabei habe ich meinen gesamten Heilpflanzenvorrat aufgebraucht. Und da ich kein Geld genommen und für meine Mühen höchstens Dank erhalten habe, kann ich es mir jetzt nicht erlauben, die Vorräte aufzufüllen. Obwohl ich gerne gleiches Recht für alle, die zu mir kommen, walten lassen und alle bedauernswerten Opfer dieser …«, er hüstelte fast etwas verlegen tuend, »schlimmen Krankheit behandeln möchte, kann ich mir dies nicht mehr erlauben.«

Mühsam richtete sich der Rotgerber auf und stützte sich auf seine Ellenbogen. »Sagt: Habt Ihr wenigstens für mich noch genügend Heilkräuter?«

Jetzt ist er so weit, hoffte der Medicus und setzte noch einen drauf: »Wisst Ihr, werter Herr Frej …« Der fintenreiche Arzt legte eine künstliche Pause ein, bevor er doch noch halbwegs offen aussprach, worum es hier ging. »Irgendeine hinterfotzige Seuche scheint umzugehen«, sagte er scheinheilig und wartete darauf, dass sein Patient selbst aussprechen würde, dass es sich nur um die Pestilenz handeln konnte.

Dabei bemerkte er zufrieden, wie sich die Pupillen des Rotgerbers angsterfüllt weiteten und er aus seinem mit faulen Zähnen übersäten Mund die Frage hervorquetschte: »Die … die Pest?«

Der Arzt schüttelte abwehrend den Kopf. »Das habe ich nicht gesagt! Es wäre möglich, muss aber nicht sein.«

»Was ist es dann – Ihr wollt mich doch nur beruhigen«, winselte der arme Mann.

Der Medicus zuckte mit den Schultern und nahm zielstrebig seinen Faden wieder auf: »Wie schon gesagt, ich habe Mitleid mit allen, die krank sind und kein Geld haben, um mich gebührend zu entlohnen. Deswegen habe ich sogar die Kosten für die Kräuter aus meinem eigenen Beutel bezahlt. Da aber immer mehr Menschen zu mir gekommen sind, um meine Dienste in Anspruch zu nehmen, ist mein gesamter Heilkräutervorrat zur Neige gegangen, und ich musste extra bis ins schweizerische Zürich reisen, um mich auf dem dortigen Kräutermarkt frisch einzudecken, um …«

»So weit?«, entfuhr es dem Rotgerber ungläubig.

Der Medicus nickte. »Ja! Denn nur dort gibt es die seltenen Ingredienzien, die ich zur Behandlung gewisser Krankheiten benötige. Das Geld für die Reise und die Heilkräuter habe ich mir ausgeliehen. Und so lange ich dies nicht zurückbezahlt habe, kann ich mir keine neuen dieser teuren, aber lebensspendenden, Substanzen leisten«, log er den Rotgerber an.

»Habt Ihr wenigstens noch so viel, dass Ihr mich behandeln könnt?«, fragte der unruhig gewordene Handwerker wieder, hatte dieses Mal aber einen derart flehentlichen Ton am Leibe, dass der Medicus in sich hinein schmunzeln musste, anstatt sofort zu antworten, weshalb er seinen Patienten weitersprechen ließ: »Ich habe nicht viel, aber ich kann Euch einen halben Gulden geben. Ist das genug für die Behandlung und die Medizin? Dann nehmt Euch endlich meiner an … Bitte!«

Heinrich Schwartz war hochzufrieden darüber, dass der Rotgerber den neuen Tarif – ein Wahnsinnsgeld, wenn man bedachte, dass man schon mit hundertfünfzig bis zweihundert Gulden ein kleines Bauerngütlein erwerben konnte – selbst vorgab. Er hatte sich eigentlich mit einem Viertelgulden bescheiden wollen. Das wäre dann gleich viel gewesen, wie der Totengräber für eine Beerdigung bekam. Aber so war es noch besser. Bei hundert Patienten sind das fünfzig Gulden. Eine stolze Summe.

Dem Totengräber muss ich ja nicht sagen, dass ich mehr verdiene als er, überlegte der Medicus, während er dem Rotgerber zur Antwort gab, dass es in Bezug auf seine hohen Ausgaben zwar knapp sei, aber in Gottes Namen genügen würde.

Karlheinz Frej war überglücklich und versprach, das Geld noch an diesem Tag von seiner Frau vorbeibringen zu lassen.

»Ach, noch was! Erzählt bitte niemandem davon, dass ich so menschenfreundlich war und bisher kaum Geld für meine Dienste verlangt habe. Und verratet auch niemandem, dass ich kein Geld mehr für Heilkräuter habe. So lange dies so ist, kann ich niemanden mehr behandeln.«

»Ja, ja, ja! Aber nun behandelt mich endlich … Bitte!«, flehte der Rotgerber nochmals und sank kraftlos auf den Behandlungstisch zurück.

Nachdem die Formalitäten geklärt waren, untersuchte der Arzt seinen Patienten ausgesprochen genau, ohne dabei Rücksicht auf dessen unerträgliche Schmerzen zu nehmen. Er wusste, dass der Rotgerber seinen Mund nicht halten konnte und ihn weiterempfehlen würde. Zuerst klopfte er die Brust und andere Körperteile ab, prüfte die Pupillen, die Zunge und den Speichel des Patienten.

»Hmmm … Ihr habt Fieber – Vielleicht sollten wir schröpfen? – Atmet tief ein und aus … Hmmm … Husten! – Fester!«

»Sagt, Medicus: Ist es die Pest? Sprecht offen.«

»Die Lungenpest ist es sicher nicht … und die Beulenpest ist es wahrscheinlich auch nicht. Mit absoluter Sicherheit kann ich das aber nicht sagen, da ich bis dato noch keine Pestkranken behandelt habe. Aber jetzt beruhigt Euch. Ich werde Euch zwei spezielle Kräutersudmixturen zubereiten und mitgeben. Jetzt zieht Euer Wams wieder an und wartet, bis ich die erste Mixtur fertig habe.« Dabei hielt er ihm eine Glaskaraffe entgegen und sagte in strengem Ton: »Pisst hier hinein, damit ich auch noch Euren Urin untersuchen kann.«

Als der Mann begann, an seinem Beinkleid herumzunesteln, drehte sich Heinrich Schwartz um und tat so, als würde er an einer speziellen Medizin für seinen Patienten arbeiten. Dabei huschte er einmal nach links, um gleich darauf rechts nach etwas zu kramen. Er hielt ein Reagenzglas ins Licht, um dessen Inhalt nachdenklich zu betrachten, klopfte mit einem Becher in der Hand ein paar Mal auf die Anrichte, dass es nur so schepperte, und fuchtelte ständig mit getrockneten Pflanzen herum.

Er bemüht sich wirklich sehr um mich, dachte sein tief beeindruckter Patient, als er sah, dass sich der Medicus auch noch seinen Urin betrachtete. Dabei merkte er nicht, dass dieser Zinnober nur ein gutes Beispiel für die schauspielerischen Qualitäten des Arztes war.

»So! Jetzt nehmt dies und brüht es zu Hause – aber erst, kurz bevor Ihr Euer Nachtlager aufsucht – mit einem Quart kochenden Wassers auf, lasst es das Viertel einer Stunde ziehen und trinkt den Sud so lange in kleinen Schlucken, bis die Kanne leer ist. Wundert Euch aber nicht, wenn es Euch zunächst etwas schlechter geht und Ihr sogar Magenkrämpfe bekommt. Glaubt mir: Dies lässt todsicher nach.«

Das versteckte Grinsen des Arztes sah der Rotgerber nicht.

»Ach, noch etwas: Wenn der Sud gezogen hat, schmeißt das Säckchen umgehend in den Abort. Hört Ihr: Das ist wichtig!« Der Medicus räusperte sich. Während der Rotgerber überlegte, was dies für einen Sinn haben könnte, machte der vermeintliche Wohltäter eine Kunstpause und sagte dann in strengem Ton: »Wegen der Ansteckung.«

»Ach so.«

»Bis mir Eure Frau das Geld bringt, werde ich mit der zweiten Mixtur fertig sein, die ich ihr dann mitgeben werde. Schickt sie heute kurz vor Einbruch der Dunkelheit zu mir, um die Medizin abzuholen.«

Da der durchtriebene Arzt schätzte, dass die Kräutermischung, die er seinem Patienten jetzt mitgab, erst in den späten Nachtstunden entsprechend wirkte, gedachte er, Vorsicht walten zu lassen. Deshalb wollte er der Frau des Rotgerbers eine heilsame Mischung mitgeben, die dann – nachdem ihr Mann von der ersten Mixtur gestorben und diese im Abort entsorgt worden war – von einem Sachverständigen als absolut harmlos analysiert werden könnte, falls der Tod des Rotgerbers im Nachhinein Fragen aufwerfen und ein Verdacht gegen ihn aufkommen sollte. Immerhin hat mein Patient die Ehre, der erste offizielle Pesttote in Staufen sein zu dürfen, dachte der Medicus und war richtig stolz auf seine Arbeit.

Nachdem der Rotgerber eine schier endlos erscheinende Dankeszeremonie hinter sich gebracht hatte und endlich gegangen war, begann der Medicus wieder, kleine Leinenstückchen zuzuschneiden und darauf die Kräuter zu portionieren. Dabei hielt er sich ganz genau an seine eigenen Maßvorgaben. Er musste nur noch den frisch verarbeiteten Eisenhut in ausreichender Menge dazugeben und die Beutelchen verschnüren. Da er sich absolut sicher war, dass die Dosis ausreichte, um sogar den Gesündesten und Kräftigsten umzuhauen, mochte er nicht erst auf das Resultat beim Rotgerber warten. So machte er gleich mehrere Dutzend Portionen fertig.

Und dass der Sud eines Päckchens für die zweite Stufe in weniger Flüssigkeit aufgebrüht wird als bei Stufe eins, macht ihn umso stärker. Da ist es egal, wie lange er zieht, ging der Medicus sicherheitshalber nochmals seinen Darreichungsvorschlag laut durch. Für ihn war ganz klar, dass der Rotgerber die kommende Nacht nicht überleben würde. Der Medicus wusste, dass dank seiner ersten Behandlung immer mehr Menschen die gleichen oder zumindest ähnliche Symptome aufweisen und aus Angst vor der Pest zum zweiten Mal seine Hilfe suchen würden. Damit das Tauschgeschäft ›Ware gegen Geld‹ auch ja stattfinden konnte, legte der ansonsten stinkfaule Quacksalber eine unglaublich hektische Betriebsamkeit an den Tag und trieb sich selbst so zur Eile an, dass er dabei fast seinen Durst vergessen hätte – aber eben nur fast. Immerhin würde ihm die Frau des Rotgerbers noch den geschuldeten halben Gulden vorbeibringen, den er zur Feier des Tages in der ›Krone‹ zu flüssigem Gold machen würde.

Kapitel 26

Seit der gemeinsamen Suche nach Didrik, dem verschwundenen Sohn des Blaufärbers, hatten sich Konstanze Dreyling von Wagrain und Judith Bomberg immer weiter angenähert und schließlich auch angefreundet. Die Frau des Kastellans und die einfache Jüdin verstanden sich prächtig und trafen sich jetzt öfter auf einen Plausch. Es war der Tag des Herrn, und die Sonne strahlte, als wollte sie es allen noch einmal so richtig zeigen, bevor drohende Herbstwolken aufzogen. Ein idealer Tag also für einen Spaziergang. Wie für alle hart arbeitenden Menschen war es auch für die beiden Frauen ungewohnt, am helllichten Tag einfach so spazieren zu gehen. Was für die Aristokraten in Kempten und in Lindau – möglicherweise sogar in Immenstadt – ganz normal war, kannten die Staufnerinnen nicht. Während für die städtischen Bürger sonntägliche Ausflüge chic geworden waren und dazu genutzt wurden, die neue Garderobe auszuführen und Konversation zu betreiben, arbeiteten die Bauern und Handwerker meistens auch am Tag des Herrn, wenngleich sie an den Sonntagen mit dem Besuch der Messe auch ihre allwöchentliche Christenpflicht erfüllten. Wie immer freuten sie sich auf das Gloria, die drei biblischen Lesungen einschließlich des Evangeliums, die an Sonntagen verpflichtende Homilie und das Glaubensbekenntnis. Hierzu putzten sie sich zwar etwas heraus, gaben sich dabei aber nicht allzu viel Mühe, da sie danach gleich wieder ihrem gewohnten Tagewerk nachgehen mussten. Dass der Propst nach den Messen stets die Flügel des Hauptportals aufriss, um den unangenehmen Geruch gegen Frischluft einzutauschen, ahnten seine Schäflein nicht.

Seit Lodewig wusste, dass sich seine Mutter am Sonntag mit Sarahs Mutter treffen würde, schlich er – einem rolligen Kater gleich – auffällig um sie herum.

Sie hatte längst bemerkt, was in ihrem Sohn vorging und erlöste ihn von seinen Leiden.

»Was ist mit dir los? Ist etwas nicht in Ordnung?«, fragte sie ihn scheinheilig, als ihr sein Verhalten während des Kochens lästig geworden war.

Der Heranwachsende traute sich noch nicht, ihr seine Gefühle Sarah gegenüber zu offenbaren. Er war zum ersten Mal verliebt und konnte noch nicht so richtig damit umgehen. Und weil ihm seine Eltern beigebracht hatten, dass man sich im Leben nur einmal verlieben kann, nahm er die Sache umso ernster.

Da die Mutter spürte, wie ihr Sohn litt, wollte sie die Spannung herausnehmen. Sie putzte ihre Hände an der Schürze ab und setzte sich auf die Ofenbank. »Komm her, mein Sohn.«

Lodewig rutschte neben sie und sah sie mit einem Gesichtsausdruck an, der dem eines geprügelten Hundes glich. Die Mutter drückte seinen Kopf sanft an ihre Schulter. »Ich weiß, dass du Sarah lieb hast«, kam sie ohne Umschweife zur Sache.

»Woher …«

»Eine Mutter spürt das«, sagte sie lächelnd. Die Gefühle des jungen Mannes hüpften hin und her. Obwohl er sich freute, dass es nun heraus war, brachte er zur Antwort nur einen tiefen Seufzer hervor. Bevor er etwas sagen konnte, entspannte die Mutter die Situation noch weiter, indem sie ihm mit ruhiger Stimme offenbarte: »Sarah wird beim morgigen Spaziergang dabei sein.«

Überglücklich sprang Lodewig auf, küsste seine Mutter kurz auf die Stirn und drückte sie eine Spur zu heftig, bevor er fröhlich aus dem Raum rannte.

»Na ja, er wird's schon noch lernen«, schmunzelte Konstanze und widmete sich wieder ihrer Küchenarbeit, nachdem sie ihre ständig triefende Nase geputzt und ihren Mund- und Rachenraum durch Gurgeln mit warmem Salbeisud wenigstens etwas entschleimt hatte.

Die Sonne stand am Zenit, als sich Judith Bomberg mit ihren Töchtern Sarah und Lea auf den Weg zum Schloss machte. Dort wurden sie schon von Konstanze und Lodewig, die ihr Mittagsmahl etwas früher eingenommen hatten als sonst, erwartet.

»Schön, dass ihr hier seid«, begrüßte Konstanze die fein gewandeten Jüdinnen, die ihre Haare züchtig hochgesteckt und mit Bändern verziert hatten. Während Judiths Haare von einer roten Schleife durchzogen waren, durfte Sarah mit einem weißen Seidenband ihre Jungfräulichkeit demonstrieren. Nur die kleine Lea trug ihr langes Haar offen.

Als Sarah Frau Dreyling von Wagrain die Hand gab, machte sie einen höflichen Knicks und ging dann direkt auf Lodewig zu. »Ich grüße auch dich, Lodewig.«

»Äh ... Ja ... Ich dich auch, Sarah«, stammelte Lodewig, dem schier das Herz in die Hose gerutscht war. Hastig wischte er seine feuchten Handflächen an seiner Beingewandung ab, um Sarah ordentlich begrüßen zu können.

Der verliebte junge Mann hatte sich aus eigenem Antrieb heraus – ohne Druck von Seiten seiner Mutter – sein schönstes Wams übergezogen und die ansonsten kaum zu bändigenden Haare brav nach hinten gekämmt. Eigentlich hasste er diese Festtagsgewandung, aber heute war das etwas anderes. Sarah war hier, und da wollte er schließlich im besten Licht erscheinen. Nachdem er sich freiwillig wie ein Pfau herausgeputzt und sich sogar die Fingernägel geschnitten hatte, wusste Konstanze ganz sicher, dass Lodewig ernsthaft in Sarah verliebt war. Hoffentlich gibt es keine Enttäuschung, dachte sie, während sie nach ihrem Jüngsten rief: »Diederich! Kommst du? ... Lea ist hier!«

Sarah hatte zwar auch schon seit geraumer Zeit ein Auge auf den mittleren Sohn des Kastellans geworfen, wusste aber nicht, dass Lodewig sich schon vor langem in sie verguckt und seit ihrem zufälligen Zusammentreffen ernsthaft in sie verliebt hatte. Dementsprechend war wenigstens sie die Begegnung einigermaßen ungezwungen angegangen.

Während Konstanze ihrer neuen Freundin die ansonsten für das gemeine Volk unzugänglichen Räume des Schlosses zeigte, tollten Diederich und Lea sorglos im Schlosshof umher.

Derweil hatte sich Lodewig mit Sarah unauffällig zurückgezogen. Sie saßen jetzt schon fast die Hälfte einer Stunde außerhalb des Schlosses auf dem ostseitigen Wachbänkchen – genau gegenüber des Platzes auf dem Staufenberg, von dem aus Lodewig vor einiger Zeit Diederich das Schloss erklärt hatte. Ein lockeres Gespräch war aber immer noch nicht zustande gekommen.

»Hier ist in Krisenzeiten stets eine bewaffnete Wache postiert«, sagte Lodewig aus Verlegenheit, während er auf das dort stehende Bänkchen deutete und über die Sitzfläche strich, um sie für Sarah zu reinigen. Das sanfte Mädchen setzte sich, interessierte sich aber nicht für Kriege oder andere Probleme und ließ sich stattdessen von der schönen Aussicht gefangen nehmen. »Man sieht hier über den ganzen Ort bis zum Staufenberg hinüber … und das ist die Nagelfluhkette«, erklärte Lodewig und begann hastig, die imposanten Berge der Reihe nach aufzuzählen: »Das Rindalpner Horn, der Obergölchenwanger Grat und der *Lauchalpner Grat*. Ganz rechts sind die Schweizer Berge mit dem Säntis … den können wir von hier aus aber nicht sehen«, sprudelte es aus dem Verliebten heraus, während er vorsichtig näher zu Sarah rückte. Mist, dachte er, als seine Angebetete aufstand, um besser den steilen Schlossbuckel hinuntersehen zu können. Offensichtlich wollte sie keinen Naturkundeunterricht. Ich Narr, schalt sich Lodewig.

»Und das da unten ist der berühmte Entenpfuhl!«, lästerte Sarah, die sich von diesem Treffen etwas anderes erhofft hatte, in gespielt schulmeisterlichem Ton. »Aber darüber kreisen ja lauter Raben«, stellte sie verwundert fest, bevor sie sich wieder auf die Bank setzte, um erwartungsvoll abzuwarten, was jetzt geschehen würde.

»Das sind Krähen«, verbesserte Lodewig, der gemerkt hatte, dass er Sarah die Bergkette nicht hätte erklären müssen, weil sie selbst hier lebte und sich dementsprechend gut auskannte. »Die sind schon seit ein paar Tagen da. Möchtest du da runter?«, lenkte er deswegen ab und ging gleichzeitig auf Sarah ein.

»Ja! Das wäre schön.«

Lodewig war froh, das Eis endlich gebrochen zu haben.

»Komm Sarah, wir gehen erst zurück ins Schloss. Ich werde meiner Mutter vorschlagen, zum Entenpfuhl hinunterzugehen. Eigentlich wollte sie ja zum ›Windeck‹ hochspazieren, weil es von dort aus eine noch schönere Aussicht auf die Berge gibt als von hier, aber ich werde sie schon umstimmen können.«

Die beiden suchten ihre Mütter und fanden sie schließlich fachsimpelnd in Konstanzes Gemüsegarten neben dem Schlosstor.

»Gut, dass ihr kommt. Wir möchten noch eine Runde laufen. Schaut bitte nach, wo die Kleinen sind«, rief ihnen Konstanze, die Sarahs Wunsch geahnt zu haben schien, zu.

Nachdem Lodewig seine Bitte angebracht und die Kleinen geholt hatte, spazierten sie anstatt zum Windeck hoch schweigsam den Schlossbuckel hinunter.

»Hast du schon gehört, dass der Rotgerber gestorben ist? – Es soll die Pest gewesen sein«, unterbrach Judith die Ruhe.

»Natürlich weiß ich davon. Aus diesem Grund ist mein Mann – ungeachtet des Sonntages – heute früh schon wieder nach Immenstadt geritten, um mit Oberamtmann Speen darüber zu sprechen. Ulrich schenkt den Pestgerüchten keinen richtigen Glauben und weiß deshalb nicht, wie er sich verhalten soll. Da sich die meisten Menschen jetzt schon vor diesem unsichtbaren Geist verkriechen, befürchtet er eine unsinnige Panik, die er verhindern möchte ... Und ihr? Habt ihr keine Angst vor der Pest?«, fragte Konstanze ihre Freundin.

»Unser Glaube lehrt uns Besonnenheit! Sollen die Leute denken, was sie möchten. Wir rüsten uns erst, wenn es tatsächlich so weit sein sollte«, gab Judith sachlich zurück.

Kluge Leute, diese Juden, dachte Konstanze, während sie links zum ›Kühlen Grund‹ abbiegen wollte.

Als Lodewig Sarahs Bitte von vorhin wiederholte, schauten sich die beiden Frauen achselzuckend an. Also bogen sie nicht links ab, sondern gelangten ein Stückchen weiter auf den teilweise zugewachsenen Trampelpfad, der zum Entenpfuhl führte.

Diederich und Lea rannten voraus, während Sarah und Lodewig etwas zurückblieben. Der junge Mann nahm allen Mut zusammen, um die Gelegenheit beim Schopf zu packen und Sarahs Hand zu halten. Zu lange schon hatte er von diesem Mädchen geträumt, jetzt war es hier. Also konzentrierte er sich auf das, was er sich vorgenommen hatte und tastete zaghaft nach ihrer Hand, während er unauffällig vor sich hin pfeifend in eine andere Richtung schaute. Zu seiner freudigen Überraschung ließ sie ihn gewähren und zog ihre Hand nicht zurück. Im

Gegenteil: Sie warf Lodewig sogar ein verschämtes Lächeln zu. Das Herz des verliebten jungen Mannes pochte, als würde in seinem Körper ein Schmiedehammer auf und ab sausen.

Als Diederich und Lea dem Entenpfuhl näher kamen, stoben plötzlich mehrere Dutzend lärmende Krähen in die Höhe.

»Kinder, was macht ihr da? Passt auf, dass ihr nicht in den Tümpel fallt!«, rief Judith den beiden besorgt zu.

Die Kinder liefen fröhlich lachend um das Gewässer herum. Sie schoben mit Stöcken den Uferbewuchs beiseite, um Frösche aufzuschrecken und warfen kleine Steine hinein. Die Mütter kamen jetzt ebenfalls am Teich an, gingen aber – nachdem sie die Kleinen nochmals ermahnt hatten, vorsichtig zu sein – ein Stückchen weiter. Konstanze wollte ihrer Freundin das imposante Herrschaftsgebäude des Schlosses aus einer besseren Perspektive zeigen.

»Von hier unten sieht unser Hauptgebäude noch gewaltiger aus, als es sowieso schon ist.« Konstanze zeigte nach oben. »Siehst du, Judith? In diesen beiden Runderkern sind wir vorhin gewesen.«

Jetzt zeigte Judith nach oben. »Und was hat es mit dem kleinen Erkerchen rechts zwischen dem Hauptgebäude und dem kleineren Anbau auf sich?«

Konstanze schmunzelte. »Das ist das Heimliche Gemach!«

»Was ist das?«

»Na, was wohl? Der Abort! Früher war das Türmchen unten offen und …«

»Schon gut«, wehrte Judith ab und hielt sich verschämt eine Hand vor den Mund. »Ich habe verstanden.«

Während sich die beiden Frauen angeregt unterhielten, pflückte Lodewig etwas abseits ein paar Blümchen für Sarah. Da ihre Mütter ebenso beschäftigt waren wie die kleinen Geschwister, sah niemand, wie Sarah in ihrer Verliebtheit etwas absolut Unschickliches tat; sie drückte ihrem Verehrer ein zartes Dankeschön-Küsschen auf die Wange, was dem Verliebten die Röte in die Wangen schießen ließ.

Der romantische Augenblick wurde jäh gestört, als Diederich mit weit aufgerissenen Augen auf das Wasser zeigte und stotternd zu schreien begann: »M… Mm… Mmm… Mama! Mama!«

Lea sah man ebenfalls an, dass sie vor Angst wie gelähmt war. Sie stand am Wasserrand und hielt beide Hände vor den Mund. Das kleine Mädchen brauchte etwas Zeit, bevor es wieder zu sich selbst fand und heulend zu seiner Mutter rannte.

Ahnend, dass die Kinder etwas Schlimmes gesehen hatten, beorderte auch Konstanze ihren wie versteinert dastehenden Jüngsten zu sich und rief: »Lodewig! Komm her … schnell!«

»Und du, Sarah, kümmerst dich um die Kleinen!«, ordnete Judith an, ohne zu wissen, was eigentlich los war.

Erst als sich die beiden Kinder einigermaßen beruhigt hatten und zusammen mit Sarah etliche Schritte vom Teich entfernt in der Wiese saßen, gingen die beiden Mütter mit Lodewig auf das Wasser zu. Da sich die Frauen fürchteten, hob Lodewig einen dicken Ast auf, der ihm zur Not als Waffe dienen sollte. Mutig ging er den Frauen voran. Nicht wissend, was sie am Teichufer erwarten würde, hielten sich Konstanze und Judith an den Händen. Die kurze Strecke erschien ihnen ewig lang. Ungewollt wurden ihre Schritte kürzer und langsamer. Drei Augenpaare flogen über den Entenpfuhl. Sie hörten nur das aufgeregte Kreischen der Krähen, die hochgestoben waren und den Entenpfuhl nicht aus den Augen ließen, während sie darüber kreisten. Da auf der rechten Tümpelseite ein kleines Rinnsal für etwas Bewegung und Geräusche im Wasser sorgte, machten sich ihre suchenden Blicke zunächst dort fest.

Plötzlich schrie Lodewig laut auf: »Da! Seht doch!« Er drehte sich um und zeigte auf etwas Undefinierbares im linksseitig ruhigeren Teil des Teiches.

Mit zusammengekniffenen Augen versuchten die Frauen, den Grund für die Aufregung der Kinder und für Lodewigs Aufschrei ausfindig zu machen. Zunächst erkannten sie nur etwas, das wie Abfall aussah. Äste und faulig riechender gelblicher Schaum vermischten sich mit Gehölz und dem Gewusel von irgendwas. Erst als sie noch ein paar Schritte näher, direkt ans Wasser, traten, entdeckten sie im Schatten des Ufergeästes die Ursache ihres Schreckens. Jetzt schrie auch Judith auf, und

Konstanze wandte entsetzt den Kopf ab. Als sie ihre Blicke abermals aufs Wasser lenkten, sahen sie einen menschlichen Körper – oder besser gesagt das, was von ihm übrig geblieben war. Direkt vor ihnen im Brack dümpelte ein aufgedunsener Klumpen aus Fleisch, Gebeinen und Innereien. Eine Leiche, deren Gesicht und Körper bis zur Unkenntlichkeit entstellt war.

»Die Krähen!«, entfuhr es Konstanze, die gleichzeitig nach oben sah und sich mit einer Hand den Mund zuhielt, um jetzt nicht auch noch zu schreien. Hastig bekreuzigte sie sich mit der anderen Hand und schaute nach ihren Kindern, um sich zu vergewissern, dass sie sich in sicherer Entfernung befanden.

In Konstanze keimte eine böse Ahnung, weswegen sie Lodewig ganz fest an sich drückte. Erst nach einer Weile fassten sich die Betrachter der schauerlichen Szenerie wieder.

»Wer könnte das sein?«, fragte Judith mit zittriger Stimme.

Der menschliche Körper war von der Leichenfauna und den Krähen derart zugerichtet worden, dass sie nicht einmal mehr erkennen konnten, ob es sich um einen Mann oder eine Frau handelte. Der gesamte Bauchraum war geöffnet, er gab Rippen und den kärglichen Rest der Innereien frei. Der Hirnschädel war nur noch teilweise von einer schmutzigen, schleimig wirkenden Schicht überzogen und wies kaum noch Hautreste auf, weshalb auch nur einige vereinzelte Haarbüschel zu erkennen waren. Obwohl am Gesichtsschädel von den kleinen Aasfressern nicht die geringsten Weichteile übrig gelassen worden waren, wanden sich durch alle Öffnungen Maden, deren zangenartige Mundwerkzeuge ebenfalls ganze Arbeit geleistet hatten. Jetzt, da die Krähen verschwunden waren, krochen Hunderte dieser ekligen Viecher hervor, um die organischen Stoffe, die noch in den über die Wasseroberfläche ragenden Teilen der Leiche enthalten waren, genüsslich zu verzehren. Dadurch bot sich den Anwesenden ein unerträglich ekelerregender Anblick, der von leisen, aber dennoch hörbaren Schmatzgeräuschen begleitet wurde … zumindest bildeten sie sich dies ein. Als sich das Lüftchen drehte, kam ihnen auch noch ein bestialischer Gestank entgegen, der sie flüchten ließ.

So war ein friedlicher Sonntagnachmittag jäh beendet worden. Gemeinsam eilten die Bombergs und die Dreylings von Wagrain bis zur Straße hoch und setzten sich erschöpft auf die grob geschlagene, aus drei Baumhälften bestehende Bank, die direkt vor einem Feldkreuz am Fuße des Kalvarienberges stand. Die Mütter schwiegen. Sie hatten ihre Kleinen im Arm und streichelten deren Köpfe.

Konstanze musste unwillkürlich an den älteren Blaufärbersohn denken: Wenn die Leiche Otward Opser ist, dann habe ich recht gehabt, und meine Söhne sind in Lebensgefahr. Sie drückte Diederich an sich und blickte zu Lodewig, der mit Sarah ein Stückchen entfernt in der Wiese saß, hinüber.

Auch die beiden Verliebten brachten kein Wort heraus. Allerdings hatte die schreckliche Sache mehrere Vorteile für Lodewig: Sarah hatte sich so vertraut an ihn gekuschelt, als würden sie schon lange zusammengehören, und obwohl dies unter normalen Umständen undenkbar gewesen wäre, äußerten sich ihre Mütter nicht dazu. Selbst Judith ließ ihre zu absoluter Keuschheit erzogene Tochter gewähren – zu sehr war auch sie damit beschäftigt, das Unfassbare zu verarbeiten und sich um Lea zu kümmern.

Irgendwann durchbrach Konstanze das Schweigen, indem sie sagte: »Bis ich mit meinem Mann gesprochen habe, dürfen wir dies niemandem erzählen.« Dabei sah sie Judith tief in die Augen.

Die in sich gekehrte Jüdin nickte. »Du kannst dich auf mich verlassen … Ich erzähle es nur Jakob.«

Jetzt nickte Konstanze.

»Und ihr sagt ebenfalls zu niemandem ein Wort«, beschworen die Mütter ihre Kinder, bevor sie sich verabschiedeten und auseinander gingen.

Während die Dreylings von Wagrain zum Schloss hoch liefen, dachte Konstanze daran, sofort zu den Blaufärbern zu gehen, um sich zu vergewissern, dass Otward noch am Leben war. Aber ich kann Diederich jetzt nicht allein lassen. Ich muss warten, bis Ulrich aus Immenstadt zurück ist, bremste sie ihr Vorhaben.

Kapitel 27

Burgi, die Frau des Rotgerbers, hatte dem Medicus noch am selben Tag, an dem ihr Mann in Behandlung war, den halben Gulden vorbeigebracht und somit das Arzthonorar korrekt entrichtet, hatte aber anstatt des erwarteten Dankes für die prompte Bezahlung einen Anschiss in Kauf nehmen müssen. Obwohl dem Medicus eigentlich klar gewesen sein musste, dass die armen Leute keinen Silberling haben konnten, hatte er sich über seine Entlohnung in Form einer ganzen Handvoll Kreuzer und Heller geärgert. Dennoch hatte es die eingeschüchterte Frau – genau wie es der Medicus vorausgesehen hatte – nicht versäumt, allen Leuten, denen sie auf dem Weg zum Propsteigebäude begegnet war, zu erzählen, dass der selbstlose Arzt ihren kranken Mann kostenlos behandelt hatte und eigentlich überhaupt kein Geld habe annehmen wollen. Ihr Mann habe dem Arzt aber für die teuren Kräuter aus freiem Willen heraus einen halben Gulden gegeben. Da sie wegen der Angst vor Ansteckung nur wenige Leute auf der Straße angetroffen hatte, war sie zu den am Wegesrand liegenden Häusern hingegangen und hatte geklopft, um ihre Botschaft durch geschlossene Türen zu übermitteln. Denn sie hatte auch überall erzählen wollen, dass es ihrem Mann außerordentlich schlecht gehe und er voraussichtlich nur überleben werde, wenn es nicht die Pest sei. Dass sich ihr Mann den Besuch beim Medicus und damit das viele Geld hätte sparen können, hatte sie zu diesem Zeitpunkt noch nicht wissen können, da er erst in der darauffolgenden Nacht verstorben war. Auf einem Hocker neben seiner Lagerstatt stand noch der Rest des Kräutersudes, den er nicht einmal ganz ausgetrunken hatte. Das gebrauchte Beutelchen hatte die Frau gleich entsorgt – so wie es der Medicus ihrem Mann aufgetragen hatte.

Dass die Frau des Rotgerbers die Trommel für den Medicus gerührt hatte, zeitigte das erwünschte Ergebnis, denn ab jetzt ging es Schlag auf Schlag. Die Menschen gaben sich beim Medicus täglich die Klinke in die Hände. Denjenigen, die zum ersten Mal zu ihm kamen, verabreichte er die krankmachende Kräutermixtur. Denjenigen, die ihn schon zum zweiten Mal konsultierten, knöpfte er zuerst das Geld ab, bevor er ihnen die tödliche Dosis mitgab. Während die Menschen der Reihe nach erkrankten, starben nach dem Rotgerber schon die nächsten an der vermeintlichen Pest. Da in immer mehr Häusern tote Familienmitglieder zu beklagen waren, glaubten längst alle an den stillen Tod in Form der Pestilenz. Der Medicus verstand es geschickt, seinen Patienten immer neue Krankheitsgeschichten zu erzählen und es so hinzudrehen, dass ihm jetzt die Menschen für das Risiko, dass er selbst von der Pest angesteckt werden könnte, anstatt eines halben Guldens freiwillig das Doppelte bezahlten … sofern sie dies vermochten. Damit nicht jeder gleich sterben würde, der zum zweiten Mal bei ihm zur ›Behandlung‹ war, verabreichte er zwischendurch eine völlig harmlose Sudmischung, die er aus ordinärem Wiesengewächs, das direkt hinter dem Propsteigebäude wucherte, hergestellt hatte. Um es noch unauffälliger aussehen zu lassen, übergab er denjenigen, von denen er wusste, dass sie nicht ganz so arm waren wie die meisten, sogar ausschließlich der Gesundheit zuträgliche Kräutermischungen aus Pfefferminze, Kamille, Salbei und anderen Heilpflanzen. Ganz nebenbei hielt er sich dadurch die Option offen, dass Patienten, die über etwas Geld verfügten, ein drittes Mal zu ihm kämen … und ein drittes Mal bezahlten, bevor auch sie sterben würden. Allen aber empfahl er, die gebrauchten Beutelchen entweder im Abort zu entsorgen oder falls – wie in den meisten Fällen – kein hausinterner Abtritt zur Verfügung stand, tief im Misthaufen oder in der Erde einzugraben. Kaum jemand fragte nach dem Sinn dieser Anordnung. Er wird schon wissen, warum, dachten sie und wären nie im Leben darauf gekommen, dass sie dadurch wichtiges Beweismaterial vernichteten.

Momentan sterben genügend Leute, dachte der berechnende Arzt, der nicht mehr wusste, wer sie jetzt – da der Totengräber spurlos und aus seiner Sicht, grundlos, verschwunden war – unter die Erde bringen sollte. Da Ruland Berging immer noch nicht aufgetaucht war und die Toten dringend beerdigt werden mussten, um den Anschein zu erwecken, dass alles dafür getan würde, die Lebenden vor Ansteckung zu schützen, musste er sich schnellstens etwas einfallen lassen. So organisierte er es mit Hilfe des betagten Mesners, der gesundheitsbedingt eigentlich nicht mehr arbeiten wollte, dass die Angehörigen ihre Verstorbenen zur südseitig gelegenen St. Martins-Kapelle in den Kirchhof brachten, damit sie dort so lange aufgebahrt werden konnten, bis er einen Ersatz für diesen Arsch von Totengräber gefunden hatte. Da der Mesner selbst knochenalt und zudem gichtig war, konnte ihm diese Arbeit nicht mehr zugemutet werden. Man musste froh sein, dass er es überhaupt noch schaffte, das Seil, an dem die Sterbeglocke hing, zu ziehen, um der gegossenen Bronze die traurigen Töne zu entlocken.

Nachdem die kleine Seelenkapelle die leblosen Körper längst nicht mehr aufnehmen konnte, mussten sie vorübergehend im Freien unter Schatten spendenden Bäumen abgelegt werden, was bewirkte, dass sich zunehmend süßlicher Geruch verbreitete, der – je nach Windrichtung – im ganzen Ort zu spüren war.

Da dem gräflichen Schlossverwalter in seiner Eigenschaft als interimistischem Ortsvorsteher umgehend berichtet worden war, was in Staufen vor sich ging, hatte er sich sofort darum gekümmert und den Medicus gebeten, Propst Glatt wenigstens so lange bei der Leichenentsorgung zu unterstützen, bis ein neuer Totengräber gefunden sein würde. Dass Heinrich Schwartz nur darauf eingegangen war, um bei seiner eigentlichen Arbeit ungestört zu sein, konnte der Kastellan nicht im Entferntesten ahnen. Dadurch, dass er sich bei der Bestattung der ›Pesttoten‹ behilflich zeigte, stieg er weiter im Ansehen der Ortsbewohner und dies, obwohl er anstatt echter Hilfe nur Scheinarzneien und tröstende Worte für sie übrig hatte … und kassierte. Dennoch würde jetzt sofort etwas geschehen und für den Totengräber ein Ersatz aufgetrieben werden müssen. Da er keine Schnüffler gebrauchen konnte, musste er verhindern, dass sich die Obrigkeit einmischen und von Amts wegen einen ordentlich bestallten Leichenbestatter aus der Residenzstadt nach Staufen entsenden würde. Da kümmerte er sich schon lieber selbst darum. Dabei kam ihm der Zufall zu Hilfe: Als er seinen Behandlungsraum verließ, um an der äußersten Ecke des Propsteigebäudes im übel riechenden Abtritt seiner Schlafkammer etwas zu verstecken, zuvor aber die Sache von außen inspizieren wollte, hörte er, wie der Propst im Raum gegenüber des Flures auf jemanden einredete. Durch einen Schlitz im alten Türholz sah der Medicus einen zerlumpten Jüngling und erkannte in ihm Fabio, den Dieb. Der Kirchenmann hatte den Obdachlosen von der Straße aufgelesen und ihm im Namen Christi eine Suppe mit einem Ranken Brot spendiert. Während der total verwahrloste junge Mann gierig die geschmacksarme Flüssigkeit schlürfte, nutzte Johannes Glatt die Gelegenheit, ihm das Wort Gottes näherzubringen und ihn zu überreden, sich eine ehrliche Arbeit zu suchen.

»Geh nach Kempten oder nach Landsberg, besser noch in eine größere Stadt! Vielleicht nach München oder nach Augsburg? ... Stuttgart soll auch sehr schön sein. Dort gibt es sicherlich Arbeit für dich, und du kannst dich als Tagelöhner verdingen ... und ein gottesfürchtiges Leben führen. Hörst du, Fabio?«, bedrängte der Propst den Burschen, der mehr mit seiner Suppe beschäftigt war, als ihm zuzuhören. »Hier in Staufen gibt es keine Arbeit für dich«, hörte der Medicus, als er gerade an dessen Tür lauschte.

Auf Zehenspitzen schlich der Arzt zurück in seinen Behandlungsraum. Dort ließ er die Tür einen Spaltbreit offen, um nicht zu verpassen, wenn der Propst Fabio zur Tür brachte, um ihn zu verabschieden. Als es Minuten später so weit war, trat der Medicus wie zufällig in den Flur.

»Gott befohlen, Medicus«, grüßte der überraschte Hausherr.

Ohne den Gruß des Propstes zu beantworten, rieb sich der scheinheilige Arzt die Hände und legte mit pathetisch weinerlicher Stimme los: »Euer Hochwürden, Ihr habt ja daselbst schon von der grässlichen Epidemie gehört und wurdet auch schon zu den nicht nur in den Augen Gottes bedauernswerten Sterbenden und zu den bereits zu Gott Entsandten gerufen, um ihnen die letzten Sakramente zu geben. Arg schlimme Dinge tun sich. Die gedanklich irregeleiteten Menschen ...« Er wollte seiner Aussage durch geschwollenes Daherreden ein besonders wichtiges Gepräge verleihen, »glauben, dass es die große Pestilenz ist und ich kann es den Törichten auch nicht ausreden.«

»Aber, was ist es dann?«, fragte der Propst, der sich über die gestelzte Ausdrucksweise des vermeintlich geläuterten Arztes wunderte.

»Das weiß ich auch nicht. Ich bin lediglich ein kleiner Dorfmedicus. Ich weiß nur, dass ich jetzt so viel Arbeit habe, die ich allein kaum noch schaffen kann – zumal ich auch noch dafür Sorge tragen muss, dass die armen Verstorbenen …« Jetzt bekreuzigte sich der Medicus auch noch scheinheilig, »ordentlich, nach christlicher Manier, bestattet werden. Da der Totengräber verschwunden ist, liegt diese Last nun bei mir allein. Wenn ich nur jemanden wüsste, der sich um die bemitleidenswerten Toten kümmert, damit ich mich gänzlich auf meine Patienten konzentrieren kann.«

Fabio, den die Sache nicht im Geringsten interessierte, wollte sich gerade davonschleichen, als ihn der Propst an seiner zerlumpten Joppe festhielt, während er dem Medicus antwortete: »Ich verstehe Eure Sorge. Ich habe schon von mehreren Seiten gehört, dass Ihr Euch tatsächlich dem Guten zugewandt habt und den Menschen nach besten Kräften zu helfen versucht. Mir ist sogar zu Ohren gekommen, dass Ihr nicht einmal Geld dafür verlangt, sondern nur das nehmt, was Euch die Kranken aus eigenem Antrieb heraus geben. Gott segne Euch dafür.«

Während der Seelsorger ein Kreuz in die Luft zeichnete, bekreuzigte sich der Medicus.

»Der Herr leitet mein Tun«, antwortete er mit gespielter Bescheidenheit, einen theatralischen Blick nach oben richtend und die Hände mehr reibend als faltend.

»Aber sagt, mein lieber Schwartz. Wo ist der Totengräber eigentlich?«

»Wenn ich das wüsste, hätte ich weniger Probleme. Dummerweise hat er sich nicht bei mir abgemeldet.«

Da er dem Propst gegenüber den Anschein erwecken wollte, dass ihn mit dem Totengräber nur die Arbeit verband, fügte er rein vorsorglich an, dass er Ruland Berging eigentlich nicht mochte und lediglich dessen Akkuratesse bei der Arbeit als Totengräber zu schätzen wusste. »Wenn wir befreundet wären, hätte er mir doch gesagt, wenn er woanders hin gehen möchte und wäre nicht bei Nacht und Nebel abgehauen.«

»Aber man hat euch öfter in der ›Krone‹ zusammensitzen sehen«, hinterfragte der Priester, obwohl ihm das Argument des Arztes einleuchtete.

»Das hat sich manchmal zufällig so getroffen. Und wenn, dann haben wir meistens nur die Möglichkeit unserer Zusammenarbeit besprochen.«

Der Propst konnte nicht erahnen, wie wahr sein Gegenüber sprach und fragte sich, wie es nun weitergehen könne.

»Wir bräuchten dringend einen Ersatz für den Totengräber … Zumindest so lange hier eine offensichtlich ansteckende Krankheit umgeht!«

»Könntet Ihr nicht Eure Beziehungen als Priester spielen lassen und dafür sorgen, dass aus unserer geliebten Residenzstadt oder aus der für uns zuständigen Bistumsstadt eine Aushilfe entsandt wird?«, fragte der Medicus.

Der Propst, der sich während des Gesprächs seine eigenen Gedanken gemacht hatte, sah streng auf Fabio, den er immer noch an seiner Joppe festhielt, herunter. »Bis der Totengräber wieder auftaucht, wirst du seine Arbeit übernehmen. Dafür bekommst du zwar keinen Lohn, aber ein Dach über dem Kopf und täglich ausreichend Speis und Trank! Und solltest du dich bewähren, kann ich dich später vielleicht sogar in kirchliche Dienste nehmen … die selbstverständlich entlohnt werden«, ergänzte der Propst, um den Burschen zu ködern. »Na? Was hältst du davon?«

Fabio war zunächst über dieses Angebot überrascht, überlegte dann aber hin und her.

Ein Dach über dem Kopf und geregelte Mahlzeiten? Das wäre schon was. Gerade jetzt, wo die kalte Jahreszeit vor der Tür steht. Nur ungern dachte er an den vergangenen Winter, als er monatelang fror wie ein Schlosshund und kaum etwas zu essen hatte.

Während sich der Propst und der Medicus noch unterhielten, kam in Fabio die Erinnerung an diese Zeit hoch. Auf der Suche nach einem Unterschlupf war er zu der so genannten ›Gäwinde‹ gekommen, einem Einödhof hoch über Staufen auf dem Kapfberg. Ohne die Bauersleute zu fragen, hatte er sich in einem direkt daneben stehenden und zum Bauernhof gehörenden Heustadel eine Lagerstatt hergerichtet. Es hatte zwar durch alle Ritzen gezogen, aber so war er wenigstens einigermaßen vor der Kälte, in erster Linie aber vor Regen und Schnee, geschützt gewesen. Neben dem Stadel war eine Brunnenstube gestanden, aus der er unbemerkt frisches Trinkwasser hatte schöpfen können. Sobald die Bauersleute zu Tisch saßen, war er in den Stall geschlichen, hatte sich unter eine Geiß gelegt und sich die warme Milch direkt in die Kehle gemolken. Manchmal hatten die Schweine ihre Mahlzeiten mit ihm teilen müssen, oder er hatte Eier und Dörrobst gestohlen. Der Bauer Josef und sein Sohn gleichen Namens hätten kurzen Prozess mit ihm gemacht, wenn sie ihn entdeckt oder gar beim Stehlen erwischt hätten. So hatte er ständig in der Angst gelebt, aufzufliegen. Auf den Gedanken, sich den Bauersleuten zu stellen und ihnen vorzuschlagen, auf dem Hof mitzuhelfen, um sich seine Übernachtungsmöglichkeit und etwas zum Beißen zu verdienen, war Fabio nicht gekommen. In seinem Versteck im oberen Stock des Stadels hatte er genügend Licht gehabt. Eines der Giebelfensterchen hatte genau in Richtung des Bauernhofes gelegen. So hatte er stets gesehen oder gehört, wenn jemand zum Stadel gekommen war, um Raufutter für die Tiere zu holen. Da man den Weg zum Heullager nicht geräumt hatte, war der Jungbauer Josef ein- bis zwei Mal in der Woche mühsam durch den kniehohen Schnee gestapft, um an das getrocknete Gras zu kommen. Dann hatte Fabio schnell seine paar Habseligkeiten zusammenkramen und sich damit hinter den *Heinzen*, die dort den Winter über lagerten, verstecken müssen.

Wenn er zum anderen Giebelfenster hinausgeschaut hatte, hatte er bis zum Waldrand sehen können, zu dem sich täglich Rotwild, Hasen und Füchse gewagt hatten. Er hatte gehofft, dass die Spuren seiner Notdurft, die er direkt durch dieses Fenster hinaus verrichtet hatte, nicht entdeckt werden würden. Aber da der Schnee meterhoch gelegen war, hatte sich kein Mensch hierher verirrt. Und bis der Schnee zu schmelzen begonnen hätte, hatte er längst wieder weg sein wollen. Wenn die Sonne schien, hatten sich die ›Landern‹, große Holzschindeln, mit denen das Dach gedeckt war, erwärmt, ebenso wie die Steinbrocken, die sie beschwerten. So war es an manchen Tagen zwar gemütlich warm, aber in den Nächten saukalt gewesen. Um der Kälte einigermaßen zu trotzen, hatte er sich eine alte Pferdedecke ›ausgeliehen‹, die er im Frühjahr wieder zurückgelegt hatte.

Mit Dankbarkeit erinnerte sich Fabio noch an die Wachteroma. Die betagte Seniorin des Hofes war die Einzige, die von ihm als Untermieter gewusst hatte. Ab und zu hatte sie ihm eine warme Suppe in die obere Tenne gestellt und ihm dann zugewunken. Dann hatte er sich beeilen müssen, um vor den unzähligen Katzen, die es auf dem Hof gab, am Napf zu sein. Die alte Frau hatte ihn auch nicht verraten, wenn die Bäuerin wieder einmal über die Hühner geschimpft hatte, weil diese plötzlich und unverständlicherweise so wenige Eier gelegt hatten.

»Ja ja, die Marder«, hatte die alte Wachterin dann immer nur gesagt.

So schlimm wäre es eigentlich nicht, wenn ich das Angebot des Pfaffen annehmen würde! … Oder doch?, überlegte Fabio, der jetzt eine wichtige Entscheidung treffen musste, hin und her.

Falls er zusagte, würde er sich zum ersten Mal in seinem Leben verdingen, und dass er jetzt plötzlich arbeiten sollte, mochte ihm überhaupt nicht behagen. Aber die gleichsam stechenden, wie hoffnungsvollen Blicke des Propstes und des Arztes fragten nicht nach seinen Wünschen und nötigten ihm jetzt eine sofortige Entscheidung ab.

Ich kann ja immer noch damit aufhören und abhauen, wenn es mir zu viel wird, dachte er und gab den beiden durch stilles Nicken seine Zusage.

Während der berechnende Arzt in sich hinein grinste, zeigte sich der Propst erleichtert. »Ist Euch damit gedient, Medicus? Jetzt könnt Ihr schalten und walten, wie Ihr wollt. Ich habe mit der Organisation der Beerdigungen nichts zu tun und überlasse alles diesem jungen Mann hier.«

Na prima, dachte Fabio und verdrehte die Augen, als ihn der Propst in seiner überschwänglichen Freude an sich drückte.

»Ich widme mich also auch fürderhin meiner eigentlichen Arbeit, dem aufwändigen und zeitraubenden Dienst an der Kirche. Und wenn es weitere Todesfälle zu beklagen geben sollte, gehe ich in die Häuser, reiche die Sterbesakramente und begleite die Toten auf ihrem letzten Weg«, stellte der Propst seinen Stellenwert und die momentane Situation klar, ergänzte aber noch, dass er sich, sollte es sich tatsächlich um die Pest handeln, davor würde schützen müssen, um seinen Schäflein weiterhin erhalten zu bleiben. Deswegen würde er die heiligen Sakramente – »… aber nur, wenn die Pestilenz den Tod hervorgerufen hat«, betonte er mit erhobenem Zeigefinger – von der Straße aus spenden.

»Ja, ja. Der Geist des Herrn kennt keine Schranken und gelangt in jedes noch so verschlossene Haus«, raunte der Medicus mit einem unüberhörbaren Anflug von Spott. Da er mehr als zufrieden mit dieser Lösung war, wäre er fast etwas zu übermütig geworden – insbesondere, weil die Sache auch ohne Zustimmung des Kastellans, der ja seit der Kündigung des Ortsvorstehers selbst erster Mann des Dorfes war, geregelt worden war. Somit würde sich das Oberamt in Immenstadt wohl nicht einmischen, und die nach Staufen abkommandierten Federlecker trauten sich jetzt – nachdem auch sie von der Pest gehört hatten – eh nicht mehr aus dem Haus. Am meisten freute es ihn aber, dass der junge Leichenbestatter keine Entlohnung bekommen sollte und er das Geld, das für jede Bestattung zu entrichten war, selbst einstecken konnte.

Fabio war ein lustiger Bursche, der das Leben nicht allzu ernst nahm und das Beste aus seinem erbärmlichen Dasein machte. Seit seiner Kindheit hatte er sich allein durch das mehr oder weniger schöne, aber stets spannende Dasein schlagen müssen. Da er in dieser Zeit ständig mit der Angst gelebt hatte, dass man ihm eines Tages wegen Diebstahls die Hand abhacken würde, konnte ihn jetzt nichts so leicht umhauen.

Seinen Vitaminhaushalt glich er aus, indem er auf Bäume kletterte und sich über Zäune lehnte, um Obst oder Gemüse zu stehlen. Er wusste schon gar nicht mehr, wie oft er schon davongerannt war, wenn man ihn wieder mal in flagranti ertappt hatte. Jedenfalls hatte ihm dies eine gute Kondition und einen schlechten Ruf eingebracht. Er war außerordentlich pfiffig und stellte sich gern dümmer, als er war. Aufgrund seiner Erfahrungen war er zwar stets wachsam und neugierig, würde aber niemals kritische Fragen stellen.

Als Fabio vom Propst in sein neues Arbeitsgebiet eingewiesen und vom alten Mesner neu gewandet wurde, rechnete er sich schon aus, welchen Erlös er aus dem Verkauf der schwarzen Kutte erzielen könnte, wenn er seine Arbeit an den Nagel hängen sollte. Er hatte nicht vor, lange Ersatz-Totengräber zu sein – zumal es sich dabei nicht gerade um eine Arbeit handelte, um die man sich reißen musste. Anfangs glaubte er sogar, sich niemals an die manchmal schlaffen, manchmal steif gewordenen, aber immer schrecklich anzusehenden und stinkenden Leiber gewöhnen zu können. Nachdem es ihm aber im Laufe der Zeit gelungen war, seine anfänglichen Skrupel zu überwinden und er sich beim Anblick der Leichen nicht mehr ständig übergeben musste, schien er seine Arbeit fast zu mögen. Da er zwischendurch ein paar Heller bekam, von denen weder der Propst noch der Medicus etwas wussten, war es ihm leichter gefallen, sich seinem, erstmals in seinem Leben klaren, Schicksal zu ergeben.

Ein mittlerweile zwar nicht gerade vertrautes, aber allseits bekanntes Geräusch zerschnitt die vorabendliche Stille.

»Schon wieder einer, den die wütende Seuche geholt hat«, raunten sich diejenigen, die das Poltern und Knarzen des ›Pestkarrens‹ hörten, zu und bekreuzigten sich noch schnell, bevor sie sich wieder verbarrikadierten.

»Das ist der Siebzehnte«, berichtete Fabio dem in einigem Abstand neben ihm her laufenden Staufner Pfarrherrn von seinen bisherigen Bemühungen, eine weitere Ausbreitung der Seuche zu verhindern. Zumindest glaubte er dies zu tun, indem er die Pesttoten nicht lange liegen ließ und stattdessen so schnell wie möglich unter die Erde brachte.

Während er den Karren mit den beiden riesigen Rädern vor dem Haus des verstorbenen Zinnflickers in Position brachte, bekam er mit, wie Propst Glatt sein Versehbesteck auf einem Holzblock ausbreitete, eine Kerze entzündete und zu beten begann: »In Wahrheit ist es würdig und recht, dir, Herr, Heiliger Vater, allmächtiger und ewiger Gott, immer und überall zu danken …«

»Kommt Ihr nicht mit hinein?«, fragte Fabio verwundert.

Aber der Propst winkte nur ab und murmelte weiter.

Fabio kümmerte sich um den toten Zinnflicker, es würde die siebzehnte Grube sein, die er innerhalb von nur vier Tagen ausheben müsste. Obwohl Fabio nebenbei auch noch ein paar Särge zusammengezimmert hatte, würde dieser Tote ohne Holz drum herum begraben werden. Unabhängig davon, dass das Holz knapp wurde, war er mit der Sargmacherei nicht so schnell nachgekommen, wie es Tote gab. Da half es auch nichts, dass sich der Medicus für jeden Sarg mit ein paar Kreuzern erkenntlich gezeigt hatte. Fabio wusste nicht, dass der Schlawiner dies nicht ohne Eigennutz getan hatte. Wenn er nicht wäre, könnte der Medicus keinen halben Gulden pro Sarg berechnen. Allerdings hatte der verkommene Arzt nicht vor, alle Toten, deren Särge bezahlt worden waren, auch darin bestatten zu lassen. Er wusste, dass der Propst Gottes Segen den Verstorbenen nur noch aus der Ferne mit auf die Reise geben und dementsprechend nichts von seiner Arbeit mitbekommen würde. Und die Angehörigen würden aus Angst vor Ansteckung sowieso nicht mehr an den Bestattungen teilnehmen.

Wenn bei den Begräbnissen niemand dabei ist, kann auch niemand in die Gräber schauen … und wenn niemand in die Gräber schaut, sieht auch niemand, ob die Toten Särge haben oder nicht. So einfach ist das, sinnierte der Medicus und bastelte in Gedanken weiter an der Perfektionierung seines Plans: Sowie ich wieder gesägtes Holz aufgetrieben habe, werde ich Fabio weiterhin Särge zimmern lassen, diese aber zunächst irgendwo lagern und nur dann verwenden, wenn ausnahmsweise einmal tatsächlich Angehörige bei Beerdigungen dabei sein möchten, plante er weiter.

Wie er sich so seine finanzielle Zukunft ausmalte, erfuhr der Medicus, dass es schon wieder eine Tote gab, was ihn allerdings nicht verwunderte. Die Menschen in Staufen begannen zu verzweifeln und die Pest zu verfluchen.

Kapitel 28

Da die Staufner genügend mit sich selbst zu tun hatten und es schon bald darauf kaum noch einen Haushalt gab, in dem es nicht zu Krankheits- oder gar zu Todesfällen gekommen war, verließen sie so wenig wie möglich ihre Häuser. Dennoch hatten mittlerweile fast alle vom Verschwinden des Totengräbers und von der Leiche im Entenpfuhl gehört. Aber die Menschen zeigten überraschend wenig Interesse dafür. Vor dem Ausbruch der Pest hätte die Neugierde der einheimischen Bevölkerung Scharen von ihnen zum Ort des Geschehens gelockt und die wildesten Gerüchte kursieren lassen. So aber waren nur wenige zum Tümpel gekommen, um der ungewöhnlichen Leichenbergung beizuwohnen. Dem Kastellan war es nicht einmal gegen Bezahlung von zwanzig Kreuzern gelungen, jemanden zu finden, der sich bereit erklärt hätte, die ekelerregenden Reste des schwammigen Körpers aus dem trüben Wasser zu ziehen. Dadurch hatte sich die Totenbergung ein paar Tage hingezogen, was die Leiche nicht besser aussehen ließ.

Um die Identität der Wasserleiche feststellen zu können, musste sie aber erst aus ihrem feuchten Grab geborgen werden. Aufgrund der Aussagen verschiedener Wanderheiler glaubten die Menschen fälschlicherweise, dass die Berührung oder das Einatmen der durch bakterielle Zersetzung entstehenden Fäulnis schädliche Wirkungen hervorrufen würde. Vor dem so genannten ›Leichengift‹ hatten sie solch eine Heidenangst, dass der Kastellan ein Machtwort sprechen musste und schlussendlich den beiden Schlosswachen Siegbert und Rudolph die undankbare Aufgabe zuteilte, Fabio bei der Bergung zu helfen. Auch der junge Leichenbestatter hatte sich bisher erfolgreich davor gedrückt, diese Drecksarbeit zu übernehmen. Erst als ihm die beiden Schlosswachen zur Seite gegeben wurden und auch er ein paar Münzen für diese Scheißarbeit erhalten hatte, tat er, was von ihm erwartet wurde. Während sich Rudolph hinter einem Baum übergab, versuchte Fabio mit Siegberts Hilfe die sterblichen Überreste des Unbekannten aus dem Tümpel zu ziehen.

Da sich der Leichnam im Ufergeäst verfangen hatte, mussten sie so kräftig an ihm ziehen, dass sie ihm versehentlich aufgeweichtes Fleisch von den Armen abzogen. Das Wasser fing fast zu brodeln an, als sich sofort ein Schwarm kleiner Fische über den Leckerbissen hermachte. Als die aufgeschwemmte Fleischmasse endlich am Teichrand lag, bot sich den Anwesenden ein wüster Anblick. Der ekelerregende Gestank ließ an die Schrecken der Hölle denken.

»Ja, so stinkt es, wenn man von den Gehilfen Satans nach unten gezogen worden ist«, sagte einer der Umstehenden und hielt sich – wie auch die meisten anderen – zum Schutz ein Tuch vor den Mund.

»Falls es dir noch nicht aufgefallen ist: Wir haben hier jemanden heraus und nicht nach unten gezogen. Anstatt dummes Zeug zu reden, hättest du uns helfen können«, schnauzte Fabio den an, der diesen Spruch von sich gegeben hatte.

Nachdem sich alle einigermaßen an den Anblick und den Geruch gewöhnt hatten, trat der Kastellan näher, um feststellen zu können, wer da vor ihnen lag. So sehr er sich auch bemühte, konnte er beim besten Willen nichts mehr erkennen.

»Ist das nun der vermisste Totengräber?«, fragte er sich und ließ nach dem Medicus schicken, der die Leichenbeschau durchführen sollte.

Dass der Tote nicht Otward sein konnte, beruhigte den Kastellan ungemein. Denn als er am vergangenen Sonntag kurz vor Einbruch der Dunkelheit von Immenstadt nach Hause gekommen war und vom schrecklichen Erlebnis seiner Familie erfahren hatte, war er von seiner Frau derart unter Druck gesetzt worden, dass er versprochen hatte, gleich am nächsten Morgen zum Färberhaus zu reiten, um sich nach Otward zu erkundigen. Wie es der Zufall gewollt hatte, war zu dieser frühen Stunde auch schon der alte Opser unterwegs gewesen, um bei den Hennes frisch gewobenes Leinen abzuholen.

»Das trifft sich gut«, hatte ihm der Kastellan entgegengerufen und gesagt, er wolle sie besuchen.

»Uns? Zu solch früher Stunde? … Was wollt Ihr denn von uns?«, hatte sich der Blaufärber gewundert.

»Ach nichts Besonderes! Ich wollte mich nur erkundigen, ob es euch gut geht«, hatte der Kastellan scheinheilig gefragt und zur Antwort bekommen, dass alles in Ordnung sei.

»Seid ihr alle gesund?«, hatte der Kastellan noch gefragt und darauf ein klares »Ja« erhalten.

»Otward geht's auch gut?«, hatte er nachgehakt.

»Ja! Ich denke schon …«, quetschte der Blaufärber, den diese Frage wunderte, heraus, »aber ich muss jetzt weiter.«

Da der Kastellan Antworten bekommen hatte, die ihn zufrieden stellten, vor allen Dingen aber seine Frau beruhigen dürften, hatte er nicht weiter bohren wollen und sich verabschiedet.

Während sich der Kastellan jetzt die Leiche etwas genauer betrachtete, standen die anderen ratlos herum und warteten neugierig auf den Medicus. Plötzlich zeigte einer der Männer zur Straße und rief erregt: »Seht ihr das?«

Die Köpfe der anderen drehten sich in die Richtung, in die der Mann immer noch zeigte.

»Um Gottes willen. Was ist das denn?«, fragte ein anderer, sah aber schon fast nichts mehr. Denn genau in dem Moment, als ein riesiger schnabelartiger Schatten um die Ecke gekommen und immer länger geworden war, verdunkelte sich der Himmel, und der Schatten verschwand so schnell, wie er aufgetaucht war. Es schien geradeso, als wenn sich die Sonnenstrahlen vor dem Antlitz der unheimlichen Gestalt hinter dunklen Wolken verstecken wollten.

Als der Verursacher dieses Schattenbildes um die Ecke bog, lief ihnen der kalte Schauer über den Rücken.

»Bleibt gelassen. Es ist nur der Medicus«, beruhigte der Kastellan die um ihn und die Leiche Herumstehenden. Er war der Einzige, der diese Angst einflößende Gewandung von Immenstadt her kannte. »Was für ein Auftritt«, murmelte er in einem kurzen Anflug von Respekt.

Als der Medicus bei der Menschenmenge angelangt war, wich sie entsetzt zurück und bildete eine Gasse. Heinrich Schwartz hatte sich heute zum ersten Mal die typische Schutzkleidung der Pestärzte, die man in Staufen nie zuvor gesehen hatte, angelegt. Er trug Handschuhe, deren Stulpen weit über die Ärmel eines schwarzen Mantels reichten. Der Saum des wallenden Überkleides reichte fast bis auf den Boden. Vor dem Gesicht trug er eine weiße Maske mit einer Riesennase, die dem Schnabel eines überdimensionalen Greifvogels glich. Um die Luft zu filtern, hatte er einen in Essig getränkten Schwamm in die Nasenauswölbung der Maske gesteckt. Hals und Kinn bedeckte ein schwarzes Tuch. Auf dem Kopf trug er einen flachen Zylinder, und in der Hand hielt er einen langen Stab.

»*Vade retro*!«, gebot er den Männern, die zwar nichts verstanden, aber sowieso schon unaufgefordert vor ihm zurückgewichen waren, mit einer theatralischen Handbewegung.

Erst als sie ihn sprechen hörten, kam das Vertrauen und somit auch der Mut zurück.

»Was weiß man von ihm?«, fragte er den Kastellan, der als Einziger frei von Angst direkt vor ihm stehen geblieben war.

»Eigentlich nicht viel. Man hat ihn bereits vor ein paar Tagen gefunden, aber jetzt erst aus dem Wasser gezogen«, antwortete Ulrich Dreyling von Wagrain wahrheitsgemäß. Allerdings verschwieg er, wer die Leiche entdeckt hatte. Er wollte seine Familie nicht noch mehr in die Schusslinie bringen und hatte Angst davor, dass dies auch der Totengräber erfahren könnte … wenn er denn überhaupt noch lebte und wieder auftauchte. Da er befürchtete, dass sich Ruland Berging ganz in der Nähe aufhalten könnte, blickte er sich nach allen Seiten um. Dass er ursprünglich befürchtet hatte, der Tote könnte Otward sein, verschwieg er ebenfalls.

Der Medicus schaute sich um und ließ sich erst die genaue Fundstelle zeigen, bevor er sich der Leiche zuwandte. Er betrachtete sie lange und genau … zumindest tat er so.

»Könnt Ihr ihn auf die Seite drehen?«, fragte er den zufällig neben ihm stehenden Rudolph, der nur den Kopf schüttelte, bevor er sich eine Hand vor den Mund hielt und abermals zum nächstbesten Baum rannte.

»Hat er was?«, fragte der Medicus, dem natürlich klar war, weshalb sich die Schlosswache so verhalten hatte.

»Fabio!«, rief der Kastellan in einem Ton, der keinen Widerspruch zuließ.

Der zwischenzeitlich vom Aushilfs-Leichenbestatter zum fest bestallten Leichenbestatter avancierte Bursche fluchte zwar in sich hinein, tat aber, um was er ohnehin nicht herumkommen würde, und drehte den Leichnam zur Seite. Trotz aller Vorsicht konnte er nicht verhindern, dass aufgrund der Bewegungen wieder etliche Weichteile des durch und durch labbrigen Körpers, der irgendwie aussah, als wenn er gekocht worden wäre, abfielen.

Als sie dies sahen, wandten sich einige der Männer vom Geschehen ab.

Dass der Medicus grinsen musste, konnte wegen dessen Maske niemand sehen.

»Exitus! Ich stelle hiermit fest, dass dieser Mensch tot ist!«, rief er in zynischem Ton, bevor er damit begann, mit seinem Stock zuerst an und dann in der Leiche herumzustochern.

»Weiß jemand, um wen es sich hier handelt?«, fragte er in die Runde und bekam außer allseitigem Kopfschütteln vom Kastellan nur zur Antwort, dass es eventuell Ruland Berging sein könne.

»Das glaube ich auch«, schoss es fast eine Spur zu schnell aus dem Arzt, dem es gerade recht gekommen war, dass diese Vermutung ein anderer ausgesprochen hatte. Und dass dies ausgerechnet der Kastellan gewesen war, gefiel ihm sogar noch besser.

Die Vorstellung, dass sich der Totengräber wieder in Staufen blicken lassen könnte, behagte dem Medicus gar nicht. So hoffte er, dass es sich bei dem Toten tatsächlich um Ruland Berging handelte. Da ihm Fabio so viel Arbeit abnahm, was der Totengräber niemals getan hätte, und nichts dafür verlangte, müsste er Fabios geldgierigen Vorgänger sofort verschwinden lassen, falls er wieder auftauchen und sich in seine Arbeit einmischen würde. Durch Fabios Hilfe verdiente er jetzt wesentlich mehr, und das würde er sich von niemandem mehr nehmen lassen – auch nicht von seinem alten Kumpan, selbst wenn dieser noch so der Urheber der profitablen Pestmorde gewesen war. Deswegen zog er es vor, die ihm unbekannte Leiche als Ruland Berging zu identifizieren, ging dabei aber achtsam und dementsprechend taktisch vor. »Um mehr über den bedauernswerten Menschen zu erfahren, müsste ich ihn genauer untersuchen, was beim Zustand dieser Leiche selbst für mich eine Zumutung ist«, verkündete er glaubhaft.

»Was würdet Ihr dafür verlangen?«, fragte der Kastellan.

»Nichts! Das ist keine Frage des Geldes«, empörte sich der Medicus künstlich. »Um der Allgemeinheit willen würde ich die Untersuchung selbstverständlich kostenlos vornehmen«, log er, wies aber dezent darauf hin, dass momentan tagtäglich Kranke zu ihm kämen und es seine Aufgabe wäre, sie vor zusätzlicher Ansteckung zu bewahren. »Und dazu gehört auch, dass ich sie nicht auch noch mit Leichengift infiziere.«

Das saß! Während die Gaffer entsetzt einen Schritt zurückwichen, schauten sich der Kastellan und der Propst, der mittlerweile ebenfalls am Entenpfuhl angekommen war, an und nickten verständnisvoll.

»Aber wie können wir dann herausbekommen, um wen es sich bei diesem Leichnam handelt? Ist es definitiv ein Mann oder ist es vielleicht eine Frau?«, fragte der Propst besorgt und schlug das Kreuz. »Jeder spricht hier nur von dem und nicht von der Toten.«

»Es ist ein Mann ... und es ist mit an Sicherheit grenzender Wahrscheinlichkeit Ruland Berging«, antwortete der Medicus betont gelassen.

»Der verschwundene Totengräber? – Wie kommt Ihr so schnell darauf?«

»Hier! Seht selbst: Bei genauerem Hinsehen kann man eindeutig Reste eines dunklen Bartes, wie ihn der Totengräber trug, erkennen.«

»Dunkle Bärte tragen hier viele«, relativierte der Kastellan die Aussage des Arztes Propst Glatt gegenüber.

»Das mag wohl stimmen. Aber fehlt denn außer Berging einer?«, konterte der Medicus selbstbewusst und blickte ins Rund. »Na, also!«

Obwohl sich der Kastellan und der Propst zur Leiche hinunterbückten, konnten sie außer wuselndem Getier im Gesicht des Toten keine Barthaare sehen, nickten aber zustimmend, um schnell wieder Abstand vom Toten zu gewinnen.

»Kommt zu mir, meine lieben Brüder im Herrn«, sagte der Propst und trat etwas beiseite. »Lasset den Medicus seine Arbeit machen und uns ein Gebet sprechen.«

Während der Priester mit den Umstehenden das Vaterunser betete, sah sich der Medicus den Toten genauer an und ließ von Fabio die Reste seiner Beingewandung öffnen.

»Ja, es ist Ruland Berging. Jedenfalls ist klar, dass es sich zweifelsfrei um einen Geschlechtsgenossen handelt. Außerdem erkenne ich seine schwarze Gewandung wieder.«

»Na ja …«, wollte der Kastellan den schwachen Beweis wegen einer schwarzen Gewandung schon wieder anzweifeln, wurde aber sofort unterbrochen.

»Seht hier.« Der Medicus deutete auf eine Narbe am rechten Oberschenkel. »Diese Verletzung habe ich behandelt. Die hat er sich zugezogen, als er einen Sarg runtergelassen hat«, log er. Dass er diese Wunde noch nie zuvor gesehen hatte, wusste ja niemand – also gab es keinen Grund, ihm nicht zu glauben.

Somit hatte er einen zwar verlogenen, nach außen hin aber glaubhaften Beweis für die Identität des Toten, gegen den der Kastellan nicht ankam. »Irrtum ausgeschlossen?«, fragte dieser.

Da der Medicus das kleine Duell gewonnen hatte, gestattete er sich ein Späßchen und schob die Reste der Beingewandung ganz beiseite. »Na, ja!«, lachte er. »Aber dass es ein Mann ist, könnt Ihr jetzt selbst sehen.«

»Seid Ihr verrückt!«, entgegnete der Kastellan und wich entsetzt zurück.

»Befleißigt Euch des Respektes vor Toten und bedeckt ihn sofort wieder«, forderte auch der Priester, der dies trotz der Beterei mitbekommen hatte, den Medicus auf.

»Stellt Euch nicht so an. Man sieht doch fast nichts mehr. Die Maden und die Würmer haben nicht mehr viel von seiner ehemaligen Männlichkeit übrig gelassen.«

Als wenn es sie selbst getroffen hätte, fassten sich einige der Männer intuitiv mit beiden Händen schützend an ihr eigenes Gemächt, während sich ihre Gesichtszüge so verzogen, als hätten sie an der bewussten Stelle Schmerzen.

»Jetzt reicht es aber!«, schrie der Propst erzürnt und verteilte rein vorsorglich den Segen, worauf die Männer zumindest eine Hand benötigten, um das Kreuz nachzuzeichnen.

Aber der Kastellan ließ nicht locker. Nachdem er sich vom ersten Schrecken erholt hatte, fragte er den Medicus, was es mit den Zähnen der Leiche auf sich habe.

»Da ich mit dem Totengräber nicht allzu viel zu tun gehabt habe, kann ich mich nicht so gut an sein Gebiss erinnern wie an seine Oberschenkelwunde.«

»Aber Ihr habt euch doch immer in der ›Krone‹ getroffen?«, hinterfragte der Kastellan und ließ ein gefährliches Funkeln seiner Augen folgen.

»Das mag schon sein, dass ich ihm bei unseren Gesprächen in Bezug auf die gemeinsame Arbeit hier und da aufs Maul geschaut habe. Aber ich habe nicht hineingeschaut. Der Totengräber hat genau so faule Zähne gehabt wie die meisten von uns«, ließ sich der Medicus nicht aus der Reserve locken und ergänzte, er könne ja gehen und dem Kastellan gerne die unbezahlte Arbeit hier überlassen.

»Nun seid nicht so empfindlich und macht weiter«, ermunterte ihn der Propst, mit seiner Ermittlung fortzufahren.

Bevor der Medicus weitere Feststellungen von sich gab, strich er mit seinem Stab so lange die Maden und die Blutegel aus dem Gesicht des Toten, bis die Mundhöhle einigermaßen frei war. Dass es die Zeugen dieser Leichenbeschau bei diesem Anblick zusätzlich grauste, störte ihn nicht im Geringsten.

»Wie gesagt, faule Zähne, die jegliches Weiß vermissen lassen«, schnarrte er kurz und bündig und fügte, nachdem er so getan hatte, als würde er das Gebiss genauer betrachten, noch ein »Oh!« hinzu.

»Was ist?«, fragte der Kastellan, der zunehmend Hoffnung geschöpft hatte, dass es sich tatsächlich um Ruland Berging handelte, unruhig.

»Jetzt bin ich mir auch hier absolut sicher«, verkündete der Medicus mit gespieltem Stolz. »Das ist tatsächlich das Gebiss des Totengräbers. Ich erkenne es an diesem abgebrochenen Schneidezahn. Seht Ihr?«

Während er den Kastellan heranwinkte, stellte dieser schon wieder die Frage, ob er sich wirklich sicher sei.

»Ja! Ich kenne zwar sein Gebiss nicht genau, kann mich aber an diesen schräg abgebrochenen Zahn erinnern.« Als er dies sagte, tippte er mehrmals mit seinem Stab so fest gegen den bewussten Zahn, dass es klackte.

»Schon gut: Ihr könnt jetzt aufhören. Ich glaube Euch«, unterbrach der Kastellan den unwürdigen Umgang des Arztes mit dem Toten. »Also: Was ist Euer Fazit?«

Nachdem der Medicus gestenreich zusammengefasst hatte, worauf sich das Ergebnis seiner Identifizierung stützte, verkündete er noch, dass er ein Gewaltverbrechen definitiv ausschließen könne und der bedauernswerte Mann wohl eines natürlichen Todes gestorben war.

»Wahrscheinlich war er besoffen und ist ertrunken!«, rief er so laut in die Runde, damit es ja alle hören konnten.

Dass er unter den Fingernägeln des Toten Haut- und sogar Fleischpartikel, die von einem Kampf herrühren könnten, gefunden hatte, verschwieg er. Mit der Beseitigung der Leiche drängte er aber unmerklich zur Eile. »Um eine seuchenhafte Verbreitung durch das Leichengift zu verhindern, schlage ich dringend vor, die Überreste unverzüglich zu verbrennen. Um ein höchstes Maß an Sicherheit zu gewährleisten, sollte dies gleich hier geschehen, Außerdem kann der Torso sowieso kaum noch transportiert werden.«

»Ihr seid also absolut sicher, dass es sich um Ruland Berging handelt? Und Ihr seid ebenso sicher, dass es kein Gewaltverbrechen war?«, vergewisserte sich der Kastellan nochmals.

Da beide Fragen mit einem klaren ›Ja‹ beantwortet wurden und in Staufen niemand als vermisst gemeldet war, gab es keinen triftigen Grund, das eigentlich vernünftig klingende Ansinnen des Arztes abzulehnen.

»Wisst ihr, ob in Staufen jemand vermisst wird?«, fragte der Kastellan dennoch in die Runde und bekam zum allseitigen Kopfschütteln die Aufforderung, den Vorschlag des Arztes unverzüglich anzunehmen.

Obwohl ihn ein ungutes Gefühl beschlich, konnte sich der Kastellan der Zustimmung zur Verbrennung kaum noch entziehen. Bevor er aber diese wichtige Entscheidung treffen würde, wollte er die Meinung des Propstes hören. Die beiden zogen sich etwas zurück und beratschlagten lange darüber. Dabei wogen sie nicht nur das Für und Wider ab, sondern unterhielten sich auch über die Sache mit dem verschwundenen Sohn des Blaufärbers. Nachdem der Kastellan dem Propst alles darüber erzählt hatte, fragte der ihn, was er davon halten würde, wenn er schnell zu der Familie hinüberginge, um sich nach deren Wohlergehen zu erkundigen.

»Wie willst du das denn anstellen, ohne den braven Leuten neuerlichen Schmerz zuzufügen? Sie haben das Verschwinden ihres jüngsten Sohnes Didrik bei weitem noch nicht überwunden. Außerdem hat der Medicus in dem Toten eindeutig Ruland Berging erkannt ... Eindeutig!«, gab der Propst mit erhobenem Zeigefinger zu bedenken.

Der Kastellan überlegte ein Weilchen und kam zu dem Schluss, dass sich der Blaufärber sicherlich sofort bei ihm gemeldet hätte, wenn sie neben ihrem jüngsten Sohn nun auch noch Otward vermissen würden.

»Du hast recht, Johannes! – Der Tote muss Ruland Berging sein«, stellte er mehr oder weniger beruhigt fest und sparte sich den Gang zur Familie Opser. Je länger er darüber nachdachte, umso mehr überkam ihn trotz der Anwesenheit des Todes ein Gefühl innerer Ruhe und Zufriedenheit. Und wenn er daran dachte, was er seiner Frau würde berichten können, streifte ihn sogar ein Anflug von Glück. Jedenfalls hatte sich für seine Söhne die drohende Gefahr halbiert – wenn denn überhaupt noch Gefahr für das Leben der beiden bestand.

Da jetzt alle Augen zwischen der Leiche und Ulrich Dreyling von Wagrain hin und her huschten und er in seiner Eigenschaft als amtierender Ortsvorsteher unter Entscheidungsdruck stand, neigte er jetzt dazu, sich dem Vorschlag des Arztes anzuschließen.

»Wenn ich auf einer Rücksprache mit Oberamtmann Speen bestünde, würde viel Zeit verstreichen, was dem Zustand des Toten noch mehr schaden und eine weitere Untersuchung unmöglich machen würde. Außerdem kann ich die Verantwortung für eine drohende Ausbreitung einer Seuche durch Leichengift nicht auf mich nehmen. Was meinst du?«, tuschelte er dem Propst ins Ohr.

»Na, endlich«, murmelte der Pfarrherr, verdrehte dabei die Augen und bekreuzigte sich als Dank für diese göttliche Eingebung.

Also raffte sich der Kastellan schweren Herzens dazu auf, dem Vorschlag des Arztes sowie dem sanften Druck des Propstes und aller Herumstehender zu folgen.

»So sei es denn! Die Leiche soll unverzüglich verbrannt werden, damit durch sie kein Schaden an den Lebenden entsteht!«, rief der Kastellan mit merkbar vibrierender, aber dennoch kräftiger Stimme. »Vielleicht mache ich einen verhängnisvollen Fehler«, ergänzte er leise, während er jedem Einzelnen in die Augen sah, bevor er mit lauter Stimme fortfuhr: »Ich erwarte von euch allen, dass ihr im Angesicht der Gottesmutter Maria zu mir steht. Egal, was meine Entscheidung für Konsequenzen haben wird!«

Als verhaltener Beifall aufkam, gebot der Kastellan Fabio und den Schlosswachen, die Leichenreste auf der Stelle zu verbrennen.

Während die meisten Männer dabei halfen, Holz zu sammeln und es über die Leiche und darum herum mehr zu schmeißen als zu schichten, sprach der Propst ein Gebet. Als er den Toten und alle Anwesenden segnete, legte sich bereits stinkender Rauch über das Dorf.

Nachdem alles vorüber war, kratzte Fabio mit Hilfe eines Stöckchens den Schädel und die Knochen aus der Feuerstelle heraus. Die wenigen Reste des Toten würde er einem anderen Grab beigeben. Darauf, dass der Schädel mit den Zähnen vielleicht zu einem späteren Zeitpunkt Aufschluss über die richtige Identität des Toten würde geben können, kam jetzt niemand mehr. So wurde Fabio nicht daran gehindert, als er die verkohlten Überreste der Wasserleiche in einen Sack packte, schulterte und mitnahm.

Kapitel 29

Ulrich Dreyling von Wagrain erzählte seiner Frau von der mühsamen Leichenbergung und von deren Verbrennung durch Fabio. Vor allen Dingen aber berichtete er ihr vom Ergebnis der Identifizierung, löste aber anstatt der erhofften Freude darüber, dass es sich eindeutig um den Totengräber und nicht um Otward gehandelt hatte, nur ein hämisch klingendes »Aha« aus.

Da es dem ansonsten friedfertigen Schlossverwalter nun reichte, packte er seine Frau etwas unsanft an den Oberarmen und schüttelte sie. »Konstanze! Was möchtest du noch? Die Leiche wurde eindeutig als die des ehemaligen Totengräbers identifiziert ... Ruland Berging ist tot! Hörst du: tot!«

Die distinguierte Frau, die dies nicht gewohnt war, blickte streng auf die Hände ihres Mannes, der sofort losließ und sich entschuldigte, was Konstanze aber keineswegs beruhigte. »Und was ist mit der zweiten Person auf dem Kirchhof?«, fragte sie.

Da es der Kastellan mittlerweile leid geworden war, immer und immer wieder über diese Sache sprechen und Fragen beantworten zu müssen, deren Antworten er nicht kannte, wechselte er das Thema. »Johannes hat mir erzählt, dass es mittlerweile siebzehn oder achtzehn Tote gibt, die an der Pest gestorben sein sollen. Er selbst glaubt aber nicht so recht, dass es diese Seuche ist.«

Konstanze setzte sich und vergrub ihren Kopf in den Händen. »Und was denkst du? Denkst du ebenso wie der Propst?«

Ihr Mann setzte sich neben sie und strich ihr übers Haar. »Wenn ich das wüsste! Momentan geht mir dieser grausige Fund noch nicht aus dem Kopf«, kehrte er ungewollt zum Eingangsthema zurück. »Wie geht es den Kindern?«

»Der Kleine hat, Gott sei Dank, nicht begriffen, was um ihn herum vorgegangen ist. Und Lodewig ist alt genug, um damit umzugehen. Ich habe Diederich etwas abgelenkt, bevor ich ihn zu seinem Lager gebracht habe. Danach bin ich noch mit Lodewig zusammengesessen, um mich mit ihm darüber zu unterhalten. Er wird es lockerer verarbeiten als der Kleine und ...«, Konstanze musste ihre Antwort durch ein Hüsteln unterbrechen.

»Was ist mit dir?«

»Ach, nichts. Mir steckt nur ein Krümel im Hals«, beruhigte sie ihren besorgten Mann. »Trinkst du einen heißen Kräutersud mit?«

»Ja, gerne! Es ist kalt geworden. Während du den Sud vorbereitest, lege ich Holz nach«, schlug Ulrich vor.

Danach setzten sie sich auf die Ofenbank, kamen aber immer wieder auf den Toten im Entenpfuhl zu sprechen.

Konstanze sah ihrem Mann lange in die Augen, bevor sie seine Hand nahm und mit sorgenvoller Miene fragte: »Du weißt, was ich immer noch denke?«

»Ja!« Der Kastellan kniff die Lippen zusammen und nickte.

»Ich hoffe innigst, dass es sich bei dem Toten vom Entenpfuhl tatsächlich nicht um Otward handelt.«

»Sei beruhigt, meine Liebe. Der Medicus hat die Leiche eindeutig identifiziert. Außerdem hätte sich der Blaufärber gemeldet, wenn auch sein zweiter Sohn verschwunden wäre«, argumentierte der Kastellan nun schon zum weiß Gott wievielten Male.

»Aber wenn doch?«, kam die Rückfrage gleich zurück.

»Dann könnte stimmen, was wir vermuten. Der Totengräber und der Unbekannte hätten statt unserer Buben die der Opsers ermordet. Wenn dem wirklich so wäre, würden sich die beiden Übeltäter jetzt in Sicherheit wiegen. Sie hätten alle Mitwisser getötet und somit erreicht, was sie wollten. Aber ich gebe zu, dass die Möglichkeit besteht, dass die beiden … vielmehr nur noch der Unbekannte«, korrigierte sich der Kastellan selbst, »irgendwann merkt, dass die falschen Kinder umgebracht worden sind.« Er rieb sich die Augen, »dann würden Diederich und Lodewig weiterhin in allerhöchster Lebensgefahr schweben. Doch wie sollte der Mordbube dies jetzt, wo er sicher sein kann, seine beiden Mitwisser beseitigt zu haben, merken? So lange unsere Söhne nicht unnötig auf sich aufmerksam machen und sich nicht verdächtig verhalten, geschieht nichts. So traurig es für die Familie des Blaufärbers wäre, könnten wir jetzt beruhigt sein.«

»Du bist beruhigt?«, fragte Konstanze mit zusammengekniffenen Augen, erwartete aber keine Antwort. »Immerhin könnte es sein, dass einer oder sogar beide Söhne des Blaufärbers wegen der Schuld unserer Söhne umgebracht worden sind.«

»Schuld? – Schuld? Was auch immer geschehen ist: Unsere Söhne tragen für nichts die Schuld!«, empörte sich Ulrich.

»Entschuldige! Natürlich haben unsere Kinder keinerlei Schuld auf sich geladen«, sagte Konstanze, die merkte, dass sie sich in all der Aufregung bei der Wahl ihrer Worte vergriffen hatte.

»Selbst wenn dem so sein sollte – was immer noch höchst spekulativ ist – können unsere Kinder nichts für Didriks Verschwinden. Sicher: Sie sind ohne Erlaubnis in den Kirchhof geschlichen. Aber sie haben doch nichts und niemandem etwas getan. Was also soll ich tun? Ich habe nicht den geringsten Beweis, ja, nicht einmal einen annähernd belegbaren Anhaltspunkt. Was ich habe, ist der medizinische Beleg dafür, dass Ruland Berging tot ist und …«

»Beweis! Was ist schon bewiesen?«, zischte Konstanze hämisch dazwischen. »Du müsstest etwas unternehmen.«

»Wenn du schon so klug bist, dann sag mir bitte, was ich tun soll«, konterte Ulrich und wollte in seiner Wut Konstanze schon wieder an den Armen packen, ließ dies aber dann doch sein. »Wenn ich einen eindeutig als tot Identifizierten zur Anklage brächte, würde man mich in Immenstadt auslachen.«

»Aber du hast die Aussage unserer Söhne.«

»Was soll das nützen? Erstens handelt es sich dabei um ein Kind und einen Heranwachsenden, denen man kaum Glauben schenken wird. Und zweitens haben sie nichts Konkretes, nichts wirklich Belastendes gehört … auch wenn dies der von dir ach so gefürchtete Unbekannte vielleicht immer noch glauben mag. Ich sage es jetzt noch einmal: Der ehemalige Totengräber Ruland Berging ist tot! Und er wurde nicht einmal ermordet. Laut Aussage unseres Dorfarztes war er besoffen und ist schlicht und ergreifend im Entenpfuhl ersoffen.«

»Deine Wortspielereien kannst du dir sparen«, maulte Konstanze, die sich nicht beirren ließ und ihren Mann fragte, was nun mit ihren Söhnen geschehen solle.

Da der Kastellan wusste, dass seine Frau normalerweise vernünftig war und jetzt nur aus Sorge um ihre Kinder so verbohrt reagierte, antwortete er in ruhigem Ton: »Auf Diederich werden wir trotzdem noch mehr achten als bisher. Wir haben bereits darüber gesprochen, dass er das Schloss nicht allein verlassen darf.«

»Niemals!«, konkretisierte seine Frau scharf.

»Beruhige dich, Konstanze. Das würde er sowieso nicht tun. Und was Lodewig anbelangt, so ist er alt genug, um selbst auf sich achten zu können.«

»Du musst auch ihm verbieten, das Schloss allein zu verlassen!«, fuhr Konstanze dazwischen.

Der Kastellan schüttelte entschieden den Kopf.

»Nein, meine Liebe. Erstens darf Lodewig bald Waffen tragen, um sich verteidigen zu können. Und zweitens musst du dich so langsam daran gewöhnen, dass dein Mittlerer erwachsen geworden ist. Ich werde ihm dennoch einbläuen, äußerst wachsam zu sein, und ihn bitten, stets vor Einbruch der Dunkelheit im Schloss zu sein. Außerdem werde ich seine Waffenübungen vorantreiben. Bist du damit zufrieden?«

»Danke, Ulrich! Dennoch macht mich diese Unsicherheit fertig.« Nachdem Konstanze dies gesagt hatte, wurde sie von einem nicht enden wollenden Hustenanfall geschüttelt.

Kapitel 30

Das Sterben indes war weitergegangen und hatte sich annähernd verfünffacht. Dass mittlerweile an die sechzig Tote zu beklagen waren, hatte ein Bote mittels Sendschreiben nach Immenstadt gebracht. Aber wie bei den Mitteilungen, die der Kastellan zuvor schon in die Residenzstadt hatte bringen lassen, gab es von dort nur kluge Sprüche zu vernehmen – wirkliche Hilfe war bis jetzt nicht gekommen.

»Feige Bande! Wenn sie uns wenigstens Lebensmittel, Kerzen und Wolldecken schicken würden«, hatte Ulrich Dreyling von Wagrain, nachdem er hatte feststellen müssen, dass die Staufner mit ihren Problemen allein gelassen wurden, enttäuscht geschimpft. Zudem hatte er gehofft, dass sie von Oberamtmann Speen eine außerordentliche Genehmigung zum Holzfällen bekämen, um Särge zimmern zu können und wenigstens diesbezüglich für den Winter gerüstet zu sein. Außerdem wäre es ihm recht gewesen, wenn sich der in solchen Dingen erfahrene Immenstädter Medicus mit den Pesttoten in Staufen befasst hätte. So würde wenigstens eindeutig geklärt werden, ob es sich tatsächlich um die Pestilenz, womöglich aber um eine andere Infektionskrankheit wie die *Söldnerkrankheit* oder weiß der Teufel was sonst noch für eine Seuche handelte. Im Grunde genommen wusste er, dass die Immenstädter ihren Stadtmedicus selbst brauchten und nicht Gefahr laufen würden, ihn der Pest in einem anderen Ort zu opfern. Dass sie allerdings keinen ihrer Leichenbestatter nach Staufen schickten, ärgerte ihn gewaltig. So war er froh, sich wenigstens auf Fabio verlassen zu können. Und der hatte richtig Arbeit. Da der junge Leichenbestatter mit dem Ausheben der Gräber schon längst nicht mehr nachkam, stapelten sich die Leichen in und vor der St. Martins-Kapelle, sie verteilten sich sogar schon über dem ganzen Kirchhof. Diejenigen, die bereits ein Familiengrab hatten, veranlassten, dass ihre Toten direkt neben ihren Gräbern abgelegt wurden, damit sie bei der späteren Bestattung nicht verwechselt werden konnten und sie später den oder die richtigen betrauern konnten. Zunächst aber mussten die Hinterbliebenen geduldig warten, bis ihre Verstorbenen, die sie aus Ansteckungsangst vor ihre Behausungen gelegt hatten, abgeholt wurden.

Dadurch, dass der Spätherbst mit Riesenschritten herbeieilte, wurde die Lage diesbezüglich etwas entschärft. Es wurde von Tag zu Tag kühler. Aber die wärmenden Sonnenstrahlen an den Nachmittagen machten den vormittags kaum merklichen süßlichen Verwesungsgeruch ab mittags zum ekelerregenden Dauerbegleiter der Menschen im Ort.

Um sich gegenseitig zu warnen, malten sie weiße Kreuze an die Türen der Behausungen, in denen es Tote gegeben hatte. Das handgepinselte Pestkreuz prangte jetzt schon an über dreißig Häusern und Hütten, deren überlebende Bewohner von denjenigen, die noch kein Pestopfer zu beklagen hatten, gemieden wurden.

Dass das Sterben immer nach dem gleichen Schema ablief, merkten die Angehörigen in ihrer Verzweiflung immer noch nicht. Zu sicher waren sie sich, dass es die Pest sein musste, die einen nach dem anderen holte. So fiel ihnen auch nicht auf, dass der Medicus immer reicher wurde. Er war der Einzige, dem es so richtig gut ging; insbesondere, weil sich die

Menschen wegen der Ansteckungsgefahr kaum noch in seinen Behandlungsraum trauten. Jetzt musste er zwar den zeitlichen Mehraufwand für Hausbesuche auf sich nehmen, ließ sich diesen aber fürstlich entlohnen.

Die Arbeit machte es erforderlich, dass er seine Pestgewandung jetzt tagtäglich trug, was zur Folge hatte, dass er nicht mehr nur vor sich hin müffelte, sondern gotterbärmlich zum Himmel stank. Aber das machte nichts aus. Im Gegenteil: So hielten die Menschen noch mehr Abstand zu ihm als zuvor und rochen seine Schnapsfahne nicht. Dafür, dass er sich die Hausbesuche zusätzlich mit einem halben Gulden bezahlen ließ, zeigten seine Patienten Verständnis. Sie waren froh, dass er überhaupt kam … auch wenn er meistens nur noch dafür sorgen musste, dass die Toten von Fabio abgeholt und ordentlich bestattet wurden. Für ihn lohnte sich die Mehrarbeit, die er durch die Hausbesuche hatte, allemal. Außerdem konnte er bei dieser Gelegenheit direkt vor Ort feststellen, ob es für ihn von Vorteil wäre, die betreffenden Patienten vorläufig noch am Leben zu lassen, um sie weiter zu schröpfen oder ob es besser wäre, sie gleich sterben zu lassen, weil außer den Honoraren für Abholung, Sarg und Beerdigung sowieso nichts mehr herauszuholen war. In mehreren Lederbeuteln, die an seinem Gürtel baumelten – das hatte er Til, dem Kräutermann abgeschaut –, führte er die verschiedensten Kräutermischungen bei sich. In seiner Umhängetasche hatte er zurechtgeschnittene Leinenlappen und eine dünne Schnur, um möglichst flexibel zu sein und direkt vor Ort individuelle Sudbeutelchen herstellen und verkaufen zu können.

Bevor es in Staufen richtig losgehen und es zum Höhepunkt dieser ›Pestwelle‹ kommen würde, ließ er sich noch schnell zwei große Gallonen Obstbrand vom Bodensee bringen. Das Geld hierfür hatte er jetzt ja. Und da ihn der Totengräber nicht mehr bremsen konnte, stand er nun ständig unter Alkohol, der ihn immer frecher werden ließ. So war ihm der Gedanke gekommen, in sein Unternehmen zu investieren. Um seiner Arbeit die nötige Aura zu verleihen, hatte er sich sogar seltene Misteln und teuren Weihrauch besorgt. Bevor er mit seiner Behandlung begann, brachte er stets ein Häufchen dieses Räucherwerkes zur Glut und murmelte für das einfache Volk unverständliche Beschwörungsformeln in Latein vor sich hin. Dabei fuchtelte er wie wild mit einem Mistelzweig herum und zerdrückte die weißen Beeren, bevor er sie auf der Stirn seiner Patienten zerrieb. Nach dieser Zeremonie befahl er den Angehörigen, die immergrüne Schmarotzerpflanze direkt über dem Krankenlager aufzuhängen. Dies alles verstärkte die Wirkung seines Angst einflößenden Auftretens ungemein.

Da der Propst mittlerweile selbst nicht mehr wusste, ob es sich nun doch um die Pest oder nur um eine andere ansteckende Krankheit handelte, ging er auf Nummer sicher und betrat schon seit Wochen keine Behausung mehr. So bekamen die Opfer des durchtriebenen Arztes ihre letzte Ölung in Einzelfällen von der Straße aus, meist aber erst, wenn Fabio sie in die Erde gelegt hatte, und auch das nur noch höchst selten. Um sich ja nicht anzustecken, vermied der überängstlich gewordene Diener Gottes sogar ein Zusammentreffen mit dem Medicus, dem dies natürlich sehr entgegenkam. So konnte er noch ungestörter seiner schändlichen Arbeit nachgehen, als dies bisher schon der Fall gewesen war. Je größer das Leid unter der Bevölkerung wurde, umso mehr wurde seine Arbeit geschätzt, was sich in klingender Münze oder in Form von anderen Werten – die er sich meist in den Kammern seiner Opfer auszugucken pflegte – bezahlbar machte.

In Staufen starben aber nicht nur die Menschen. Mit ihnen starb auch das von jeher schon bescheidene gesellschaftliche Leben im Ort. Auch der traditionelle *Kirbetanz*, zu dem sonst immer die ledigen Burschen des Dorfes am Vorabend der Kirchweih in die ›Krone‹ eingeladen hatten, fiel zum ersten Mal aus. Die Menschen verzichteten sogar auf die gegenseitigen Verwandtenbesuche am Kirchweihsonntag, bei denen sie sich immer bewirtet und viel Spaß gehabt hatten. Auch das Marktverbot galt immer noch und traf die Staufner, die jetzt jahreszeitbedingt ihre Felder nicht mehr bestellen konnten, besonders hart. So hatten sie nicht einmal mehr die Gelegenheit, von auswärtigen Händlern Lebensmittel einzutauschen oder zu erwerben … falls sie diese überhaupt noch bezahlen konnten. Dies wäre jetzt der einzige Grund gewesen, die Behausungen zu verlassen, in denen sie sich mehr und mehr verkrochen hatten. Sie konnten nicht wissen, dass sich Reisende sowieso nicht mehr nach Staufen hinein trauten, weil der Kastellan das Problem beim Oberamtmann gemeldet und die Order bekommen hatte, an allen drei Ortseingängen schwarz grundierte Holzschilder aufzustellen, auf die der gräfliche Hofmaler eine Warnung gepinselt hatte:

Gott erbarm sich der Stauffner vor der Pestilenzen unnd schütze unns Reisende die an diesem Ort deß Todts gewahr werden wenn sie den selbigen wider deß Verboths der gräflichen Residentz zue Immenstatt betreten.

Um auch diejenigen, die des Lesens nicht mächtig waren – und dies waren fast alle –, vom Betreten des vermeintlich verseuchten Dorfes abzuhalten, hatte Oberamtmann Speen auf die Schilder auch noch weiße Totenköpfe mit gekreuzten Knochen malen lassen. Als würde dieses Motiv als eindeutiges Todessymbol nicht hinreichend warnen, hatte er auch noch angeordnet, direkt daneben und an allen noch so kleinen Schleichpfaden, die in den Ort hineinführten, die hölzernen Kreuze, die der gräfliche Haus- und Hofschreiner auf die Schnelle zusammengezimmert hatte, aufzustellen. Dies würde zwar keinesfalls die erhoffte Wirkung verfehlen, wäre aber gar nicht nötig gewesen; denn die Kunde, dass die Pest in Staufen grassierte, hatte sich längst nicht nur im ganzen Allgäu diesseits und jenseits der Iller, sondern vom Oberschwäbischen aus bis nach Memmingen hinauf und an den Bodensee hinunter, sogar bis in den Bregenzer Wald und in die Schweiz hinein herumgesprochen. Klar, dass sich niemand mehr hierher traute.

Um ganz sicher zu gehen, dass sich kein Auswärtiger – womöglich irgendein übereifriger Berufskollege – in den Ort wagte und aufgrund seines Fachwissens hinter den Schwindel kam, hatte der Medicus echte Totenköpfe und Menschenknochen vor die Holzkreuze gelegt.

»Wenn das nicht hilft, dann hilft der Teufel«, hatte er zu Fabio gesagt, der nicht ganz verstanden hatte, was damit gemeint war.

Durch den Umstand, dass in Staufen Seuchengefahr bestand, blieb der Ort von einem anderen großen Unheil verschont. Wenn auch am 1. September vor der St. Lorenz-Kirche in Kempten verkündet worden war, das Allgäu sei ›schwedenfrei‹, trieben nach wie vor marodierende Landsknechthaufen und versprengte Reiterscharen ihr Unwesen. Waren es zuerst die Kaiserlichen gewesen, so waren es jetzt die schwedischen Truppen des Generals Horn, die zum zweiten Mal in das westliche Allgäu einfielen und alles verwüsteten, was ihnen in die Quere kam. Sie brachten Leid und Vernichtung in die nahe gelegene Pferdestadt Lindenberg, die schon einmal heimgesucht worden war. Die Lindenberger, die sich vom letzten Bauernaufstand noch nicht erholt hatten, waren von 1622 bis 1626 immer wieder dazu gezwungen worden, kaiserliche Soldaten einzuquartieren und zu verpflegen. Als Lohn dafür hatten die Schweden den Ort bis auf fünf Häuser vollständig niedergebrannt. Sogar die Kirche mitsamt den Taufbüchern und allen Archiven war von den protestantischen Marodeuren nicht verschont geblieben.

Obwohl die wüsten Truppen weder Tod noch Teufel fürchteten, ließen sie Staufen dieses Mal lieber links liegen. Die Schilder an den Ortseingängen zeigten auch hier Wirkung und flößten sogar den hartgesottenen Soldaten, die bei ihren Kriegs- und Raubzügen auch ihre Frauen und Kinder mit sich führten, Respekt ein. Umso brutaler würden sie jetzt, nachdem sie von Buflings aus über die Salzstraße nach Simmerberg und von dort aus den direkten Weg nach Lindenberg weitergezogen waren, wüten.

»Hauptsache, sie lassen uns in Ruhe«, hatte der Moosmannbauer zu seiner Frau gesagt und sich hinter einer Hecke versteckt, als er den wilden Haufen an seinem Acker hatte vorbeiziehen sehen.

Kapitel 31

Als Konstanze routinemässig die Räume des Herrschaftsgebäudes nach Ungeziefer absuchte, warf sie zunächst nur einen beiläufigen Blick durch ein Fenster des dritten Stockes auf das Dorf hinunter. Der wunderschöne Ausblick inspirierte sie dazu, sich noch einen zweiten Blick auf ihre geliebte Heimat zu gönnen. Langsam schweiften ihre Augen über die mit *Landern* bedeckten Dächer der Häuser und Hütten. Dabei wurde ihr ganz warm ums Herz. »Ein schöner Morgen«, sagte sie versonnen und begann zu husten.

»Ja, Herrin«, antwortete Rosalinde, die hinter ihr damit beschäftigt war, eine Mausefalle in Position zu bringen und den todbringenden Hebel zu spannen.

»Was wird aus Staufen werden? Wie viele Menschen müssen wohl noch sterben?«, klagte die Kastellanin. Während sie so vor sich hin sinnierte, blieb ihr Blick am Haus des Blaufärbers hängen, was sie schlagartig aus ihren Gedanken riss. Sie kniff die Augen zusammen, weil sie glaubte, vor der Färberei drei Menschen zu sehen. Aufgrund der Entfernung und der blendenden Morgensonne konnte sie allerdings nicht erkennen, um wen es sich handelte.

»Sind dies die Blaufärber mit ihrem Sohn Otward?«, fragte sie geistesabwesend ihre Magd, die nicht wusste, was die Herrin von ihr wollte.

Nachdem Konstanze aufgrund der Entfernung die Personen nicht erkennen konnte, hielt sie es nicht mehr aus. Über eine Woche war seit dem grausigen Fund im Entenpfuhl vergangen, und ihre innere Anspannung wollte einfach nicht nachlassen. Die Neugierde war unerträglich geworden. Aus Sorge um ihre eigenen Kinder ließ sie jetzt alles stehen und liegen und rannte die Stufen ins Erdgeschoss hinunter, riss die Tür auf und trat keuchend in den Schlosshof. »Ulrich! Ulrich! Wo bist du?«, krächzte sie mehr, als sie rief.

Der Kastellan legte sofort sein Handwerkszeug beiseite und eilte seiner hustenden Frau entgegen.

»Was ist denn, meine Liebe?«, fragte er gleichsam besorgt und verunsichert.

»Sei mir nicht böse, wenn ich meinen eigenen Rat jetzt selbst nicht mehr befolge und den sicheren Schutz der Schlossmauern verlasse. Ich muss …«

»Nun sag endlich, was los ist, Konstanze«, fiel ihr Ulrich ungeduldig ins Wort.

»Nichts ist los. Was meinst du? … Mich drängt es lediglich zu den Blaufärbern. Ich muss endlich wissen, ob Otward noch lebt«, keuchte sie sichtlich angestrengt.

»Ich verstehe dich zwar nicht, respektiere dennoch deinen Wunsch. Aber warum gerade jetzt?«

Ulrich drückte seine hustende Frau an sich. »Du scheinst mir auch nicht gerade gesund zu sein. Allein lasse ich dich nicht gehen … Weißt du was? Ich begleite dich.«

Konstanze lächelte, legte ihrem Mann eine Handfläche auf die Wange und sagte: »Du bist lieb.«

»Und du hustest immer stärker. Zieh dir etwas Warmes über«, empfahl ihr besorgter Mann, der schon längst gemerkt hatte, dass es mit Konstanzes Gesundheitszustand nicht zum Besten stand.

Sie meldeten sich bei ihren Kindern, dem Gesinde und bei der Burgwache ab und gingen wie ein verliebtes Paar händchenhaltend den Schlossberg hinunter und den leicht geschlungenen Weg durch das Dorf bis zur Kirche. Da es unangemessen war, dass ein Mann seiner Frau öffentlich seine Liebe zeigte, indem er ihre Hand hielt, wäre dies ein ungewöhnliches Bild, wenn es jemand sehen würde. Aber die Straßen waren menschenleer, und so genierten sie sich nicht, ihren Weg zum Färberhaus händchenhaltend fortzusetzen. Sie lösten sich aber schlagartig, als der Propst ausgerechnet in dem Moment aus dem Gotteshaus kam, während sie auf das Kirchenportal zuliefen und im Begriff waren, rechts abzubiegen.

»Wären wir doch nur etwas schneller gelaufen«, flüsterte Ulrich seiner Frau ins Ohr und ließ es sich trotz des auf sie zukommenden Pfarrherrn nicht nehmen, ihr noch schnell ein Küsschen auf die Backe zu drücken.

»Gott zum Gruße, ihr Lieben!«, rief ihnen der priesterliche Freund lächelnd zu und tat so, als hätte er nichts gesehen. »So ein Zufall, dich hier zu treffen, Ulrich. Ich wollte gerade zu dir aufs Schloss«, sagte er und hatte auch schon einen geschäftigen Gesichtsausdruck aufgelegt.

»Grüß dich Gott, Johannes! Was kann ich für dich tun?«, antwortete der Kastellan etwas irritiert im Ton eines gläubigen Katholiken.

»Wir müssen uns dringend über die undurchsichtigen Geschehnisse der letzten Zeit unterhalten. Unser Gespräch duldet keinen Aufschub, da ich nach sorgfältiger Abwägung der Sachlage immer noch nicht glaube, dass die Menschen an der Pest sterben.«

»Dafür, dass du nicht an die Pest glaubst, hast du aber viel Angst davor«, lästerte der Kastellan.

»Wie meinst du das?«, wollte der Kirchenmann wissen. Dabei zog er seine buschigen Augenbrauen zusammen und verschränkte fast drohend die Arme, während er sich breitbeinig vor seinem wesentlich größeren Freund aufbaute.

»Na ja, man hört so einiges«, schmunzelte Ulrich Dreyling von Wagrain vielsagend.

Bevor sich der Propst empören konnte, ging der Kastellan auf das soeben von ihm Gesagte ein: »Du hast recht, Johannes. Irgendwie glaube ich auch nicht, dass die Pest umgeht. Aber wie kommst du darauf?«

»Weil ich langsam daran zweifle, dass aus dem ehemals stinkfaulen Medicus ein uneigennütziger und fleißiger Arzt geworden ist.«

Der Kastellan stutzte. »Was ist jetzt schon wieder los?«, wollte er wissen, bekam aber anstatt einer diesbezüglichen Antwort nur das zu hören, was er schon wusste.

»Es sieht ganz danach aus, als hätte er sich irgendwie vom Saulus zum Paulus gewandelt und würde den armen Menschen selbstlos helfen.«

»Ja! Er soll nicht einmal Geld dafür nehmen. Das hat mir der Huberbauer, dessen Frau er zweifellos geheilt hat, berichtet. Der alte Huber ist wohl sein größter Verehrer geworden«, bestätigte der Kastellan die Aussage des Propstes.

»Auch ich habe mittlerweile mit vielen Leuten gesprochen, die ihn allesamt loben«, erwiderte der Propst, bevor er kritischer wurde. »Dennoch stimmt irgendetwas nicht. Ein großer Teil der Menschen stirbt scheinbar an der Pest. Nur der Medicus, der in alle verseuchten Häuser kommt und neben Fabio als Einziger direkten Kontakt mit den Kranken hat, wird nicht infiziert. Er berührt seine verseuchten Patienten ganz ungeniert und zerdrückt sogar die Beeren der Druiden auf deren Stirn. Ich bin zwar kein Arzt, weiß aber, dass es bei der Pest Beulen an den Drüsen geben müsste, die furchtbar stinken, wenn sie aufplatzen. Dies war aber wohl bei keinem einzigen Toten der Fall …«

Der Propst räusperte sich. »Na ja … stinken tut's schon. Außerdem lebt – wie du selbst gesagt hast – Fabio auch noch. Also ist es nicht besonders merkwürdig, wenn auch Heinrich Schwartz bisher noch nicht der Pest erlegen ist.«

»Das mag ja alles sein, aber es gibt keinerlei Anzeichen für ein Fehlverhalten unseres Arztes. Im Gegensatz zu anderen zeigt er sogar viel Mut«, nahm der Kastellan, der gottfroh war, dass es einen Medicus in Staufen gab, Heinrich Schwartz in Schutz.

»Ja, du hast recht: Ich selbst bin von unserem Heiland nicht gerade mit übermäßigem Mut ausgestattet worden und habe eine …«, er bekreuzigte sich, »Heidenangst, angesteckt zu werden. Dennoch habe ich allen Mut zusammengenommen und mir einige der Leichen im Seelenhaus näher betrachtet.«

Der Kastellan war neugierig geworden. »Und?«

»Sie riechen allesamt übel, und etliche von ihnen haben zwar rote Pusteln, aber keine einzige Leiche hat stinkende schwarze Beulen, was auf die Beulenpest hinweisen würde.«

»Dann wird es wohl die Lungenpest sein«, ergänzte der Kastellan achselzuckend.

»Nein! Die kann es erst recht nicht sein. Und das weißt du.«

»Warum denn nicht?«, zeigte sich jetzt Konstanze interessiert.

»Nun ja: Kaum einer der Toten soll vor dem Tod schleimigen Auswurf oder auffälligen Husten gehabt haben.«

»Woher wisst Ihr das?«, interessierte es Konstanze jetzt genauer und – als hätte sie ein Stichwort bekommen – begann zu husten, worauf sich der Propst und der Kastellan sorgenvoll ansahen.

Während der Pfarrherr erklärte, er habe vom Gartenzaun aus mit einigen Hinterbliebenen gesprochen, sah Konstanze ihren Mann mit wässrigen Augen an.

»Außerdem gäbe es bei der Lungenpest wohl keinen einzigen Überlebenden. Was ist es also? Was geht hier in Staufen vor sich? Die Pest, der ungeklärte Tod des Immenstädter Soldaten, der verschwundene jüngere Sohn des Blaufärbers und der ertrunkene Totengräber …«, fasste der Kastellan die jüngsten Ereignisse zusammen.

»Vergesst nicht die tote Frau Föhr«, wollte Konstanze die Liste vervollständigen.

»Aber, meine Liebe. Die Bäckersfrau ist doch eines natürlichen Todes gestorben!«

»Wer sagt das?«

»Das weißt du: der Medicus!«

»Aha!«

Um einem eventuell heftiger werdenden Dialog zwischen dem Kastellan und seiner Frau vorzugreifen, ergriff der Propst wieder das Wort: »Jetzt stellt euch vor, dass auch noch schwedische Protestanten über uns herfallen würden. Nicht auszudenken!«

Damit konnte er allerdings Konstanze nicht vom Thema abbringen. Sie stupfte ihren Mann an und sagte zu ihm: »Jetzt wäre es an der Zeit, deinem Freund vom Erlebnis unserer Söhne zu erzählen.«

Ulrich gab ihr recht und berichtete in allen Details von der unliebsamen Begegnung ihrer Söhne auf dem Kirchhof.

Der Propst war fassungslos und reagierte erschrocken. Er brauchte ein Weilchen, bis er sich gefangen hatte. »Du hast mir ja schon etwas davon angedeutet, als du die Entscheidung treffen musstest, ob die Wasserleiche verbrannt werden soll oder nicht. Dass aber so viel dahinter steckt, habe ich nicht gewusst. Dann befinden sich zwei eurer Söhne auch nach Ruland Bergings Tod womöglich immer noch in Lebensgefahr«, konstatierte er nachdenklich.

»Natürlich! Deshalb sind wir gerade auf dem Weg zum Blaufärber. Wir brauchen Gewissheit. Wisst Ihr was? Kommt doch einfach mit«, schlug Konstanze dem Propst vor und packte ihn am Arm.

Nachdem sie sich bei beiden Männern eingehakt hatte, wurde der katholische Priester sichtlich verlegen, ließ es aber geschehen. Es überkam ihn sogar ein irgendwie wohliges Gefühl, das er nicht einordnen konnte. Wann hakt sich schon eine Frau bei mir ein?, dachte er versonnen und bat – falls dies der Herrgott als unkeuschen Gedanken betrachten würde – mit einem Blick nach oben um Vergebung.

Beim Färberhaus angekommen, sahen sie ein mit Säcken beladenes Pferdefuhrwerk und Hannß Opser, wie er gestikulierend mit zwei Männern verhandelte. Konstanze durchfuhr es wie der Blitz, als sie sah, dass es sich nicht – wie erhofft – um den Blaufärber und dessen Sohn Otward handelte. Es waren nur Leinenhändler aus Missen, die dem Blaufärber aus Flachs gewonnene Ware verkaufen wollten. Offensichtlich war den beiden das Geschäftemachen so wichtig, dass sie die Warnschilder ignoriert und sich in den Ort getraut hatten. Angst vor der Pest hatten sie anscheinend nicht.

»Einen Moment«, sagte der Blaufärber zu den beiden, als er den Propst, den Kastellan und Konstanze auf sich zukommen sah.

»Bringt erst Eure Arbeit zu Ende, Herr Opser«, sagte der Kastellan, während sie an den dreien vorbei in Richtung *Kogebänkle* gingen.

»Was führt Euch zu mir?«, fragte der Blaufärber, nachdem er sich bei seinen Lieferanten entschuldigt hatte und sich seinen Besuchern zuwandte.

»Habt Ihr etwas Zeit für ein kurzes Schwätzchen?«, fragte der Propst den Blaufärber.

»Selbstverständlich. Ich muss mich sowieso etwas ablenken, da diese beiden Raubritter aus dem Oberen Allgäu versuchen, mich über den Tisch zu ziehen und für das Fass Leinen mehr verlangen, als dieses wert ist. Außerdem lässt die Qualität zu wünschen übrig.« Dabei bat er den Propst und die Dreylings von Wagrain zu rutschen, damit er sich zu ihnen auf das Bänkchen setzen konnte.

»Wie geht es Euch?«, konnte es Konstanze nicht erwarten.

»Es gibt nichts Neues von Didrik, und es geht uns nicht gut. Mein Weib liegt seit seinem Verschwinden auf dem Lager und möchte einfach nicht mehr aufstehen.«

»Dann bleibt die ganze Arbeit an Euch und Eurem Sohn Otward hängen?«, fragte der Kastellan, um etwas über den Verbleib des ältesten Blaufärbersohnes herauszubekommen.

Für diese Frage warf ihm seine Frau einen dankbaren Blick zu.

»Wenn es nur so wäre! Aber leider muss ich die ganze Arbeit allein verrichten.«

»Wieso? Hilft Euch Euer Sohn nicht dabei?«, schoss es, für den Blaufärber eine Spur zu entsetzt, aus Konstanze heraus.

»Nein! Dies ist leider nicht möglich«, antwortete Hannß Opser, der sich über Konstanzes Ton wunderte und dabei einen betrübten Eindruck erweckte.

»Was ist geschehen? Wo ist Otward?«, ließ sie nicht locker, während sich der Kastellan und der Propst ebenfalls ihren Reim auf das soeben Gehörte zu machen versuchten.

Alle drei werteten die Aussage Opsers als Ouvertüre zur Hiobsbotschaft, mit der sie rechneten und die jetzt gewiss kommen würde. Gespannt blickten sie zum Blaufärber, um endlich zu erfahren, was mit seinem Sohn geschehen war.

»Otward ist nicht da!«, kam zunächst nur eine knappe Antwort, die immer noch offen ließ, was mit ihm los war.

»Bitte, sprecht weiter«, drängte Konstanze den Blaufärber, der sich über das Interesse der Kastellanin zunehmend wunderte.

»Na gut. Obwohl ich nicht weiß, warum es Euch interessiert, wo sich mein Sohn derzeit aufhält, sollt Ihr es erfahren. Vor zwei Wochen kam mein Neffe mit dem Ochsenkarren aus Dietmannsried und hat die Kunde gebracht, dass es seiner Mutter – der ältesten Schwester meines Weibes – sehr schlecht gehe und sie wohl bald sterben würde. Ihr Wunsch sei es, uns ein letztes Mal zu sehen, bevor sie von dieser Welt abtritt. Da aber Gunda das Verschwinden unseres kleinen Sohnes nicht verwinden kann und darüber selbst krank geworden ist, bin ich bei ihr geblieben, um ihr beizustehen und sie zu pflegen. Um ihren Kummer nicht noch zu vergrößern, habe ich ihr nichts vom Gesundheitszustand ihrer Schwester erzählt und mir etwas anderes einfallen lassen. Unter einem Vorwand ihr gegenüber habe ich Otward zur Verwandtschaft nach Dietmannsried geschickt.

Wir erwarten seit Tagen seine Rückkehr und Nachricht darüber, wie es meiner Schwägerin geht.«

»Gott sei Dank, Otward lebt«, entfuhr es Konstanze, die jetzt überhaupt nicht mehr einschätzen konnte, ob überhaupt und inwieweit sich ihre Söhne in Gefahr befanden. »Ich danke dir, mein Herr«, schickte sie ein Gebet nach oben.

Dass der Kastellan und der Propst ebenfalls erleichtert waren und ähnliche Gedanken wie Konstanze hatten, ließ sich vor dem Blaufärber nicht mehr verheimlichen.

Konstanze konnte ihre Freude einfach nicht verbergen. Zu viele Gedanken schwirrten ihr jetzt durch den Kopf: Wenn Otward lebt, muss die Wasserleiche tatsächlich der Totengräber gewesen sein. Schweben unsere Buben und Otward dann überhaupt noch in Lebensgefahr oder umso mehr? Trotz der vielen Fragen, die ihr durch den Kopf schossen, war sie – im Augenblick jedenfalls – beruhigt. Sie hatte mit ihren eigenen Ohren hören dürfen, was sie nicht zu hoffen gewagt hatte.

Damit ihr inneres Aufgewühltsein dem Blaufärber nicht noch mehr auffiel, ging sie ins Haus, um wenigstens für ein paar Minuten seiner Frau Gunda Beistand zu leisten. Der Propst folgte ihr, er wollte der Kranken Mut machen und ein gemeinsames Gebet mit ihr sprechen.

Konstanze hatte sich seitlich auf ihr Lager gesetzt, um sich ein Weilchen mit ihr zu unterhalten.

Der Kastellan musste – ob er wollte oder nicht – dem Blaufärber von Konstanzes, seiner und des Propstes Sorge über den schon tot geglaubten Otward berichten.

Als der Handwerker die Sache mit der Wasserleiche hörte, konnte er seit langer Zeit zum ersten Mal wieder herzhaft lachen. »Verzeiht, werter Herr Kastellan! Aber die Freude darüber, dass es sich unmöglich um meinen Sohn handeln kann …«

»Ist schon gut. Ich habe Verständnis für Eure Reaktion. Dennoch bitte ich Euch, das Wissen um dieses Missverständnis vor Eurer Frau geheimzuhalten.«

»Ich werde mich hüten, mein krankes Weib noch mehr aufzuregen … Wer weiß, was die sich dann wieder zusammenspinnt«, beruhigte er den Kastellan und erzählte so ganz nebenbei, dass er seinerzeit bei der Suche nach Didrik den Medicus in aller Herrgottsfrühe auf einem wunderschönen Schimmel aus dem Ort Richtung Salzstraße reiten gesehen hatte.

Als der Propst merkte, dass der Kastellan etwas erwidern wollte, sah er ihm scharf in die Augen und deutete ihm mit einem unmerklichen Kopfschütteln, jetzt nicht darauf einzugehen.

Zudem kam einer der beiden Leinenhändler ungeduldig auf sie zu und fragte, ob die Verhandlungen jetzt endlich wieder aufgenommen werden könnten, da sie sonst samt ihrer Ware Staufen wieder verlassen würden. »Dann verkaufen wir unsere Fässer eben in Sibratshofen oder in Isny«, versuchte einer der beiden zu drohen, was eine hitzige Debatte zwischen ihm und dem Blaufärber auslöste.

Diese Gelegenheit nutzte der Kastellan, um nach Konstanze zu rufen.

»Grüßt Eure Frau und gehabt Euch wohl«, sagte er, als sie sich verabschiedeten.

Konstanze wollte noch fragen, wann Otward wieder im Ort sei, wurde aber von ihrem Mann davon abgehalten, indem er streng sagte: »Jetzt reicht es! Wir gehen.«

Kaum hatten sie sich ein paar Schritte entfernt, zog der Kastellan den Priester beiseite und flüsterte ihm seine Vorahnung zu.

»Wusste ich's doch!«, antwortete sein Freund und schlug mit einer ausladenden Bewegung einen Handrücken auf die andere Handfläche, dass es nur so klatschte. »An jenem Tag, als ich Fabio zum Aushilfs-Totengräber bestallt habe, habe ich den Medicus darauf angesprochen, dass er oft mit dem Totengräber in der ›Krone‹ gesehen würde. Das hat mir das Gefühl gegeben, dass sich die beiden besser verstehen, als er zugeben wollte. Als mir der Medicus aber zur Antwort gegeben hat, dies sei nicht von Belang, habe ich es als unwichtig abgetan. Aber, sag mir, Ulrich: Das weiße Ross des Totengräbers ist das Einzige seiner Art im Dorf …«

»… und noch dazu ein Andalusier. Ein besonders wertvolles Pferd«, ergänzte der Kastellan nickend.

»Warum leiht der Totengräber dieses außergewöhnliche Pferd dem

Medicus, wenn sie keine engen Freunde sind?«, sprach der Propst seine Gedanken aus.

Der Kastellan nickte. »Das möchte ich jetzt auch wissen. Wir gehen gleich zu Vögels Pferdestall und sehen uns das edle Tier etwas näher an.« Da er wusste, dass sich seine Frau gleich wieder aufregen würde, wenn sie auch nur im Entferntesten etwas hörte, das ihre Sorge um die Kinder nährte, schickte er sie nach Hause. »Konstanze, die paar Schritte zum Schloss hoch kannst du doch allein gehen, damit ich mit Johannes ...?«

»Ja, ja, schon gut! Mach dir keine Sorgen. Ich finde den Weg. Bleib aber nicht so lange weg«, antwortete die glückliche Frau, die sich trotz der lästigen Husterei und der zunehmenden Brustschmerzen so gut fühlte, wie schon lange nicht mehr.

Nachdem die beiden Männer an Baptist Vögels Schmiede angekommen waren, riefen sie mehrmals nach dem Hufschmied, der sich aber nicht meldete, da er sich allem Anschein nach aus Angst vor der Pest mit seinem missratenen Sohn Baltus im Haus verbarrikadiert hatte. So öffneten sie ohne Erlaubnis die Tür des Mietstalles, um hineinzusehen. Zu ihrer Verwunderung mussten sie feststellen, dass das Pferd weg war.

Der Kastellan hielt seinen Kopf so weit es ging in den Stall hinein und schnupperte.

»Was ist denn mit dir los? Kennst du den Geruch von Pferden nicht?«

»Doch! Aber hier riecht es nicht nach Pferd. Außerdem ist der Stall kalt.«

»Ja und? ... Was bedeutet das?«

»Na, was wohl? – Außer Ratten und Flöhen ist hier schon längere Zeit kein Tier mehr gewesen.«

»Du meinst ...?«

»Ja! Ich meine, dass jemand mit dem Pferd des Totengräbers auf und davon ist.«

»Vielleicht ist der Schmied damit vor der Pest geflohen?«

»Das werden wir wissen, wenn wir an seine Haustür geklopft haben … Es könnte aber auch sein, dass sein Besitzer damit geflüchtet ist.«

»Du meinst … der Totengräber?«

Während sich Johannes Glatt erschrocken bekreuzigte, nickte der Kastellan.

»Ja! Der Totengräber ist zwar nicht der rechtmäßige Besitzer, aber den meine ich.«

»Woher willst du das wissen?«

»Aus der gräflichen Braustube in Immenstadt!«

Da der Propst jetzt überhaupt nichts mehr verstand, bekreuzigte er sich abermals und küsste auch noch sein Holzkreuz, das er an einer dicken Kordel um den Hals trug.

Kapitel 32

Lodewig nutzte jede sich bietende Gelegenheit, um seine geliebte Sarah aufzusuchen. Mit einem ihr wohlbekannten Pfeifen lockte er sie aus dem Haus. Sie saßen dann stundenlang im Garten und unterhielten sich. Zwischendurch berührten sie sich wie zufällig, später streichelten sie sich behutsam. Erstmals gestanden sie sich offen ihre Liebe ein und küssten sich erst ganz vorsichtig, dann richtig fest und immer leidenschaftlicher. Das junge Glück war auf dem besten Weg, endgültig zusammenzufinden. Es war eine keusche Liebe, die bis jetzt noch jeder größeren Versuchung widerstanden hatte.

Sarahs Mutter hatte die Sache, als sich die beiden aneinandergeschmiegt hatten, dem schrecklichen Erlebnis beim Entenpfuhl zugeordnet und sich nichts Weiteres dabei gedacht. Um nicht daran zu rühren, hatte sie ihre Tochter nie darauf angesprochen. Und der Vater ahnte sowieso nichts. Aufgrund des Glaubensunterschiedes zwischen ihr und Lodewig fürchtete Sarah dessen Reaktion, wenn er von ihrer Liebschaft erfahren würde. Schon lange drückte sie sich davor, wenigstens ihre Mutter ins Vertrauen zu ziehen.

»Ich habe Angst«, sagte sie zu Lodewig und schmiegte sich ganz eng an ihn.

Sarah war ein umsichtiges Mädchen, das zu Anstand und Ehre erzogen worden war. Ihre Jungfräulichkeit war ihr heilig. Deswegen war sie bisher darauf bedacht gewesen, es nicht bis zum Äußersten kommen zu lassen. Doch die Nähe zu Lodewig machte es ihr jetzt immer schwerer, standhaft zu bleiben. Sie liebte jede seiner Bewegungen, seine Mimik, seine Art, seinen Humor und sogar seinen Geruch. Ganz besonders liebte sie die kleinen Eckchen seiner Mundwinkel, die sie immer wieder gerne berührte und abbusselte. Sie schätzte es, wenn er ihr liebe Dinge zuflüsterte, und beobachtete dann gerne die Bewegungen seiner Lippen. Ganz besonders liebte sie es aber, wenn er sie in der ihm eigenen Art zärtlich küsste und berührte. Wenngleich sich seine Hände noch nie in körperliche Regionen vorgewagt hatten, die sie sich für ihre Ehe aufsparen wollte, träumte sie jetzt mehr denn je davon, dass Lodewig ihren Wunsch nach Keuschheit ohne jegliche Vorwarnung unrespektiert ließe. Ihr Vater sagte immer: »Wer viel fragt, bekommt viele Antworten.« Und welche Antwort sie Lodewig geben würde, wenn er sie danach fragen würde, ob er ihr beiliegen durfte, wusste sie. Wie sie aber reagieren würde, wenn er ihr ungefragt näher kommen würde, wusste sie nicht.

In dieser Sache war Konstanze Sarahs Mutter einige Schritte voraus: Aufgrund mehrerer Gespräche mit ihrem Sohn wusste sie, dass er ernsthaft verliebt war und dass seine Liebe seit geraumer Zeit vorbehaltlos erwidert wurde. Außerdem hatte sie im Gegensatz zu Judith die Situation nach der Sache beim Entenpfuhl sofort richtig eingeschätzt. So hatte sie ihren Mann gebeten, mit seinem mittleren Sohn offen über den Unterschied der Geschlechter sowie über die problematischen wirtschaftlichen und sozialen Auswirkungen, die die körperliche Liebe hervorbringen könnte, zu sprechen.

»Und vergiss nicht, Ulrich; Sarah ist Jüdin!«, hatte sie ihm noch mit auf den Weg gegeben, zur Antwort aber nur ein achselzuckendes »Na, und?« erhalten.

Der familiäre Rückhalt und das Vorbild der Eltern hatten Lodewig zu einem sanften jungen Mann heranwachsen lassen, der seiner Liebsten gegenüber sehr zärtlich war und nicht mehr von ihr forderte, als sie selbst zu geben bereit war. Dass sein Vater dieselbe Einstellung hatte, im Gegenzug zu ihm aber nicht unbedingt gut damit fuhr, wusste Lodewig nicht, und es ging ihn auch nichts an. Dass es nicht unbedingt die Normalität war, die Frauen ›vorher‹ nach deren Willen zu fragen, weil sie schließlich gottgewollt den Männern untertan zu sein hatten und sich die Männer deswegen meist nahmen, was sie begehrten – wenn es sein musste, sogar mit Gewalt – war eine Tatsache, mit der Ulrich Dreyling von Wagrain nicht konform ging. Und Lodewig schien ihm mit dieser Einstellung unwissentlich zu folgen. Immerhin war er im Lichte eines harmonischen Miteinanders aufgewachsen und wusste den Segen einer liebevollen Beziehung zu schätzen … auch wenn seine Mutter allen Familienmitgliedern gegenüber hier und da eine unnötige Strenge und manchmal sogar eine gewisse Kälte dem Vater gegenüber an den Tag legte.

So hatten die beiden jungen Leute ihr inniges Glück über eine lange Zeit hinweg heimlich genossen, ohne es zum Äußersten kommen zu lassen.

Zwischenzeitlich war es so richtig kalt und ungemütlich geworden. Lodewig und Sarah trafen sich jetzt meistens im Heuschober der Bombergs, wo sie sich ein gemütliches Plätzchen hergerichtet hatten. Auf der weichen Decke, die Sarah über das stupfelige Heu gelegt hatte, war es kuschelig weich und urgemütlich. Vom darunter gelegenen Stall strömte wohlige Wärme durch die Ritzen nach oben. So war es nicht verwunderlich, dass Sarah über kurz oder lang von ihren Gefühlen übermannt wurde. Sie konnte einfach nicht mehr anders. Und da ihr heute ganz besonders wohlig war, nahm sie entschlossen Lodewigs Hand und führte sie sanft dorthin, wo ihre Unschuld sehnlichst darauf wartete, berührt zu werden. Lodewig erschrak derart, dass er zurückzuckte. Er wusste nicht, was er tun sollte. Jetzt war es so weit ... und er hatte seine Hand ängstlich zurückgezogen. Obwohl auch er es nicht erwarten konnte, war ihm die Situation irgendwie unangenehm.

»Vielleicht wäre es doch an mir gewesen, den ersten Schritt zu tun?«, schalt er sich.

»Was murmelst du da?«

»Ach nichts!«

Da Sarah gemerkt hatte, dass Lodewig ängstlich geworden war, streichelte sie ihm über die Wange und sagte leise: »Wir haben Zeit. Es eilt nicht ... Obwohl ich es heute möchte«, hauchte sie ihm noch zart ins Ohr.

Und daran arbeiteten sie zunehmend mutiger. Da es für beide das erste Mal war, so etwas Schönes erleben zu dürfen, stellten sie sich allerdings etwas ungelenk an und verursachten mehr Geräusche, als ihnen lieb war. Und das ausgerechnet zu dem Zeitpunkt, als Jakob Bomberg in den Schober kam, um Stroh für die Geiß und die Hühner durch eine Luke nach unten in den Stall zu werfen.

Hoffentlich kommt er nicht hier hoch, schoss es den beiden gleichzeitig durch den Kopf.

Jakob Bomberg hörte etwas, stutzte kurz und schimpfte: »Ihr Scheiß Ratten! Na wartet, ich erwische euch noch.«

Waren die beiden Liebenden schon ängstlich geworden, als Sarahs Vater den Schober betreten hatte, wussten sie jetzt nicht, wie sie sich verhalten sollten, entschieden sich letztendlich aber tapfer, sich dem Vater freiwillig zu stellen. Obwohl sie eine Riesenangst vor seiner Reaktion hatten, standen sie auf, um ihre Gewandungen zurechtzuzupfen. Als sie dabei im weichen Heu versanken und wieder auf die Schafwolldecke zurückfielen, verursachten sie erneut Geräusche. Durch das Hinfallen rieselte sogar etwas Heustaub durch die Ritzen nach unten.

Jakob Bomberg blickte nach oben und schimpfte abermals: »Mistviecher!«

Während er mit seiner Arbeit fortfuhr, hatte sich Sarah anders entschieden und drückte Lodewig sanft aber bestimmt eine Hand auf den Mund. »Pssst!«

Die beiden blieben noch so lange still aneinander gekuschelt, bis sie sicher waren, dass von Sarahs Vater keine Gefahr mehr drohte. Als er weg war, platzte ein verhaltenes Lachen aus ihnen heraus, und sie begannen wieder damit, sich zart zu küssen und zu streicheln. Dies taten sie jetzt so lange ungestört, bis ein ungestümer Schrei des wonnigen Schmerzes und des innigen Gefühles Lodewig dazu veranlasste, seine Lippen besonders fest auf Sarahs zu drücken, damit deren Eltern nichts von ihrem Glück hören konnten.

Auf dem Nachhauseweg träumte Lodewig von dem, was er soeben erlebt hatte. Als er seine Hände, mit denen er Sarah überall berührt hatte, an ihrer statt küsste, nahm er zum ersten Mal in seinem Leben den zarten Duft körperlicher Liebe wahr.

Es war der zweite Adventssonntag, an dem inmitten von allgemeinem Leid und Elend ein Kind zweier Konfessionen gezeugt worden war.

Zur gleichen Stunde starb ein paar Häuser weiter der kleine Sohn des Seifensieders. Dessen Eltern konnten nicht wissen, dass es das letzte menschliche Wesen gewesen sein sollte, dessen Leben in Staufen von der vermeintlichen Pest ausgelöscht worden war. Mit ihm waren es am heutigen Tag, dem 14. Dezember 1634, neunundsechzig Opfer. Bis dahin hatte der Medicus sein schändliches Spiel erfolgreich weiter gespielt und die Leute nach Gutdünken sterben lassen.

Kapitel 33

Auch wenn keine neuen Toten hinzukamen, lagen immer noch genügend Leichen herum, die versorgt werden mussten. Deswegen waren Fabio und der Pfarrer mehr als beschäftigt. Längst hatte Propst Glatt damit begonnen, der Einfachheit halber nur noch einmal am Tag den noch nicht bestatteten Toten den Segen Gottes zu erteilen und bei dieser Gelegenheit Weihwasser auf die bereits zugeschütteten Gräber zu spritzen. Allerdings lag dies weniger an dessen Überbeschäftigung, als an seiner Heidenangst vor Ansteckung.

Auch wenn Fabio diesbezüglich mutiger war, hatte er seine Arbeit rationalisiert. So hatte er den Sohn des Seifensieders einem Grab beigegeben, in dem noch etwas Platz gewesen war, obwohl darin schon vier Leichen gelegen hatten. Er hatte den Kleinen einfach so hingebogen, dass er umgekehrt zwischen den Füßen der anderen Platz gefunden hatte. Gerne hätte er sich nach den Wünschen der Hinterbliebenen gerichtet und die Toten in deren Familiengräbern gelegt, was ihm aber beim besten Willen nicht mehr möglich war.

Da das Geschäft immer noch über den Medicus lief, bestellte ein großer Teil der Hinterbliebenen die Särge nach wie vor direkt bei ihm. Bei Fabio kamen die Aufträge aber nie an. Somit strich der Medicus für jeden bestellten Sarg zwar einen halben Gulden ein, ließ diesen aber nicht produzieren. Da es auch die letzten Trauernden vorzogen, sich aus Angst vor Ansteckung nicht auf dem Kirchhof blicken zu lassen, würde dieser Betrug jetzt auch nicht mehr auffallen.

»Das Geschäft ist gelaufen«, sagte der Medicus übermütig zu Fabio und meldete sich bei ihm für den Winter ab. Dafür, dass der Leichenbestatter den Rest auch noch erledigen und seinen Mund halten würde, drückte er ihm einen Viertel Taler in die Hand. Grund genug für Fabio, seine Arbeit ordnungsgemäß zu beenden und sich keine weiteren Gedanken zu machen.

»Gut, dass es keine neuen Toten mehr gibt«, sagte er tags darauf zum Propst, der noch nicht so recht daran glauben mochte, dass der Spuk ein Ende haben sollte.

»Hoffen wir, dass dies so bleibt«, entgegnete er alles andere als zuversichtlich und bekreuzigte sich.

»Dann werden es jetzt wohl die letzten Gruben sein, die du ausheben musst«, stellte Fabios Dienstherr, der sich schon Gedanken darüber machte, was er dann mit seinem verlausten Schützling anstellen sollte, fest.

»Gott sei Dank ist bald Feierabend! Da das Erdreich zunehmend gefriert, wird es jetzt immer schwerer, Löcher zu graben. Ich muss fertig werden, bevor der Boden noch härter wird«, keuchte Fabio.

Der Propst konnte nicht wissen, dass es kein Glücksfall und schon gar kein Zufall war, dass es keine Pesttoten mehr gab. Der zunehmenden Kälte war es zu verdanken, dass der Medicus seine Mordserie vorläufig beendet hatte. Diese Tatsache und das Wissen darum, dass die echte Pest mit einsetzender Kälte abebben würde, da der Rattenfloh bei Minusgraden in eine Art Gliederstarre verfiel, waren die Gründe dafür, dass der Medicus von vornherein eine Winterpause eingeplant hatte. Der Arzt wusste, dass es anderen Studierten auffallen würde, wenn die Menschen auch im Winter ungebremst an der Pest sterben würden wie die Fliegen. Und er würde das Kreuzzeichen schlagen, wenn durch Fabio alle Beweise mit zwei oder drei Ellen gefrierender Erde bedeckt worden waren.

Er hatte mittlerweile so viel Geld verdient, dass er sich diese Pause gönnen konnte. Außerdem hatte er in der ›Krone‹ mitbekommen, dass der Schuhmacher Grob die Unentwegten, die nach wie vor ins Wirtshaus gingen, immer wieder gegen die Juden aufhetzte und Schuldige für die vermeintliche Pest suchte.

»Die Juden haben schon bei der ersten großen Pestwelle im vierzehnten Jahrhundert die Brunnen vergiftet!«, lautete eine seiner immer wiederkehrenden Hetzparolen, die jetzt langsam zu wirken begannen.

Der Medicus, der die dummen Sprüche des fiesen Lederers nicht mehr hören konnte und als Einziger wusste, dass es sich bei der Leiche vom Entenpfuhl nicht um den Totengräber gehandelt hatte, grübelte derweil immer noch darüber, um wen es sich bei der Wasserleiche gehandelt haben könnte und ob Ruland Berging etwas damit zu tun hatte. Am meisten aber störte ihn, dass er nicht wusste, wo sein ehemaliger Kumpan abgeblieben war. Der Medicus machte sich Sorgen darüber, dass er unverhofft wieder auftauchen und ihm eine saftige Provision abknöpfen könnte. Wenn ihn diese Frage nicht ständig beschäftigen würde, wäre ihm sauwohl gewesen.

Bald ist Weihnachten; eine gute Zeit, um die Menschen wieder auf bessere Zeiten hoffen zu lassen. Und nach dem Winter werde ich mein erfolgreich begonnenes Werk fortsetzen, nahm er sich vor, während er hämisch in sich hinein grinste.

Obwohl ihn der Propst, der Kastellan und auch Otto eine ganze Zeit lang heimlich beobachtet und die Familien der Kranken und Toten unauffällig über den Arzt und dessen Arbeit ausgefragt hatten, dürfte es jetzt zu spät sein, ihm etwas nachweisen zu können. Genau genommen wussten sie nicht einmal, welcher Verbrechen sie ihn überhaupt verdächtigen sollten.

»Jetzt, da die letzten Pesttoten begraben sind, ist die Sache gelaufen«, stellte der Kastellan ernüchtert fest. »Dann werden wir ihm wohl niemals etwas nachweisen können … es sei denn, wir buddeln ein paar Tote wieder aus.«

»Was ein sacrilegium wäre«, schrie der Priester empört auf. »Und außerdem stecken wir uns bei dieser Gelegenheit an … Bist du verrückt? Ich jedenfalls versündige mich nicht«, wehrte er entschieden ab und tat das, was er am Besten konnte: Er bekreuzigte sich. Wie oft er sich seit Ausbruch der vermeintlichen Pest bekreuzigt hatte, dürfte wohl auf keine Kuhhaut mehr gehen.

Während der Kastellan Blut geleckt hatte und in seinem Innersten hoffte, dem durchtriebenen Arzt irgendwie auf die Schliche zu kommen, hatte der Propst längst resigniert. »Wie viele Leute haben wir nun schon befragt? Und alle haben nur Gutes über den Medicus gesagt.«

Sie mussten sich jetzt eingestehen, dass es ihnen nicht gelungen war, Beweismaterial gegen ihn zusammenzubringen, geschweige denn ihn zu überführen. Bis auf einen bitteren Geschmack war nichts geblieben.

Vor einer Woche war der Letzte einer perfiden Inszenierung, die in dieser Form als perfektes Schauspiel und Drama zugleich Weltpremiere gefeiert haben dürfte, zum Opfer gefallen. Da seither tatsächlich keine Pesttoten mehr zu verzeichnen waren und der Medicus allerorten plausibel erklärt hatte, dass die Seuche wegen der Kälte zum totalen Erliegen gekommen war, schöpften die geschundenen Herzen der Überlebenden wieder etwas Hoffnung. So wie man es von der Adventszeit vergangener Jahre her gekannt hatte, wuselte es allerdings nicht auf den Straßen und Wegen. Wie sollte es auch: Immerhin war die Bevölkerung Staufens um fast siebzig Personen geschrumpft. Dennoch kam jetzt zunehmend Bewegung ins Dorf. Hier und da hörte man sogar Gelächter, das von den Hauswänden in den engen Gassen widerhallte. Die Angst saß zwar noch in den Köpfen, war aber teilweise schon der Neugierde gewichen. Einzelne besuchten sich bereits wieder gegenseitig, um zu erfahren, wen es alles erwischt hatte. Man bemitleidete sich und betrauerte gemeinsam die Toten, wenngleich sich nach wie vor niemand auf den Kirchhof wagte. Selbst wenn in einem Haushalt niemand gestorben war, so waren doch mehr oder weniger nahe Verwandte, zumindest aber Freunde oder Bekannte, betroffen. Die Menschen trauten dem Frieden noch nicht so recht. Dennoch waren einige unter ihnen schon wieder guten Mutes.

Da Weihnachten vor der Tür stand, verflog die Trübsal bemerkenswert schnell. Zumindest hatte dies den Anschein. Einer half dem anderen. Manche der mehr als knapp gewordenen Lebensmittel wechselten die Besitzer. Wer eine warme Decke erübrigen konnte – was kaum vorkam –, tauschte sie gegen etwas anderes ein. Da es insbesondere an Nahrungsmitteln fehlte, taten sich die Männer zusammen und gingen gemeinsam zum Wildern.

»Der Graf ist sowieso nicht da, und der Herrgott wird's uns schon verzeihen«, war ihre Überzeugung, die sie lauthals hinausschrien, während sie Schlingen, Knüppel und Sicheln oder anderes Werkzeug hervorkramten.

Die Frauen blieben im Dorf und kümmerten sich um ihre Haushalte. Vor fast allen Behausungen standen Zuber, in denen sie sämtliche Gewandungen einweichten und wuschen, um sicherzustellen, dass auch nicht die geringste Pestspur darin hängen bleiben würde. Böden, Wände und Decken reinigten sie mit Essigwasser oder verdünntem Kalk. Die Frauen putzten damit sogar die Fensterläden und die Türen von außen, wo sie auch die eilig hingepinselten Pestkreuze abschrubbten, während sie selbst immer wieder das Kreuz schlugen und Dankgebete murmelten. Die restliche Flüssigkeit schütteten sie direkt vor ihre Haustüren und auf den Boden an den Hauswänden entlang. Sie sollte in das Erdreich eindringen und die Boten der Hölle davon abhalten, jemals wieder emporzusteigen, um die nächste Pestwelle anzukündigen.

In Staufen gab es eine Wohnstätte, die ebenfalls dringend gereinigt und ausgeräuchert werden musste – allerdings nicht wegen der Pest. Das war die Kammer des Arztes, der es sich jetzt darin gut gehen ließ. Da ihn die Menschen momentan nicht mehr sehen mochten, weil sein bloßer Anblick sie an die Schrecken der Pest erinnerte, hatte er jetzt seine gute Ruhe und ließ sich wie in früheren Zeiten täglich volllaufen. Der Totengräber war ja nicht da, um ihn zu bremsen. Dennoch musste der Medicus darauf achten, nicht unvorsichtig oder gar übermütig zu werden. Gestern hatte er in der ›Krone‹ gleich mehrere Lokalrunden geschmissen. Die Zecher waren zwar über die plötzliche Großzügigkeit des als besonders geizig bekannten Arztes verwundert gewesen, hatten aber dem geschenkten Gaul nicht ins Maul geschaut und gesoffen, was dessen prall gefüllter Geldbeutel hergegeben hatte. So war die ungewohnte Menschenfreundlichkeit des Arztes zwar allseits aufgefallen, aber es hatte niemanden gekümmert. Die Männer waren froh, jetzt wieder etwas sorgenfreier ins Wirtshaus gehen zu können – auch wenn etliche von ihnen beim Wirt Kerben ins Holz schnitzen lassen mussten.

Einige von ihnen hatten es geschickt verstanden, vor ihren Frauen Geld zu verstecken, damit diese es wegen der schon seit Jahren kränkelnden Großmutter oder des altersschwachen Großvaters nicht dem Medicus in den Rachen werfen konnten. »Der Opa wäre sowieso bald an Altersschwäche gestorben«, rechtfertigte dies einer der Stammtischbrüder vor seinem Gewissen. Mit dem so gesparten Geld konnte er sich jetzt unverdünntes Bier oder teuren Wein durch den eigenen Rachen laufen lassen. Sogar der Schuhmacher, der noch vor zwei Wochen einen Feldzug gegen die jüdische Familie Bomberg hatte anzetteln wollen, schien sich wieder einigermaßen beruhigt zu haben. Vielleicht schlug er deshalb versöhnlichere Töne an, weil weder er noch seine Frau Opfer der Seuche geworden waren. Da er keine Kinder, geschweige denn weitere Verwandte hatte, wäre sein derzeitiges Weltbild so ziemlich in Ordnung ... wenn er auch noch das Haus der Bombergs sein eigen nennen dürfte.

Auch im Schloss wurde alles auf Vordermann gebracht. Weniger wegen der Pest, sondern vielmehr, weil in ein paar Tagen Heiligabend war und deswegen seltener Besuch erwartet wurde. Alle mussten mit anpacken, damit es an Weihnachten so richtig gemütlich sein konnte. Während dem Stallknecht Ignaz die Pflege des Schlosshofes und der Wirtschaftsgebäude oblagen, nahm Konstanze die Hausmagd Rosalinde unter ihre Fittiche.

Obwohl die gräfliche Familie immer noch in der Bodenseestadt Konstanz weilte und in nächster Zeit wohl kaum nach Staufen kommen würde, hatte die designierte Hausherrin zusammen mit Rosalinde schon vor einiger Zeit die Gemächer des Herrschaftshauses nach Ungeziefer abgesucht und durchgeputzt. Es war eine schweißtreibende und staubige Arbeit gewesen, die Konstanze immer mehr zum Husten gebracht hatte.

Sie sehnte die Rückkehr ihres ältesten Sohnes in diesem Jahr ganz besonders herbei. Dies war das Vorrecht der Mutter. Aber auch der Rest der Familie Dreyling von Wagrain konnte es kaum erwarten.

Um den Studiosus sofort sehen zu können, wenn er aus dem Dunkel des Ortes heraus den Schlossberg hochkam, postierte sich Rudolph an der nordöstlichen Ecke des Schlosses, von wo aus er nicht nur einen guten Blick die Straße hinunter auf den größten Teil des Dorfes, sondern auch zum Entenpfuhl hatte. Immer, wenn sein Blick zufällig dorthin streifte, überkam ihn ein gruseliges Gefühl, und er musste an die schrecklich zugerichtete Wasserleiche denken. Um sich davon abzulenken, klopfte er sich Gedanken an das bevorstehende Weihnachtsfest – das er in erster Linie mit reichlich essen und trinken verband – in seinen Schädel.

»Wir möchten Eginhard überraschen und schon am Haupttor begrüßen. Sag uns also umgehend Bescheid, wenn du ihn kommen siehst«, schwor Konstanze Rudolph ein.

»Ja, Herrin!«, antwortete die Schlosswache dienstbeflissen, dachte aber sofort wieder an Rotwein und einen deftigen Braten.

An diesem 20. Dezember war es besonders früh dunkel geworden, weswegen die Mutter zunehmend unruhiger wurde.

»Wo bleibt der Bub nur?«, fragte sie ihren Mann bang.

»Bleib gelassen, Liebste. Er wird schon noch kommen. Es ist ein steiler und anstrengender Weg von Bregenz hierher.«

Dass der Weg zuweilen auch gefährlich sein konnte, verschwieg er lieber.

Die Zeit schritt unaufhaltsam voran, und Konstanze konnte ihre Anspannung kaum noch unter Kontrolle halten. Es war längst Nacht, als Rudolph den Schein einer Laterne aus dem Ort heraus in Richtung Schloss kommen sah. Schnaufend rannte er um das halbe Gebäude herum zum Tor und dann zum Vogteigebäude, um dort an die Tür zu hämmern. Er war so aufgeregt, dass er kaum herausbrachte, was er sagen wollte.

»Nun, was ist denn?«, fragte ihn der Kastellan, der natürlich ahnte, was Rudolph zu vermelden hatte.

»Er … er … Eginhard kommt!«

Konstanze fiel zuerst dem verdutzten Wachmann um den Hals und dann dem Rest der Familie. Niemand entkam ihrer liebgemeinten Umarmung.

»Also los! Wir müssen uns beeilen.« Die aufgeregte Mutter nestelte noch an den Gewandungen ihrer drei Männer herum, bevor sie sich hustend ein großes Tuch um die Schultern legte. »Wir können«, rief sie, während sie schon zur Tür eilte.

»Frauen!«, sagte Ulrich lächelnd zu den Buben, während er sie in die Arme nahm. »Und jetzt kommt!«

Gespannt postierten sie sich – zwei links und zwei rechts – hinter dem geschlossenen Tor, als sie Rudolph mit fast angsteinjagend tiefer Stimme rufen hörten: »Wer da?«

»Der verlorene Sohn!«, schallte lachend die Antwort zurück.

Als Konstanze die Stimme ihres Ältesten hörte, machte ihr Herz einen freudigen Sprung.

Aber Rudolph gestaltete es spannend. Schließlich wollte auch er seinen Spaß haben. »Das kann jeder sagen. Könnt ihr Euch ausweisen?«

»Na, komm schon, Rudolph. Ich bin's, Eginhard. Es ist lausig kalt. Öffne endlich das Tor«, hallte es von draußen herein.

Mit einem leicht spöttischen Lachen in Richtung seiner Herrin, was ihm einen bösen Zeigefinger einbrachte, stieg Rudolph – sich seiner ehrenvollen Aufgabe bewusst – die Stufen der Zinnenmauer herunter, um die kleine Tür im großen Schlosstor zu öffnen. Für Konstanze dauerte dies eine Ewigkeit. Immerhin hatte sie ihren Ältesten fast ein ganzes Jahr nicht gesehen und sich während dieser unerträglich langen Zeit mit einem spärlichen Briefwechsel zufriedengeben müssen.

Jedes Mal, wenn Konstanze dem zwischen Immenstadt und Lindau pendelnden Boten für Eginhard einen Brief – und stets auch ein pralles ›Fresspaket‹ – mitgegeben hatte, war ein ungutes Gefühl über sie gekommen. Sie hatte nie gewusst, wie lange der Bote unterwegs sein und ob der verderbliche Teil des Päckcheninhaltes den Weg nach Bregenz unbeschadet überstehen würde. Wenn sich der kauzige Bote anstatt der Pferde seiner Ochsen bediente, konnte es ewig dauern, bis er in Lindau ankam. Warum der ›Lindauer Bot'‹ zwischendurch den wesentlich langsameren Ochsenkarren bevorzugte, wusste niemand so genau. Vermutlich hing dies mit der Größe oder dem Gewicht der jeweiligen Ladung zusammen. Außerdem war sich Konstanze nie ganz sicher, ob Eginhard die Sendung korrekt erhalten würde – nicht, weil sie dem Boten misstraute, vielmehr, weil dessen Weg offiziell nur bis nach Lindau und niemals bis nach Bregenz führte. Der Bote hatte ihr erzählt, dass er dann vor Ort stets jemanden organisieren musste, der die Sachen bis nach Bregenz mitnahm. Hierbei verfügte er wohl nur über eine mäßige Menschenkenntnis. Deshalb war es schon öfter vorgekommen, dass die wertlosen Briefe in der nächsten Gosse und die Nahrungsmittel in den Mägen der vermeintlichen Hilfsboten gelandet waren – obwohl er für deren Dienste bezahlt hatte.

Aus diesem Grund hatte Konstanze später ihre Schreiben mit inoffizieller Genehmigung des Oberamtmannes den Königsegg'schen Kurieren mitgegeben. Diese ritten von Zeit zu Zeit über Bregenz nach Konstanz, um ihrem Herrn versiegelte Botschaften aus Immenstadt zu überbringen und neue Orda mitzunehmen. Der Kastellan versäumte es nie, den Kurieren etwas Silber in die Hand zu drücken. Davon sollten sie sich in der Klosterschänke ein paar Quart Wein und einen Ranken Speck genehmigen, während sie darauf warteten, bis Eginhard hastig eine Antwort für seine Mutter schrieb. Dies klappte aber nur, wenn der Studiosus nicht gerade in der Lernstube arbeitete oder gar *Silencium* hatte. Auch der Staufner Propst und der Abt des Klosters Mehrerau tauschten auf diesem Wege ihre Neuigkeiten aus.

Während Rudolph den großen Schlüssel ins Schloss schob, strahlte er übers ganze Gesicht. Auch er freute sich über Eginhards Ankunft. Anstatt der kleinen Tür schwang er quietschend und rumpelnd das schwere Tor aus Holz, Eisenblech, Beschlägen und einer Vielzahl großer Nägel auf. Zunächst war der Reiter nur schemenhaft unter dem Torbogen zu erkennen. Wegen der Kälte hatte er die Kapuze seiner dunkelbraunen *Cuculle*, einem mantelähnlichen Umhang, der schon in der Antike bekannt war, tief ins Gesicht gezogen. Dieser Teil der Gewandung war zwar nicht mehr groß in Mode, schützte aber gerade beim Reiten vor Kälte und Nässe. Da der Schnitt vorne kürzer als am Rücken war, legte sich der hintere Teil auch noch wärmend über die Kruppe des Pferdes. Erst als sich Eginhard die Kapuze vom Kopf streifte und abstieg, erkannten ihn die Seinen. Vor ihnen stand ein stattlicher Mann mit langem, lockigem Haar und kantigem Gesicht. Schlagartig war es mit der selbst auferlegten Disziplin vorbei. Als Eginhard dem strahlenden Knecht mit einem herzlichen Gruß die Zügel in die Hand drückte und ihn dabei kurz umarmte, stürmten alle auf ihn zu, wobei sie sich Mühe geben mussten, der Mutter den Vortritt zu lassen. Die Begrüßung hätte nicht inniger ausfallen können. Selbst dem herbeigeeilten Siegbert und dem Gesinde kullerten Freudentränen herunter, als sie von Eginhard ans Herz gedrückt wurden.

Nachdem genügend Küsse und Umarmungen ausgetauscht worden waren, räusperte sich der Kastellan, setzte eine strenge Miene auf und waltete – wie immer, wenn er im Namen des Schlossherrn hochoffiziell Gäste begrüßte – seines Amtes, wobei er das Lachen kaum unterdrücken konnte. »Erstgeborener Sohn des adligen Schlossvogtes Hannß Ulrich Dreyling von Wagrain und dessen stolzen Weibs Konstanze, seid willkommen. Wie für uns ist das Schloss auch Euer Zuhause. Achtet den Schlossfrieden und ordnet Euch den Gesetzen des hochwohllöblichen Grafen Hugo zu Königsegg-Rothenfels unter. Meidet Streit und sät keine Zwietracht unter denen, die hier weilen …«

»Das hast du schön gesagt«, unterbrach ihn Konstanze, die es nicht erwarten konnte, ihren Sohn endlich ausgiebig anzusehen, zu berühren und ihn sprechen zu hören. »Mein Gott, bin ich stolz auf dich«, murmelte sie, während sie sich bei ihm unterhakte und ihn zielstrebig zum Wohnhaus zog. »Komm erst einmal richtig an und wärme dich auf. Danach ist immer noch Zeit zum Erzählen.«

Die Mutter und die Magd wuselten so lange eifrig in der Küche herum, bis das Tischgebet gesprochen werden konnte. Dann fuhren sie zur Feier des Tages alles auf, was Speisekammer und Keller zu bieten hatten. Im Vergleich zu früheren Zeiten nahm sich dies zwar bescheiden aus, konnte sich aber immer noch sehen lassen. Nach dem Mahl entwickelte sich ein Geschnatter, das von tausend Gänsen und Gantern hätte kommen können, bis der Vater dem Durcheinander sanft Einhalt gebot: »Jetzt lasst doch erst einmal Eginhard berichten.«

Die Familie saß in der warmen Stube zusammen und hörte dem Studiosus andächtig zu. Auch Diederich, den keine tausend Pferde von Eginhards Schoß wegbringen würden, durfte so lange aufbleiben, wie er wollte … auch wenn ihm längst die Augen zugefallen waren. Lodewig brachte während des Gespräches fast nichts heraus – zu stolz war er auf seinen großen Bruder, um ihn bei seinen Ausführungen zu unterbrechen.

»Wir sprechen morgen weiter«, hob der Vater weit nach Mitternacht die gemütliche Runde auf. Die schlimmen Vorkommnisse der vergangenen Wochen und Monate hatte er heute bewusst nicht angesprochen. Er wollte den mittlerweile hundemüde gewordenen Eginhard nicht schon am ersten Tag in seiner Heimat mit den örtlichen Problemen belasten.

Kapitel 34

Es waren nur noch zwei Tage bis Weihnachten. Eginhard, der sich zu Hause gleich wieder richtig wohlfühlte, ließ sich jetzt von seinen Eltern alles berichten, was sich während seiner Abwesenheit in Staufen zugetragen hatte. Da ihm seine Mutter nichts über die vermeintliche Pest in Staufen geschrieben hatte, um ihn nicht unnötig von seinem Studium abzulenken, und ihm sein Bregenzer Professor, Pater Alfons, nichts erzählt hatte, obwohl er davon wusste, fiel er jetzt aus allen Wolken.

»Um Gottes willen! So viele Tote«, bemerkte er kopfschüttelnd, bevor er sich bekreuzigte und ein Gebet für die armen Seelen sprach.

Als er auch noch die Geschichten vom toten Wachsoldaten, vom verschollenen Sohn des Blaufärbers und von der Leiche im Entenpfuhl gehört hatte, war er tief bestürzt und sehr nachdenklich geworden.

»Was für ein Jahr!«, bemerkte er kopfschüttelnd. »Die Sache mit der Pest kommt mir allerdings auch etwas merkwürdig vor. Ich werde dem Medicus auf die Finger sehen«, nahm er sich vor.

Jetzt wollte er aber erst einmal einen gemütlichen Rundgang durch seinen Geburtsort machen – immerhin war er fast ein ganzes Jahr weg gewesen. Er wollte alte Freunde besuchen und sich bei Propst Glatt dafür bedanken, dass er ihm zu seinem Studium verholfen hatte, wenngleich es wohl mehr der Tatsache entsprach, dass ein ehemaliger Studiosus namens Johannes Nepomuk den Grundstein dafür gelegt hatte, dass im Kloster Mehrerau die Naturwissenschaften und die Heilkunde erlernt werden konnten, obwohl es eigentlich keine richtige Universität war. Außerdem würde er wohl nicht darum herumkommen, dem Kirchenmann ausführlich über seine Arbeit und das klösterliche Leben in Bregenz zu berichten.

Zuvor aber wollte er mit seinem Vater ein Stück in Richtung Weißach hinunterreiten. Er freute sich schon sehr darauf, weil er dann seinem geliebten Obergölchenwanger Grat noch ein bisschen näher sein konnte. Er hatte den Blick auf diesen schroffen Berg und die ganze Nagelfluhkette während der gesamten Zeit seiner Abwesenheit vermisst. Sie mussten den steilen Stich am Färberhaus vorbei bis zu den ersten Häusern des oberen Weißachdorfes und von dort etwa dieselbe Strecke quer nach rechts reiten, um zum Hösshof zu gelangen. Wenn ihnen der hohe Schnee keinen Strich durch die Rechnung machen würde, könnten sie mittags wieder zurück sein.

Während sie zum Hösshof ritten, erklärte der Kastellan Eginhard kurz den Grund ihres Besuches. Der Bauer hatte ihn gestern besucht und ihm eine Notschlachtung angezeigt. Üblicherweise mussten Schlachtungen jeder Art umgehend beim Oberamt in Immenstadt angemeldet werden. Da es sich aber um einen Notfall gehandelt hatte, war ihm keine andere Möglichkeit geblieben, als sich im Nachhinein noch schnell an den Kastellan zu wenden und auf unbürokratische Handhabung zu hoffen. Eginhard wusste, dass sein Vater den braven Bauer schon länger kannte und schätzte, weswegen er ihm kein Schindluder zutraute. Den restlichen Weg schwiegen die beiden.

Kurz bevor sie ihr Ziel erreichten, sagte der Kastellan: »Rochus hat viele Mäuler zu stopfen und eine kranke Frau, die wieder zu Kräften kommen muss. Außerdem hat er in Weißach unten Verwandte, denen er auch dringend etwas Fleisch abgeben müsste.«

Dass der Bauer nicht gejammert und ihn um nichts gebeten hatte, imponierte dem Kastellan. Das bestätigte ihm, dass Rochus redlich gehandelt und nicht danach getrachtet hatte, dem Grafen zu verwehren, was des Grafen war.

Beim Hösshof angekommen, kam ihnen der Bauer winkend entgegen und begrüßte sie herzlich. Aber der Kastellan ließ heute nicht allzu viel Nähe zu und kam ohne Umschweife zur Sache: »Du weißt, dass eine Seite der beiden feinen *Herrenstücke* als Sonderabgabe fällig ist. Wenn wir dieses Stück nach Immenstadt bringen, tun wir recht und müssen niemanden scheuen«, gab er das Gebot vor und fuhr fort: »Andererseits ist die gräfliche Familie nicht da, und es besteht die Gefahr, dass sich die wenigen in Immenstadt verbliebenen Beamten das gute Fleischstück ungerechtfertigterweise teilen ... immerhin ist bald Weihnachten, und da hat jeder gerne einen saftigen Braten auf dem Tisch. Außerdem wäre dies nicht das erste Mal, das sie ihr Amt auf diese Art missbrauchen.«

Die Augen des Bauern, der schon merkte, worauf der Schlossverwalter des Grafen hinauswollte, begannen dankbar zu glänzen.

»Freu dich nicht zu früh!«, mahnte der Kastellan, der den erfreuten Gesichtsausdruck seines alten Bekannten wohl zu deuten wusste. »Damit ich es vor meinem Gewissen rechtfertigen kann, bitte ich dich um ein schönes Stück Fleisch für die Familie des Wachsziehers. Die hat es ganz besonders hart getroffen. Alle Bienenstöcke wurden ihm gestohlen, danach ist seine Werkstatt abgebrannt, und letztendlich ist auch noch seine einzige Tochter an der ... Pest gestorben.«

»Ja!«, lachte Rochus Höss und bemühte sich um einen ernsten Gesichtsausdruck. Dabei bleckte er seine faulen Zähne. »Aber Ihr bekommt das beste und größte Stück«, bestand der Bauer, der dem

Wachszieher alles erdenklich Gute gönnte, voreilig auf seiner Art der Fleischaufteilung.

»Nein!«, konterte der Kastellan entschieden. »Ich habe dem Grafen einen Treueeid geschworen und werde mich – schon gar nicht im Beisein meines ehrenwerten Sohnes – der Untreue und der Bestechlichkeit schuldig machen. Unter anderen Umständen hätte ich Euer Angebot gerne angenommen.«

Da der Bauer aber nicht lockerließ, entschied der Kastellan: »Also gut … Dann gebt mir den Pansen!«

»Was! Ihr möchtet die Kutteln, um von Eurem Weib das Armeleuteessen bereiten zu lassen?«

»Ja! Vor dem Krieg konnten wir es uns leisten, dass wir nur die saftigen Fleischstücke verarbeitet und verspeist haben und sich nur die Ärmsten der Armen mit den Magenwänden der Kühe begnügen mussten. Aber die Zeiten haben sich geändert. Auch wenn Ihr jetzt das Fleisch einer ganzen Kuh habt, rate ich Euch, sparsam damit umzugehen. Wir wissen nicht, ob noch schlechtere Zeiten auf uns zukommen.«

Eginhard nickte und sagte: »Ich habe auf meinem Weg von Bregenz hierher viel Elend gesehen.« Damit tat er seine Meinung kund, dass sich die Zeiten wohl noch lange nicht bessern würden.

»Da hört Ihr es von einem Studiosus! – Richtet Euch also danach.« Der Kastellan ging davon aus, dass der Bauer haushalten und einen Teil des Fleisches einpökeln oder mit Hilfe der winterlichen Kälte haltbar machen würde.

Da die Sache geklärt war und Eginhard zum Gehen drängte, verabschiedeten sich die beiden.

Während des Heimrittes zollte der Sohn dem Vater Respekt für dessen vorbildliches Verhalten und bat ihn, nachdem sie im Dorf angekommen waren, sein Pferd mit nach Hause zu führen, damit es Lodewig und Diederich abreiben und füttern konnten. Er wollte jetzt endlich den geplanten Rundgang durch sein Heimatdorf machen.

Seit sich die Menschen zunehmend auf die Straße trauten, verbesserte sich die Stimmung unter der Bevölkerung weiter. Einerseits wollten die Leute das Geschehene möglichst schnell vergessen, konnten dies aber noch nicht, weil die Trauerfälle viel zu frisch waren. Andererseits wollten sie die schrecklichen Erlebnisse aufarbeiten, indem sie einander ihre eigenen Leidensgeschichten erzählten. Je mehr sich die Menschen miteinander unterhielten, umso öfter kam der Verdacht auf, dass es sich vielleicht doch nicht um die Pest gehandelt haben könnte.

»Wenn dies so wäre, hätte der Medicus ein falsches Spiel mit uns gespielt«, vertraten schon die ersten ihre Meinung unter vorgehaltener Hand.

Andere hingegen konterten, dass der Arzt stets gesagt hatte, er wisse es selbst nicht genau.

»Er hat nie behauptet, dass es die Pest ist. Außerdem wollte er sich nicht bereichern und hat immerhin etliche mittellose Kranke untersucht, ohne sich dafür entlohnen zu lassen.«

»Aber letzten Endes hat er doch Geld dafür genommen«, warf der Schuhmacher ein, der es nicht lassen konnte, die Gelegenheit zu nutzen, um doch wieder Unruhe zu stiften.

Auch wenn im Laufe der letzten Wochen der eine oder andere Verdacht gegen den Arzt laut geworden war, wollten dem die Menschen jetzt, da Weihnachten vor der Tür stand, nicht weiter auf den Grund gehen.

Im kleinen Flecken am Fuße des Staufenberges kannte natürlich jeder jeden. Und so erkannte man sofort denjenigen wieder, der Staufen für eine Zeit lang den Rücken gekehrt hatte, aber immer noch ein Einheimischer war. So konnte Eginhard nicht unbehelligt durch den Ort spazieren. Alle paar Schritte musste er stehen bleiben und ein Schwätzchen halten. Die Staufner freuten sich, ihn zu sehen, und ließen sich durch seine interessanten Erzählungen nur allzu gerne von ihrer eigenen Trübsal ablenken. Überall, wo Eginhard seinen Weg unterbrach, um zu plaudern, bildeten sich sofort kleine Grüppchen. Neugierig wurde er von seinen alten Freunden und Bekannten ausgefragt. Sie wollten nicht nur wissen, wie es ihm ging, sondern waren auch begierig zu erfahren, was er über sein Studium und das ferne Bregenz zu erzählen hatte.

»Schwätzt ma im Üsland au üsländisch?«, wollte einer der Dörfler, der schon vor dem Krieg von Oberstdorf hierher gezogen war und den selbst die alten Staufner nicht immer verstanden, wissen.

Eginhard musste herzhaft lachen, bevor er antworten konnte. »Nein, Herr Boxler, man redet in Vorarlberg ein Deutsch, das ich besser verstehe als Eures!«

Nachdem er dies gesagt hatte und der ehemalige Oberstdorfer ein »Aha! Deanaweag« herausgepresst hatte, mussten auch die anderen lachen.

Da zwängte sich ein Bursche zwischen den anderen hindurch und fragte: »Ist der Bodensee wirklich so groß, wie man sagt ... und hat er zwei riesige Arme, mit denen er Schiffe nach unten zieht?« Es war ein Freund aus Kindheitstagen, der Eginhard, trotz seiner immer noch präsenten Angst vor der Pest, innig umarmte, ohne dessen Antwort abzuwarten.

Den einfach gestrickten, aber vorwitzigen Sefton, der eigentlich Josef Anton hieß, interessierte brennend, ob die Österreicher dümmer seien als die Allgäuer »... da sie doch eine Fahne haben, die sie nicht verwechseln können, weil die oben gleich aussieht wie unten.«

Wieder mussten alle lachen, bevor Eginhard die Antwort geben konnte: »Um Gottes willen, Sefton. Nein! ... Natürlich nicht. Die Österreicher, zumal die Vorarlberger, sind genau wie die Schweizer, ein blitzgescheites Völkchen, von dem wir noch viel lernen können«, gab er zur Antwort und strich ihm freundlich übers Haar.

Die Weidenflechterin interessierte, ob die Gerten der Bodenseebäume geschmeidiger und glatter waren als die hiesigen Knorren. Da Eginhard hier in seinem Element war, beantwortete er die Fragen der alten Frau geduldig, bevor er sich irgendwann losriss, um weiterzulaufen.

Alle freuten sich, den ältesten Sohn des Kastellans wiederzusehen, und waren stolz auf ihn. Immerhin war er der einzige Studiosus, den sie kannten, und zudem einer, vor dem sie nicht zu buckeln brauchten. Auch wenn es für den Sohn des Kastellans etwas mühsam war, sich höflich mit Leuten unterhalten zu müssen, von denen er genau wusste, dass sie seinem Vater den hohen Posten im Schloss und die adlige Herkunft neideten, gab er sich gelassen und geduldig. Er wusste, dass seine Familie von den meisten geachtet und respektiert wurde. Zu oft schon hatte ihnen der gräfliche Schlossverwalter aus schier ausweglosen Situationen herausgeholfen. Die langen Gespräche an den Hausecken hatten auch den Vorteil, dass Eginhard von den Menschen direkt erfuhr, wie es ihnen während der vergangenen Monate ergangen war. So konnte er sich bald seine eigenen Gedanken hierzu machen.

Gleich nach Weihnachten werde ich dem Medicus meine Aufwartung machen, nahm er sich fest vor.

Da Eginhard immer wieder Leute traf, die ihn nicht gehen ließen, gelang es ihm nur mühsam, sich bis zum Propsteigebäude hinzuarbeiten.

Propst Glatt hatte schon vor längerer Zeit durch den alten Dreyling von Wagrain erfahren, dass Eginhard über Weihnachten nach Hause kommen und ihn aufsuchen wolle. Deswegen erwartete er den Besuch seines ehemaligen Schützlings schon seit Stunden. Die Begrüßung war herzlich, und das gemeinsame Dankgebet dauerte fast so lange wie das Gespräch, das sich bis in den späten Abend hinein zog. Sie unterhielten sich über Gott und die Welt, ganz besonders aber über Eginhards Studium und dessen Wissen um die Kräuterheilkunde. Dies war kein Zufall. Der Seelsorger erhoffte sich in Eginhard einen Verbündeten bei der Aufklärung der Ungereimtheiten im Zusammenhang mit der vermeintlichen Pest. So kam es ihm sehr entgegen, dass sich der Medizinstudiosus mit dem undurchsichtigen Arzt unterhalten wollte. Er hoffte, dass die Recherchen des intelligenten jungen Mannes mehr Erfolg zeigen würden, als es bei dessen Vater, bei Otto und bei ihm selbst der Fall gewesen war. Die beiden verblieben so, dass sie sich gleich nach den Weihnachtsfeiertagen zusammensetzen würden, um in Ruhe alles zu besprechen.

Kapitel 35

Nachdem sich die Menschen während der Adventszeit nicht auf das bevorstehende Weihnachtsfest hatten einstimmen können, versuchten sie jetzt, sich trotz der vergangenen Erlebnisse zu besinnen und wenigstens etwas zu innerem Frieden zu finden. In einem Haus jedoch waren die Menschen nicht zur Ruhe gekommen: Im Färberhaus herrschte jetzt eine noch drückendere Stimmung, als dies schon seit Didriks Verschwinden der Fall gewesen war.

»Morgen ist Heiliger Abend, und Otward ist immer noch nicht zurückgekehrt«, klagte Gunda Opser schon den ganzen Tag über.

Ihr Mann wusste zwar nicht mehr, wie er sie jetzt noch beruhigen sollte, versuchte dies aber immer wieder. »Sicherlich haben sie Otward nicht gleich wieder gehen lassen und ihn bei sich behalten«, sagte er. Dass der Grund dafür sein könnte, weil sie ihn bis zur Beerdigung seiner Schwägerin bei sich haben wollten, dachte er sich zwar, ließ dies aber nicht laut werden. Längst hatte er seiner Frau vom schlechten Gesundheitszustand ihrer Schwester erzählt. Aber sie dachte jetzt nicht daran, sondern an ihren Sohn.

»Eigentlich hätte Otward schon vorgestern oder spätestens gestern zurück sein sollen. Meinst du, dass er heute kommt?«

»Natürlich kommt er heute noch«, versuchte der Blaufärber seine Frau zu beruhigen, obwohl er selbst kaum noch daran glaubte.

»Für die Heimreise von Dietmannsried braucht Otward einen guten Tag. Aber der ist längst vorüber, und es ist bereits dunkel. Wenn er in aller Herrgottsfrüh noch bei Dunkelheit losgefahren ist, müsste er spätestens jetzt hier sein«, jammerte sie, während er ihren Kopf hochhob, um das Kissen zurechtzudrücken.

Als sie wieder auf ihr Lager zurückgesunken war, küsste er sie sanft auf die Stirn. »Alles wird gut.«

»Wenn ihm aber etwas passiert ist. Ich ertrage es nicht, noch ein Kind zu verlieren«, brachte sie schluchzend hervor, während sie sich schon wieder aufrichtete und ihren Mann umklammerte. Aus Angst davor, dass jetzt auch noch ihrem großen Sohn etwas zugestoßen sein könnte, fiel sie von einem Weinkrampf in den anderen. In ihrer Not malte sie sich in den dunkelsten Farben aus, was alles geschehen sein könnte: »Vielleicht ist er bei der Morgendunkelheit mit dem Ochsenkarren von der Straße abgekommen und liegt jetzt verletzt im Graben … oder er ist unverletzt und kann den schweren Karren nicht mehr aufrichten«, mutmaßte sie nachdenklich.

»Aber, Gunda«, beruhigte sie ihr Mann wieder. »Selbst wenn dies der Fall wäre, könnte sich Otward selbst helfen. Du weißt doch, dass er geschickt ist.«

»Und wenn ihm etwas anderes widerfahren ist? Vielleicht haben sie dem braven Buben Alkohol eingeflößt, und er ist leichtsinnig geworden. Er hat sich doch wohl nicht zu einer Dummheit hinreißen lassen und ist zu einer Hübschlerin gegangen?« Kaum hatte sie dies gesagt, bekreuzigte sich sich.

»Jetzt sei aber still, Weib! Denk doch nicht so etwas. Otward geht nicht zu einer Metze!«, schimpfte ihr Mann, der sich aufgrund des Gehörten ebenfalls bekreuzigt hatte. »Unser Sohn ist kein Lumpenhund, der sich auf einem Lotterlager niederlässt. Er ist ein braver Junge und würde so etwas niemals tun. Außerdem gibt es in Dietmannsried kein Dirnenhaus!«

»Das wirst ausgerechnet du wissen. Aber in Kempten gibt es so etwas! Was ist, wenn er dort Rast gemacht hat und sich zu einem Würfelspiel hat verleiten lassen oder gar überfallen worden ist? Ja, das wird es sein!«, vermutete sie jetzt und beharrte auf dieser Theorie.

»Bitte, Gunda, mal doch den Teufel nicht an die Wand.« Der Blaufärber, der jetzt am Ende seiner Weisheit war und sich ebenfalls keinen Reim auf das Ausbleiben seines Sohnes machen konnte, versuchte immer wieder, seine Frau zu beruhigen. Aber es nützte alles nichts. Otward war nicht nach Hause gekommen, und die Nacht vor dem Christfest blieb für die Familie ohne Schlaf. Bevor sich auch der brave Mann hingelegt hatte, hatte er im Auftrag seiner Frau zwei Kerzen – für jeden seiner Söhne eine – entzündet.

»Damit sie zurückfinden«, hatte Gunda gesagt und war in den Armen ihres Mannes eingenickt. Das ruhige Schnaufen seiner Frau hatte auch den übermüdeten Mann einschlafen lassen. Aber es dauerte nicht lange, und sie wurden aus dem Schlaf gerissen. »Die Wasserleiche!«, schrie der Blaufärber und schoss hoch.

»Was ist denn?«, fragte seine Frau schlaftrunken.

»Nichts! Schlaf weiter«, murmelte er und war froh, dass sie nicht verstanden hatte, von was er geträumt hatte. Ihm war wieder in den Sinn gekommen, dass der Kastellan ihm von einer Wasserleiche im Entenpfuhl erzählt hatte. Am liebsten würde er jetzt gleich zum Teich gehen und nachsehen. Aber wonach soll ich überhaupt suchen? So eine Narretei! Die Leiche, die man darin gefunden hat, war laut ärztlicher Untersuchung zweifellos der Totengräber. Außerdem hat man sie ja längst geborgen und verbrannt. Es ist unmöglich, dass es sich bei dem Toten um Otward gehandelt hat. Er ist nach Dietmannsried gefahren. Was hätte er denn am Entenpfuhl zu suchen gehabt? Zudem ist der Weiher jetzt zugefroren, und ich würde sowieso nichts finden, was auf Otward hinweisen könnte, sinnierte er.

Die Gedanken an die Wasserleiche wollten beim Blaufärber einfach nicht mehr verschwinden und kehrten – lästigen Geldverleihern gleich – in immer kürzeren Abständen zurück.

»Schläfst du?«, fragte seine Frau.

»Nein! Ich kann auch nicht schlafen.«

Irgendwann aber ging auch diese lange Nacht zu Ende. Für das besorgte Paar war es eine Erlösung, als der Tag hereinbrach.

»Es schneit etwas«, bemerkte Hannß Opser beiläufig, als er zum Fenster hinaus schaute. Aber er hatte nicht nur nach dem Wetter geschaut, sondern auch nach dem, was sie sich beide herbeisehnten. Aber niemand hatte ihm entgegengewunken. Jetzt war auch dem Blaufärber klar, dass er seine Frau nicht mehr beruhigen musste, sondern nur noch trösten konnte. Da sein Sohn nicht gekommen war, ging er wortlos in den Stall und in die Tenne, um einige Vorbereitungen zu treffen.

Obwohl heute der Tag Christi Geburt war, hatte sich Gunda Opser bewundernswert zusammengerissen und war zum ersten Mal wieder aufgestanden. Sie hatte verstanden, was ihr Mann vorhatte. Deswegen hatte sie sich sogar gewaschen und sich – ohne mit ihrem Mann darüber gesprochen zu haben – besonders dick gewandet. Nachdem ihr Mann schon vor Stunden den Herd geschürt und Wasser geholt hatte, wollte sie noch schnell eine Brotsuppe bereiten. Da nur noch hartes Brot im Haus war, wäre etwas anderes sowieso nicht machbar gewesen. Als ihr Mann von den Wirtschaftsräumen zurückkam und sie fertig gewandet am Herd stehen sah, wusste er, dass sie ihn verstanden und dass sie denselben Gedanken gehabt hatte.

»Ja, Gunda! Wir fahren ihm entgegen«, sagte er und drückte seine Frau an sich.

»Meine ganze Liebe gehört dir und den Kindern«, antwortete sie mit ungewohnt starker Stimme, in der so viel Hoffnung mitschwang, dass sie auch den ruppigen Mann ergriff.

Kapitel 36

DA DIE JUDEN KEIN WEIHNACHTSFEST im Sinne von Christi Geburt kannten, wurde bei den Bombergs auch nicht gefeiert. Würden sie in einer Stadt leben, in der es eine Glaubensgemeinschaft gäbe, hätten sie mit Freunden das häusliche Chanukka-Lichterfest begangen. Jetzt aber begannen erst einmal neunundzwanzig Fastentage, die an den Beginn der Belagerung Jerusalems erinnerten. Und Fasten konnte man auch zu Hause im Kreise der Familie. Einen dicken Wanst konnte sich aufgrund des nicht gerade üppigen Nahrungsangebotes außer dem Adel sowieso niemand anfressen. So fragte sich Jakob Bomberg das eine oder andere Mal, ob es derzeit überhaupt einen Sinn hatte, seinen Glauben genau nach den vorgeschriebenen Gesetzen zu leben. Auch Sarahs Mutter fand es ganz gut, dass es hier keine Glaubensgemeinschaft und keine Synagoge gab. So konnten die Bombergs ihrem Gott Jahwe nur in aller Stille dienen, ohne unnötig aufzufallen.

Sarah und Lodewig war es einerlei, dass sie zweierlei Religionen angehörten. Sie liebten sich und wollten sich so oft als möglich sehen … und fühlen. So schlich sich Lodewig am Vormittag wieder einmal aus dem Schloss, um Sarah vor den Weihnachtsfeiertagen noch einmal zu treffen. Hierzu hatten sie sich an ihren Lieblingsplatz in Bombergs Scheune zurückgezogen, sie plauderten und lachten leise, bevor sie vorsichtig damit begannen, Zärtlichkeiten auszutauschen.

»Es tut mir leid, dass wir uns die nächsten Tage nicht sehen können«, entschuldigte sich Lodewig im Hinblick auf die Feiertage.

»Ich bin immer in Gedanken bei dir«, sagte Sarah und kuschelte sich ganz eng an ihn. Sie mochte ihren Liebsten zwar immer in ihrer Nähe haben, zeigte aber Verständnis dafür, dass Lodewig sie nicht besuchen konnte – zumal Eginhard im Schloss war.

Während für die Bombergs die Weihnachtstage fast wie alle anderen Werktage ablaufen würden, waren sie für die Dreylings von Wagrain etwas ganz Besonderes: Lodewig hatte sich vom Stallknecht Ignaz schon in aller Früh Heu geben lassen, damit er das Fatschenkind für den Heiligen Abend weich betten konnte. Da er in knapp einem Monat achtzehn Jahre alt sein würde, sollte er in Mutters Auftrag diese Aufgabe noch heuer in die Hände seines kleinen Bruders übergeben – so wie er diese Aufgabe einst von Eginhard übernommen hatte. Deswegen würde Diederich, wenn Lodewig wieder im Schloss war, nicht von seiner Seite weichen und dem großen Bruder aufmerksam über die Schulter sehen, um alles mitzubekommen, was er wissen musste, falls er nächstes Jahr für diese ehrenvolle Aufgabe zuständig sein würde.

Über viele Jahre hinweg waren die Dreylings von Wagrain auf persönliche Einladung des Grafen am *Stephanstag* nach Immenstadt kutschiert, um die Weihnachtsgrüße der Staufner Untertanen zu übermitteln. So nach und nach hatte sich daraus ein kleines Fest mit einem dementsprechend üppigen Mahl, feinen Getränken und sogar mit dezenter Musik entwickelt.

Gerade für Konstanze waren diese Einladungen Balsam für die Seele und Bestätigung dafür, dass aus ihr etwas Besonderes geworden war. Obwohl sie ein einfaches Mädchen aus dem Volk und lediglich einem Adligen angetraut worden war, zeigte sie sich stets stolz auf ihren Stand und ließ dies bei Notwendigkeit die anderen Frauen des Dorfes merken. Dieser Wesenszug gefiel Ulrich Dreyling von Wagrain ganz und gar nicht. Aber was sollte er machen. Er liebte sie. Für ihn war es wichtig gewesen, dass er sich mit dem Grafen in lockerer Atmosphäre hatte unterhalten können, während sich Konstanze als ideale Gesprächspartnerin für die Gräfin entpuppt hatte. Dass auch seine Kinder etwas von den weihnachtlichen Besuchen in Immenstadt gehabt hatten, war ohnehin das Allerwichtigste gewesen. Da es nicht einmal im Staufner Schloss eine Krippe gab, hatten sich die Buben immer ganz besonders auf den Ausflug nach Immenstadt gefreut, wo sie stundenlang wie versteinert vor der vier Fuß langen frühbarocken Krippe mit ihren über siebzig Figuren und ebenso vielen Tieren gestanden waren. Als diese Krippe vor Jahren noch in der alten Burg Rothenfels ihren Platz gehabt hatte, waren es weniger Figuren gewesen, und sie hatte nicht so imposant gewirkt. In Immenstadt hatte sich durch das Zusammenlegen zweier Krippen die Anzahl der aus Lindenholz geschnitzten und bemalten Figuren verdoppelt. Die Buben hatten dann immer die Kamele und die Elefanten gezählt. Dass es allerdings auch sechs Heilige Könige gegeben hatte, war erklärungsbedürftig gewesen.

Als der damals fünfjährige Eginhard das Wunderwerk erstmals sah, hatte er mit dem Finger auf eine Figur gezeigt und aufgeregt gerufen: »Schau mal, Papa, der ist ja ganz schmutzig.« Er meinte einen kohlrabenschwarzen Jungen mit Turban, der ein Kamel führte.

Seine Mutter hatte geantwortet: »Nein, mein Sohn, das ist ein Mohr.«

»Was ist ein Mohr?«, hatte Eginhard wissbegierig gefragt.

Konstanze erinnerte sich, dass es eine ganze Weile gedauert hatte, bis der Vater alle Fragen seines wissensdurstigen Sohnes bezüglich dieser fremdartig wirkenden Krippenfigur zufriedenstellend beantwortet hatte. Zu Konstanzes Leidwesen hatte es seit Jahren keine derartigen Fragen mehr gegeben. Denn von dem Jahr an, als die gräfliche Familie nach Konstanz gereist war, waren sie zu Weihnachten nicht mehr ins Immenstädter Schloss geladen worden. »Das sind noch Zeiten gewesen, als vor dem Schlossportal zwei mit Glitzerpapier geschmückte Bäume gestanden sind«, seufzte Konstanze, als ihr die früheren Besuche in den Sinn gekommen waren.

Obwohl die gräfliche Familie zur Weihnachtszeit noch nie die Dreylings von Wagrain besucht hatte, wurde auch hier, im Wappensaal des Schlosses Staufen, immer ein großer Weihnachtsbaum aufgestellt, genau so, wie es vereinzelt an Adelshöfen üblich war. Der Baum wurde erst nach Dreikönig wieder entfernt und verbrannt. Der dadurch verursachte Qualm sollte Geister und Dämonen besonders wirkungsvoll von Haus und Hof fernhalten. Dem Staufner Pfarrherrn wollte dies gar nicht gefallen. Aus seiner Sicht wurden hier gute christliche Gepflogenheiten mit schlechten heidnischen Gebräuchen vermischt.

Der Meinung des Pfarrers zum Trotz, durften die Dreylings von Wagrain mit ausdrücklicher Genehmigung des Oberamtmannes auch einen Baum für ihre privaten Wohnräume fällen.

»Wenn Ihr Euch auch in diesem Jahr schon wieder nicht an den Lichterbäumen des Immenstädter Schlosses erfreuen könnt, soll dieses Licht wenigstens zu Hause Euer Herz erfreuen. Frohe Weihnachten für Euch und die Euren«, hatte Speen gönnerhaft zum Kastellan gesagt und leise hinzugefügt, dass er auf Druck seiner Frau in seiner Wohnung heuer ebenfalls einen Baum aufstellen müsse.

Solange die gräfliche Familie in Immenstadt weilte, hatte es zum weihnachtlichen Ritual der Dreylings von Wagrain gehört, die hohen Herrschaften zu besuchen. Die Kinder des Schlossverwalters waren dann immer mit den jungen Herrschaften herumgetollt, während ihre Eltern Geschenke entgegennehmen durften und mit den Gastgebern ein paar Gläser Wein getrunken hatten. Dabei war es schon vorgekommen, dass der Vater die Kandare bei der Heimfahrt seiner Frau hatte überlassen müssen.

Jetzt aber war es an Weihnachten stockdunkel im Residenzschloss Immenstadt.

Dass ihre Männer seit Jahren am Vormittag des Heiligen Tages in den Wald gingen, um zwei Bäume zu schlagen, während Konstanze mit der Magd Rosalinde die Wohnung festlich schmückte und die Speisen vorbereitete, war längst zur lieben Gewohnheit geworden. Heuer hatten sie für den Wappensaal eine mächtige Weißtanne, die vom Sturm umgerissen worden war, mitgebracht. Allerdings war die so gewaltig, dass sie noch bearbeitet werden wollte.

»So, Diederich. Jetzt haben wir nicht nur einen viel zu großen Weihnachtsbaum, sondern bekommen auch noch etliche Kretten voller Brennholz«, sagte der Vater zum Sohn, während er den mächtigen Baum um mehr als vier Ellen kürzte, damit er ihn über das Treppenhaus in das erste Obergeschoss des Herrschaftsgebäudes schaffen konnte, ohne allzu großen Schaden anzurichten. »Allerdings nützt uns dies im Moment noch wenig. Weißt du, warum?«, fragte der Kastellan listig.

»Was meinst du, Vater?«

»Na, das mit dem Brennholz!«

»Ach so«

»Und? – Warum nützt uns dies im Moment wenig?«,

»Weiß nicht!«, antwortete der Bub, dessen Wangen durch die Kälte zu glühen schienen, unlustig.

»Also, warum?«, blieb der Vater beharrlich.

»Weil Ignaz das Holz erst noch klein hacken muss!«, knurrte der Kleine, der es nicht mochte, wenn er sich geistig anstrengen musste.

Aber der Vater ließ nicht locker: »Und weiter?«

Diederich überlegte ein Weilchen, bevor er antwortete: »Weil ... weil es mindestens ein halbes Jahr lang trocken lagern muss, bevor wir es verbrennen können!«

»Na also, es geht doch«, scherzte der Kastellan, obwohl ihm in diesem Punkt nicht zum Scherzen zumute war. Es war ihm wichtig, dass auch sein jüngster Sohn trotz seiner Lernschwäche von allem möglichst viel mitbekam.

Nachdem sie mit Hilfe des Knechtes und einer der Schlosswachen die Weißtanne an Ort und Stelle geschafft und diese nach etlichen Versuchen endlich zum Stehen gebracht hatten, konnten sie sich der nicht so arbeitsintensiven Weihnachtsdekoration im Vogteigebäude widmen. Die Tanne, die sie für ihre Wohnung gefällt hatten, war ein besonders bemerkenswertes Exemplar – nicht, weil es sich ausnahmsweise um eine der selteneren Weißtannen handelte, sondern weil es im Grunde genommen ein hässlicher Krüppel war. Dennoch hatte Diederich seine Freude daran; schließlich hatte er den Baum ganz allein auswählen dürfen ... auch wenn ihn der Vater unauffällig mit der Nase darauf gestoßen hatte.

Dass die Tanne recht krumm gewachsen war, hatte der gut gelaunte und deswegen fast etwas übermütige Knabe nicht bemerkt und würde auch dem Rest der Familie nicht großartig auffallen – sie musste nur in die richtige Position gebracht werden.

»Wenn sich die Zweige durch die Wärme nach unten biegen, wird es schon gehen«, flüsterte Ulrich seiner Frau so leise ins Ohr, dass es Diederich nicht hören konnte.

In seiner Eigenschaft als verantwortungsbewusster Forstverwalter des Grafen hätte er es niemals zugelassen, für den privaten Bedarf den schönsten Baum zu fällen. Während die Männer den unregelmäßig gewachsenen Baum aufstellten und immer wieder hin und her drehten, damit er sich von seiner schönsten Seite präsentieren konnte, begannen Rosalinde und ihre Herrin mit den letzten Weihnachtsvorbereitungen.

»Du weißt, was du zu tun hast. Los jetzt!«, gebot Konstanze der Hausmagd, während sie sich zufrieden die Hände rieb. »Und ich decke den Tisch«, deutete sie ihrem Mann mit einer unmissverständlichen Geste, sein soeben bereitgelegtes Raucherbesteck sofort wieder beiseite zu legen.

So langsam entfaltete sich die vertraute Weihnachtsstimmung, zu der auch die Hektik gehörte, die Konstanze alljährlich am Heiligen Abend nicht nur selbst an den Tag zu legen pflegte, sondern auch unter allen, die mit ihr zu tun hatten, verbreitete.

»Ohne die Unruhe meiner geliebten Frau wüsste ich nicht, dass heute Weihnachten ist«, lästerte der Kastellan wie alle Jahre und fing sich – wie ebenfalls alle Jahre – dafür einen Klaps auf den Hinterkopf ein.

In der Küche war es wohlig warm, und etliche Kerzen verbreiteten das angenehme Licht, das nur an einem Tag des Jahres, eben am Heiligen Abend, so warm und weich schien.

Zum gewohnten Prasseln des Feuers gesellte sich jetzt auch noch das Knacken und der Geruch der brennenden Äste, die der Kastellan von den Weihnachtsbäumen entfernt, zerknickt und in den Ofen geworfen hatte. Ja, das war es: Das war der Geruch von Weihnachten! Einen Moment lang sogen alle, die sich in der Küche aufhielten, den würzigen Duft ein.

»Hör auf zu träumen. – An die Arbeit!«, mahnte die Hausherrin ihre Magd und ging zu der lederbeschlagenen Holztruhe, in der sie ihre besten Stickereien und Tischdecken aufbewahrte, und zu der nur sie den Schlüssel hatte.

Rosalinde hatte noch nicht richtig mit der Zubereitung der Speisen angefangen, und Konstanze hatte soeben die naturfarbene Leinendecke über die Tischplatte gezogen, als es im Flur polterte und Rochus Höss ohne zu klopfen hereinplatzte.

»Gott zum Gruße!«, rief er so laut, als müsste er quer durch den Kaisersaal in Aachen rufen, um verstanden zu werden.

»He, he, he!«, bremste Konstanze den ungestümen Bauern, der offensichtlich gut aufgelegt war, aus. »Wir sind nicht schwerhörig! ... Und streift erst Eure Schuhe ab, bevor Ihr eintretet.«

Rochus klopfte die dicken Stiefel ab und schlenzte seinen Rucksack herunter. Wortlos begann er darin zu kramen.

»Das ist für den Wachszieher! Ich möchte Euch die Ehre zugestehen, es ihm höchstpersönlich und hochoffiziell zu bringen«, lachte er und knallte ein großes Stück Fleisch so fest auf den Tisch, dass der Kastellan und Diederich erschrocken zurückwichen.

Konstanze sah den Bauern entsetzt an und nahm das Fleisch vom Tisch. Aber es war zu spät: Die Tischdecke war bereits voller Blut.

»Scheiße!«, entfuhr es ihr versehentlich, während sie der verdutzten Rosalinde den mit Sehnen und Fett durchzogenen Fleischbrocken in die Hände drückte.

Nachdem sie die Tischdecke mit einem Zug vom Tisch gerissen und ihrer Wut Luft gemacht hatte, mischte sich ihr Mann, der dem Disput schmunzelnd zugesehen hatte, ein: »Jetzt ist es aber gut, Konstanze«, gebot er in ungewöhnlich energischem Ton.

Der Bauer bedankte sich dafür mit einem kurzen Blick und nutzte –

jetzt, nachdem er zu Wort kommen konnte – die Gelegenheit, um sich bei der Hausherrin zu entschuldigen: »Es tut mir leid, edle Frau. Könnt Ihr mir noch einmal verzeihen?«

Nachdem er sich dazu eine unterwürfige Geste hatte einfallen lassen, die mehr als tollpatschig aussah, winkte Konstanze ab und fragte ihn, ob er etwas trinken wolle.

»Danke, Herrin. Aber ich muss weiter. Heute ist zwar der Tag des Herrn, aber ich habe noch viel zu tun und muss schleunigst wieder nach Hause. Meine Frau wartet auf mich.«

Währenddessen betrachtete der Kastellan den Fleischbrocken.

»Da habt Ihr Euch aber nicht lumpen lassen und für die Familie des Wachsziehers ein großes Stück aus der saftigen Rinderhüfte geschnitten«, stellte er anerkennend fest. »Und ich muss es jetzt an Eurer statt zum Wachszieher bringen. Ja glaubt Ihr denn, dass ich nichts anderes zu tun habe?«, schimpfte er noch.

Aber der schlitzohrige Bauer ging nicht darauf ein und antwortete stattdessen: »Ja! Das ist fürwahr ein großes Stück. Das würden sonst die faulen Federlecker in Immenstadt fressen. Aber ich habe auch etwas für Euch dabei«, sagte er zu Konstanze und zog betont langsam den Pansen der geschlachteten Kuh, den er am Stück gelassen hatte, heraus.

Beim Anblick der blütenweiß erscheinenden Magenwände begannen Konstanzes Augen zu glänzen. Wenn sie wegen der versauten Tischdecke noch etwas Groll gegen den Bauern in sich gespürt hatte, war dieser spätestens jetzt vergessen.

»Ihr habt ihn bereits gesäubert?«

»Ja, Herrin! – Das heißt, mein Weib hat den Pansen in Salzwasser ausgekocht. Ihr braucht ihn nur noch mundgerecht zu schneiden und zu kochen, um eine *Einbrenn* daraus machen zu können. Dann habt ihr den schönsten Kuttelfleck, den Ihr Euch vorstellen könnt.

»Fürwahr ein sauberes Stück … aber nicht für jetzt. Das kommt erst einmal ins Eisloch«. Sie überlegte kurz. »So! Und nun möchte ich nicht unhöflich sein …«, sagte sie und öffnete die Tür. »Ihr habt ja selbst gesagt, dass Eure Frau und sicherlich auch Eure Kinder auf Euch warten.«

Als der Bauer Anstalten machte, zu gehen, hielt der Kastellan ihn zurück: »Wartet einen Moment, Herr Höss.« Fast gleichzeitig trug er Diederich auf, Eginhard zu holen.

Der Bauer drehte sich um.

»Ist noch was? – Ach ja: Gesegnete Weihnacht!«

»Das habe ich nicht gemeint«, wollte der Kastellan den Bauern aufklären.

Schon kam Diederich mit Eginhard zurück.

Der Vater zeigte auf die Rinderhüfte und bat seinen Sohn, Herrn Höss ins Dorf hinunter zu begleiten und das Fleisch dem Wachszieher zu bringen.

»Das tu ich doch gerne«, sagte Eginhard lächelnd und machte sich auf den Weg zur Bubenkammer, um seine Stiefel, den Umhang und die Strickmütze zu holen.

»Was tust du gerne, Bruderherz?«, fragte Lodewig, der ihm entgegen kam und gehört hatte, was Eginhard gesagt hatte.

»Frag Vater«, fiel die Antwort aufgrund der Eile etwas knapp aus, weswegen Lodewig nicht wusste, was los war.

Der Kastellan nickte zustimmend, als Lodewig bat, mitgehen zu dürfen. Seine Mutter jedoch versuchte, dies mit allen Mitteln zu verhindern und führte dazu eine Menge Argumente ins Feld.

»Nun ist es aber gut, meine Liebe«, mischte sich der Vater ein, bevor sich Rochus Höss noch mehr über Konstanzes ängstliches Verhalten wundern konnte.

»Klar kann Lodewig mitgehen. Eginhard ist doch dabei«, sprach er ein Machtwort und verabschiedete sich vom Bauern. »Eurer Familie ein segensreiches Weihnachtsfest!«

Nachdem die drei weg waren, musste sich der Kastellan so einiges anhören. Zum Glück war Weihnachten und Konstanze hatte ein Einsehen.

»Na ja. Du hast ja recht. Eginhard wird schon auf seinen Bruder achten.«

Als sie dies sagte, verdrehte der Kastellan die Augen und bemerkte nur noch: »Sie sind beide erwachsen.«

»Sagt mal: Was ist denn in Eure Mutter gefahren?«, wollte Rochus Höss von Lodewig, gleich nachdem sie das Schloss verlassen hatten, wissen.

»Ach, nichts. Sie ist zurzeit nur etwas beunruhigt«, versuchte der junge Mann die Sache abzutun.

»Und was hat sie mit dem Totengräber gemeint?«, zeigte sich der Bauer neugieriger, als ihm dies zustand.

»Das ist nicht so wichtig«, antwortete jetzt Eginhard, der selbst noch nicht wusste, warum seine Mutter derart heftig reagiert hatte.

»Aber warum ist sie dann in Sorge um die Familie des Blaufärbers? Und was hat Diederich damit zu tun?«, wollte der Bauer, der nur zusammenhanglose Fetzen verstanden hatte, wissen.

»Nun lasst es gut sein! – Bei allem Respekt: Aber das geht Euch nichts an«, beendete Lodewig die lästige Fragerei in energischem Ton. »Außerdem müssen wir uns hier trennen. Gehabt Euch wohl und grüßt Eure Familie.«

»Gesegnete Weihnacht!«, rief ihm auch Eginhard nach.

Die Söhne des Kastellans ließen einen verdutzt dreinschauenden Bauern zurück und bogen nach links zum etwas außerhalb des Dorfes gelegenen Anwesen des Wachsziehers ab.

»Na endlich! Seine Fragerei wäre mir fast lästig geworden«, schnaufte Lodewig erleichtert aus.

»Aber ich würde auch gerne wissen, was Mutter mit dem Blaufärber und dem Totengräber gemeint hat. Hat der alte Grimm etwas angestellt?«, wollte nun Eginhard seinen Bruder ausfragen, musste sich aber mit einer knappen Antwort zufriedengeben.

»Der alte Leising ist schon vor längerer Zeit verstorben, wir haben inzwischen einen neuen Totengräber gehabt und jetzt schon wieder einen anderen Leichenbestatter. Und das andere ist eine heikle Sache. Ich möchte, dass du sie von unseren Eltern erfährst. Sie werden dir später alles erzählen … heute ist Heiligabend. Lass uns also von anderen Dingen sprechen«, knurrte Lodewig, der die traute Zweisamkeit mit seinem Bruder nutzen wollte, um ihm von Sarah zu erzählen. Da er aber nicht wusste, wie er es anpacken sollte, sprachen sie zunächst über ein paar belanglose Dinge. Dabei bemerkte Eginhard, dass sich sein jüngerer Bruder jetzt ganz anders artikulierte, als dies noch vor einem Jahr der Fall gewesen war.

Lodewig ist erwachsen geworden. Außerdem ist er auffallend klug und besonnen in dem, was er von sich gibt, stellte der Studiosus während der Unterhaltung zufrieden fest.

Nachdem sie irgendwie auf Weihnachten und die verschiedenen Religionen im Allgemeinen zu sprechen gekommen waren, nutzte Lodewig die Gelegenheit und lenkte das Gespräch auf die einzige jüdische Familie in Staufen. Dies war das Stichwort, sich seinem älteren Bruder anzuvertrauen. Dass er bereits die Freuden der körperlichen Liebe mit seiner geliebten Sarah hatte erfahren dürfen, traute er sich aber noch nicht zu erzählen.

»Was? Die kleine Sarah? … Na klar, die ist ja nur ein Jahr jünger als du und sicherlich ein hübsches Mädchen geworden«, zeigte sich Eginhard glücklich über diese wunderbare Neuigkeit und drückte Lodewig an sein Herz. »Wissen es Vater und Mutter schon?«

»Vater weiß gar nichts und Mutter noch nicht alles! Heute nach der Christvesper werde ich es ihnen sagen.«

»Ich bin gespannt, wie der große Kastellanus reagieren wird«, spöttelte Eginhard und verzog dabei das Gesicht.

»Na endlich!«, schnaufte Lodewig, als sie das kleine Anwesen des Wachsziehers erblickten.

Im Schloss indessen verpackte Konstanze den Pansen in eingefettetes Papier, um ihn von Rosalinde ins Eisloch legen zu lassen.

»Und was ist das?«, fragte sie verwundert, als sie ein Stoffpäckchen sah, das der Bauer heimlich auf die Anrichte gelegt hatte.

»Wickle es auf und du wirst es wissen«, empfahl ihr Mann mit einem altklugen Ton in der Stimme.

»So schlau bin ich selbst«, pfurrte sie zurück, tat aber, wie ihr empfohlen wurde. Nachdem sie den Knopf des dünnen Strickes gelöst und das Bündel aufgerollt hatte, stellte sie erfreut fest, dass ihr Rochus Höss auch noch etliche wunderschöne Fettstücke hiergelassen hatte.

Ihr Mann musste schmunzeln.

»So ein raffinierter Hund. Na ja, wenigstens ist es kein Fleisch, und wir dürfen es guten Gewissens annehmen.«

»Wie meinst du das? – Natürlich dürfen wir es annehmen!«, maulte sie zurück.

»Nun ist es aber endgültig gut. Reiß dich zusammen und erinnere dich daran, dass heute Weihnachten ist«, konterte der Kastellan.

Nachdem Konstanze nochmals ihrer Sorge um die beiden Söhne Ausdruck verliehen hatte, schimpfte sie: »Heute ist sowieso alles durcheinander. Ich glaube, dass es besser sein wird, wenn wir etwas später speisen.«

Wenn Diederich nicht ständig ans Fenster gesprungen wäre und dabei den mittleren Teil des Schiebefensters zur Seite gedrückt hätte, damit er mit den Händen ein paar Schneeflocken einfangen konnte, hätten sie den durch den Schnee gedämpften Glockenschlag nicht gehört.

»Mein Gott, schon drei! In zwei Stunden beginnt die Christvesper. Wo bleiben die Buben nur?«, sorgte sich die Mutter.

Am Vortag war es klirrend kalt geworden und jetzt fing es auch noch richtig dicht zu schneien an. Während sich die Schlossbewohner für einen Moment am Schnee erfreuten, verfluchten die meisten Menschen im Dorf unten den *Ostner*, der den Schnee gebracht hatte. Sie hassten den Winter mit all seinen Facetten und Auswirkungen. Da durch die vermeintliche Pest der normale Arbeitsalltag monatelang zum Erliegen gekommen war, hatten die meisten von ihnen zu wenig oder überhaupt kein Brennholz gesammelt. Die streng limitierte Holzkohle, die sie dem Köhler hatten abkaufen können, reichte hinten und vorne nicht aus. Und jetzt zog es auch noch so richtig zwischen den Ritzen hindurch. Es müsste schon meterhoch schneien, damit sich eine wärmedämmende Schneedecke gnädig über die Behausungen legen konnte, um sie vor der kalten Zugluft zu schützen.

»Es wird langsam Zeit für die Kirche!«, rief Konstanze, während sie zwei Mal in die Hände klatschte, was bedeutete, dass sie sich mit ihrer

Arbeit beeilen mussten. »Wo sind die beiden nur? Sie sind jetzt schon fast zwei Stunden weg«, klagte sie.

»Sie werden schon rechtzeitig zurück sein. Zum Wachszieher ist es ein gutes Stück Weges«, beruhigte sie ihr Mann, der das Gejammere nicht mehr hören konnte.

Nach einer weiteren halben Stunde richteten sie sich für den Kirchgang. Da es oberstes Gebot war, das Schloss niemals – auch nicht am Heiligen Abend – unbewacht zu lassen und Rosalinde die Kochtöpfe im Auge behalten musste, konnten die Dreylings von Wagrain nur Ignaz und eine der beiden Wachen mitnehmen.

Wie jedes Jahr am Nachmittag des 24. Dezember zogen Siegbert und Rudolph auch in diesem Jahr Stöckchen. Heuer war es Siegbert, der den längeren Holzspan in Händen hielt und mit in die Kirche gehen durfte. Dabei fiel ihm auf, dass es Rudolph locker zu nehmen schien, ausgerechnet am Heiligen Abend Wache schieben zu müssen. Dem überkorrekten Siegbert kam es nicht in den Sinn, dass Rudolph seinen Wachposten verlassen könnte, um zwischendurch in die Küche zu schleichen, wo ihm Rosalinde erlaubte, etwas von den köstlichen Speisen und sogar ein bisschen Wein zu kosten, während er sich in ihrer Nähe aufwärmen durfte.

»Ulrich, du musst zum Wachszieher gehen und nachsehen, ob unsere Buben dort sind. Ich habe ein ungutes Gefühl«, beschwor Konstanze ihren Mann, der, wie alle anderen winterfest gewandet, darauf wartete, endlich losgehen zu können. Vom Dorf her wurden sie bereits unüberhörbar gerufen – die drei Kirchenglocken hatten längst ihre volle Kraft entfaltet und sich gegen das Pfeifen des Windes behauptet.

Nachdem Ulrich Dreyling von Wagrain zum Wachszieher abgebogen war, gingen Konstanze, Diederich, Siegbert und Ignaz in Richtung des Gotteshauses weiter. Schon von weitem sahen sie eine große Menschenmenge vor dem Portal. Da die Kirche an diesem Spätnachmittag nicht alle Menschen fassen konnte, blieb vielen von ihnen nichts anderes übrig, als der Christvesper im Schneegestöber vor dem Gotteshaus beizuwohnen. Aufgrund der vergangenen Pest und deren Auswirkungen hatte der Propst schweren Herzens beschlossen, die mitternächtliche Christmette ausfallen zu lassen und stattdessen das abendliche Lobgebet festlicher zu gestalten, als er dies in den vergangenen Jahren getan hatte. Normalerweise war die Vesper als Teil des liturgischen Stundengebetes keine besonders feierliche Angelegenheit. Da die Mette jedoch ausfiel, war die Christvesper die letzte Hore des Tages, die in Gemeinschaft gebetet werden sollte. Da auch einige Mitglieder des Kirchenchores und der Organist durch die Hand des ruchlosen Arztes Heinrich Schwartz verstorben waren, würde ausschließlich der Volksgesang die musikalische Umrahmung bilden. Und da die Menschen hier kein Latein konnten, würden sie durch muttersprachliche Lieder den feierlichen Gesang des Chores ersetzen, anstatt ihn – wie in den Jahren zuvor – nur zu ergänzen. Propst Glatt hatte sowieso ein großes Faible für den Volksgesang, weswegen er heute ganz besonders zufrieden war.

Die geschundenen Menschen lechzten danach, Gott endlich wieder nahe sein zu dürfen. So waren auch diejenigen, die keinen Platz in der Kirche bekommen hatten, in einer ganz besonderen Weihnachtsstimmung.

»Immerhin haben wir die schreckliche Zeit überlebt«, hörte man Hermann Schädler sagen. Der allseits beliebte Ziegenzüchter war einer der wenigen, der es trotz des eigenen Elends verstand, andere aufzumuntern. Dies hatte ihm die Wertschätzung aller eingebracht und sogar vereinzelt schon den Ruf laut werden lassen, er wäre der ideale Mann für das Amt des Ortsvorstehers.

Als Konstanze am Kirchplatz angelangt war, musste sie viele Hände schütteln und die immer gleiche Frage nach dem Verbleib ihres Mannes beantworten. Sie konnte es kaum mehr ertragen und half sich, indem sie ein künstliches Lächeln aufsetzte. Siegbert hatte zusammen mit Ignaz die Gelegenheit genutzt, sich unters Volk zu mischen. Gerade Siegbert wollte sich unauffällig nach einer holden Maid umsehen.

»Herr im Himmel, lass sie gesund zurückkommen«, flehte Konstanze leise mit einem Blick nach oben, nachdem sie der jungen Frau

Stockelhauser alles Gute zur bevorstehenden Geburt und zu Weihnachten gewünscht hatte.

»Ein gesegnetes Christfest!«, pfiff auch die alte Weidenflechterin durch ihre letzten Zähne. Sie konnte wegen ihres geschundenen und vor Schmerz gekrümmten Rückens keine weiten Wege mehr auf sich nehmen und musste von ihrer Tochter und ihrem Schwiegersohn gestützt werden. Dennoch wollte sie unbedingt mit in die Christvesper – gerade in diesem Jahr war ihr dies ein persönliches Bedürfnis.

»Die arme Frau ist ja noch kleiner geworden, als ich sie in Erinnerung habe«, stellte Konstanze mitleidig fest und rief sie zu sich: »Kommt, gute Frau. Ich nehme Euch mit in die Kirche, dort könnt Ihr sitzen und habt es zudem etwas wärmer. Wir werden schon noch ein Plätzchen für Euch finden.« Damit wollte sie sich selbst von ihren trüben Gedanken ablenken und gleichzeitig etwas Gutes tun.

Die betagte Frau wurde von ihren Angehörigen begleitet. Auch sie hatte innerhalb ihrer Familie Tote zu beklagen und einen Sohn durch die vermeintliche Pest verloren. Die Witwe des Verstorbenen war ebenso an ihrer Seite wie deren drei Töchter mit ihren Männern mitsamt der Enkelschar. Von ihren neun Enkelkindern waren allerdings nicht alle hier, da drei ebenfalls an der Pest gestorben waren und zwei bereits eigene Familien gegründet hatten, weswegen sie bei ihren Wickelkindern zu Hause bleiben mussten und freiwillig die *Glutwache* übernommen hatten.

»Was habt Ihr gesagt, edle Frau?«, fragte der Schwiegersohn der Weidenflechterin ungläubig. »Ihr wollt unsere Mutter mit in die Kirche nehmen? Aber … aber die ist bis auf die Ehrenplätze mehr als gefüllt.«

»Eben!«, antwortete Konstanze und bat ihn, die Mutter doch noch kurz zu übernehmen. »Ich bin sofort wieder hier!«, rief sie und eilte davon.

Die ihr folgenden Augen sahen, wie sie ihren Mann und ihre beiden großen Söhne so in die Arme nahm, als wären diese eben erst von einem monatelangen Kreuzzug aus Jerusalem zurückgekehrt. »Gott der Allmächtige sei gepriesen«, sagte sie dankbar und zeichnete allen ein Kreuz auf die Stirn. »Und jetzt kommt … die Vesper beginnt gleich.«

Konstanze war so glücklich, dass sie jetzt gar nicht wissen wollte, wo ihre Söhne so lange waren. Während Diederich Lodewig entgegenrannte und von ihm aufgefangen wurde, hakte sich Konstanze bei Eginhard und ihrem Mann ein und führte sie zur Weidenflechterin.

Einen Arm streckte die alte Frau Eginhard hin, der sie lächelnd bei sich einhaken ließ.

Den verblüfft dreinschauenden Umstehenden rief die Weidenflechterin mit einem stolzen Unterton keck zu: »Der junge Mann ist mein Freund – Nur kein Neid.« Nachdem sie dies gesagt hatte, lachte sie herzhaft auf.

Das Gotteshaus war tatsächlich bis in die hinterste Bankreihe und darüber hinaus gefüllt. Da die Staufner Kirche über keine herrschaftlichen Emporen seitlich des Chorraumes verfügte, waren die vorderen zwei Bankreihen für die gräfliche Familie reserviert und deswegen auch am Heiligen Abend leer. Selbst wenn Graf Königsegg persönlich anwesend wäre und alle Plätze benötigt hätte, standen der Familie des Kastellans dort zwei Plätze zu. Das Volk durfte die hölzernen Sitzreihen erst ab der dritten Reihe nutzen. Rechts saßen die Männer. Frauen und Kinder ließ man aus einer alten Symbolik heraus links sitzen.

Als die Dreylings von Wagrain langsam zwischen den Reihen nach vorne gingen, folgten ihnen die Blicke sämtlicher Mitbrüder und Mitschwestern im Herrn. Aber auch Ulrich und Konstanze ließen ihre Blicke schweifen. So sehr sie sich auch anstrengten, fanden sie nicht, was sie so sehnlich suchten.

Dass der Medicus nicht da war, interessierte Konstanze nicht und verwunderte niemanden. Er würde Weihnachten bestimmt zu Hause mit einer Gallone des besten Obstbrandes vom Bodensee feiern.

Aber dies wusste Konstanze nicht und wäre ihr – wenn sie es wüsste – auch egal gewesen. Sie suchte nicht ihn, sondern die Familie Opser.

»Lieber Gott im Himmel. Wenn jetzt auch noch Hannß und Gunda

Opser mit Otward hier sind, zünde ich dir so viele Kerzen an, wie du willst«, versprach sie.

Aber die Blaufärber waren nicht da, keiner von ihnen. Noch nie hatten sie die Christmesse versäumt – selbst damals nicht, als Hannß Opser den halben Kopf verbunden hatte, weil er sich mit einer Lauge das Gesicht verätzt und schrecklich ausgesehen hatte.

Konstanze schossen sofort wirre Gedanken durch den Kopf: Otward ist nicht nach Hause gekommen. Es muss etwas Schreckliches geschehen sein. Nachdem sie schon unseren Diederich mit ihrem Didrik verwechselt haben, ist nun auch Otward anstelle unseres Lodewig umgebracht worden. Jetzt gibt es keine Zeugen mehr. Aber was ist, wenn der Unhold die Verwechslung merkt?

Nur der Gedanke, dass der Totengräber ertrunken zu sein schien, beruhigte sie etwas. Mit aller Gewalt versuchte sie, ihre Sorgen hinunterzuschlucken, was aber nur in eine unangenehme Hustenattacke mündete. Diesen Kirchenbesuch würde sie den Opsers und deren Kindern, ganz besonders aber ihren eigenen Kindern, Lodewig und Diederich, widmen. Am liebsten würde sie jetzt sofort zum Färberhaus gehen, um sich nach dem Befinden der braven und gottesfürchtigen Handwerkerfamilie zu erkundigen. Sie brauchte endlich Gewissheit.

Die Menschen staunten nicht schlecht, als sie gewahr wurden, dass Konstanze und Eginhard die alte Weidenflechterin in ihre Mitte genommen hatten, sich mit ihr im Gang vor dem mächtigen Kruzifix verneigten und sie dann links in die erste Reihe geleiteten. Als Konstanze die leeren Reihen sah, tuschelte sie mit Eginhard, der unauffällig die freien Plätze zu zählen begann und wieder nach hinten zum Portal ging. Es war ihm irgendwie unangenehm, dass ihm dabei wieder alle Blicke folgten.

Als Eginhard vor der Kirche auf der obersten Stufe der Portaltreppe stand, klatschte er in die Hände und rief: »Liebe Leute!«

Er wartete, bis die wegen des starken Schneefalls eng aneinander gedrückten Menschen zu schwatzen aufgehört hatten, bevor er mit ruhiger Stimme fortfuhr: »Auf Geheiß des Kastellans können siebenundzwanzig von euch in den herrschaftlichen Bankreihen Platz nehmen. Wählt sorgsam aus und berücksichtigt Alte und Gebrechliche. Auf den Schoß genommene Kinder zählen nicht mit. Aber klärt es hier draußen. Ich werde mitzählen und euch dann hinein geleiten! … Ach, noch etwas: Diejenigen, die es treffen wird, bitte ich darauf zu achten, dass die Samtpolster nicht beschmutzt werden.«

»Die gepolsterten Plätze des Grafen?«, entfuhr es einem der Wartenden ungläubig.

»Ja! Heute sind es eure Plätze«, bestätigte Eginhard in einem gönnerhaften Ton.

Da rief einer von hinten: »Stellt euch in Familiengrüppchen zusammen, damit aus jeder Familie jemand zum Zuge kommen kann!«

»Ein guter Vorschlag!«, lobte ein anderer.

So ging die Auswahl rasch und ruhig vonstatten, und Eginhard schritt jetzt mit siebenundzwanzig zufriedenen Erwachsenen, drei Halbwüchsigen und zwölf Kindern in Richtung Altar an den Gläubigen vorbei, wobei er zu beiden Seiten zwei gebrechliche Alte stützte.

Das Raunen, das jetzt durch die Kirche ging, ließ sogar den Propst, den Aushilfsmesner und die Messdiener neugierig aus der Sakristeitür herauslugen. Eginhard setzte sich mit den beiden Alten neben seinen Vater und seine Brüder. Schnell waren die Bänke gefüllt; die Frauen links, die Männer rechts und die Kinder auf den Schößen ihrer Eltern oder Großeltern. Bis auf ein ständiges Husten, das aus der ersten Reihe der Frauen kam, war es mucksmäuschenstill. Jetzt warteten alle nur noch auf den Beginn der Christvesper.

Als die kleine Sakristeiglocke die Messliturgie einläutete, begannen die Gläubigen spontan, sich gegenseitig an den Händen zu halten. Dieser ungeplante Akt des gemeinsamen Gedenkens an ihre Verstorbenen ging allen durch Mark und Bein. Selbst die Kinder spürten, dass dies etwas ganz Besonderes war und reichten ihren Sitznachbarn ihre kalten Händchen. So zog sich eine Kette der Verzweiflung, aber auch der Hoffnung und des Mutes von der ersten bis zur letzten Kirchenbank. Die hintersten reichten ihre Hände sogar noch den Stehenden, die wiederum ihre Hände zu den draußen verbliebenen Gläubigen ausstreckten.

Der Propst, der eigentlich mit der Liturgie beginnen wollte, war tief ergriffen von diesem einzigartigen Zeichen der Solidarität. Er nahm spontan seine Messdiener an die Hand und trat die drei Stufen herunter, damit einer von ihnen die symbolische Verbindung von den Gläubigen zum Diener Gottes und über ihn zu Gott selbst herstellen konnte.

Der Messdiener Karl Borromäus – ein richtiger Lausbub, wenn er nicht gerade den Kirchendienst verrichtete – griff sanft die Hand der Person, die links außen in der ersten Reihe stand. Es war die alte Weidenflechterin. Bevor sie die Hand des Messdieners entgegennahm, zeichnete sie dem Burschen zittrig ein Kreuz auf die Stirn.

»Der Segen betagter Menschen soll besonders hilfreich sein, heißt es«, sagte sie mit einem verschmitzten Lächeln und zwinkerte Karl Borromäus zu. Dass ihr ausgerechnet dieser Messdiener schon einige Streiche gespielt hatte, wusste sie nicht.

So verharrten die Gläubigen lange schweigsam, bis die Vorsängerin zu einem Lied ansetzte, das eigentlich nicht in eine Christvesper gehörte. »Großer Gott, wir loben dich. Herr, wir preisen deine Stärke …«

Erst als der Pfarrer den Messdienern deutete, wie alle Jahre zu Beginn des Weihnachtsgottesdienstes das weiße Tuch von der Heiligen Familie zu nehmen, löste sich die Solidaritätskette langsam auf, und die Menschen betrachteten andächtig die fast sechs Fuß hohen Holzfiguren. Nicht wenige wischten sich verstohlen ein paar Tränen von den Wangen. Das auf Stroh des Huberbauern gebettete Jesuskind lächelte ihnen dabei verständnisvoll entgegen.

›Fröhliche Weihnachten‹ wünschten sich die Gläubigen in diesem Jahr nicht. ›Eine gesegnete Weihnacht‹ war angemessener. Und dies hörte man nach der feierlichen Christvesper von allen Seiten. Als auch die Dreylings von Wagrain auf dem Portalplatz etliche Hände schüttelten und alte Bekannte umarmten, erblickten sie die Bombergs, die respektvoll das Ende der Messe in einigem Abstand vor der Kirche abgewartet hatten und nur deswegen gekommen waren, um mit den Dreylings von Wagrain ein Schwätzchen zu halten.

Die beiden Frauen winkten einander und gingen sofort aufeinander zu. Sie umarmten sich herzlich, was den Propst, der dies zufällig sah, stutzig machte. Auch ihre Männer und Kinder schüttelten sich die Hände, wobei Jakob Bomberg bemerkte, dass nicht nur aus Eginhard, sondern auch aus Lodewig aufrechte junge Männer geworden waren. Dabei sahen die Mütter, wie Lodewig seine geliebte Sarah sanft zur Seite nahm und sich ängstlich nach allen Seiten umblickte, bevor er sie verstohlen auf die Wange küsste.

Da Konstanze bei diesem Anblick lächelte, wurde sie von Judith fassungslos angeschaut.

»Hast du etwa davon gewusst?«

»Nein!«, gab sie zur Antwort, ergänzte aber ehrlich: »Nicht richtig.«

»Oh je, wenn das die Männer wüssten«, gab Judith zu bedenken und hielt sich intuitiv den Mund zu.

»Warum? Hätte Jakob etwas gegen diese Verbindung? Er hat doch gerade selbst gesagt, dass Lodewig ein schneidiger Bursche ist«, konterte Konstanze mehr verteidigungsbereit als angriffslustig.

»Entschuldige! Du hast ja recht. Ich mag Lodewig doch auch … und wenn er Sarah glücklich macht, soll es mir recht sein. Es ist nur so plötzlich gekommen.«

»Von wegen«, lächelte Konstanze wissend und zeigte unverhohlen ihre Freude darüber.

»Was? Das geht schon länger?«, platzte es aus der Jüdin heraus, bevor sie besonnen sagte: »Wir werden es unseren Männern schon noch beibringen. Aber zuerst muss ich Sarah schimpfen, dass sie es mir noch nicht anvertraut hat«, drohte sie, vermochte dabei aber nicht, ein ernstes Gesicht zu machen.

Obwohl die Bombergs einem anderen Glauben angehörten, ließen sie sich von Konstanze auf die Schnelle die Weihnachtserzählung der Geburt Jesu aus Diederich II., woher der jüngste Spross der Dreylings von Wagrain seinen Vornamen hatte, erzählen.

»… Es war nur schade, dass sie heuer nicht mit der früher üblichen Vorführung eines Krippenspiels veranschaulicht werden konnte, da einige der Darsteller an der scheußlichen Seuche verstorben sind«, bedauerte die religiöse Kastellanin.

»Aber auch die Predigt des Pfarrherrn hat es in sich gehabt:

›Alle Menschen sind vor Gott gleich!‹, hat er von der Kanzel herunter gerufen und dabei die Bevölkerung Jerusalems, die nicht nur aus Christen, sondern auch aus Juden und Moslems bestanden hat, als Beispiel genannt. In diesem Zusammenhang hat er sogar eine Lanze für Menschen mit anderer Hautfarbe gebrochen, von denen hier – außer den Kindern des Kastellans in der Immenstädter Krippe – noch nie jemand welche gesehen hat. Stell dir vor: Er ist sogar so weit gegangen, den einfachen Bauern mit einem Fürsten zu vergleichen«, berichtete Konstanze freudig erregt.

»Eine fürwahr merkwürdige Einstellung für einen katholischen Priester«, hatte der Schuhmacher seinem Nachbarn auf der anderen Seite während der Predigt ins Ohr getuschelt. »Im Mittelalter hätte er sich wohl der Ketzerei schuldig gemacht und wäre der Inquisition zugeführt worden.«

Aber Johannes Glatt mochte sein wie er wollte, die meisten Staufner liebten ihren eigensinnigen Pfarrer. Sie wussten, dass er aufgrund seiner Intelligenz eigentlich ein höheres Kirchenamt bekleiden sollte oder sogar nach Rom an die Seite des Papstes gehören würde. Auch wenn er oft eine knorrige Art an den Tag legte, hatte sich der Kirchenmann während der heutigen Christvesper derart feinfühlig gezeigt wie selten zuvor. So wünschten die Menschen auch ihm eine gesegnete Weihnacht. Es war ihm vergönnt, dass er sich im Gegensatz zu ihnen noch einen guten Tropfen Wein und ein deftiges Mahl schmecken lassen konnte.

Als sich die Menschentraube aufzulösen begann, fragte Konstanze die Bombergs, ob sie nicht doch mit ins Schloss hoch kommen möchten. »Wir haben genug zu Essen!«, betonte sie, respektierte aber Judiths Absage, weil sie anderen Glaubens waren und nicht ausgerechnet an diesem Tag stören wollten. Also eilten die Dreylings von Wagrain ohne die Bombergs, die von Konstanze schon vor Wochen eingeladen worden waren, nach Hause. Dabei konnte sie nicht an sich halten und äußerte ihrem Mann gegenüber den innigen Wunsch, gleich morgen zu den Opsers gehen zu dürfen.

»Das kommt nicht in Frage! Du geduldest dich gefälligst bis nach den Feiertagen. Du kannst jetzt sowieso nichts ändern, und ich lasse nicht zu, dass du dir – und womöglich uns allen – Weihnachten verdirbst. Denk bitte auch daran, dass Eginhard schon nach Dreikönig in

Bregenz sein muss. Und außerdem bist du ständig am Husten«, untersagte Ulrich das Vorhaben seiner Frau in energischem Ton, während er das Kopftuch enger um ihr Gesicht zog und ihren Kragen hochschlug.

»Aber ich möchte wenigstens wissen, was mit unseren Buben los war. Wo sind sie gewesen?«

Der Kastellan legte einen Arm um seine Frau und drückte sie an sich.

»Sag nicht immer ›Buben‹ zu unseren Söhnen. Selbst du dürftest längst gemerkt haben, dass auch aus Lodewig ein Mann geworden ist … Wir sprechen später darüber.«

Wieder im Schloss zurück, klopften sie sich den Schnee von den Gewandungen, bevor sie sich in alle Richtungen verteilten. Während der Kastellan und Eginhard in den Stall gingen, um den Pferden eine Sonderration Heu in die Futterkrippe zu legen und sie mit geweihtem Wasser zu bespritzen, zog Diederich Lodewig in die Wohnung zum Weihnachtsbaum.

Konstanze eilte in die Küche und band sich rasch eine Schürze um. Sie freute sich so richtig darauf, das vorbereitete Mahl fertig zu machen.

»Zuerst gibt es eine nahrhafte Zwiebelsuppe mit Speck. Danach kredenze ich euch einen gebratenen Hasen mit Kohl. Und wer dann immer noch nicht satt ist, bekommt Hafermus mit eingeweichten Äpfeln«, kündigte sie unter Beifall das Festmahl an. Da sie den Hunger ihrer Männer nicht einschätzen konnte und wusste, dass Ignaz und die beiden Wachen die Gelegenheit nützen würden, sich ihre Bäuche so richtig vollzuschlagen, bereitete sie sicherheitshalber mehr zu, als sie dies normalerweise tat. Deswegen hatten gleich drei Wildhasen ihr Leben lassen müssen. Sollten die hungrigen Mäuler wider Erwarten etwas übrig lassen, konnte sie den Rest ja verpacken und in das gut zweieinhalb Fuß tiefe Eisloch im Wurzgarten legen. Um Lebensmittel über den Winter haltbar zu machen, musste sie diese nur dort lagern und zum Schutz vor Tieren Bretter darauf legen, die mit Steinen beschwert wurden. Wenn das Eisloch wieder dick mit Schnee bedeckt war, konnten die Lebensmittel geschützt gefrieren. Diese hier allgemein unbekannte Art der Vorratshaltung hatte sie von einem hohen Gast aus dem fernen Lappland gelernt, der auf Einladung des Grafen vor etlichen Jahren einige Zeit im Schloss verbracht hatte. Von ihm hatte ihr Mann – sozusagen als offizielles Gastgeschenk – auch eine echte Lappenkappe mit den typischen Ohrenschützern und dem albernen Bommel geschenkt bekommen. Sie erinnerte sich noch gut daran, wie sich Ulrich damals über diese merkwürdige Kopfbedeckung gewundert und was er gesagt hatte, als ihm diese Kappe überreicht worden war: »Jedam Lappe g'fallt si Kappe und mir mi Huat solang ar's duat!«

Als Konstanze ihren Lieben mitteilte, das festliche Mahl sei angerichtet, eilten nicht nur die Familienmitglieder, sondern auch Ignaz und Siegbert herbei. Es war seit jeher Brauch im Schloss, dass am Heiligen Abend auch das Gesinde mit am Tisch sitzen durfte. So entfaltete sich auch in diesem Jahr eine Weihnacht des Miteinanders. Nach dem Essen, als die anderen längst gegangen waren und Konstanze mit Rosalinde die Küche aufgeräumt hatte, setzte sich die Familie gemütlich zusammen.

Jetzt endlich war Eginhard an der Reihe. Während alle gespannt hörten, was er zu berichten hatte, merkte Konstanze, dass Lodewig immer noch hibbelig und unkonzentriert war. Sie konnte sich den Grund hierfür schon denken und half dem jungen Mann, sein Gewissen zu erleichtern. Als Eginhard mit seinem umfangreichen Bericht fertig war, fragte sie ihren Sohn unvermittelt: »Lodewig, hast du uns nicht auch etwas mitzuteilen?«

Der ansonsten immer locker wirkende Jüngling bekam schlagartig eine rote Färbung im Gesicht und wand sich um das Thema herum. Aber er wollte ja allen erzählen, dass er verliebt war, und seine Mutter hatte ihm gerade zu einem guten Einstieg verholfen. Als ihm auch noch Eginhard aufmunternd zunickte, fasste er sich ein Herz und berichtete erstmals der ganzen Familie von seiner großen Liebe zu Sarah. Da Lodewig um sich herum nur gönnerhaft lächelnde Gesichter sah, wurde er zunehmend ruhiger und mutiger. Er sagte, Sarah würde ihn auch lieben und sie wollten heiraten.

»Na, na, na!«, unterbrach der Vater schmunzelnd. »Sarah ist zwar ein anständiges, kluges und zudem ein ganz besonders gut aussehendes Mädchen, aber deswegen gleich heiraten? Ihr seid doch noch so jung. Wir haben nichts gegen Sarah und wünschen euch, dass auch ihre Eltern nichts gegen dich einzuwenden haben. Immerhin sind sie anderen Glaubens, und das könnte Probleme mit sich bringen. Sei gewappnet und tapfer, falls es zu einer Enttäuschung kommen sollte … Unseren Segen jedenfalls habt ihr.«

Konstanze hatte ihrem Mann schmunzelnd zugehört und schmiegte sich jetzt in Erinnerung alter Zeiten an ihn. Sie gab ihm einen zarten Kuss auf den Mund.

»Bäh, Pfui Teufel … und das soll schmecken?«, empörte sie sich.

»Du musst den Tabak ja nicht *trinken*!«, entgegnete er lachend.

»Lodewig ist verliebt! Lodewig ist verliebt!«, schrie Diederich, während er vor überschäumender Freude im Zimmer hin und her hüpfte.

Eginhard zwinkerte Lodewig nur zu und nickte anerkennend. Am liebsten wäre der verliebte Bursche gleich zu Sarah gelaufen, um ihr zu berichten, dass seine Eltern jetzt Bescheid wüssten und nichts gegen ihre Verbindung hatten.

Als Diederich sich wieder beruhigt und mitbekommen hatte, dass sich seine Eltern und Brüder mittlerweile über das kommende Neujahrsfest und das Dreikönigsfest unterhielten, wollte er mehr darüber wissen. So erzählte ihm der Vater, was ihm schon sein Großvater über diese beiden Feste erzählt hatte: »Während in vielen Teilen Europas der 6. Januar als Jahresbeginn gerechnet wird, beginnt bei uns das Jahr nach dem gregorianischen Kalender am 1. Januar. Wie ihr wisst, findet jedes Jahr am Neujahrstag in unserer Kirche ein Gottesdienst statt. Aber früher, da war das ganz anders!«

Diederich lauschte aufmerksam, als der Vater mit seiner Erzählung fortfuhr: »Früher gab es nicht nur in Staufen, sondern auch in anderen

Teilen des rothenfelsischen Gebietes einen Neujahrsbrauch, den man als ›Narrenfest‹ bezeichnet hat. Im Mittelpunkt ist der große Umzug gestanden, dazu haben sich viele Generationen unserer Vorfahren Masken aufgesetzt und in Narrenkleidern *verbutzt*. Das waren Gewandungen, die sie ganz einfach aus bunten Stoffresten zusammengenäht haben. Dieses so genannte ›Fleckleshäs‹ hat seinen Ursprung bei den alemannischen Vorfahren der Immenstädter und der Staufner, die ursprünglich eine hässliche Lumpen- und Fetzengewandung aus Moosflechten oder Tierfellen getragen haben, um böse Geister und Dämonen zu vertreiben. Im Laufe der Zeit ist das Häs zunehmend feiner geworden und hat irgendwann nur noch aus bunten Rautenmustern bestanden. Als dann 1567 die Königsegger die Grafschaft Rothenfels übernommen haben, haben die Staufner ihrem neuen Herrschergeschlecht zu Ehren zusätzlich auch noch gelbe Rauten auf den Stoff gemalt und dann mit Trommlern und Pfeifern einen Umzug durch das Dorf veranstaltet. Auf dem Dachboden müsste noch ein altes Fleckleshäs liegen. Mama könnte gelegentlich nachsehen, ob es noch da ist, dann kannst du es anschauen und, wenn du vorsichtig bist, auch einmal anziehen!«

»Au ja«, Diederich klatschte vor Freude in die Hände.

»Vielleicht kann man es bei der kommenden Fasnacht brauchen?«, scherzte Lodewig und fragte, ob irgendwo unter dem Dach zufällig auch noch eine Landsknechttrommel herumläge.

Er hätte schon längst selbst nachgesehen. Aber den Sommer über war die Speichertür wegen der dort zum Trocknen ausgebreiteten Samenkapseln abgeschlossen, damit Diederich nicht darauf herumtrampeln konnte.

Der Vater erzählte noch, dass es damals üblich gewesen war, auch eine christliche Messe zu parodieren und dass dies Propst Glatt als ketzerisch verteufelt hatte, was er stets mit einem Spruch aus dem »Narrenbuch« bekräftigte: »*Wer lästert Gott mit Fluchen Schwören, der lebt in Schandt unnd stirbt ohn Ehren. Weh solchen auch, die dem nit wehren.*«

Der Propst hasste alle Bräuche heidnischen Ursprungs und trug eigentlich die Schuld daran, dass die Bestrebungen einiger Altvorderer, das Narrenfest wieder aufleben zu lassen, im Keim erstickt worden waren. Schon als junger Novize hatte er öffentlich gegen Gotteslästerer jeglicher Art gewettert.

»Wenn die Kirche den alten Brauch nicht verboten hätte, würde Neujahr heute noch so begangen wie früher«, seufzte der traditionsbewusste Kastellan, ein treuer Beamter des Grafen, und zog – bevor er sich zu ärgern begann – zu seiner eigenen Beruhigung an der Pfeife.

»Und was ist mit dem Dreikönigsfest?«, löcherte Diederich, der an diesem Abend nicht müde zu werden schien, seinen Vater.

»Das Dreikönigsfest ist das Fest der Erscheinung des Herrn. Am Tag zuvor, also am 5. Januar, reinigen Mama und Rosalinde alle Wohnräume, während Ignaz die Stallungen und die Lagerräume putzt. Am Dreikönigstag selbst stellen wir dann in alle Zimmer des Schlosses kleine Gefäße mit Weihrauch.«

»Warum?«

Um ihren Mann etwas zu entlasten, beantwortete Konstanze diese Frage: »Aber das weißt du doch, Diederich! Damit wir die bösen Wintergeister vertreiben können!«

»Gibt es hier im Schloss Geister?«, fragte der Kleine, der sich jetzt ganz fest an seine Mutter drückte.

»Nun hör aber auf! Du weißt ganz genau, dass es überhaupt keine Geister gibt und wir diesen Brauch nur noch um der Tradition willen aufrechterhalten! Seit vielen Jahrzehnten konzentriert sich das Fest mehr und mehr auf die Heiligen Drei Könige. Ich schreibe dann mit Kreide den lateinischen Segenswunsch ›Christus mansionem benedicat‹ über die Eingangstür.«

»Was heißt das?«, fragte Diederich, der mit Latein überhaupt nichts anzufangen wusste und jetzt doch so langsam müde wurde.

»Christus segne dieses Haus!«

Da meldete sich Eginhard, der den Ausführungen seiner Eltern nicht minder interessiert zugehört hatte, zu Wort: »Es gibt aber auch noch eine merkwürdig anmutende Mischung aus Latein und Griechisch, die dasselbe aussagt!«

»Ja!«, mischte sich nun Lodewig mit wissender Miene ein: ›Kyrios mansionem benedicat‹, kurz: KMB!«

Jetzt stutzten plötzlich alle.

»Woher weißt du das?«, fragte die Mutter erstaunt.

»Von Propst Glatt, meinem Taufpaten! Ich erinnere mich an das letzte

Jahr, als wir uns unterhalten haben und ich KMB fälschlicherweise als Kürzel für die Namen der Heiligen Drei Könige gedeutet habe ... und so habe ich mir diesen Spruch eben gemerkt.«

»Mir scheint, dass wir nicht nur auf Eginhard stolz sein können«, beendete die lächelnde und überglückliche Mutter das Thema: »Es ist schon spät, und wir haben die nächsten beiden Tage auch noch Weihnachten. Lodewig, bringst du Diederich in eure Kammer?«

»Ja, Mutter, dann geh ich eben auch schlafen. Gute Nacht!«, antwortete er augenzwinkernd, um dem Kleinen das Gefühl zu geben, nicht allein gehen zu müssen.

Nachdem Diederich keinen Muckser mehr von sich gab, kehrte Lodewig in die Runde zurück.

»Er ist sofort eingeschlafen«, verkündete er lächelnd.

Das Kaminfeuer knisterte, und es war so richtig schön warm. Konstanze und Eginhard bereiteten sich einen frischen Sud aus getrockneten Früchten, die Eginhard vom Bodensee mitgebracht hatte, und vermischten ihn mit etwas Rotwein, in dem schon Nelken zogen. Auf die Frage, ob er auch ein Fruchtgetränk wolle, winkte der Vater lachend ab.

»Seid ihr verrückt? Heute ist Heiligabend! Ich bleibe beim Wein.«

»Na, na, na!«, rügte jetzt die Mutter scherzhaft seine Ausdrucksweise.

»Einfach köstlich!« Der Familienvater stopfte seine Pfeife nach, und Lodewig durfte zum ersten Mal einen halben Quart unverdünnten Wein trinken.

»In neunundzwanzig Tagen wirst du achtzehn Jahre alt! Also macht es nichts aus, wenn du schon am heutigen Heiligen Abend etwas von meinem besten Wein bekommst. Außerdem musst du üben.«

Nachdem der Vater nicht weitersprach und nur vor sich hinschmunzelte, fragte Lodewig nach, wie er das gemeint habe.

»Na ja, ein Schluck Wein gehört zur Hochzeitszeremonie! Weißt du das nicht?«, scherzte das Familienoberhaupt und brachte dadurch alle zum Lachen.

Aber Eginhard störte den Weihnachtsfrieden, weil er nun endlich wissen wollte, was es mit den Blaufärbern und dem Totengräber auf sich hatte.

»Ich habe nur so lange gewartet, bis Diederich im Bett ist«, begründete er den unangenehmen Themenwechsel zu später Stunde und wartete auf eine Antwort, indem er seinen Eltern abwechselnd in die Augen schaute. »Und?«

Nachdem ihm sein Vater alles erzählt hatte, während er von der Mutter immer wieder unterbrochen worden war, diskutierten sie noch so lange darüber, bis sie sagte: »Nachdem du jetzt über diese Sache Bescheid weißt, hätte ich auch noch eine Frage.«

Eginhard zeigte auf sich.

»An mich? Dann frag nur, Mutter.«

Bevor Konstanze ihre Frage stellte, stand sie auf, um die Becher zu füllen. Sie wusste nicht so recht, wie sie es anpacken sollte, und druckste etwas herum.

»Was möchtest du denn wissen?«, ermutigte sie der Vater, der die Gelegenheit nutzte, um sich den Becher zu füllen.

»Nach dem, was du vorhin gehört hast, Eginhard, kannst du dir vorstellen, dass ich mir Sorgen um Diederich und Lodewig mache und …«

Eginhard schlug sich mit der flachen Hand auf die Stirn und sagte: »Jetzt kann ich mir denken, was du wissen möchtest.«

»Kluger Bursche«, lästerte seine Mutter, in der jetzt die Wut und die Sorge von heute Nachmittag wieder hoch kamen.

»Entschuldige bitte«, sagte Eginhard in ruhigem Ton und fuhr fort: »Hätte ich von der Sache mit den Blaufärbersöhnen und meinen Brüdern gewusst, wären wir nicht so lange beim Wachszieher geblieben. Ich verstehe … du hast dir Sorgen um Lodewig gemacht.«

»Um euch beide«, kam es mit fester Stimme zurück.

»Aber der Wachszieher hat doch unsere Hilfe benötigt«, mischte sich jetzt Lodewig ein, bevor er das Ziel von Mutters aufsteigender Aggression werden würde.

»Was, in Herrgotts Namen, war nun so wichtig, dass ihr uns zwei Stunden allein und im Unklaren gelassen habt? … Und das am Heiligen Abend.«

»Wie gesagt: Das wollten wir nicht«, versuchte Eginhard, seine

Mutter zu beruhigen und begann mit der Aufklärung: »Als wir beim Wachszieher angekommen sind, haben wir gesehen, dass alles dunkel war …«

»Ja! Und deswegen haben wir gedacht, dass er nicht da ist«, mischte sich Lodewig schon wieder ein.

Eginhard deutete ihm mit einer Handbewegung, still zu sein und ihn erzählen zu lassen.

»Jedenfalls haben wir an die Tür geklopft und Geräusche gehört. Also haben wir weiter geklopft und gerufen. Erst nach einer Weile hat der Wachszieher geöffnet, und wir haben gesehen, dass er ganz allein im Dunkel gesessen ist.«

»Er hat viel Unglück erleiden müssen. Seine Tochter ist der vermeintlichen Pest zum Opfer gefallen und …«, wollte der Vater Eginhard aufklären, merkte aber schnell, dass seine Söhne dies bereits wussten.

»Ja, Vater«, sagte Eginhard höflich und berichtete weiter: »Als wir ihm das Fleisch gegeben haben, hat er zu weinen begonnen und gesagt, dass er kein Brennholz hat, um es braten zu können und dass seine Zähne zu schlecht seien, um es roh zu kauen.«

»Ich glaube, dass ich jetzt verstehe, warum ihr so lange bei ihm gewesen seid«, sagte Konstanze mit einem entschuldigenden Blick.

»Ja, Mutter, du ahnst richtig. Wir haben ihm geholfen: Während Lodewig das Fleisch in kleine Stücke geschnitten hat, bin ich zum Propst gegangen und habe ihn um Holz gebeten.«

»Und? Habt ihr welches bekommen?«, fragte der Vater, der wusste, dass Johannes Glatt ein Geizhals war.

»Ja, Vater. Er war übergroßzügig und hat mir so viel Holz mitgegeben, dass ich mir seinen Schubkarren ausleihen musste. Außerdem hat er mir sogar noch Brot und eine Kanne Wein mitgegeben.«

»Ich glaub' es nicht«, rief der Vater und schüttelte den Kopf.

»Doch, es stimmt schon«, bestätigte Lodewig und erzählte den Rest: »Wir haben ein Feuer gemacht und einen Teil des in Portionen geschnittenen Fleisches gebraten. Den Rest haben wir hinter dem Haus …« Lodewig schluckte, »dort, wo früher seine Werkstatt war, vergraben und mit Brettern zugedeckt.«

»Ich bin zwar stolz auf euch«, sagte die Mutter, wollte aber nicht zu viel loben. »Und das hat so lange gedauert?«

»Natürlich nicht, Mutter. Es ist Weihnachten. Der arme Mann war traurig und einsam«, heischte Eginhard um Verständnis und überließ Lodewig das Schlusswort: »Deswegen haben wir uns noch so lange mit ihm unterhalten, bis es einigermaßen warm geworden ist und das Fleisch durch war. Als er uns einen Schluck vom Wein des Propstes angeboten hat, konnten wir doch nicht Nein sagen – oder?«

»Außerdem sind sie ja pünktlich zur Vesper gekommen«, beendete der Kastellan, der innerlich auf das Verhalten seiner Söhne stolz war, das Thema und wandte sich an seine Frau: »Nun weißt du Bescheid. Und jetzt könntest du getrost zugeben, dass deine Söhne recht getan haben.«

Nachdem die Mutter aufgestanden war und ihre beiden Söhne wortlos an ihr Herz gedrückt hatte, war alles wieder in Ordnung und der Weihnachtsfrieden hergestellt. Sie schenkte allen noch etwas Wein ein und stieß mit ihren Lieben auf die Gesundheit an. Dass Lodewig das unverdünnte und deswegen starke Getränk zu Kopf steigen könnte, bedachte sie nicht – sie war einfach glücklich … zumindest in diesem Moment des häuslichen und des familiären Friedens.

Sie unterhielten sich noch lange über Verschiedenes, in erster Linie aber über Lodewigs und Sarahs Zukunft. Irgendwann begann auch Konstanze zu gähnen und wollte sich mit Ulrich zurückziehen. Aber der Vater mochte das Wunderbare und Unglaubliche des gerade in der Heiligen Nacht von seinem mittleren Sohn Gehörten noch etwas verdauen. »Nur noch eine Pfeifenlänge«, bat er und genoss es sichtlich, seine Söhne bei bester Gesundheit um sich zu haben.

Nur das mittlerweile ständige Gehuste seiner Frau bereitete ihm Sorge und ließ ihn immer wieder unauffällig zu Eginhard blicken.

So saßen sie noch ein Weilchen zusammen und unterhielten sich. Je länger sie schwatzten, umso mehr näherten sie sich doch noch unangenehmen Themen. Dementsprechend ließ es sich trotz des Heiligen Festes nicht vermeiden, dass sie wieder auf die vermeintliche Pest, die Wasserleiche und auf die Blaufärber-Familie zu sprechen kamen. Die

Quintessenz daraus war, dass Konstanze beharrlich darauf bestand, sie sofort nach den Weihnachtsfeiertagen zu besuchen, um sich nach deren Befinden und nach Otward zu erkundigen.

»Das muss doch nicht zwischen den Jahren sein«, warf der Vater wieder ein.

»Du gehst mit Eginhard doch auch gleich nach den Feiertagen zum Propst, um mit ihm über den Medicus und über die Pest zu sprechen«, konterte sie eigensinnig und nicht minder hartnäckig.

»Das lässt sich leider nicht hinausschieben, da Eginhard schon bald wieder nach Bregenz zurück muss.«

»Ihr werdet euch doch jetzt nicht zanken – gerade heute, am Heiligen Abend?«, fuhr Eginhard dazwischen.

»Du hast recht, mein Sohn! Lasst uns die Zeit bis Dreikönig in gewohnt trauter Harmonie genießen. Ich gehe nach dem Dreikönigsfest zum Blaufärber, und euer Gespräch mit dem Propst hat ebenfalls so lange Zeit. Immerhin bist du dann noch ein paar Tage in Staufen. Aber jetzt ist es spät geworden und es wäre vernünftig, wenn wir uns zurückziehen würden. Morgen ist auch noch ein Tag.«

»Ja, meine Liebe, du hast recht. Außerdem geht meine Pfeife gerade aus! Eine gesegnete Nacht, meine Söhne.«

Kapitel 37

Im Morgengrauen, noch vor dem ersten Schrei des Hahnes ihrer Freundin Judith, war Konstanze aufgestanden. Wie so oft in letzter Zeit hatte sie sich auch in dieser Nacht schlaflos hin und her gewälzt. Es ging ihr nicht besonders gut. Über ihren angeschlagenen Seelenzustand hinaus hatte sie jetzt ein nicht mehr aufhören wollendes Stechen in der Brust, das mit einem hörbaren Rasseln beim Schnaufen einherging. Dazu hatten sich Kopfschmerzen und ein lästiger Dauerhusten gesellt, der sich zu allem Übel auch noch zu einer handfesten Erkältung auszuweiten schien.

Obwohl die letzten zwei Wochen, allein schon durch Eginhards Anwesenheit, für sie als Mutter wunderschön gewesen waren und sie seiner Abreise traurig entgegensah, war sie froh, das Dreikönigsfest hinter sich gebracht zu haben. Während der Feiertage und über den Jahreswechsel hinaus hatte sie ihre Anspannung im Zaum halten und vor der Familie verbergen können, aber jetzt übermannte sie ihre innere Unruhe und sie musste ständig wieder an die Blaufärber denken. So kam es ihr zupass, dass sie an diesem trüben Donnerstagmorgen noch vor Rosalinde in der Küche war und selbst den Herd anfeuern musste. Es war so kalt, dass sich ihr Atem zu Wölkchen formte. Konstanze bereitete die Morgensuppe, half Diederich beim Ankleiden, bediente ihre Männer und setzte sich zu ihnen an den Tisch. Die Beschäftigungen am frühen Morgen hatten ihrer Psyche richtig gut getan und sie etwas von ihren trüben Gedanken abgelenkt. Ihrem körperlichen Wohlbefinden war es allerdings eher abträglich gewesen. Trotzdem hielt sie jetzt, da das gemeinsame Morgengebet gesprochen war und alle ihre kräftige Suppe geschlürft hatten, nichts mehr.

»Gestern war das Dreikönigsfest, und ich weiß immer noch nichts von den Opsers. Ich gehe jetzt sofort zu ihnen«, sagte sie entschlossen, gab ihrem verdutzt dreinschauenden Mann ein flüchtiges Küsschen auf die Backe, wies Rosalinde an, den Tisch abzuräumen, legte ihren Umhang um und verschwand hüstelnd aus dem Zimmer, bevor Ulrich überhaupt etwas dagegen sagen konnte. Sie hinterließ nur ungläubiges Staunen.

Es hatte die letzten zwei Wochen so viel geschneit, dass Konstanzes Männer und Knecht Ignaz bis Mittag beschäftigt sein würden, die weiße Pracht aus dem Schlosshof zu räumen. Bis dahin wollte Konstanze längst wieder zurück sein.

Die Menschen im Dorf waren jetzt – bis auf diejenigen, die nach wie vor die Trauer um ihre toten Familienangehörigen in den Vordergrund stellten – wieder einigermaßen zufrieden. Sie waren durch die Christvesper in ihrem Glauben gestärkt worden und hatten neuen Lebensmut gewonnen, den sie zu Neujahr und Dreikönig weiter heraufbeschworen hatten. Da konnten auch die frostigen Nächte und der viele Schnee nichts daran ändern – im Gegenteil: Draußen war es zwar bitterkalt, aber der Schnee, der an den Hauswänden klebte, schützte das Innere vor kalter Zugluft, sodass sich die muffige Wärme einigermaßen in den Räumen halten konnte. Bei dieser Kälte rückten Mensch und Tier enger zusammen, als dies in den warmen Monaten der Fall war. So kam es vor, dass im einen oder anderen Wohnraum mehr Schafe oder Ziegen standen, als es aufgrund der vermeintlichen Pest überhaupt noch Familienmitglieder gab. Dadurch war das Heizmaterial in greifbarer Nähe, denn die Hinterlassenschaften der Tiere konnten an Ort und Stelle getrocknet werden, bevor sie einen hervorragenden Brennstoff abgeben würden.

Die Sonne schien und verwandelte das pulverige Weiß in ein Glitzermeer. Als Konstanze hustend durchs Dorf stapfte, schippten gerade etliche Männer den Schnee vor den Haustüren weg.

»Den Morgen zum Gruße!«, riefen sie sich gegenseitig freundlich winkend zu. Obwohl sie es eilig hatte, kam Konstanze nicht umhin, hier und da ein kurzes Schwätzchen zu halten.

»… und was doch der Eginhard für ein gestandener Mann geworden ist«, mussten alle loswerden, die sich an diesem Wintermorgen mit Konstanze unterhielten.

»Stimmt es, dass Euer Lodewig etwas mit der Jüdin hat?«, wurde sie von Hemmo Grob, der ebenfalls dabei war, den Schnee vor seinem Haus wegzuräumen, gefragt.

Aber Konstanze ließ sich nicht darauf ein und eilte weiter ihrem Ziel entgegen. Als sie am ›Löwen‹ vorbei den Berg hinunterstapfte, sah sie schon von weitem, dass vor dem Haus des Blaufärbers nicht geräumt worden war.

»Ein schlechtes Zeichen«, grübelte sie leise.

Als sie am Haus ankam, stellte sie erschrocken fest, dass der Wind eine dicke Schneewächte an der Eingangstür hochgezogen hatte. Konstanze sah, dass hier auch während der Feiertage nicht geräumt worden war. Nachdem sie sich durch den Schnee mühsam bis zum Eingang gekämpft hatte, klopfte sie erst etwas zaghaft an die Tür, dann fester, und als sich nichts rührte, schlug sie mit beiden Fäusten so fest auf das Holz, dass ihre Handballen schmerzten. Sie versuchte mit aller Kraft, die Tür aufzuziehen, was sie aber wegen der schweren Schneewächte nicht schaffte.

»Ist sie überhaupt abgeschlossen?«, fragte sie sich und fing an, laut zu rufen.

Sie stapfte zu den Fenstern links und rechts des Einganges, um einen Blick hineinzuwerfen, was ihr aber wegen der Eisblumen an den Glasscheiben nicht gelang. Durch die Kraftanstrengung musste sie nicht enden wollend und so stark husten, dass ihr blutiger Schleim aus dem Mund troff. Sie wusste, dies war ein untrügliches Zeichen dafür, dass mittlerweile ihre Atmungsorgane angegriffen waren. Sie wusste wegen der Eisblumen jetzt aber auch, dass hier nicht geheizt wurde.

»Es wird da drin doch nichts geschehen sein?«, fragte sie sich und malte sich schon wieder das Allerschlimmste aus.

Sie bekam Angst und wusste nicht, was sie tun sollte. Ratlos stand sie da, faltete die Hände und drückte sie ganz fest an ihre schmerzende Brust.

»Lieber Herrgott, lass es nicht wahr sein.«

Als sie sich etwas beruhigt und ihren bisher schwersten Hustenanfall überstanden hatte, wandte sie sich schlagartig ab und arbeitete sich keuchend durch den Schnee vom Haus weg und den Weg hoch, den sie gekommen war. Dabei machte ihr die kalte Luft, die sich wie heiße Blitze ihren Weg in die Lungenflügel zu bahnen schienen, zu schaffen. Im Dorf angekommen, überfiel sie schon wieder eine nicht enden wollende Hustenattacke, die mit Schweißausbrüchen und einem starken Stechen in der Brust einherging. Sie blieb so lange stehen, bis sie sich wieder einigermaßen erholt hatte.

Als sie hastig durch das Dorf lief, merkten die Leute, dass mit der Frau des Kastellans etwas nicht in Ordnung war.

Auf den Gedanken, dass sie Hilfe benötigen könnte, kam aber niemand – zu sehr waren sie mit sich selbst beschäftigt.

Das mühsame Stapfen durch den hohen Schnee machte Konstanze sehr zu schaffen und ließ sie nicht schnell genug vorwärts kommen. Jetzt erst merkte sie, wie schwach sie eigentlich schon die ganzen letzten Wochen gewesen war und dass sie sich zu viel zumutete. Als sie zum Anfang des steilen Stiches kam, der zum Schloss führte, war sie mit den Kräften fast am Ende. Da das Schloss seit Weihnachten von fast niemandem verlassen worden war, hatte hier auch niemand geräumt. Und Lodewig war, wenn er Sarah besucht hatte, durch den tiefen Schnee gestapft. Konstanze wusste nicht, wie sie in ihrer Verfassung dort hochkommen sollte. Jetzt geriet zu ihrem schlechten seelischen Zustand auch noch ihre körperliche Verfassung außer Kontrolle. Sie hoffte auf göttliche Hilfe und schickte ein Stoßgebet zum Himmel, während sie tapfer versuchte, sich weiter durch den Schnee zu kämpfen, indem sie in die Fußstapfen, die sie beim Herweg hinterlassen hatte, trat. Sie spürte, dass ihre Kräfte sie zu verlassen drohten. Ihr blieb nichts anderes übrig, als laut nach ihrem Mann zu rufen. Je lauter sie aber rief, umso mehr musste sie husten und umso mehr schmerzten Hals, Brust und Glieder. So drangen ihre Rufe nicht bis in den mauergeschützten Schlosshof, geschweige denn in die Räume hinein. Und da auch noch der Schnee seine dämmende Wirkung entfaltet hatte, hörte man sie auch nicht im direkt hinter ihr liegenden Dorf. Wer also sollte sich um sie kümmern können?

An diesem Vormittag schob Siegbert Wache. Gerade als er die Hellebarde beiseite legte, um seine Finger anzuhauchen und die Arme wärmend um seinen Körper zu schlagen, hörte er ein Geräusch … oder war es ein Schrei? Er konnte zunächst nicht orten, um was es sich handelte und aus welcher Richtung es kam. So stieg er vom Wehrgang herunter, um nachzusehen.

»Wohin des Weges bei dieser Saukälte?«, fragte ihn der Kastellan, der mit Ignaz und seinen Söhnen mit der Schneeräumung beschäftigt war, lachend.

»Ach, ich habe nur etwas gehört und möchte deswegen zum Flecken hinunterschauen«, antwortete Siegbert in bewusst beruhigendem Ton.

Schnaufend hastete er die Stufen des Nordturmes hoch, um einen guten Blick auf die zum Schloss führende Straße zu haben. Da ihn die Sonne blendete, sah er zwar etwas Dunkles im glitzernden Schnee, konnte aber nicht erkennen, was es war. Indem er seine Augen abwechselnd zusammenkniff und zu Schlitzen verengte, während er den Blick nicht mehr von dem dunklen Knäuel ließ, gewöhnten diese sich an das gleißende Licht, und er erkannte, dass es sich um einen Menschen handelte, der regungslos im Schnee lag. Sofort öffnete er ein Fenster zum Schlosshof hin und rief aufgeregt hinunter: »Herr! Herr! – Kommt schnell!«

»Was ist, Siegbert?«, wollte der Kastellan, der den Unterton in der Stimme seiner Schlosswache richtig deutete, wissen.

»Ich weiß nicht genau. Dort unten scheint ein Mensch mitten auf dem Weg zu liegen.«

Eilig begab sich der Kastellan auf den Turm und folgte mit den Augen Siegberts Zeigefinger. Zunächst erging es ihm wie seinem aufmerksamen Wachhabenden: Er sah überhaupt nichts. Als sich aber auch seine Augen an das gleißende Weiß gewöhnt hatten, schrie er: »Um Gottes willen … Konstanze!«

Laut rief er nach seinen Söhnen, die sofort herbeieilten. Er bat Siegbert, auf Diederich aufzupassen und rannte in den Schlosshof zurück.

»Diederich, du bleibst bei Siegbert! Eginhard, Lodewig und Ignaz: ihr kommt mit mir!«

Der Jüngste war zwar nicht der schlauste, erkannte aber sofort an der Stimme seines Vaters, dass etwas nicht in Ordnung war, und lief, ohne Fragen zu stellen, zu Siegbert, während Ignaz geistesgegenwärtig eine Decke aus dem Stall holte und den anderen folgte. Sie hasteten aus dem Schloss den Berg hinunter.

»Was ist los, Vater?«, plusterte Lodewig, nachdem er gestolpert war, sich wieder aufgerichtet und den Schnee aus dem Gesicht gewischt hatte.

»Ich weiß nicht genau!« Er zeigte in Richtung des Dorfes. »Ich glaube, dass dort eure Mutter liegt.«

Diese vage Feststellung beflügelte die vier, so schnell wie möglich nach unten zu gelangen. Tatsächlich: Es war Konstanze.

»Um Gottes willen … Nein!«

Die Buben begannen sofort, den Schnee von ihr und um sie herum wegzuscharren, während Ignaz hastig die Decke über ihren Körper warf. Ulrich zog seine Fingerlinge aus und berührte zittrig ihre glühende Stirn.

»Sie hat die Hitze!«, stellte er entsetzt fest.

»Sieh doch, Vater«, sagte Eginhard mit ruhiger Stimme »Mutter atmet.«

Jetzt erst sahen alle die zarten Atemwolken, die sich – kaum Konstanzes Mund entwichen – mit der vor Kälte klirrenden Luft vereinten.

»Gott sei Dank. Sie lebt und ist nur besinnungslos. Kommt, helft mir, sie aufzunehmen. Wir müssen sie schnellstens auf die Decke legen und zum Schloss tragen!«

Zu viert schafften sie dies ohne nennenswerte Probleme. Wenn sie nicht immer im Schnee versunken wären, hätte der Krankentransport schneller vonstatten gehen können und der Kastellan hätte seine Helfer nicht ständig wie Maulesel antreiben müssen. Obwohl dies nicht angenehm war, beklagte sich niemand darüber. So brachten sie die Kastellanin auf schnellstmöglichem Weg ins Schloss und in die elterliche Schlafkammer, wo sie auf ihre Lagerstatt gelegt wurde. Um seine Frau von ihrer klammen Gewandung befreien zu können, schickte der Kastellan Ignaz gleich wieder aus dem Raum und bat auch seine Söhne, kurz nach draußen zu gehen. Während er ihr Mieder öffnete, damit sich ihr Brustkorb beim Atmen ungehindert weiten konnte und sie besser Luft bekam, erwachte Konstanze aus ihrer Besinnungslosigkeit und wollte gleich drauflos reden.

»Pssst! – Du musst dich jetzt ausruhen mein Schatz«, bremste ihr Mann sie sanft und streifte ihr das Nachtgewand über, bevor er sie zudeckte. Da in dieser Kammer kein Kachelofen war, heizten sie den Herd in der daneben liegenden Küche besonders stark ein und ließen die Türen offen, damit die Wärme in die Schlafkammer strömen konnte. Eginhard bereitete einen Kräutersud zu, den der Vater der Kranken nach und nach einflößte.

Als sie dabei zwischendurch einmal die Augen öffnete, flüsterte sie mit schwacher Stimme: »Ulrich, bitte! … Geh zu den Opsers und sieh nach, was dort los ist. Ich glaube, sie haben sich Gott empfohlen.«

Als der Kastellan dies hörte, schluckte er, ließ sich sein Entsetzen aber nicht anmerken, um seine Frau nicht noch mehr zu beunruhigen.

»Ja, meine Liebe, ich gehe noch heute ins Dorf hinunter. Aber jetzt schlaf dich erst einmal richtig aus. Du bist zu erschöpft, um zu reden.«

Er hatte seinen Satz noch nicht ganz zu Ende gesprochen, als Konstanze in tiefen Schlaf sank.

»Keine Sorge, Vater. Das wird ihr helfen«, sagte Eginhard leise, während er einen Arm um seine Schulter legte, um ihn sanft aus der Schlafkammer zu schieben.

Als der Vater in die Küche kam, waren Lodewig und Rosalinde damit beschäftigt, den schluchzenden Diederich zu beruhigen. Er durfte kurz zu seiner Mutter, um ihr die Wange zu streicheln und ihr ein Küsschen zu geben. Danach ging es ihm wieder etwas besser.

Zu seinen ältesten Söhnen sagte der Vater, Eginhard solle in der Wohnung bei der Mutter bleiben und Lodewig ihm und dem Knecht weiter beim Schneeräumen helfen.

»… und wenn wir damit fertig sind, gehen Eginhard und ich kurz ins Dorf hinunter. Wir haben dort etwas zu erledigen.«

Damit Diederich abgelenkt wurde, musste auch er mit in den Schlosshof. Während Lodewig und Ignaz dem Kastellan fleißig zur Hand gingen, legte sich der Kleine in den Schnee und zeichnete mit seinen Armen Engelsflügel ins Weiß. Es hatte den Anschein, als würde er alles um sich herum vergessen.

»Bist du wahnsinnig!«, brüllte der Vater entsetzt. »Musst du dich jetzt auch noch erkälten? Reicht es nicht, wenn deine Mutter sterbenskrank ist? Steh sofort auf!«

»Aber Mama stirbt nicht. Der Schutzengel behütet sie«, schluchzte der Kleine, während er aufstand und weinend auf sein Kunstwerk deutete.

»Ist ja schon gut«, entschuldigte sich der Vater, der gemerkt hatte, dass er sich aus Sorge um die Gesundheit seiner Frau und seines Jüngsten im Ton vergriffen hatte. Sanft drückte er Diederich an sich. »Nein, mein Sohn, Mama stirbt nicht«, tröstete er den Kleinen, obwohl er sich gar nicht so sicher war. Er wusste, wie schnell eine Entzündung der inneren Atemorgane gerade im Winter zum Tod führen konnte. Als sein Großvater ›den kalten Zug‹ bekommen hatte, war er innerhalb weniger Tage daran gestorben.

Eginhard war in der Wohnung geblieben, um ständig Holz nachzulegen und bei Bedarf seiner Mutter beizustehen. Da der Kastellan wusste, dass sich sein ältester Sohn sehr gut mit den verschiedensten Heilkünsten auskannte, vertraute er ihm voll und ganz.

»Geht ihr nur Schnee räumen. Ich sorge dafür, dass Mutter alles bekommt, was sie benötigt«, hatte Eginhard seinen Vater beruhigt, bevor dieser auf sanften Druck hin mit Lodewig und Diederich nach draußen gegangen war. Nachdem er seine Mutter abgehorcht hatte, war Eginhard selbst allerdings alles andere als beruhigt. Er hatte schnell erkannt, dass sie wohl schon seit längerer Zeit mit krankmachenden Kräften zu kämpfen hatte ... und dies, obwohl er noch nicht einmal bemerkt hatte, dass seine Mutter Blut spuckte. Er würde all sein Können und Wissen aufbieten müssen, wenn er ihr Leben retten wollte. Um seinen Vater und seine Brüder nicht noch mehr zu beunruhigen, beschloss Eginhard, ihnen vom wahren Gesundheitszustand der Mutter vorläufig nichts zu sagen.

Auch Lodewig musste seine Gedanken von der kranken Mutter weglenken. Deswegen gönnte er sich den ganzen Nachmittag über keine Pause und bürdete sich mehr Arbeit auf, als ihm von seinem Vater aufgetragen worden war. Er schaufelte so lange, bis eine breite Gehspur entlang des ganzen Weges bis zum Dorf hinunter geräumt war. Dies tat er allerdings nicht ganz uneigennützig: Judith und Sarah sollten sich schließlich nicht den Berg hochmühen müssen, falls sie zu Besuch ins Schloss kommen wollten.

»Lodewig, du weißt, was du zu tun hast. Ich gehe mit Eginhard zum Färberhaus. Achte in Vertretung deines älteren Bruders sorgsam auf Mutter!«, wies der gleichsam besorgte und unruhig hin und her laufende Vater seinen Zweitgeborenen an, bevor er sich den Umhang überwarf und die bunte Lappenkappe vom Holzhaken hinter der Wohnungstür nahm, was trotz der momentanen Situation ein Grinsen auf die Lippen seiner beiden Söhne zauberte.

»Das muss Mutters Fährte sein«, konstatierte Eginhard versehentlich in bester Jägersprache und berichtete seinem Vater, dass sie zwischendurch immer wieder aufgewacht war und ihm zwar abgehackt, aber verständlich erzählt hatte, dass sich die Blaufärber wahrscheinlich selbst umgebracht hatten und tot in der Wohnung liegen würden. »Ich wollte es dir nur nicht vor den anderen sagen.«

»Somit wissen wir, was uns gleich erwartet«, murmelte der Vater, während sie stumm weitergingen. Wie zuvor schon Konstanze, hämmerten sie erst an die Eingangstür, bevor sie an die Fenster klopften und nach den Blaufärbern riefen. Da sich nichts rührte, versuchten sie die Haustür zu öffnen.

»Verschlossen!«, stellte der Kastellan fest.

Sie gingen rechts um das Haus herum zur *Tennenauffahrt*. Das schwere Schiebetor war zwar geschlossen, sie konnten es aber auf einer Seite so weit nach außen ziehen, dass Eginhard hineinfassen und den Haken aus der Halterung heben konnte. Sie schoben das Tor ein Stückchen zur Seite und schlüpften hinein.

Ihre Augen mussten sich erst an die beklemmende Dunkelheit gewöhnen. Es roch merkwürdig.

»Färbemittel und Lauge«, stellte der Kastellan so fachmännisch fest, als hätte er Ahnung vom Stofffärben.

Sie tasteten sich durch die Tenne und stiegen die Treppenstufen zu den Wohnräumen hinunter.

Als sie in die Küche kamen, berührte der Kastellan das verkohlte Holz in der offenen Feuerstelle.

»Kalt! Die wurde schon länger nicht mehr benutzt.«

Überall stand gebrauchtes Geschirr herum. Auf dem Tisch machten sich ein paar Ratten an etwas zu schaffen.

Dass sich die beiden unwohl fühlten, lag nicht nur an dem, was sie zu erwarten glaubten. Das Halbdunkel der Räume, der ungewohnte Geruch, die unliebsamen Nagetiere und überhaupt die unheimlich anmutende Atmosphäre eines kalten, leeren und fremden Hauses ließen sie erschaudern.

»Weiter!«, gebot der Kastellan, während er sicherheitshalber seinen Dolch aus der Scheide zog.

Vorsichtig betraten sie einen Raum nach dem anderen und sahen sich darin um, konnten aber nichts Ungewöhnliches feststellen. Als sie alle anderen Zimmer durchsucht hatten, standen sie vor der Schlafkammer. Aus einer Vorahnung heraus hatten sie sich diesen Raum bis zum Schluss aufgespart. Sie sahen sich zögernd an. Keiner wollte der Erste sein. Beide atmeten tief durch, bevor sich der Vater endlich ein Herz fasste und mit einer Hand an die Tür klopfte.

»Ist hier jemand?«

Da niemand antwortete, drückte er so fest an die Tür, dass sie quietschend nach innen aufsprang und krachend an die Wand schlug.

Der Kastellan wollte etwas sehen, ohne gleich den Raum betreten zu müssen und ging deswegen nur einen halben Schritt nach vorne.

»Was ist?«

»Nichts!«

»Was heißt das – ›Nichts‹!«

»Einfach ›nichts!‹«

Als auch Eginhard in den Raum sah, fiel ihm ein Stein vom Herzen. In der elterlichen Schlafkammer war niemand und – außer großer Unordnung – nichts Auffälliges zu sehen.

»Gott sei Dank. Keine Selbstmorde! Keine Toten«, konstatierte Eginhard sachlich. Ihm kam das Ganze ebenso merkwürdig vor wie seinem Vater.

»Sehen wir uns noch im Stall um, bevor wir wieder gehen«, schlug der Kastellan vor.

Wie die anderen Räume, war auch der Stall kalt und leer.

»Besitzt Hannß Opser eine oder zwei Ziegen?«, fragte Eginhard, worauf der Vater nur mit den Achseln zuckte und die Mundwinkel nach unten zog.

»Das weiß ich nicht! Ich weiß nur, dass er zwei Maultiere hat«, antwortete der Kastellan, während er seinen Dolch in die Scheide zurücksteckte.

»Dann ist der Blaufärber kein armer Mann«, mutmaßte Eginhard.

»Wie man's nimmt.«

Auch im Hühnerstall war – außer überall verstreuter Eierschalen – nichts Ungewöhnliches zu sehen.

»Eigenartig, dass kein einziges Huhn im Verschlag ist«, wunderte sich der Kastellan.

»Vater! Sieh mal dort.« Eginhard zeigte in die Richtung, in der er soeben Federn und eingetrocknetes Blut bemerkt hatte.

»Dies könnte darauf hindeuten, dass ein Fuchs die Hühner des Blaufärbers geholt hat.« Der Kastellan sah sich weiter um. »Die Maultiere sind offensichtlich auch nicht da! Hast du in der Tenne einen Schlitten oder einen Karren gesehen?«

Eginhard schüttelte den Kopf.

»Schlitten ist keiner da. Aber ein Ladewagen.«

»Aha!« Der Kastellan drückte den Zeigefinger auf den Daumen der anderen Hand und begann aufzuzählen: »Die hohe Schneewächte vor der Haustür und der zugeschneite Hofraum verraten uns, dass schon seit ungefähr zwei Wochen niemand mehr hier war.«

»Dies bestätigt auch die kalte Feuerstelle«, ergänzte Eginhard.

»Ja, und der Hühnerstall! Füchse kommen nur, wenn sie sich absolut sicher sein können, nicht gestört zu werden. Gut, mein Junge. Was ist uns sonst noch aufgefallen?«

»Dass es in der Küche und im Schlafzimmer so aussieht, als hätten die Blaufärber ihr Haus überhastet verlassen?«

»Richtig! Das würde auch erklären, warum die Maultiere mitsamt Schlitten weg sind. Jetzt stellt sich die Frage, warum sie gleich beide Maultiere davor gespannt haben.«

»Vielleicht weil sie drei Menschen transportieren mussten?«, vermutete Eginhard.

»Gut«, überlegte der Vater und kratzte sich am Kopf. »Aber wo ist die Ziege?«

Als sie wieder in die Tenne kamen, hatten sich ihre Augen längst an das Halbdunkel gewöhnt. Dadurch fielen Eginhard erst jetzt die dunkelroten Flecken auf einem der groben Arbeitstische und am Boden auf. »Sieh mal!«, rief er seinem Vater zu, der schon durch das Tor nach draußen geschlüpft war. Nach genauerer Betrachtung identifizierten sie die angetrocknete Flüssigkeit eindeutig als große Blutlachen.

»Oh, mein Gott! Was ist hier geschehen?«, fragten sie sich fassungslos, während sie sich im Raum genauer umsahen, aber nichts fanden, was ihnen weiterhelfen würde. Plötzlich fiel dem Kastellan ein, dass sie in ihrer Aufregung vergessen hatten, auf dem Dachboden nachzusehen und in die Färberei zu blicken. Da er sich dort vielleicht irgendwelche Hinweise erhoffte, die in Zusammenhang mit dem Verschwinden der Blaufärber und dem eingetrockneten Blut standen, wollte er jetzt auch noch diese Räume inspizieren.

Draußen zog der Abend herein, und es begann zu dunkeln. Um Zeit zu sparen, ging einer in das Giebelstockwerk hoch und der andere ins Kellergeschoss. Zuvor aber hatten sie Holzspäne entzündet, mit denen sie die dunklen Treppengänge und die fensterlosen Räume besser ausleuchten konnten.

Eginhard war schon in der unten liegenden Färberei und hielt sich wegen des penetranten Gestankes einen Lappen vor Mund und Nase. Auch hier herrschte große Unordnung. Überall lagen Handwerkszeug und ungefärbter Leinenstoff herum.

Beim Betreten der Färberei wackelten die lose auf den Lehm gelegten Bodenbohlen und ließen auf dem Tisch einen kleinen, umgekippten Bottich, von dem eine übel riechende, klebrige Flüssigkeit heruntergeflossen war, hin und her rollen. Der Boden um vier riesige Holzfässer herum schwamm förmlich in Färberlauge, mit der sich die klebrige Substanz vermischt hatte. Eginhard sah, dass drei der Fässer leer waren. Nur eines war mit einem Holzdeckel abgedeckt. Als er die Hand danach ausstreckte, beschlich ihn plötzlich ein unangenehmes Gefühl. Er zog sie schnell zurück und überlegte.

»Nein! Das kann nicht sein!«, sagte er laut zu sich selbst. Er nahm seinen ganzen Mut zusammen und schob den Deckel langsam von sich weg. Als dieser krachend zu Boden fiel, wich Eginhard hastig zurück, um nicht angespritzt zu werden. Dabei fiel ihm der Kienspan aus der Hand und erlosch, noch bevor er ihn durch einen tollkühnen Sprung erreichen konnte. Den nicht mehr brennenden, aber noch heißen Span in der Hand blieb Eginhard nichts anderes übrig, als sich durch den dunklen Raum der nächsten schummrigen Lichtquelle entgegenzutasten. So landete er in einer Art Vorraum, in dem das Holz lagerte, das der Blaufärber zum Erhitzen seiner Kessel benötigte. Um sich vor seinem Vater nicht zu blamieren, versuchte Eginhard mit einem Feuerstein und seinem Funkeneisen den immer noch warmen Span neu zu entzünden. Auch wenn er darin nicht die Geschicklichkeit seines Vaters hatte, gelang ihm dies recht schnell, und er hatte wieder Licht. Gleich beim Bottich, sah er darin eine Flüssigkeit, in der etwas Aufgeblasenes zu schwimmen schien. Zwar auf den ersten Blick undefinierbar, sah es doch wie ein Hemd aus, das zu einem Menschen gehörte, den es unter Wasser drückte.

»Bitte, nicht!«, entfuhr es ihm, während er überlegte, wie er eine Antwort auf seine Befürchtung bekommen könnte. Er suchte einen Stock und fand einen langen Kochlöffel.

Währenddessen versuchte der Kastellan, ins Dachgeschoss zu gelangen, indem er eine große Holzluke in der Decke – die von einem aus Steinen bestehenden Zuggewicht gehalten wurde – öffnete. Als er sie nach oben drückte, schnellte die Luke schlagartig hoch, wodurch auf dem Dachboden ein zunächst undefinierbarer Höllenlärm verursacht wurde und mehrmals irgendetwas Schwarzes gegen die Luke und in sein Gesicht schlug. Geistesgegenwärtig zog er die Bretterkonstruktion wieder nach unten, wobei sie ihm unsanft auf den Kopf knallte. Er musste sich erst von seinem Schrecken und dem Schmerz erholen, bevor er – vorsichtig geworden – die Luke nur eine Handbreit öffnete. Der schmale Schlitz genügte aber, um zu erkennen, was hier vor sich ging.

»Corvus corone!«, entfuhr es ihm entsetzt.

Es mussten wohl an die hundert Krähen sein, die hier wild durcheinander flatterten. Um die schwarze Brut zu vertreiben, klopfte er mit dem Knauf seines schnell gezogenen Dolches heftig an das Holz. Die Vögel ließen sich zwar irritieren, verschwanden aber nicht gleich. Erst als der Kastellan auch noch lauthals schrie und mit den Armen wild herumfuchtelte, verließen sie widerwillig ihr Winterquartier.

Der Kastellan hasste diese unheimlichen Aasfresser, die sich alljährlich im Herbst auf dem Dach des höchsten Gebäudes des Schlosses versammelten, wie um zu beratschlagen, wo sie ihr Winterquartier aufschlagen sollten. Vor etlichen Jahren war er der Gastgeber dieser Bande gewesen. Dieses Jahr hatten sich die klugen Vögel wohl für das leerstehende Färberhaus entschieden. Man glaubte, dass sie ihre schwarze Farbe durch einen Fluch erhalten hatten. Ihre hässlichen Jungen hatten so schwere Köpfe, dass sie mit dem Schwanz voraus aus den Eiern schlüpften. Wenn dies nach dem Gründonnerstag geschähe, würden Dohlen daraus. Die Menschen sahen in den Aaskrähen das Böse schlechthin. Sie setzten sie Dämonen, verwunschenen Kreaturen der Hölle, verwandelten Hexen und Zauberern gleich, weswegen die Tiere auch als ›Totenvögel‹ verschrien waren.

Erst als die letzte Krähe verschwunden war, wagte es der Kastellan, den Dachboden zu betreten.

»Pfui Teufel! Hier ist ja alles verschissen!«, stieß er angewidert hervor und hielt sich ein Tuch vor Mund und Nase.

In der Tat hatten die Vögel ihre ätzenden Hinterlassenschaften im ganzen Giebelraum verteilt.

Entlang der gesamten nördlichen Hauslänge befand sich eine ungefähr zwei Ellen hohe Öffnung, die dazu diente, die gefärbten Stoffe auf den außen angebrachten Rundbalken zum Trocken aufzuhängen. Jetzt war klar, wie die Viecher hereingekommen waren und wie sie so schnell hatten verschwinden können.

Der Kastellan durchsuchte das Dachgeschoss, fand aber nichts Aufregendes. Überall lagen blau gefärbte Stoffe – offensichtlich ordentlich nach Größe und Webart sortiert. Vom ursprünglichen Indigoblau der bereits gefärbten Stoffe war allerdings nicht mehr viel zu sehen, da die Vögel für eine eher weißschwarz getupfte Farbgebung gesorgt hatten.

»Der Blaufärber war aber fleißig«, meinte der Kastellan leise – nicht wissend, dass in den vergangenen Monaten genau das Gegenteil der Fall gewesen war und die Ware schon seit Didriks Verschwinden hier oben herumlag, ohne weiter verarbeitet, geschweige denn ausgeliefert oder auf dem Markt angeboten worden zu sein.

»Was war das für ein ohrenbetäubender Lärm? Ist etwas geschehen?« Eginhard schob vorsichtig seinen Kopf durch die Luke.

»Nein!«, kam es etwas unglaubhaft zurück.

»Aber du blutest ja im Gesicht.«

»Oh! – Das war nur eine Krähe. – Ist nicht so schlimm«, entgegnete der Vater, rieb sich mit einer Handbewegung das Blut weg und berichtete Eginhard von seiner Begegnung mit den schwarzen Vögeln.

»Komm, bitte, mit nach unten in die Färberei, ich muss dir etwas zeigen«, bat Eginhard seinen Vater, nachdem er ihm aufmerksam zugehört und sich ebenfalls etwas umgesehen hatte.

Während sich beide den Inhalt des Bottichs näher betrachteten, fragte Eginhard: »Denkst du auch, was ich denke?«

»Was denn, mein Sohn?«, fragte der Vater linkisch zurück.

»D… dass dies …«

Nachdem es Eginhard nicht gleich schaffte, seine Antwort herauszubringen, erlöste ihn sein Vater: »Du hast einen Stock! Also prüf es!«

So klopfte Eginhard zuerst mehrmals auf die Stoffblase, bevor er das merkwürdige Teil herauszog.

Nachdem er noch ein Weilchen im Bottich herumgestochert und festgestellt hatte, dass sich kein fester Gegenstand darin befand, sagte er nur knapp: »Alles klar. Wir können gehen!«

»Was hätte ich denn denken sollen?«, fragte der Vater seinen Sohn mit einem hämischen Grinsen im Gesicht.

»Ach, nichts!«

»Gehen wir also?«

»Nichts lieber als das«, meinte Eginhard, der schon lange gegen ein flaues Gefühl im Magen ankämpfen musste.

Im Schloss wurden sie schon sehnlichst von Lodewig und Diederich erwartet. Da Mutters Kopf mittlerweile zu glühen schien, hatte ihr Lodewig ständig wechselnd feuchte Tücher auf die Stirn gelegt. Eginhard stellte sofort fest, dass eine gefährliche Körperhitze aufgezogen war und er seiner Mutter in den nächsten Tagen fachkundig beistehen musste. Genau wie er es eingeschätzt hatte, stieg die Hitze von Minute zu Minute weiter an. Seine Mutter röchelte und hustete ständig. Zudem klagte sie über Gliederschmerzen, die Eginhard mit nasskalten Wickeln bekämpfte. Bis auf Diederich, der die Problematik noch nicht einschätzen konnte, waren jetzt alle Familienmitglieder höchst angespannt. Der um das Leben seiner Frau besorgte Kastellan nahm seinen ältesten Sohn beiseite und fragte ihn: »Glaubst du, dass deine Mutter von der Pest heimgesucht wurde?«

Kapitel 38

Nachdem im ansonsten harmonischen Haushalt der jüdischen Familie über Tage hinweg miserable Stimmung geherrscht hatte, war jetzt so weit wieder alles im Lot. Als der tiefgläubige Jakob Bomberg von Sarah erfahren hatte, dass sie einen Christen liebte und ihn heiraten wollte, war er fast ausgerastet. Einerseits war er ein sanfter Familienvater, andererseits konnte er aber auch von einem Moment zum anderen impulsiv werden und hochgehen, wie eine Kugel aus der *»Schäferin«*. Ohne dass er dies wusste, verband ihn dies mit Lodewigs Mutter. Durch das Fasten war er zurzeit ohnehin gereizter als sonst.

Erst als Judith eine neuerliche Aussprache in Bezug auf Sarahs Partnerwahl provoziert hatte, dabei ihrer Tochter beigestanden war und Argumente mit Hilfe ihrer Faust auf den Tisch geknallt hatte, denen der Vater nichts hatte entgegensetzen können, hatte sich die familiäre Situation entspannt. Allerdings musste sie auch noch ins Feld führen, dass Sarah nicht die geringste Möglichkeit haben würde, einen Gleichgläubigen zu ehelichen, da sie in Staufen die einzigen Juden waren und es schlicht und ergreifend nirgends einen jüdischen jungen Mann gab, der nach Jakobs Meinung zu Sarah passen könnte. Obwohl drei Jahre jünger als ihre Tochter, wäre als Einziger David Rosenbaum aus Immenstadt in Frage gekommen, stellte Judith fest und argumentierte gereizt weiter: »Auch du dürftest nicht vergessen haben, dass sie ihn vor sechs Jahren, vor Beginn seines dreizehnten Lebensjahres, als er nach jüdischer Tradition noch nicht religionsmündig, also noch nicht einmal ein richtiger Mann war, erschlagen haben, nachdem zuvor schon seine Eltern massakriert worden sind, weil man ihnen die Schuld an der dortigen Pest gegeben hat. Oder hast du vergessen, wie glücklich wir uns schätzen müssen, dass wir – Jahwe sei Dank – in den letzten Monaten keine Probleme bekommen haben? Mussten wir aufgrund der jahrhundertelangen Erfahrung, wie mit uns Juden umgegangen wird, wenn eine Seuche umgeht, nicht das Allerschlimmste befürchten? Haben wir nicht schon still und heimlich – ohne dass es unseren Kindern aufgefallen ist – unser Bündel geschnürt, um uns wie Diebe in der Nacht aus Staufen schleichen zu können, falls es nach dem Leichenfund im Entenpfuhl zu Problemen gekommen wäre? Dass gerade ich – eine Jüdin, und dazu auch noch eine ausländische – dabei war, als man sie gefunden hat, hätte leicht als böses Omen ausgelegt werden können!«

Judith schnappte erst wieder nach Luft, als sie merkte, dass sich Jakob etwas beruhigt hatte. Wenn es um das Wohl ihrer beiden Töchter ging, konnte auch die ansonsten besonnene Judith ihre Krallen ausfahren.

Als ihr Mann, der im Moment einem geprügelten Hund ähnelte, etwas sagen wollte, fuhr sie sofort wieder dazwischen, ohne ihn überhaupt anzuhören: »Nur, damit wir irgendwo eine jüdische Familie finden, deren Sohn Sarah heiraten kann, obwohl sie schon einen anderen liebt, ziehe ich nicht von Staufen weg – Ist das klar?«

Noch bevor der verdutzt dreinschauende Jakob etwas sagen konnte, repetierte Judith das soeben Gesagte: »Wegen unseres Glaubens sind wir schon zu oft umgezogen! So lange wir in Staufen keine Probleme bekommen, bleiben wir hier – Basta!«

Jakob hob die Hände, als würde er eine weiße Fahne darin halten.

»Schon gut, schon gut. Alles klar – Ich habe verstanden.«

Zwar war Judith mit ihren Ausführungen immer noch nicht fertig, zügelte jetzt aber ihre Lautstärke. »In diesem Haus fühlen wir uns alle sehr wohl. Nachdem wir es ehrlich erworben haben, hast du es mit deinen eigenen Händen weiter ausgebaut. Und deswegen bin ich stolz auf dich. In Staufen werden wir respektiert und sind hier wohlgelitten. Wir haben etliche gute Bekannte, an die wir uns jederzeit wenden können, und ich bin mittlerweile sogar mit der Frau des Kastellans befreundet. Auch wenn wir fast alle Hühner opfern mussten, ist es uns während der letzten Monate nicht allzu schlecht ergangen. Wir haben jedenfalls überlebt! Oder? Wäre nicht die Sache auf dem Markt gewesen und wäre nicht diese merkwürdige Pest in unser Dorf gekommen, würden wir auch heute noch gute Geschäfte mit unserem Geflügel machen. Sieh in den Stall. Um nicht Gefahr zu laufen, selbst geschlachtet zu werden, haben wir während der schweren Zeit unsere Hühner um Gottes Lohn verschenkt. Letztendlich müssen wir dankbar sein, dass man uns einen kräftigen Hahn und zwei willige Hennen gelassen hat – dies aber auch nur, weil ich das wertvolle Federvieh rechtzeitig an einem sicheren Platz versteckt habe. Jetzt piepsen wieder über zwanzig gelbe Flaumknäuel im Stroh. Das ist unsere Zukunft! Hörst du?« Um ihre Stimme nicht ständig überschlagen zu lassen, verringerte Judith ihre Lautstärke: »Du glaubst doch selbst nicht, dass ich das wieder aufgebe? Meine Hühnerzucht läuft weiter! Bis zum Frühjahr bin ich damit wieder so weit, um auf den Markt gehen zu können.«

»Sofern es den wieder gibt«, fuhr Jakob dazwischen, während er immer wieder an seinem Bart mit einer Hand nach unten strich.

Aber sein sarkastischer Spruch brachte ihm nur eine weitere Argumentationsattacke seiner Frau ein, die ihn sogar beleidigte, indem sie androhte, ihm im Schlaf die *Pejes* abzuschneiden, wenn er nicht sofort vernünftig werden würde.

Da dies schmachvoll und demütigend für das männliche Familienoberhaupt und zwangsläufig das sofortige Aus ihrer Ehe gewesen wäre, zog es Jakob vor, den Worten seiner Frau nichts mehr entgegenzusetzen und nur kleinlaut zu antworten: »Alles ist in Ordnung!«

Er deutete Sarah, sich zu ihm zu setzen und drückte seine Stirn an die ihre, während er sanft ihre Wange streichelte.

»Ich möchte nur, dass du glücklich wirst. Heiraten und Kinder zur Welt bringen gehören zu unserer natürlichen und von Gott gewollten Lebensordnung. Schon als du ein Säugling warst, haben wir dir gewünscht, dass du gesund zur Ehe heranwachsen mögest. Nun ist es also so weit. Und offen gesagt, bin ich stolz auf dich. Wir werden einen Weg finden, um zumindest hier in Staufen die Glaubensunterschiede ausgleichen zu können, insbesondere da die Einheimischen im Gegensatz zu vielen anderen Christen, mit denen wir in Lüttich, Köln, Stuttgart und in all den anderen Städten während unserer Flucht von Antwerpen Kontakt gehabt haben, bemerkenswert offen sind und uns nicht einmal den Zutritt zu ihrem Gotteshaus verwehren würden, wenn wir dort hinein wollten … was wir natürlich nicht wollen«, fügte er noch schnell hinzu, bevor er mit ruhiger Stimme weiter sprach: »Wüssten die Staufner, wie andernorts mit uns Juden umgesprungen wird, würden sie sich möglicherweise nicht so entgegenkommend verhalten.«

Der Gedanke an die europaweiten Judenpogrome ließ Jakob tief durchschnaufen, bevor er den Faden wiederfand: »Da uns der Herr hierher nach Staufen gesandt hat, wird er auch Verständnis für unsere Situation haben. Eines muss ich dir aber sagen …«

An dieser Stelle legte Jakob eine kleine Pause ein, durch die Mutter und Tochter wieder verunsichert wurden.

Judiths Augen blitzten gefährlich auf: »Was ist jetzt schon wieder?«

»Ja, Vater, was ist?«

»Nichts, meine geliebte Tochter. Es ist nur so, dass du große Verantwortung auf dich laden wirst, wenn du dich von einem so hochrangigen jungen Mann, wie es der zweitgeborene Sohn des Kastellans ist, zur Frau nehmen lässt. Da sein größerer Bruder Eginhard die Natur und die Heilkunde studiert, wird Lodewig eines Tages in die Fußstapfen seines Vaters treten und du wirst dann sozusagen die designierte Herrin des Schlosses, die Frau des Schlossverwalters … die Kastellanin! Sei dir dieser Verantwortung jetzt schon bewusst. Aber was ich eigentlich sagen wollte …«

Jetzt machte er wieder eine Pause und schaute verschmitzt drein, bevor er zu lächeln begann und sagte: »Lodewig ist ein guter Junge. Ich mag ihn.«

Sarah fiel ihrem Vater um den Hals und drückte ihn ganz fest an sich. Auch die kleine Lea herzte ihren Vater, obwohl sie nicht alles verstanden hatte.

»Hast du erst ein paar Tage schmollen müssen, bevor du zu dieser Erkenntnis gelangt bist?«, fragte ihn Judith später unter vier Augen und schmiegte sich beruhigt an ihn. »Und deine Locken werde ich dir nicht abschneiden«, sagte sie trocken.

Seit dies geklärt war, musste sich Lodewig nicht mehr wie ein Dieb zu seiner Geliebten schleichen. Er durfte sie tagsüber besuchen, so oft es ihm beliebte. Die Bombergs wollten ihn näher kennenlernen und unterhielten sich deswegen gerne mit dem klugen jungen Mann, der durchweg vernünftige Ansichten zu haben schien. Wenn er einen Tag nicht gekommen war, fragten sie ihn anderntags schon besorgt, ob etwas nicht in Ordnung gewesen sei.

So fasste auch Lodewig zunehmend Vertrauen zu seiner künftigen Familie und berichtete eines Tages, was er zusammen mit Diederich auf dem Kirchhof erlebt hatte.

»... Und deswegen möchten meine Eltern nicht, dass ich allein das Schloss verlasse.«

Als Judith von Lodewig zudem erfuhr, dass seine Mutter vor kurzem schwer erkrankt war, nahm sie sich vor, ihre Freundin gleich am nächsten Tag zu besuchen. Aufgrund dessen, was ihr Lodewig von seinem Erlebnis auf dem Kirchhof berichtet hatte, gebot sie Sarah, niemals allein, sondern nur zusammen mit Lodewig auf die Gasse zu gehen und – egal was geschehen würde – stets vor Einsetzen der Dunkelheit zu Hause zu sein.

»Lasst euch außerhalb unseres Hauses oder des Schlosses keinen Moment aus den Augen. Ich vertraue sie dir an!«, gab sie Lodewig mahnend mit auf den Weg, während sie ihm beschwörend eine Hand auf die Wange legte.

Kapitel 39

Als Judith ins Schloss kam, um die kranke Konstanze zu besuchen, war das Ulrich gerade recht.

»Könnt Ihr eine Zeit lang bei meiner Frau bleiben?« fragte er sie und lieferte den Grund für seine Bitte gleich mit: »Eginhard und ich möchten zum Propst hinuntergehen, um seinen Rat einzuholen, und das kann länger dauern. Wir haben dies eigentlich schon gestern vorgehabt, wollten aber meine Frau nicht allein lassen.«

»Ich bin gekommen, um meiner Freundin beizustehen, und werde dabei nicht auf die Zeit sehen«, bekundete Judith, die schnell erkannte, dass es Konstanze tatsächlich sehr schlecht ging.

Es drängte die beiden Männer, mit ihren Recherchen in Bezug auf die ganzen Ungereimtheiten, von denen das Verschwinden der Blaufärber am aktuellsten war, weiterzumachen.

»Jetzt können wir beruhigt gehen«, sagte der Vater, als sie das Schloss verließen und fragte ganz nebenbei, wo eigentlich Lodewig abgeblieben sei.

»Es kommt mir so vor, als würde er trotz Mutters Wunsch das Schloss immer wieder verlassen.«

Eginhard, der natürlich wusste, dass Lodewig stets bei Sarah war, wenn er im Schloss fehlte, zog es vor zu schweigen und schmunzelte nur in sich hinein.

Am Propsteigebäude angekommen, klopften sie an die Tür. Hocherfreut begrüßte der Hausherr den ersehnten Besuch. »Ich erwarte euch schon seit Tagen, da …«

»Gut. Wir müssen dir zuerst wichtige Neuigkeiten berichten, bevor du uns genau erzählst, was du alles über die vermeintliche Pest, den Medicus und den Totengräber weißt«, unterbrach der Kastellan.

»Was hat denn Ruland Berging mit der Pest zu tun? Der ist doch tot!«, wunderte sich der Propst. »Deswegen mussten wir doch Fabio, den Dieb, einstellen. Übrigens: Er hat seine Arbeit während der schlimmen Zeit tadellos verrichtet.«

Das interessierte den Kastellan momentan herzlich wenig. Also begann er von seinem und Eginhards Erlebnis im Färberhaus zu berichten. Während er seinem Freund die Neuigkeiten über das ominöse Verschwinden der Opsers in allen Details erzählte, bat Eginhard um ein paar Blätter Papier, Tinte und Federkiel. Nachdem ihm der Propst die

Schreibutensilien gebracht hatte, begann der junge Mann, der Reihe nach alles akribisch aufzuschreiben, was er von seinen Eltern über die Zeit von Anfang September bis heute erfahren hatte und was ihm dabei merkwürdig vorkam. Er hatte eine ausnehmend schöne Schrift und nahm es stets genau, wenn er etwas notierte.

Stauffen, den neunten Januarii im Jahre des Herrn Anno Domini 1634, geschriebet vom Studiosus Eginhard Dreyling von Wagrain, dahir in Stauffen unnd Mehrerau in Brigantium.

I. Lodewig Dreyling von Wagrain belauscht mitsampt sein Bruder Diederich das schändlich Thun deß Totengräbers Ruland Berging mitsampt eines ruchig Unbekannten.

II. Didrik, seines Zeichens der jüngere Sproß deß Blaufärbers Hannß Opser unnd seineß Weibs Gunda verschwindt ohn ein Spur.

III. Der Totengräber, der schon ward genannt, thut ihm gleich unnd verschwindt ohn ein Spur.

IV. Die Pestilenz rafft neunundsechzig Stauffner dahin, davon dreiundvierzig Kommunikanten, selbige fast zu gleicher Zahl Mann wie Weib unnd sechsundzwanzig Nichtkommunikanten, wovon der Knaben mehrer sindt.

V. Otward, seines Zeichens der Ersthgephorn Sohn deß Blaufärbers unnd selbigen Weibs verschwindt ohn ein Spur.

VI. Im Entenpfuhl wirdt eine gar arg zugerichtet Leich gefunden, die nit mehr kann gekläret werden.

VII. Der Blaufärber mitsampt sein Weib verschwindt unter merckwürdigk Umbständ unnd hinterlaßen einig Zeichen die da sindt …

Zu jedem Punkt notierte er akribisch alles, was ihm hierzu aufgrund der Informationen seiner Eltern, der vielen Gespräche mit Einheimischen, von Überlebenden und Angehörigen der Toten und was ihm selbst aufgefallen war, einfiel. Während er den beiden mit einem Ohr lauschte, schrieb er alles ein zweites Mal auf, wobei er jetzt in die Mitte eines Blattes einen kleinen Kreis zog. Darin setzte er den Punkt I. Um diesen Kreis zog er für die noch ungeklärten Punkte Striche, an deren Ende er die römischen Ziffern II. bis VII. setzte. Danach konzentrierte er sich auf das Addieren einiger Zahlen. Als sich der Kastellan und der Propst gegenseitig alles berichtet hatten, wandten sie sich interessiert Eginhard zu. Eine ganze Zeit lang betrachteten sie abwechselnd die schematischen Aufzeichnungen und die fast kunstvolle Zeichnung mit dem Kreis und den Strichen.

Eginhard äußerte ohne Umschweife seine Vermutungen: »Bei den meisten Erkrankten sind zwar – wie für die Pest typisch – anfängliche Krankheitsbilder wie Kopfschmerz, Körperhitze und Benommenheit ebenso vorgekommen wie darauf folgende Verdauungsstörungen und Halluzinationen, die mit großen Schmerzen einhergegangen sind, was bei laienhafter Beurteilung auf diese Seuche hinweisen könnte. Diese oberflächliche Betrachtung wäre aber falsch, da die typischen Merkmale, Knoten und Beulen hinter den Ohren, unter den Achseln und in den Leisten, offensichtlich bei keinem einzigen Erkrankten auffällig waren. Da es keinesfalls die Lungenpest gewesen sein kann, weil daran ausnahmslos alle gestorben wären, sprechen wir hier ausschließlich von der Beulenpest. Da aber keiner der Patienten Schwellungen nahe der am nächsten gelegenen Lymphknoten gehabt hat, kann es auch keine Beulenpest gewesen sein. Ohne Beulen keine Pest! – Klar?«

Eginhard stand auf, hieb mit der Faust auf den Tisch und stützte sich mit beiden Händen darauf, bevor er mit seinen Ausführungen fortfuhr: »Ich stelle die kühne These auf, dass es sich überhaupt nicht um die Pest gehandelt hat und dass der Medicus ein durchtriebener Geschäftemacher ist! Ich habe da so einen Verdacht: Allen Erkrankten hat er durchwegs giftige Kräutersude verabreicht und es so hingebracht, dass die armen Menschen mehr oder weniger freiwillig dafür bezahlt haben. Ihr müsst euch das so vorstellen: Von September bis Dezember sind ...« Eginhard sah die beiden fragend an, um sich zu vergewissern. »Stimmt das: neunundsechzig?«

Der Kastellan und der Propst nickten bestätigend.

»Also neunundsechzig Menschen scheinbar der großen Pestilenz erlegen. Wäre es tatsächlich die schrecklichste aller Seuchen gewesen, hätten in diesem Zeitraum eigentlich wesentlich mehr Menschen sterben müssen. Außerdem fällt mir auf, dass die Schwächsten, also die Kinder, nur ein gutes Drittel davon ausmachen ... aber dies ist ein anderes

Thema. Es geht jetzt darum, dass viele Opfer den Medicus zwei Mal, womöglich sogar öfter, konsultiert haben, bevor sie elendiglich gestorben sind. Auch wenn sie für ihren ersten Besuch bei ihm nichts bezahlen mussten, so war der zweite Arztbesuch umso teurer. Der Medicus dürfte pro Patient und Besuch im Schnitt ungefähr einen Gulden eingenommen haben. Manche haben inständig gehofft, mit Geld ihr Leben retten zu können, und haben in ihrer Angst aus freien Stücken heraus sogar noch mehr bezahlt, was uns eine genaue Abrechnung schwer macht. Auch wenn es dem Medicus gelungen ist, dass die Patienten ihm das Geld mehr oder weniger freiwillig gegeben haben, so hat er es letztendlich doch angenommen. Somit hat er von September an – in nur vier Monaten – ungefähr siebzig Gulden verdient. Aber das ist noch nicht alles: Es ist ja nur ein Teil seiner Patienten gestorben.«

»Aber das würde doch für den Medicus sprechen«, unterbrach der Propst.

»Ihr mögt vielleicht recht haben. Aber im vorliegenden Fall sieht die Sache vermutlich anders aus. Mir ist bei den Gesprächen mit Überlebenden und Hinterbliebenen der Opfer aufgefallen, dass gerade diejenigen, die nicht zu den Ärmsten der Armen gehören und von denen man annehmen durfte, dass sie etwas Geld unter dem Strohsack versteckt haben – zwar oft erst nach deren drittem oder vielleicht sogar viertem Besuch beim Medicus, aber immerhin – geheilt worden sind. Insgesamt dürften es – vorsichtig kalkuliert – mehr als einhundert Menschen gewesen sein, die ihn konsultiert haben. Wenn wir zu den neunundsechzig Toten nun – ebenfalls vorsichtig geschätzt – dreißig überlebende Patienten hinzurechnen, kommen wir schon auf einhundert Gulden. Wenn wir dann noch berücksichtigen, dass die dreißig Überlebenden wahrscheinlich auch noch ein drittes Mal beim Medicus gewesen sind und dafür bezahlt haben, kommen wir Summa summarum auf sage und schreibe einhundertdreißig Gulden.« Er hob beschwörend den Zeigefinger. »Mindestens! … Wenn einige seiner Patienten vielleicht sogar ein viertes Mal zu ihm gekommen sind und manche von ihnen freiwillig mehr bezahlt haben, dürfte die Endsumme sogar noch höher liegen … Aber wie gesagt: Schwer zu schätzen, geschweige denn, genau zu wissen.«

»Ein lohnendes Geschäft, wenn man bedenkt, dass ich vom Grafen für meine Jahresarbeit nur einen Bruchteil davon bekomme«, entfuhr es dem nachdenklich gewordenen Kastellan.

Als der Propst anfügte, dass zwar alles logisch klang, aber letztendlich Beweise benötigt würden, wenn die gotteslästerlichen Taten gesühnt werden sollten, sagte Eginhard: »Beweise haben wir zwar recht beschissene, aber ...«

»Wie bitte?«, fragte der Propst ob dieser Ausdrucksweise entsetzt.

»Na ja, das stimmt im wahrsten Sinne des Wortes. Wie mir einige erzählt und andere bestätigt haben, hat der Medicus von seinen Patienten verlangt, die Kräutersudbeutelchen sofort nach Gebrauch entweder in den Abort zu werfen oder tief im Misthaufen zu vergraben, damit sich die Seuche nicht noch weiter ausbreiten würde.«

»So ein Schwachsinn«, empörte sich der Kastellan.

»Jedenfalls lohnt es sich nicht, in der Sch... zu rühren, da die Kräutermischungen mittlerweile von den Fäkalien angegriffen und somit als Beweismaterial zerstört worden sind. Wollten wir nicht sowieso zum Medicus?«, fragte Eginhard in Richtung seines Vaters. Zu seinem ehemaligen Lateinlehrer gewandt, ergänzte er: »Und Ihr, werter Propst, geht auch mit. Ihr helft meinem Vater, den Medicus in ein Gespräch zu verwickeln und abzulenken, während ich in seiner Behandlungsstube unauffällig nach Beweisen suche. Was haltet Ihr davon?«

»Herzlich wenig. Wollt Ihr ihn etwa aufscheuchen? Dann vernichtet er morgen auch noch die allerletzten Beweise und ist über alle Berge!«

Die Dreylings von Wagrain schwiegen, Der Propst hatte nicht unrecht. Aber was war die Alternative?

»Dann werde ich mir nachts Gewissheit verschaffen!«, sagte Eginhard trotzig. »Dieser Massenmörder muss überführt werden! Ich muss in seine Behandlungsstube. Wisst Ihr, ob er die Tür zu verschließen pflegt?«

»Wenn ja, wäre dies kein Problem, da ich in meiner Eigenschaft als Hausherr einen Schlüssel einbehalten habe. Aber Eginhard: Du wirst dich doch nicht auf eine Stufe mit Raubgesindel stellen und wirklich beim Medicus einbrechen wollen ... noch dazu in einem Haus Christi?«, begehrte Johannes Glatt auf.

»Doch! Gleich morgen Nacht!«, entgegnete der Studiosus entschlossen.

Als der Propst die Ernsthaftigkeit dieser Worte erkannte und das stolze Grinsen des Kastellans sah, schlug er sogleich das Kreuz, sagte aber, da er wusste, dass er den jungen Heißsporn ohnehin nicht bremsen konnte: »Ego te absolvo! Aber ich werde nicht Zeuge dieser Tat sein. Ich hole dir jetzt gleich den Ersatzschlüssel, den du mir dann übermorgen wieder zurückgibst.« Als er mit dem Schlüssel wiederkam, machte er den Vorschlag, die Sache nicht anzugehen, wenn der Medicus schlief, sondern wenn er im Wirtshaus saß.

»Ein guter Gedanke zur rechten Zeit«, lobte der Kastellan, der sich über den ansonsten absolut gottesfürchtigen Kirchenmann wunderte.

Kapitel 40

Es war ein gewöhnlicher Wochenteiler, an dem sich der Kronenwirt Matheiß das erste Mal seit langer Zeit über einen außerordentlich guten Zulauf freuen konnte. Seine Gasträume waren fast genauso gut besucht, wie es vor dem Marktverbot im vergangenen Herbst jeden Mittwoch der Fall gewesen war. Selbst das Hinterstübchen war voll besetzt.

Obwohl die Handelssaison erst Ende Februar beginnen würde, waren bereits die ersten Fuhrwerker unterwegs, um ihre Waren über die Salzstraße zum Bodensee hinunter, weiter nach Vorarlberg, in die Schweiz und sogar bis ins Elsass, oder ins Oberschwäbische hinüber zu bringen. Einer, der über die Via Claudia Augusta von der blühenden Handelsstadt Landsberg bis hierher gekommen war und seine Ware noch bis zum Montfortschloss nach Tettnang karren musste, saß heute ebenfalls in der ›Krone‹. Im Gegensatz zu den anderen durchwegs männlichen Gästen zeigte er sich recht schweigsam und nuckelte gedankenverloren an einem Glas Ziegenmilch herum, anstatt sich sinnlos volllaufen zu lassen. Ob es daran lag, dass ihn Vronis üppiger Vorbau faszinierte und er noch etwas vorhatte?

»Wollt Ihr nicht doch lieber ein Bier oder etwas Wein?«, fragte die geschäftstüchtige Schankmagd, die nicht wissen konnte, dass der wortkarge Fuhrmann stets nur Milch trank, weil er wertvolle Zinnkaraffen, -becher und -teller geladen hatte und im Auftrag eines reichen Landsberger *Kantengießers* unterwegs war. Denn von seinem Auftraggeber war ihm auferlegt worden, dies zu verschweigen, falls er nach seiner gut verpackten Ladung gefragt werden sollte. Und da bekanntermaßen Alkohol die Zungen löste, trank er eben Milch und erzählte denjenigen, die wissen wollten, was er geladen hatte, er würde Getreide kutschieren. Und falls doch einer allzu neugierig auf die Ladung sein sollte, konnte er sich gerne zu seinem Wagen schleichen, um nachzusehen. Wenn er die Plane anheben würde, konnte er nur das Getreide sehen, unter dem das Zinn versteckt war.

»Und warum zahlt Ihr dann das teure ›Stellgeld‹, wenn Ihr nichts Wertvolles geladen habt?«, wurde tatsächlich von einem der Zecher hinterfragt.

»Ist Getreide nichts Wertvolles?«, bekam er zurück und wurde vom Zinnkutscher fragend angeschaut.

»Schon, aber trotzdem …«

Da der Kutscher nicht auf den Kopf gefallen war und wusste, dass die Sache – je länger man darüber redete – immer interessanter werden würde, ließ er keine lange Diskussion aufkommen und antwortete: »Ich habe meinen Wagen beim Wirt untergestellt, damit das Getreide nicht nass wird, falls es heute Nacht schneien sollte. Außerdem habe ich eine Decke darauf gelegt, um meine Ware gegen die lästigen Nager und vor dem Herunterfallen zu schützen. Mein Auftraggeber macht mich einen Kopf kürzer, wenn die Fracht unbrauchbar oder in geringerer Menge ankommt, als er sie geladen hat.« Der bärtige Geselle schnäuzte sich, bevor er noch anfügte: »Außerdem lässt es sich auf dem Getreide gut …« Er zwinkerte mit dem Auge und zeigte zu Vroni, der drallen Schankmagd.

Damit hatte er die Lacher auf seine Seite und das Thema vom Tisch gebracht. Nur der Wirt wusste, was wirklich dahinter steckte und dass sein Stammgast für eine der beiden Landsberger Zinngießereien, die vorwiegend den Adel und das städtische Bürgertum belieferten, fuhr. Eine davon arbeitete sogar für die Hohenzollern und bediente die Fürstenhöfe Hechingen und Sigmaringen. Aber auf Matheiß' Verschwiegenheit konnte sich der ›Getreidetransporteur‹ verlassen.

Da der Fuhrmann in Landsberg und in Augsburg über das Material, das er kutschierte, eingehend informiert worden war, wusste er, dass reines Zinn ein edles Material war, das durch seine Sprödigkeit – im Gegensatz zu Silber – nicht getrieben, sondern nur gegossen werden konnte. Da dessen Wert außerordentlich hoch war, wurde altes Geschirr wieder zu neuen Legierungen eingeschmolzen, weswegen der Abstinenzler meistens auch beim Rückweg ›Getreide‹ geladen hatte, um etwas darunter zu verstecken. Allerdings war er so klug und machte dann das eine oder andere mal in Simmerberg, niemals aber in Staufen, Rast. Meistens fuhr er sogar – wenn es das Wetter zuließ, den Hahnschenkel unbeschadet hinter sich gelassen hatte und er sich gut fühlte – bis Immenstadt durch und nächtigte dort. Dieses Mal würde er erstmals im neu erbauten Wirtshaus ›Zum Goldenen Engel‹ absteigen, der praktischerweise direkt gegenüber des Gret- und Salzstadels errichtet worden war und bis zu seiner Rückkehr hoffentlich eröffnet haben würde. So konnte er auch dieses mal verhindern, insofern aufzufallen, immer nur Getreide hin und her zu kutschieren. So aber glaubten die Zecher in Staufen, dass er Getreide nach Tettnang fuhr, die Simmerberger und Immenstädter hingegen waren der Meinung, dass er das Getreide von dort holte, und niemand dachte sich etwas dabei.

Er wusste auch, dass es beim Einschmelzen gebrauchter Zinngegenstände oft vorkam, dass zu viel giftiges Blei beigemischt wurde. Das Geschirr, das für Tettnang bestimmt war, musste von äußerster Reinheit sein, wenn der Landsberger Meister im Geschäft bleiben wollte. Um zu garantieren, dass seine Kannen, Becher und Teller unter zehn Prozent Blei enthielten, ließ er seine Produkte einer Beschau in der freien Reichsstadt Augsburg unterziehen, bevor sie an seine Kunden ausgeliefert wurden – erst dann war *Zin unnd arbait brobiert unnd gut unnd gerecht gefunden,* und er durfte auf die Böden sein spezielles Meisterzeichen punzieren.

Da der brave Mann von der langen Fahrt hundemüde war und es schon dunkel wurde, hatte er es vorgezogen, den gefährlichen Hahnschenkel erst morgen bei Tageslicht anzugehen – es würde genügen, wenn er Tettnang gegen Mittag erreichte.

Auch der Stammtisch im vordersten Raum der ›Krone‹ war zum ersten Mal wieder bis auf den letzten Platz von Einheimischen besetzt. Die Männer hatten sich viel zu erzählen. Als sie schon einiges intus hatten und auf den Markt zu sprechen kamen, knüpften sie an das an, was sie schon seit längerer Zeit vorhatten: Sie wollten versuchen, den Grafen zu überreden, das Marktverbot wieder aufzuheben. Aber sie wussten, dass die Hoffnung gering war, wenn derjenige, der am Tod des Immenstädter Wachmannes schuld war, nicht gefunden würde. So diskutierten sie, bis sich der Schuhmacher zu Wort meldete und steif und fest behauptete, den Juden Jakob Bomberg mit einer Mistgabel gesehen zu haben.

»Aber warum hast du das nicht schon gesagt, als wir uns direkt nach dem Vorfall auf dem Marktplatz hier in der ›Krone‹ unterhalten haben?«, wurde er von einem der Männer, der dem Alkohol zwar gerne zusprach, offensichtlich deswegen aber nicht an Gedächtnisschwund litt, gefragt. Einige von ihnen wussten schon, dass der Lederer die Juden hasste.

»Hab' ich doch!«, behauptete der Schuhmacher, der selbst nicht mehr wusste, über wen er seinerzeit hergezogen war. Da er es immer wieder geschickt verstand, ihnen ein paar Brocken hinzuwerfen, ohne dass diese merkten, aufgehetzt worden zu sein, spitzte sich das Thema ganz langsam so weit zu, bis einer der Saufköpfe steif und fest behauptete, es müsste der junge Mann, den man Fabio nannte, gewesen sein, der den Wachsoldaten getötet hatte.

»Das stimmt! Ich habe den Dieb auch mit einer Mistgabel gesehen«, unterstützte ihn ein anderer aus der Runde.

Und da auch noch der Säckler bestätigte, in Fabios Hand eine Gabel »… oder etwas Ähnliches« gesehen zu haben, musste der Schuhmacher zähneknirschend zur Kenntnis nehmen, dass er auf verlorenem Posten stand und es ihm heute wohl nicht gelingen würde, die

Juden anzuschwärzen. So blies er jetzt unauffällig sanft in das Horn, dessen vernichtende Töne anstatt Jakob dem Juden jetzt Fabio dem Dieb galten.

Es war schon spät, als der Medicus ins Wirtshaus trat. Da die Stammtischbrüder wussten, dass er sich seit geraumer Zeit generös zeigte, winkten sie ihn freundlich zu sich an den Tisch.

»Setzt Euch zu uns, Medicus«, sagte einer und rutschte etwas auf.

»Ja, kommt her«, ermunterte ihn ein anderer und klopfte mit der flachen Hand auf das warme Holz, auf dem vorhin noch einer gesessen hatte.

»Warum nicht? Wenn ihr meint«, sagte er und ließ ein ungewohntes Schulterklopfen über sich ergehen, während er Platz nahm.

Wenngleich in der letzten Zeit einige Zweifel an der Korrektheit seiner Arbeit aufgekommen waren, hatten die Staufner außer ein paar unbelegbaren Vermutungen und dem Geschnatter der neunmalklugen Weiber nichts Handfestes gegen ihn vorzubringen. So war er nach wie vor der Held, der während der Pest vielen Menschen das Leben gerettet, zumindest aber den Hinterbliebenen geholfen hatte. Und als solcher wurde er seither auch behandelt.

Hauptsache, er bestellt eine Runde, hofften die Männer, während sie ihm unablässig auf die Schultern klopften und ihn ›über den Schellenkönig‹ lobten.

So dauerte es nicht lange, und die Rechnung der Stammtischbrüder ging auf. Der ungewohnte Seelenbalsam entfaltete seine volle Wirkung. »He, Wirt! Bringt eine Stammtischrunde! … Ach was: Schenkt auch den anderen nach!«, schmetterte der Medicus schon nach dem dritten Bier.

Kapitel 41

Schnaufend hämmerte Propst Glatt an das Schlosstor. Da der Wachhabende glaubte, dass zu dieser späten Stunde niemand mehr um Einlass bitten würde, hatte er sich schon vor einer Stunde in den Stall geschlichen, um sich dort etwas aufzuwärmen. Der dampfende Geruch von Tier, Mist und Heu hatte ihn derart inspiriert, dass es ihn zu einem kleinen Nickerchen verleitet hatte. So hörte er das Klopfen und Rufen des Propstes nicht sofort und benötigte eine gewisse Zeit, bis er wieder auf seinem Posten war.

»Mensch, Rudolph! Jetzt mach schon auf! Es ist herrgottig kalt hier draußen!«, flehte der Besucher.

»Gemach, gemach. Ich komme ja schon! Ich … ich war auf Inspektionsrundgang.«

»Spar dir deine Lügen. Der Herrgott hört und sieht alles: Klopf dir das Heu ab.«

Als der Wachhabende den Kirchenmann erkannte, war ihm dies äußerst unangenehm, und er wollte sich entschuldigen.

»Ist ja schon gut. Ich verrate dich nicht. Vorausgesetzt, ich sehe dich bald bei der Beichte … und in der Kirche.«

»Scheiße!«, fluchte Rudolph und deutete mit der ausgestreckten Hand verlegen zur Vogtei: »Ihr kennt ja den Weg!«

Der nur mit seiner Soutane gewandete und deswegen vor Kälte zitternde Mann klopfte so lange an die Tür des Vogteigebäudes, bis der Kastellan öffnete.

»Johannes! Was willst du denn um diese unchristliche Zeit?«

»Es gibt keine unchristliche Zeit«, schimpfte der Priester, während er Ulrich zur Seite schob und eintrat.

»Komm nur herein«, lästerte der etwas schlaftrunkene Kastellan, während er mit einem raschen Seitenblick festzustellen versuchte, ob im Schlosshof und beim Tor alles in Ordnung war. Dabei winkte Rudolph ihm pflichtbewusst tuend zu.

»Weck Eginhard auf!«, presste der Priester hervor. »Er soll sofort kommen. Die Gelegenheit ist günstig und …«

»Jetzt verschnauf erst einmal Johannes und komm mit hoch.«

Durch den Krach waren fast alle Familienmitglieder aufgewacht und standen wie ein Empfangskomitee im Treppenhaus. Sogar die bettlägrige Mutter hatte sich hochgequält, obwohl Ulrich dies hatte verhindern wollen. Aber sie war sowieso aus dem flachen Schlaf gerissen worden. Im hitzebedingten Wahn hatte sie sich eingebildet, dass es die Opsers mit ihrem Sohn Otward seien, die zu dieser späten Stunde Einlass begehrten. Als der Propst sah, dass er – bis auf den kleinen Diederich – durch die ganze Familie Dreyling von Wagrain empfangen wurde, bemühte er Gott zum Gruß und flüsterte Ulrich gleich etwas ins Ohr. Daraufhin bat der Kastellan Lodewig, sich in seine Kammer zurückzuziehen.

»Was habt ihr denn für Geheimnisse?«, fragte die blasse Frau mit belegter Stimme, während sie hustend die Gelegenheit nützte, ein paar Holzscheite in den Kamin zu legen.

»Der brave Knabe muss nicht mitbekommen, dass sein älterer Bruder ein Einbrecher ist«, beantwortete der Propst die Frage, während er auf die Seite sprang, damit ihm die Holzscheite, die Konstanze erschrocken fallen ließ, nicht auf die Füße knallten.

»Wie bitte?«, fragte sie entsetzt, während sie versuchte, ihre kraftlosen Fäuste in die Hüften zu stemmen.

»Jetzt hör erst einmal zu«, beruhigte sie Ulrich, und bat den Propst, sein nächtliches Kommen zu erklären und etwas mehr Feingefühl seiner kranken Frau gegenüber zu zeigen. »Und wenn du alles gehört hast, legst du dich sofort wieder auf dein Lager. Du bist sehr krank und hast immer noch die Hitze.« An Johannes gewandt, sagte er: »Bitte, werter Freund. Jetzt erzähle.«

Der Propst rieb sich die klammen Hände. »Ich wollte mich gerade dem Schlaf des Gerechten zuwenden. Da habe ich Lärm gehört und den Medicus gesehen, wie er wieder Richtung Wirtshaus gegangen ist. Da habe ich gedacht, es gäbe wohl keine bessere Gelegenheit für Eginhard, sein Vorhaben in die Tat umzusetzen.«

»Welches Vorhaben?«, unterbrach ihn die fröstelnde Konstanze, die immer noch nicht wusste, worum es überhaupt ging.

Ohne abzuwarten, was der Propst noch alles sagen wollte, hatte

Eginhard längst verstanden und verschwand in seiner Kammer, um sich anzuziehen.

»Erzähl weiter«, forderte Ulrich seinen Freund auf.

»Hm, ja. Während Eginhard in den Behandlungsraum des Arztes eindringt und alles durchsucht, passe ich draußen auf, um ihn rechtzeitig zu warnen, falls der Medicus zu früh zurückkommen sollte. Wenn uns der alte Säufer stört, können wir in meine Wohnung huschen und dort so lange still verharren, bis er in seinen Räumen verschwunden ist.«

»Aber, aber. Du gottesfürchtiger Mann der Kirche. Du sprühst ja förmlich vor verbrecherischem Tatendrang. Du wirst dich doch nicht der Beihilfe eines Einbruchs schuldig machen?«, fragte der Kastellan nicht allzu ernst.

»Schwatz kein dummes Zeug, sondern sorge lieber dafür, dass sich Eginhard sputet.«

»Wenn das so ist, komme ich auch mit. Auf mein handwerkliches Geschick könnt ihr beiden *Federlecker* sowieso nicht verzichten«, lachte der Kastellan.

»He! ... So nicht«, empörte sich der Propst, während sein Freund schon auf dem Sprung war.

»Ich hole nur noch Werkzeug. Und du, meine Liebe, legst dich sofort wieder auf dein Lager und trinkst den Kräutersud, solange er noch heiß ist.«

Bis Konstanze auch nur annähernd verstand, worum es ging, steckten Eginhard und der Kastellan bereits im Wams und machten sich mit dem Propst auf den Weg zum ersten Einbruch ihres Lebens.

»Seid achtsam!«, rief ihnen die schwer atmende Frau noch nach. Sie wusste zwar immer noch nicht, welcher Teufel den Priester geritten hatte, nahm aber alle Kraft zusammen, den Kamin und den Herd zu schüren. Aber sie schaffte es nicht. Nur mühsam gelang es ihr, nachdem sie zusammengebrochen war, sich in die Schlafkammer zu schleppen, sich auf ihr Lager hochzustemmen und sich zuzudecken.

Da Lodewig dies bis in seine Kammer hinüber hörte, kam er herbeigeeilt.

»Um Gottes willen: Was tust du da, Mutter? Du sollst dich doch schonen.«

Konstanze hustete sich die Lunge aus dem Leib, bevor sie antworten konnte: »Wie soll ich mich schonen, wenn mein Mann und mein Sohn zu Einbrechern werden?«

Lodewig hatte keine Ahnung, was sie meinte, lachte aber, während er antwortete: »Die wissen schon, was sie tun. Außerdem habe ich unseren Pfarrer gehört, da kann es nicht so schlimm werden«, beruhigte er sie.

Obwohl der Medicus das Haus schon vor längerer Zeit verlassen hatte, roch es im Flur der Propstei immer noch nach Fusel. Die Tür zum Behandlungsraum des Arztes war nicht abgeschlossen.

»Das habe ich mir gedacht. Er war betrunken«, flüsterte der Propst und drückte Ulrich und Eginhard Kerzen in die Hände. Dabei wies er ausdrücklich darauf hin, dass diese vom italienischen Papst Urban VIII. persönlich geweiht worden waren.

»Na, mit dem direkten Segen des Stellvertreters Gottes auf Erden kann ja nichts schiefgehen«, witzelte der Kastellan.

»Lass deine dummen Sprüche und achtet lieber darauf, dass ihr so wenig Licht wie möglich durch die Fenster nach außen dringen lasst, damit man von der ›Krone‹ aus nicht sehen kann, dass hier jemand ist«, ermahnte der Propst die beiden eindringlich, bevor er in einem dunklen Winkel in Sichtweite des Hauseinganges seinen Posten bezog.

Eginhard hatte seinen Vater inzwischen instruiert und ihm erklärt, wonach sie suchen mussten. Da der Kastellan handwerklich versierter war als der Studiosus mit seinen Schreiberhänden, ließ ihm sein Sohn den Vortritt beim Öffnen des Schrankes.

Der erfahrene Mann hob seine Nase und begann zu schnüffeln. »Hier riecht es nach …«

»Sei still! Das ist meine Sache«, unterbrach ihn Eginhard schmunzelnd. Er freute sich zwar, dass sein Vater helfen wollte und sah ihm auch gespannt zu, wie er geschickt die Türscharniere aushebelte, wollte sich aber nicht in seinen Teil der Arbeit dreinreden lassen.

»So bleibt das Schloss unbeschädigt, und wir können die Tür nach getaner Arbeit wieder zunageln«, begründete der Vater seine Vorgehensweise.

Als sie vor dem geöffneten Schrank standen und hinein leuchteten, sahen sie gleich, was Eginhard zu finden gehofft hatte. Sofort roch er an ein paar Büscheln, von denen er auch so wusste, um was es sich handelte. »Kamille – Pfefferminze … harmlos!«, konstatierte er knapp und schob sie vorsichtig beiseite. »Damit der Medicus nichts merkt, müssen wir uns einprägen, wie die getrockneten Pflanzen im Schrank lagern.« Jetzt hielt er ein paar Triebe, Rindenfetzen und Blätter in den Händen.

»Was ist das?«, fragte ihn der Vater.

»Holunder, nicht besonders gefährlich. Davon kann man nur Brechreiz bekommen.«

»Nur?«

Jetzt sah Eginhard alle Bestandteile einer Pflanze, die er erst noch identifizieren musste. »Komm mit der Kerze etwas näher. Hmmm … Der Hahnenfuß!«

»Was ist damit?«

»Nicht viel. Nimm ihn ein, und du bekommst Verdauungsstörungen.«

»Aha!«

Vorsichtig fingerte Eginhard weiter im Schrank herum und holte jetzt Beeren heraus. »Seidelbast! – Übelkeit, Erbrechen, Herz-Kreislaufstörungen«, sagte er, hielt aber schon alle Pflanzenteile des Schellenbaumes, die Hautreizungen und Bewusstseinsstörungen hervorriefen, in den Händen. Er gab seinem Vater von allen Pflanzen, die er nacheinander aus dem Schrank fischte, ein paar, die sofort in einem mitgebrachten Jutesack verschwanden. Je tiefer er sich in den Schrank vorarbeitete, umso giftiger schienen die getrockneten Gewächse, die hier büschelweise lagerten, zu sein. Schon wieder hielt er Blätter und Knollen in den Händen. »Alpenveilchen! – Sie erzeugen Krämpfe, Schwindel und Kreislaufstörungen, sind aber nicht tödlich«, bemerkte er. »Vater, pass auf, dass du die Pflanzen nicht zerdrückst, damit ich mich bei der genauen Identifizierung leichter tue. Außerdem sind sie Beweismittel.« Eginhard nahm jetzt seine Kerze, die er zuvor auf den Boden gestellt hatte, um den Schrank besser ausleuchten zu können. »Das darf nicht wahr sein. – Wahnsinn!«

»Was ist?«, fragte der Vater erschrocken.

»Aconitum napellus! – Und davon auch noch alles.«

»Ich verstehe dich nicht«, schimpfte der Kastellan. »Du weißt, dass ich dein Fachlatein nicht beherrsche.«

»Entschuldige Vater, ich erkläre dir alles in Ruhe, wenn wir zu Hause sind. Bei dieser Pflanze handelt es sich um den Eisenhut.«

»Na und? Was ist damit?«

»In hoher Dosis ist die Einnahme absolut tödlich. Sie führt zu Unterkühlung, Herz- und Atemlähmung sowie zu Krämpfen … und schließlich zum Tod.«

»Wahnsinn!«, entfuhr es jetzt dem Vater.

»Sag' ich doch! Was haben wir denn hier noch? Auch nicht schlecht, um Menschen zu töten.«

»Was denn?«

»Ganze Büschel des Gefleckten Schierlings, dessen Einnahme zu Lähmungen führt und – hochdosiert verabreicht – mit Atemstillstand enden kann! Aber was ist das in dem Beutel?« Wie von einem Fieber gepackt, öffnete Eginhard ein Leinensäckchen und fand darin kleine Körnchen, die er bei dem schlechten Licht aber nicht gleich erkennen konnte. »Wenn das auch noch der Samen des Schierlings ist, dann kann dies nur bedeuten, dass der Medicus alles andere im Sinn gehabt hat, als damit Kranke zu heilen.«

Eginhard inspizierte den Schrank noch ein Weilchen, bis er sagte: »Ich habe gefunden, was ich wollte. Hier sind nur noch ein paar gewöhnliche Gartenkräuter: Schnittlauch, Petersilie und …« Als er die vermeintlichen Gartenkräuter etwas genauer betrachtete, entfuhr ihm ein »Um Gottes willen!«

»Was ist jetzt schon wieder? Ich habe gedacht, du bist fertig«, zuckte der Vater zusammen.

»Das habe ich auch gedacht, aber das ist gar keine gewöhnliche Petersilie, das sind alle Bestandteile der Hundspetersilie, deren Einnahme absolut tödlich ist.«

Der Kastellan wurde jetzt etwas unruhig und drängte zum Gehen.

»Was suchst du denn noch?«, fragte er seinen Sohn besorgt.

»Geld! Mindestens einhundertdreißig Gulden.« So akribisch Eginhard den Schrank auch durchsuchte, er fand keinen einzigen Kreuzer, nicht einmal einen Heller. Nachdem er die Suche nach dem Geld aufgegeben hatte, bat er seinen Vater, die beiden Schranktüren wieder anzunageln.

»Nichts lieber als das. – Aber dabei musst du mir schon helfen.«

Der Propst glaubte seinen Ohren nicht zu trauen, als plötzlich laute Geräusche zu ihm hinausdrangen, die nur von einem Hammer herrühren konnten. Er eilte in den Behandlungsraum und zischte: »Geht das nicht leiser? Man könnte euch hören.«

»Nur noch ein paar Schläge, dann sind wir fertig und können den Raum verlassen.«

Eginhard und sein Vater wollten noch die Schlafkammer des Arztes inspizieren, mussten aber feststellen, dass diese verschlossen war.

»Pfui Teufel. Durch die Ritzen zieht ja ein übler Gestank«, stellte Eginhard angeekelt fest, bevor er seinen Vater bat, sich das Schloss genau anzusehen.

»Weshalb?«

»Weil wir noch einmal kommen müssen, um nachzusehen, ob hinter dieser Tür das gesuchte Geld versteckt ist. Vielleicht finden wir dort auch noch weitere Beweise.«

Nachdem der Kastellan die Tür und das Schloss begutachtet hatte, wusste er, welches Werkzeug er das nächste Mal mitbringen musste.

»Gott sei's gejubelt, getrommelt und gepfiffen! Wir haben es hinter uns gebracht, ohne dass man uns erwischt hat«, bemerkte der sichtbar erleichterte Propst und zog sich sofort in seine Wohnung zurück, um ein Gebet der Reue zu sprechen. Er war so schnell verschwunden, dass der Kastellan seine Bemerkung über die ungewohnte Ausdrucksweise des Kirchenmannes nicht mehr hatte loswerden können. Auch sie hatten es jetzt eilig, mit dem Beutesack zum Schloss zurückzukehren.

Dort angekommen, mussten sie mit Entsetzen feststellen, dass es der Mutter wieder wesentlich schlechter ging.

»Es war einfach zu viel für sie. Wir hätten sie noch nicht aufstehen lassen dürfen. Brühst du Mutter bitte einen Kräutersud, Eginhard?«

»Ich befürchte, das wird nicht genügen«, raunzte der Studiosus und begann, sich um sie zu kümmern.

Kapitel 42

DER SCHUHMACHER HEMMO GROB gab keine Ruhe und nützte jede sich bietende Gelegenheit, um seine Mitmenschen aufzustacheln – wogegen, war ihm so ziemlich egal. Der bösartige Schwätzer mochte nur seine seit Jahren angestaute Unzufriedenheit ablassen. Und hierzu war ihm jedes Mittel recht. Am liebsten würde er die Juden ans Messer liefern – mit ihnen hatte er immer noch eine Rechnung offen. Da sich die Bombergs aber nach wie vor nicht das Allergeringste zuschulden kommen ließen, hatte es nicht einmal während der vermeintlichen Pest geklappt, diese verhasste Sippschaft erfolgreich anzuschwärzen und die Staufner zur Selbstjustiz zu bewegen. Wieder einmal hatte er verärgert feststellen müssen, dass die jüdische Familie allseits sehr geschätzt wurde und außer ein paar Neidern bezüglich Judiths Hühnerzucht so gut wie keine Feinde zu haben schien. Da Judith Bomberg seit Kurzem auch noch eine gute Freundin der Kastellanin geworden war, ließ er wohl besser die Finger davon – jedenfalls vorläufig. So suchte er sich vorsichtig ein anderes Opfer aus. Hinterfotzig griff er das Stammtischthema, dass der Dieb Fabio am Tod des Immenstädter Wachmannes schuld sein könnte, auf und versuchte die Frauen des Dorfes für sich zu gewinnen. Aber daraus wurde nichts. Da die Frauen aus dem, was sie auf dem Markt angerichtet hatten, gelernt hatten, machten sie jetzt einen großen Bogen um alles, was Probleme bereiten könnte.

»Saudumme Weiber. Mit euch kann man nichts anfangen«, maulte er, nachdem er von einigen der Frauen brüsk abgewiesen worden war. »Wie gerne hätte ich mir das Geschnatter der geschwätzigen Weiber zunutze gemacht, um meine neue Botschaft zu verbreiten«, schimpfte er vor sich hin, während er wieder zum Wirtshaus ging, um dort weiterzubohren. Wie immer würde er auch heute den wöchentlichen Stammtisch dafür missbrauchen, die Männer gegen Fabio aufzubringen. Er musste seinen Stammtischbrüdern nur immer wieder das Szenario ausmalen, was geschehen würde, wenn der Graf das Marktverbot so lange aufrechterhalten würde, bis der Mörder des Wachmannes gefunden war.

»Wenn dein Weib im Frühjahr nicht auf den Markt kann, um eure Weidenkörbe zu verkaufen, kannst du deine Bälger nicht mehr ernähren«, sagte er zum Sohn der Weidenflechterin, der sich aus der Not heraus vor nicht allzu langer Zeit aufs Korbmachen spezialisiert hatte.

»Ja, und ich bleibe auf meinen Krügen sitzen«, schimpfte daraufhin der ansonsten als besonnen geltende Töpfer Cornelius Brugger, der es besonders schwer hatte, sich und seine vierzehnjährige Tochter mit dem Verkauf seiner selbst getöpferten Waren durchzubringen. »Seit meine Frau an der Pest gestorben ist, weiß ich nicht mehr ein noch aus. Ich selbst bin ja nur ein kleiner Handwerker. Wenn sich nicht jetzt schon abzeichnen würde, dass meine Maria das künstlerische Talent ihrer Mutter geerbt hat, wäre ich schon längst verzweifelt. Na ja, vielleicht kommen wieder bessere Zeiten«, grantelte der brave Mann, dem man eigentlich kein Schandmaul nachsagen konnte und der einfach nur verzweifelt war.

So meldeten sich bei jeder neuen Stammtischrunde immer mehr Männer zu Wort, um ihrer Zukunftsangst mit ungehemmter Maulerei Ausdruck zu verleihen. Falls der Mistgabelmörder nicht gefunden würde, befürchteten sie Repressalien von Seiten des Grafen und des Oberamtes.

Was dem Schuhmacher bei den vernünftigen Frauen misslungen war, war bei den Männern fast ein Selbstläufer geworden, und er musste schon lange keinen eigenen Beitrag mehr zu den immer hitziger werdenden Diskussionen leisten – er brauchte das Thema nur immer wieder aufs Neue anzustoßen.

»Wir müssen den Täter selbst finden, bevor es die Obrigkeit tut«, hörte man aus der Runde, worauf die Antwort kam, dass dies nicht nötig sei, da Fabio an dem bewussten Markttag mit einer Mistgabel gesehen worden sei und nur er der Mörder sein konnte.

»Wer sonst?«

»Was hat ein Taugenichts mit einer Mistgabel zu tun, wenn er nicht arbeitet?«, fragten sich einige Männer.

»Na, was wohl?«

»Aber warum sollte er den Wachsoldaten umbringen?«

»Vielleicht, weil er den allgemeinen Tumult ausgenutzt hat, um an dessen Geldbeutel zu kommen oder ihm die Silberknöpfe abzureißen?«

»Echte Silberknöpfe haben nur die Offiziere an ihren Uniformen«, funkte ein alter Mann, der in jungen Jahren der Freiherrlichen Garde angehört hatte, aufgrund seiner Unzuverlässigkeit aber frühzeitig entlassen worden war, dazwischen.

Mit zunehmendem Alkoholgenuss waren sich die Männer immer einiger, dass es nur Fabio gewesen sein konnte, der den Wachmann getötet hatte.

»Er muss es einfach gewesen sein!«

Sie verabredeten sich für den nächsten Morgen, um gemeinsam nach dem mutmaßlichen Mörder zu suchen, den sie nach seiner Ergreifung der Gerichtsbarkeit übergeben wollten. Nur der Schuhmacher hatte mit Fabio etwas anderes vor und wollte ihn selbst richten – aber dies konnte keiner der streitbaren Staufner, die im Grunde genommen nichts Böses im Sinn hatten, ahnen.

Anderntags im Morgengrauen trafen sich die Männer wie verabredet bei der großen Eiche am Marktplatz. Da allerdings einige ihre Räusche ausschliefen, waren nicht alle gekommen. Und einige, die vergangene Nacht noch eine große Lippe riskiert hatten, jetzt aber klaren Kopfes waren, betrachteten die Sache mittlerweile sachlicher und waren zu Hause geblieben, um sich nicht an einem möglichen Unrecht beteiligen zu müssen. Unter ihnen befand sich auch der Töpfer Cornelius Brugger. Dennoch waren es immer noch über zwölf Männer, die sich auf die Suche nach dem vermeintlichen Soldatenmörder machten.

»Dieser Fabio arbeitete doch als Aushilfstotengräber und steht unter dem Schutz des Propstes – suchen wir ihn dort!«, schlug einer der Männer vor.

»Ja, seid ihr denn alle vom Teufel geritten? Hättet ihr das nicht früher sagen können?«, schimpfte jetzt der Schuhmacher, der sich aus taktischen Gründen bisher vornehm zurückgehalten hatte. »Also los: Worauf wartet ihr noch?«

Als man die aufgebrachte Männerschar durch das Dorf in Richtung Propstei trampeln sah, wurde eine Haustür nach der anderen verriegelt. Schlagartig war die Straße so leergefegt, wie sie dies das letzte Mal während der vermeintlichen Pest gewesen war.

Der Propst sah den wüsten Haufen von weitem kommen und erschrak. Zwei Handvoll Männer steuerten auf das Propsteigebäude zu. Er trat – ein großes Holzkreuz fest umklammert – entschlossen vor die Tür. Um der aufgebrachten Meute sofort den Wind aus den Segeln zu nehmen, zeichnete er mit dem Kreuz die Wundmale Jesu nach. Das half für den Anfang, denn trotz ihrer Wut konnten die gottesfürchtigen Männer nicht anders, als sich aus einem inneren Drang heraus selbst zu bekreuzigen. Dennoch baute sich einer drohend vor ihm auf. »Sagt an, ob Ihr Fabio, den Dieb, bei Euch versteckt!«

»Ich weiß nicht, wo sich Fabio derzeit aufhält. Es gibt jetzt keine Arbeit für ihn, und deshalb wohnt er nicht mehr in der Propstei. Warum sucht Ihr ihn überhaupt und was wollt Ihr von ihm? Wählt einen unter Euch aus, der mir in aller gebotenen Sachlichkeit berichtet, wo Euch der Schuh drückt.«

Die Männer traten ein Stück zurück, rotteten sich ganz eng zusammen und bestimmten letztendlich Josen Bueb zu ihrem Sprecher.

»Auch das noch«, ärgerte sich der Propst, der den aggressiven Sohn des Sonnenwirtes nicht mochte und mit dem er sich fortwährend hätte zanken können.

Als der junge Mann wütend anfing, von dem Mistgabelmord und der Tätertheorie der Männer zu berichten, unterbrach ihn der Kirchenmann sofort: »So geht das nicht! Erstens erwarte ich einen gemäßigteren Ton. Ist das klar?«

Niemand sagte etwas.

»Ob das klar ist?«

Jetzt nickten die meisten Männer stumm.

»Zweitens kenne ich die damaligen Vorfälle auf dem Markt von Otto Dobler, der ein absolut glaubwürdiger Zeuge ist … und drittens können wir grundsätzlich nicht von einem Mord sprechen. Es ist nichts bewiesen, und ein kaltblütiger Mord dürfte ohnehin nicht zur Debatte stehen – allenfalls war es Totschlag, wahrscheinlich nur ein schrecklicher Unfall inmitten des Tumultes. Es wurden nicht einmal Ermittlungen eingeleitet! Gegen wen auch? – So, jetzt bist du wieder dran.«

Darauf hatte Josen Bueb, der jetzt so richtig loslegte, nur gewartet. Dass der Propst einen angemessenen Ton von ihm gefordert hatte, schien ihm dabei völlig egal zu sein. »Wir haben Zeugen, die Fabio zur Tatzeit mit einer Mistgabel gesehen haben … und wir haben Zeugen, denen das merkwürdige Verhalten dieses Diebes am Markttag ganz besonders aufgefallen ist.«

»Ich sage es jetzt zum letzten Mal: Mäßige deinen Ton … und solange du Fabio keinen Diebstahl nachweisen kannst, nenne ihn nicht noch einmal einen Dieb! – Ist das jetzt endgültig klar?«

Im Propst begann es zu brodeln. Er bekam so langsam das Gefühl, dass sich in seinem Leib sämtliche Kreaturen der Hölle versammelten und nur darauf warteten, herausgelassen zu werden, um den angriffslustigen Sprecher der Gruppe an den Ort der ewigen Strafen zu verbannen. Er drückte das Holzkreuz seinem Mesner in die Hände und verschränkte die Arme entschlossen vor der Brust, wobei er nicht versäumte, sein um den Hals hängendes Kreuz sichtbar darüber zu drapieren.

Einer der Männer legte Josen Bueb zur Beruhigung von hinten eine Hand auf die Schulter und ermahnte ihn zu Besonnenheit.

Dadurch verlief das Gespräch jetzt in vernünftigen Bahnen und endete in einer sachlichen Diskussion, mit deren Ausgang sich die Männer allerdings nicht zufriedengaben. So zogen sie schließlich ab, um weiter nach Fabio zu suchen.

Der Saukerl wird hängen, dachte sich der Schuhmacher und begann – nachdem sie Abstand gewonnen hatten – laut zu fluchen.

Kapitel 43

Konstanzes Zustand hatte sich noch immer nicht gebessert – im Gegenteil: Seit sie sich in der Nacht, als Ulrich und Eginhard zusammen mit dem Propst in den Behandlungsraum des verdächtigen Arztes eingedrungen waren, von ihrem Lager erhoben hatte, um zu erfahren, was los war, ging es ihr wesentlich schlechter. Ihr Mann und die beiden großen Söhne wachten jetzt abwechselnd an ihrem Lager und deckten sie immer wieder zu, wenn sie zwischen ihren Hitzewallungen wild um sich haute und dabei die Wolldecke beiseite schlug. Damit seine Mutter die Gifte besser ausschwitzen konnte, hatte Eginhard zusätzlich ein dickes Schafsfell daraufgelegt.

»Die Blaufärber sind alle tot! … Jetzt werden sie unsere Kinder … Diederich! … Lodewig!«

»Schhh«, beruhigte sie ihr mittlerer Sohn, der an ihrem Lager saß und ihr heißen Kräutersud einzuflößen versuchte. Das wohltuende Getränk hatte Eginhard zubereitet, bevor er mit seinem Vater das Schloss verlassen hatte. Die beiden wollten zu Resi Dobler und danach zum Propst. Wie ihm Eginhard aufgetragen hatte, tupfte Lodewig seiner Mutter ständig die Halspartie ab und frischte die feuchtkalten Lappen auf, indem er sie in kaltes Wasser tunkte und auswrang, bevor er sie ihr abwechselnd in den Nacken schob und auf die Stirn legte. Außerdem achtete er sorgsam darauf, dass sie sich nicht aufdeckte. Während er dies tat, sprach er unaufhörlich mit ihr – gerade so, als könnte er dadurch verhindern, dass sie für immer einschlief.

»Auch wenn sie davon zunächst noch schwächer wird, muss sie möglichst stark schwitzen, damit die schädigenden Gifte aus ihrem Körper weichen«, hatte ihm Eginhard eingebläut. »… und sie braucht jetzt viel Zuwendung.«

Mutter wird sterben, wenn sie eine Entzündung der inneren Atemorgane bekommt. Ach, Sarah, was soll ich nur tun?, dachte Lodewig, der sicher war, dass seine Geliebte ihn auch liebevoll pflegen würde, wäre er krank – umgekehrt würde es sich ebenso verhalten. So vergingen die Stunden. Dabei wurden seine Gedanken immer wieder durch das Fantasieren der Mutter unterbrochen. »Sie sind ermordet worden! Der Totengräber, der …«

»Schhh.« Lodewig drückte den Oberkörper seiner Mutter wieder sanft auf ihr Lager zurück und deckte sie abermals zu. Er streichelte zart über ihre Wangen und fühlte mit der flachen Hand die Temperatur auf ihrer Stirn.

»Du glühst ja. Dein Kopf wird immer heißer. Um Himmels willen, du wirst doch nicht sterben. – Lieber Gott, mach, dass sie wieder gesund wird. Bitte!«, flehte er, während er mit einem kurzen Blick nach oben seinem Wunsch Nachdruck verlieh.

Dass in diesem Moment ein Eselskarren auf den Bechtelerhof zuholperte, konnte Konstanze von ihrem Krankenlager aus nicht mitbekommen. Sähe sie, wer auf dem Kutschbock saß, wäre dies ihrer Genesung vielleicht dienlich gewesen. Wüsste sie aber, wer nicht auf dem Kutschbock saß, würde dies ihren Gesundheitszustand mit Sicherheit verschlimmern. Es war also besser, dass sie nichts davon mitbekam.

Der Kastellan und Eginhard waren gerade auf dem Weg zu Resi Dobler, um ihren Rat bezüglich der beim Medicus gefundenen Kräuter einzuholen, als sie das merkwürdig anmutende Gefährt sahen.

»Das darf doch nicht wahr sein!«, schrie der Vater seinem Sohn zu, während er mit einer Hand zu dem kleinen Fuhrwerk zeigte und mit dem Ellenbogen des anderen Armes Eginhard ungewollt unsanft in die Seite stieß.

»Was denn, Vater?«

»Ich glaub' es einfach nicht. Doch, sie sind es: die Opsers!«

»Wer?«

»Na, Hannß und Gunda Opser, die Blaufärber!«

Sie rannten dem Karren freudig winkend entgegen.

Was sie sahen, war allerdings alles andere als erfreulich. Den beiden bot sich ein erbärmliches und beängstigendes Bild zugleich. Die Blaufärber schienen zu Eissäulen erstarrt zu sein. Ihre Gewandungen waren von einer weißen Eiskruste überzogen. Die Augenbrauen der beiden und der Stoppelbart des Mannes glitzerten ebenfalls weiß im Schein der zaghaften Sonne. Ihr Atem war zu langen gelblichen Zapfen gefroren, die von der Nase und von den Mundwinkeln herunterhingen und sich in jedes einzelne Haar verhakt hatten. Alles wirkte weiß durchdrungen, irgendwie bizarr.

Die ständige Bewegung musste das zähe Zugtier, aus dessen Nüstern weiße Dampfwolken emporstiegen, am Leben gehalten haben.

Der Kastellan war selbst wie erstarrt, als er das merkwürdige Gebilde sah.

»Weilen sie überhaupt noch auf dieser Welt? Oder sind es nur ihre Körper, die der treue Maulesel nach Hause gebracht hat?«, fragte er Eginhard, als wüsste dieser mehr als er. Der Kastellan war so entsetzt, dass er sich für einen Moment lang nicht näher an den Karren heranwagte. »Sind sie tot?«, setzte er mit einer Frage nach.

»Wir nicht ... noch nicht!«, kam leise eine heiser grummelnde Antwort vom Kutschbock herunter.

»Unser Herrgott sei gelobt«, sagte der Kastellan dankbar, bevor er die Hände faltete und zum Karren eilte.

»Sie müssen sofort ins Haus«, ordnete Eginhard an. Er wusste, dass jetzt nicht der Herrgott, und sei er noch so gelobt, sondern nur eine wohldosierte Wärmezufuhr und Flüssigkeitsaufnahme helfen konnte.

»Ja! – Weißt du was? Wir bringen sie zum Bechteler«, entschied der Kastellan. Während er dem Blaufärber die Zügel aus den starren Händen nahm und den Maulesel zum nahen Bauernhof hin lenkte, rannte Eginhard voraus, um ihre unerwartete Ankunft anzukündigen.

Der kernige Bechtelerbauer und seine hilfsbereite Frau vergeudeten keine Zeit und hasteten dem Fuhrwerk entgegen. Gleichzeitig ließen sie von der Küchenmagd nach Otto rufen. Als sie gemeinsam die steif gefrorenen Opsers vom Bock geholt und ins Haus gebracht hatten, begannen sie sofort, die beiden Eissäulen vorsichtig auszuziehen, was sich wegen der vereisten Gewandungen als recht schwierig erwies.

»Resi! – Leg Holz nach und bereite heißes Wasser«, rief die Bäuerin der alten Doblerin zu.

Als Eginhard die bockharten Wollhandschuhe vorsichtig von den Händen zog, kamen darunter schwarze Fingerkuppen zum Vorschein.

»Schnell! Zieht ihnen die Schuhe und die Strümpfe aus! … Aber vorsichtig!«, rief er in befehlendem Ton. »Das habe ich mir gedacht. Finger und Zehen sind schon fast erfroren. Otto, hol schnell einen Eimer Schnee herein!«

Der Hofknecht schaute zwar etwas verdutzt, tat aber, wie ihm geheißen.

»Und jetzt macht mit den Händen der armen Frau und den Füßen der beiden das Gleiche, was ich mit den Händen des Blaufärbers mache: Reibt sie fest mit Schnee ein. Keine Angst, sie spüren nichts.«

Die Umstehenden schauten sich zunächst ungläubig an, bevor sie ihre fragenden Blicke in Richtung Eginhard lenkten.

»Die Blaufärber sind kurz vor dem Erfrieren, und wir sollen sie mit eiskaltem Schnee einreiben?«

»Ja! Und beeilt euch«, schnarrte Eginhard, der jetzt keine Zeit für Erklärungen hatte, zurück.

»Er wird wissen, was er tut. Immerhin ist er ein Studiosus der Medizin«, sagte Otto und ermutigte dadurch die anderen, zu tun, was ihnen gesagt worden war.

»Hört Ihr mich, Herr Opser? … Ihr dürft nicht einschlafen. Jetzt nicht mehr! Ihr habt es geschafft und seid in Sicherheit«, beschwor er die beiden immer wieder, um sie wach zu halten. Eginhard wusste, dass durch die aufkommende Wärme genau jetzt der Moment war, an dem sie für immer einzuschlafen drohten und dass es wichtig war, die Opsers an ihrer Genesung aktiv mitarbeiten zu lassen. Und dies taten sie am besten, indem sie neuen Lebensmut schöpften.

»Gott sei Dank! Es kommt wieder etwas Leben in ihre Gliedmaße«, stellte er nach ein paar Minuten erfreut fest. »Weiter so. Danach müssen wir Hände und Füße vorsichtig mit rauen Lappen trockenrubbeln und eine Zeit lang sanft massieren … und gleichzeitig damit beginnen, die kalten Glieder leicht zu bewegen! Wenn ich meine Bewegungen an den Fingern des Blaufärbers verstärke, tut ihr dasselbe mit den Zehen. – Ihr müsst nur auf mich achten, dann könnt ihr nichts falsch machen. Und Ihr, Frau Dobler, flößt ihnen zwischendurch immer wieder etwas lauwarmes Wasser ein, bevor sie später heißen Kräutersud zu trinken bekommen … aber vorsichtig.«

Die Opsers blickten ihre Retter wortlos an. Obwohl sie dabei den Eindruck erweckten, ins Leere zu schauen, konnte man den Dank in ihren Augen lesen. Sechzehn helfende Hände kümmerten sich liebevoll um sie und massierten ihre geschundenen Körperteile zuerst ganz sanft und dann zunehmend fester. Eginhard, der Kastellan, Otto, der Bechtelerbauer mit Frau und drei ihrer sieben Kinder kümmerten sich jeweils um einen Fuß oder um eine Hand, die es zu retten galt, während die alte Doblerin den beiden tropfenweise lauwarmes Wasser einflößte.

Nachdem Eginhard ein paar weitere Vorgaben erteilt hatte, sagte er: »Ich bin gleich wieder zurück«. Obwohl er das allseits ungläubige Staunen bemerkte, streifte er sich seinen Umhang über und verließ ohne weitere Erklärung und eilenden Fußes den Bauernhof. Er wollte schnellstens zum Schloss zurück, um Pfefferminze, Kamille und verschiedene andere Heilkräuter, die er vom Bodensee mitgebracht hatte, zu holen. Er würde daraus einen heilenden Sud für die fast Erfrorenen ansetzen. Wahrscheinlich hätte er sich auch am vermutlich reichhaltigen Kräutervorrat der alten Doblerin bedienen können, musste aber – da für die Blaufärber das Wichtigste getan war – unbedingt nach seiner sterbenskranken Mutter sehen. Außerdem war ihm wichtig, sicher zu sein, dass es gute Kräuter waren, die er zu verarbeiten gedachte.h

Nachdem er schnaufend im Schloss angekommen war und in voller Montur die elterliche Schlafkammer betrat, sah er gleich, dass sich der Gesundheitszustand seiner Mutter weiter verschlechtert hatte. Dennoch bemerkte er, dass Lodewig alles in seiner Macht stehende getan hatte, um ihr in der Stunde der Not beizustehen. Er klopfte seinem völlig erschöpften Bruder für dessen umsichtige Pflege auf die Schulter und berichtete ihm kurz, was den Opers widerfahren war, bevor er ihm weitere Anweisungen gab.

»Ich muss gleich wieder zum Bechtelerhof zurück, um einen heilenden Sud anzusetzen. Wenn du genau das tust, was ich dir gesagt habe, kannst du dich getrost allein um Mutter kümmern. Du machst das hervorragend«, lobte Eginhard und umarmte seinen Bruder, dem jetzt die Tränen kamen.

»Das ist in Ordnung«, sagte Eginhard, »und ehrt dich nur.«

»Aber sie hat seit Tagen nichts gegessen ... auch heute nicht«, bemerkte Lodewig.

Der angehende Mediziner beruhigte ihn: »Ich weiß von meinen Studien in der Natur, dass kranke Tiere instinktiv wissen, wann sie wieder fressen können. Und was für die Tiere gilt, das gilt auch für uns Menschen. Es hilft ihr schon, wenn sie etwas trinkt.«

Eginhard hielt nichts von Purgieren, Schröpfen und schwächendem Aderlass, das von den meisten Ärzten immer noch gerne vorgenommen wurde, sondern vertraute lieber auf die natürlichen Selbstheilungskräfte.

»Jetzt kann ihr nur noch Mutter Natur helfen«, sagte er zu Lodewig und wies ihn nochmals an, der Sterbenskranken möglichst viel Flüssigkeit einzuflößen und sie dann schlafen zu lassen.

Während Eginhard die Kräuter für den nächsten Sud zusammenstellte, beschloss er, seinem Vater nichts vom wahren Zustand der Mutter zu erzählen. Er wollte ihn nicht noch mehr beunruhigen. Sollte der schlimmste Fall eintreten, würden sie alle die Zeit haben, um sich von ihr verabschieden und ihr für alles danken zu können. Daran mochte der Studiosus jetzt aber noch nicht ernsthaft denken.

Eginhard war nur ungern schon wieder gegangen, aber es hatte sein müssen. Für seine geliebte Mutter konnte er im Moment auch nicht mehr tun als Lodewig, der sie hingebungsvoll betreute und ihr einen Teil dessen, was sie ihm ein ganzes Leben lang geschenkt hatte, zurückgab. Die Blaufärber hingegen waren – außer dass sich ein paar medizinische Laien um sie kümmerten – auf sich allein gestellt. Sie benötigten dringend den lebensspendenden Kräutersud, eine heilende Wundsalbe und die kompetente Überwachung des in diesem Fall ganz besonders heiklen Genesungsbeginns. Also hastete er wieder den Schlossbuckel hinunter. Als der umtriebige Studiosus am Dorfeingang ankam, wählte er den unteren Weg in Richtung Bechtelerhof, wo er am Propsteigebäude vorbeikommen würde. Dort wollte er seinen alten Mentor Johannes Glatt abholen und zu den Bechtelers mitnehmen.

»Wollten wir uns nicht hier bei mir treffen?«, fragte der verdutzt wirkende Seelsorger.

»Mein ehrenwerter Freund, unser Treffpunkt muss aufgrund verschiedener Umstände kurzfristig verlegt werden. Ich erkläre Euch alles auf dem Weg dorthin!«, antwortete Eginhard ruhig, obwohl er innerlich aufgewühlt war.

»Wohin?«

»Geduldet Euch! Zuvor muss ich Euch davon in Kenntnis setzen, dass es meiner Mutter sehr schlecht geht, weswegen ich Euch bitte, die Utensilien zur Krankensalbung bereitzuhalten, um sie zu stärken, falls sie vor ihren Schöpfer treten muss.«

»Um Gottes willen – Konstanze«, entfuhr es dem Freund des Hauses, der sich sogleich bekreuzigte.

»Noch ist es nicht so weit. Wenn meine Mutter die heutige Nacht überleben sollte, habe ich die Hoffnung, dass sie es vielleicht schaffen könnte. Momentan liegt alles in den Kräften der Natur.«

»In den Kräften der Natur?«, wunderte sich der Propst.

»Ja!«

»Und in Gottes Hand«, ergänzte der Seelsorger mit wissender Miene und erhobenem Zeigefinger.

»Ja, ja, schon gut. Aber nun beeilt Euch und seid bitte verschwiegen. – Ich habe mit Vater nicht über Mutters ernsten Zustand gesprochen. Er weiß zwar, dass es ihr nicht gut geht, soll sich aber nicht noch mehr grämen, als er dies ohnehin schon tut«

Da dem Priester klar war, dass sein Freund Ulrich über Konstanzes Zustand mehr wusste, als ihm guttat, nickte er verständnisvoll.

Die gottesfürchtige Bäuerin bekreuzigte sich beim Anblick des hochrangigen Kirchenmannes.

»Ist es jetzt doch so weit?«, fragte sie Eginhard. »Bekommen die Blaufärber nun das Heilige Sakrament der Krankensalbung?«

»Nein! – Seid beruhigt, Frau Bechteler. Ich bin nicht hier, um Herrn und Frau Opser die Zeichen der Gegenwart und des Wirkens Gottes auf die Stirn zu zeichnen. Dies muss ich hoffentlich lange nicht mehr tun. Ich habe noch allzu gut die jüngst vergangene Zeit scheinbarer Pestilenz im Gedächtnis, und nur Gott weiß, wer als nächstes dran ist«, sagte er mit einem unauffälligen Blick zu Eginhard, der sich sogleich in die Küche begab, um den heilenden Kräutersud anzusetzen. Er wies die alte Doblerin an, den Trank gut ziehen zu lassen und ihn dann Schluck für Schluck den beiden einzuflößen. Er setzte extra viel an, weil er wusste, dass er bei dieser Saukälte auch allen anderen gut tun würde.

Nachdem die Opsers den bitter schmeckenden Sud endlich getrunken hatten und in einen heilenden Schlaf gefallen waren, winkte Eginhard zwei der Bechtelerkinder zu sich und fragte sie nach ihren Namen.

»Ich bin Agathe«, sagte das Größere der beiden Mädchen höflich und deutete auf ihre Schwester. »Das ist Lena.«

»Gut, ihr beiden. Ihr habt jetzt eine wichtige Aufgabe: Ihr bleibt bei Herrn und Frau Opser und sagt mir sofort Bescheid, wenn sie sich rühren oder wenn sie aufwachen.«

Während die wohlerzogenen Bechtelermädchen zu den Kranken eilten, rief Eginhard die anderen zu sich. Er nahm den Propst, Otto und die Bauersleute auf die Seite und erklärte ihnen den eigentlichen Grund seines und seines Vaters Besuches.

»Über das, was ihr gleich hören werdet, müsst ihr absolutes Stillschweigen bewahren! – Kann ich mich darauf verlassen?«

Alle nickten und warteten gespannt darauf, was Eginhard zu berichten hatte. »Eure Mutter ist doch eine Kräuterkundige«, wandte er sich zunächst an den Knecht, den er zwar kannte, aber nicht so vertraut mit ihm umgehen konnte, wie es sein Vater tat.

Da es üblich war, dass sich Frauen zurückzogen, wenn sich ihre Männer etwas zu sagen hatten, musste Otto seine Mutter erst herbeirufen, damit sie Eginhards Fragen beantworten konnte: »Wenn Ihr mich der Hexerei beschuldigen wollt, bin ich keine Kräuterkundige. Wenn Ihr aber meine Hilfe benötigt, könnt Ihr mit mir rechnen«, meinte sie in sonorem Ton.

»Du kannst ihm vertrauen«, sagte Otto zu ihr und drehte sich seinem Freund Ulrich entgegen. »Oder?«

Der Kastellan nickte sanft lächelnd und begann, der staunenden Runde zu erzählen, um was es ging.

Währenddessen packte Eginhard die Kräuter aus, die er beim Medicus mitgenommen hatte, und legte sie fein säuberlich nebeneinander auf einen langen Tisch.

»So, Doblerin! Nun möchte ich von Euch wissen, ob Ihr die getrockneten Pflanzen, Wurzeln, Samen, Blätter und Blüten erkennt und was Ihr davon haltet.«

Die anderen traten fast ehrfürchtig hinter die Frau, die jetzt angesichts ihrer bevorstehenden Aufgabe und im fahlen Schein der Kerzen wie eine mystische Heilerin erschien. Jedenfalls wirkten ihre Gesichtsfurchen jetzt noch ausgeprägter als zuvor. Die Kräuterkundige lief mit blitzenden Augen auf den Tisch zu. Genau wie Eginhard und sein Vater waren auch die anderen gespannt, was jetzt kommen würde.

Die betagte Frau ging zielstrebig von einem Kräuterhäufchen zum nächsten und schnupperte kurz daran. Das eine oder andere Kraut nahm sie in die Hand und zerrieb etwas davon zwischen ihren Fingern, bevor sie wieder daran roch oder etwas davon auf ihre Zunge legte. Sie ließ sich Zeit damit – so viel Zeit, dass Eginhard der Gedanke kam, dass sie sich selbst inszenierte. Aber dies war nicht der Fall. Sie schien es lediglich genau zu nehmen.

Dann grinste sie selbstsicher.

»Der Holunder … kann Brechreiz bewirken!«

Nachdem sie zögerlich begonnen hatte, verkündete sie jetzt mit krächzender Stimme wie aus einer Armbrust geschossen: »Der Hahnenfuß erzeugt Verdauungsstörungen! – Der Seidelbast steht für Übelkeit, Erbrechen und Herz-Kreislaufstörungen! – Der Schellenbaum ruft Hautreizungen und Bewusstseinsstörungen hervor! – Das Alpenveilchen ist für Krämpfe, Schwindel und ebenfalls für Kreislaufstörungen verantwortlich! – Oh! …«

Als die bis in die Fingerspitzen angespannte Frau stutzte, wurde sie von allen Seiten bedrängt, doch zu sagen, was los sei.

»Der Eisenhut …« Sie schüttelte den Kopf. »Ist absolut tödlich«, erlöste sie die anderen von deren Neugierde, bevor sie auf das nächste Gewächs deutete und schon wieder einen Moment verharrte.

Alle waren gespannt, aber es kam schon wieder nur ein »Oh!«, das Fragen bei den Umstehenden aufwarf.

»Und? Was ist jetzt schon wieder?«, drängte Otto seine Mutter, weiterzumachen.

»Der Gefleckte Schierling führt zu Atemstillstand!«, sagte sie knapp.

Das letzte Kraut begutachtete sie lange, roch immer wieder daran und nahm etwas davon auf ihre Zunge, um den Geschmack zu ergründen. »Leider bin ich nicht ganz sicher, um welches Gewächs es sich hierbei handelt. Ich vermute ...«

»Das ist die Hundspetersilie, deren Einnahme absolut tödlich ist«, half ihr Eginhard weiter, um zu verhindern, dass sie zu viel davon in den Mund nahm.

»Stimmt! Das wollte ich gerade sagen. Wieso konnte ich dies nicht sofort erkennen?«

Eginhard sah seinen Vater streng an, bevor er antwortete: »Weil wir sie durch das hastige Einpacken beim Medicus und den Transport wohl zu stark zerbröselt haben und man deswegen kaum erkennen kann, um was es sich handelt«. Dadurch beruhigte Eginhard die weise Frau, deren beachtliches Wissen mit Beifall belohnt wurde.

»Meine Mutter!«, sagte Otto stolz zum Kastellan, der ihm dafür anerkennend auf die Schulter klopfte.

Die Doblerin beäugte Eginhard misstrauisch, während sie die Antwort auf ihre Frage, ob er denn jemanden umbringen möchte, abwartete.

»Aber nein, wo denkt Ihr hin. Ich bin nur über Euer bewundernswertes Wissen der Pflanzenkunde erstaunt. Und jetzt, werte Frau Dobler, sagt uns, wo könnten die Kräuter herkommen?«

»Solch giftige und teilweise auch seltene Pflanzen wachsen oft nur an verborgenen Plätzen. Sie vermag nur einer zu züchten: Til aus Hopfen ... man nennt ihn den Kräutermann. Ich selbst habe einen großen Teil meines Wissens von seiner weisen Mutter. Was ich benötigt habe, hat mir die gute Frau immer auf den Markt mitgebracht. Seit der Graf das Marktverbot ausgesprochen hat, habe ich leider keine neue Ware mehr erhalten. Ich würde dringend einige Heilpflanzen, aus denen ich entzündungshemmende und schmerzlindernde Medizin machen kann, brauchen.«

»Ich habe genügend Schafgarbe vom Bodensee bei meinen Vorräten. Ihr sollt etwas davon abbekommen«, versprach Eginhard und freute sich, dass seine Zuordnung der Pflanzen durch die Doblerin akkurat bestätigt worden war. Auch sie war der Meinung, dass man mit der Verabreichung dieser Pflanzen in Form von Suden nur eines im Sinn haben konnte: Die Tötung der Menschen, für die sie bestimmt waren!

Eginhard holte seine Notizen hervor, und sie gingen gemeinsam die Indizien und die belegbaren Fakten noch einmal Schritt für Schritt durch. Für die Bechtelers war dies eine äußerst spannende Angelegenheit.

Die Doblerin war im Laufe der Zeit in viele Behausungen gekommen. Sie kannte die Leute und hatte sich schon lange ihre eigenen Gedanken hierzu gemacht. Obwohl sie sich über vieles hatte wundern müssen, hatte sie es stets vorgezogen, zu schweigen. Nur allzu schnell waren die Leute in schlechten Zeiten bereit, Schuldige ausfindig zu machen. Da kräuterkundige Frauen schon von jeher als Hexen verschrien waren und es im Allgäu immer noch vereinzelt zu Hexenverbrennungen kam, hatte sie nicht den Mut gehabt, sich dem Kastellan oder gar dem Propst anzuvertrauen. Jetzt aber sagte sie alles, was sie wusste: »Ich glaube nicht, dass es die Pestilenz war, die so viele Menschen das Leben gekostet hat. Vielmehr sieht es so aus, als wären die Menschen schrittweise an den Tod herangeführt worden.«

Auf diese Aussage hin sahen sich der Propst, der Kastellan und Eginhard an. Es folgte eine lange Zeit des Schweigens. Alle am Tisch machten sich ihre eigenen Gedanken.

»Wenn auch Ihr – unabhängig von mir – zu diesem Schluss kommt, können wir davon ausgehen, dass es so war«, stellte Eginhard nicht ohne Stolz fest.

Die Doblerin bestätigte dies durch ein stilles Kopfnicken.

Auch der Kastellan und der Propst nickten zustimmend.

»Das würde heißen, dass sich unsere bisherige Vermutung bestätigt findet: Es hat überhaupt keine Pest gegeben, und der Medicus hat das Ganze nur vorgetäuscht, um an das Geld der verängstigten und gutgläubigen Menschen zu kommen«, schloss Eginhard den Kreis.

Wieder herrschte betretenes Schweigen.

Während der Bauer die Fäuste unter dem Tisch ballte, hielt seine Frau ungläubig beide Hände vor den Mund, um ihre Wut nicht hinauszuschreien. Sie hatte ihren Schwiegervater durch diese unglaubliche

Schweinerei verloren und dem Medicus zuerst einen halben Gulden, dann noch mal einen halben Gulden für seine ›Heilkräuter‹ gegeben, obwohl ihr die Doblerin so energisch davon abgeraten hatte, dass sie sogar mehrmals zum Streiten gekommen waren.

»Es gibt keinen Zweifel«, unterbrach Eginhard die Stille. »Die Pflanzen in Verbindung mit ihren Wirkungen lassen nur den Schluss zu, dass der Medicus ein geldgieriger Massenmörder ist!« Er wandte sich den Bechtelers und den Doblers zu: »Euch brave Bauersleute bitte ich nochmals um absolutes Stillschweigen. Denn wenn sich die Sache im Dorf herumspricht, bevor wir den Schurken überführt haben, wird es wesentlich schwerer, ihm drückende Beweise anzulasten und ein Geständnis aus ihm herauszulocken. Ich würde mir ewig Vorwürfe machen, wenn er mitsamt des Geldes auf Nimmerwiedersehen verschwinden würde, weil er sich der Anklage mangels Beweisen entziehen konnte.«

»Ihr dürft Euch getrost auf mein Weib und auf mich verlassen. Fasst den elendiglichen Mordbuben und bringt ihn vor Gericht.«

Die Bechtelers nickten zustimmend, während die Doblerin den Kastellan zur Seite nahm und ihn bat, sie aus allem herauszuhalten und nicht als Zeugin zu benennen.

»Ihr wisst schon: das *Maleficum*!«

Agathe, das ältere der beiden Mädchen, denen von Eginhard aufgetragen worden war, auf die Blaufärber zu achten, kam in den Raum und berichtete aufgeregt, dass die Frau Opser zwar noch schlafe, aber ihr Mann bei Besinnung sei und irgendetwas Unverständliches vor sich hin murmle.

»Auch wenn wir sie noch bis morgen schlafen lassen müssen, wäre es gut, wenn einer der beiden jetzt gleich ein paar Fragen beantworten könnte. Was meinst du, Eginhard?«

»Von mir aus. Geh aber behutsam vor, Vater.«

Jetzt, da sich der Körper des Blaufärbers erwärmt hatte, kamen mit den Lebensgeistern auch die Schmerzen zurück. Sie rasten nur so durch seine teilweise knapp vor dem Erfrieren geretteten Glieder.

Als der Propst, der Kastellan und Eginhard die Kammer betraten, wollte sich der rechtschaffene Mann mit aller Gewalt von seinem Lager erheben, um sich für die Hilfe zu bedanken. Aber Eginhard drückte ihn sanft zurück.

»Dürfen wir Euch ein paar Fragen stellen?«

Der Blaufärber nickte mit schmerzverzerrtem Gesicht.

»Wenn Ihr mir zuvor sagt, wie es meinem Weib geht.«

»Seid beruhigt. Eurer Frau geht es gut! Ich habe Melissenblätter in einen heißen Sud gemischt. Das hat ihr geholfen, in einen erholsamen Schlaf zu fallen. Momentan dürfte sie keine allzu großen Schmerzen verspüren. Da Ihr zu kräftig seid, wirkt die Melisse bei Euch nicht so wie bei Eurer Frau. Macht Euch keine Sorgen. Ich glaube, dass wir die meisten Finger und Zehen gerettet haben und ihr beide bald wieder gesund sein werdet. Aber jetzt berichtet, bitte, was geschehen ist.«

Unter Tränen erzählte der Blaufärber, dass ihr ältester Sohn Otward zu seiner sterbenskranken Tante nach Dietmannsried wollte ...

»Das wissen wir«, unterbrach ihn der Kastellan, der dafür von Eginhard einen bösen Blick erntete. »Entschuldigung! Fahrt bitte mit Euren Ausführungen fort, Herr Opser.«

Trotz der schier unerträglichen Schmerzen tat der Blaufärber, wie ihm geheißen und berichtete weiter: »Aber Ihr wisst nicht, dass mein Sohn weder am Vortag des Heiligen Abends noch am Morgen des Festtages selbst zurückgekommen war. Da wir jedoch sicher waren, dass er niemals das Christfest im Kreise seiner Familie versäumt hätte, haben wir vermutet, dass irgendetwas Schreckliches geschehen sein musste. – Ahhh!«

Dem Blaufärber gelang es aufgrund der Schmerzen nicht, sein familiäres Drama an einem Stück zu erzählen. In kurzen Abständen wurde er von stechenden Schmerzen geschüttelt, und es dauerte einige Zeit, bis er wieder in der Lage war, weiter zu erzählen.

»Geht's wieder?«, fragte der Kastellan besorgt.

»Einen Moment noch. – Ahhh! – Ja! ... Gerade jetzt, da unser kleiner Didrik verschwunden und die Trauer in unserem Heim übergroß war, hätte uns Otward niemals grundlos allein gelassen. Da haben wir es einfach nicht mehr ausgehalten und den Maulesel vor den Karren gespannt. Wir sind am Vormittag des Heiligen Festes nach Dietmannsried aufgebrochen. Dort sind wir aufgrund des plötzlich einsetzenden Schneetreibens aber nicht mehr angekommen. Wir haben Glück gehabt, dass Weihnachten war und uns ein Bauer in seiner Scheune hat übernachten lassen. Er hat es als göttliche Fügung angesehen, gerade in der Heiligen Nacht ein herbergsuchendes Paar mitsamt einem Esel unterbringen zu dürfen. Dennoch war es schrecklich: Der Bauer hat in seinem Wahn, Maria und Josef leibhaftig zu beherbergen, das ganze Dorf aufgescheucht … Wie heißt es doch wieder?«

»Das spielt jetzt keine Rolle. Wenn Euch irgendwann wieder eingefallen ist, wie dieses Dorf heißt, könnt Ihr es mir immer noch sagen. Aber jetzt sprecht weiter«, drängte Eginhard, bevor der Blaufärber wieder in Schlaf fallen würde.

Hannß Opser ächzte und stöhnte, bevor er fortfuhr: »Wir haben erst spät in der Nacht unsere Ruhe gefunden. Wenigstens haben uns die Leute Decken, Lebensmittel und heiße Getränke gebracht. Wir sind dann am frühen Morgen des Christtages weitergefahren. Am Haus meines Schwagers in Dietmannsried angekommen, haben wir schon von weitem den *Trauerbuschen* an der Tür gesehen. Da war uns klar, dass die Schwester meines Weibes ihrer schweren Krankheit erlegen war.«

Der Blaufärber begann wieder zu weinen, wand sich vor Schmerzen und brauchte etwas Zeit, bis er weitererzählen konnte. »Und so war es auch! Obwohl schon die Trauer in unserem Haus und im Hause meines Schwagers groß war, ist es für uns noch schlimmer gekommen, weil Otward nicht da war. Er ist niemals dort angekommen. Wir wissen also nicht, ob er aus Staufen überhaupt herausgekommen oder ob ihm etwas auf der Strecke widerfahren ist. Da wir bei unserer Ankunft in Dietmannsried völlig entkräftet waren und es tagelang unablässig geschneit hat, mussten wir dort – ob wir wollten oder nicht – verweilen. Der Heimweg hat so lange gedauert, weil wir jeden Ort angefahren und dort in jedes Wirtshaus und in jede noch so schummrige Schenke gegangen sind, um nach unserem Sohn zu fragen. Aber niemand hat ihn je gesehen. Er war und ist spurlos verschwunden!«

Der Kastellan war entsetzt. Er ahnte, wo Otward verblieben war. Trotzdem wartete er geduldig so lange, bis sich der Blaufärber beruhigt hatte.

»Ihr müsst entschuldigen, aber aus Sorge um Euch sind wir über die Tenne in Euer Haus eingedrungen. Wir sind dankbar und froh, dass Ihr lebt!«

Der Blaufärber nickte ermattet, weswegen sich jetzt Eginhard einmischte: »So, jetzt müsst Ihr aber wieder schlafen. Mit Eurer Erlaubnis werden wir es organisieren, dass jemand in Euer Haus geht und den Ofen anheizt. Wenn Ihr in ein paar Tagen nach Hause kommt, müsst Ihr es warm haben.«

»Wir geben Euch dann ein paar Schafwolldecken mit«, versprach die Bäuerin, bevor Eginhard alle aus dem Zimmer schickte. »Und jetzt zeigt mir noch kurz Eure Finger, dann lasse ich Euch endgültig in Ruhe. Ich bereite eine heilende Salbe aus der Arnikawurzel zu und bringe sie heute noch vorbei. Aber jetzt erholt Euch erst einmal im Schlaf.«

Doch der Blaufärber dachte nicht daran und bestand darauf, sein Weib zu sehen, was ihm Eginhard denn auch zugestand. Der besorgte Mann strich mit seiner verbundenen Hand zart über ihre glühenden Wangen und brach dann weinend zusammen, bevor er ihr sagen konnte, dass er sie liebte. Es dauerte eine ganze Weile, bis sie ihn zu seinem Lager zurückgebracht hatten. Als dies – begleitet von den Gebeten des Propstes – geschafft war, sank der Blaufärber, wie zuvor schon seine geliebte Frau, in heilenden Schlaf.

Eginhard drängte seinen Vater zur Eile. Er wollte jetzt endlich wieder an der Seite seiner Mutter sein.

»Und Ihr haltet Euch bereit«, sagte er zum Propst, als sein Vater gerade nicht neben ihnen stand.

»Ich kann doch jetzt gleich mitgehen, Eginhard«, bot der Seelsorger an und hob seine Tasche mit dem Versehbesteck in die Höhe.

»Herzlichen Dank. Aber ich möchte nicht, dass sich Vater und die anderen unnötig Sorgen machen. Sollte es so weit sein, lasse ich nach Euch schicken. Vom Propsteigebäude zum Schloss ist es ja nicht weit.«

Als die drei auf dem Heimweg waren und sich vor der Kirche verabschiedeten, fragte der Propst knapp: »Wann?«

Ulrich Dreyling von Wagrain und sein Sohn blickten sich an und mussten über den Eifer ihres Freundes lachen.

»Man soll das Eisen schmieden, solange es heiß ist! Entweder erledigen wir es gleich morgen oder übermorgen«, schlug der Propst, der den neuerlichen Einbruch beim Medicus schnell hinter sich bringen wollte, vor.

»Wir können es aber auch so machen wie beim letzten Mal: Sowie du feststellst, dass der Medicus im Wirtshaus ist, kommst du zu uns ins Schloss hoch. Wir werden zu jeder Zeit gerüstet sein und das Werkzeug griffbereit haben«, empfahl der Kastellan als Vorgehensweise.

»Der ist doch jeden Tag im Wirtshaus! – Zumindest ist er jeden Tag betrunken«, konterte Johannes Glatt lachend.

»Also gut: Fackeln wir nicht lange und packen es gleich morgen an!«

Auf den letzten Schritten des Heimweges hatte Eginhard seinem Vater berichtet, dass es um die Mutter schlechter stehen würde, als er ihm gegenüber bisher zugegeben hatte. »Ich weiß bald nicht mehr, was ich noch tun soll«, gestand er jetzt offen ein.

Im Schloss angekommen, kümmerte sich der angehende Medicus sofort wieder um die Kranke, während der Vater nur kurz in die Schlafkammer schauen durfte. Eginhard schickte ihn mit der Begründung hinaus, dass er sich um Diederich kümmern müsse. Er wollte erst selbst sehen, was mit der Mutter los war.

Der Kastellan konnte zwar vorbildlich mit Waffen, Handwerkszeug, Federkiel, Flora und Fauna umgehen, zeigte sich aber stets etwas unbeholfen, wenn es um häusliche oder gar gesundheitliche Dinge ging. So war es ihm gerade recht, dass er in Eginhard einen heilkundigen Sohn hatte.

»Du machst das schon«, pflegte er zu sagen, wenn er sich vor irgendwas drücken wollte, was ihm nicht behagte.

Und tatsächlich war das eingetroffen, was Eginhard befürchtet hatte: Der Gesundheitszustand seiner geliebten Mutter hatte sich weiter verschlimmert. Er schickte auch seinen jüngeren Bruder aus dem Raum, der mittlerweile einen todmüden Eindruck auf ihn machte. »Lodewig, du hast deine Sache sehr gut gemacht! Jetzt bin ich dran. Leg eine Pause ein«, lobte er ihn wieder und drückte ihn kurz an sich.

Nachdem Eginhard einen frischen Kräutersud bereitet, seiner Mutter Schluck für Schluck eingeflößt und sie am ganzen Körper mit einem kaltfeuchten Tuch abgerieben hatte, bevor er sie wieder in mehrere Laken und Decken gewickelt hatte, ließ er seinen Vater zu ihr. Er wollte ihm noch die Möglichkeit geben, mit seiner Frau allein zu sein, bevor sie … Eginhard durfte nicht daran denken.

Obwohl es bereits spätabends geworden war, befasste er sich noch mit der Arnikasalbe für den Blaufärber und seine Frau. Er würde die beiden in Bezug auf deren körperliche Schmerzen nicht im Stich lassen. Die seelischen Wunden würde er allerdings nicht heilen können – hierfür war der Propst zuständig. Sorgen bereitete ihm auch noch, dass er den Kranken ein paar abgestorbene Glieder würde amputieren müssen. Während seiner Arbeit hatte er Zeit, um zu sinnieren. Eginhard nahm sich vor, so oft es der Zustand seiner Mutter erlaubte, bei den Opsers vorbeizuschauen, um ihre Wunden zu säubern, einzusalben und frisch zu verbinden … und um ihnen etwas Trost zu spenden. Dabei hoffte er inständig, dass seine Mutter die Nacht überstehen würde.

Kapitel 44

Für Eginhard war inzwischen klar, dass er nicht nach Bregenz zurückkehren würde, solange ihn seine inzwischen sterbenskranke Mutter brauchte. Der junge Mann war sich der großen Verantwortung bewusst, keinen fertig ausgebildeten Medicus zu Rate zu ziehen, sondern zu versuchen, die geliebte Mutter ausschließlich mit eigenem Wissen um die Heilkunde zu retten. Er war aber momentan ›nur‹ ein Studiosus – zwar ein Studiosus in der letzten Studierphase –, aber noch kein Arzt, der den Eid des Hippokrates hatte ablegen dürfen. Unabhängig davon hatte er noch nicht unter Beweis stellen können, dass aus ihm ein guter Arzt werden würde, dem die Heilkraft der Natur heilig war. Immer wieder rief sich Eginhard die Lehrsätze aus dem Kloster Mehrerau ins Gedächtnis, wovon einer lautete: »Die Natur heilt, nicht der Arzt«.

Mein Professor hat recht. Ein fertig ausgebildeter Medicus würde Mutter jetzt den Puls traktieren und sie zur Ader lassen, was sie nur noch mehr schwächen würde ... oder er würde die Schröpfgläser ansetzen, was keinen Erfolg zeitigen, ihm aber viel Geld einbringen würde. Da kann ich mehr für Mutter tun, wog Eginhard ab.

Seine Entscheidung, sich selbst um die Kranke zu kümmern, beruhte auch darauf, dass er den Staufner Medicus niemals näher als zwanzig Fuß an seine Mutter heranlassen, geschweige denn an ihr Krankenlager bitten würde. Eginhard nahm sich vor, einen Brief an Abt Plazidus Vigell zu schreiben und ihm die Notwendigkeit seiner Abwesenheit zu erklären. Er vertraute darauf, dass der Klosterleiter ihm keine Schwierigkeiten machen würde, da er den versäumten Lernstoff dank seiner raschen Auffassungsgabe problemlos nachholen könne. Und sein Vater würde es schon irgendwie organisieren, dass die Depesche mit einem der gräflichen Kuriere schnellstens nach Bregenz gelangte. Natürlich ging die Behandlung seiner Mutter vor, doch ihn drängte auch danach, diesen Massenmörder, den Medicus Heinrich Schwartz, persönlich der Gerichtsbarkeit zuzuführen. Außerdem musste verhindert werden, dass er weiteres Unheil anrichtete.

Der medizinische Experte ahnte, dass der offensichtlich gefühllose und berechnende Arzt gedachte, seine profitable Mordserie im Frühjahr fortzusetzen. »... wenn der Rattenfloh aus seiner Gliederstarre erwacht«, entfuhr es ihm angewidert.

Momentan allerdings hatte der Studiosus andere Sorgen: Wenn er seine geliebte Mutter vor dem Tod retten wollte, musste ihm schleunigst etwas einfallen. Bei seinen Gedanken gingen ihm immer wieder die Lehrsätze seines hochreputierten Professors durch den Kopf: »Reinigt die Erde und ihr werdet eine bessere Ernte haben«, pflegte dieser bei seinen Vorlesungen oft mit erhobenem Zeigefinger zu sagen. Das hieß nichts anderes, als dass Eginhard die Behandlung seiner Mutter auf drei Fundamenten würde aufbauen müssen.

»Und wie willst du das machen?«, fragte ihn Lodewig, als sie sich zu einer Verschnaufpause in die Küche zurückgezogen hatten, um darüber zu reden.

Eginhard blies ein paar Mal in seinen Becher mit heißem Kräutertrank und erklärte Lodewig sein Vorhaben: »Da ich aus meinen Beobachtungen der Tierwelt weiß, dass Fasten den Heilungsprozess unterstützt und dies ursprünglich auch von den Menschen so verstanden worden ist, bis sie diesen Instinkt verloren haben, werde ich Mutter ausschließlich Kräutersude und in Milch aufgeweichtes Brot reichen.«

»Und davon soll sie wieder zu Kräften kommen?«, fragte Lodewig ungläubig.

Eginhard lächelte. »Ja, mein Bruder! Dies kann Mutter hinunterschlucken, ohne dass sie es kauen muss oder die Gefahr besteht, dass es ihr im Hals stecken bleibt. Nach ein paar Tagen werde ich ihr jeden zweiten Tag etwas getrocknetes Gemüse als sämige Suppe reichen.«

Bevor Lodewig etwas fragen konnte, äußerte Eginhard mit Bedauern: »Schade, dass es jetzt kein frisches Gemüse gibt, das ich für sie dünsten kann.«

Lodewig runzelte die Stirn. »Und Fleisch bekommt sie nicht zu essen?«

Wieder lächelte Eginhard milde. »Nein, zunächst nicht!«

»Auch keinen Kohl mit Speck?«

»Gott bewahre! – Das würde sie umbringen.«

Lodewig schüttelte ungläubig den Kopf, vertraute aber voll und ganz auf das Wissen seines älteren Bruders, der ihm erklärte: »Dass Fasten heilsam für Leib und Seele ist, weiß ich nicht nur von meinem Studium kranker Tiere her, sondern auch durch meine Kenntnisse über die verschiedenen Weltreligionen: Jesus hat vierzig Tage in der Wüste gefastet. Auch Mohammed, Buddha und Konfuzius haben das Fasten ebenso gelehrt, wie es die Juden noch heute tun, weil sie von dessen Bedeutung für die körperliche und geistige Gesundheit überzeugt sind.«

Obwohl Lodewig von Propst Glatt davon gehört hatte, schüttelte er wieder den Kopf und murmelte leise: »Wenn das nur gut geht.«

»Ist niemand bei Mutter?«, fragte der Kastellan erstaunt, nachdem er in die Küche gekommen war. »Was tut ihr hier? Ist etwas nicht in Ordnung?«, wollte er wissen und schlug dabei den Weg zur Schlafkammer ein.

Aber Lodewig packte ihn am Arm. »Nein, nein, Vater! Alles ist so weit in Ordnung. Lass sie schlafen und setz dich zu uns. Eginhard erzählt gerade, was er alles zu tun gedenkt, damit Mutter gesund wird.«

Die Augen des Vaters blitzten auf und tanzten unruhig zwischen Lodewig und Eginhard hin und her. »Wird sie wieder gesund?«

»Setz dich, Vater«, bat ihn jetzt auch Eginhard, bevor er alles, was er Lodewig bereits erzählt hatte, wiederholte.

»Du hast gesagt, dass Mutters Behandlung auf drei Säulen fußen wird?«

»Ja, Vater. Das habe ich gesagt, und jetzt erkläre ich euch das zweite Fundament, das sich ebenfalls aus meinen aufmerksamen Beobachtungen kranker Tiere, die nur wenig oder überhaupt nichts saufen, ergibt.«

Nachdem Lodewig einen weiteren Becher mit Kräutersud geholt und sich der Vater ein Pfeifchen gestopft hatte, ergriff Eginhard wieder das Wort: »Unabhängig von meinen eigenen Studien weiß ich aus Gesprächen mit Fuhrleuten und Soldaten, dass Pferde umso früher ermatten und stärker schwitzen, je mehr sie getränkt werden. Sobald sie aber nur Trockenfutter mit einer geringeren Menge Wasser bekommen, entwickeln sie wesentlich mehr Kraft und Ausdauer.«

»Und was heißt das?«, drängte der Vater.

Eginhard rieb sich über die Stirn, bevor er eine Antwort gab. »Um die schädlichen Körpersäfte auszuschwemmen, dürfte eine wechselweise Gabe von Flüssigkeit dienlich sein«, sagte er knapp und erläuterte die Sache, nachdem er einen Schluck genommen hatte: »Damit sich Mutter des schädigenden Drecks schneller entledigen kann, muss ich sie jetzt noch mehr schwitzen lassen als bisher. Da ich festgestellt habe, dass sie immer dann stärker zu schwitzen beginnt, wenn wir ihr einen nasskalten Wickel auf die Stirn gelegt haben, habe ich ihren ganzen Körper in ein nasskaltes Leintuch gewickelt, bevor ich eine wärmende Decke daraufgelegt habe. Versteht ihr das?«

Obwohl Lodewig und sein Vater noch nicht allzu viel mit dem, was Eginhard gesagt hatte, anfangen konnten, nickten sie.

Am besten wäre es wohl, wenn ich auch die Gliedmaße einzeln umwickeln würde, überlegte sich Eginhard inzwischen.

Obwohl er wusste, dass es revolutionäre Heilmethoden waren, die er von seinem Professor erlernt hatte und auf die er teilweise selbst gekommen war, musste der liebende Sohn für seine Mutter alles riskieren. Würde man ihn bei der Anwendung seiner unorthodoxen Methode erwischen und sie womöglich sterben, dann könnte es gut sein, dass er der Scharlatanerie und der Quacksalberei angeklagt und verurteilt werden würde, was schreckliche Folgen für sein berufliches Vorwärtskommen hätte. Womöglich würde ihn dies sogar unters Richtschwert bringen. Aber das riskierte er seiner Mutter zuliebe gerne – sein Vater und sein Bruder mussten dies ja nicht wissen.

»Und nun kommt mit«, sagte er und stand auf. »Wir wickeln ihr jetzt gemeinsam die Arme und die Beine ein. Dann können wir uns später in allen Arbeitsbereichen abwechseln und werden nicht allzu geschwächt, wenn wir Mutter wochenlang rund um die Uhr betreuen.«

»Wochenlang?«, fragte der Vater besorgt.

»Natürlich nicht. Dies war nur so dahingesagt«, beruhigte Eginhard seinen Vater und lenkte vom Thema ab: »Und nun kommt!«

Nachdem er Rosalinde aufgetragen hatte, Leintücher und Wolldecken zu holen, und Lodewig mit einem Eimer kalten Wassers zurückgekommen war, gingen sie in die elterliche Schlafkammer, um sich gemeinsam ihrer Mutter zu widmen.

»Du kommst auch mit, Rosalinde!«, gebot der Kastellan. »Es kann nicht schaden, wenn auch du Bescheid weißt.«

Während Eginhard zustimmend nickte, machte die Magd einen braven Knicks.

»Ja, Herr. Was soll ich tun?«

Eginhard schüttelte ein Laken aus, reichte es ihr und deutete mit seinen Händen ungefähr eine Elle an.

»Du könntest dieses Leintuch in so große Stücke reißen.«

Rosalinde machte wieder einen Knicks.

»Ja, junger Herr.«

Während Eginhard die einzelnen Schritte erklärte und damit begann, seiner Mutter die ersten feuchtkalten Tücher um die Beine zu wickeln, wachte sie erschrocken auf und versuchte, gleich mit Eginhard sprechen: »Die Blau …« Aber sie war zu erschöpft, um überhaupt einen ganzen Satz hervorzubringen.

Nachdem sie auf das sich anfangs unangenehm anfühlende Laken mit Frösteln reagiert hatte, beruhigte sie sich wieder. Und schon kurz, nachdem Eginhard ein ganzes Laken auf sie gelegt und seitlich unter ihren Körper gesteckt hatte, glaubte er, ein kaum wahrnehmbares wohliges Lächeln in ihren Gesichtszügen zu erkennen. Als er auch noch zwei Wolldecken daraufgelegt und die Mutter mit drei Bändern fest eingewickelt hatte, war er sicher, das Richtige getan zu haben … auch wenn sein Vater, Lodewig und Rosalinde ängstlich dreinschauten.

»Seht ihr? Sie fühlt sich wohl. Aber jetzt dürfen wir sie keinen Augenaufschlag allein lassen – es muss Tag und Nacht jemand an ihrem Lager sitzen.«

»Warum?«

»Weil sich ihr Körper gegen die zunehmende Wärme wehren und sie ab jetzt immer stärker schwitzen wird, was möglicherweise Halluzinationen mit sich bringt. Und da ich nicht weiß, wie sie darauf reagieren wird, könnte es sein, dass sie allzu unruhig wird und schnell ausgewickelt werden muss. Da wir aber zu dritt sind, dürfte dies kein Problem sein. So können sich immer zwei von uns ausruhen oder ihrem Tagwerk nachgehen.«

Nachdem alle zustimmend genickt hatten und geklärt war, dass Rosalinde mit der Krankenwache beginnen würde, deutete Eginhard zu seiner Mutter. »Seht ihr? Sie hat zu einem rhythmischen Atmen gefunden.« Zu seinem Vater und zu Lodewig sagte er, dass sie sich zurückziehen könnten und Rosalinde gebot er, ab jetzt die erste Wache zu übernehmen und die Schweißperlen auf Mutters Stirn nur abzutupfen, wenn es erforderlich war und ihr ständig einen kalten Wickel unter das Genick zu stopfen. »Und wenn was ist, rufst du mich sofort.«

Der Vater und seine Söhne setzten sich wieder an den Küchentisch und schenkten sich vom heißen Kräutersud ein, zu dem Eginhard bemerkte: »Leider muss ich Mutter dieses köstliche Getränk vorenthalten«.

Als er dies hörte, verdrehte der Vater unmerklich die Augen. Er hätte jetzt lieber einen Becher des göttlichen Weines vom Bodensee oder, noch besser, einen Schnaps gehabt.

»Soll das heißen, dass sie jetzt auch nichts mehr zu trinken erhält?«, entsetzte sich Lodewig.

»Nur heute«, beruhigte ihn Eginhard. »In den nächsten beiden Tagen wird sie wieder mehr Flüssigkeitszufuhr bekommen, bevor sie wieder einen Tag darauf verzichten muss.« Dieser Rhythmus wird die giftigen Körpersäfte ausschwemmen, hoffte er im Stillen, war sich aber alles andere als sicher.

Er kostete den kräftigenden Sud aus Kamillenblüten, Melisse, Hagebutte und Lindenblüten, der in besonderem Maße die Bündelung von Schadstoffen im Körper unterstützen und austreiben sollte.

»Dann kann ich ja jetzt mit Ignaz in den Wald«, sagte der Vater unruhig, weil dort noch viel zu tun war.

Eginhard nickte. Er war froh, dass sich sein Vater mit Arbeit ablenken konnte.

»Sofern du bis zum Einbruch der Nacht wieder zurück bist. Wir haben heute noch etwas vor.«

Jetzt nickte der Altkastellan und grinste sogar ein bisschen.

Eginhard bat Lodewig, Holz nachzulegen, damit er mit Diederich in die Schlosskapelle gehen konnte, um für die Gesundheit ihrer Mutter zu beten. Aber Eginhard konnte sich auch im Angesicht der Jungfrau Maria nicht so recht konzentrieren. Seine Gedanken kreisten wie wild zwischen seiner kranken Mutter, seinem Studium, dem Medicus und dem Unheil, das dieser angerichtet hatte und immer noch anrichten konnte.

Heute wird im wahrsten Sinne des Wortes abgerechnet, nahm sich der kluge Studiosus, der es nicht erwarten konnte, die Schande seines Berufsstandes endgültig zu entlarven, zornig vor.

Er war absolut überzeugt, dass sie in der kommenden Nacht weitere Beweise für die Schuld des mutmaßlich skrupellosen Verbrechers finden würden. Inständig hoffte er, das Geld aufstöbern zu können, das der Medicus von seinen bedauernswerten Opfern erschlichen hatte.

Wenn sie tatsächlich die grob errechneten einhundert bis zweihundert Gulden beim Medicus finden sollten, würde der es schwer haben, sich zu rechtfertigen. Er würde erklären müssen, woher dieses Vermögen stammte und sich früher oder später in den bewährten Fangfragen seines als Gerichtsbeisitzer erfahrenen Vaters verhaspeln.

Die Stunden zogen nur sehr langsam vorüber, und Rosalinde hielt immer noch Krankenwache. Lodewig hatte sich etwas hingelegt, er musste die Magd später ablösen und dann bei Kräften sein.

Der Vater hätte auch schon längst zurück sein müssen. Er war mit Ignaz und Rudolph im Wald, um nachzusehen, ob die schwere Schneelast große Schäden an den Bäumen angerichtet hatte. Schon am Vormittag hatten sie den ›Raben‹ vor das schwere Schlittenfuhrwerk gespannt, um Bruchholz einsammeln und aufladen zu können. Dieses Holz würde Ignaz später zu Brennholz verarbeiten. Sie hatten noch einen leichteren Schlitten, der sich bei unebenem Gelände und tiefem Schnee besser lenken ließ. Aber der war im Moment nicht einsatzbereit. So musste sich das bedauernswerte Pferd des Kastellans mit dem schweren Gerät abmühen.

Mit abnehmendem Tag wurde der ansonsten besonnene Studiosus zunehmend unruhiger und schrie sogar einmal seinen kleinen Bruder an, als sich dieser vorsichtig nach dem abendlichen Mahl erkundigen wollte. Eginhard entschuldigte sich aber sofort bei Diederich und versprach ihm, gleich eine wohlschmeckende Brotsuppe mit Honig anzurichten und ihm danach eine Geschichte zu erzählen.

Es war schon dunkel, als der ebenfalls besorgte Schlossverwalter heimkehrte.

Nachdem Pferd und Knecht versorgt waren und sich auch der Kastellan in eine trockene Gewandung gehüllt hatte, sah er nach seiner Frau und wollte sich von seinen Söhnen alles über ihren aktuellen Gesundheitszustand berichten lassen.

»Was meinst du?«, fragte er und wartete geduldig ab, bis der angehende Medicus die schlaff daliegende Frau untersucht hatte und sich ihm zuwandte.

Da Eginhard seiner Familie zwar viel über das Fasten erzählt und die Schwitzpackung erklärt, den wahren Gesundheitszustand seiner Mutter bisher jedoch verschwiegen hatte, nun aber nicht mehr umhin kam, seinen Vater aufzuklären, erfuhr der Kastellan jetzt erst, wie schlecht es ihr wirklich ging.

»Dennoch, Vater. Mach dir keine Sorgen. Ich werde sie mit Hilfe der Natur heilen«, versprach Eginhard, obwohl er nach dem derzeitigen Stand seines Wissens selbst nicht recht daran glaubte. Dies musste wohl auch der Vater spüren, denn ihm platzte in seiner Sorge etwas heraus, das seinen Sohn zutiefst verletzte: »Natur! Natur! ... Vielleicht sollten wir doch einen richtigen Medicus holen?«

Da er sich aber – nach einer Zeit des Schweigens – bei Eginhard entschuldigte, war die Sache so schnell wieder vergessen, wie sie gekommen war.

Während sich die beiden innig umarmten, hauchte ihm Eginhard ins Ohr: »Glaube mir: Mutter wird wieder gesund.«

»Dein Wort in Gottes Ohr! Ich vertraue dir, mein Sohn«, sagte der Vater und legte dabei beschwörend eine Hand auf Eginhards Wange. Die beiden sahen sich lange und tief in die Augen. Dabei merkte der Vater, dass sein Sohn ihn nur vor der Endgültigkeit der ganzen Wahrheit hatte schützen wollen.

Danach saßen sie lange gemeinsam am Krankenlager – so lange, bis Eginhard die Stille unterbrach: »Komm, Vater! Wir können momentan nichts für sie tun. Jetzt ist wichtig, dass sie tief und lange schläft.«

Später in der Küche nahm der Vater Diederich auf den Schoß und berichtete ihm von seiner Arbeit im Wald.

»... und die Ladung Bruchholz war beinahe zu viel für den ›Raben‹. Aber ich habe auch eine Überraschung mitgebracht.«

»Was denn? Was denn?« Der kleine Wildfang konnte es kaum erwarten, bis sein Papa den Sack aufmachen würde, den er mitgebracht und unbemerkt unter den Tisch gelegt hatte.

Der Kastellan zog ein totes Wildkaninchen hervor und berichtete, dass ein dicker Ast heruntergefallen war und sich mit einem Zweig tief in einen Kaninchenbau gebohrt hatte. Er habe es erst bemerkt, als ein anderes Kaninchen die Flucht ergriffen hatte. Aber dieses sei schon tot gewesen, versicherte der Vater.

»Hätten wir es liegen lassen sollen, damit sich die Füchse daran laben?«, fragte er, als Diederich zu weinen anfing.

Der Kleine beruhigte sich aber schnell wieder, als ihm der Vater versprach, er bekäme das kuschelige Fell.

Darauf, dass Rosalinde Diederich endlich ins Bett brachte, hatte Eginhard nur gewartet.

»Und was ist mit dem Medicus?«, fragte er mit ernster Miene.

»Meinst du den richtigen Medicus?«, witzelte der Vater, der noch nicht wusste, wie er sich verhalten sollte, fügte aber noch – nachdem er gemerkt hatte, dass sein Späßchen nicht gut angekommen war – eine ernst gemeinte Antwort hinzu: »Nachdem ich das Karnickel ausgeweidet und in Mutters Eisloch gelegt habe, gehen wir sofort zum Propst!«

Eginhard zeigte sich überrascht: »Was? Jetzt noch? – Zu dieser späten Stunde?«

»Umso besser, dann ist der Medicus ganz sicher betrunken. Sowie ich das Viech versorgt habe, können wir gehen. Und du, Lodewig, begibst dich bitte wieder zu deiner Mutter.«

Der nicht besonders groß gewachsene Kirchenmann wartete seit Stunden auf seinen ehemaligen Schützling Eginhard und dessen honorigen Vater. Ungeduldig lief er in seinem Arbeitszimmer herum und trat immer wieder ans Fenster.

»Wo bleiben die nur?«, knurrte er, der jetzt nicht mehr wusste, ob gegenseitig irgendetwas falsch verstanden worden war und ob sie doch erst am nächsten Abend beim Medicus einbrechen wollten.

Jetzt wäre es ideal. Hoffentlich kommen sie noch, hoffte er mit gefalteten Händen.

Ein leises Pochen an der Tür sagte ihm, dass sein Gebet erhört worden war.

»Gott zum Gruße! – Da sind wir!«, riefen Eginhard und sein Vater gleichzeitig.

»Ja, ja, schon gut – nicht so laut«, winkte der Propst ab. »Wo seid ihr so lange gewesen? Der Medicus ist schon vor über drei Stunden in die ›Krone‹ gegangen«, flüsterte er so leise, als stünde Heinrich Schwartz direkt hinter ihnen.

»Das erzählen wir dir ein anderes Mal. Sollen wir es jetzt noch anpacken oder nicht?«

»Wenn der Medicus schon so lange im Wirtshaus sitzt, könnte er zu früh zurückkommen und uns stören«, befürchtete Eginhard.

»Ach was! Jetzt sind wir hier und bringen unser Vorhaben wie geplant zu Ende. Johannes, gib uns Kerzen und geh dann sofort auf deinen Posten! … Ach noch etwas: Ich meine natürlich vom Papst geweihte Kerzen«, ergänzte der Kastellan schmunzelnd.

»Hab' ich nicht mehr. Ihr müsst euch mit Kerzen zufriedengeben, die in der Staufner Kirche geweiht worden sind. Wenn es euch nicht passt, bringt doch das nächste Mal eure verstunkenen Kienspäne mit«, antwortete der Propst trotzig, da er es nicht schätzte, wenn auf Kosten des Glaubens und der Kirche Witze gemacht wurden.

»Das geht nicht.«

»Warum nicht?«, wollte Johannes Glatt, der seine Kerzen gerne gespart hätte, vom Kastellan wissen.

»Na, wie du schon gesagt hast: Sie stinken! … So sehr, dass dies der Medicus auch im größten Rausch riechen würde, wenn er nach Hause kommt«, klärte ihn sein Freund auf.

»Aha.«

Während der Vater das benötigte Werkzeug aus der mitgebrachten Ledertasche hervorkramte, prüfte Eginhard, ob die Tür in den Behandlungsraum zugeschlossen war.

»Mist! – Heute ist sie verschlossen. – Wo ist der Schlüssel?«

»Das macht nichts, ich bekomme sie schon auf.« Der Kastellan hatte sich das Öffnen der Tür zwar etwas leichter vorgestellt, schaffte es aber schließlich, ohne einen nennenswerten Schaden anzurichten.

Wie beim letzten Mal versuchten sie, beim Betreten des Behandlungsraumes möglichst wenige Geräusche zu verursachen.

»Warte!«, flüsterte Eginhard.

»Was ist?«

Er deutete auf die Schranktür. »Sieh mal, sie ist offen.«

»Und was ist das?«, fragte der Vater, während er mit seiner Kerze den Tisch anleuchtete.

Da sich Eginhards Augen noch nicht an das Dunkel des Raumes gewöhnen konnten, kniff er sie für einen Moment zusammen. Der neugierige Studiosus wollte sofort erkennen, was auf dem Tisch lag. Er konnte es nicht fassen, als er die gleichen Giftkräuter, die er beim letzten ›Besuch‹ mühsam aus dem Schrank hatte fischen müssen, sorgsam aufgereiht auf dem Tisch liegen sah.

»Vater, komm bitte mit deiner Kerze etwas näher. Siehst du das hier?« Eginhard zeigte auf den Tisch. »Mit diesem Wippmesser hat er die Pflanzen kleingehackt, um sie danach mit diesem Pistill im Mörser ganz fein zu reiben.«

»Und die gibt er dann wohl auf die quadratisch zurechtgeschnittenen Leinenstückchen, um daraus Beutelchen zu binden?«

»Ja! Sieh hier. Da liegen bereits fertig verschnürte Säckchen, mit denen ein tödlicher Kräutersud gebrüht werden kann. Jetzt ist klar, warum er heute die Tür zu diesem Raum abgeschlossen hat. Das soll niemand zu Gesicht bekommen. Aber seine Rechnung wird dieses Mal nicht aufgehen.«

»Welche Rechnung denn? Was meinst du, könnte der Medicus vorhaben?«, fragte der Kastellan.

»Ich weiß, was das zu bedeuten hat: Bald werden die Tage länger, und es wird wärmer …«

»Na und? Je wärmer es ist, umso eher breiten sich Seuchen aus! Das weiß doch jedes Kind«, wurde Eginhard unterbrochen.

»Wahnsinn: Davon haben sogar schon medizinische Laien gehört!«, zeigte sich Eginhard etwas lästernd zufrieden über das Wissen seines Vaters. »Auch der Medicus weiß ganz genau, dass Seuchen im Winter meistens zum Erliegen kommen. So auch die Pestilenz! Würde er sein tödliches Spiel auch im Winter veranstalten, würde es früher oder später auffallen, dass es nicht die Pest sein kann, und er würde Probleme bekommen. Da er aber nicht dumm ist, hat er über den Winter hinweg eine Pause eingelegt.«

»... damit er im Frühjahr wieder zuschlagen kann?«

»Ja, wie du siehst, hat er bereits damit begonnen, seine Arbeitsgeräte herzurichten und ...«

»Jetzt nicht, Eginhard! Das kannst du mir später in Ruhe erklären. Jetzt müssen wir schleunigst in seine Schlafkammer eindringen.«

Wie bei ihrem letzten Einbruch, war die Tür zur Kammer des Arztes auch dieses Mal verschlossen. Da der Kastellan heute aber mit dem passenden Werkzeug ausgerüstet war, hatte er wenig Mühe, auch dieses Schloss zu knacken.

Als sie den Raum betraten, stach ihnen beißender Uringestank in die Nasen.

»Pfui Teufel! Das stinkt ja bestialisch«, entfuhr es Eginhard, während er, sich mit einer Hand die Nase zuhaltend, den Raum auszuleuchten versuchte. »Sieh mal, wie hier das Mondlicht hereinschimmert.«

»Wo?«, nuschelte der Kastellan unter dem Schneuztuch, das er an den Mund drückte, hervor.

Sein Sohn zeigte in eine Ecke. »Da! Das Loch im Boden.«

»Die Holzbohlen und die Wand um das Loch herum sind ja total verfault und scheinen sich mit Feuchtigkeit vollgesogen zu haben.«

»Weißt du, was das zu bedeuten hat?«

»Ja! Da dieses Schwein von einem verdorbenen Medicus immer betrunken ist, verrichtet er seine nächtliche Notdurft einfach in dieser Ecke, anstatt den Topf zu benutzen und morgens ordentlich vor die Tür zu schütten.«

Von Ekel ergriffen, wandten sich die beiden ab und leuchteten weiter den Raum aus, um das hier vermutete Geld zu finden. Während sein Vater versuchte, das Schloss des einzigen Schrankes in dieser Kammer zu knacken, schaute Eginhard in alle Winkel der verlotterten Schlafkammer. Als das hölzerne Ungetüm endlich geöffnet war, durchsuchten sie in ihm jede Ecke, fanden aber nur die sorgsam aufgehängte Gewandung eines Pestarztes und uninteressantes Gelumpe. Als sie den Schrank abklopften, glaubten sie unten eine hohl klingende Resonanz zu hören.

»Vielleicht hat er ein Geheimfach?«

»Ja, das wäre möglich.« Eginhard tastete den Boden ab. »Lass uns das Möbel vorsichtig nach vorne kippen, dann können wir genau nachsehen.«

Gerade als sie den Schrank auf halbe Höhe gekippt hatten, hastete der Propst herein und rief aufgeregt: »Er ... er kommt!«

»Sch ... Los, hilf uns, das Teil wieder aufzurichten!«, rief der Kastellan eine Spur zu laut.

Sie unterschätzten das Gewicht des Eichenschrankes und packten ihn so dämlich an, dass sie keine Hand mehr frei hatten, um das Brett des einzigen Faches mit allem, was darauf lag, zu halten. So fiel alles heraus und verursachte einen Höllenlärm.

»Scheiße!«, entfuhr es dem Kastellan, der sich in Gegenwart seines Freundes Johannes kurz zuvor noch zusammengerissen hatte, nun doch noch.

So sehr sie sich auch beeilten, das Malheur ungeschehen zu machen, es war zu spät.

Plötzlich sahen sie einen langgezogenen Schatten, der von ihrem Kerzenlicht an die Wand geworfen wurde. »Was ist denn hier los?«

Obwohl die drei sofort hörten, dass es der Medicus war, der diese Frage lallend herausgebracht hatte, verhielten sie sich mucksmäuschenstill. Was hätten sie jetzt dafür gegeben, einfach durch das Pissloch in der Ecke verschwinden zu können. Sie hatten keine Möglichkeit, sich zu verstecken oder gar ihr Eindringen in die fremde Wohnung zu vertuschen. Deshalb gingen sie zum Angriff über.

»Ah! ... Das trifft sich gut, Medicus«, rief Eginhard und ging in bemerkenswerter Ruhe auf den Arzt zu, während der Kastellan und der Propst noch immer mit dem Schrank zu kämpfen hatten.

»Sagt, Medicus. Was ist das?« Eginhard packte den nach Alkohol stinkenden Mann am Arm, zog ihn an den Tisch und leuchtete mit seiner Kerze auf die Utensilien.

Trotz seines Rausches hatte der Medicus sofort erkannt, dass man sein schändliches Spiel durchschaut hatte. Statt Eginhard die geforderte Antwort zu geben, riss er sich los und wankte zum Ausgang. Aber er kam nicht weit. Für den jungen Mann war es ein Leichtes ihn sofort zu packen, in die stinkende Kammer zurück und auf sein versifftes Lager zu schubsen.

»Was machen wir jetzt mit ihm?«, fragte der Propst und stützte seine Arme auf die Knie, um zu verschnaufen.

Eginhard hatte solch eine Wut auf den Medicus, dass er nicht lange um den heißen Brei herumredete: »Wo ist das Geld? Rückt die Silberlinge heraus, die Ihr den armen Leuten abgenommen habt«, schrie er den Arzt an. »Vater, stell dich vor die Tür und sieh zu, dass er nicht abhauen kann, während ich mit dem Propst noch mal den alten Kasten durchsuche.«

Dieses Mal fackelten sie nicht lange und kippten den Schrank zur Seite, dass es nur so krachte. Dann sahen sie tatsächlich einen schmalen, doppelten Boden, der gerade mal eine knappe Handbreit hoch war.

»Das Geheimfach«, rief Eginhard erfreut.

»Ein Geheimfach?«, fragte der Propst und leuchtete mit seiner selbstgeweihten Kerze die Schrankwand ab.

»Ein Geheimfach?«, wunderte sich auch der Medicus.

»Und?«, fragte der Kastellan.

»Nichts!«

»Das gibt es nicht! Such weiter.«

Aber Eginhard fand statt des gesuchten Silbers nur ein paar verstaubte Urkunden, die wohl schon jahrzehntelang in dem Geheimfach gelegen hatten.

Als die drei den Medicus fragend ansahen, gab er zur Antwort, dass er von diesem Geheimfach überhaupt nichts wüsste.

»Das war es dann ja wohl«, resümierte der Propst resigniert.

»Wir werden morgen bei Tageslicht alles noch mal in Ruhe durchsuchen«, verkündete Eginhard.

»Und was ist mit dem Medicus?«

»Den nehmen wir gleich jetzt mit aufs Schloss. Wir haben zwar keinen Kerker, es gibt aber einen Raum im Südturm, in dem wir dieses

Stück Mist vorübergehend einsperren können. Habt Ihr noch etwas zu sagen?«, fragte der Kastellan den Arzt, bei dem der zuvor genossene Alkohol weitere Wirkung zeigte.

Statt einer Antwort spuckte er den gräflichen Schlossverwalter respektlos an.

Jetzt war es mit der Ruhe des sonst so besonnenen Studiosen endgültig vorbei. Er konnte sich einfach nicht mehr zusammenreißen. Er packte den Medicus mit beiden Händen am Revers, um ihn vom Lager hochzuziehen.

Der Arzt konnte sich aufgrund seines Zustandes nicht mehr richtig wehren und krallte sich mit beiden Händen an der dreckigen Auflage seines Lagers fest.

»Eginhard, hör auf! Du bringst ihn ja um.«

»Das hätte er, weiß Gott, verdient.«

Der Propst wollte gerade das Kreuz schlagen, als er etwas glitzern sah. Er trat an das Bett und sah unter der mit Stroh gefüllten Auflage des Lagers zwei Hände voll Geld im Kerzenschein blitzen.

Eginhard schubste den Arzt in einen Winkel der Kammer und betrachtete kurz das Geld, bevor sie das ganze Lager auseinander nahmen. Aber mehr fanden sie nicht. Er zählte die wenigen Silberlinge und den Haufen Kreuzer und Heller.

»Gut einundzwanzig Gulden. Eine schöne Summe!«

»Woher habt Ihr das Geld und wo ist der Rest?«, schnarrrte der Kastellan das in einer Ecke kauernde Häufchen Elend an.

»Lass ihn, Vater. Auch wenn wir noch nicht das ganze Geld haben, liegen die Beweise auf dem Tisch des Behandlungsraumes. Und obwohl wir uns die Überführung dieses Erzhalunken in einer anderen Art und Weise vorgestellt haben, so sind wir doch am Ziel angelangt. Viel besser hätte es wohl nicht laufen können … und den Rest des Geldes finden wir sicher auch noch«, bemerkte er in Richtung des eingeschüchterten Arztes, der schwor, dass er nicht mehr Münzen besäße als diejenigen, die sie schon gefunden hätten.

»Ihr könnt sie behalten, wenn ihr mich laufen lasst.«

Für seinen plumpen Bestechungsversuch erntete er allerdings nur verächtliche Blicke. Nachdem sie dem Medicus alle Schlüssel abgenommen hatten, verabschiedeten sie sich vom Propst, der es kaum erwarten konnte, mit seinem Schöpfer Zwiesprache zu halten, um Vergebung für sein ungebührliches Verhalten zu erflehen. Er nahm sich vor, gleich am nächsten Tag in aller Herrgottsfrüh in die Kirche zu gehen und es an Kerzenspenden nicht mangeln zu lassen.

Bevor sie aus dem Propsteigebäude traten, blickten sich der Kastellan und Eginhard nach allen Seiten um, ob jemand auf der Straße war, der sie sehen konnte.

»Es wäre nicht gut, wenn die Dörfler jetzt schon mitbekämen, dass unser Gefangener den Tod ihrer Liebsten zu verantworten hat. Sie würden zweifellos versuchen, des Halunken habhaft zu werden, um ihn noch vor der Gerichtsverhandlung zu steinigen und am nächsten Baum aufzuknüpfen«, bemerkte der Kastellan.

»Wenn Ihr still seid und keine Anstalten zur Flucht macht, werden wir Euch weder binden noch schinden! Habt Ihr das verstanden?«, bot Eginhard dem Gefangenen an, bekam aber keine Antwort.

Vater und Sohn packten den übel riechenden Gesellen an den Armen und schleiften ihn wortlos aus dem Dorf. Den Schlossbuckel hoch hatten sie große Mühe mit dem Betrunkenen.

»Entweder Ihr reißt Euch jetzt endlich zusammen und setzt selbstständig einen Fuß vor den anderen, oder wir lassen Euch auf offener Straße liegen und rufen nach den Dörflern. Was die mit Euch anstellen, wenn sie erfahren, was Ihr ihnen angetan habt, könnt Ihr Euch ja vorstellen!«

Diese Warnung wirkte, und der Gefangene bemühte sich jetzt – seinem Zustand entsprechend – ordentlich zu laufen. Dabei flehte er allerdings immer wieder darum, freigelassen zu werden. Während ihm der Schleim aus Nase und Mund troff, jammerte er, dass er seine Taten zutiefst bereue und es nie wieder zu solchen Geschehnissen käme, wenn man ihn nur frei lassen würde. In seinem Suff merkte er nicht, dass er dadurch ein Geständnis ablegte, das er sogar noch mehrmals wiederholte.

»Also gut«, sagte der Kastellan. »Gebt uns Euer ganzes Geld, und wir lassen Euch frei.«

Eginhard glaubte seinen Ohren nicht zu trauen, merkte aber schnell, dass sein Vater nur zu einer List gegriffen hatte, um zu erfahren, ob der Medicus tatsächlich so viel Geld hatte.

»Und? ... Was ist jetzt?«

»Aber Ihr habt doch schon alles. Ihr habt meine dreißig Gulden. Das ist alles, was ich besitze.«

»Nur etwas mehr als einundzwanzig«, korrigierte Eginhard.

»Das kann sein. Den Rest habe ich versoffen«, lallte der Medicus, und grinste trotz seiner misslichen Lage.

»Was! In solch kurzer Zeit habt Ihr so viel Geld ins Wirtshaus getragen?«, ärgerte sich der Kastellan.

Da sie heute sowieso nicht mehr erfahren würden, wo das gesuchte Geld war und ob es überhaupt noch welches gab, beließen sie es dabei.

Als Rudolph das Schlosstor öffnete, wunderte er sich, seinen Herrn und Eginhard mit dem versoffenen Arzt zwischen ihnen zu sehen – und dies auch noch zu so später Stunde.

»Ein komisches Trio – da stimmt was nicht«, murmelte er irritiert.

Der Kastellan, der das gehört hatte, beschwor ihn, keiner Seele davon zu erzählen, dass der Medicus hier im Schloss war.

»Ich erkläre dir alles morgen. Bis dahin schweigst du, auch Siegbert gegenüber.«

»Wohin bringen wir ihn?«, fragte Eginhard seinen Vater.

»Wohin wohl? Wir sperren ihn in den Südturm! Da sind die Mauern am dicksten, und er kann schreien, so laut er will. Drunten im Weißachtal wird ihn niemand hören. Und uns kann er auch nicht stören. Im Raum ist ein kleines Fenster, durch das zwar genügend Licht hereinfällt, er aber nicht hinaus kann. In der dicken Eichentür ist sogar ein kleines vergittertes Schiebefensterchen, durch das wir Brot und Wasser reichen können, ohne die Tür öffnen zu müssen. Der Raum eignet sich ideal als Gefängniszelle. Außerdem ist er dort weit weg von uns allen. Ich könnte die Nähe dieses Erzhalunken nicht ertragen.«

Als sie den Gefangenen in den Südturm gesperrt hatten, brachten sie ihm noch eine Hucke voll Stroh, eine ausgediente Pferdedecke und einen Topf.

Der Kastellan verabschiedete sich mit den Worten: »Ich warne Euch! Wenn Ihr es mit Eurer Notdurft so handhabt wie in Eurer Kammer und Eure Hinterlassenschaften nicht täglich aus dem Fenster kippt, stecke ich Eure Nase hinein … und wehe, wenn Ihr auch nur einen Laut von Euch gebt.«

Kapitel 45

Eigentlich wollten der Kastellan und Eginhard schon am Tag nach der Gefangennahme des verhassten Arztes ins Propsteigebäude zurückgekehrt sein, um die gefundenen Beweise gegen ihn zu sichern und ein letztes Mal nach dem Geld zu suchen. Aber das musste warten. Es gab jetzt wichtigere Dinge, die sie im Schloss festhielten: Die Mutter erforderte ihre ganze Aufmerksamkeit. Nur Lodewig hatte das Schloss verlassen und sich auf den Weg zum Propst gemacht. Er sollte seinen Taufpaten bitten, schnellstens zu kommen, um in der Schlosskapelle eine Messe zu lesen und seiner Mutter vorsorglich die letzte Ölung zu geben.

»Bitte, ehrwürdiger Vater. Kommt! – Schnell!«, presste Lodewig zitternd heraus, nachdem ihm der Propst die Tür geöffnet hatte.

»Lodewig – was ist mit dir? Du bist ja ganz bleich im Gesicht«, stellte der priesterliche Freund mit Entsetzen fest.

»Ich … ich muss Euch …«

Der Seelsorger legte einen Arm um Lodewig und schob ihn ins Haus.

»Nun beruhige dich, mein Sohn, und komm erst einmal herein.«

»Nein, nein. Ihr sollt mit mir kommen«, wehrte Lodewig ab.

Obwohl sich der junge Mann zunächst weigerte einzutreten, gelang es dem Propst, ihn in sein Arbeitszimmer zu locken.

»Und nun erzähle, was dich bedrückt.«

Während Lodewig vom Gesundheitszustand der Mutter berichtete und ihn um priesterlichen Beistand bat, brach er in Tränen aus.

»Ich liebe sie doch so. Mutter darf nicht sterben.«

Der Propst drückte ihn herzlich, aber etwas hölzern an sich. Durch die freundschaftliche Verbindung zur Familie Dreyling von Wagrain wusste er nicht so recht, wie er sich in diesem Moment verhalten sollte. In seiner Unsicherheit versuchte er, Trost zu spenden, indem er Gottes Herrlichkeit pries und aus Verlegenheit heraus begann, aus Psalm 95 zu zitieren: »Groß ist der Herr und hoch zu loben …«

Aber er merkte schnell, dass er Lodewig damit nicht trösten konnte. So begann er hastig, seine Tasche mit den bereits zusammengepackten Utensilien, die er für die Krankensalbung benötigte, zu suchen.

Der einerseits wegen seiner Verliebtheit überglückliche, wegen Konstanzes Zustand aber zu Tode betrübte Sohn des Kastellans wischte sich die Tränen ab und bat den Priester um einen Gefallen: »Könnt Ihr bitte vorausgehen? Ich habe noch etwas anderes zu erledigen und komme später nach.«

»Aber …«

Lodewig hatte jetzt keine Lust für Erklärungen und eilte aus dem Gebäude. Er wollte zu Sarah. Es war ihm ein Herzensanliegen, sie und ihre Familie, die ja – so Jesus Christus und Jahwe es wünschten – vielleicht bald auch seine Familie sein würde, über den aktuellen Stand der Dinge zu informieren. Er nahm sich vor, tapfer zu sein und nicht mehr zu weinen, wenn er dort ankommen würde. Immerhin war er kein Kind mehr, sondern ein Mann im heiratsfähigen Alter, der bald eine Waffe tragen durfte.

Bevor Lodewig an die Haustür der Bombergs klopfte, schnaufte er tief durch und kontrollierte mit einem Tuch, ob seine Augen trocken waren. Mit Grimassen versuchte er, sein Gesicht zu entknittern, um möglichst locker auszusehen. Gerade als er sich die Gewandung zurechtzupfte und noch bevor er anklopfen konnte, öffnete Judith Bomberg die Tür – sie hatte draußen etwas gehört.

»Ach, du bist es Lodewig! So eine Überraschung. Wie geht es …« Während sie ihren designierten *Eidam* freundlich lächelnd fragen wollte, ob mit ihm und im Schloss alles in Ordnung sei, wich das Leuchten aus ihrem Gesicht. Einer erfahrenen Mutter wie ihr konnte Lodewig nichts vormachen; sie sah die verweinten Augen des jungen Mannes und wusste sofort, dass etwas ganz und gar nicht in Ordnung war. Deswegen drückte sie ihn sanft an sich, noch bevor sie ihn hereinbat. Als Lodewig über Judiths Schulter hinweg Sarah auf sich zukommen sah, verkrampften sich seine Gesichtszüge und seine Hände. Schnell vergrub er den Kopf tiefer an Judiths Schulter. Wenn er schon nicht verhindern konnte, dass ihm erneut Tränen aus den Augen schossen, so wollte er wenigstens vermeiden, dass ihn Sarah so sah. Aber es nützte nichts: Ein Blick des Mädchens genügte, und Judith schob Lodewig ebenso sanft, wie sie ihn an ihr Herz gedrückt hatte, zurück, damit ihn Sarah in ihre Arme nehmen konnte.

Inzwischen hatten sich Ulrich, Eginhard und Diederich zusammen mit einem Teil des Gesindes in der Schlosskapelle versammelt. Im Vertrauen auf Gott hatte der Kastellan angeordnet, dass die heilige Messe für seine Frau vor der Krankensalbung und nicht erst danach abgehalten werden sollte.

»Vielleicht hilft es ihr doch noch, wenn wir alle gemeinsam für sie beten«, hatte er seinen Söhnen gegenüber argumentiert und sich dabei von dem Gedanken leiten lassen, dass es wichtiger sei, für eine Lebende statt für eine Tote zu beten.

Auch wenn es sich aus seiner Sicht bei der Krankensalbung um ein unabdingbares christliches Ritual handelte, durch das Sterbende mit den heiligen Sakramenten ins Jenseits entlassen wurden, war dies für den Kastellan zweitrangig. Und seine Söhne standen zu dieser unorthodoxen Einstellung ihres Vaters … auch wenn es dadurch so knapp werden würde und ihre Mutter wegen des Zeitaufwandes, der für den Gottesdienst benötigt wird, die Krankensalbung nicht mehr erleben würde.

»Mutter hat ein gottgefälliges Leben geführt und wird auch ohne die letzte Ölung ihren Platz im Himmel bekommen«, waren sie sich sicher.

Von diesen Überlegungen durfte der Propst in Herrgotts Namen ja nichts erfahren. Auch das Gesinde wusste nichts davon. Rudolph grämte sich, beim anstehenden Gottesdienst nicht dabei sein zu dürfen, weil er Wachdienst hatte, während sich Rosalinde freiwillig gemeldet hatte, am Krankenlager ihrer Herrin zu wachen.

Die Schlosskapelle, die Hiebelers Gotthard – der allseits bekannte und beliebte Hofmaler des Immenstädter Oberamtes, der wegen seines Aussehens und seiner lustigen Art gut und gerne auch als Hofnarr durchgehen könnte, dennoch ein begnadeter Kunstmaler war – erst vor ein paar Jahren neu getüncht und der während seiner Zeit im Schloss Staufen den Weinvorrat des Kastellans gewaltig dezimiert hatte, war in ein gefälliges Kerzenlicht gehüllt. Um den modrigen Geruch wenigstens etwas aus dem unbeheizten und feuchten Raum zu bringen, hatte Eginhard schon vor einer Stunde kleine Schüsseln mit gesegnetem Räucherwerk in alle Ecken des Raumes gestellt.

Jetzt war er dabei, gedankenverloren die letzten Kerzen zu entzünden. Als sich knarrend die Kapellentür öffnete und sich alle umdrehten, wurde Eginhard aus seiner momentanen Ruhe gerissen. Es war Propst Glatt, der in Begleitung eines anderen Priesters mit Riesenschritten dem Altarraum entgegenstrebte. Als er an den Gläubigen vorbeiging, verkündete er für diejenigen, die es noch nicht wussten: »Dies ist Bruder Martius, mein *Kanonikus* … ein Thaler.« Damit meinte er, dass sein Mitbruder im Herrn aus dem nahen Thalkirchdorf stammte. Im Gegensatz zu Immenstadt, das allgemein liebevoll als ›Städtle‹ bezeichnet wurde, war die Bezeichnung ›Thaler‹ vom Staufner Pfarrherrn eher abschätzig gemeint.

Da Johannes Glatt auf seinen jungen Kollegen von der Filialkirche St. Johann im Thal gewartet hatte, glaubte er, deswegen etwas spät dran zu sein. Dass Lodewig noch nicht hier war, fiel ihm nicht auf.

»Der Herr grüßt dich und die deinen«, sagte er trotz des traurigen Anlasses in etwas überheblich klingendem Ton, der wohl seine eigene Trauer kaschieren sollte. Da Eginhard bereits dabei war, den Altarraum zu verlassen, um zu seinem Vater und zu Diederich zu gehen, hörte er dies nur wie durch einen dichten Nebel, weswegen er nicht darauf reagierte. Davon leicht brüskiert, deutete der Propst auf seinen geistlichen Mitbruder und sagte zu Eginhard, den er am Ärmel festhielt: »Ich habe ihn extra wegen euch mitgebracht. In Konzelebration mit ihm möchte ich der Messe für deine Mutter ein besonderes Gepränge verleihen.«

Der älteste Sohn des Kastellans nickte still und ging zur ersten Bankreihe.

Die beiden Priester machten einen Kniefall und bekreuzigten sich, bevor sie die Stolen als würdiges Zeichen ihrer Priesterämter küssten und umlegten. Der traurige Anlass war es ihnen wert, die komplette liturgische Gewandung zu tragen.

Als auch die Liturgieinsignien bereitgelegt waren, wartete der Propst mit gefalteten Händen darauf, dass Bruder Martius die kleine Glocke läutete.

Eigentlich könnten sie mit der Messe beginnen … wenn Lodewig hier wäre. Da dies aber nicht der Fall war, wurde es in der Kapelle zunehmend unruhig.

»Wo bleibt er nur?«, tuschelte Siegbert Ignaz ins Ohr.

Auch der ohnehin schon angespannte Kastellan war merklich unruhig geworden. Dies bewog ihn, aus seiner Bank zu treten und sich nach vorne zum Propst zu begeben. »Du musst doch wissen, wohin Lodewig gegangen ist«, beschwor er den priesterlichen Freund.

Aber so oft er ihn auch fragte, bekam er immer die gleiche Antwort: »Lodewig war zwar bei mir, aber ich weiß nicht, wohin er danach wollte.«

Der verzweifelte Familienvater, der jetzt nicht wusste, was er tun sollte, beschwor die beiden Priester: »Dann nützt die Wartezeit und geht zu meiner Frau. Betet dort ein Vaterunser für sie und kommt danach wieder. Bis dahin wird Lodewig hier sein.«

Der erstaunte Propst wollte sich jetzt auf keine Diskussion einlassen und tat, worum er gebeten worden war, machte zuvor aber noch einen Vorschlag: »Gut! Ich gehe, aber Bruder Martius wird inzwischen mit euch beten«, sagte er und verließ die Kapelle.

Nachdem der allen Mitgliedern der Familie Dreyling von Wagrain in Freundschaft verbundene Priester gesehen hatte, dass Konstanze kaum noch atmete und nicht die Augen zu öffnen vermochte, sprach er das von ihrem Mann gewünschte Gebet und segnete sie, bevor er sie sicherheitshalber salbte und auf Stirn, Mund und Brust bekreuzigte. Danach hielt er ihr noch einen Moment tröstend die Hände und ging schweren Herzens in die Kapelle zurück, um endlich mit der Messe zu beginnen. Aber Lodewig war immer noch nicht hier.

Während der Vater ungehalten zu werden drohte, blieb Eginhard ruhig. Er konnte sich schon denken, wo sein Bruder war. »Wenn er in fünf Minuten nicht da ist, gehe ich ins Dorf, um ihn zu holen«, schlug er seinem Vater vor.

»Du weißt, wo er ist?«

»Ja!«

Eginhard hörte ein Knarzen und schaute über seine Schulter zur Kapellentür. »Aber das hat sich erledigt. Da kommt er ja.«

»Endlich!«, rief der sichtlich erleichterte Vater seinem mittleren Sohn entgegen.

Anstatt etwas zu sagen, drehte sich Lodewig um und machte eine aufmunternde Geste. »Kommt herein … Traut euch nur.«

Für einen Moment waren alle derart erschrocken, dass niemand das Zuschlagen der Kapellentür registrierte.

»Jesus und Maria. Die Juden!«, entfuhr es dem Propst, gottlob so leise, dass es niemand hören konnte. Dennoch spürte Jakob Bomberg, dass sie in diesem Gotteshaus ein Fremdkörper waren und dass die Anwesenheit seiner Familie zu Irritationen bei den Priestern und den Gläubigen führte.

»Lass uns wieder gehen. Wir sind hier unerwünscht«, tuschelte er seiner Frau zu, während er sich schon zum Gehen wandte.

»Nein!«, entgegnete sie ihm zwar leise, aber in forschem Ton. »Wir können nicht immer davonlaufen.«

Judith hielt ihren Mann am Ärmel fest und schaute ihm mit festem Blick in die Augen. Dann trat sie einen Schritt vor und meldete sich in geziemendem Ton zu Wort: »Wir wissen wohl, dass dies das Haus Eures und nicht unseres Glaubens ist. Deswegen betreten wir es mit dem nötigen Respekt. Da es aber der Tempel des Herrn und unseres gemeinsamen Gottes ist, bitten wir Euch, uns Einlass zu gewähren und uns dieses eine Mal in Eurem Kreise aufzunehmen.«

Jetzt war es so still, dass man überhaupt nichts mehr hören konnte.

Da trat Sarah an die Seite ihrer Mutter und meldete sich mutig zu Wort: »Wir möchten nur Abschied von Eurer werten Frau, eurer geliebten Mutter ...«, als Sarah zuerst den Kastellan, dann Eginhard und danach den kleinen Diederich ansah, musste sie mit sich kämpfen, bevor sie den Satz zu Ende sprechen konnte: »...und Eurer Herrin nehmen. Es wäre uns eine Ehre, den Schmerz mit Euch allen teilen zu dürfen.«

Obwohl auch der Kastellan einen etwas verwunderten Eindruck ob des unerwarteten Besuches gemacht hatte, war er jetzt tief ergriffen. »Noch ist sie nicht tot!«, entfuhr es ihm dennoch in einem Ton, den er eigentlich gar nicht hatte anschlagen wollen.

Als er sich wieder gefasst hatte, ging er mit Eginhard auf die Bombergs zu und reichte ihnen die Hand. »Entschuldigt: Die Sorge um meine Frau hat mich so unwirsch reagieren lassen! Tretet ein. Ihr seid hier herzlich willkommen. Weder die Krankheit noch der Tod unterscheidet zwischen den Konfessionen.«

Dies war zu viel für Lodewig. In seinem Inneren begannen die Gefühle verrückt zu spielen, was sich in einem argen Weinkrampf äußerte. Dennoch bekam er sich schnell wieder in den Griff. Als aber Eginhard sanft seinen brüderlichen Arm um ihn legte, ging es wieder los. Die Gedanken schwirrten Lodewig nur so durch den Kopf. Er wusste jetzt gar nicht mehr, was los war und wie es weitergehen sollte.

»Sarah ist wahrhaftig hier«, flüsterte er. »Sie ist hier, hier im Schloss.«

Der Gedanke daran tat ihm für den Bruchteil einer Sekunde unendlich gut. Aber der Grund für das Kommen der Bombergs ließ den flüchtigen Gedanken, der nicht die Zeit gehabt hatte, sich in Glück zu verwandeln, sofort wieder ins Gegenteil kehren.

Da sich Lodewig an Sarahs Schulter ausweinte, merkten auch diejenigen, die noch nichts von dem Verhältnis der beiden zueinander gewusst hatten, was die jungen Leute verband. Niemand war jetzt mehr im Raum, den es nicht gepackt hatte. An den Beginn des Gottesdienstes konnte beim besten Willen noch nicht gedacht werden.

Da der Propst ein zwar nicht immer einfühlsamer, aber ein besonnener Mann Gottes war, wartete er den richtigen Zeitpunkt ab, um das Wort zu ergreifen. »Bitte! Beruhigt euch!«, rief er so laut, dass es von den Wänden hallte. »Beruhigt euch doch«, wiederholte er jetzt in sanftem Ton. »Ihr braven Kinder Gottes …«

Bevor er weitersprach, konnte er sich einen scharfen Blick auf die Bombergs, die gerade von Lodewig in eine der Kirchenbänke geleitet wurden, nicht verkneifen. Wenn es sich hier nicht um einen Bittgottesdienst für eine gemeinsame Freundin handeln würde, hätte er sich vehement gegen eine Beteiligung der Juden an einem katholischen Gottesdienst ausgesprochen. Als er aber sah, dass sich Jakob wie selbstverständlich zu den Männern gesellte und Judith sich mit den Kindern in die linke Bank einreihte, war er einigermaßen zufrieden. Der katholische Geistliche wusste natürlich, dass auch im Judentum Männer und Frauen getrennt an Gottesdiensten teilnahmen. Wenigstens haben wir dies gemeinsam, dachte er sich und fuhr mit Blick auf die Familie der Todkranken fort: »Wir haben uns hier versammelt, um für die Genesung unserer verehrten Konstanze Dreyling von Wagrain, Frau des gräflichen Schlossverwalters, deiner braven Frau, mein lieber Freund«, dabei sah er Ulrich an, bevor er fortfuhr: »und Eurer lieben Mutter und Herrin, zu beten. Wir haben uns aber nicht versammelt, um ihren Tod zu betrauern. Konstanze soll lediglich die Krankenkommunion bekommen, da sie schon lange nicht mehr an der sonntäglichen Eucharistiefeier teilnehmen konnte. Außerdem ist die Letzte Ölung nichts anderes als ein Sakrament, bei dem kranke Menschen mit geweihtem Öl gesalbt werden, um Gottes Hilfe bei der Genesung zu erbitten und sie dem Schöpfer näherzubringen.«

Diese Worte vermochten die Versammelten kaum zu trösten und die Juden nur wenig aufzuklären, weswegen der Propst immer noch beruhigend auf die Anwesenden einzuwirken versuchte, um endlich mit der Messe beginnen zu können.

Genau in dem Augenblick, in dem Pater Martius am Gestänge der an der Wand befestigten Glocke zog, wurde krachend die Kapellentür aufgerissen, und Rosalinde stürzte herein.

Die heftig schnaufende Magd war in ihrer Eile so stark an die Fußleiste des schweren Eichentürrahmens gestoßen, dass sie darüber gestolpert und mit Schwung bis fast zur Mitte des Raumes gerutscht war. Dort lag sie jetzt auf den kalten Sandsteinplatten und machte einen etwas ratlosen Eindruck. Die anderen waren über diesen unerwarteten Auftritt derart erschrocken, dass sie die Magd nur fragend anblickten, anstatt ihr hochzuhelfen.

»Rosalinde! – Was ist los? Solltest du nicht am Krankenlager meiner Frau wachen, während wir für sie beten?« Den Kastellan durchfuhr es wie der Blitz. Er glaubte, den Grund ihres Kommens deuten zu können und hielt einen Moment lang inne, bevor er ängstlich seine Frage formulierte: »Um Gottes willen. Was … was ist mit ihr?«

»Kein gutes Zeichen«, wisperte der Propst seinem ebenfalls erstaunten Adlatus ins Ohr.

Auch die anderen befürchteten das Schlimmste und starrten wie gebannt zu Rosalinde, die sich endlich selbst aufrappelte.

Sie traute sich einen Moment nicht, jemanden anzusehen, spürte jedoch, dass alle Blicke auf ihr ruhten. Sie wollte etwas sagen, brachte aber nichts heraus.

Da sich Eginhard denken konnte, was in der braven Magd vorging und weswegen sie gekommen war, trat er aus der Bank und ging zu ihr, um sie zu beruhigen, obwohl er selbst jemanden brauchen würde, der ihm das innere Aufgewühltsein nahm. Sanft umklammerte er mit seinen Händen ihre Oberarme und fragte betont ruhig: »Rosalinde, sag uns bitte, warum du hier bist.«

»S… S… Ssss…«

»Bleib ganz ruhig, Rosalinde, du bekommst das hin.« Eginhard lächelte gequält.

Die treue Magd faltete die Hände so fest, dass diese rot anzulaufen drohten. Dabei schaute sie über Eginhards Schultern hinweg ihren Herrn an. »Ssss… Sie… Sie hat n… nn… nach Euch ggg… gerufen, Herr«, brachte sie kaum vernehmbar hervor.

»Wie bitte?«, fragte der Kastellan so laut, dass es alle hören konnten.

Was Rosalinde mühsam herausgepresst hatte, war von niemandem verstanden worden. Da nahm Eginhard die verschüchterte Magd, die stets stotterte, wenn sie aufgeregt war, auf die Seite, um seine Fragen anders zu stellen.

Da sein Vater wusste, dass er Rosalinde nur noch mehr durcheinanderbringen würde, wenn er ebenfalls zu ihr ging, blieb er in der Kirchenbank stehen.

»Rosalinde, ich stelle dir Fragen, und du nickst oder schüttelst mit dem Kopf. Hast du das verstanden?«

Die Magd nickte.

»Gut. Dann stelle ich dir jetzt die erste Frage. Bleib ganz ruhig … wir kriegen das schon hin.«

Rosalinde lächelte dankbar und nickte wieder.

»Also …«

Eginhard musste nur vier Fragen stellen, um der glücklichste Mann auf Erden zu werden. Noch nie hatte ihm das stumme Schütteln oder Nicken eines Kopfes so viel gegeben. Rosalindes Kopfbewegungen, die sie mit Tränen in den Augen, einem verschämten Lächeln und einem treuen Augenaufschlag untermalt hatte, bedeuteten für ihn momentan das größte Glück auf Erden.

Die Menschen in der kleinen Kapelle warteten gespannt, was Eginhard verkünden würde. Dabei verkrampften die meisten von ihnen ihre gefalteten Hände so fest, dass die Knöchel weiß hervortraten.

Als Diederich merkte, dass sein großer Bruder allen etwas mitteilen wollte, lief er zu ihm und hängte sich an seine Seite. Eginhard beugte sich zu ihm herunter und flüsterte ihm etwas ins Ohr. »Du musst mich vorher aber loslassen, wenn du uns allen die Neuigkeit überbringen möchtest«, schlug Eginhard dem Kleinen vor.

Stolz darauf, dass er etwas ganz Wichtiges zu vermelden hatte, baute sich Diederich vor den anderen auf und ließ es endlich raus: »Mama ist gesund! – Mama ist gesund!«

Der Kleine vergaß dabei ganz, dass er sich in einem geweihten Raum befand und führte einen wahren Freudentanz auf.

Eginhard bremste ihn und ging mit ihm die beiden Treppchen zum Altar hoch, wo sie sich zwischen den Propst und den Jungpriester stellten. Auf dem Weg dorthin lächelte er seinem Vater zu und nickte mit geschlossenen Augen. Was jetzt in Ulrich Dreyling von Wagrain vorging, war unbeschreiblich.

Es wurde so still, dass man nur noch ein gelegentliches Knarzen der Holzbohlen in den Kirchenbänken hörte.

»Ganz so ist es sicher nicht«, relativierte Eginhard Diederichs Aussage. »Aber immerhin: Rosalinde hat mir gesagt, dass Mutter aufgewacht ist und nach Vater gerufen hat. Und dabei soll sie sogar gelächelt haben. Sie hat auch schon einen Schluck Kräutersud getrunken und – wenn ich Rosalindes Zeichen richtig verstanden habe – sogar den Becher selbst gehalten.«

Da hielt es die anderen nicht mehr in den Bankreihen, und sie scharten sich um ihn, Diederich und die beiden Priester. Alle fielen sich in die Arme. In diesen kurzen Freudentaumel waren auch die Bombergs einbezogen. Sarah drückte Lodewig besonders fest an sich und busselte ihn ab. Während der Kastellan ungeniert Rosalinde an sich drückte, umarmten sich Ignaz und Siegbert.

»Lobet den Herrn! Der Herr nimmt – der Herr gibt!«, verkündete Propst Glatt seine selbst zusammengezimmerte Weisheit so theatralisch, dass man glauben könnte, er hätte etwas mit einer wundersamen Heilung zu tun. Nachdem er seine Arme in den Himmel gereckt hatte, wandte er sich an seinen Freund: »Ulrich, meinst du nicht, dass du jetzt nach deiner Frau sehen solltest?«

»Ich bin schon auf dem Weg«, antwortete der Kastellan wie benommen. Die frohe Botschaft von Konstanzes verbessertem Gesundheitszustand hatte sein blaues Blut in Wallung gebracht. Dort hinein waren jetzt so viele Freudenhormone geschossen, dass es ihm vorkam, als wäre sein Hirn von Alkohol vernebelt, und es fehlte ihm jeglicher Zeitbegriff.

Seit Rosalinde in die Kapelle gestürmt war, waren kaum mehr als ein oder zwei, vielleicht drei Minuten vergangen, in denen sich die Welt zu verändern schien. Alle, die sich hier versammelt hatten, um für Konstanze zu beten, schwebten wie auf Wolken.

»Vater, komm. Mutter wartet auf dich«, drängte jetzt auch Eginhard, der gemerkt hatte, dass sein Vater geistig abwesend war.

Als endlich alle realisiert hatten, welch frohe Kunde Rosalinde überbracht hatte, waren die Dreylings von Wagrain nicht mehr zu bremsen, so schnell wie möglich eilten sie an Konstanzes Krankenlager.

Der Propst konnte mit der neuen Situation nicht nur gut umgehen, er verstand es auch, sie für die Zwecke der katholischen Kirche auszunützen. »Petrus war ein Fischer. Also werde ich es ihm gleichtun«, murmelte er. »Die Juden haben sich noch nie in einen meiner Gottesdienste getraut. Jetzt habe ich die ganze Sippschaft hier. Vielleicht finden die Bombergs ja Gefallen an unserem Glauben und treten zum Christentum über? In diesen traurigen Zeiten freut sich der Herr ganz besonders über jedes neue Schäfchen in seiner schwindenden Herde«, spann er seine Gedanken Martius Nordheim gegenüber weiter und begann jetzt, die Messe für eine Schlosswache, einen Knecht, eine Magd und vier Juden – für sieben glückliche Menschen – zu lesen.

Als die Kommunion an der Reihe war und der Priester Rosalinde eine Hostie auf die Zunge legte, merkte er, dass ihm Lea bei diesem Akt, an dem bußfertige Christen ihrem Gott näherkamen, interessiert zusah. Als ihn die Kleine auch noch am Talar zupfte und frech fragte, ob sie auch ›so etwas‹ haben könne, musste er schmunzeln. Insgeheim auf Zuwachs hoffend, ging er zum Tabernakel zurück, um ein ungeweihtes Stückchen Brot zu holen, das er zur Verwunderung aller, dem Mädchen zwar nicht auf die Zunge, dafür aber in ihre Hände legte, bevor er ihr sanft über den Kopf strich. Martius Nordheims verständnisloses Kopfschütteln sah er dabei nicht.

Kapitel 46

Konstanze befand sich jetzt tatsächlich auf dem schwierigen und langsamen Weg der Genesung. Sie musste zwar immer noch ihr Lager hüten, fühlte sich aber von Tag zu Tag etwas besser. Bisweilen stand sie kurz auf und mühte sich für einen Moment ans Fenster. Sie blickte dann auf ihr geliebtes Staufen hinunter und ließ ihre Gedanken schweifen.

Es ist Mittwoch, also wäre Markttag … wenn es das Marktverbot nicht gäbe, überlegte sie traurig.

Konstanze sehnte es herbei, wieder unter die Menschen gehen zu können und mit den anderen Frauen des Dorfes oder mit Matheiß, dem Kronenwirt, kleine Schwätzchen zu halten. Die einzige Abwechslung waren momentan die liebgewonnenen Besuche ihrer Freundin Judith, die meistens ihre Töchter mitbrachte. Sarah sah sie bei diesen Besuchen aber immer nur so lange, bis Lodewig auftauchte. Und dies war stets sofort der Fall, wenn das kleine Türchen im Schlosstor für die drei Jüdinnen geöffnet worden war.

Der Kastellan hatte die Menschen in Konstanzes Umfeld gebeten, ihr nichts von den Geschehnissen während ihrer Erkrankung zu erzählen. Das wollte er zu gegebener Zeit selbst tun.

»Früher oder später wird sie es ja doch erfahren, aber es muss nicht alles auf einmal sein«, hatte er zu seinen Söhnen und den Bombergs gesagt.

Weil er seine Frau kannte und deswegen wusste, dass sie keine Ruhe geben und immer wieder danach fragen würde, erzählte er ihr doch etwas davon, was den Blaufärbern widerfahren war und dass sie sich jetzt auf dem Bechtelerhof befanden, um wieder ganz gesund zu werden. Und dass sich Eginhard sehr um sie gekümmert, ihre Erfrierungen mit einer selbstgemachten Salbe behandelt und heilenden Kräutersud gekocht hatte. Davon, dass sich der Medicus bei seiner Identifizierung des Toten aus dem Entenpfuhl womöglich geirrt haben und es doch Otward gewesen sein könnte, der im Wasser gelegen hatte, erzählte er ihr nichts und wich ihren diesbezüglichen Fragen geschickt aus. Wie lange ihm dies gelingen würde, wusste er allerdings nicht.

»Ich bin müde«, waren die derzeit wohl am meisten gebrauchten Worte seiner Frau, und der Kastellan war froh darüber; nicht nur, weil ihr der Schlaf bei der Genesung half, sondern auch, weil sie ihn nicht weiter ausfragen konnte, wenn sie schlief.

Je besser es seiner Frau ging, um so öfter war er mit seinen Gedanken woanders: »Wir müssen unbedingt wieder der Pestspur des inhaftierten Arztes folgen«, flüsterte er Eginhard zu, als Konstanze wieder einmal eingeschlafen war.

Obwohl Lodewig geschworen hatte, sich mit seinem kleinen Bruder nie mehr heimlich irgendwohin zu schleichen, standen sie jetzt im zweiten Geschoss des Südturmes, in dem der Medicus immer noch gefangengehalten wurde. Da sie von ihrem Vater wussten, dass sich hinter dieser Tür ein bösartiger Massenmörder befand, war ihnen so grausig zumute wie seinerzeit, als sie auf dem Kirchhof ein Gespräch zwischen zwei Männern belauscht hatten. Gleichzeitig war es ebenso spannend wie damals. Außerdem roch es modrig. Und es war kalt. Als auch noch eine Ratte an ihnen vorbeihuschte, gruselte es sie endgültig. Dennoch traten sie langsam näher an die Gefängnistür.

»Der Mann da drin ist ein Ungeheuer, sagt Papa. Willst du es sehen?«

Obwohl der Kleine eine Heidenangst hatte, nickte er interessiert.

»Also gut«, flüsterte Lodewig und öffnete die Klappe, die sich in der Tür zur Gefängniszelle befand. Er lugte hinein, sah aber nichts. Erst als er seinen Kopf durch das Loch steckte und den runden Raum absuchte, sah er direkt unter sich den Medicus auf dem Boden kauern. Der Arzt hatte sich auf diese Seite des Turms verkrochen, weil es dort etwas wärmer war als an der gegenüberliegenden Außenmauer, in der sich auch noch das zugige Fenster befand.

»Er schläft«, sagte Lodewig zu Diederich und hob den Kleinen hoch, damit auch er seinen Kopf durch das Loch stecken konnte, um etwas zu sehen. Daran, dass dies gewaltig schiefgehen und der Medicus den Kopf seines Bruders packen könnte, dachte er in diesem spannenden Moment nicht.

Auch wenn der Inhaftierte jetzt wie ein Häufchen Elend wirkte, fehlte ihm außer Alkohol nichts – im Gegenteil: er war hellwach, gefährlich wach. Aber die beiden Söhne des Kastellans hatten das Glück, dass der versoffene Arzt im Moment nur einem Becher Branntwein nachsann und keine Lust darauf hatte, sich noch weiter in die Scheiße zu reiten.

Nachdem Eginhard und sein Vater täglich mehrmals erfolglos versucht hatten, etwas aus ihm herauszubringen und irgendwann erkannt hatten, dass ihnen dies nicht gelingen würde, wollten sie jetzt überhaupt nichts mehr mit ihm zu tun haben und warteten nur noch auf eine Reaktion aus Immenstadt.

»Ein sturer Bock. Hoffentlich holen die ihn bald ab«, hatte sich der Kastellan wiederholt Eginhard gegenüber geäußert. »Und du, Ignaz, du kümmerst dich ab jetzt allein um diesen widerlichen Halunken. Du bringst ihm täglich einen Ranken Brot und eine Schüssel Wasser, mit dem er zuerst seinen Durst stillen und sich danach waschen kann«, hatte er zu Ignaz gesagt, der widerwillig genickt hatte. Obwohl der Stallknecht lieber seiner normalen Arbeit nachgehen würde, hatte er auch noch die Order bekommen, weiterhin sorgsam darauf zu achten, dass der inhaftierte Medicus seine Hinterlassenschaften täglich aus dem Fenster schüttete und seine Zelle sauber hielt. Immer wenn Ignaz zum Gefangenen ging, befahl er ihm, sich in weitestmöglicher Entfernung mit Blickrichtung zur Wand zu stellen, damit er selbst seinen Kopf durch die Klappe in der Tür stecken konnte, um zu riechen, ob es zum Himmel stank. Damit der Medicus seinen Hintern abwischen konnte, brachte ihm Ignaz auch noch frisches Heu. Dabei achtete er sorgfältig darauf, Heinrich Schwartz nicht die geringste Möglichkeit zur Flucht zu geben. Deshalb hatte er sich angewöhnt, seine Nase erst dann in die Zelle zu strecken, wenn sich der Gefangene sichtbar auf der anderen Seite des Raumes befand. Außerdem hatte Ignaz Angst davor, dass ihn der mittlerweile schlimm aussehende Arzt am Kopf packen könnte, wenn er ihm zu nah war.

Der Kastellan und Eginhard wollten die bereits gefundenen Beweise in den Räumen des inhaftierten Arztes längst sichergestellt und nochmals nach dem Geld gesucht haben, damit sie gerüstet sein würden, wenn die Antwort auf das Sendschreiben des Kastellans eintreffen würde. Aber durch Konstanzes Krankheit waren sie noch nicht dazu gekommen. Jetzt aber sollte es endlich so weit sein. Zu mittäglicher Stunde machten sich die beiden auf den Weg zum Propsteigebäude.

»Mit Mutters Gesundheit ist auch das schöne Wetter zurückgekehrt«, stellte der Kastellan mit einem Blick zum Himmel fest.

»Lobe den Abend nicht vor dem Morgen«, mahnte Eginhard und ergänzte: »Mutter geht es zwar besser, aber sie ist immer noch nicht ganz über dem Berg.«

»Du hast ja recht, mein Sohn«, lenkte der Vater ein. »Dennoch freue ich mich: Ihr geht es besser.« Als er dies sagte, blickte er wieder dankbar nach oben, »das Wetter ist schön, und Lodewig hat eine liebenswerte Gefährtin gefunden.«

»Ja, Vater! Und jetzt finden wir auch noch die letzten Beweise, um diesen Saukerl guten Gewissens Richter Zwick übergeben zu können.«

»Welchen Saukerl meinst du? … Lodewig?«, scherzte der Vater. »Wo ist der überhaupt schon wieder?«

»Na, wo wohl?«, lachte Eginhard und legte einen Arm um die Schulter seines Vaters. Er glaubte, dass sein Bruder bei Sarah war.

Nachdem sie am Propsteigebäude angekommen waren, klopften sie zuerst beim Hausherrn an, um den Schlüssel für die Tür des Behandlungsraumes abzuholen und ihn zu bitten, als Zeuge der weiteren Durchsuchung und der Konfiszierung des erhofften Beweismateriales mit anwesend zu sein. Aber der Propst winkte mit einer fuchtelnden Handbewegung ab. »Ich bin ein bescheidener Mann Gottes, der wegen euch schon genug Sünde auf sich geladen hat. Ich kann die Kerzen schon gar nicht mehr zählen, die ich wegen euch zur Abbitte entzündet habe.«

Nach einer kurzen Pause scherzte er: »Außerdem überlasse ich gerne euch den Ruhm, die erfolgreichsten Inquisitoren des rothenfelsischen Gebietes und eures erlauchten Grafen zu sein.« Da er wie alle Kleriker, die weltliche Macht niemals über die der kirchlichen stellen würde, sprach er nicht von ›unserem‹, sondern stattdessen von ›ihrem‹ erlauchten Grafen. Wie weit dieser Machtkampf selbst das kleine Provinzdorf Staufen beeinflusst hatte, dokumentierte die im Verhältnis zu den relativ wenigen Einwohnern große Pfarrkirche nur allzu deutlich. Wie in Staufen, konnte man davon ausgehen, dass überall dort, wo ein herrschaftliches Gebäude stand, das Haus Gottes größer war als nötig. Und wenn der jeweilige Pfarrherr das Geld dafür auftreiben konnte, waren die Gotteshäuser zusätzlich auch noch verhältnismäßig pompös ausgestattet.

»So einen Blödsinn habe ich schon lange nicht mehr gehört«, winkte der Kastellan ab, während sein Freund Johannes die beiden hereinbat.

»Nun kommt schon.«

Als sie im dürftig beleuchteten Flur standen, nannte der Propst den eigentlichen Grund für seine Absage: »In meinem Arbeitszimmer sitzt ein Bursche, den die Angst um sein Leben zu mir getrieben hat. Ihr müsst euch dieses Mal ohne kirchlichen Beistand an die Arbeit machen.«

»Sag das doch gleich«, schimpfte der Kastellan, der es nicht erwarten konnte, nach dem Geld zu suchen, um es den Hinterbliebenen der Mordopfer zurückgeben zu können. Aber dazu mussten sie es erst finden.

Da sie den Schlüssel zu den Räumen des Arztes hatten, ging alles recht schnell. Während sich Eginhard daran machte, die im Behandlungsraum bereitliegenden Utensilien und die verschiedenen Kräuter zusammenzupacken, begann sein Vater mit seiner Suche nach dem Geld.

Der Studiosus achtete bei seiner Arbeit ganz besonders darauf, dass die vielen Giftkräuter und die wenigen Heilkräuter ihren momentanen Zustand behielten. Bei falscher Handhabung drohten die getrockneten Pflanzen sofort ganz zu zerbröseln. Immerhin hatten sie schon einiges hinter sich und würden zuerst ins Schloss Staufen gebracht werden, bevor sie danach den Transport nach Immenstadt überstehen mussten. Dort würden sie wohl erst im Amtshaus gelagert werden, bevor sie später in den Gerichtssaal kommen und als Beweismaterial dienen sollten.

Eginhard packte auch den schweren Mörser mit dem Pistill, das Wiegemesser, die zurechtgeschnittenen Leinenstückchen und alles andere, was der Arzt für die Herstellung seiner tödlichen Gifte benötigt haben und somit als Beweis gegen ihn dienen könnte, zusammen.

Nachdem sie den Behandlungsraum auf den Kopf gestellt und nochmals nach dem Geld gesucht hatten, betraten sie widerwillig die Schlafkammer des Arztes. Obwohl dieser Raum ekelerregend versifft war, durchsuchten sie akribisch jeden Winkel, fanden aber nur die ihnen schon bekannte Pestgewandung und allerlei Gruscht.

»Verdammt! ... Kein weiteres Geld, nicht ein einziger Heller«, maulte der Kastellan resigniert.

Sie wollten gerade aufgeben, als Eginhard ein kratziges Piepsen hörte. Als er den unangenehmen Tönen nachging, sah er eine Ratte, die aus dem Eckloch ins Zimmer sprang. »Pssst! Sieh mal, Vater.«

»Klar, das Gülleloch zieht natürlich allerlei Getier und Ungeziefer an«, konstatierte der Kastellan lakonisch. Als kurz darauf eine weitere Ratte das eindringende Licht verdrängte, wurde Eginhard neugierig. Obwohl es ihn grauste, ging er näher an das stinkende Loch und versuchte es auszuleuchten. »Vater, komm bitte mit deiner Kerze her.«

»Was ist das?«

»Das wüsste ich auch gerne. Bring mir doch bitte einen der Eisenhaken, die über dem großen Tisch an der Decke hängen.«

Während sein Vater einen der zu einem *S* geformten Haken holte, umwickelte Eginhard seine rechte Hand mit Lumpen, damit sie ja nicht mit den dreckigen Holzbohlen vor dem Loch in Berührung käme, während er mit dem Fleischerhaken im Loch herumstocherte.

»Da ist was«, beschied er seinen Vater.

Er glaubte, eine Art Seil, vielleicht eine dicke Schnur oder ein Lederband im flachen Licht der beiden Kerzen zu erkennen.

»Pfui Teufel! Stinkt das! Wofür halte ich eigentlich meine Nase in dieses Drecksloch?«, fragte er sich, während er immer weiter darin herumwerkelte.

»Lass es gut sein«, ermunterte ihn sein Vater, aufzuhören. »Da ist nichts.«

Aber Eginhard hatte längst der Ehrgeiz gepackt. Er wollte wissen, warum er hier im Trüben fischte. Nach einer Weile hatte er das gesuchte Etwas am Haken. Als er es endlich aus dem Schlammloch herausgezogen hatte, das sich direkt an der Außenwand befand, von hier aus aber nicht gesehen werden konnte, glaubten beide ihren Augen nicht zu trauen.

»Nicht dumm, dieses Versteck. – Der schlaue Fuchs hätte uns fast hereingelegt.«

Als Eginhard die Hand hochhielt, hing an dem Haken ein schweres Ledersäckchen, das er so lange in der Luft baumeln ließ, bis es einigermaßen abgetropft war. Während er es mit ausgestrecktem Arm in den Behandlungsraum trug, hielt er sich mit der anderen Hand die Nase zu. Bevor er den triefenden Beutel auf dem Tisch ablegen konnte, fiel das Teil vom Haken und spritzte beim Aufklatschen in alle Richtungen.

»Pfui Teufel!«, schrien beide gleichzeitig, während sie sich den Dreck aus ihren Gesichtern wischten und von den Gewandungen strichen.

Eginhard hatte immer noch eine Hand umwickelt und hielt jetzt auch in der anderen einen Haken, den ihm der Vater nachträglich gebracht hatte. Derart bewaffnet, machte es keine Mühe, das übelriechende Behältnis auseinander zu reißen.

»Ich war der Meinung, Geld stinkt nicht«, entfuhr es dem Kastellan beim Anblick des Inhaltes, während Eginhard überrascht durch die Zähne pfiff.

Vor ihnen lag ein klimpernder Haufen, der im Schein ihrer Kerzen glitzerte und funkelte. Es waren weniger die matten Münzen, die mit dem Kerzenlicht spielten, vielmehr waren es die dazwischen liegenden Schmuckstücke.

»Wie viel mag das wohl sein?«, fragte der Vater.

»Ich denke ... so um die zweihundert Gulden«, antwortete Eginhard, der ja bereits eine Berechnungsgrundlage hatte, die ihm eine grobe Einschätzung erleichterte.

Die beiden betrachteten den kleinen Schatz eine ganze Weile und schüttelten immer wieder ungläubig die Köpfe, bevor sie ihn in sauberes Leinen wickelten.

»Pack auch den zerrissenen Lederbeutel ein«, empfahl der gerichtserfahrene Kastellan, der wusste, dass manchmal ein noch so unwichtig erscheinendes Beweisstück den Täter überführen konnte.

»Du meinst, das stinkende Teil könnte der Richter für wichtig erachten, und wir sollten es deswegen ebenfalls mitnehmen?«

Der Kastellan nickte.

»Jetzt haben wir alle Beweise gegen den üblen Mordbuben«, triumphierte er, als sie mit ihren Fundstücken in den Hausflur traten. Dort kam ihnen Propst Glatt entgegen, der seinen Freund Ulrich nicht danach fragte, ob ihnen bei ihrer Suche nach dem Geld Erfolg beschieden war, sondern ob er einen Moment Zeit für ihn erübrigen könne.

»Na klar, Johannes! Du willst sicher wissen, was wir gefunden haben.«

»Nein! Ich brauche deine Hilfe in anderer Sache.«

»Auch gut! Eginhard, du kannst schon mal vorgehen, oder?«

»Kein Problem, Vater. Lass dir ruhig Zeit. Ich kümmere mich inzwischen um Mutter.«

»Und sorge dafür, dass Rosalinde etwas Schmackhaftes kocht. Schließlich haben wir heute etwas zu feiern«, trug ihm der Kastellan auf.

»Nein, Vater. Zu feiern haben wir nichts. Dazu ist der Anlass zu traurig. Das Beste daran ist, dass die armen Menschen ihr Geld und ihre Wertgegenstände zurückerhalten.«

»… und Genugtuung bekommen werden«, ergänzte der Kastellan, der keinen Hehl aus seiner Stimmung machte.

Eginhard schulterte den voll bepackten Sack und machte sich fröhlich pfeifend auf den Weg zum Schloss.

»So, mein Freund, was möchtest du von mir? – Wie kann ich dir zu Diensten sein?«, fragte der Kastellan, nachdem er im Arbeitszimmer des Propstes Platz genommen und ihm der Priester eine *Pinte* Wein hingestellt hatte.

»Du kennst doch Fabio.«

Ulrich Dreyling von Wagrain wusste zwar nicht, was diese Frage sollte, er nickte dennoch, gab sicherheitshalber aber eine Frage zurück: »Den Dieb?«

»Ja! Das heißt: Nein! Fabio war mein Aushilfs-Totengräber während der vermeintlichen Pestepidemie. Nachdem das letzte Opfer – ein kleiner Junge – begraben war, habe ich keine Arbeit mehr für ihn gehabt. Gottlob ist seither niemand mehr gestorben.« Bevor er weitersprach, klopfte er beschwörend auf die hölzerne Tischplatte. »Dennoch brauchen wir in Staufen einen Totengräber. Und Fabio würde diese Arbeit auch wieder übernehmen … wenn er nicht um sein Leben bangen müsste.«

»Weshalb fürchtet er um sein Leben? Hat er etwas angestellt? Was wirft man ihm vor?«, wollte der Kastellan wissen.

Johannes Glatt hielt einen Moment inne, bevor er mit ernster Miene sagte: »Fabio soll den Immenstädter Wachsoldaten getötet haben.«

Der Kastellan kannte sich jetzt nicht mehr aus.

Nun erzählte der Propst die ganze unglaubliche Geschichte, dass die vom Schuhmacher aufgehetzte Meute ihn bedroht hatte, weil sie vermuteten, er würde Fabio beherbergen. Und dass der Bursche ihnen auf dem Wachterhof, wo er wohl Unterschlupf gesucht hatte, nur knapp entwischt sei.

»Die Meute um Josen Bueb herum glaubt, dass Fabio beim Brand des Heustadels umgekommen ist. Deswegen wird er nicht gerade stolz auf die Ruhmestat sein und in Staufen niemandem davon erzählt haben. Um allerdings eine Aufhebung des Marktverbotes zu erwirken, können sie die Sache nicht geheim halten. Sie müssen dem Oberamt in Immenstadt irgendwie stecken, dass der Tod des Wachsoldaten durch den Tod des Täters mittlerweile gesühnt worden ist.«

»Und wo ist Fabio jetzt?«, fragte ein nachdenklicher Schlossverwalter am Ende der Ausführungen seines klerischen Freundes.

»Ich habe ihn zu einem sicheren Platz geschickt. Dennoch kann er dort nicht lange bleiben.«

»Und was habe ich damit zu schaffen?«

Der Seelsorger atmete tief durch. »Also gut: Ich richte die freundschaftliche Bitte an dich, diesem armen Tropf vorübergehend Unterschlupf im Schloss zu gewähren.«

Der Kastellan war über dieses Ansinnen erstaunt und schüttelte zunächst energisch den Kopf. Dann nahm er einen kräftigen Schluck und überlegte ein Weilchen. »Du hast auch schon viel für mich getan«, murmelte er im Hinblick auf die Unterrichtung seiner Söhne und den geistlichen Beistand anlässlich der Krankheit seiner Frau. Dabei fuhr er sich mit der Hand durch sein lockiges Haar, warf es zurück und rieb sich den Bart. Gleich darauf sagte er: »Also gut, mein Freund. Wenn ich dir dadurch einen Gefallen tue. Aber nur, sofern ich ihn in die tägliche Arbeit einspannen darf.«

Dem Propst fiel ein Stein vom Herzen. »Natürlich Ulrich! Natürlich! Nimm ihn richtig ran. Ich weiß, dass Fabio arbeiten kann … wenn ihn eine feste Hand führt.«

Kapitel 47

Ulrich Dreyling von Wagrain hatte die Sache mit dem aufgedeckten ›Pestbetrug‹ schnellstens aktenkundig werden lassen. Jedenfalls hatte er gleich nach Heinrich Schwartz' Gefangennahme Melchior Henne damit beauftragt, nach Immenstadt zu reiten, um Oberamtmann Conrad Speen ein hastig verfasstes Sendschreiben zu übergeben. Mangels Pferden in Staufen war Melchior einer der wenigen jungen Burschen des Dorfes, der richtig reiten konnte. Da weder der Schlossverwalter noch seine beiden erwachsenen Söhne abkömmlich und an Konstanzes Lager vonnöten gewesen waren, hatte er zum ersten Mal seinen ›Raben‹ verliehen, was er unter normalen Umständen niemals getan hätte. Aber er hatte gewusst, dass Melchior Henne ein ehrbarer junger Mann war, dem er vertrauen und auf den er sich stets verlassen konnte.

»Vielleicht wird aus dem schneidigen Burschen einmal unser Ortsvorsteher«, hatte er schon mehrmals unverhohlen in der Öffentlichkeit geäußert.

Erst nachdem sich der Gesundheitszustand seiner geliebten Frau merklich verbessert hatte, war es ihm gelungen, in aller gebotenen Sorgfalt einen weiteren Brief zu verfassen, in dem alles stehen sollte, was es aus seiner Sicht mit der vermeintlichen Pestepidemie in Staufen auf sich hatte.

»So! Nur noch das Siegel«, murmelte er, nachdem er die Schreibfeder beiseite gelegt und das Papier zusammengefaltet hatte. Danach rief er Eginhard zu sich ins Arbeitszimmer.

»Ich bin fertig!«, antwortete der Erstgeborene, der bereits wusste, was sein Vater von ihm wollte, noch bevor er die Tür hinter sich geschlossen hatte.

»Gut, mein Sohn. Gib diesen Brief Oberamtmann Speen und grüß ihn von mir.«

»Ja, Vater!« Eginhard nickte und streckte die Hand nach dem versiegelten Schreiben aus. Er freute sich darauf, nach langer Zeit wieder einmal durch die wilde Natur am Alpsee vorbei ins ›Städtle‹ reiten zu dürfen.

»Hast du alles?«

Eginhard ging zum Fenster und wartete, bis sein Vater sich zu ihm gesellte. Er zeigte auf sein Pferd. »Siehst du, mein Rappe ist bereits gesattelt und bepackt. Der gute Ignaz hat mir gleich zwei Decken hinter den Sattel gebunden – zur Not kann ich also in Immenstadt übernachten. Außerdem hat mir Rosalinde einen Riesenranken Brot und den Rest des Specks von Rochus Höss eingepackt.«

»Dann kannst du dir die Zeit nehmen, um alle Fragen der Immenstädter zu beantworten und musst nicht sofort wieder heimwärts drängen. Wahrscheinlich werden sie auf die Schnelle eine Kommission zusammenstellen … aber das geht nicht von jetzt auf gleich«, mutmaßte der Kastellan, bevor er seinem Sohn weitere Instruktionen gab: »Also ist es wahrscheinlich, dass du die Nacht in Immenstadt verbringen wirst. Wende dich an den gräflichen Marstallleiter, einen gewissen Ellus Witzigmann, und gib ihm dies …« Er drückte Eginhard zwei halbe Taler in die Hand.

»Er wird dich beherbergen.«

»Mach dir keine Gedanken, Vater. Ich komme schon zurecht. Du weißt, dass ich mir ganz gut selbst zu helfen weiß. Du kannst dich auf mich verlassen und mit Ignaz und deinem neuen Helfer … wie heißt er noch?«

»Du meinst Fabio.«

Eginhard schlug sich mit der flachen Hand an die Stirn.

»Na klar: Fabio! – Jedenfalls kannst du mit Lodewig, ihm und Ignaz getrost in den Wald gehen, um das Wild zu füttern, ohne dir Gedanken um mich machen zu müssen.«

»Wenn diese Arbeit nur schon getan wäre«, seufzte der Kastellan.

Eginhard drückte seinen Vater an sich. »Ich bin allerspätestens übermorgen wieder zurück ... wenn ich das ganze Geld versoffen habe«, scherzte er und meinte damit die beiden Taler, die ihm sein Vater in die Hand gedrückt hatte.

»Vergiss aber nicht, auch auf Mutters Gesundheit zu trinken!«, scherzte der Vater zurück.

Die beiden mussten herzhaft lachen.

»Gib ihr ein Küsschen von mir«, rief Eginhard noch, bevor er aus dem Schlosstor preschte.

Es war eine schwere Arbeit. Der Kastellan war froh, auch Lodewig und Fabio dabei zu haben. So war es möglich geworden, sich in zwei Gruppen aufzuteilen. Jeden Morgen stapften sie vollbepackt in einen anderen Teil der ausgedehnten Wälder, um dort ungefähr acht Fuß große Löcher in den Schnee zu graben, damit das Wild wenigstens kleine Möglichkeiten zur Äsung hatte. Außerdem legten sie an anderen Stellen Heu und die von Lodewig und Diederich im Herbst gesammelten Kastanien und Eicheln aus.

Zwei Wochen waren vergangen, seit Eginhard Immenstadt besucht hatte, um Vaters Brief zu übergeben und das Beweismaterial abzuliefern. Aufgrund der inhaltlichen Brisanz des Schreibens und Eginhards mündlicher Berichterstattung hatte Oberamtmann Conrad Speen den elitären Boten aus Staufen tatsächlich darum gebeten, die Nacht in Immenstadt zu verbringen, damit etwas Zeit bleiben würde, um wenigstens einige Gerichtsbeisitzer und ein paar Honoratioren der Stadt informieren zu können. Auf seinen Wunsch hin sollten sie die unglaubliche Geschichte aus erster Hand erfahren. Der ranghöchste Beamte des Grafen hatte auch nach Stadtamtmann Hans Zwick schicken lassen, der nur allzu gerne bereit gewesen war, in einer Prüfkommission mitzuwirken oder dieser sogar vorzustehen. Der oberste Leiter städtischer Belange war gleichzeitig auch oberster Richter des rothenfelsischen Gebietes und hatte sich in der Vergangenheit schon öfter als unnachgiebiger Vertreter der gräflichen Gesetze gezeigt.

»Endlich rührt sich wieder was«, hatte er zum *Büttel*, der ihm Speens Botschaft übermittelt hatte, gesagt, nachdem er die Kurzmitteilung des Oberamtmannes gelesen hatte.

Eginhard hatte pflichtbewusst dessen Bitte erfüllt und war in Immenstadt geblieben. Allerdings hatte er auf ausdrücklichen Wunsch Speens hin nicht im Marstall, sondern im Schloss Quartier bezogen.

Die ihm aufgetragene Mission in der Residenzstadt hatte Eginhard erfolgreich hinter sich gebracht und war schon anderntags wohlbehalten nach Staufen zurückgekehrt, wo ihn seine Mutter sehnlichst erwartet hatte. Seither kümmerte er sich wieder um sie. Parallel zu ihrer Gesundung ging im Schloss alles seinen gemächlichen Gang. Bis auf Rudolph, der wachfrei hatte und schlief, liefen alle mehr oder weniger gemächlich ihrem Tagwerk hinterher. Man spürte an allen Ecken und Enden, dass die strenge Hand der Hausherrin fehlte, weil sie sich noch schonen musste. Und der Kastellan war derzeit auch zufrieden, ohne dass alles auf Hochtouren lief. Der Winter lähmte immer noch Mensch und Natur. Außerdem gab ihm Heinrich Schwartz' Gefangennahme das wohltuende Wissen, etwas Großes getan zu haben, was sich in einem anhaltenden Gefühl innerer Zufriedenheit äußerte. Am glücklichsten allerdings war er über über die Genesung seiner Frau, er war darüber sogar derart glücklich, dass er die allmorgendliche Arbeitseinteilung, deren Überwachung und organisatorische Dinge etwas schleifen ließ und sich stattdessen lieber um seine Familie kümmerte. So ließ er es sich im Kreise seiner Lieben gut gehen und genoß den Müßiggang – ein Gebaren, das er zwischendurch schon längst hätte an den Tag legen sollen. Aber hierzu hatte man ihm zuerst den Spiegel vorhalten müssen; denn erst durch die lebensbedrohende Krankheit seiner geliebten Frau war ihm so richtig bewusst geworden, wie vergänglich das irdische Dasein war. Obwohl in diesen unsicheren Zeiten der Tod an jeder Hausecke oder in jedem Schlaflager drohen konnte, war ihm dies nie so richtig bewusst geworden, denn noch nie war jemand aus der eigenen Familie dem Tod so knapp von der Schippe gesprungen.

Nur der überkorrekte Siegbert tat, was er immer tat, wenn er Wache hatte: Er kontrollierte akribisch alle Eingänge und lief dienstbeflissen auf dem Wehrgang hin und her, wenn er nicht – wie jetzt gerade – von der nordöstlichen Schlossmauer Ausschau hielt, um feststellen zu können, ob im Dorf unten ebenfalls alles seine Ordnung hatte. So schweifte sein Blick gerade den Schlossbuckel hinunter, als er einen Reiter kommen sah. Siegbert war – wie immer, wenn sich Fremde dem Schloss näherten – bis in die Sehnen angespannt. Aber dieses Mal erkannte er schon von Weitem, dass es sich ›nur‹ um einen Königsegg'schen Kurier handelte, der kurz darauf um sofortigen Einlass bat. »Öffnet das Tor! Ich habe eine Depesche von Oberamtmann Conrad Speen für Euren Herrn«, schrie er pflichtbewusst mehrmals nacheinander zum Wachposten hinauf.

»Gemach, Gemach! ... Ist ja schon gut. Ich hole den Verwalter dieses Schlosses!«, rief Siegbert, der schon von der Mauer heruntergestiegen war, um den übereifrigen Kurier hereinzulassen, mit stoischer Gelassenheit.

Es dauerte nicht lange, und der Kastellan hielt endlich die heiß ersehnte Antwort aus Immenstadt in Händen. Dabei war er so aufgeregt, dass sogar seine Hände feucht wurden.

»Rosalinde, du trägst Sorge dafür, dass der gräfliche Kurier Speis und Trank erhält. – Und du, Ignaz ...«, wollte er eine weitere Anweisung geben, wurde aber von seinem treuen Knecht unterbrochen: »Ich weiß«, winkte dieser ab. »Ich soll sein Pferd in den Stall führen, abreiben, füttern und tränken. Soll ich auch absatteln?«

Der Kastellan überlegte kurz, bevor er antwortete: »Ja! Wahrscheinlich verfertige ich gleich eine kurze Antwort, auf die der Kurier ein Weilchen warten muss.«

Da der Bote sich im Schloss Staufen so lange wohlfühlen sollte, wie der Kastellan benötigen würde, um den Brief zu lesen, sich mit seinen Söhnen zu besprechen und eine Antwort aufzusetzen, wurde alles

Nötige für ihn getan – insbesondere, da man dem Soldaten unschwer anmerken konnte, dass auch er in Immenstadt vom ›Staufner Mistgabelmord‹ gehört hatte.

»Eginhard, Lodewig! – Kommt ihr?«

Als die drei im Arbeitszimmer saßen, brach der Kastellan das Siegel auf, entfaltete das Schriftstück und las den Inhalt laut vor.

»Aha! Jetzt ist klar, warum der Oberamtmann so lange nicht geantwortet hat. Er wollte erst den Grafen über die Sache informieren und in dessen derzeitigem Konstanzer Domizil anfragen, wie er sich verhalten solle.«

Er räusperte sich. »Wie auch immer. Jedenfalls hat unser Herr dem Oberamtmann geantwortet, dass Stadtamtmann Zwick die Untersuchung leiten und einen Gerichtstermin anberaumen soll.«

»Au weia! Dann hat der Medicus nichts zu lachen«, vermutete Eginhard, der bei seinem Besuch in Immenstadt so einiges über Zwicks Methoden in Erfahrung gebracht und ihn sogar näher kennengelernt hatte.

»Nun unterbrich mich doch nicht gleich«, schimpfte der Vater.

»Entschuldige.«

»Schon gut. Weiter im Text: Der Graf wollte noch nicht zusagen, selbst die Verhandlung zu leiten, zieht dies allerdings in Erwägung. Man müsse ihm nur rechtzeitig vorher Bescheid geben, damit er die anstrengende Reise vom westlichen Bodenseeufer bis ins Allgäu von seinem Marschall vorbereiten lassen könne.«

»Von wegen ›anstrengend‹«, lästerte Eginhard, der über diese Aussage nur lachen konnte, weil er wusste, dass der Graf sowohl seinen Hintern, als auch seine Füße schonen würde, indem er sich seiner mit Samtpolstern ausgestatteten Kutsche oder einer Sänfte bediente.

»Jedenfalls werde ich unseren hochverehrten Grafen endlich wieder einmal sehen! Vielleicht reist auch die Gnädige mit ins Allgäu?«, hoffte der Kastellan, der diese Neuigkeit später gleich seiner Frau sagen wollte.

»Und was schreibt Speen noch?«, fragte Eginhard interessiert.

»Wir beide sollen uns …« Der Kastellan rechnete das Datum nach, »von heute an gerechnet, in sieben Tagen melden.«

»Wo?«

»In Immenstadt! Wo genau ist hier nicht ersichtlich.«

»Das werden wir schon noch herausbekommen. Aber was wollen die von uns? Du hast ihnen doch schon alles geschrieben, ich habe ihnen persönlich alles gesagt, was ich weiß, und außerdem haben sie das ganze Beweismaterial vorliegen?«, wunderte sich Eginhard.

»Das genügt ihnen offensichtlich nicht. Sie möchten, dass wir hochoffiziell vor einer extra hierfür gegründeten Untersuchungskommission aussagen. Schon übermorgen kommt ein Teil dieser Kommission nach Staufen, um den Gefangenen zu befragen. Eigentümlicherweise ziehen sie es vor, den Übeltäter in unserem Gewahrsam zu belassen und ihn hier zu befragen, anstatt ihn gleich nach Immenstadt zu holen.«

»Wahrscheinlich möchten sie selbst direkt am Ort des schrecklichen Geschehens recherchieren«, mutmaßte Eginhard, während sein Vater vermutete, dass sie sich ganz einfach die Kosten für die Unterbringung sparen und sich selbst ein paar schöne Tage im Schloss Staufen machen wollten.

»Wenn der Ausschuss – angeführt vom Stadtamtmann Hans Zwick, der gleichzeitig auch höchster Richter im rothenfelsischen Gebiet ist und dem Kraft eines besiegelten Schreibens unseres Grafen die Besetzung und die Leitung einer Untersuchungskommission obliegt – mitsamt seinem Gefolge in Staufen eintrifft, muss im Schloss alles darauf vorbereitet sein«, hatte der Kastellan seine Leute beschworen, nachdem er den Immenstädter Sendboten mitsamt eines Antwortschreibens zurückgeschickt und sämtliche Schlossbewohner zusammengerufen hatte. Spätestens jetzt war es mit dem Müßiggang im Schloss Staufen vorüber gewesen und der Kastellan wieder ganz der alte geworden.

Nur Konstanze war nicht dabei gewesen. Sie hatte einen leichten Rückfall zu verkraften gehabt und sich schonen müssen. Allerdings war es ihr mit der offensichtlich ansteckenden Trägheit der Schlossbewohner jetzt ebenfalls zu dumm geworden, so hatte es nicht lange gedauert, und sie hatte von ihrem Krankenlager aus delegiert und das Nötigste organisiert. Da sie noch nicht voll einsetzbar war, hatte ihr Judith bei ihrem letzten Krankenbesuch vorgeschlagen, an allen Tagen, außer am *Sabbath*, tagsüber ins Schloss zu kommen und zu helfen, solange die hohen Herren aus Immenstadt hier oben weilen würden. Konstanze hatte sich über diesen Vorschlag ihrer Freundin mindestens ebenso gefreut wie Lodewig, der damit rechnen konnte, Sarah in den nächsten Tagen immer hier bei sich zu haben.

Rosalinde richtete die Kammern im kleineren Gästehaus her, das sich nordwestlich direkt an das Herrschaftsgebäude anschloss, und bereitete mit Lodewigs Hilfe die große Tafel im Wappensaal vor. Als sie die vierteilige Platte des riesigen Eichentisches zusammenstecken wollten, ließen sie sich von Ignaz helfen. Dabei hätte Fabios Hilfe auch noch gutgetan. Der Neuzugang hatte zwar bei der Wildfütterung eine gute Figur abgegeben, würde aber erst beweisen müssen, dass man Vertrauen in ihn haben konnte. Er durfte sich zwar im Schlosshof, in den Stallungen und in den Lagerräumen frei bewegen, zu den herrschaftlichen Räumen und zur Vogtei hatte er allerdings noch keinen Zutritt.

Noch während der Immenstädter Tross auf dem Weg nach Staufen war, schnitt Rosalinde zwei Säcke Zwiebeln, damit sie einen großen Topf deftige Suppe kochen konnte.

»Da werden die hohen Herren aber furzen müssen«, flüsterte sie kichernd Judith zu, die gerade mit Sarahs Hilfe Brot buk und über diesen derben Gesindescherz überhaupt nicht lachen konnte.

Da Konstanze während der vermeintlichen Pest immer wieder Getreide und sogar Mehl an die Ärmsten der Armen verteilt hatte, war der Getreidevorrat im Schloss gewaltig dahingeschmolzen. Und genügend nachzukaufen war wegen des Marktverbotes auch nicht möglich gewesen. Dass jetzt reiche Immenstädter verköstigt werden mussten, war nicht vorhersehbar gewesen, das hatte sie bei ihrer barmherzigen Großzügigkeit nicht eingeplant gehabt. Wenn das übrig gebliebene Korn im Speicher bis zur nächsten Ernte reichen sollte, durfte jetzt nichts Unvorhergesehenes mehr dazukommen.

»Gut Brot und Rat sind teuer«, pflegte Konstanze immer zu sagen, wenn sich jemand im Schloss darüber beklagte, weil die Hauptmahlzeit schon wieder einmal nur aus trockenem Brot mit Haferschleim bestand.

»Brot zu backen ist eine endlose Geschichte stetiger Arbeit«, hatte sie Rosalinde beigebracht und ihr erklärt: »Hier gedeiht keine einzige Getreideart besonders gut. Der Boden ist nicht sehr fruchtbar und das Klima rau. Außerdem sind unsere Winter hier viel zu lang, um zweimal ernten zu können. Da nützt es auch nicht allzu viel, dass hier seit dem Hochmittelalter die bewährte ›Dreifelderwirtschaft‹ betrieben wird. Aufgrund der vermeintlichen Pest haben die Staufner Bauern im letzten Spätherbst kein Wintergetreide säen können, also fällt die Roggenernte aus. Wenn sich nach dem Winter kein Sommergetreide ausbringen lässt, sieht es auch schlecht mit der Ernte von Hafer, Hirse und Gerste aus.«

Obwohl Rosalinde nur die Hälfte von dem, was ihre Herrin ihr einzubleuen versucht hatte, verstanden hatte, war sie daran interessiert gewesen, weswegen sie weiter belehrt worden war: »Das letzte Jahr war schlecht, so ist es nicht verwunderlich, dass es im Dorf keine Mehlvorräte mehr gibt und ich von auswärts zukaufen muss ... falls ich überhaupt etwas bekomme. So gesehen bin ich froh, überhaupt noch genügend Getreide zur Verfügung zu haben ... auch wenn Mäuse und sogar Ratten dazu beitragen, dass der Vorrat stetig schwindet, obwohl ich auf eine möglichst gute Lagerhaltung bedacht bin.«

Konstanze hatte ihre eigene Methode, die Körner so fein zu mahlen und das Mehl so zu strecken, dass das Endprodukt keine allzu große Herausforderung für die allseits abgeschliffenen Zähne war. Wenn Judith und Sarah sich an Konstanzes Backrezept hielten, würden die Gäste von der Brotqualität begeistert sein. Die Hausherrin wollte es aber nicht übertreiben und nicht alles auftischen, was Küche und Keller eigentlich zu bieten hatten.

»Wer weiß, ob wir unsere Vorräte nicht irgendwann selbst dringend benötigen«, hatte sie zu Judith gesagt, als sie ihr das Küchenzepter in die Hände gedrückt hatte.

Deshalb ließ sie den Rest der feinen Kutteln, den Speck und den Hasen im Eisloch. Der dicke Schnee darauf würde die Leckereien auch dann, wenn die Immenstädter Delegation im Schloss weilte, vor unerwünschtem Zugriff schützen. Dennoch sollte es den Besuchern an nichts fehlen. Sie mochte den städtischen Gesandten zwar zeigen, dass das Schloss Staufen bestens in Schuss war und alles seine Ordnung hatte, wollte aber unbedingt vermeiden, dass die feinen Herren nach ihrer Abreise von Staufen den Eindruck mit nach Immenstadt nähmen, dass es den Dreylings von Wagrain zu gut gehen könnte. Dies war auch der Grund, warum der Kastellan bis auf ein bereits angebrochenes Fass leicht säuerlich schmeckenden Tafelweines alle anderen Weinfässer versteckt hatte. Er würde gleich am ersten Abend darauf hinweisen, dass dieses einzige Fass für alle ausreichen müsste.

Ignaz und Fabio richteten die Stallungen für die Pferde der Gäste her und befreiten den Schlosshof bis auf die letzte Flocke vom Schnee. Auch auf Siegbert und Rudolph, die links und rechts des Hauptttores dekorative Rautenfahnen aufgehängt hatten, kamen jetzt ein paar harte Tage zu, da der Kastellan angeordnet hatte, dass in den kommenden Tagen beide Wache halten mussten, damit die Sicherheit der Gäste gewährleistet sei.

Als der Immenstädter Tross den Schlossberg hochkam, wurde die große rotgelbe Rautenfahne des Hausherrn gehisst. Zum äußeren Zeichen dafür, dass hohe Gäste aus der rothenfelsischen Residenzstadt im Schloss weilten, hatte sich der Kastellan zu diesem Akt der Ehrerbietung entschlossen, auch wenn dies normalerweise nur bei Besuchen der gräflichen Familie üblich war. Einen guten Eindruck dürfte es auf die Gäste allemal machen. Sowie sie im Schlosshof wären, würde er die Fahne von Lodewig wieder einziehen lassen.

So viel Leben hatte es schon lange nicht mehr im Staufner Schloss gegeben. Wäre nicht auch der Oberamtmann dabei gewesen, hätte der Kastellan das Gefühl bekommen, dass ein paar Immenstädter die Gelegenheit ausnutzten, um es sich zur Abwechslung von ihrem kleinstädtischen Alltag im Schloss Staufen ein paar Tage gut gehen zu lassen.

»Na ja, etwas wird schon dran sein«, flüsterte er seinen Söhnen zu, mit denen er sich über dieses Thema unterhalten hatte, als der Tross durchs Schlosstor ritt.

Die Begrüßung fiel freundlich, aber kurz aus. Aufgrund der Kälte wollte trotz der hochgeschlagenen Pelzkrägen niemand länger als nötig im Freien bleiben. So zog es die durchgefrorenen Männer in die vorgewärmten Stuben.

Während alle anderen ihre Kammern bezogen und sich zum Begrüßungsmahl bereit machten, gingen der Kastellan, der Oberamtmann und der Stadtamtmann die Vorgehensweise für die nächsten Tage durch. Dabei hatte sich Hans Zwick ausbedungen, bis zur Verhandlung ausschließlich als ›Richter‹ betitelt zu werden, wobei er gegen die Anrede ›ehrenwert‹ nichts einzuwenden hätte, auch wenn er nicht unbedingt darauf bestehen würde.

»Denn schließlich bin ich in dieser Eigenschaft tätig«, begründete er seinen Wunsch und beendete das Einführungsgespräch mit den Worten: »Also, meine Herren. Die zur Verfügung stehende Zeit werden wir mit Vernehmungen, Zeugenaussagen, Beweismaterialprüfungen und Ortsbegehungen verbringen.«

»Und die Abende sind der seelischen Erbauung gewidmet, wozu natürlich gutes Essen und ausreichend Getränke gehören«, ergänzte Speen mit leicht spöttischem Unterton und unauffällig hämischem Blick in Richtung Zwick. Er kannte den verfressenen und versoffenen Richter und wusste, dass es nicht schaden konnte, ihn bei Laune zu halten. Im Stillen dachte er nur: Du elendes Arschloch.

Als der Kastellan hörte, was der Oberamtmann von sich gab, schluckte er zwar, beruhigte sich aber schnell wieder, nachdem er von ihm gehört hatte, dass der Immenstädter Tross einige Fässer Bier vom gräflichen Brauhaus und ein großes Fass Wein mitgebracht hatte.

»Außerdem führen wir *allerley schmackhafft Speysereien*, zu der auch eine Rinderhälfte gehört, mit uns«, flüsterte der Oberamtmann, der die Sorge des Kastellans an dessen Gesichtsausdruck abgelesen hatte, augenzwinkernd und klopfte ihm ermunternd auf die Schulter.

Kapitel 48

Die männlichen Schlossbewohner und deren Gäste waren so sehr mit sich selbst und dem Fall beschäftigt, dass sie keine Zeit für andere Dinge hatten. Und die Frauen erstickten bis über die Ohren in Arbeit. Wenn es nicht wenigstens am Herd immer wieder etwas zu schnabulieren gäbe und sie sich nicht selbst vom besten Wein des Kastellans – den er ganz hinten im Keller versteckt hatte – bedienen würden, wäre ihre Stimmung wahrscheinlich auf dem Tiefpunkt gewesen. So aber werkelten sie mit dem Segen der designierten Hausherrin munter drauf los. Da Konstanze immer noch nicht arbeitsfähig war, hatte sie sich an den Küchentisch gesetzt und widmete sich Diederich. Während Judith das von Rosalinde vorbereitete Essen anrichtete, deckte die Magd auf. Wenn es zu Tisch ging, würden sie die hohen Herren gemeinsam bedienen, aber erst, nachdem sie sich frische Schürzen umgebunden hatten.

Diese unverhofft glückliche Situation wollte Lodewig ausnützen, um sich mit Sarah zurückziehen zu können. Anstatt ihn wegen seiner unschicklichen Kühnheit zu rügen, schlug sie zur Antwort ihre Arme um ihn und küsste ihn lange und innig; genau so, wie er es liebte und wie es ihn in höchstem Maße erregte.

»Nicht jetzt«, hauchte er und schob Sarah sanft von sich, um sich die drohende Peinlichkeit zu ersparen. Er überlegte krampfhaft, wie es ihm unbemerkt gelingen könnte, Sarah zu entführen, um mit ihr allein zu sein.

Da Mädchen in gewissen Situationen findiger waren als die allzu schnell überforderten Burschen, lag es an Lodewigs Geliebter, einen passenden Vorschlag zu machen.

»Ich habe einen guten Gedanken«, sagte Sarah, die beim Küssen dasselbe gedacht hatte, und ebenso wie ihr Geliebter nicht länger darauf warten mochte.

»Komm mit«, hauchte sie und wollte ihn an die Hand nehmen.

»Wo möchtest du hin, Sarah?«, fragte Lodewig und zog zum Zeichen, dass er erst wissen wollte, was sie mit ihm vorhatte, seine Hand zurück.

»Nun stell dich nicht so an«, lachte sie, packte ihren Geliebten entschlossen am Ärmel und zog ihn zur Küche. Allerdings löste sie sich von ihm, bevor sie die Küche betraten. Nachdem beide ihre Gewandung zurechtgezupft und ihre Haare gerichtet hatten, riss sie die Tür auf und rief freudig: »Holla!«

»Na, ihr Lieben. So gut gelaunt? … Ist euch langweilig?«, fragte Konstanze etwas irritiert.

Dieses Stichwort wollte Sarah für ihre Zwecke nutzen und fragte ihre Mutter, wie lange sie noch hierbleiben würde.

»Warum fragst du mich das, mein Kind? Du weißt doch, dass es heute spät wird. Ich kann erst gehen, wenn die hohen Herren gespeist haben und das Geschirr wieder sauber im Schrank steht.«

»Aber so lange ist Lea mit Papa allein zu Hause«, gab Sarah zu bedenken. »Meinst du nicht, dass es ihm zu viel werden könnte?«

Judith wandte sich vom Herd ab und ihrer Tochter zu. Sie überlegte kurz, bevor sie sagte: »Du hast recht, mein Kind. Weißt du was? Geht heim. Während du ein bisschen mit Lea spielst, kann sich Lodewig mit Papa unterhalten.«

Von wegen unterhalten – natürlich werden wir ›spielen‹, aber nicht mit Lea, dachte sich Lodewig, der Sarah jetzt schon nackt vor sich liegen sah und überlegte, wie er es heute anstellen sollte. Obwohl sich die beiden mittlerweile auch körperlich vertraut waren und Lodewig zu wissen glaubte, was Sarah wollte, hatte er immer einen Riesenbammel davor, die Sache anzugehen. Wären da nicht sein inneres Verlangen und der natürliche Antrieb, hätte er sicherlich das eine oder andere Mal gekniffen, und es wäre nicht zum innigst herbeigesehnten Beischlaf gekommen. Wenn sie aber erst einmal ›mittendrin‹ waren, konnte ihn nichts und niemand bremsen. Und genau an das hatte er gerade gedacht, als er aus seinen Träumen gerissen wurde.

»Was meinst du dazu, Lodewig?«, wollte Sarah, die Lodewigs Antwort im Vorhinein kannte, hören.

»Äh. Ja, Ja, das ist gut. Wir spielen gerne … mit Lea.«

»Gut!«, befürwortete Judith dieses Vorhaben nochmals und wandte sich wieder ihren Töpfen zu. »Sag deinem Vater, dass es heute später wird als gedacht. Ich gehe davon aus, dass du dann zu Hause bleibst und nicht mehr hierher zurückkommst.«

»Ja, Mutter«, entfuhr es Sarah so freudig, dass es fast auffiel.

»Bis zum Einbruch der Dunkelheit bist du aber wieder zurück!«, rief Konstanze ihrem Sohn noch nach, bevor sie von einer Hustenattacke gepackt wurde.

»Das gefällt mir nicht. – Du bist noch lange nicht gesund und gehörst immer noch auf deine Lagerstatt«, bemerkte Judith mit einer Stimme, in der die echte Sorge einer engen Freundin mitschwang.

Während Lodewig alles gab, um Sarah glücklich zu machen, wurde seinem Bruder die überaus hohe Ehre zuteil, offiziell in die Untersuchungskommission aufgenommen zu werden. Der Stadtamtmann, der als ›ehrenwerter Herr Richter‹ angesprochen werden wollte, hatte ihn schon gleich nach seiner Ankunft kommissarisch in den Ausschuss berufen und bestätigte dies nun in Form einer theaterreifen Rede, die er seinen offiziellen Begrüßungsfloskeln hinzufügte.

»Ich gratuliere dir, mein Sohn«, flüsterte der Kastellan seinem Erstgeborenen zu und stieß lächelnd mit ihm an.

Mit einem simplen »Danke! Ich werde Euch nicht enttäuschen«, übte sich Eginhard in Bescheidenheit.

Aber der Kastellan hakte nach: »Somit darfst du nicht nur bei allen Vernehmungen dabei sein, sondern auch deine Stimme erheben«, bemerkte er nicht ohne Stolz. »Und laut Aussage des ehrenwerten Herrn Richters soll sie bei der morgigen Anhörung und in der später geplanten Gerichtsverhandlung sogar gewichtet werden.«

»Ja. Aber nur, wenn auch die anderen Ausschussmitglieder, die nicht mit nach Staufen gekommen sind, ihr Einverständnis dazu geben«, tat Eginhard seine unverhoffte Berufung ab.

Nachdem die offizielle Begrüßung vorüber war, die Gäste ihre Gemächer bezogen und sich ein wenig frisch gemacht hatten, lud der Kastellan zu einer Schlossführung ein. Einerseits war er stolz auf das große Gebäude, das er mitsamt der dazu gehörenden Liegenschaften verwalten durfte, andererseits wollte er damit erreichen, dem unweigerlich folgenden Zechgelage möglichst viel Zeit abzuzwacken, damit nicht so viel gesoffen werden und sein bereits angebrochenes Fass Wein zumindest für diesen Abend ausreichen würde.

Ganz besonders imponierte den Männern die strategisch gute Lage und der traumhafte Blick auf das Dorf hinunter und in die Berge hinüber. Aber so lange der Kastellan die Besucher auch beschäftigte, seine Rechnung ging nicht auf – im Gegenteil: Die Schlossführung schien allen erst so richtig Durst gemacht zu haben. Jedenfalls wurde bis spät in die Nacht hinein gezecht, und im Wappensaal ging es auf Kosten der gräflichen Vorratskammer fröhlich zu. Zu fröhlich für den Medicus, dessen Gefängniszelle schräg über dem Wappensaal lag und der deswegen fast alles mithören konnte.

Kapitel 49

TROTZ DER BRUMMSCHÄDEL sollte anderntags pünktlich mit der Vernehmung des Gefangenen begonnen werden. Das Streifenzimmer, das ansonsten vom Kastellan als Arbeitszimmer genutzt wurde, war zum Vernehmungszimmer umfunktioniert worden. Hierzu hatten Lodewig und Ignaz einen ovalen Tisch mit sechzehn Stühlen herbeigeholt und für den Protokollführer den *Katheder* des Schlossverwalters an einen anderen Platz gestellt, nachdem dieser sämtliche in einem Fach unter der hochklappbaren Schreibfläche befindlichen Unterlagen und Utensilien herausgenommen hatte. Auf Anordnung des Landrichters hatten sie in einigem Abstand vor dem großen Tisch ein kleines Tischchen mit einfacher Sitzgelegenheit in Form eines dreifüßigen Schemels für den Gefangenen platziert.

»Sollte die Vernehmung zu lange dauern, kann ich selbst dem verachtungswürdigsten Menschenschinder das Stehen nicht zumuten«, hatte er großmütig argumentiert. Dies hieß allerdings nicht, dass er damit eine menschliche Seite gezeigt hatte; vielmehr war darin die unverhohlene Drohung versteckt, dass er die Befragung auszukosten gedachte, auch wenn sie noch so viel Zeit in Anspruch nehmen würde.

Die seitlich an die Wand gerückte lange Anrichte eignete sich ideal als Ablage für das Beweismaterial. Der richterliche Protokollführer reihte mit Eginhards Hilfe gerade die getrockneten Pflanzen und das Handwerkszeug des Arztes fein säuberlich aneinander, als der Letzte den Raum betrat.

»Setzen!«, gebot der Stadtamtmann, der sich in seiner heutigen Eigenschaft als Landrichter mit der Räumlichkeit zufrieden zeigte.

Als kurz darauf der Medicus von den beiden Immenstädter Soldaten hereingeführt wurde, blickten ihm fast eineinhalb Dutzend neugierige Augenpaare entgegen. Nach dem, was er in der Nacht hatte mit anhören müssen und was er auf der Anrichte liegen sah, hätte er sich jetzt am liebsten in dem versifften Loch seiner Schlafkammer verkrochen. Aber es nützte nichts – er musste diese Vernehmung notgedrungen über sich ergehen lassen. Dennoch nahm er sich vor, zu lügen, was sein Vokabular hergeben würde – immerhin hatte er jetzt nichts mehr zu verlieren. Dabei war er sich absolut sicher, dass sein alter Kumpan Ruland Berging plötzlich wieder auftauchen und ihn befreien würde.

Landrichter Zwick betrachtete das vor ihm sitzende Häufchen Elend und schüttelte verständnislos den Kopf. Danach sah er dem Medicus so lange in die Augen, bis nicht nur er, sondern auch die anderen unruhig wurden.

»Was ist mit dem Richter? Warum beginnt er nicht mit der Befragung?«, wollte Eginhard von seinem Vater wissen.

Ulrich Dreyling von Wagrain neigte sich seinem Sohn zu und flüsterte ihm ins Ohr, dass Zwick seine Delinquenten stets gründlich zu studieren pflegte, bevor er sie ansprach.

»Nun denn«, murmelte der unruhig wirkende Leiter der unmittelbar bevorstehenden Anhörung und rückte seine Unterlagen zurecht, bevor er mit lauter Stimme begann: »Im Namen seiner Exzellenz, des Reichsgrafen Hugo zu Königsegg, Inhaber des Blutbanns im rothenfelsischen Gebiet: Die heutige Vernehmung möge beginnen!«

Zum etwas klein geratenen Protokollführer, der kaum über das Schreibpult des groß gewachsenen Kastellans sehen konnte, sagte er: »Und Ihr haltet Euch bereit.«

Ulrich und Eginhard Dreyling von Wagrain sahen sich an und mussten grinsen.

»Ich bitte um den nötigen Respekt vor diesem Gericht«, mahnte Zwick, der nicht viel größer als der Schreiberling war, und dies bemerkt hatte. Nachdem er sich ordnungsgemäß als vom Grafen höchstpersönlich berufenen Anhörungsleiter vorgestellt, die Korrektheit dieser Anhörung festgestellt und die von seinem Protokollführer vorbereitete Liste mit den Namen der Anwesenden, sowie deren Titeln und Berufen verlesen hatte, wandte er sich mit einer Miene, die nichts Gutes verhieß, an den Delinquenten: »Ihr seid also derjenige, dem vorgeworfen wird, neunundsechzig Menschen ermordet zu haben.« Er schüttelte wieder den Kopf, »Aber dazu kommen wir später. Zunächst möchte dieser ehrenwerte Ausschuss mehr von Euch wissen. Wir möchten wissen, wer Ihr seid und woher Ihr kommt.«

Nachdem der Medicus sich nicht rührte, forderte ihn der Richter auf, ihm zu antworten: »Nun sagt uns schon, mit wem wir es zu tun haben … und fangt von vorne an! Erzählt uns also nicht nur von Euch selbst, sondern auch Eure Familiengeschichte. Wir benötigen zwar kein detailgenaues curriculum vitae, möchten aber wissen, warum Ihr so geworden seid und was Euch dazu bewogen hat, die Euch zur Last gelegten widerwärtigen Taten zu begehen.«

»Ich habe das Gefühl, dass der Medicus jetzt schon so gut wie verurteilt ist«, tuschelte Eginhard mit fast ängstlichem Blick in Richtung des Landrichters seinem Vater zu.

Ulrich Dreyling von Wagrain nickte zustimmend und beugte sich vor, um seinen Becher vom Tisch zu nehmen. Wie alle anderen, wartete auch er gespannt darauf, die Vita des Arztes zu hören.

Es dauerte ein Weilchen, bis der Medicus mit leiser Stimme zu sprechen begann: »Also ...«

Er räusperte sich.

»Mein Name ist Heinrich Schwartz. Ich bin dreiundvierzig Jahre alt, stamme aus dem Herzogtum Schlesien ... und ich bin Arzt«, betonte er mit sichtlichem Stolz.

»Darauf braucht gerade Ihr Euch nichts einzubilden«, blaffte ihn der Richter an. »Ärzte retten Leben und nehmen es nicht. Und nun sprecht weiter.«

In der Hoffnung, etwas zu trinken zu bekommen, fasste sich der Medicus an seine trockene Kehle und räusperte sich wieder. »Wie Ihr sicherlich wisst, war mein Vater ebenfalls ein Medicus. Er hat alles daran gesetzt, dass auch ich den Eid des Hippokrates ablege.«

»Und habt Ihr das ordentlich getan, oder kann es sein, dass Ihr Euch beim Studium schwer getan habt und Euer Vater mit Penunzen nachgeholfen hat?« Als er dies sagte, rieb sich der Richter die Daumen und Zeigefinger beider Hände.

Der Medicus senkte den Kopf, presste seine aufgerissenen Lippen zusammen und nickte.

»Ja, da schaut Ihr, woher ich das weiß«, sagte der Richter beifallheischend zu den anderen und forderte Heinrich Schwartz auf, weiterzusprechen.

»Wie gesagt kommt meine Familie ursprünglich aus Schlesien, einem Land der habsburgischen Wenzelskrone«, begann der Medicus mit seiner Familiengeschichte. »Aber mein Vater Vinzenz und meine Mutter Irmelin mussten aufgrund von Kriegshandlungen von dort fliehen. Und wie man damals mit Flüchtlingen umgegangen ist, können sich Eure richterliche Hoheit sicherlich vorstellen«, schleimte der Medicus, dessen Zunge aufgrund des unerträglichen Durstes immer dicker wurde.

Der Schmeicheleien – egal woher sie auch kommen mochten – zugetane Landrichter nickte zustimmend.

»Jedenfalls hat es uns letztendlich ins Allgäu verschlagen«, fuhr der Medicus fort. »Mein Vater hat in seiner alten Heimat die Naturheilkunde erlernt, war allerdings in der Allgemeinmedizin nicht besonders und in der Chirurgie überhaupt nicht erfahren, als er in Staufen angekommen ist. Trotzdem hat ihn der damalige Ortsvorsteher Heimbhofer aus der Scheiße gezogen und zum Dorfmedicus bestallt.«

»Mäßigt Euch in Eurer Ausdrucksweise! … Und fahrt fort!«, gebot der Richter, während er mit den Fingern seiner linken Hand auf den Tisch trommelte.

»Zuvor, auf der Flucht, sind wir getrennt worden«, sagte der Medicus und senkte kurz den Kopf, bevor er weiter sprach: »Während es meine Mutter und mich auf die andere Seite der Iller verschlagen hat, kam mein Vater hierher ins Allgäu.«

»Jaja, schon gut. – Weiter!«, drängte der Richter.

»Nachdem der brave Ortsvorsteher meinen Vater in Lohn und Brot gebracht hatte, hat er die Suche nach uns aufgenommen. Er hat gehört, dass man schlesische Flüchtlinge unterhalb der Burg Laubenbergstein über die Iller getrieben haben soll. Also ist er dorthin und hat alle Orte jenseits der Iller abgesucht und uns tatsächlich gefunden.« Der Medicus hielt inne und sagte dann: »Das war's!«

»Wirklich rührend«, lästerte der Richter. »Und jetzt sage ich Euch, was ich von einem ebenfalls aus Schlesien geflohenen Medicus über Euch und Eure saubere Familie gehört habe.«

»Ich bin gespannt, was jetzt kommt«, flüsterte der Kastellan seinem Sohn zu, während auch die anderen Beisitzer über den immer wieder für Überraschungen sorgenden Richter tuschelten.

»Und dass Ihr mir ja auch alles mitschreibt. Dann brauchen wir die persönlichen Angaben zur Person und zum Umfeld des Delinquenten bei der bald anstehenden Gerichtsverhandlung nicht zu wiederholen«, pfurrte Zwick in Richtung des Protokollführers, der hechelnd seinen Kopf übers Pult zu strecken suchte.

»Weil er dann kurzen Prozess machen möchte«, tuschelte einer der Beisitzer seinem Tischnachbarn zu.

»Ruhe!«, rief der Richter und ließ eine flache Hand auf den Tisch klatschen. »Und nun wieder zu Euch«, schnarrte er dem Medicus entgegen und begann damit, sein im Vorfeld recherchiertes Wissen auszubreiten: »Euer sauberer Herr Vater war ein miserabler Medicus, der berechnend damit spekuliert hat, welcher Allgäuer Magistrat ihm für seine Dienste am meisten bezahlen würde. Der damalige Ortsvorsteher, der ihm zuvor geholfen hat, hat ihn aus einer Ratsversammlung herausgezogen und daran erinnert, dass er ohne seine Hilfe verhungert wäre.« Der Richter schüttelte wieder den Kopf, bevor er fortfuhr: »Zudem war Euer Vater sturköpfig und eingebildet. Obwohl er – wie Ihr selber bereits angedeutet habt – kein guter Medicus war, hat er sich im Laufe der Zeit irgendwie einen guten Ruf erschlichen. Da er viele Leute gekannt hat, war es ihm sogar gelungen, seinen stinkfaulen Sprössling in die gewünschten Bahnen zu lenken. Dennoch seid Ihr ein Sorgenkind geblieben: Eigensinn und Faulheit habt Ihr dadurch kompensiert, indem Ihr zeitlebens ...« Der Richter unterbrach und schaute den anderen vielsagend in die Gesichter, »eine Arroganz an den Tag gelegt habt, die nicht erahnen ließ, dass Ihr es nicht aus eigenem Antrieb geschafft habt, Arzt zu werden. Euer Vater hat immer wieder in seinen Geldbeutel greifen müssen, um Euer Unvermögen auszugleichen ... Stimmt das?«

Der Medicus senkte seinen Kopf noch mehr, als er dies ohnehin schon getan hatte.

Vor dem Ausschuss saß jetzt kein arroganter und überheblich wirkender Mediziner, sondern ein geknickter Mann, der vor Dreck strotzte und dessen dunkles fettiges Haar im Gegensatz zu früher nicht glatt nach hinten gekämmt war, sondern wirr in seinem Gesicht klebte. Außerdem stank er zum Himmel.

»Hätte man ihn nicht in einen Wasserbottich stecken können?«, fragte der neben dem Kastellan sitzende Beisitzer Eberhard Meisinger, der sich wie die meisten anderen ein Spitzentuch vor Mund und Nase hielt.

»Natürlich: Wenn Ihr diese Arbeit übernommen hättet«, antwortete der Kastellan mit einem süffisanten Augenzwinkern und stand auf, um ein Fenster zu öffnen.

Bald darauf lag die ganze versaute Lebensplanung des Angeklagten offen. Einen erfolgreichen Berufsstart in Staufen hatte er jedenfalls innerhalb kürzester Zeit vermasselt. Kaum war er ein paar Monate im Amt gewesen, konnte er – wie er selbst immer wieder betont hatte – ›keine Kranken und Verletzten mehr sehen‹. Immerhin hatte er nach seines Vaters Tod dessen Posten übernommen und war als einziger

Arzt des Ortes gut bezahlter Spitalmeister der kleinen Einrichtung nördlich des Schlossberges geworden. Dieses Amt konnte einem kaum wieder genommen werden und normalerweise bekleidete man es ein Berufsleben lang. Aber er hatte das Spital so heruntergewirtschaftet, dass es schließen musste.

Nachdem es beim ersten Teil der Befragung um persönliche Angaben zum Gefangenen und zu dessen Umfeld gegangen war und der Richter hinreichend abgelästert hatte, konzentrierte sich sein Fragenkatalog ganz auf dessen Taten.

»Was ist mit diesem Geld?«, wollte der Richter unvermittelt wissen, während er zu den Beweismitteln auf der Anrichte zeigte.

»Kennt Ihr diesen Beutel samt Inhalt?«, schrie der Vorsitzende den zitternden Arzt an, um ihn einzuschüchtern.

Obwohl es damit gut klappte, wollte die Sache zunächst nicht so richtig in Gang kommen. Auch als der Vorsitzende dem Medicus mit der ›*Peinlichen Befragung*‹ drohte und ihm aufzählte, was er diesbezüglich alles erleiden müsse, wenn er nicht sofort die ganze Wahrheit sage, gab der Medicus ums Verrecken nichts zu. Irgendwann wurde es den Beteiligten zu dumm, und es kam der Vorschlag aus der Versammlung, die Peinliche Befragung gleich zu Hilfe zu nehmen. Dies würde heißen, dass man den Angeklagten peinigen, also foltern würde.

»Unter der Folter haben noch alle geredet«, meinte einer der Beisitzer.

Bis auf Eginhard und den Kastellan, die beide jegliche Foltermethoden ablehnten, stimmten alle für diese Art der Befragung. Aber der Vorsitzende musste feststellen, dass es gar nicht so einfach war, sich diesbezüglich etwas einfallen zu lassen, wenn kein Henkersknecht, geschweige denn der *Carnifex* selbst greifbar war und es auch an einer Folterkammer mit passenden Gerätschaften mangelte. Außerdem handelte es sich lediglich um eine Anhörung, bei der von Gesetzes wegen keine derartigen Hilfsmittel zugelassen waren.

»Geht mit dem Gefangenen so lange vor die Tür, bis ich euch wieder rufen lasse«, befahl Zwick den beiden Wachen.

Als der Medicus draußen war, fragte der Kastellan: »Was habt Ihr vor, ehrenwerter Herr Vorsitzender?«

Der Richter nahm einen kräftigen Schluck und grinste. »Ich schlage vor, dass wir uns in Anwesenheit des Gefangenen für ihn laut vernehmbar über einige der grausamsten Foltermethoden unterhalten, um ihn zu zermürben. Dass wir hier im Schloss kaum die Möglichkeit haben werden, ihn zu foltern und dass wir dies ad hoc gar nicht dürfen, weiß er ja nicht. Wir sind zwar nicht mehr im finsteren Mittelalter, dennoch ist die Folter auch noch heutzutage ein adäquates Mittel, um Geständnisse herauszupre …« Zwick räusperte sich, »locken, herauszulocken«, korrigierte er sich noch schnell.

Obwohl die Folter nicht ernsthaft in Erwägung gezogen werden konnte, schlug einer auch vor der Tür gut vernehmbar vor, den Dorfschmied zu holen und den Gefangenen mit heißen Eisen die Daumen quetschen oder ihn blenden zu lassen. Dies hätte zudem den Vorteil, dass sich in der Bevölkerung herumsprechen würde, was geschieht, wenn die gräflichen Gesetze auf das Schändlichste missachtet werden.

»Nein!«, entrüstete sich der Kastellan. »Habt Ihr nicht gehört, dass wir dies nicht dürfen?« Außerdem wollte er die Dorfbewohner nicht mit in die Sache hineinziehen.

»Das Volk wird uns sowieso noch genug zu schaffen machen«, unterstützte ihn unverhofft der Landrichter. Er hätte zwar gerne Blut gesehen, allerdings wusste er auch, wie es zugehen würde, wenn später tatsächlich das Todesurteil über den Medicus gesprochen würde. Nur allzu gerne würde das Volk auf den Henker verzichten und dessen Arbeit selbst übernehmen.

Die Diskussion dauerte nicht lange, und der Vorsitzende ließ den Gefangenen wieder hereinbringen.

»So, Medicus! Da Ihr es vorzieht, uns die Wahrheit über die schrecklichen Geschehnisse vorzuenthalten und Ihr die dort drüben liegenden Beweisstücke nicht zu kennen scheint, mussten wir uns wohl oder übel zur Folter entschließen. Wir wissen nur noch nicht, wie«, sagte der Richter aufgesetzt nachdenklich, während er wie grübelnd an seinem Kinnbärtchen zupfte.

»Wir blenden ihn mit dem heißen Eisen!«, rief einer der Beisitzer, während er wie wutentbrannt aufstand und mit einer Faust so fest auf den Tisch schlug, dass es schepperte.

»Nein! Ich schlage die altbewährten Daumenschrauben vor«, konterte ein anderer.

Wieder ein anderer schien sich für den als offizielle Foltermethode noch unbekannten, aber – wie man hörte – wirkungsvollen ›*Schwedentrunk*‹ zu begeistern. Nachdem er diese fürwahr grausame Quälerei erst in allen Einzelheiten erklärt hatte, da diese – zumindest hier auf dem Land und dort, wo die Schweden noch nicht marodierend durchgezogen waren – unbekannt war, schüttelten alle angewidert die Köpfe, was dazu führte, dass dem Angeklagten ein Seufzer der Erleichterung entfuhr.

»Freut Euch nicht zu früh«, wurde der Medicus dafür vom Vorsitzenden, dem dessen Reaktion auf das allseitige Kopfschütteln aufgefallen war, zugeraunt. »Was meint Ihr, Dreyling von Wagrain?«, fragte er danach in Richtung des Kastellans.

Da der Schlossverwalter Grausamkeiten jeglicher Art verabscheute, wollte er am liebsten keine Antwort geben. Weil es sich aber um ein abgekartetes Spiel handelte und er wusste, dass diese Art von Folter trotz des Verbots gang und gäbe war, erwog er, das Wort zu erheben. Es war ihm klar, dass er damit seinen Beitrag dazu leisten konnte, dem Medicus die Folter endgültig zu ersparen. Also musste er sich notgedrungen auf dieses Spiel einlassen. Außerdem hatte er noch einige ganz persönliche Fragen an den Delinquenten.

»Na gut …«, beantwortete der Kastellan die Frage des Richters. »Aber wenn schon, dann richtig«, sagte er und stand auf, um seinen Worten noch mehr Gewicht zu verleihen. »Damit der Medicus sicher zum Sprechen gebracht wird und wir keine unnötige Zeit verlieren, würde ich – unter strikter Einhaltung der ›Vier-Phasen-Methode‹ – kombinierte Maßnahmen vorschlagen«, erklärte er mit künstlich aufgesetzt eiserner Miene.

Als der Medicus den Begriff ›Vier-Phasen-Methode‹ hörte, brauchte man ihn nicht mehr zu foltern, da sich seine Zehennägel jetzt schon von selbst aufzurollen drohten.

»Was meint Ihr damit, werter Schlossverwalter?«, fragte der Vorsitzende sichtlich amüsiert.

»Na ja: Zuerst würde ich ihn in unserer bestens ausgestatteten Folterkammer mit dem Rücken zur Wand an die Decke hängen und ein wenig auspeitschen lassen. Aber wirklich nur ein bisschen … damit er von der darauf folgenden Pein auch noch etwas hat. Danach könnte der Kerkermeister auf seinen Rücken glühende Kohlen drücken – wovon er ihm auch eine in den Mund stecken könnte, um seine Zunge zu lösen. Sollte das immer noch nicht ausreichen, könnten – wie der ehrenwerte Herr Kollegius bereits vorgeschlagen hat – Daumenschrauben und Streckbank zum Einsatz kommen. Wenn Ihr wollt, schlagen wir ihm danach auch noch mit einem Wagenrad aufs Herz.«

»Letzteres ist zwar eine altbewährte Methode im rothenfelsischen Gebiet und hätte meine volle Zustimmung, wenn er dadurch nicht schlagartig getötet würde! – In diesem Falle hätten weder er noch das Volk etwas davon«, gab einer aus der Runde mit ernst wirkender Miene zu bedenken.

»Wie recht Ihr doch habt«, bemerkte der Kastellan anerkennend. »Der geschundenen Bevölkerung steht es zu, ihren Schinder möglichst lange leiden zu sehen.«

»Wie wäre es mit dem ›*Rattentrichter*‹?«, rief ein aus Burgberg stammender Beisitzer dazwischen, der aber nicht damit durchzukommen schien, weil alle anderen wie angeekelt die Köpfe schüttelten.

»Glück gehabt!«, sagte der Richter zum Delinquenten, dem man die Erleichterung ansehen konnte.

Während sich Heinrich Schwartz' Kopf fassungslos von einem Redner zum anderen wandte, staunten die Beisitzer nicht schlecht über die grausamen Vorschläge des als sanftmütig bekannten Kastellans und ihres nicht minder gutmütigen Burgberger Kollegen.

Eginhard sah seinen Vater an, als würde ein Fremder neben ihm sitzen. So brutal hatte er sein Vorbild noch nie erlebt. Da der Kastellan den Medicus besser kannte als alle anderen im Raum, wusste er, auf was der Säufer reagieren könnte, hakte er nach: »Und selbstverständlich würde ich ihn im Ravensburger Arbeitshaus bis auf die Gerichtsverhandlung oder sogar bis zur Vollstreckung des Todesurteils – das für mich außer Zweifel steht – warten lassen. Dort soll man ihm so lange nichts zu trinken geben, bis ihm die vertrocknete Zunge heraushängt, die man ihm dann gleich abschneiden könnte, wenn er immer noch nicht geredet hat. Außerdem würde ich ihm …«

Das war entschieden zu viel für den Medicus, der den Kastellan jetzt unterbrach. Nein, noch mehr dürsten wollte er nicht. Dann schon lieber den Schwedentrunk oder den Rattentrichter. Der aus seiner Warte offensichtlich sadistisch veranlagte Schlossverwalter hatte ihm das Stichwort gegeben. So bettelte der Gefangene jetzt um einen Schluck Schnaps. Seine Kehle sei ebenso trocken wie sein Gehirn, jammerte er.

Der Vorsitzende, der längst erkannt hatte, dass gerade Letzteres stimmte, grinste zum Kastellan hinüber und ließ von der herbeigerufenen Magd einen kleinen Krug Obstbranntwein holen. Er ließ das verlockende Nass direkt vor den Gefangenen, dem die Hände gebunden waren, stellen. Alle warteten neugierig ab, was jetzt wohl geschehen würde. Als der Medicus zu jammern und zu betteln begann, während ihm vor lauter Gier der Speichel aus den Mundwinkeln troff, rief der Vorsitzende eine der Wachen zu sich und tuschelte ihr etwas ins Ohr. Daraufhin ging der Soldat zum Gefangenen und schenkte zwei Finger breit in einen Zinnbecher, den er beim Abstellen ›versehentlich‹ umschüttete. Während der Soldat den Vorsitzenden fragend ansah und ein fast unmerkliches Kopfnicken erfuhr, nahm er den Krug an sich und wandte sich zum Gehen.

»Bitte! – Haltet ein!«, flehte der Medicus, der damit beschäftigt war, das köstliche Nass vom Tisch zu lecken. »Ich sage alles, wenn Ihr nur den Krug hier lasst und mir einen einzigen Schluck daraus gewährt.«

Angewidert sahen die Anwesenden zu, wie er – nachdem ihm die Fesseln gelockert worden waren – die letzten Tropfen so gierig aus dem inzwischen wieder gefüllten Zinnbecher sog, dass es den Becherboden wie durch ein Vakuum nach innen zu ziehen drohte. Jedenfalls funktionierte die Strategie des Kastellans, und der Gefangene sagte danach alles, was die Kommissionsmitglieder hören wollten. Auch die Frage des Vorsitzenden, ob er denn die Giftpflanzen allein ausgesucht, eingekauft, zu einem tödlichen Sud verarbeitet und den erbarmungswürdigen Opfern ebenfalls allein – ohne einen Mittäter – verabreicht hatte, beantwortete der Medicus wahrheitsgemäß mit einem laut vernehmbaren »Ja!«

Als der Vorsitzende daraufhin ein angewidertes »Unglaublich!« zischte, überkam den Gefangenen fast ein wohliges Gefühl von Stolz.

»Und wie habt Ihr die Sache geplant?«, fragte der Kastellan.

»Wie meint Ihr das?«, kam es zurück.

»Nun: Seid Ihr allein gewesen oder habt Ihr die ganze Sache vielleicht doch mit einem Komplizen geplant?«

»Nein, nein, nein!«, winkte der Medicus vehement ab und schüttelte den Kopf so fest, dass sich sogar die in seinem Gesicht klebenden Haare lösten. »Ich habe die Sache ohne Hilfe anderer geplant und auch allein durchgezogen.«

»Das glaube ich Euch nicht! Da Ihr Euren Verstand schon längst versoffen habt, seid Ihr nicht mehr in der Lage gewesen, auf eine solch große Sache zu kommen und diese auch noch ohne fremde Hilfe zu Ende zu bringen.«

Der Medicus hätte sich – jetzt, nachdem er Schnaps in sich hatte – lieber auf die Zunge gebissen, als den Totengräber zu verraten. Immerhin war er der Einzige, der ihn noch befreien konnte.

»Ihr wisst, was es für das Strafmaß bedeuten könnte, wenn Ihr uns eventuelle Mittäter nennen würdet?«, lockte der Richter, der nicht wusste, warum sich der Kastellan gerade an dieser Frage festgebissen hatte.

»Selbst wenn ich möchte, könnte ich nichts dazu sagen. Ich kann doch nicht einfach irgendwelche Namen nennen, wenn mir niemand geholfen hat.«

»Er spricht nicht von ›einer‹ sondern von ›mehreren Personen‹, die ihm nicht geholfen haben«, flüsterte der Kastellan Eginhard zu.

»Ja, Vater, das ist mir auch aufgefallen. Dadurch glaube ich nicht mehr, dass er mit dem Totengräber zusammengearbeitet haben könnte. Aber frag ihn doch trotzdem danach.«

Dies tat der Kastellan denn auch und versuchte eine Regung im Gesicht des Delinquenten zu erkennen. »Wie wäre es mit Ruland Berging?«

Aber Heinrich Schwartz zuckte nicht einmal mit den Augen, als er diesen Namen hörte.

»Wer soll das sein?«, wollte Zwick wissen.

»Verzeiht, ehrenwerter Herr Richter«, sagte der Kastellan und legte eine flache Hand auf die Brust, während er sich leicht verneigte. »Ruland Berging war einst der Leichenbestatter unseres Dorfes und hat …«

»Ich war der Meinung, dass dieser Mann der Leichenbestatter Eures Dorfes war«, lachte ein jüngerer Beisitzer und deutete auf den Medicus.

»Schweigt!«, fuhr Zwick dazwischen und erteilte dem Kastellan wieder das Wort.

»Der Totengräber und der Medicus sind des Öfteren im Wirtshaus ›Zur Krone‹ gesehen worden und sie …«

»Na und?«, unterbrach jetzt der Medicus mutig, tat aber bewusst gelassen. »Dass Totengräber und Ärzte miteinander zu tun haben, dürfte nichts Neues sein. Ja, wir haben uns manchmal im Wirtshaus getroffen, um unsere Zusammenarbeit zu besprechen. – Ist das etwa verboten?«

»Nein!«, antwortete der Kastellan. »Nur, wenn sie sich bei Einbruch der Dunkelheit heimlich auf dem Kirchhof treffen.«

Auch jetzt blieb der Medicus ruhig und tat so, als wenn er nicht wüsste, von was der Kastellan gesprochen hatte.

Da außer dem Medicus und den Dreylings von Wagrain niemand wusste, was es damit auf sich hatte, berichtete der Kastellan vom Gespräch auf dem Kirchhof und der damit zusammenhängenden Sache mit seinen Söhnen und – wie er vermutete – mit den Söhnen der Blaufärber. Dies führte zu einer langen Debatte und zu dem Ergebnis, dass der schon wieder nach einem Schnaps lechzende Angeklagte nach allen Regeln der Kunst vernommen wurde. Aber der Medicus blieb trotz aller Drohungen standhaft und gab nicht das Allergeringste preis. Er holt mich hier raus. Egal, was die reden; nur ich allein weiß, dass der Tote im Entenpfuhl nicht Ruland Berging war. Er kommt zurück und befreit mich, hoffte er immer noch.

»So, das reicht jetzt, verehrter Verwalter des Schlosses Staufen«, beendete der Richter dieses Thema, obwohl er gemerkt hatte, dass der Kastellan in Rage gekommen war und nicht locker lassen wollte.

Aber erst als Eginhard seinen Vater am Arm festhielt und ihm leise sagte, er könne aufgrund der strengen Anhörung und des Gehörten selbst nicht glauben, dass der Totengräber der Komplize des inzwischen eindeutig überführten Arztes gewesen sein sollte, beruhigte sich der Kastellan etwas.

»Warum sollte der Medicus jemanden schützen, wenn er allein durch die Nennung dessen Namens einen gnädigeren Tod erwarten kann? – Insbesondere, wenn dieser Jemand nachweislich ertrunken ist«, fragte Eginhard seinen Vater. »Das macht doch keinen Sinn.«

»Den Nachweis hat er selbst erbracht«, murmelte der Kastellan.

»Was?«

»Ach nichts«, antwortete der groß gewachsene Mann, der sich jetzt selbst nicht mehr sicher war und kleinlaut in seinen Stuhl zurückglitt. Er verfluchte sich, weil er die Leiche vom Entenpfuhl auf Empfehlung dieses verfluchten Arztes gleich nach deren Bergung hatte verbrennen lassen. Hätte er auch nur im Geringsten geahnt, dass der Medicus einen Augenblick lang gewankt und überlegt hatte, den Totengräber doch noch zu verraten, wäre er ihm wohl an die Gurgel gegangen und hätte die ganze Wahrheit aus ihm herausgeprügelt.

Der Angeklagte wusste, dass ihm ein zusammen mit ihm verurteilter Totengräber nichts mehr nützen würde. Außerdem müssen sie ihn erst kriegen, lachte er trotz seiner schwierigen Situation zufrieden in sich hinein. Solange sie Ruland Berging nichts nachweisen konnten und ihn nicht einmal ernsthaft in Verdacht hatten, konnte der Medicus hoffen, dass sein Kumpan doch wieder auftauchen und ihm irgendwie aus seiner misslichen Lage heraushelfen würde. Er müsste nur die Gelegenheit haben, dem geldgierigen Totengräber mitzuteilen, dass noch ein schöner Batzen Geldes in einem sicheren Versteck liegen würde … auch wenn dies nicht stimmte.

Trotz seiner persönlichen Niederlage – zumindest empfand dies der Kastellan im Moment so – schnaufte er erleichtert aus, als ihn sein sichtlich stolzer Sohn anlächelte. Für beide war wichtig, dass der Bann gebrochen war und der Medicus seine Taten in vollem Umfang gestanden hatte, ohne gefoltert worden zu sein. Zudem waren Vater und Sohn Dreyling von Wagrain auch noch so etwas wie Helden des Tages geworden.

»Wer weiß, was den brummschädeligen Ausschussmitgliedern sonst noch alles eingefallen wäre«, flüsterte der Kastellan Eginhard ins Ohr, während vom Richter und den anderen Mitgliedern dieses Anhörungsausschusses letzte Details besprochen, das gefundene Geld mehrmals nachgezählt und das Schlussprotokoll verfasst wurden.

Der Medicus hatte in etwa Eginhards Rechnung, die der Studiosus seinerzeit im Propsteigebäude und später auch noch im Bechtelerhof aufgestellt hatte, bestätigt. Allerdings musste sie jetzt nach oben korrigiert werden, da sich in dem Lederbeutel anstatt der vorsichtig geschätzten zweihundert weit über dreihundert Gulden, hauptsächlich in Form von Kreuzern und Hellern, befunden hatten. Dazu kamen noch siebenundzwanzig Schmuckstücke, die der Medicus von denjenigen, die nicht hatten zahlen können, als ›Lohn‹ entgegengenommen hatte. All dies nahm die Beisitzer arg mit. Nur den Richter ließ dies kalt. Er hatte jetzt einen Bärenhunger, weswegen er laut vernehmlich rief: »Die Sitzung ist beendet! Werft den Delinquenten wieder in seine Zelle … und sorgt dafür, dass er sich wäscht.«

Für den nächsten Morgen hatte Landrichter Zwick einen Ortstermin anberaumt, weswegen er sich mit den Beisitzern auf den Weg ins Dorf hinunter machte.

Als die Staufner die vornehm gekleideten Herren auf ihren Schlitten und Pferden den Schlossberg herunterkommen sahen, gerieten sie in Panik. Sie hatten Angst, dass es der Tross des gräflichen Steuereintreibers sein könnte, dessen unsensible Methoden ihnen nur allzu bekannt waren.

»Mit was sollen wir Steuern zahlen?«, fragten sich gerade diejenigen, die ihre letzten Heller dem Medicus gegeben hatten. Binnen weniger Minuten riefen sie ihre Kinder zusammen, zogen sich in ihre Behausungen zurück und verriegelten die Türen.

Erst als die Menschen gewahr wurden, dass sich der Kastellan und Eginhard unter den feinen Herren befanden, krochen sie langsam wieder hinter ihren Feuerstellen hervor. Ulrich Dreyling von Wagrain hatte große Mühe, die verängstigten Menschen davon zu überzeugen, dass ihnen niemand etwas Böses anhaben wollte. Da schlug der Kastellan dem Landrichter vor, spontan eine Dorfversammlung einzuberufen, um den Einwohnern Staufens hochoffiziell mitzuteilen, worum es ging.

»Und wo soll diese Versammlung stattfinden?«, fragte Zwick mürrisch.

»Der Marktplatz würde sich besonders gut eignen, da die Delegation bei dieser Gelegenheit auch noch den Ort des ›Mistgabelmordes‹ inspizieren könnte, auch wenn sie nicht deswegen nach Staufen gekommen und der Platz zugeschneit ist«, beantwortete der Kastellan die Frage.

»Der Schnee tritt sich fest. Gut mitgedacht, mein lieber Wagrain«, entgegnete Zwick zufrieden, während er dem Kastellan anerkennend auf die Schulter klopfte.

Am Marktplatz angekommen, rührte der mitgebrachte Trommler so lange einen perfekt einstudierten Wirbel im Wechsel mit langsamen, dumpfen Schlägen, bis sich der Platz mit Menschen zu füllen begann. Bevor der Landrichter zum Volk sprechen würde, wollte der Kastellan die Gelegenheit nützen, ihn davon zu überzeugen, dass hier an dieser Stelle schnellstens wieder der Wochenmarkt stattfinden müsste.

»Werter Herr …«, sprach er Zwick entschlossen an. »Wir brauchen den Markt. Die Staufner gehen ohne die Möglichkeit, kaufen und verkaufen oder tauschen zu können, innerhalb kürzester Zeit zugrunde! Dann sieht es bei uns in Staufen so trostlos aus wie derzeit bei Euch im Städtle – das muss doch nicht sein. Ich flehe Euch an: Seid gnädig und erwirkt beim Grafen mit Hilfe des Oberamtmannes die Aufhebung des Marktverbotes!«

»Bevor ich Euch und den Euren helfen kann, muss ich mir Kenntnis des vermutlichen Tatherganges verschaffen. Ist dies möglich?«

»Jawoll!«, antwortete der Kastellan knapp in ungewohnt militärischem Ton. »Wir müssen nur abwarten, bis Otto Dobler, der einzige brauchbare Zeuge, eintrifft. Sicher wird auch er dem Ruf Eurer Trommel folgen und bald hier sein.«

Während sie auf den Bauersknecht warteten, strömten immer mehr Menschen herbei, um zu erfahren, was los war.

»Endlich!«, freute sich der Kastellan und winkte seinem gerade eintreffenden Freund zu.

Nachdem Otto vorgestellt worden war, rief der Landrichter den Rest seiner Delegation herbei.

»Werte Herren! Das ist Otto Dobler, der – wie unser verehrter Schlossverwalter meint – einzige brauchbare Zeuge des Vorfalles, der einem unserer Soldaten das Leben gekostet hat – einige von euch kennen ihn bereits von der Anhörung her. Da wir sowieso schon hier sind, nützen wir die Gelegenheit, um uns direkt am Ort des Geschehens kundig zu machen, damit wir unsere Erkenntnisse in spätere Entscheidungen einfließen lassen können. Also, Herr Dobler. Nun geniert Euch nicht und berichtet so konkret, wie es Euch möglich ist.«

Nachdem Otto – wie schon vor dem Ausschuss in Immenstadt, allerdings in kürzerer Version – alles wahrheitsgemäß erzählt hatte und dabei fingerzeigend von einer Ecke des Platzes zur anderen gehastet war, wurde die damalige Szenerie mit Hilfe einiger Umstehenden nachgestellt.

»Wie viele Menschen hatten sich an jenem Mittwoch auf diesem Platz eingefunden?«, fragte der Landrichter.

»Aufgrund der Angst vor der Pest waren es beileibe nicht so viele, wie bei den Märkten zuvor – dennoch dürften es weit mehr als zehn Dutzend gewesen sein«, antwortete der Kastellan, der ja selbst nicht dabei war, bewusst übertreibend.

»Bei so vielen Menschen müsste irgendjemand irgendetwas gesehen haben«, konstatierte der plötzlich verdächtig gut aufgelegte Richter.

Da schob sich Josen Bueb durch die Menge und baute sich frech vor den hohen Herren auf.

»Wer ist er?«, fragte Zwick erstaunt.

»Das ist Josef, der Sohn des Sonnenwirtes, den hier alle nur Josen Bueb nennen«, antwortete der Kastellan.

»Darf ich sprechen?«, kam Josen Bueb einer Aufforderung des Landrichters zuvor.

»Ihr seid sehr dreist. Erweist uns erst den gebührenden Respekt und verneigt Euch, wenn Ihr das Wort ergreifen wollt«, pfurrte Zwick – schon wieder verärgert –, während ein Raunen durch die Menge ging.

Nachdem der Wirtssohn zähneknirschend so etwas wie eine ehrerbietige Verneigung vollführt hatte, deutete ihm der Landrichter, zu sprechen. Als auch das allgemeine Getuschel verstummt war, berichtete der junge Hitzkopf ausführlich und stolz darüber, dass er und ein paar unerschütterliche Kämpfer für Recht und Gesetz den Mistgabelmörder erkannt und aufgestöbert hätten, ihn aber nicht hatten stellen können, weil dieser selbst ein Feuer entzündet hatte, um seine Häscher damit abzulenken.

»Dummerweise ist er selbst darin verbrannt, und wir haben ihn nicht der Gerichtsbarkeit zuführen können«, beendete der Sohn des Sonnenwirtes seinen Bericht.

»Dann ist der Mörder unseres Soldaten also tot! – Zweifel ausgeschlossen?«, fragte Zwick, der ein vielsagendes Nicken zur Antwort bekam. »Na, wenn das so ist«, beendete er nachdenklich die Unterhaltung und wandte sich seinen Leuten zu. »Was meint Ihr, mein lieber Wagrain?«

Obwohl der Kastellan Lügen verabscheute, bestätigte er, die sterblichen Überreste Fabios auf dem Hof der Wachters mit eigenen Augen gesehen zu haben. Er legte jedoch Wert auf die Feststellung, dass der Wachsoldat keinem Mord zum Opfer gefallen, sondern dass es sich lediglich um einen Unfall gehandelt hatte, der zwar durch den tollpatschigen Streuner herbeigeführt worden, aber sicher nicht gewollt war. Da er davon überzeugt war, dass Fabio mit dem Tod des Gardisten nichts zu tun gehabt hatte, ging es ihm jetzt nur noch darum, dessen Leben zu schützen, indem er alles dafür tat, dass dieser Fall nicht weiterverfolgt würde. Außerdem hoffte er, dass dadurch der Deckel dieser Akte zugeschlagen werden konnte und man den Staufnern wieder gestatten würde, ihre Markttage abzuhalten.

»Ich kann mir beim besten Willen nicht vorstellen, dass es in der Absicht Fabios oder eines anderen Einheimischen gewesen sein kann, einen Menschen umzubringen, der ihnen nicht nur nichts getan hat, sondern sogar auf ihre Sicherheit bedacht war«, stellte einer der hohen Herren zur Freude des Kastellans, der in seiner Eigenschaft als interimistischer Ortsvorsteher für die Staufner Bevölkerung eingestanden war, fest.

Nachdem sich die Delegation aus Immenstadt eine ganze Weile lang beratschlagt hatte, trat der Landrichter aus der Runde und ging auf den Kastellan zu.

»Also gut, Wagrain! Weil Ihr einer der Unseren seid, schenken wir Euch Glauben. Und da wir ebenfalls zu der Meinung gelangt sind, dass es ein Unfall war und wir diesem … diesem Josefs Bub und Euch glauben, dass der Verursacher tot ist, werde ich Euren Wunsch in Bezug auf die Aufhebung des Marktverbotes wohlwollend weitergeben. Ich werde zusammen mit Speen ein Schreiben aufsetzen, in dem wir unseren hochwohllöblichen Herrn bitten werden, Gnade vor Recht ergehen zu lassen.«

»Was heißt hier Gnade vor Recht?«, fragte der Kastellan in forschem Ton.

»Bitte, werter Herr Schlossverwalter! Ich habe doch soeben gesagt, dass die Sache bald erledigt sein wird. Also beruhigt Euch. Und jetzt lasst uns endlich zum eigentlichen Grund unseres Hierseins kommen«, gab Zwick zurück, dem die Sache jetzt so langsam lästig zu werden schien. Er war einer derjenigen Beamten, die gerne Punkte abhakten, ohne Rücksicht darauf zu nehmen, ob dabei dem Recht wirklich genüge getan wurde.

Als sich die meisten Staufner auf dem Marktplatz eingefunden hatten, erklärte der Landrichter den eigentlichen Grund für dieses spontane und unvorbereitete Treffen. Allein die Mitteilung, dass es nicht die Pest gewesen war und für das Massensterben möglicherweise eine einzelne Person zur Verantwortung gezogen werden müsse, löste Empörung, Flüche und lautes Geschrei aus. Dass der Medicus im Verdacht stand, der Urheber dieser Katastrophe zu sein, erzählte er der Menge noch nicht. Als der von vielen gefürchtete und von allen respektierte Mann jedoch erklärte, dass er jeden Einzelnen, der mit der vermeintlichen Pest zu tun gehabt hatte, auch über die Arbeit des Arztes Heinrich Schwartz befragen würde, dachten sich die Menschen ihren Teil. Urplötzlich wandelte sich die ohnehin schon schlechte Stimmung in blanke Wut und wilden Hass.

»Wo ist der Medicus? Wo habt Ihr dieses Scheusal versteckt?«, brach es unvermittelt hervor.

Der erfahrene Landrichter wusste schon, warum er die Sache von Anfang an vorsichtig angepackt hatte. Es wäre nicht das erste Mal, dass ein Mensch, der noch nicht einmal ordentlich angeklagt, geschweige denn verurteilt war, vom Volk selbst gerichtet wurde.

»Beruhigt euch, ihr braven Untertanen unseres hochverehrten Grafen Hugo! Beruhigt euch doch endlich!«

Letztendlich war ein kurzer Trommelwirbel vonnöten, um für Ruhe zu sorgen.

Zwick blickte achselzuckend zum Kastellan – wohl wissend, dass er jetzt die Unwahrheit sagen würde. Die Staufner durften nicht erfahren, dass der Medicus immer noch Gefangener des Kastellans war und im Südturm des Schlosses schmachtete. Dann sprach er weiter: »Der Medicus ist bereits in Immenstadt eingekerkert und wird schon bald der Gerichtsbarkeit zugeführt werden. Sollten sich die ungeheuerlichen Vorwürfe, die ihm zur Last gelegt werden, tatsächlich bestätigen, wird er angemessen bestraft. Und dazu benötigen wir eure Hilfe! Erschreckt also nicht, wenn meine Männer im Anschluss an diese außerplanmäßige Versammlung an eure Türen klopfen und euch bitten werden, für eine kurze Befragung mit aufs Schloss zu kommen.«

So geschah es denn auch: Über siebzig Hinterbliebene und sechsunddreißig überlebende Patienten des Arztes Heinrich Schwartz wurden als Zeugen befragt. Auch Propst Glatt – der bei der Anhörung als stiller Beobachter und als Vertreter der Kirche dabei gewesen war – wurde zu einer Aussage geladen. Die Staufner empfanden es als ein Abenteuer, hinter die dicke Wehrmauer blicken und sogar das Hauptgebäude des Schlosses betreten zu dürfen.

Nachdem die schier endlosen Befragungen – die parallel in drei verschiedenen Räumen des Schlosses stattgefunden hatten – abgeschlossen waren, wurden auch noch die einzelnen Tatorte besichtigt; zuerst der Behandlungsraum des Arztes, danach einige Wohnstätten der bedauernswerten Opfer. Schlussendlich warfen sie auch noch einen Blick auf den Kirchhof und in die Seelenkapelle.

Eginhard stellte zufrieden fest, dass über die ganzen letzten Tage hinweg ernsthaft und akribisch gearbeitet worden war und selbst die Misthaufen nach Resten der todbringenden Kräuterbeutelchen abgesucht worden waren. Aber diese ekelige Arbeit hatte sich nicht gelohnt.

Nachdem der Protokollführer letztendlich das umfangreiche Geständnis des Gefangenen vorgelesen und von den anwesenden Zeugen hatte unterzeichnen lassen, versiegelte der Vorsitzende das fein geschöpfte Papier, das jetzt von einem Kurier schnellstens zum Grafen nach Konstanz gebracht werden sollte. Nun oblag es allein dem Landesherrn, zu entscheiden, wie weiter verfahren werden sollte.

»Es kann guten Gewissens gesagt werden, dass der Gefangene genügend Gelegenheit gehabt hat, sich zu verteidigen und dass fast alle Mittel der Beweisaufnahme genutzt worden sind, ohne die Folter einzusetzen«, sagte Ulrich Dreyling von Wagrain zu seinem Sohn.

Eginhard hingegen war nicht ganz so zufrieden wie sein Vater und monierte, dass man weder den Kräuterlieferanten verhört noch dessen Plantage besichtigt hatte. Letztendlich aber musste er respektieren, dass der oberste Richter darauf verzichtet hatte, weil die Sache aus seiner Sicht auch so klar war.

»Wahrscheinlich war es Zwick zu unbequem, bei dieser Kälte auch noch bis nach Hopfen zu reiten«, hatte er zu seinem Vater gesagt und verständnislos den Kopf geschüttelt.

»Dann steht einem sicherlich kurzen, aber gerechten Prozess nichts mehr im Wege«, ergänzte der Kastellan, der sich nach längerer Betrachtung ebenfalls zu der Meinung hatte hinreißen lassen, dass der Totengräber unmöglich etwas mit dem Medicus zu tun haben konnte und dass man deshalb Til, den Kräutermann, nicht behelligen müsse, zumal dieser nicht der rothenfelsischen Gerichtsbarkeit unterstand und deshalb zu einer Aussage gezwungen werden konnte.

Ganz am Schluss der letzten Zusammenkunft stellte der Vorsitzende noch fest, dass er es für unnötig hielt, sich nach den umfangreichen Recherchen noch einmal zu einer Anhörung in Immenstadt zu treffen. Er plädierte dafür, die fehlenden Beisitzer in Einzelgesprächen zu unterrichten und nach Absprache mit dem Grafen baldmöglichst die Gerichtsverhandlung anzuberaumen.

Auch Eginhard hob bei der anschließenden Abstimmung seine Hand.

Kapitel 50

Seit der Vernehmung des Heinrich Schwartz waren mehrere Wochen ins Land gegangen, und den überführten Massenmörder hatte immer noch niemand abgeholt, um ihn in die Residenzstadt zu bringen. Deswegen hatte er nach wie vor die unrühmliche Ehre, im Südturm des Schlosses Staufen residieren zu dürfen. Obwohl der Kastellan mehrfach darum gebeten hatte, war er bisher nicht erhört worden. Stattdessen erhielt er eine Depesche, in der sich Landrichter Zwick im Namen des Grafen für die Gastfreundschaft bedankte und ihm nochmals bestätigte, dass die weitere Anhörung in Immenstadt einvernehmlich mit dem Regenten abgesagt worden war ... *und jetzt müßen wir all nur noch auff den Thag deß Gerichts warten* war am Schluss dieses Schreibens zu lesen. Einen Satz zuvor hatte der Landrichter seinem innigen Wunsch Ausdruck verliehen, bei der in den nächsten Wochen anstehenden Gerichtsverhandlung auch Eginhard dabeizuhaben.

Ulrich Dreyling von Wagrain eilte zu seinem ältesten Sohn, um ihm den Brief zu zeigen.

»Und du sollst auf ausdrücklichen Wunsch des Landrichters dabei sein«, sagte er nicht ohne Stolz, nachdem er ihm das Schreiben vorgelesen hatte.

Aber Eginhard war davon gar nicht begeistert und blockte ab: »In zwei Tagen möchte ich an meinen Studierplatz zurückkehren. Wegen Mutters Erkrankung und der Sache mit dem Medicus habe ich dort schon viel zu lange gefehlt«, sagte er und warnte gleich vor: »Es wird mir nicht möglich sein, in diesem Jahr das Kloster Mehrerau noch einmal zu verlassen.«

Dafür zeigte der Kastellan vollstes Verständnis.

»Ich werde es Zwick und Speen erklären. Aber jetzt lass uns nicht daran denken, sondern die letzten Stunden gemeinsam genießen. Während der vergangenen Tage hat Mutter nicht viel von dir gehabt.«

Der Abschied fiel allen sehr schwer. So war es kein Wunder, dass nicht nur der Mutter und Diederich die Tränen herunterliefen, als der älteste Sohn der Familie winkend vom Hof ritt. Auch Lodewig und der Vater konnten sich nicht zurückhalten.

»Und grüß mir in Bregenz alle recht schön, hörst du?«, rief er Eginhard noch nach, der sich auf den Weg zu den Bombergs vorbereitete, um sich auch dort zu verabschieden. Es war ihm wichtig, persönlich zu zeigen, dass er die Verbindung zwischen Lodewig und Sarah trotz des Glaubensunterschiedes gut hieß und sich auf die neue verwandtschaftliche Beziehung freute. Als er schon am Gehen war, drückte er Sarah noch einmal an sein Herz und wünschte ihr alles Gute. Dabei strich er ihr fast unmerklich über den Bauch und zwinkerte ihr zu.

Danach ging Eginhard noch kurz zu Propst Glatt, um sich ebenfalls zu verabschieden und einige Unterlagen abzuholen, die er in dessen Auftrag Abt Vigell übergeben musste.

»Was ist mit Euch?«, fragte Eginhard den priesterlichen Freund und drückte ihn an sich, bevor er aufs Pferd stieg. So hatte er ihm die Möglichkeit gegeben, seine nassen Augen unauffällig trockenzuwischen.

Mit allen erdenklichen Segenswünschen des Propstes und der katholischen Kirche versehen galt sein letzter Besuch den Blaufärbern, die er trotz der vielen Arbeit mit der Aufklärung des ›Pestfalles‹ die ganze Zeit über betreut hatte. Sein Vater hatte es sich nicht nehmen lassen und dem Hasen aus dem Eisloch persönlich das Fell über die Ohren gezogen. Diesen und noch einige andere Vorräte brachte Eginhard den Opsers mit den besten Genesungswünschen seiner Eltern. Eginhard war mit dem Heilungsprozess der teilweise erfrorenen Glieder der beiden zufrieden, auch wenn bei der Frau eine große Zehe und beim Mann zusätzlich noch zwei Finger nicht mehr zu retten gewesen waren. Am meisten freute es ihn aber, dass die vom Leben ganz besonders gebeutelten Leute aufgrund der Tatsache, dass sie selbst fast erfroren waren, das Leben wieder aus einer anderen Perspektive – ein kleines bisschen zuversichtlicher – sahen und nicht immer nur an ihre beiden verschwundenen Söhne, sondern zwischendurch auch ein klein wenig an sich selbst dachten.

»Die Hoffnung stirbt zuletzt«, sagte der Blaufärber zuversichtlich zu Eginhard, während seine Frau dem Studiosus beim Abschied ein Kreuz auf die Stirn zeichnete.

»Seid guten Mutes, ihr tapferen Leute«, empfahl Eginhard.

»Gott segne Euch. Kommt bald wieder nach Staufen zurück. Wir alle brauchen Euch, edler Herr«, beschwor ihn Gunda Opser und legte seufzend ihren Kopf an die Schulter ihres Mannes.

»Das kann ich euch leider nicht versprechen. Mein Studium wird zwar – sofern nichts dazwischen kommt – noch in diesem Jahr zu Ende gehen, aber ich habe viel versäumten Lehrstoff nachzuholen«, gestand Eginhard offen. Er konnte froh sein, wenn sich der Ärger wegen seiner langen Abwesenheit in Grenzen halten und es keine unverhofften Probleme geben würde. So nahm sich der ansonsten grundehrliche junge Mann vor, dem Abt des Klosters Mehrerau, den Lehrern und den einfachen Mönchen die haarsträubenden Geschichten aus Staufen zu erzählen, um etwas Abwechslung in ihr tristes Klosterleben zu bringen und sie damit von seiner Person abzulenken.

Obwohl sich Eginhard längst von seiner Familie verabschiedet hatte, ritt er zum Schloss zurück, wo er alle noch einmal in die Arme nehmen wollte. Gerade die Mutter war überglücklich, ihren geliebten Sohn unverhofft erneut an sich drücken zu dürfen, was sie denn auch ausgiebig tat, bevor er sich endgültig losriss.

Zuvor aber hatten sie ihn mit so vielen Küssen und Umarmungen eingedeckt, dass es ihn die ganze Strecke hinweg kaum frieren dürfte.

Eginhard hatte ihnen allen, sogar dem stolzen Vater, durch seine Klugheit, Besonnenheit und Sanftmut ein hohes Maß an Sicherheit und Geborgenheit gegeben. Diederich, den die Trennung besonders mitgenommen hatte, musste sich noch lange nach der Abreise seines großen Bruders die Tränchen aus dem Gesicht wischen. Während seines Hierseins war dem Großen der Kleine ganz besonders ans Herz gewachsen. Und auf Lodewig war der Studiosus mindestens so stolz wie Lodewig auf ihn. Den freute es ganz besonders, einen Bruder zu haben, der ihn in seiner Liebe zu Sarah immer wieder bestärkt hatte und mit dem er über alles hatte sprechen können. Dass Eginhard sich von den Bombergs persönlich verabschiedet hatte, machte ihn besonders glücklich.

Es hatte schon lange nicht mehr geschneit, und die täglich stärker werdende Sonne schien nun den Kampf gegen die Unbilden des Winters zu gewinnen.

»Da es am Bodensee unten sowieso wesentlich wärmer ist als im Allgäu, dürfte Eginhard eine angenehme Reise haben«, sagte Konstanze zu ihrem Mann und genoss es, seine starke Hand in der ihren zu spüren, während sie einschlief.

In Staufen war man bemüht, alles wieder seinen gewohnten Gang gehen zu lassen. Weil die Bewohner des kleinen Marktfleckens immer noch damit beschäftigt waren, die durch den Medicus geschlagenen Lücken zu verarbeiten, ließen sie – was es ihres Wissens nach noch nie gegeben hatte – die Fasnacht einfach ausfallen; zu viel Elend hatte ihnen das unselige Jahr 1634 gebracht. Jetzt hofften sie allesamt auf ein besseres 1635. Die nächste Fasnacht würden sie sicherlich wieder so leidenschaftlich feiern können, wie sie es seit Generationen gewohnt waren. Dann würden sie sich wieder mit Fleckleshäs verbutzen, was nichts anderes hieß, als sich mit Hilfe bunter Gewandungen zu verkleiden, um die Geister des Winters und die Dämonen der Kälte zu vertreiben.

Während in anderen Allgäuer Orten am Fasnachtsdienstag – den die Staufner von jeher ›Fasnatziestag‹ nannten, weil der Dienstag dem germanischen Gott Ziu geweiht und außerdem der Tag war, an dem der Zins abgeliefert werden musste – die Fasnacht ihrem Höhepunkt zuging, blieb es in Staufen ruhig. Den Kindern fiel dies natürlich sehr schwer. Auch Diederich war an diesem Tag traurig, weil er sein buntes Fleckleshäs nicht überstreifen durfte.

Da er kein Verständnis für die blöde Fasnachtsenthaltsamkeit zeigte, blieb er stundenlang in seinem Schmollwinkel, in den er sich stets zurückzog, wenn ihm etwas nicht passte.

Vor drei Wochen hatte Sarah Lodewig gesagt, dass sie sein Kind unter dem Herzen trage. Sie waren beide überglücklich, beschlossen aber, so lange ihren Familien nichts zu sagen, bis sie ganz sicher sein konnten. Nur Eginhard war heimlich informiert worden, weil er der Taufpate werden sollte.

Lodewig hatte nur noch Augen für seine geliebte Sarah, die einmal mehr wunderschön anzusehen war. Er besuchte sie jetzt täglich, dann verkrochen sie sich in Bombergs Scheune und träumten von ihrer gemeinsamen Zukunft. Seit Sarah wusste, dass sie in freudiger Erwartung war, ließ sie nur noch oberflächliche Zärtlichkeiten zu. Und dies würde so bleiben, bis das Kind da war. Keinesfalls wollte sie dem Ungeborenen schaden oder ihm gar wehtun lassen.

Mittlerweile hatte sich auch Jakob Bomberg daran gewöhnt, dass er die Liebe seiner ältesten Tochter mit einem Andersgläubigen teilen musste. Er hätte es sowieso nicht verhindern können … und er wollte es jetzt auch nicht mehr. Der tiefgläubige Jude hatte sich schon immer einen Sohn gewünscht. Jetzt hatte er einen – und was für ein Prachtexemplar! Dies machte ihn glücklich. Außerdem gab die enge Verbundenheit zu den Dreylings von Wagrain seiner Familie ein gewisses Maß an Sicherheit.

»Wer weiß, wofür diese Verbindung noch nützlich ist?«, sagte Jakob zu Judith und bekam zur Antwort: »Aber Liebster, das ist doch nun wirklich nicht wichtig. Nur die aufrichtige Liebe der jungen Leute zählt.«

Jakob grübelte laut: »Wenn sich Judith da nur nicht täuscht.«

»Was sagst du, Jakob?«

»Ach, nichts!«

Die Dörfler hatten den Winter über allesamt genügend gefroren und freuten sich jetzt auf das Ende der Schneeschmelze. Dann würden sie endlich in die Wälder gehen und klammheimlich die im Winter zurückgelassenen Baumstümpfe verschwinden lassen können, indem sie diese ausgruben und zerkleinerten, bevor sie die dadurch entstandenen Krater mit Erdreich zuschütteten und mit Laub kaschierten. Zusammen mit dem Holzbruch würden sie dann schon zu Jahresanfang eine gute Brennholzvorsorge für den nächsten Winter getroffen haben. Frisches

Holz zu schlagen war ihnen – wie das Jagen – bei Androhung hoher Strafen verboten. Im erneuerten ›*Jagd-Geboth*‹ von 1631 stand geschrieben: *»Hirsch-Stuck, Wildkälber, Gämse, Rehe, Wildschwein, Beeren, Wölfe, Luchsen, Füchse, Hasen, Biber, Otter, Dachs, Marder, Iltis, Aur- und Spilhanen, Hasel- unnd Schneehiener, Schnepfen, Anten unnd all andere Vögel, groß unnd klein, mithin all stiebend unnd fliegendes Wildpreth, wie es Nahmen haben kann, weder zu schießen, zu jagen, zu hetzen, weder mit Garn, Wildsaileren unnd Fallen zu richten, noch zu fangen, weder Vogelgerichtel oder Vogelheerde aufzustellen unnd zu errichten, noch junge Vögel auszunehmen oder die Ayer auszuheben, noth folglichen das geringste Waidwerk zu treiben. Zuwiderhandlungen werden mit Strafe an Leib, Hab unnd Gut bedroht.«*

Das hieß für die Männer und Burschen des Dorfes, dass sie selbst in Notzeiten mit hohen Geld- oder Sachstrafen rechnen mussten, die Hand abgehackt werden konnte, der Kerker oder sogar der Strang drohte, wenn man sie beim Wildern erwischte. Im besten Falle würden sie an den Pranger gestellt werden.

Dennoch nahmen sie zum Bruchholzsammeln immer kleine Netze sowie trockene Brennspäne und Feuereisen mit. Vielleicht stießen sie im Schnee ja ›rein zufällig‹ auf eine Kaninchenfährte, die sie direkt zu deren Bau führte. Und wenn sie schon mal da waren, konnten sie den Bau – das gräfliche Gebot hin oder her – auch gleich ausräuchern.

Noch drohte erfahrungsgemäß keine Gefahr vom gräflichen Jagdverwalter und seinen schießwütigen Gehilfen. Über die kalte Jahreszeit hinweg hatte der Kastellan die alleinige Aufsicht über die hiesigen Wälder.

Wegen ein paar umgeknickter Bäume ließ sich der Revierförster nicht vor die Tür seines geheizten Arbeitszimmers jagen. Also war jetzt die beste Zeit, um noch schnell unbemerkt an einen Hasenbraten zu gelangen. An manchen Tagen waren so viele Staufner beim ›Holzsammeln‹, dass Schilder vor den Kaninchenlöchern, die schon ausgeräuchert worden waren, notwendig gewesen wären. Es war ein ungeschriebenes Gesetz, dass bei der Jagd zwar jeder auf sich selbst gestellt war, sie sich aber niemals gegenseitig denunzieren würden. Da die direkten Nachbarn den Braten aber sprichwörtlich riechen konnten, wenn dieser auf dem Rost lag, war es ebenfalls ein ungeschriebenes Gesetz, dass man ihnen, frei nach dem Motto: ›Mitgehangen – Mitgefangen‹ ein Stück davon abgab. Dadurch kamen zwischendurch auch alleinstehende Alte, die selbst keine Möglichkeit mehr zum Jagen hatten, an ein bisschen Fleisch. So half man sich letztendlich doch noch gegenseitig.

Auch wenn die Sonnenstrahlen ihre Herzen jetzt etwas erwärmten, konnten die Staufner die tragischen Ereignisse keineswegs vergessen. Zu viele Tote hatte es während der vermeintlichen Pestepidemie gegeben – zu viel Leid hatte ihnen der Medicus angetan. Aber jetzt würde er ja dafür büßen. Die Menschen konnten es kaum erwarten, dass der Mörder mit seinem letzten Atemzug selbst den Geruch des Todes würde einsaugen müssen. Sie alle rechneten fest mit einem Todesurteil.

»In seiner Kerkerzelle in Immenstadt kann er jetzt schon daran riechen«, freuten sich die Angehörigen der Opfer. Hätten sie auch nur im Entferntesten geahnt, dass der Medicus ganz in ihrer Nähe inhaftiert war, hätten sie wohl alles daran gesetzt, seiner habhaft zu werden, um ihn selbst richten zu können.

Wenn sich ein paar Staufner auf offener Straße begegneten, kamen sie meist sofort auf das schändliche Treiben ihres ehemaligen Dorfarztes zu sprechen. Jetzt war einer gescheiter als der andere.

»Wäre es die echte Pest gewesen, hätte sie viel stärker gewütet und noch mehr Menschenleben gefordert«, kam es zwar aus unberufenem Munde, aber wahrheitsgemäß.

Auch Hemmo Grob behauptete bei jeder sich bietenden Gelegenheit, gewusst zu haben, dass mit dem Medicus genauso etwas nicht stimmen würde wie mit den Juden.

»Wieso? Was haben denn die Bombergs damit zu tun?«, wurde er immer wieder misstrauisch gefragt.

»Das werdet ihr schon noch früh genug merken«, gab der geschwätzige Schuhmacher stets vielsagend zur Antwort, bevor er seine Gesprächspartner einfach stehen ließ, um bei ihnen das soeben Gehörte sacken zu lassen.

Bis auf die Tatsache, dass mittlerweile hinter fast jeder Behausung ein gegerbtes Hasenfell zum Trocknen an die Wand genagelt oder aufgespannt worden war, gab es augenscheinlich nichts Außergewöhnliches im Dorf. Erst als eines Tages ein berittener Kurier so schnell durch das Dorf in Richtung Schloss preschte, dass sogar die lahmen Straßenköter auf die Seite sprangen, nahmen sie hurtig die Kaninchenfelle ab und versteckten sie. Dass es sich um einen Soldaten der Königsegg'schen Stadtwache handelte, konnte man unschwer an dessen Uniform erkennen. Das sich im Kragenpassepoil des gelben Uniformrockes wiederholende Rot der Hose fiel schon von weitem auf.

»Er reitet in einem Höllentempo durch das Dorf in Richtung Schloss. Man könnte meinen, dass der Teufel hinter ihm her ist. Was will er bloß dort oben?«

»Um Gottes willen. Es wird doch nicht schon wieder etwas geschehen sein?«, befürchteten die Menschen, die seit der Pest auf alles, was nicht der Norm entsprach, wesentlich sensibler reagierten, als dies zuvor der Fall gewesen war. Und wenn sich ein Uniformierter blicken ließ, wurden sie umso vorsichtiger.

»Kommt! Wir folgen ihm. Dann wissen wir, was los ist«, schlug der bullige Dorfschmied vor. Er legte seinen Hammer auf den Amboss, entledigte sich seiner schweren Lederschürze und machte sich mit seinem Sohn in Richtung Schloss auf. Während die einen noch in ihre Häuser hineinriefen, um sich abzumelden, folgten die anderen bereits dem Schmied. Es wurden immer mehr Menschen, die sich dem als raubeinig bekannten Handwerker, der sich eigentlich ganz und gar nicht als besonnener Rudelführer eignete, anschlossen. Aus allen Winkeln des Dorfes strömten jetzt die Leute zusammen, um zu erfahren, was los war. Wie die Kühe liefen sie hinter Baptist Vögel her, um den sein im Geiste armer Sohn Baltus herumtanzte und das Lied vom Bi-Ba-Butzemann sang.

Der Kastellan stand gerade auf der Leiter, um eine defekte Dachrinne an der Außenseite des Vogteigebäudes zu reparieren, als Siegbert aufgeregt rief: »Herr! Herr! Ein Königsegg'scher Reiter – gefolgt von einer großen Menschenmenge.«

»Was sind das für Leute? Sind es Bewaffnete?«

»Das kann ich noch nicht erkennen, Herr!«

»Öffne dem Reiter die Tortür gerade so weit, dass er durchkommen kann, schließ sie aber dann sicherheitshalber sofort wieder!«, befahl der Kastellan knapp, während er eilends die Leiter herunterstieg. Kaum war er unten, preschte schon der Kurier durch das Schlosstor, stieg ab und drückte dem von Siegbert herbeigerufenen Stallknecht Ignaz die Zügel in die Hand, während er nach Luft schnappte.

»Dem Herrn sei Dank«, sagte der Soldat und bekreuzigte sich.

»Wieso? Was ist mit Euch?«, fragte der Knecht und bekam zu hören, dass der Kurier um sein Leben gefürchtet hatte, als er die Staufner hinter sich herlaufen sah.

»So ein Blödsinn«, lachte Ignaz und konnte es sich nicht verkneifen, den Kurier zu necken: »Wir Staufner bringen Immenstädter Soldaten nur an den Markttagen um. Und heute ist Freitag. Habt Ihr ein Glück.«

Der Kurier konnte dem makabren Späßchen allerdings nichts abgewinnen und schüttelte verständnislos den Kopf.

Währenddessen lief der Kastellan zuerst zu Siegbert hoch, um von der Wehrmauer aus zu sehen, was da auf sie zukäme.

»Das sind ja unsere Leute. Allesamt Staufner«, stellte er verwundert, aber beruhigt fest, bevor er sich kurz mit dem Kurier befasste. »Unser Knecht geleitet Euch hinein. Verschnauft etwas und trinkt einen Schluck, bevor Ihr mir in Ruhe den Grund Eures Kommens nennt. Ich bleibe jetzt erst einmal am Schlosstor, um in Erfahrung zu bringen, was diese geballte Kraft Einheimischer hierher getrieben hat.«

Als der Kastellan wieder neben Siegbert auf dem Wehrgang über dem großen Eingangstor stand, sah er, dass keiner der Männer bewaffnet war und die Menschen eher dumm aus der Wäsche guckten, als dass sie einen wütenden oder gar aggressiven Eindruck machten.

»Staufner Untertanen unseres hochverehrten Grafen! – Was wollt ihr hier?«, fragte er in einem bewusst ruhigen, aber offiziell klingenden Ton.

Anstatt zu antworten, schauten sich die Menschen nur fragend an. Es fiel ihnen keine Antwort ein, weil sie nicht einmal so recht wussten, warum sie eigentlich hier waren.

»Michel!«, rief der Kastellan, während er auf einen Bauern zeigte. »Sag mir, warum du hier bist!«

»Offen gesagt, weiß ich es nicht so recht. Wir … wir sind nur dem Königsegg'schen Reiter gefolgt!«

»Und weshalb?«

»Wir machen uns Sorgen, dass schon wieder etwas geschehen sein könnte!«, antwortete jetzt der Schmied, der den Haufen angeführt hatte.

»Ja! – Kommt schon wieder Ungemach auf uns zu?«, trauten sich jetzt einige Mutige zu fragen.

»Bleibt gelassen, Leute! Ich weiß es selbst noch nicht. Wenn ihr friedlich bleibt, könnt ihr in den Schlosshof hereinkommen und so lange warten, bis ich weiß, was der Kurier zu vermelden hat. Na, ist das ein Wort?«

»Hoch lebe der Kastellan! Er ist eben einer von uns!«, riefen die Leute begeistert, während Ulrich Dreyling von Wagrain die Schlosswache anwies, unverzüglich das Tor zu öffnen und danach Rudolph zu wecken.

»Was habt Ihr für Nachrichten? Sind es Neuigkeiten aus Immenstadt?«, wollte der Schlossverwalter vom gräflichen Kurier wissen.

Der aber wusste außer einem schönen Gruß von Oberamtmann Speen nichts auszurichten. Man hatte ihm nur gesagt, dass er diese versiegelte Rolle schnellstens persönlich übergeben sollte. Er kramte das Stück Papier aus dem Kuriersack. »Für Euch!«, sagte er knapp, als er dem verblüfften Kastellan das Schriftstück übergab.

»Das ist ja das gräfliche Siegel. – Ein Brief unseres Herrn?«

»Das kann sein! Erst gestern ist ein Kurier aus Konstanz gekommen und hat dem Oberamtmann und dem Richter etliche Schriftstücke übergeben, worunter sicherlich auch dieses war! Aber jetzt muss ich wieder zurückreiten. Es wird bald dunkel. Habt Ihr etwas, das ich nach Immenstadt mitnehmen soll, werter Herr?«

»Nein! Da Ihr unvorhergesehen gekommen seid, habe ich nicht die Möglichkeit gehabt, einen Brief aufzusetzen. So grüßt nur den Oberamtmann zurück, fragt ihn, wann die Verhandlung sein wird und teilt ihm mit, dass in Staufen und im Südturm des Schlosses alles in Ordnung ist. Er wird verstehen und wissen, was ich meine. Ignaz hat Euer Pferd inzwischen abgerieben. Gebt dem Tier noch etwas Zeit, um zu fressen und zu saufen … und trinkt selbst noch einen Schluck, bevor Ihr wieder zurückreitet.«

Nachdem sich der Kurier per Handschlag vom Kastellan verabschiedet hatte und, als er zur Tür hinaus wollte, die Menschenmenge sah, drehte er sich noch einmal um und fragte ängstlich: »Die werden mir doch hoffentlich nichts antun?«

Der Kastellan konnte sich ein Lächeln nicht verkneifen, während er antwortete: »In Staufen wird nur einmal im Jahr ein Soldat des Grafen mit der Mistgabel erstochen. Die Sache mit Eurem Kameraden war ein bedauerlicher Unfall, der sich nicht wiederholen wird. Ihr könnt getrost durch die Menschenmenge gehen. Gehabt Euch wohl und guten Ritt!«

»Gott befohlen«, antwortete der Kurier, der dachte, dass die Staufner eine merkwürdige Art von Humor zu haben schienen. Verunsichert ging er in großem Bogen zum Stall, um sein Ross zu holen.

Mehr als hundert Augen sahen zuerst verwundert dem Soldaten nach und dann fragend den gräflichen Verwalter an, als dieser aus der Tür trat.

»Ich weiß noch nichts. Ich habe einen Brief vom Grafen persönlich erhalten, muss ihn aber erst lesen. Wartet so lange, bis ich wieder zu euch komme! Ich schicke die Küchenmagd heraus, damit sie Dörrobst und mit Wasser verdünnten Wein verteilt. Mehr kann ich jetzt nicht für euch tun. Habt also etwas Geduld!«

Dem Kastellan wäre es lieber gewesen, das wesentlich billigere und beim Volk gerade im Sommer allseits beliebte, durstlöschende und vor allen Dingen auch kräftigende Dünnbier zu spendieren, hatte aber wie so oft keines vorrätig. Da die Haltbarkeit des Weines die des Bieres – eine sachgemäße Lagerung vorausgesetzt – bei weitem überschritt und es in Staufen selbst derzeit keine Brauerei gab, war Bier hier Mangelware. War ein Fass erst einmal angestochen, musste es – ob man wollte oder nicht – innert weniger Tage geleert werden. Dies hatte dann für das Volk den Vorteil, dass es zwischendurch vom Kastellan zu einem kleinen ›Restetrinken‹ in den Schlosshof geladen wurde. Solche Gelegenheiten nutzte der Schlossverwalter dann, um den Gemeinsinn der Staufner Untertanen des Grafen heraufzubeschwören. So prosteten sich die Männer denn auch immer mit den Worten ›Für und Für‹ zu oder mit einem dreifachen ›Staufner lond it luck‹, was sich wörtlich mit ›Lasst nicht locker‹ übersetzen ließ.

Obwohl der Immenstädter Braumeister aus einem alten Staufner Geschlecht hervorgegangen war, war er der Bitte des Kastellans nicht nachgekommen, statt der riesigen Holzfässer auch kleinere Einheiten abzufüllen.

»Hoch lebe unser Kastellan!«, hörte er noch rufen, als er bereits im Vogteigebäude verschwunden war.

Am Küchentisch sitzend brach er das gräfliche Siegel auf und las Konstanze den Brief vor.

»Endlich!«, kommentierte sie das Gehörte und umarmte ihren Mann.

»Na, na, na! Beruhige dich wieder.«

Aufgrund des zufriedenstellenden Briefinhaltes ließ er sich von seiner Frau einen Schluck unverdünnten Weines einschenken und ging ans Fenster. »Sieh nach unten, mein Schatz! – Sind sie nicht ein friedliches Häufchen, unsere braven Staufner?«

»Ja! Und sie haben so viel Schreckliches mitgemacht«, sagte Konstanze, ergänzte aber noch, dass sie dem momentanen Frieden nicht traue.

Da er ein persönliches Schreiben des Grafen mit hochbrisantem Inhalt zu verlesen hatte, wollte Ulrich Dreyling von Wagrain der Sache auch einen offiziellen Anstrich verleihen. Deshalb gab er Lodewig den Auftrag, wenigstens eine der gräflichen Rautenfahnen zu hissen.

Als der gut aufgelegte junge Mann die Fahne vom Giebelfenster des fünften Stockwerkes des Hauptgebäudes herunterrollte, ging ein Raunen durch die Menschenmasse, das erst verstummte, als Lodewig mit seiner Arbeit fertig war und der Kastellan in vollem Dienstornat aus dem Vogteigebäude trat. Von der Zinnenmauer über dem Schlosstor konnte er von allen gut gesehen und gehört werden. Es herrschte absolute Stille, als er damit begann, das knisternde Papier aufzurollen.

Fabio, der mittlerweile gelernt hatte, vorsichtiger zu sein, hatte sich aufgrund der Menschenansammlung in sicherer Entfernung ein Versteck gesucht. Durch eine Fensteröffnung im obersten Stock des Nordturm-Treppenhauses bekam er alles mit, ohne selbst gesehen zu werden. Ein idealer Platz, um die Menschen zu studieren. Er sah ein paar Gestalten, die er von seiner Flucht aus dem Heustadel der Wachters in unangenehmer Erinnerung behalten hatte. Er konnte sogar denjenigen unter ihnen erkennen, dem er vom Giebelfenster des Heustadels aus versehentlich auf den Kopf uriniert hatte.

»Dem möchte ich nicht zwischen die Finger kommen«, murmelte er grinsend.

Plötzlich sah er etwas abseits der Menge eine offensichtlich verlotterte Gestalt in schwarzer Cuculle, die bis auf den Boden reichte. Da sie ihm den Rücken zuwandte, konnte er nicht erkennen, wer es war. Trotzdem flößte sie ihm Angst ein, und er hatte ein unbehagliches Gefühl. Während sich der ehemalige Dieb die Augen rieb und überlegte, ob es sich um einen bösen Buben handeln könnte, war der Unheimliche seinem Gesichtsfeld entschwunden.

»Liebe Bewohner des Marktes zu Staufen!«, begann der Kastellan fast theatralisch und blickte ins Rund, bevor er richtig loslegte: »Ich halte hier in meinen Händen eine entsiegelte Depesche, die den Weg von Konstanz über Immenstadt hierher nach Staufen genommen hat. Sie wurde von unserem hochwohllöblichen Herrn, Hugo Reichsgraf zu Königsegg-Rothenfels, unserem geliebten Regenten und Herrscher über Staufen, höchstpersönlich unterzeichnet!«

Ein Murmeln ging durch die Reihen.

»Was kann das wohl bedeuten, wenn unser Herr höchstselbst schreibt?«

Mit der unmissverständlichen Anordnung »Der Einfachheit halber lese ich die Depesche wortgetreu vor. Unterbrecht mich aber nicht!«, kam der Kastellan zum Punkt.

»Unterthänigster unnd getreuer Verwalter meiner Güter in Stauffen. Geschätzter Dreyling von Wagrain. Hiermit geben Wir kund unnd zu wißen, dass Wir mit dem Rathe des Propstes Johanni Glatt unnd dem Landrichter Johanni Zwick, sowie dem Oberamptmanne Conradus Speen, dero Vertreter er während Unserer Abwesenheit ist, beschloßen haben, daß die Beweise gegen den ruchlosen Medicus Heinrich Schwartz mehr als ausreichen, um ihn der Gerichtsbarkeit übergeben zu können …«

Als die Staufner dies hörten, brandete tosender Jubel auf, bis der Kastellan die Hand erhob und weiterlas.

»Da der Doctori Medizinale konnte von einem durch Uns eingesetzten Untersuchungsausschuß, dero Vorsitz Unsere Vertrautheit Landrichter Johanni Zwick inne gehabtet hat, vorgeführt werden, was ihm ohne peinliche Befragung eingebracht hatt, dass er sich selbst beschuldigt hatt. Es sindt zweiundsiebzig Überlebende und sechsunddreißig ander Leut befragt, deren Aussagen sich gleichen, sowie die Stätten der ruchlosen That in Augenschein genommen. Das Beweismaterial ist gesichert unnd wirdt in der gräflichen Residenz bis zum Tage deß Gerichts verwahret. Aus diesem Grunde haben Wir, Hugo Reichsgraf zue Königsegg-Rothenfels, Herr zue Stauffen deren Inhaber des Blutbanns Wir sind, das ehrenwerte Gericht auf den 23. Märtz Anno Domini 1635 bestellt. Es wirdt eine Heilige Meß gelesen, bevor man zur That schreitet. Das Gericht wird durch sechs Beisitzer aus der Residenzstadt unnd durch sechs Beisitzer aus dem Landgebiet besetzt. Die Verhandlung findet an einem geeigneten Platze in Stauffen, dem Ort des schrecklichen Geschehens darselbst, statt.«

Wieder grölte das Volk aus lauter Freude darüber, dass es dem Medicus nun endlich an den dreckigen Kragen gehen sollte. Dazu kam noch die

Freude, dass die Gerichtsverhandlung nicht nur schon bald, sondern auch noch in Staufen stattfinden würde. So könnten sie alle dem Ereignis persönlich beiwohnen.

»Beruhigt euch!«, rief der Kastellan mehrmals. »Ich kann eure Freude ja verstehen, bitte aber dennoch um Ruhe, da das Wichtigste noch kommt! Das Geld, welches ihr oder eure verstorbenen Angehörigen dem Medicus gegeben habt, wurde fast gänzlich aufgefunden. Es fehlen nur die Gulden, die der Medicus in die ›Krone‹ getragen hat, was der Schankwirt Matheiß bestätigen kann. Ich werde euch das Geld und den Schmuck wieder zurückgeben. Dabei verlasse ich mich darauf, dass ihr mir auf den Heller genau sagt, was euch zusteht. Sollte es einer von euch – nur ein Einziger – wagen, mich und somit die Gemeinschaft der Staufner und unseren hochwohllöblichen Regenten zu betrügen, bekommt er außer einer Strafe gar nichts. Dann werde ich das gesamte Geld an die Franziskanerschwester Bonifatia weiterleiten, die von ihrem Dillinger Mutterkloster nach Genhofen entsandt worden ist, um im dortigen Siechenhaus Gutes zu tun.«

Die Menschen begriffen allmählich, was sie soeben gehört hatten. Sie sollten ihr Geld zurückbekommen und könnten endlich wieder ein normales Leben führen.

»Lasst mich jetzt die Botschaft unseres hochverehrten Grafen weiter verlesen.«

»Ruhe!«, riefen Siegbert und Rudolph gleichzeitig, um ihren Herrn zu unterstützen.

»Da der Tod eines Unseres Gardisten durch Unseren allerhöchsten Landrichter Johanni Zwick geklärt werden konnte unnd durch den Untersuchungsausschuß keine ruchlose That von einem oder gar mehrer Stauffnern nachgewiesen werden kann, werden Wir die Sache nicht mehr verfolgen unnd geben jedermänniglich kund unnd zu wißen, daß niemand mehr dafür bestraft wirdt. Wir haben der Wittib des getöteten Gardisten eine jährliche Apanage aus unserer Stadtschatulle gewährt …«

Wieder fielen sich die Menschen in die Arme. Sie ahnten, was jetzt kommen würde.

»… Und deswegen verliert das durch Uns ertheilte Marktverbot

ab sofort seine Wirkung unnd die Stauffner können wie dereinst Anno Domini 1453 durch Kaiser Friedrich III. ertheilte Marktrecht jeweils bei der Teilung der Woch abhalten. Auch das Verboth für den Jahrmarkt am Sanctus Mang Tag ist mit sofortiger Wirkung aufgehoben!«

Da die überschäumende Freude des Volkes jetzt nicht mehr zu bremsen war, zog es der Kastellan vor, auf die Verlesung des weiteren Textes zu verzichten.

»So, Leute! Jetzt geht nach Hause und verkündet die frohe Botschaft, auf dass sich schnell wieder viele Händler aus nah und fern in Staufen einfinden mögen! Den Zeitpunkt, an dem ihr euer Geld zurückerhalten werdet, teile ich euch noch mit. Es lebe unser hochwohllöblicher Regent, Hugo Reichsgraf zu Königsegg-Rothenfels, Herr über Staufen!«

»Es lebe Graf Hugo!«, schallte es im Chor zurück. »... und es lebe unser Kastellan!«

Kapitel 51

Am 23. März Anno Domini 1635 war seit langer Zeit wieder einmal Gerichtstag in Staufen. Denn es sollten die Verbrechen des Doctori medicinale Heinrich Schwartz, jenes Arztes, der neunundsechzig Menschenleben auf dem Gewissen und ein ganzes Dorf in Angst und Schrecken versetzt hatte, verhandelt werden. Bevor man den verhassten Massenmörder verurteilen konnte, musste ordnungsgemäß Gericht über ihn gehalten und Selbstjustiz verhindert werden.

Immerhin hatten die tragischen Ereignisse in Staufen nicht nur im gesamten rothenfelsischen Herrschaftsgebiet, sondern über das Stiftkemptische hinaus bis nach Landsberg hinauf und nach Ulm hinüber die Runde gemacht. Auf der anderen Seite war die Angelegenheit auch im gesamten Oberschwäbischen, am Bodensee und sogar im Bregenzerwald und in der Schweiz bekannt geworden. Allerdings hatte es sich noch nicht herumgesprochen, dass das Marktverbot in Staufen längst wieder aufgehoben worden war. Aus diesem Grund waren die beiden Markttage, die erstmals wieder stattgefunden hatten, dürftig ausgefallen. Nur wenige Händler und Kunden von auswärts waren nach Staufen gekommen.

Deshalb hofften die Einheimischen, dass die bevorstehende Gerichtsverhandlung möglichst viele Neugierige anlocken würde. Dann kämen bestimmt auch wieder mehr Händler und auswärtige Besucher zu den Markttagen, weswegen es ihnen allen bald besser gehen würde. Dass der Kastellan zudem versprochen hatte, ihr Geld zurückzuzahlen und den Schmuck zurückzugeben, würde ein Übriges zur Steigerung ihrer Lebensqualität tun.

Da es nicht üblich war, Verbrecher auf Kosten des Landesherrn durchzufüttern und diese allenfalls ins Arbeitshaus nach Ravensburg verbracht wurden, von wo aus sie bis zur völligen Erschöpfung Steine klopfen mussten, konnte auch der Medicus allein schon aus diesem Grund nicht mit der Gnade einer lebenslangen Kerkerhaft rechnen. Allenfalls – und da musste es schon sehr gut laufen – durfte er auf einen Prozess hoffen, dessen Ausgang ihm einen möglichst schmerzfreien und schnellen Tod bringen würde. Aber darüber machte er sich keine ernsthaften Gedanken. Denn nach wie vor war er sich sicher, dass er im letzten Moment gerettet würde. Heinrich Schwartz hatte Ruland Bergings Hang zum Dramatischen kennengelernt und wusste deshalb, dass der ein Mordsspektakel aus seiner Befreiung machen würde. Seit seiner Inhaftierung wartete er inständig darauf, dass ihm sein alter Kumpan irgendwie zu Hilfe kommen würde, … doch der hatte sich bis jetzt nicht blicken lassen.

Aber das wird schon noch, dachte er sich und nahm sich verbissen vor, bis zum Schluss zu schweigen und den ehemaligen Totengräber nicht zu verpfeifen.

Wahrscheinlich taucht er auf, bevor es mir an den Kragen geht und rettet mir im letzten Moment den Arsch, redete sich der durch die Einsamkeit der Haft und den Alkoholentzug zeitweise verwirrte Schwerverbrecher ein.

An diesem Rechtsakt wollte die Bevölkerung nur allzu gerne teilnehmen. Und das durfte sie auch, zumindest was die Vollstreckung des Urteils anbelangte. Immerhin sollten auf Wunsch der Obrigkeit gerade die heutige Urteilsverkündung und der voraussichtlich direkt darauf folgende Hinrichtungsakt eine ganz besondere erzieherische Wirkung auf die Öffentlichkeit haben. So einen Massenmord durfte es im gesamten rothenfelsischen Gebiet nie mehr geben. Nie mehr sollten so viele Menschen außerhalb eines Krieges durch Mörderhand sterben dürfen.

Wie von der Obrigkeit gedacht und von der einheimischen Bevölkerung erhofft, strömten die Neugierigen an diesem Tag nicht nur aus Staufen, sondern aus allen Himmelsrichtungen herbei. Sie wollten die mittlerweile zu unrühmlicher Berühmtheit gelangte Fratze des Todes von Angesicht zu Angesicht sehen.

Zur eigentlichen Gerichtsverhandlung war das Volk aber nicht zugelassen. Es durfte an diesem Tag nicht einmal in die unteren Gasträume der ›Krone‹, geschweige denn in den zum Gerichtssaal umfunktionierten Saal im oberen Stock, was Matheiß, dem geschäftstüchtigen Wirt, so gar nicht gefallen mochte. Damit kein Unbefugter in das Gasthaus oder gar in den Gerichtssaal gelangen konnte, um womöglich dem Gefangenen die Kehle durchzuschneiden, waren schon am frühen Morgen links und rechts der Außentreppe und am Saaleingang jeweils zwei Wachen postiert worden.

Im rothenfelsischen Gebiet war es üblich, dass vor Gerichtsverhandlungen Messen gelesen wurden. Diese doch recht neue Mode hatte der Graf von seinen Reisen durch die Städte des Rheinlandes mitgebracht und hier in der Provinz eingeführt. Der Staufner Pfarrherr wäre froh, wenn er – Weihnachten ausgenommen – immer so viele Kinder Gottes um sich versammeln könnte wie an diesem Tag. Allerdings war dieser Dienstag trotz der bis auf den letzten Platz besetzten Kirche kein Freudentag für ihn. Der ansonsten redegewandte Kirchenmann fand für die Predigt kaum Worte. Zu nahe waren auch ihm die grausigen Ereignisse der letzten Zeit gegangen. Da er wusste, dass seine Schäflein heute nichts anderes im Sinn hatten, als Rache an demjenigen zu nehmen, der grenzenloses Leid über sie gebracht hatte, zitierte er stattdessen wortgewaltig aus Psalm 9/13: »Denn er, der Rächer des Blutes, hat ihrer gedacht; er hat die Rufe der Armen nicht vergessen!«, erntete dafür allerdings nur hämische Reaktionen der Kirchenbesucher.

Nachdem der Gottesdienst – bei dem alle Prozessbeteiligten anwesend waren und woran sich auch der Angeklagte hatte beteiligen müssen – zu Ende war, läuteten die Kirchenglocken den Beginn der Gerichtsverhandlung ein.

Nach Beendigung der Messe wurde der bestens bewachte Medicus noch im Haus des Herrn wieder in Ketten gelegt.

Diesem Akt wohnten diejenigen, die in der übervollen Kirche Platz gefunden hatten, schweigend bei. Als aber der Richter, die Beisitzer und der Gefangene aus dem Dunkel der Kirche traten, um sich zum Zug zur ›Krone‹, in der Gericht gehalten werden sollte, zu formieren, machte sich der Ärger gewaltsam Luft. Es hagelte von allen Seiten so lange Schmährufe und sogar Steine auf den Angeklagten, bis als Letzter der Propst vor das Portal trat und versuchte, die aufgebrachte Menge zu beruhigen. Da ihm dies nicht gleich gelang, schrie er den ansonsten gottesfürchtigen Menschen jetzt doch laut entgegen: »Wer von euch ohne Sünde ist …«

Zur Bekräftigung seiner Worte riss er dem erschrockenen Mesner das Prozessionskreuz, das bei jeder sich bietenden Gelegenheit mitgeführt wurde, aus der Hand und hielt es dem Mob zornig entgegen. Die Leute beruhigten sich aber erst, als er sie segnete und sie aufforderte, das Kreuzzeichen zu machen und ein stilles Vaterunser zu beten.

So konnte die Gesellschaft doch noch unbehelligt und in aller gebotenen Ruhe zur ›Krone‹ hinunterziehen.

Als sich ein geschäftstüchtiger Händler von auswärts mit seinem Bauchladen durch die Menge drückte und dabei glockenschwingend schrie: »Getrocknete Früchte! – Dörrobst vom Bodensee! – für zehn Stück nur einen Heller!«, regten sich die allesamt angespannten Staufner allerdings auf und wurden schon wieder laut.

»Hau ab! – Wenn hier jemand Waren verkauft, sind wir es!«, rief ein Einheimischer.

»Heute ist kein Markttag! – Hast du überhaupt eine Genehmigung zum Verkauf deiner Früchte? Wenn ja, komm am nächsten Mittwoch wieder!«, rief eine Frau und spuckte auf den Boden, während ihr Mann den fahrenden Händler ›versehentlich‹ so anrempelte, dass einige seiner Früchte zu Boden fielen, wo sie sofort von zwei Buben aufgehoben und in die hungrigen Mäuler gesteckt wurden. Die Sache schaukelte sich hoch. Als einer unverhohlen in den Bauchladen des Händlers griff und daraus eine Handvoll getrockneter Pflaumen fischte, machten es ihm andere nach, ohne sich eventueller Konsequenzen bewusst zu werden. So dauerte es nicht lange, bis der Bauchladen des wehrlosen Händlers völlig ausgeplündert war. Die Staufner hatten Glück, dass der Mann aus Angst um sein Leben tatsächlich abhaute. Er ballte zwar fluchend die Fäuste, suchte aber doch schnellstens das Weite, weil er Angst hatte, dass es ihm wie seinerzeit dem Immenstädter Soldaten ergehen könnte. Ein ›Drecksstaufner‹ konnte er sich trotz seiner Angst dennoch nicht verkneifen.

Wenn der Graf bei Gerichtsverhandlungen nicht selbst den Vorsitz übernehmen wollte oder konnte, setzte er für gewöhnlich – je nach Fachgebiet und Sachlage – einen anderen Richter seiner Wahl ein. Dies war in der Vergangenheit recht oft der Fall gewesen, da er ständig in Mainz und in Speyer, manchmal auch in Aachen, Trier oder in anderen entfernten Orten weilen musste, um seine dortigen politischen Aufgaben wahrzunehmen. Dazu kam, dass vor sieben Jahren durch kaiserlich-österreichische Truppen die Pest nach Immenstadt eingeschleppt worden war, wo sie dreihundertzweiundfünfzig Opfer gefordert hatte und weswegen er öfter nach Wien gereist war. Damals hatte sich der Graf mitsamt seiner Familie und dem Hofstaat in das sichere Schloss Staufen zurückgezogen. Da die Pest in der Residenzstadt aber bis September 1630 andauern sollte und sich auch in anderen Teilen seines Herrschaftsgebietes weiter auszuweiten drohte, hatte es die gräfliche Familie vorgezogen, sich zwei Jahre später in die noch besser geschützten Mauern der Bodenseestadt Konstanz zu flüchten. Aufgrund der Brisanz dieses Falles wäre es nicht nur vonnöten gewesen, dass der Landesherr der Gerichtsverhandlung persönlich beiwohnte, sondern diese darüber hinaus auch selbst leitete. Darum zumindest hatte ihn Oberamtmann Speen in einem Sendschreiben gebeten. Da seiner Bitte keine Antwort beschieden war, musste in Vertretung des Grafen der Stadtamtmann Hans Zwick, derzeit ranghöchster Richter, den Vorsitz übernehmen. Der angesehene Mann war von kleiner gedrungener Statur, was er durch ein selbstbewusstes Auftreten geschickt auszugleichen verstand. Trotz seiner Kleinwüchsigkeit würde es nie jemand wagen, die Autorität des verdienten Immenstädter Bürgers in Frage zu stellen. Er war allseits dafür bekannt, nie um den heißen Brei herumzureden und stets kurzen Prozess zu machen, und genau das liebten die Bürger an ihm … wenn sie nicht selbst betroffen waren.

Am Verhandlungstag war Hans Zwick schon mit dem ersten Hahnenschrei aufgestanden, um zeitig nach Staufen zu kommen. Er hatte sich noch mit dem Kastellan und dem Propst besprechen wollen, bevor er die zwölf Beisitzer – von denen sechs aus dem gesamten rothenfelsischen Landgebiet und sechs aus der Immenstädter Bürgerschaft kamen – vergatterte und ihnen vor Verhandlungsbeginn die Möglichkeit gab, nochmals Einsicht in die Gerichtsakten und in die Unterlagen der Voruntersuchung zu nehmen. Da die Reise von Immenstadt nach Staufen recht holprig verlaufen war und er zudem auch noch den ›flotten Otto‹ hatte, war seine Laune dementsprechend. Dennoch bot er den Staufnern großzügig an, drei Beisitzer aus ihren Reihen zu stellen. Der Kastellan und der Propst wussten dieses Angebot zu schätzen, winkten aber dankend ab.

»Kein einziger Staufner ist unvoreingenommen«, argumentierte Ulrich Dreyling von Wagrain, der nicht nur gräflicher Schlossverwalter, sondern gleichzeitig auch interimistischer Ortsvorsteher war.

»Belassen wir es bei den Beisitzern, die Ihr zuvor schon bestallt habt. Das verspricht eine gerechtere Verhandlung«, ergänzte der Propst.

»War der Angeklagte etwa gerecht?«, gab daraufhin Zwick mit fragendem Blick zu bedenken, während er die Augenbrauen nach oben zog und die Lippen schürzte.

»Ihr seid damit einverstanden?«, wollte der Kastellan bestätigt wissen.

»Nein!«, schnarrte es ihm entgegen. »Einen Staufner müsst Ihr mir schon benennen – wenigstens einen. Das ist doch sehr entgegenkommend von mir. Oder etwa nicht?«

Der Kastellan und der Propst schauten sich an und nickten eilig. »Doch, doch. Aber …«

»Einen!«, ließ der Richter keine Diskussion zu und hob zur Unterstreichung seines Ansinnens den rechten Daumen so, als könnte dieser wie im alten Rom über Tod oder Leben entscheiden.

Die beiden überlegten kurz, bevor der Ortsvorsteher auf Zeit sagte: »Also gut. Ich setze an meiner Statt den Leinweber Melchior Henne ein. Er ist derjenige unter den jungen Staufnern, der das Amt eines Beisitzers am ehesten ausfüllen kann. Er hat …«

»Na also«, unterbrach der Richter grinsend. »Es geht doch.«

Nachdem dies geklärt war, ließ sich Hans Zwick von der Kronenwirtin noch eine kräftige Suppe reichen, um frisch gestärkt an die Arbeit gehen zu können. Da der Landrichter gesundheitlich etwas angeschlagen war und zudem die Bohnen umgehend Wirkung zeigten, musste die Gerichtsverhandlung etwas warten. Diese Zeit nutzten der Pfarrer und sein Freund Ulrich, Melchior Henne über den Wunsch des Richters zu informieren und ihn als Beisitzer zu bestallen.

»Ich? – Warum ausgerechnet ich?«, wollte Melchior wissen.

Der Kastellan klopfte ihm auf die Schulter und sagte: »Weil es der Richter so will.«

Also tat der rechtschaffene Handwerker, was von ihm verlangt wurde.

Nachdem der Zeremonienmeister mit dem Marschallstab drei Mal so fest auf den Boden geklopft hatte, dass es staubte, waren die Immenstädter Gesandten in ihre weichen Sitzkissen, die sie extra hierfür aus Immenstadt mitgebracht hatten, gesunken. Schließlich wollten sie es trotz des unangenehmen Grundes ihres Zusammentreffens so gemütlich haben, wie irgend möglich. »Ein gutes Gewissen ist den Städtlern wohl das beste Ruhekissen«, lästerte der Kastellan, der – wie auch Propst Glatt und Melchior Henne – auf einem Stuhl ohne Kissen Platz genommen hatte.

Nur der Angeklagte stand – von zwei Soldaten im vollen Kürass flankiert – wie ein Häufchen Elend vor dem schlichten Dreifüßler, auf dem er bereits während seiner ersten Vernehmung gesessen hatte und den Ulrich Dreyling von Wagrain im Auftrag des Richters extra vom Schloss hatte mitbringen müssen.

Und wieder staubte es.

»Der ehrenwerte Herr Landrichter Hans Zwick aus Immenstadt!«, rief der Zeremonienmeister so laut, dass man es sogar auf der Straße hören konnte.

Als alle ehrerbietig aufgestanden waren, um sich gleich darauf wieder hinzusetzen, erklärte der kleine Mann mit dem neckischen Spitzbärtchen, Hugo Reichsgraf zu Königsegg-Rothenfels als Inhaber des Blutbanns habe ihn zum Vorsitzenden des heutigen Gerichts ernannt, sein durchlauchtigster Herr – nun kam eine ganze Litanei von Titeln – sei bedauerlicherweise in Konstanz unabkömmlich, weil … Die durchwegs gelogene Aufzählung an Begründungen dauerte sogar noch länger als die Aneinanderreihung der Titel des Regenten.

Nachdem er festgestellt hatte, dass das Gericht mit Mehrheit besetzt und urteilsfähig war, vergatterte er die zwölf Beisitzer en bloc, wobei er nur den etwas verschüchtert wirkenden Melchior Henne namentlich und in dessen Eigenschaft als offensichtlich verantwortungsvollen Jungspund lobend hervorhob. Dabei konnte er es sich nicht verkneifen, über die Absagen der Älteren abzulästern.

Danach wollte er an die Urteilssprecher etliche Fragen richten. Zunächst aber musste er wissen, ob die *Urgicht* und die Aussage des Delinquenten verlesen werden sollten und ob das, was Heinrich Schwartz bei seiner Vernehmung im Schloss Staufen gesagt hatte und was in den Vernehmungsprotokollen haarklein festgehalten worden war, glaubwürdig sei. Auf die Verlesung der Urgicht hin fragte er sichtlich gereizt, ob nun allen Ernstes auch noch das dreißigseitige Vernehmungsprotokoll verlesen werden müsse. Nachdem dies von den sechs Immenstädter Beisitzern bereits vor der Verhandlung eingesehen worden war, bediente er sich dabei einer suggestiven Fragestellung, die nach ein paar unsicheren Blicken der ländlichen Beisitzer wie erwartet den erwünschten Erfolg zeitigte. Bevor sie sich den Unmut des Gerichtsvorsitzenden zuzogen, verzichteten die sechs Beisitzer aus dem rothenfelsischen Landgebiet auf die Verlesung des Protokolls und vertrauten stattdessen auf ihre städtischen Kollegen, die in diesen Dingen ohnehin erfahrener waren als sie selbst. Außerdem hatten sie den unausgesprochenen Wunsch des Vorsitzenden nach einer zügigen Verhandlung sehr wohl verstanden. Im Stillen mussten sie sich eingestehen, dass das Herbeiführen eines raschen Verhandlungsendes auch in ihrem Sinne war, da sie es nicht erwarten konnten, den Angeklagten zum Tode zu verurteilen und danach Zeugen der Sühne zu werden. Für sie alle – auch für den jungen Leinweber Melchior Henne – war es ein klarer Fall, der nur mit einem Todesurteil enden konnte.

Nachdem das curriculum vitae des Angeklagten vom Gerichtsschreiber monoton heruntergelesen worden war, sagte der Richter nur: »So! – Das wäre das« und nahm einen Packen Papier, den er so fest auf dem Tisch aufstieß, dass ihm die Blätter aus der Hand rutschten und teils auf den Tisch, teils auf den Boden fielen.

»Himmelherrgottsakramentkreuzkruzifixnocheinmal!«, fluchte er und winkte den Gerichtsschreiber zu sich, damit dieser die Prozessakten aufheben und sortieren sollte.

Nachdem der knorrige Schreiberling mit seiner Papierverklauberei fertig geworden war, konnte der Prozess jetzt endlich seinen weiteren Verlauf nach den Grundlagen der rothenfelsischen Gesetzgebung nehmen.

Der Vorsitzende berichtete ausführlich darüber, dass man es sich nicht leicht gemacht und extra eine Delegation nach Staufen geschickt habe. Unter seinem Vorsitz wären in den letzten Wochen vor der Verhandlung stellvertretend für alle Geschädigten über siebzig Hinterbliebene und dreißig überlebende ›Patienten‹ des Angeklagten als Zeugen vernommen worden, die unisono das Gleiche ausgesagt und die Untersuchungsergebnisse bestätigt hätten. Nach einer Gedankenpause schlug

Zwick mit der flachen Hand fest auf den inzwischen wieder sortierten und aufgestapelten Haufen Papier und bemerkte mit einer Stimme, die keine Frage, geschweige denn einen Widerspruch zuließ: »Da hier das Gutachten eines gewissen Eginhard Dreyling von Wagrain, seines Zeichens erstgeborener Sohn unseres verehrten Schlossverwalters Hannß Ulrich Dreyling von Wagrain, liegt, war es nicht nötig, die Herkunft der todbringenden Pflanzen zurückzuverfolgen.«

Dass gerade seine Stellungnahme als Argument dafür herhalten musste, damit die Beweisaufnahme möglichst schnell beendet werden konnte, hätte den überkorrekten Studiosus sehr gekränkt. Aus Zwicks Sicht war es ein guter Schachzug, der ihm soeben eingefallen war und der ihm zu einem raschen Verhandlungsende verhelfen würde, obwohl die Beweisaufnahme überhaupt noch nicht an der Reihe war.

Der Vorsitzende blickte ernst in die Runde, bevor er weitersprach: »Da es sich neben den Zeugenaussagen um das schwerste Belastungsmaterial handelt, habe ich es vor Verhandlungsbeginn ausnahmslos von allen Beisitzern nochmals einsehen und zur Kenntnis nehmen lassen.«

Er blickte wieder in die Runde, um zufrieden ein allseitiges Kopfnicken wahrzunehmen: »Der junge Herr Dreyling von Wagrain studiert im Bregenzer Kloster Mehrerau die Naturwissenschaften und die Medizin. Er ist zwar noch kein Doktor seines Faches, aber nach Aussage von Abt Plazidus Vigell, eines Professors, der das berühmte Kloster am Ufer des Bodensees leitet und zudem dort lehrt, ein ungewöhnlich korrekter und talentierter Studiosus, der sich in besonderem Maße der Kräuterkunde verschrieben hat. Dies wertet seine Stellungnahme eindeutig zum Gutachten auf. Gibt es dagegen irgendwelche Einwendungen?«

Nachdem der Vorsitzende nur allseitiges Kopfschütteln zur Antwort bekommen hatte, fuhr er mit eisigem Blick und mit dem Finger in Richtung des Angeklagten zeigend, fort: »Dem aufmerksamen Studiosus ist es zu verdanken, dass dem schändlichen Treiben dieses … dieses … Individuums … endlich Einhalt geboten werden konnte.«

Da Zwick sich sichtlich schwer tat, seine Wut auf den Angeklagten zu verbergen, schnaufte er tief durch, bevor er fortfuhr: »Ohne die fachkundige Beweisführung des gescheiten und mutigen jungen Mannes hätte der Medicus seine todbringende Arbeit im kommenden Frühjahr wieder aufgenommen und weiteres Leid über diesen schönen Ort gebracht! Dies hat er nach eingehender Vernehmung, die ohne jeglichen Zwang stattgefunden und auch der Peinlichen Befragung entbehrt hat, gestanden.«

Der Richter blickte wieder in die Runde: »Anträge oder Fragen hierzu? – Keine? Dann kommen wir zur Verlesung der Anklage.«

Da der Richter allseitiges Einverständnis feststellte, zuckte er nur mit den Achseln und wandte sich an den Angeklagten, der mittlerweile wie apathisch in seinem Stuhl hing und den Eindruck erweckte, als wüsste er überhaupt nicht, was die hohen Herren eigentlich von ihm wollten.

Die Wachen zu seinen Seiten griffen ihn unter den Schultern und zerrten ihn unsanft vom Hocker. Ein Soldat packte den Kopf des Sünders am Kinn und riss ihn so ruckartig hoch, dass der Medicus aufschrie.

Jetzt fragte der Richter mit ruhiger Stimme, ob der Angeklagte – wie er es bereits schon getan habe – auch hier vor diesem Gericht zugäbe, neunundsechzig Menschen vorsätzlich mit Pflanzengift ohne jegliche Skrupel ermordet zu haben.

Es war so lange still im Saal, bis einer der beiden Soldaten den völlig verstörten Angeklagten anbrüllte: »Antworte dem ehrenwerten Herrn Richter!«

Kaum hörbar war ein zaghaftes »Ja!« zu vernehmen.

»Lauter!«

»Ja! Ja! Ja! Ich habe mich des Todes vieler Menschen schuldig gemacht, bitte aber dennoch um Gnade«, brüllte der Medicus hysterisch in den Gerichtssaal, bevor sein Geschrei in ein Wimmern und Schluchzen überging, das eines Mannes unwürdig war. Als er sich wieder einigermaßen gefasst hatte, fuhr er stotternd fort: »Ich kann eigentlich nichts dafür. Ich bin dem Teufel Alkohol verfallen, habe aber auf Geheiß eines anderen Teufels gehandelt.«

Die Anwesenden deuteten dies so, dass er die Ausgeburt der Hölle meinte, die sein Tun gelenkt hatte. Dass er jetzt doch noch – nachdem ihm der Totengräber augenscheinlich nicht mehr helfen würde – berichten wollte, nicht der eigentliche Urheber dieser profitablen Morde gewesen zu sein, ging im Gemurmel der Beisitzer unter. Niemand bekam mit, als er leise vor sich hinschluchzend von sich gab, dass nicht er, sondern der Totengräber Ruland Berging den ersten Gedanken zu dieser Giftmordserie gehabt hatte. So wurde – nach der Vernehmung im Schloss Staufen – unwissentlich zum zweiten Mal die Möglichkeit vertan, den nur teilweise gelösten Fall ganz aufzuklären. Auch wenn der Totengräber aus unerklärlichen Gründen verschwunden war, hätte man ihn – eine diesbezüglich eindeutige Aussage des Arztes vorausgesetzt – in Abwesenheit verurteilen können. Zumindest hätte man die ganze unglaubliche Wahrheit über die grausamen Morde erfahren.

Um wieder Ruhe in den Saal zu bringen, klopfte der Richter mit seinem Holzhammer energisch auf den Tisch.

»Ich gehe davon aus, dass alle genug gehört haben, um ein Urteil fällen zu können – oder etwa nicht?«, gab er unmissverständlich die Richtung vor. Da kein Einwurf kam, sah er sich in seiner unorthodoxen Vorgehensweise bestätigt und kam ohne Umschweife zum Kern der Sache, der gleichzeitig das von ihm angepeilte Ziel war.

»Nun denn: Wie sollen die vielen Toten gesühnt werden? Ist eine Schandstrafe angemessen, sollen wir ihm seine Mörderhände abschlagen und die Armstummel gesundpflegen lassen, damit er jämmerlich verhungert, wenn wir ihn zum Teufel jagen? Oder sollen wir den Bann über ihn verhängen, damit sich das Volk selbst mit ihm beschäftigen kann?«

Er machte jetzt eine kleine Pause und blickte fragend in die Runde, bevor er mit hinterlistig unterlegter Stimme die alles entscheidende Frage stellte: »Oder hat er sein schändliches Leben verwirkt?«

Die Augen des Richters blitzten gefährlich auf.

»Ja! Aber zuerst verdient er die Folter, dann den Tod! – Baumeln soll er! – Ans Rad mit ihm!«, riefen etliche der Beisitzer wild durcheinander.

Da kein Einziger für eine milde Strafe plädierte und Ulrich Dreyling von Wagrain ebenso schwieg wie der Propst, stellte der Richter das Todesurteil fest. »Ihr habt Eure Meinung mehrheitlich und deutlich kundgetan. – So soll es denn sein. Gemäß rothenfelsischem Gesetz kann er jetzt nur noch mit dem Rad gefoltert werden. Der Medicus wird vom Leben zum Tode geführt werden!«, lautete das Urteil des Richters knapp. »Bestätigt es durch Eure Unterschrift im Protokollbuch, das Euch der Gerichtsschreiber nun vorlegen wird.«

»Der macht aber wirklich kurzen Prozess«, flüsterte der Propst dem ebenfalls erstaunten Kastellan ins Ohr, während der dicke Wälzer, in dem schon siebenunddreißig Verhandlungsverläufe akribisch festgehalten worden waren, herumgereicht wurde.

»Ja. Deswegen nennt man ihn unter vorgehaltener Hand auch ›Richter Gnadenlos‹«, bemerkte der erstaunte Schlossverwalter des Grafen so leise, dass es außer dem kirchlichen Würdenträger niemand hören konnte.

Als sich der Vorsitzende angewidert dem Angeklagten zuwandte, hörten sie mit dem Getuschel auf und verfolgten wieder interessiert, was Zwick zu sagen hatte: »Noch nie habe ich einen derart bösartigen Massenmörder verurteilt. Wären wir noch im Mittelalter, müsste er wohl große Qualen erleiden. So aber spreche ich Recht, dass er unverzüglich gerichtet werde!«

Es war mucksmäuschenstill. Irgendwie hatte sich eine Atmosphäre der Zufriedenheit breit gemacht. Selbst der apathisch dastehende Angeklagte erweckte den Eindruck, als wäre ihm eine Last genommen. Oder hofft er doch noch, dass ihn sein alter Kumpan retten würde?

Wieder an die Beisitzer gewandt, fragte der Richter, auf welche Art der soeben Verurteilte nun zu Tode kommen solle. Zur Diskussion stellte er den Strang, das Köpfen und das Zerteilen des Körpers – seine drei Lieblingshinrichtungsarten … und das Rad, das er natürlich aber aus Gründen, die in seiner Kindheit lagen, nicht unbedingt bevorzugte.

»Vierteilen!«, schallte es ihm vielkehlig entgegen.

Bei der jetzigen Diskussion legten sich die bisher eher wortkargen Beisitzer so richtig ins Zeug. Aber sie mussten schnell feststellen, dass zum sachgemäßen Vierteilen außer dem Carnifex, wie der Nachrichter im rothenfelsischen Gebiet genannt wurde, auch noch vier Henkersknechte, zumindest aber vier Roßknechte, benötigt würden, obwohl es eine hoheitliche Aufgabe des Vollstreckers war, dem Verurteilten bei lebendigem Leibe erst der Länge nach, dann durch Brust und Bauch, den Körper aufzuschlitzen, damit nicht nur die Gliedmaßen abgerissen, sondern der Korpus ordentlich in vier Einzelstücke geteilt werden konnte. Außerdem würden hierzu kräftige Zugpferde benötigt. Da Pferde in Staufen äußerst rar waren, entspann sich eine neuerliche Diskussion.

»Wie wäre es mit den Rössern der Wachsoldaten?«, schlug einer vor.

Bertram Schweiger, Leiter des gräflichen Marstalles zu Immenstadt, der die Kutsche des Richters nach Staufen gelenkt hatte, winkte ab und begründete dies sogleich mit seiner langjährigen Erfahrung bei Vierteilungen: »... auch nicht, wenn an Arme und Beine des Delinquenten jeweils zwei Pferde gebunden würden. Zu hoch wäre das Risiko, dass die unruhigen Tiere scheuen oder ungleich anziehen, was zur Folge hätte, dass die Glieder nicht gleichzeitig, sondern nacheinander vom Rumpf gerissen würden. Dementsprechende Schmerzen würde der da ...« Schweiger zeigte mit einer abschätzigen Handbewegung zum Medicus, »zu erleiden haben, was zwar kaum jemanden stören, die Vollstreckung aber als ›nicht gelungen‹ im Raum stehen lassen würde.«

So überlegte man weiter, wie verfahren werden könnte.

»Ideal wären Noriker«, ergriff der Marstallleiter, der meinte, seine Fachkompetenz ausspielen zu müssen, wieder das Wort. »Das solide Arbeitspferd eignet sich durch sein achthundert bis tausend Pfund schweres Gewicht und seine kurzen Beine ideal zum Vierteilen und ...«

»Aber die schweren und kräftigen süddeutschen Kaltblüter müsste man erst aus Immenstadt oder aus der Pferdestadt Lindenberg herbeiholen. Da dies zu viel Zeit in Anspruch nehmen würde und währenddessen die Gefahr der Selbstjustiz durch die Bevölkerung bestünde, muss auf die Wunschtodesart der Beisitzer wohl oder übel verzichtet werden«, unterbrach der Vorsitzende, der jetzt keinen Vortrag über Pferderassen hören wollte, weil er selbst viel darüber wusste.

»Köpfen kommt auch nicht in Frage, da sich das alte Richtschwert der Montforter Grafen derzeit nicht in Staufen befindet«, antwortete der interimistische Ortsvorsteher, nachdem er vom Richter danach gefragt worden war. Gerne hätte Zwick wenigstens dieses Werkzeug zum Einsatz gebracht. Die zweischneidige, achtzig Zentimeter lange und fünf

Zentimeter breite Klinge mit der abgerundeten Spitze war in Staufen schon ewige Zeiten nicht mehr benutzt worden.

Gerne hätten es auch die Beisitzer – wenn schon nicht gevierteilt werden konnte – gesehen, dass diese Klinge surrend auf den Hals des Verurteilten herunterschnellen, das Blut sichtbar für jedermann aus den Halsarterien spritzen und aus dem Kopf herauslaufen würde, wenn ihn der Vollstrecker hochhalten würde, um den Erfolg seiner Arbeit zu präsentieren. Da dies aber nicht möglich war, entschlossen sie sich notgedrungen – mit einer Gegenstimme – für den aus ihrer Sicht langweiligen Tod durch Erhängen.

»Das ist gut! Köpfen geht sowieso zu schnell und ist zudem ehrenvoller als der schimpfliche Strang«, hörte man nur den ältesten der Beisitzer, der schon bei unzähligen Todesurteilen dabeigewesen war, murmeln.

Wenn schon Köpfen nicht ging, sah der Kastellan das *Aufhängen mit Umständt* als die humanste aller Hinrichtungsarten an.

Auch wenn es vielleicht sogar sein mag, dass der Tod beim Köpfen schneller eintritt als beim Erhängen, so sieht es nicht so menschenverachtend aus, dachte er bei sich.

»Also gut …«, unterbrach der Vorsitzende und gab dem Zeremonienmeister knurrend ein Zeichen.

»Aufstehen!«, rief dieser und wies die Trommler diskret an, ihre Rhythmusinstrumente zu rühren.

Den Trommelwirbel hörten auch die Menschen auf der Straße, die jetzt aus Spannung und vor Neugierde schier zu platzen drohten.

»Ich spreche Recht, dass der Verurteilte unverzüglich mit dem Strang abgestraft werde!«, verkündete der Richter knapp, aber bestimmt, während sich auch schon einer der Wachleute unauffällig auf den Balkon begab, um so laut als nötig und so leise wie möglich zur darunter versammelten Menschenmenge hinunterzurufen, dass das Urteil gesprochen war und der Medicus aufgeknüpft werden sollte. Deswegen wunderte es die Versammlung im Saal, dass das Volk ausgerechnet in dem Augenblick zu grölen begann, nachdem das Urteil verkündet worden war.

»Und was soll zur Abschreckung des Pöbels geschehen?«, hakte der Immenstädter Papiermüller Georg Moser, dessen Papier nicht nur von der gräflichen Kanzlei in Immenstadt verwendet wurde, sondern auch bis zur Hofkammer der Grafschaft Tirol nach Innsbruck gelangte, nach. So verlangte er forsch, dass der Gefangene – wenn schon nicht gevierteilt oder geköpft – aufs Rad geflochten werden solle: »Der Carnifex soll ihn wenigstens auf ein Wagenrad binden, mit dem ihm zuvor die Arme und Beine zerschmettert werden, damit er möglichst lange unerträgliche Qualen hat, wenn er ihn schon nicht vierteilen kann«, schlug er vor, obwohl diese Tötungsart schon längst vom Tisch war. Dabei wischte er sich den fetten Schweiß von der Stirn. Damit der Pöbel, wie er das Volk abschätzig bezeichnete, auch etwas davon habe, solle das Rad so an einen Ast des höchsten Baumes mitten im Ort gehängt werden, damit es sich im Winde drehen und der Verurteilte in alle Himmelsrichtungen, in die er Leid und Elend gebracht hatte, würde blicken können, forderte er noch und zog sich dadurch endgültig den Zorn des Vorsitzenden zu, der jetzt nicht mehr mit sich reden ließ.

»Es reicht! Das Urteil ist gesprochen! Und daran werdet auch Ihr Euch halten müssen«, bellte er unwirsch in den Saal, um keine weitere Diskussion aufkommen zu lassen.

Da der grantige Papiermüller aber immer noch nicht locker ließ, beschloss das Gericht schlussendlich, den Verurteilten nicht nur zu hängen, sondern ihn zur Mahnung sichtbar für jedermann so lange baumeln zu lassen, bis er von selbst herunterfallen würde.

»… und um seine Schande zu mehren und gleichzeitig als Abschreckung dienend, soll ihm kein Sack über den Kopf gezogen werden, damit ihm die Vögel die Augen aushacken können. Die Gerichtsverhandlung ist beendet! … Seid Ihr nun zufrieden?«, beendete der Richter die Diskussion mit einem strengen Blick zu Georg Moser.

Der Papiermüller war zwar nicht zufrieden, nickte aber zustimmend.

»Euer Gnaden. Habt Ihr nicht etwas vergessen?«, fragte das älteste Mitglied des hohen Gerichts, das sich aufgrund der miesen Stimmung des Vorsitzenden kaum noch traute, die altersbedingt leise Stimme ein zweites Mal zu erheben.

»Ja ja, ich weiß, was Ihr meint! Aber ich denke, dass wir in diesem Fall darauf verzichten können, wie sonst immer zur Beurteilung bei schweren Fällen üblich, einen Juraprofessor aus der Universitätsstadt Tübingen kommen zu lassen. Dies hätten wir dann schon bei der ersten Anhörung tun müssen. Da die Sachlage aber von Anfang an klar und der Delinquent umfänglich geständig war, habe ich dieses Mal bewusst darauf verzichtet. Stellt Euch vor, was der uns wieder gekostet hätte. Das G'scheiterle aus Tübingen hätte uns nicht nur stundenlang zu belehren versucht, sondern auch noch die letzten Haare vom Kopf gefressen. Und weil es ihm, wie all seinen Kollegen zuvor, in unserem schönen Allgäu so gut gefallen hätte, wäre er eine Woche oder sogar noch länger geblieben. Wahrscheinlich wäre er, wie schon geschehen, sogar mit einem oder zwei weiteren Professoren oder Doktores gekommen, und sie hätten sich im Schloss hinten und vorne bedienen lassen. – Von wem und mit was denn? Ich kann mich noch gut erinnern, wie einer, der seinerzeit wegen des Mordfalles Leitner gekommen war, den Hufschmied bestochen hat, damit dieser bestätigt, dass sein Pferd lahmt und deswegen nicht beschlagen werden kann … und dies nur, weil der Schnösel anlässlich einer Tanzerei im Schloss ein liederliches Luder, das wir für eine ehrbare Maid gehalten haben, kennengelernt hat und deswegen noch ein Weilchen in Immenstadt hat bleiben wollen«, begründete Zwick sein ungewohntes Vorgehen.

Von wegen ›ehrbare Maid‹, dachten sich einige, die sich noch daran erinnern konnten, dass seinerzeit nichts dem Zufall überlassen worden war, wenn ein Gerichtsurteil – meist aus politischen oder erbbedingten Gründen – hatte lanciert werden müssen und man den gescheiten Herren aus Tübingen Gunstgewerblerinnen ›zur freien Verfügung‹ gestellt hatte. Dass diese Weiber auch noch aus der Stadtschatulle entlohnt worden waren, hatte für Unmut unter denjenigen Ratsherren, die selbst gerne in den Genuss gekommen wären, geführt.

»Gott bewahre«, besänftigte der Alte den zunehmend mürrischer werdenden Richter und zog seinen Antrag zurück, während die anderen still in sich hineinschmunzelten.

»Nicht Gott. – Ich habe die ohnehin leere Geldschatulle des gräflichen Oberamtes vor unnützen Ausgaben bewahrt«, schnarrte Zwick zurück und wandte sich dem Protokollführer zu: »Das zuletzt Gesagte wird nicht niedergeschrieben! … Sonst noch was?«, fragte er schnippisch, während er wieder in die Runde blickte und dabei seine schmalen Lippen von einem diabolischen Lächeln umspielen ließ. »Nein? … Dann ist die Verhandlung jetzt endgültig beendet!«

Zwei Trommler postierten sich auf dem kleinen Balkon des traditionsreichen Wirtshauses ›Zur Krone‹.

Auf dem Platz darunter wurde es schlagartig still.

Ja, diese Urteilsverkündung musste zelebriert werden, dumpfer Trommelschlag kündigte es an.

Endlich erschien der Gerichtsdiener auf dem Balkon, brachte sich mehr oder weniger eindrucksvoll in Position und brüllte für alle vernehmbar: »Das hohe Gericht!«

Das zwischenzeitlich wieder aufgekommene Geschnatter verstummte erst, als nach den Beisitzern, dem Kastellan und dem Propst, der Richter den Balkon betrat.

Gebannt starrte das Volk nach oben. Erst jetzt, ganz am Schluss, brachten zwei Soldaten den Verurteilten, der sofort mit wüsten Beschimpfungen und Flüchen empfangen wurde. Ein Soldat wollte den gesenkten Kopf des Verurteilten hochdrücken, was er aber doch nicht tat, weil der Schädel des Arztes vor der Verhandlung so unsanft kahlgeschoren worden war, dass er lauter blutende Stellen aufwies. Deswegen schlug er so fest von unten auf die Kinnlade des Todgeweihten, dass der Medicus laut aufschrie, was vom Volk mit Beifall und Gegröle bedacht wurde.

Der andere Soldat zischte ihn an: »Sieh zu den Staufern, denen du so viel Unheil gebracht hast, hinunter!«

Nachdem er dies gesagt hatte, zog sein Kamerad ihn zur Seite und flüsterte ihm ins Ohr, dass man die hiesige Bevölkerung nach der Ortsbezeichnung als ›Staufner‹ bezeichnete und sie nicht mit dem ehemaligen Fürstengeschlecht der ›Staufer‹ verwechselt werden sollten.

»Ach so!«

Als vom Balkon Silencium heruntergerufen wurde, verstand dies zwar kaum jemand, dennoch wurde es wieder still.

Und als der Richter den ›Blutstab‹ mit beiden Händen nach oben hielt, rührte sich kein Lüftchen.

»Hiermit breche ich im Namen unseres hochverehrten Regenten, des Reichsgrafen Hugo zu Königsegg-Rothenfels, des Herrn über Staufen und Inhaber des Blutbanns, den Stab über den Verurteilten Medicus Heinrich Schwartz.«

Es knackte. Aber es knackte nicht nur wie Holz. Der rot eingefärbte Stab knackte irgendwie anders, irgendwie beängstigend.

Nachdem der Richter den zerbrochenen Blutstab *zur ewiglichen Aufbewahrung unnd zum Beweiß* bei den Gerichtsprotokollen dem Gerichtsschreiber übergeben hatte, ließ er von ihm die Begründung des Todesurteiles verlesen, was das Volk wieder in Rage brachte. Es verstummte erst, als der Henker aus dem Dunkel des Gerichtssaales trat und auf der Bildfläche erschien.

Der Richter wandte sich ihm zu, betrachtete ihn von oben bis unten und sagte knapp: »Ich wünsche Euch Frieden!«

Jetzt war es mit der Ruhe endgültig vorbei. Am liebsten hätte das aufgebrachte Volk auf das langweilige Procedere verzichtet und den Medicus jetzt gleich – an der Balkonbalustrade – hängen sehen.

Die Mitglieder des Gerichts waren schon längst ins Freie getreten, als endlich der Gefangene heruntergebracht wurde. Die Treppe knarzte so, als würde sie unter der Last des Bösen, das jetzt – Stufe um Stufe – auf sie drückte, stöhnen. Als das Volk seinen Peiniger sah, war es kaum noch zu bändigen. Es kehrte erst wieder Ruhe ein, als sich der sowieso schon düstere Wirtshauseingang schlagartig verdunkelte. Dass der Henker so unvermittelt unter dem Türbogen stand, als wäre er direkt aus der Hölle emporgestiegen, ließ das Blut der Gaffer gefrieren. Dass die auf seine Leinenkapuze genähte blecherne Gesichtsmaske im Sonnenlicht gleißte, verstärkte die unheimliche Wirkung ebenso wie der plötzliche Qualm, der sich – begleitet vom lauten Fluchen der feisten Kronenwirtin – um den Vollstrecker herum seinen Weg nach außen bahnte. Erst als die Wirtin den Henker respektlos beiseiterempelte, während sie hustend aus dem Haus rannte, bekamen die Betrachter dieser Szenerie die Ursache für den Qualm und das Gefluche mit und lösten sich aus ihrer Erstarrung. Dass das als neugierig und geschwätzig bekannte Weib im Auftrag des Richters einen Braten für nach der Verhandlung in der Röhre gehabt hatte und – anstatt ihn ständig mit Fett zu bestreichen und darauf zu achten, dass er schön knusprig wurde – durch einen Schlitz in der getäferten Wand heimlich der Verhandlung beigewohnt und dabei das köstliche Fleisch hatte anbrennen lassen, löste dröhnendes Gelächter aus.

Der Henker war rot vor Wut unter seiner Maske. Erst hatte er der Verhandlung nicht beiwohnen dürfen und jetzt auch noch das. An ›seinem‹ Tisch im Hinterzimmer der Wirtschaft hatte er auf das Ende der Verhandlung warten müssen, ohne wenigstens seinen Durst stillen zu dürfen. Und jetzt stand er da wie ein Narr. Noch nie, niemals war in seiner Gegenwart gelacht worden. Um diese Peinlichkeit wenigstens etwas zu kaschieren, blieb ihm nichts anderes übrig, als die Beine zu grätschen, die Arme zu verschränken und sich aufzupumpen, um seinem Äußeren noch mehr Volumen zu verleihen als dies ohnehin schon der Fall war. Als die Menschen den furchteinflößenden Henker so dastehen sahen, verging ihnen das Lachen schnell wieder.

Mit unehrenhaften Leuten wollten die braven Staufner Bauern nichts zu tun haben … und erst recht nicht mit einem Vollstrecker von Todesurteilen. Der Bauernstand war zwar arm, verdiente aber sein kärgliches Einkommen redlich, obwohl er auf der untersten Stufe der Ständepyramide stand. Darunter gab es noch diejenigen, die einem ›unehrlichen‹ Beruf nachgingen, wie die Schinder, Racker und Abdecker oder die unmoralischen Berufe der Huren, der Bettler, der Gaukler und Komödianten. Angehörige unehrlicher Berufe waren unterständisch, was so viel hieß, dass sie in der Hierarchie der ehrbaren städtischen Ständegesellschaft nichts zu suchen hatten.

So war es nicht verwunderlich, dass der Henker Georg Baier seine Arbeit bereits in der dritten Generation verrichtete. Es war kaum denkbar, dass ein Unterständischer aus diesem Pariazustand herausfinden würde. Nachkommen von Eltern, die einen solchen Beruf ausübten, konnten meist auch nur einen derartigen Beruf ergreifen und in solche Familien einheiraten.

Die Staufner besannen sich auf den Grund ihres Hierseins und begannen wieder, laut durcheinander zu schreien und mit allem nach dem Medicus zu schmeißen, was ihnen in die Finger kam. Obwohl der gräfliche Zeremonienmeister immer wieder versuchte, das Volk zu beruhigen, kam es jetzt so richtig in Fahrt. Der Druck über all die Monate hinweg war einfach zu groß gewesen.

»Mordbube!« – »Drecksau!« – »Zum Henker mit dir!«, flog es dem Verurteilten ebenso von allen Seiten um die Ohren wie Straßendreck.

»Was meint Ihr, werter Wagrain? Was würden Eure lieben Mitbürger wohl mit uns machen, wenn wir ihn freigesprochen hätten?«, fragte der Landrichter mit einem vielsagenden Lächeln in den Mundwinkeln.

»Die Frage ist, was sie mit dem Medicus machen würden«, entgegnete der Kastellan mit regungsloser Miene.

Dies ahnte wohl auch Heinrich Schwartz, der vor sich hin wimmerte und immer wieder um Gnade winselte.

»Man sollte ihn wie früher auf einer Kuhhaut zur Richtstätte schleifen!«, schrie Josen Bueb und warf dem Verurteilten einen Steinbrocken an den Kopf, der eine böse Verletzung über dessen rechtem Auge verursachte.

Da dies dem Richter entschieden zu weit ging und er aufgrund des verbrannten Bratens der Kronenwirtin sowieso schon stinkig war, befahl er: »Sorgt für Ruhe und bahnt uns einen Weg durch die Menge, damit sich der Zug endlich zur Richtstätte in Bewegung setzen kann.«

»Zu Befehl, Euer Gnaden«, kam es zackig zurück, bevor der Offizier auf der Hacke kehrt machte, um zu tun, was von ihm erwartet wurde.

So dauerte es nicht lange und es konnte losgehen. Allen voran schritten die Trommler, die mit dem Alabrevetakt den Schritt vorgaben. Sie waren Mitglieder der Immenstädter Stadtkompanie und hielten es für eine große Ehre, an diesem hochgradig interessanten Akt der Sühne dabei sein zu dürfen.

Ihnen folgten zwei weitere Wachen mit ihren imponierenden Hellebarden, dann kamen elf der Beisitzer, bevor der Richter – in die Mitte genommen vom Propst und dem Kastellan – folgten.

Erst in großem Abstand dahinter schritt der Henker. Durch seine Kapuze mit dem maskenartigen Gesichtsteil, das nur über Öffnungen für die Augen, nicht aber für den Mund verfügte, konnte man nicht im Entferntesten erahnen, in welcher Gemütsverfassung sich der Vollstrecker des soeben gefällten Gerichtsurteils gerade befand. Die aus dünnem Eisenblech getriebenen Gesichtszüge seiner maskenartigen Kapuze deuteten einen auffälligen Zwirbelbart an und zeigten über den schlitzartigen Augenlöchern zwei hochgezogene Faltenreihen, die das Antlitz fast zynisch erscheinen ließen. Was das gut erkennbare blecherne Stirnrunzeln letztlich für eine Symbolik hatte, wusste allerdings niemand. Sollte es so aussehen, als wenn der Vollstrecker nachdenklich dreinschaute oder steckte doch ein zufriedener Gesichtsausdruck aufgrund des Sieges der Gerechtigkeit dahinter? Und was den auffällig ziselierten Bart betraf, so glaubten die Menschen, dass er dem Schnäuzer des Grafen nachempfunden und dem Scharfrichter als Vollstrecker der gräflichen Gesetzgebung symbolisch übertragen worden war.

Jedenfalls sah der Henker mit dieser rötlich gefärbten Kapuzenmaske und seiner schwarzen Pluderhose, die er am Bauch und an den Beinen nur mit Stricken zusammengebunden hatte, wahrhaft zum Fürchten aus. Dieser Wirkung war sich der Vierunddreißigjährige wohl bewusst. Um sie zu verstärken, hatte er seinen muskelbepackten Oberkörper mit minderwertigem Tierfett eingerieben. Dementsprechend bestialisch stank er auch. Er kreuzte die muskulösen Unterarme, an denen er schwarze Lederstulpen trug, immer noch vor der Brust.

Der schwitzende Geselle hatte extra aus der bischöflichen Residenzstadt Kempten herbeizitiert werden müssen, weil der Immenstädter Carnifex Hermann Leimer wieder einmal nicht auffindbar gewesen war, obwohl ihn sein aus Schongau stammendes Weib, das selbst einem alten Henkersgeschlecht entstammte, in allen Wirtshäusern Immenstadts gesucht hatte.

So also musste sein Kemptener Kollege Georg Baier die Arbeit übernehmen und dazu auch noch Leimers stinkende Kapuzenmaske tragen. Baier war schon gestern Mittag nach Staufen gekommen. Da ihm gesagt worden war, dass das zu erwartende Todesurteil womöglich am Galgen vollstreckt werden solle, hatte er sich mit den örtlichen Begebenheiten in Staufen vertraut machen wollen und war bei den Aufbauarbeiten des Gerüstes dabei gewesen.

Er konnte es kaum erwarten, sein blutiges Handwerk ausführen zu dürfen. Immerhin sollte er für seine heutige Arbeit stolze dreieinhalb Gulden und zusätzlich eine angemessene Entschädigung für die dreitägige Trennung von seiner Familie bekommen.

Der Henker stank durch das Tierfett, das erst jetzt durch die Körperwärme und die strahlende Frühjahrssonne das richtige Aroma entfaltete, derart, dass eine der beiden Wachen trotz des großen Abstandes, den sie zu ihm hielt, die Nase rümpfte.

»Mir stinkt diese Arbeit«, meinte er wortsinnig zu seinem Kameraden.

»Ich weiß nicht, was du hast. Ich rieche nichts«, kam die Antwort seines grinsenden Kameraden, der kleine Stofffetzen zu Kügelchen gerollt und sich in die Nasenlöcher gestopft hatte. »Und nun komm endlich!«, sagte er noch und zog den anderen zu sich, um mit ihm zusammen ein ordentliches Bild abzugeben.

Hinter den Wachen hatte der Carnifex den Verurteilten auf einem Gefangenenwagen positioniert. Dessen Hände und Füße waren an den Eisengittern des so genannten ›Angstkäfigs‹ angekettet worden. Um den Hals trug er eine dicke Eisenkrause, die es nur unter großen Schmerzen zuließ, den Kopf zu senken. Aber dies versuchte er trotz seiner Kraftlosigkeit ohnehin zu vermeiden, vielmehr bemühte es sich, den Kopf oben zu halten, um nach Ruland Berging Ausschau zu halten.

Dem holprigen, quietschenden und scheppernden Gefährt folgten wieder zwei Stadtwachen, um den Delinquenten vor der am Ende des Zuges kommenden Bevölkerung zu schützen.

Unter den wenigen, die das Schauspiel nicht sehen wollten, waren die Bombergs und Konstanze Dreyling von Wagrain. Sie war mit dem kleinen Diederich im Schloss geblieben. Auch wenn der Medicus während der Verhöre nichts vom Totengräber preisgegeben hatte, waren Konstanze und ihr Mann letztlich zu dem Schluss gekommen, dass er der Unbekannte war, den ihre Söhne seinerzeit mit dem Totengräber auf dem Kirchhof belauscht hatten. Allerdings wussten sie, dass sie dies nach Heinrich Schwartz' Tod niemals mehr würden beweisen können.

Obwohl vom Medicus jetzt keine Gefahr mehr ausging, fürchtete Konstanze immer noch um das Leben ihrer beiden jüngsten Söhne. Aus Angst wollte sie, dass auch Lodewig zu Hause bliebe. Aber der Vater hatte gemeint, der Bursche sei alt genug, um mit der harten Realität konfrontiert zu werden. Lodewig hatte allerdings hoch und heilig versprechen müssen, mit seinen Freunden aus dem Dorf zusammenzubleiben und sich keinesfalls von ihnen zu trennen. Im Gegensatz zu den anderen interessierten sich die jungen Männer momentan mehr für die Trommler als für den in Ketten Gelegten. Gerade Lodewig war ganz vernarrt in die Schlaginstrumente.

Eigentlich hätte Lodewig die Zeit nützen und Sarah besuchen können. Von ihr wusste er, dass es ihre Eltern aus religiösen Gründen ablehnten, einer Hinrichtung beizuwohnen. Sie ist also zu Hause, war er sich sicher und erwog, eventuell doch noch zu ihr zu gehen, aber eine andere Stimme in ihm war stärker. Ja, er wollte die Hinrichtung dieses Mannes ansehen, der ihn und seine Familie seit dem Friedhofserlebnis so in Angst und Schrecken versetzt hatte.

Die Richtstätte in Staufen war früher eine feste Örtlichkeit mit einem hölzernen Galgen auf einem festen Steinfundament. Da im Laufe der Jahre zunehmend humanere Strafen verhängt worden waren und Hinrichtungen meistens in Immenstadt stattfanden, brauchte man den Galgen in Staufen nicht mehr so oft. Dadurch verlor er zwar etwas an Bedeutung, nicht aber seinen Schrecken. Die feste Einrichtung gab es zwar längst nicht mehr, hatte aber bis gestern in mühelos und schnell zusammenbaubaren Einzelteilen in der gräflichen Schranne gelagert.

Wie oftmals andernorts wurde auch die Staufner Richtstätte unmittelbar an der Gerichtsgrenze errichtet, so dass Reisende bei Betreten des Hoheitsgebietes der Herrschaft Rothenfels die abschreckenden Strafen dieser Region unschwer erkennen konnten. Hugo Graf von Montfort hatte von Kaiser Friedrich III. schon 1447 das Recht der Blutgerichtsbarkeit erhalten und sechzehn Jahre später war Staufen die Hohe Gerichtsbarkeit übertragen worden, was bedeutete, dass hier ›vom Leben zum Tode verbracht‹ werden durfte.

Zur Abschreckung böser Buben und zur Ahndung kleinerer Vergehen gab es zudem mitten auf dem Marktplatz einen Pranger, der meistens mittwochs zum Einsatz kam, wenn sich dort wegen des Markttages viele Menschen aufhielten. Hier wurden die Sünder gebrandmarkt, indem man ihnen mit einem glühenden Eisen *ein ständig sichtbar Zaichen ihrer ruchlosen That* auf die Stirn brannte. Oder sie mussten *Strafen an Haut und Haar* wie das schimpfliche Scheren nur einer Kopf- oder Bartseite erleiden. Bei relativ harmlosen Vergehen mussten die Sünder nur eine gewisse Zeit – mit oder ohne Schandmaske – die Beleidigungen und fauligen Wurfgeschosse ihrer schadenfrohen Mitmenschen über sich ergehen lassen.

Am Fuße des Staufenberges angekommen, wurde der wimmernde Verurteilte unsanft vom Karren gezogen, da die Strecke bis zum Galgen für Pferd und Wagen zu steil war. Zwei starke Pferde hätten es vielleicht geschafft, den Karren bis zum Richtplatz hochzuziehen. So aber musste der Todgeweihte den letzten Abschnitt seines Lebens zu Fuß gehen. Dabei machten ihm die eisernen Fußketten und die Halskrause schwer zu schaffen. Aber dies störte nur den Kastellan und Melchior Henne, allenfalls auch noch Propst Glatt. Oben angekommen, wartete der Richter geduldig, bis sich die zwölf Beisitzer auf der vorbereiteten Holzplattform postiert hatten und auch die letzten Neugierigen angekommen waren, um sich links und rechts des Galgens zu verteilen.

»Kommt nur her und versteckt Euch nicht. – Immerhin seid Ihr Beisitzer dieses Gerichts«, winkte der Richter Melchior Henne, der lieber bei seinesgleichen bleiben wollte, zu sich aufs Podium.

»Ja, Euer Ehren«, murmelte der Leinweber missmutig. Dass etliche seiner Altersgenossen nur allzu gerne mit ihm getauscht hätten, nützte ihm nichts. Er musste tun, was er nicht wollte, ihm aber befohlen worden war.

Da alle das kommende Geschehen möglichst gut mitverfolgen mochten, kam es bei der Belegung der besten Plätze zu einigen Rangeleien.

»Lasst mich durch! – Der hat meine ganze Familie ausgelöscht«, schrie ein Mann mittleren Alters und schubste den vor ihm Stehenden, auf dessen Schultern ein etwa sechs Jahre alter Knabe saß, so heftig beiseite, dass das Kind unsanft auf den Boden fiel und sich die linke Schulter auskugelte.

Währenddessen begleiteten zwei Wachen den Verurteilten auf das grob zusammengezimmerte Podium, auf dem schon der Henker und das hohe Gericht warteten. Sie nahmen ihm die Ketten ab und banden ihm die Hände mit einem groben Strick auf den Rücken. Dabei gingen sie nicht gerade zimperlich mit ihm um und ließen sich auch nicht davon beeindrucken, dass der Medicus an den Armgelenken blutete. »Der spürt sowieso bald nichts mehr«, lachten sie.

Nach allseitigen Unterhaltungen wurde es ruhiger, und auch die letzten Gespräche verstummten. Alle starrten zum Galgen. Keinen interessierte der traumhafte Blick zur Bergkette hinüber.

Einsetzender Trommelwirbel, gefolgt von langsamen dumpfen Schlägen, kündeten die letzten Minuten im Leben des im Königreich Schlesien geborenen Arztes Heinrich Schwartz an.

Das Volk war ruhig, als der Landrichter das ›*Friedgebot*‹ wiederholte und mit eindringender Stimme einige Verhaltensregeln vorgab, die er mit den Worten »Wer den Henker bei dessen Arbeit behindert, wird hart bestraft« beendete.

Da seine Einschüchterung wirkte, blieb dem Volk nur noch, ängstlich kuschend zu raunen. Weil dies dem Richter sichtlich gefiel, wollte er noch etwas nachlegen. Bei diesem Gedanken grinste er unverhohlen. Erst als schon wieder Flüche laut wurden, änderte er seinen Gesichtsausdruck und rief mit unnötig lauter Stimme: »Ich warne das Volk von Staufen nochmals eindringlich davor, sich in den Gerichtsakt einzumischen.«

Bevor Zwick fortfuhr, zeigte er in Richtung des Henkersknotens.

»Falls der Strick reißen sollte oder etwas anderes Unvorhergesehenes geschehen wird, darf niemand selbst Hand an den Verurteilten legen. – Habt ihr das verstanden? – Unter keinen Umständen!«

Die Menschen starrten abwechselnd zum Richtergremium und zum Medicus.

Als der Propst vortrat und zuerst den Delinquenten, dann den Henker und danach alle Anwesenden mit Weihwasser segnete, überprüfte der Henker die zusammengebundenen Hände des Todgeweihten und strich fast zärtlich über das dicke Hanfseil, während er sich – einer alten Tradition folgend – leise an sein Opfer wandte: »Im Namen meiner selbst, meines Weibs und meiner Bälger, aber auch im Namen der rothenfelsischen Rechtsprechung und der von Euch selbst verübten Taten, des Herrgotts und aller Heiligen erbitte ich Eure Verzeihung.«

Er sah den Medicus so lange an, bis dieser krampfhaft den Kopf hob.

»Verzeiht Ihr mir?«, fragte der Henker und blickte ihm jetzt so intensiv in die verquollenen Augen, bis dieser stumm nickte.

»Ich danke Euch«, flüsterte er kaum hörbar und streifte ihm eine Kapuze über den Kopf, damit er ihm die Schlinge um den Hals legen konnte.

»Haltet ein!«, rief der Landrichter energisch.

Den Medicus durchfuhr es wie der Blitz. Da er nicht wusste, wie ihm geschah, keimte sofort Hoffnung in ihm: Wenn der Richter dem Henker Einhalt gebietet, kann es sich nur um eine unverhoffte Begnadigung handeln. Dabei kam ihm auch noch der abstruse Gedanke, dass doch noch der Totengräber gekommen war, um ihm zu helfen.

Die Menschen sahen sich gegenseitig fragend an, bevor sie erst zum Medicus blickten, dem die Hoffnung schlagartig wieder Leben eingehaucht zu haben schien, dann ihre Köpfe dem Landrichter zuwandten.

»Was ist los? – Warum geht es nicht weiter? – Hängt ihn endlich auf!«, hörte man die Menge jetzt wieder mutig rufen.

»Ruhe!«, gebot der Zeremonienmeister, der dieses Mal sein ernstestes Gesicht aufgesetzt hatte, was aber trotzdem nichts half.

Also mussten es die Trommler richten: Bum – Bum – Bum …, dröhnte es und übertönte langsam aber sicher das Gemaule des Volkes.

Der Landrichter wartete so lange, bis es wieder ganz ruhig geworden war, bevor er seine Stimme erhob: »Wir – das ehrenwerte Richtergremium – haben beschlossen, dass der Verurteilte zu seiner Schande baren Hauptes hängen soll und nicht nur sein Körper, sondern auch sein Haupt der Verwesung, der Witterung und …« Zwick blickte zum Himmel hoch, bevor er weitersprach: »den schwarzen Vögeln überlassen wird. Erst wenn die letzten Reste des Leichnams von selbst abgefallen sind, soll er hier auf dem Galgenberg, an der Stelle seines Todes, in gottloser Erde verscharrt werden. – Henker! Lasst die Kapuze also weg und legt endlich die Schlinge um seinen Hals.«

Als er dies hörte, begann der dem Tode nun doch nicht Entronnene hysterisch zu schreien. Er versuchte mit aller Gewalt, seine auf dem Rücken zusammengebundenen Hände aus dem Strick zu lösen, was diesen aber nur fester zusammenzog und Wahnsinnsschmerzen mit sich brachte.

Frauen hielten die Hände ihrer Männer fest und vergruben ihre Köpfe an deren Hälsen, während sie ihre Kinder an sie drückten und deren Augen zuhielten.

Um der widerlichen Szenerie einerseits ein Ende zu setzen, die Sache andererseits aber noch etwas auszukosten, fragte der Richter den Medicus für alle laut vernehmbar, ob er noch etwas zu sagen habe, bevor der Henker seines Amtes walten würde.

Der Brustkorb des Todgeweihten bebte, als er mehrmals tief einatmete, um etwas sagen zu können. Scheinbar würdevoll hob er sein Haupt und blickte mit dem Auge, das noch nicht ganz zugequollen war, trotzig in die Menschenmenge. Da er wusste, dass jetzt gleich alles vorüber sein würde, wollte er etwas tun, auf das er bisher nicht gekommen war; er wollte sich bei all den Menschen entschuldigen, denen er so viel Leid angetan hatte, brachte aber aufgrund der trockenen Kehle und der aufgequollenen Zunge kein Wort heraus. So sehr er sich auch bemühte, gelang es ihm nicht, wenigstens ein paar Worte des Bedauerns auszustoßen.

Dies war ein Moment, sicherlich der einzige, in dem die Menschen fast ein wenig Mitleid mit dem Verurteilten hätten haben können, letztlich aber doch nicht hatten, was gerade die Weiber durch ihre Keiferei kundtaten.

Plötzlich beugte sich der Medicus ruckartig nach vorne. Er riss seinen Mund auf und kniff seine angeschwollenen Augenlider zusammen, um Tränen und Schweiß herauszudrücken, damit er das besser erkennen konnte, was er zu sehen glaubte. Er legte den Kopf schräg, um mit dem linken Auge etwas sehen zu können, während ihm durch seine Bemühungen, das verletzte Auge ebenfalls zu öffnen, rechts wieder das Blut herunter lief. Mit letzter Kraft zerrte er wie wild an seinen Handfesseln, die ihn daran hinderten, auf jemanden zu zeigen. Er schüttelte sich und zappelte wieder, als wollte er sich befreien.

Die Anwesenden glaubten, dass der Medicus im Angesicht des Todes jetzt endgültig durchdrehen würde.

»Der ... der ...«, stieß er heiser hervor und versuchte mit hektischen Kopfbewegungen in Richtung einer vermummten Gestalt zu zeigen.

Der Landrichter deutete das für ihn keinesfalls ungewohnte Verhalten eines Delinquenten als ein letztes, von Todesangst geprägtes Aufbäumen vor dem zu erwartenden Tod. Um dem grausamen Spiel nun doch ein Ende zu bereiten, nickte er dem Henker still zu, das Urteil zu vollstrecken.

»Der Herr sei deiner armen Seele gnädig«, hörte man den Propst sagen, während er ein Kreuz in Richtung des Todgeweihten zeichnete und damit begann, ein Gebet zu murmeln.

Jetzt ging alles ganz schnell.

Trrrrrr ...

Als der Henker endlich seiner Aufgabe nachkam und mit seinem Fuß den Holzpflock beiseiteschob, auf dem der Delinquent stand, hörte man gleichzeitig ein durch das Gewicht des einen Augenblick zuvor Erhängten ausgelöstes Stöhnen der Holzbalkenverbindung und das dumpfe Fallgeräusch. Da es keine Luke gab, die für einen schnellen Genickbruch gesorgt hätte, musste der Medicus qualvoll ersticken.

»Um Gottes willen«, empörte sich Ulrich Dreyling von Wagrain laut. »Ich habe gedacht, dass es ein ›Erhängen mit Umständen‹ sein wird.« Damit meinte er das Erhängen mittels einer Bodenklappe, durch die der Delinquent mitsamt des zwei Ellen hohen Holzpflockes, auf den ihn der Henker gestellt hatte, schlagartig durch eine Luke nach unten fallen würde. Da der Fallweg länger gewesen wäre, hätte das Körpergewicht mehr Wirkung gezeigt und ein rascher Genickbruch wäre die Folge gewesen. In der ganzen Aufregung war dem Kastellan nicht aufgefallen, dass das Podium, auf dem der jetzt leicht hin und her rollende Holzpflock gestanden hatte, zwar höher war als das Podium, auf dem das hohe Gericht und der Pfarrer zu beiden Seiten des Galgens standen, aber nicht hoch genug, dass es die raschere Art des Erhängens zugelassen hätte.

Die jetzt doch irgendwie bestürzten Zuschauer mussten mit ansehen, wie es ihrem ehemaligen Dorfmedicus die Zunge weit herausdrückte. Während sich die Beingewandung des soeben Erhängten einnässte – was man ihm jetzt zugestand –, lief dessen linkes Auge blutrot an und quoll zusammen mit dem bereits lädierten Auge angsteinflößend hervor. Nach ein paar zuckenden Bewegungen der Füße war alles vorüber, und man hörte für Sekunden nur das leise Wimmern eines Knaben in einiger Entfernung. Jetzt erst vermochten es viele Frauenköpfe, die sich in die Schultern ihrer Männer verkrochen hatten, sich wieder daraus zu lösen. Die Zuschauer brauchten ein paar Minuten, um sich zu fassen. Das war es jetzt, was sie gewollt und was sie sich so sehnlich herbeigewünscht hatten. Jetzt war es vorüber. Die meisten bekreuzigten sich und sprachen ein kurzes Gebet, allerdings nicht für die arme Seele, die dort vor ihnen baumelte, sondern für die unschuldigen Opfer der grausamsten Mordserie, die es wohl je in deutschen Landen gegeben hatte. Einige weinten. Aber meist stand ein zufriedenes Lächeln auf den Lippen der Schaulustigen.

»Es ist vorbei. Jetzt kommt wieder eine bessere Zeit!«, durchbrach Josen Bueb die Stille, während er beschwörend eine Faust gen Himmel richtete.

Nach einiger Zeit stellte der Landrichter auf die Frage des Henkers die ordnungsgemäß nach Urteil und Recht vollzogene Handlung fest.

Aus der Menschenmenge schälte sich die Gestalt, die Fabio vor kurzem im Schlosshof erblickt hatte. Es war dieselbe Person, die der Medicus in den letzten Sekunden seines Lebens gesehen hatte. Da die Blicke aller die ganze Zeit über gebannt auf den Galgen gerichtet waren, hatte niemand den Schwarzgewandeten, der als Letzter an der Richtstätte eingetroffen war, bemerkt. Erst als alles vorüber war, zog der Vermummte langsam seine Kapuze herunter und nahm das Tuch ab, hinter dem er sein Gesicht verborgen hatte. Es hatte den Anschein, als wollte er es jetzt darauf anlegen, erkannt zu werden.

»Heiliger Herrgott im Himmel! ... Der Totengräber!«, rief eine alte Frau so laut, dass sich ihr alle Blicke zuwandten. Ein Gemurmel machte die Runde, und schon wieder wurden Kreuze geschlagen. Obwohl niemand etwas über sein tödlich geendetes Treffen mit dem älteren Sohn der Blaufärber wissen konnte und kein einziger Staufner je seine damaligen Wunden oder die verbliebenen Narben gesehen hatte, war es dem Totengräber wohler, wenn er den größten Teil davon unter seinem Bart verstecken konnte.

Wer weiß, was die sich zusammenreimen, wenn sie mein entstelltes Gesicht sehen, hatte er sich gedacht und sich deswegen wieder einen Bart wachsen lassen. Dadurch konnte auch niemand sehen, dass er seither eine *Lätsche* hatte. Über seinem erblindeten linken Auge trug er eine Binde.

Diejenigen, die es schon vermochten, sich vom Anblick des Erhängten abzuwenden, drängten jetzt neugierig zu Ruland Berging, doch er gab nur einen einzigen Satz von sich, bevor er sich zum Gehen abwandte: »Ich bin im rechten Augenblick zurückgekommen! – Nicht zu früh und auch nicht zu spät!«

Dramatis personae

Bis auf diejenigen Personen der Handlung, die es im 17. Jahrhundert tatsächlich gab, und die mit mit einem * gekennzeichnet wurden, sind die Protagonisten frei erfunden. Ähnlichkeiten, gleich welcher Art, mit lebenden Personen sind rein zufällig.

DIE FAMILIE DES KASTELLANS:

*Hannß Ulrich Dreyling von Wagrain**
Der Gräfliche Verwalter des Schlosses (›Kastellan‹) Staufen gehört dem niederen Adel an. Er wird mit seinem zweiten Vornamen angesprochen.

Gutmütig und gerecht. Seine stolze Erscheinung täuscht nicht immer darüber hinweg, dass er in familiären Dingen manchmal zu lasch ist, was ihm oft Ärger mit seiner Frau einbringt.

Er ist der wohl bestgeachtetste Mann im Herrschaftsgebiet Staufen, vor dem alle Respekt haben, der aber auch Neider hat.

Konstanze Dreyling von Wagrain

Die stolze, manchmal überheblich wirkende Frau des Kastellans und Mutter seiner drei Söhne.

Einerseits eine sehr strenge Mutter und Herrin, andererseits trotz ihrer Kühle feinfühlig.

Sie ist für den Haushalt, den Garten und die Kindererziehung zuständig, mischt sich aber gerne in andere Dinge ein. Liebt die seltenen repräsentativen Aufgaben. Kränkelt stets.

Eginhard Dreyling von Wagrain

Ältester hilfsbereiter Sohn des Kastellan, studiert im berühmten Kloster Mehrerau im österreichischen Bregenz die Medizin und die Naturheilkunde.

Ein kluger und besonnener Studiosus, der für alles zu gebrauchen ist und Karriere machen wird. Durch seine sanfte und ehrliche Art ist er allseits sehr beliebt.

Lodewig Dreyling von Wagrain

Mittlerer Sohn des Kastellans. Soll später in die Fußstapfen seines Vaters treten und Schlossverwalter werden.

Der ganz besonders gut aussehende Bursche ist drahtig, fleißig und traditionsbewusst. Obwohl er weder Tod noch Teufel fürchtet und lieber zur Waffe, anstatt zur Feder greifen würde, ist er von sanfter Natur und dementsprechend feinfühlig.

Diederich Dreyling von Wagrain

Jüngster Sohn des Kastellans. Bedarf noch des besonderen Schutzes seiner Familie.

Das Nesthäkchen ist von der Intelligenz seiner beiden Brüder zwar weit entfernt, aber dennoch recht pfiffig. Sein sonniges Gemüt ist ansteckend.

DIE ANDEREN SCHLOSSBEWOHNER:

Rosalinde, die Hausmagd

Die aus Vorarlberg stammende Haushaltshilfe ist zwar fleißig, aber von einfachem Gemüt.

Das brave Mädchen ist schnell beleidigt und stottert, wenn ihr etwas nicht behagt. Sie steht unter dem persönlichen Schutz ihrer Herrin und dankt dies durch absolute Loyalität.

Ignaz, der Stallknecht

Da er schon viele Jahre für den Kastellan arbeitet, hat sich zwischen den beiden eine Art Freundschaft entwickelt. Die gute Seele ist für alle anfallenden Arbeiten im Stall und im Hof zuständig und ist sich auch für keine Arbeit außerhalb des Schlossgeländes zu schade.

Siegbert, die erste Schlosswache

Der großgewachsene schlanke Soldat nimmt seinen Dienst sehr ernst und ist absolut zuverlässig. Ein Spießer, der Späßchen gegenüber nicht besonders aufgeschlossen ist.

Rudolph, die zweite Schlosswache

Der stämmige Soldat spricht gerne dem Alkohol zu und ist dementsprechend unzuverlässig. Da er ein gutmütiges Naturell hat, bekommt er zwar öfter Ärger, wird aber nicht entlassen, weil ihn die Kastellanin stets schützt.

Genau wie sein Kamerad, ist er im Wechsel mit ihm für die Sicherung des Schlosstores und die Bewachung der gesamten Schlossanlage zuständig.

DIE IMMENSTÄDTER:

*Hugo Reichsgraf zu Königsegg**

Hochreputierter Regent der Herrschaft Rothenfels und Staufen. Einer der größten Vertreter seines Geschlechts. In seiner Eigenschaft als Reichskammerpräsident weilt er oft im Rheinland und kann sich nicht immer um sein weitreichendes Herrschaftsgebiet kümmern, weswegen er seinem Oberamtmann in allen Dingen freie Hand lässt. Der Hedonist ist zwar den schönen Dingen des Lebens zugetan, aber nicht unbedingt mit Mut gesegnet.

*Maria Renata zu Königsegg**

Die gebürtige Hohenzollernprinzessin mischt sich nicht in politische Dinge ein und ist dem Regenten eine ebenso gute Gemahlin wie sie eine liebende Mutter ist. Zu Konstanze Dreyling von Wagrain hegt sie ein von gegenseitigem Respekt geprägtes Verhältnis.

*Oberamtmann Conrad Speen**

Den obersten Beamten des rothenfelsischen Herrschaftsgebietes zeichnet eine stets unvoreingenommene Beurteilung der Dinge und fachliche Kompetenz aus. Mit der entsprechenden Prokura ausgestattet, leitet er während der Abwesenheit des Grafen die Geschicke der gräflichen Untertanen. Den als streng aber gütig bekannten Beamten verbindet ein von gegenseitigem Respekt und Vertrauen geprägtes Verhältnis mit dem Kastellan, den er sehr schätzt und – wenn möglich – in allen Bereichen unterstützt.

*Landrichter Hans Zwick**

Der Stadtammann ist gleichzeitig oberster Richter im rothenfelsischen Gebiet und deswegen gefürchtet, weil er stets kurzen Prozess macht. Seine fehlende Körpergröße gleicht er durch absolute Strenge aus, weswegen er ›Richter Gnadenlos‹ genannt wird. Obwohl sie eng zusammenarbeiten müssen, ist er nicht gerade ein Freund des Oberamtmannes.

DIE JUDEN:

*Jakob Bomberg**

Entstammt einer berühmten antwerpischen Buchdruckerfamilie. Musste mit seiner Familie immer wieder vor Pogromen und Neidern fliehen.

Der manchmal bärbeißig wirkende Mann hat ein gutes Herz und ist streng gläubig.

Judith Bomberg

Jakobs leicht orientalisch wirkende Frau ist eine gute Mutter, deren Arbeit immer wieder Begehrlichkeiten weckt. Sie hat eine florierende Hühnerzucht aufgebaut, die sie vehement verteidigt.

Sarah Bomberg

Das außerordentlich hübsche Mädchen geht ihrer Mutter gerne zur Hand … wenn es nicht gerade Hühnern die Köpfe abschlagen muss.

Ihre Klugheit äußert sich mit zunehmendem Alter in ihrem Interesse für die schönen Künste.

Lea Bomberg

Die Kleine ist der Sonnenschein der Familie. Dem zerbrechlich wirkenden Mädchen sieht man nicht an wie mutig es ist. Auch bei ihr zeichnet sich schon ab, dass es ein kluges Mädchen wird.

DIE BÖSEN:

Der Totengräber

Ruland Berging wuchs bei den Franziskanern auf und flog später aus seinem Amt als Immenstädter Bibliotheksarchivar, bevor er in Staufen unter mysteriösen Umständen Ortsvorsteher wurde. Auch dieses Postens enthoben und zum Leichenbestatter degradiert, wird aus dem schon durch und durch Bösen eine Bestie, der Menschenleben nichts wert sind.

Der Medicus

Heinrich Schwartz ist ein heruntergekommener Arzt, der als Spitalleiter entlassen wurde, weil er dem Alkohol allzu sehr frönt und zudem stinkfaul ist. Doch er hat Glück und bekommt einen eigenen Behandlungsraum, den er für seine Zwecke, aber nicht zum Wohle der Bevölkerung nutzen kann.

Hemmo Grob

Der örtliche Schuhmacher sieht sich als Retter der Menschheit und hetzt gegen alles, was ihm nicht passt. Weil er es nicht lassen kann, gegen Gott und die Welt zu wettern, nennt man ihn den ›Pater‹. Ein äußerst unangenehmer und gefährlicher Zeitgenosse, der ganz besonders die Juden hasst.

DIE BLAUFÄRBER:

*Hannß Opser**

Ein fleißiger Handwerker, der seine Färberei gut in Schuss hat und gerne Geschäfte mit Auswärtigen macht. Lebt aber ansonsten mit seiner Familie recht zurückgezogen.

Gunda Opser

Die verhärmte Frau des Blaufärbers muss ihrem Mann bei der Arbeit helfen, wenn sie nicht gerade mit ihrem Haushalt beschäftigt ist.

Otward Opser

Der ältere Blaufärbersohn ist in etwa so alt wie Lodewig Dreyling von Wagrain.

Ein schneidiger, kräftiger und fleißiger junger Mann.

Didrik Opser

Der jüngere Blaufärbersohn ist in etwa so alt wie Diederich Dreyling von Wagrain und ebenso verspielt wie dieser.

DIE SEELSORGER:

*Johannes Glatt**

Der Ortspfarrer ist Propst und Vorsteher des hiesigen Kollegialstifts. Als enger Freund der Kastellansfamilie geht er im Schloss ein und aus. Manchmal etwas knorrig, verbirgt sich unter der rauen Schale ein weicher Kern. Aufgrund seiner bemerkenswerten Intelligenz müsste er eigentlich höhere Weihen erhalten, hat aber in Staufen genügend Arbeit mit seinen Schäfchen.

Martius Nordheim

Der junge Kanoniker leitet die Filialpfarrei ›St. Johann im Thal‹ und steht dem Propst zur Seite, wenn er benötigt wird. Durch seine pflegerischen Vorkenntnisse, könnte er auch im Staufner Spital eingesetzt werden.

Schwester Bonifatia

Die dominante Franziskanerin leitet das direkt an der Salzstraße gelegene ›Leprosenhaus‹ im nahe gelegenen Weiler Genhofen … bis ihr ein anderer Vorschlag unterbreitet wird.

SONSTIGE PROTAGONISTEN:

Fabio

Den Herumtreiber nennt man nicht zu unrecht ›Fabio, den Dieb‹. In Lindau als Sohn einer Hure geboren, muss er von dort fliehen. So zieht es ihn durch die Welt, bis er in Staufen eine neue Heimat findet. Zunächst allseits gemieden, mausert sich der faule Nichtsnutz zu einer großen Hilfe in Zeiten der Not.

Hermann Schädler

Eigentlich wäre er immer noch Ziegenzüchter, wenn es diese Tiere in Staufen noch geben würde. Der wortgewaltige Mann wird allseits respektiert, weswegen ihm das Amt des Ortsvorstehers zugetraut wird. Er ist mit dem Kastellan mehr als gut bekannt.

*Melchior Henne**

Der junge Leinweber ist Lodewigs bester Freund. Dadurch kam er in den Genuss, mit Lodewig zusamen von Propst Glatt Latein zu erlernen. Durch seine Besonnenheit gibt es erste Anzeichen, dass aus ihm später einmal der Ortsvorsteher werden könnte.

Otto Dobler

Der kauzige Knecht des Bechtelerhofes ist ein Freund des Kastellans aus Kindheitstagen.

Seine Mutter beherrscht die Kräuterkunde.

Til

Der merkwürdig aussehende ›Kräutermann‹, betreibt zusammen mit seiner Mutter im unweit von Staufen gelegenen Weiler Hopfen eine Kräuterplantage. Aufgrund seines umfangreichen Wissens kommen nicht nur Bader und Kräuterweiber zu ihm, sondern auch Ärzte und sogar Professoren verschiedener Universitäten. Sein weiser Rat ist allseits geschätzt.

Matheiß

Der feiste Wirt des Wirtshauses ›Zur Krone‹ sieht, hört und weiß alles. Allerdings behält dies der korrekte Mann meist für sich. Er ist ein Jugendfreund der Kastellanin.

Erläuterung der Begriffe, Namen und Zitate

Aufhängen mit Umständt Die ›humanere‹ Art des Erhängens. Der Delinquent fällt durch eine Bodenklappe und bricht sich das Genick. Dies macht beim Errichten des Galgens zwar mehr ›Umstände‹, führt aber im Gegensatz zum Erhängen ›ohne Umstände‹, bei dem der Delinquent grausam erstickt, zum – wenn alles gut geht – sofortigen Tod.

Aufzug Alte Bezeichnung für ›Umzug‹.

Bauernopfer Taktischer Schachzug. Im übertragenen Sinne heißt dies, dass ein Opfer ausgewählt wird, wenn kein Schuldiger gefunden wird.

Blattner Blechverarbeitender Handwerker, wie z. B. der Rüstungsmacher.

Blätzlisbutz Alemannische Fasnetsfigur mit buntem Flecken-(Bläzli) Gewand.

Blutzoll Ausdruck für Verluste an Menschenleben im Krieg. In anderen Bereichen auch eine Art der Kollektivstrafe.

Brachmonat Juni. Bei der ›Dreifelderwirtschaft‹ wird in diesem Monat das brach liegende Feld bearbeitet.

Bruche Mittelalterliche Bezeichnung für Unterhose.

Büttel Gerichtsdiener.

Capitulare de villis et curtis imperialibus Die ›Verordnung über die Krongüter und Reichshöfe und die Geheimnisse des Kräutergartens Karls des Großen‹ (ca. 742 bis 814 n. Chr.).

Carnifex (auch Lictor) Lateinisch für ›Vollstrecker‹, ›Henker‹ usw. Bis etwa 1600 n. Chr. wird auch die Bezeichnung ›Meister‹ in Verbindung mit dessen Vornamen verwendet. Später setzen sich andere Berufsbezeichnungen wie ›Züchtiger‹ und ›Nachrichter‹ durch. Die heute geläufige Form ›Scharfrichter‹ kommt im Allgäu erst ab Mitte des 17. Jahrhunderts vor (in zeitgenössischen Schriften fast immer ›Schar*p*frichter‹ geschrieben.

Cuculle Arbeits- und Reiseumhang mit Kapuze, meist aus Wolle oder Filz. Während die Kapuze den Kopf schützt, hält der mehr oder weniger lange Umhang beim Reiten oder Arbeiten den Rücken trocken.

Corvus corone Lateinische Bezeichnung für Aaskrähe. Gehört zur Familie der Rabenvögel.

Curriculum vitae Lateinische Bezeichnung für einen tabellarischen Lebenslauf.

Dominus vobiscum Lateinisch für ›Der Herr sei mit euch‹. Nach alter Form der katholischen Messe Gruß des Priesters an seine Schäflein zu Beginn der Messliturgie. Die Kirchengemeinde antwortet darauf: ›Et cum spiritu tuo‹ (›Und mit deinem Geiste‹).

Döttle Alte Allgäuer Bezeichnung für ›Taufpate‹.

Eidam Alte Bezeichnung für Schwiegersohn.

Engelmacherin Frau, die Kinder absichtlich sterben lässt, weil diese von den Eltern nicht durchgefüttert werden können.

Ego te absolvo Lateinisch: ›Ich spreche dich frei‹. Kirchlicher Segen.

Einbrenn Alter Allgäuer Ausdruck für eine Mehlschwitze. Ein Weizenmehlteig wird unter Zugabe von Fett angebrannt und gibt nach Aufgießen mit Wasser einen braunen Soßenfond.
Fatschenkind Andachtsbild oder Gebildmotiv in Form eines mit Bändern umwickelten Säuglings, der das Jesuskind darstellt, das gemäß ›Lukasevangelium‹ in Windeln gewickelt ist.
Hauptsächlich verbreitet in Süddeutschland und Österreich.

Federlecker Im 17. Jahrhundert wird mit Tinte und Federkiel geschrieben. Deswegen Bezeichnung für faule Beamte.

Fieranten Fahrende Händler.

Flagellanten Der Name geht auf das lateinische Wort flagellum zurück, was nichts anderes heißt, als Geißel oder Peitsche. Dabei handelt es sich um eine christliche Laienbewegung, die sich in der Öffentlichkeit selbst geißelt, um dadurch Buße zu tun und sich von Sünden zu reinigen. Bekannt wurden sie durch ihre Umzüge während der Pest.

Flecken Alte Bezeichnung für zersiedelte, meist kleine, Ortschaften, die wie Flecken in der Landschaft liegen. Die international bekannte Tourismusdestination Oberstaufen (zur Zeit der Romanhandlung ›Staufen‹) wird immer noch gerne als ›Marktflecken am Fuße des Staufens‹ bezeichnet, wobei in diesem Falle mit ›Staufen‹ der kegelförmige Staufenberg gemeint ist.

Fleckleshäs Alemannisches Flickengewand. Meist ein buntes Fasnachtsgewand, wie es die ›Lindauer Pflasterbutzen‹ und andere ›Butzen‹ der alemannischen Fasnet (Fasnacht) im Dreiländereck des Bodensees, zu dem auch Österreich und die Schweiz gehören, tragen. Im Gegensatz zu ihnen – teilweise aber gleichen Ursprungs – trägt der ›Staufner Butz‹ ein Gewand, auf das bunte Rauten gemalt sind.

Friedgebot Amtliche Aufforderung den Frieden zu bewahren.

Fronen (Frondienst) Meist unfreiwillig ohne Entgelt arbeiten.

Galtalpe Alpe, auf der nur Jungvieh (Galtvieh) gehalten wird.

Glutwache Laut Landesverordnung muss gewährleistet sein, dass sich Feuer nicht ausbreiten kann, indem es ständig beobachtet und ganz besonders auch nachts nicht allein gelassen wird. Bei Nichtbeachtung drohen hohe Geldstrafen und wenn nicht bezahlt werden kann, Körperverstümmelung.

Gulden Größte Zahlungseinheit. Bezeichnung *fl.* Für zweihundert Gulden bekommt man ein kleines Bauerngütlein.

Hahnschenkel Bezeichnung für die höchste Erhebung der alten Reichsstraße (auch Salzstraße) bei Genhofen, nahe Staufen. Wegen seiner Gefährlichkeit wird dieser Streckenabschnitt von Fuhrleuten und Reisenden ganz besonders gefürchtet.

Hatschen Alter Allgäuer Ausdruck für ›Hinken‹ oder ›Humpeln‹.

Heinzen Holzgestelle, auf denen das frisch gemähte Gras zum Trocknen aufgehängt wird.

Heller Kleinste Zahlungseinheit. Bezeichnung *hr.*

Henkerstisch Da derjenige, der zuvor gesprochene Todesurteile vollstreckt, allseits gemieden wird, hat er im einen oder anderen Wirtshaus ein eigenes Tischchen, das bei Bedarf hochgeklappt und auf einen Fuß gestellt wird. Damit sich kein anderer dort hinsetzen kann, wird es nach Benutzung des ›Vollstreckers‹ wieder an der Wand befestigt.

Herrenstück Das beste Stück Fleisch.

Hübschlerin Neben ›Gunstgewerblerin‹ oder ›Gefällige Magd‹ ist dies eine der wenigen verharmlosenden Bezeichnung für Huren.

Kanoniker Auch ›Chorherr‹ oder ›Stiftsherr‹. Mitglied eines ›Domkapitels‹ oder ›Stiftskapitels‹.

Kantengießer Kannengießer oder Zinngießer. Daher die alte Redewendung: ›Sich die Kante (Kanne) geben‹, was nichts anderes heißt als ›Saufen‹.

Kastellan Mittellateinische Bezeichnung (castellanus) für ›zur Burg gehörig‹. Bezeichnung für Aufsichtsbeamte herrschaftlicher Anwesen, wie Burgvögte, bzw. Schlossverwalter.

Katheder Stehpult

Kirbetanz Allgäuer Bezeichnung für Kirchweihtanz. Gebräuchlich auch im Hunsrück, in Rheinhessen, im Remstal und in Teilen Vorarlbergs. Weltliche Feier zum Kirchweihfest, in Bayern der dritte Sonntag im Oktober.

Kogebänkle Alte Allgäuer Bezeichnung für eine direkt vor dem Haus stehende Sitzbank. War ursprünglich der Platz für das Gesinde (Koge) auf der Ofenbank.

Koscher Jüdische Speisen müssen nach dem Talmud ›rein‹, also koscher sein. In der jüdischen Küche wird streng zwischen ›reinen‹ und ›unreinen‹ Tieren unterschieden.

Kotzen Keine Sorge: Diese Bezeichnung deutet nicht auf ein sich unangenehm äußerndes Unwohlsein hin. Vielmehr handelt es sich dabei um einen wetterfesten Umhang, bei dem für die Arme zwei seitliche Schlitze angebracht sind. Wird auch heute noch vorwiegend in ländlichen Gegenden getragen (z. B. von Schäfern).

Krätze Eine durch Milben ausgelöste Hautkrankheit, die bis zur Neuzeit weit verbreitet und lange Zeit unbehandelbar war. Sie ist auch in Mitteleuropa nicht ganz verschwunden. Auslöser ist oft mangelnde

Hygiene. Sie ist durch engen Hautkontakt übertragbar. Befallen werden in erster Linie Hautfalten; z. B. Achseln, Bauch, Brustwarzen, Ellbogen, Finger, Füße, Genitalien, Gesäß, Handgelenke, Hinterohren, Knie.

Kretten Alte Allgäuer Bezeichnung für einen Weidenkorb.

Kre*u*zer Mittlere Zahlungseinheit. Bezeichnung *x*.

Kruppe Oberes Hinterteil bei Wirbeltieren wie Pferde es sind. Übergang zwischen Lendenwirbelsäule, Kreuzbein und Schwanzwirbeln.

Landern Holzschindeln. Je nachdem circa zwanzig mal dreißig Zentimeter groß. Im Alpenraum teilweise heute noch gebräuchliche Art der Dacheindeckung.

Lädine In dieser Bezeichnung für ein altes Lastsegelschiff steckt die alemannische Bezeichnung ›Lädi‹ (Ladung, Last). Zur Freude Einheimischer und Touristen gibt es historisch getreue Nachbauten in Immenstaad am Bodensee und in Bühl am Alpsee.

Lätsche Allgäuer Bezeichnung für eine einseitige, hässlich aussehende, Verformung der Mundpartie, weswegen die betreffende Seite nach unten hängt.

Lauchalpner Grat Alte Bezeichnung für den Seelekopf. Teil der Nagelfluhkette, einer Bergkette bei Staufen.

Leprosi in campo Das ›Aussätzigenrecht‹ findet nicht nur bei Leprakranken, sondern auch bei Pestkranken Anwendung. Es gebietet einerseits zwar die gnadenlose Ausweisung der Infizierten aus der Gemeinschaft, garantiert gleichzeitig aber auch deren Existenzsicherung, zum Beispiel in speziellen Spitälern.

Maleficum Auch ›Malleus Maleficarum‹, ein Druckwerk, das eine europaweite grausame und wahnwitzige Menschenjagd (Hexenverfolgung) einleitet.

Nagelfluhfelsen Sedimentgestein aus mindestens fünfzig Prozent gerundeten Bestandteilen wie Geröll oder Kies. Von Geologen scherzhaft als ›Herrgottbeton‹ bezeichnet. Die nach diesem Gestein benannte Nagelfluhkette zieht sich südlich an Staufen vorbei.

Obergölchenwanger Grat Alte Bezeichnung für den Hochgrat. Höchster Berg der Nagelfluhkette, ein beliebtes Ausflugsziel für Einheimische und Touristen.

Ostner Alte Allgäuer Bezeichnung für den aus Osten kommenden Wind.

Palmbuschen Am Palmsonntag werden im Allgäu und in anderen ländlich geprägten Gebieten kleine Palmzweige geweiht und im ›Herrgottswinkel‹ hinter das Kreuz gesteckt. Traditionsgemäß bestehen sie aus sieben verschiedenen Naturmaterialien, wobei neben Buchsbaum, Eibe, Sadebaum, Stechpalme, Wacholder und Zeder die Weiden- oder Palmkätzchen den Hauptanteil haben. Im Allgäu nicht vorkommende Gewächse werden durch heimische Ästchen ersetzt.

Peinliche Befragung Mittelalterliche Bezeichnung für die Folter. Kommt von ›Pein‹. Offiziell anerkanntes Hilfsmittel zur Befragung und zur Erpressung von Geständnissen.

Pejes Seitliche Schläfenlocken erwachsener Juden.

Pinte Altes Raummaß oder auch Trockenmaß. Zwei Schoppen (z. B. Wein). In Flandern heute noch gebräuchlicher Ausdruck für ein Pils.

Pistill Mörserstößel zum Zerkleinern und Zerreiben (z. B. von Kräutern). Im 17. Jahrhundert hauptsächlich von Apothekern, Ärzten, Alchimisten, Badern und Kräuterweibern benutzt.

Quart Alte Maßeinheit. Lateinisch für ein Viertel (z. B. Liter Bier).

Quod erat demonstrandum Lateinisch für ›Was zu beweisen wäre‹.
Rattentrichter Foltermethode. Dabei werden den Opfern mittels eines Trichters lebende Ratten in den Magen geschickt.

Repertorium Verzeichnis der Archivalien eines Archivbestandes.

Rindalpner Kopf Alte Bezeichnung für das heutige Rindalporn, einer Bergkette bei Staufen.

Rodordnung Verbindliches Standardwerk für alle, die mit dem Transport zu tun haben.

Sabbath Hebräisch für ›Ruhetag‹. Im Judentum der siebte Wochentag, an dem nicht gearbeitet wird.

Salzfaktor Höchster Beamter eines Salzstadels oder selbstständiger Handelskaufmann. Bevollmächtigter eines oder mehrerer Salzkaufleute, der die korrekte Handhabung der Salzfuhren vom Eintreffen bei seiner Station bis zur Weiterleitung überwacht.

Salzstraße Auch ›Alte Reichsstraße‹. Wichtigste Handelsverbindung von Hall in Tirol zum Bodensee. Sie führt nahe an Staufen vorbei.

Saumtiere ›Saum‹ abgeleitet vom mittellateinischen ›Salma‹, ›Sauma‹, was nichts anderes als ›Traglast‹ bedeutet. Saumtiere sind Lasttiere, die in unwegsamen Gelände und im Gebirge eingesetzt werden: Maultiere, Maulesel, Esel.

Schäferin Kosename für eine Kanone, wie sie auch die großkalibrige Bombarde oder die kleinkalibrige Falkonett und andere Geschütze erhalten. Eine der populärsten Kosenamen für ein Geschütz jüngerer Zeit dürfte wohl ›Dicke Berta‹ sein.

Schindluder treiben Schlampig, unkorrekt oder unehrlich mit etwas umgehen … wie es ›geschundene Luder‹ (Frauen, Mädchen) tun.
Schnitter Alte Bezeichnung für den Sensenmann, den Tod.

Schwedentrunk Foltermethode, die während des Dreißigjährigen Krieges häufig angewandt wird. Dabei trichtert man den Opfern Jauche oder mit Urin und Kot vermischtes Schmutzwasser ein. Als ob dies nicht reicht, wird auf den Bäuchen der Opfer herumgetrampelt.

Silencium Lateinisch für ›Ruhe‹.

Söldnerkrankheit So werden während des Dreißigjährigen Krieges Geschlechtskrankheiten bezeichnet, weil sie unter anderem von den Landsknechten verbreitet werden.

Stephanstag Zweiter Weihnachtsfeiertag, dem Heiligen Stephan gewidmet.

Tabaktrinken Diese Bezeichnung kommt wohl im 17. Jahrhundert auf, weil der Tabak wie Alkohol schwindelig macht. Hans Jakob Christoph von Grimmelshausen, der berühmte ›Simplicissimus‹, berichtet von Soldaten des Dreißigjährigen Krieges, ›… dass sie den Tabak trinken, schnupfen und kauen‹.

Tallith Hebräisch für ›Gebetsschal‹. Weißer Wollschal, den jeder männliche Jude zum Gebet trägt.

Talmud Hebräisch für ›Belehrung‹, ›Studium‹. Ist nach dem ›Tanach‹, der jüdischen Bibel, das bedeutendste Schriftwerk des gesamten Judentums.

Targum Die ›Targumim‹ gehören neben der ›Septuaginta‹ zu den ersten Bibelübersetzungen.

Teffilin Jüdischer Gebetsriemen aus Leder. Er wird sieben Mal um den Arm und je drei Mal um die Hand und den Mittelfinger des Betenden gewickelt.

Tenne Teil eines Allgäuer Bauernhofs. Eigentlich Heuschober, wird aber auch als Garage, Lager, Abstell- und Arbeitsplatz genutzt.

Trauerbuschen Gebundenes Büschel aus Tannen- und Laubzweigen. Sie werden im 16. und im 17. Jahrhundert bei Todesfällen an den Haustüren angebracht.

Urgicht Geständnis als Verfahrenselement der mittelalterlichen und neuzeitlichen Gerichtsbarkeit. Bleibt die ›Urgicht‹ aus, obwohl dringender Tatverdacht besteht, kann mittels ›Peinlicher Befragung‹ (Folter) eine Urgicht herbeigeführt werden.

Vade retro Lateinisch für ›Weiche zurück‹.

Vasalle Lateinisch für ›Knecht‹. Im Mittelalter ein hoher Herr oder Adliger, der sich freiwillig als Gefolgsmann in den Dienst eines anderen (höheren) Herrn stellt und sich für militärische oder diplomatische Dienstleistungen verpflichtet.

Verbutzt Alte Bezeichnung für ›verkleidet‹. Kommt von ›Butz‹, einer alemannischen Fasnetfigur.

Vergantet Allgäuer Ausdruck für ›Bankrott‹, ›Pleite‹

Waid Pflanzengattung aus der Familie der Kreuzblumengewächse aus der die blaue Farbe zum Färben von Stoffen gewonnen wird. Der Waid wird mit Urin und Pottasche verrührt – keine angenehme Arbeit.

Wilde Mändle Mit Tannenbart vermummte Sagenfiguren aus keltischer und heidnischer Zeit, die über zwei Jahrtausende hinweg über das ganze Alpgebiet – von Hochsavoien bis zur Tatra, von den Dolomiten bis zum Harz und zum Thüringer Wald – verteilt waren. Aber nur noch in Oberstdorf findet alle fünf Jahre ein geheimnisvoller ›Wilde-Mändle-Tanz‹ statt, der bereits 615 n. Chr. in der vom Abt Columban verfassten Vita genannt wird.

Ein Dankeschön

... gilt in erster Linie dem Gmeiner-Verlag für das entgegengebrachte Vertrauen.

Dem gesamten Gmeiner-Team für die stets harmonische, konstruktive und professionelle Zusammenarbeit.

Ganz besonders herzlich möchte ich mich bei meiner ungemein engagierten und verständnisvollen Lektorin Claudia Senghaas aus Kirchardt sowie ihren motivierten Lektoratsmitarbeiterinnen und Mitarbeitern bedanken.

Herzlichen Dank auch an Gerhard Klein und Siegbert Eckel, vom Stadtarchiv Immenstadt, sowie Dr. Horst Boxler, die wohl profundesten Kenner der rothenfelsischen und der Königsegg'schen Geschichte. Gleichzeitig möchte ich auch den Grafen Maximilian (†) und János (†) zu Königsegg-Rottenfels für die vielen interessanten Gespräche in deren Budapester Stadtpalais danken.

Der Aachener Historiker und Numismatiker Erik Masuch führte mich in die Welt alter Währungen ein. Ihm danke ich ebenso wie der Handwerkskammer für die Auskünfte über das Zunftwesen. Auch Handwerker verschiedener Gewerke und Bauern brachten mir ihre Berufe in alten Zeiten näher.

Nicht vergessen möchte ich meinen Sohn Matthias: Der Biologiedoktorand half mir in Bezug auf die Bestimmung und Wirkung von Heil- und Giftkräutern ebenso wie Tilman Schlosser vom Allgäuer Kräutergarten ›Artemisia‹, dem ich ebenfalls danke.

Ein Dankeschön auch an alle Burg- und Schlossherren, in deren alten Gemäuern ich zu Recherchezwecken arbeiten und den Odem der Vergangenheit einsaugen durfte.

Schlussendlich danke ich allen, denen ich während der Zeit des Recherchierens und des Schreibens auf die Nerven ging, aber auch denen, die an mich glaubten. Dies waren in erster Linie Eleonore, Hermi und Günter.

Die wichtigsten Quellen

›Allgäuer Chronik‹
Alfred Weitnauer, Allgäuer Zeitungsverlag, Kempten, 1984.

›Heimatbuch Oberstaufen‹
Thilo Ludewig, Verlag Buchdruckerei Holzer, Weiler, 1968.

›Immenstadt im Allgäu‹
Dr. Rudolf Vogel, Verlag J. Eberl KG, Immenstadt, 1996.

›Immenstadt im Wandel‹
Siegbert Eckel, Verlag J. Eberl KG, Immenstadt, 2007.

›Immenstädter Miniaturen – Geschichte und Geschichtle aus dem Städtle‹
Siegbert Eckel, Verlag Stadt Immenstadt, 2009.

›Die Geschichte der Reichsgrafen zu Königsegg seit dem 15. Jahrhundert‹
Dr. Horst Boxler, Eigenverlag, Bannholz, 2005.

›Königseggwald‹
Lothar Zier, Verlag Gemeinde Königseggwald, 1996.

›Original-Chronik über den Dreißigjährigen Krieg‹
Johann Ludwig Gottfrieds, Verlag Phillipp Heinrich Hutter, 1659.

›Die Pest‹
Manfred Vasold, Konrad Theiss-Verlag GmbH, Stuttgart, 2003.

›Giftpflanzen – Pflanzengifte‹

L. Roth / M. Daunderer / K. Kormann, Nikol-Verlags GmbH & Co. KG, Hamburg, 2006.

Des Weiteren halfen mir Primärquellen, in die ich in verschiedenen Archiven Einblick erhielt.
Aber auch Zeitschriften wie ›GEO-Epoche‹, ›Damals‹, ›Geschichte‹, ›Karfunkel‹ und ›Welt der Wunder‹ erwiesen sich als ebenso hilfreiche Nachschlagewerke wie die Internet-Suchmaschine ›Wikipedia‹. Sollte ich eine Quelle vergessen haben, geschah dies unabsichtlich.

Alle Bücher von Bernhard Wucherer:

- Trilogie um die Kastellansfamilie -

Band 1: Die Pestspur
ISBN 978-3-8392-0472-6

Band 2: Der Peststurm
ISBN 978-3-8392-1350-6

Band 3: Die Säulen des Zorns
ISBN 978-3-8392-1579-1

- Kommissar Frederic Le Maire ermittelt -

Frittenmafia
ISBN 978-3-8392-2313-0

Glühweinmord im Hexenhof
ISBN 978-3-8392-2541-7

Goldmadonna
ISBN 978-3-8392-2828-9

- Die Teufelsweib-Trilogie -

Band 1: Das Teufelsweib
ISBN 978-3-8392-2198-3

Band 2: Die Herrin von Syld
ISBN 978-3-8392-2554-7

Der Geheimbund der 45
ISBN 978-3-8392-2697-1

MIKE STEINHAUSEN
Geheim-
operation
Gehlen
KRIMINALROMAN
GMEINER